HELENE LUISE KÖPPEL, 1948 in Schweinfurt geboren, ist dort Pfarramtssekretärin. »Die Ketzerin vom Montségur« ist ihr erster Roman.

Im Jahre 1244 schreibt Bertrand de Blanchefort, den sicheren Tod vor Augen, ein Testament, in dem er seine Geschichte erzählt – ein Leben im Zeichen grausamster Verfolgung von Christen durch Christen und der verbotenen Liebe zu einer Ketzerin.

Ein Kreuzritterheer hatte zu Anfang des 13. Jahrhunderts im Namen des Papstes seine blutige Spur durch Bertrands Heimat Südfrankreich gezogen, um die christliche Sekte der Katharer zu verfolgen. Auch die Burg seines Vaters wurde von diesem Heer überfallen, obwohl die Familie katholisch war. Zwar entkommt Bertrand durch einen Geheimgang, doch von nun an ist er völlig auf sich gestellt. Beherrscht von dem Ziel, sich zu rächen und den Papst zu bewegen, von der Katharerverfolgung abzulassen, tritt er in den Orden der Tempelritter ein. Als deren Schatzmeister führen ihn Pflichten auf die Burg des Grafen de Foix, wo er Esclarmonde kennenlernt, die schöne, stolze Schwester des Grafen. Eine hoffnungslose, gefährliche Liebe beginnt, denn nicht nur Bertrand hat als Tempelritter ein Keuschheitsgelübde abgelegt, sondern Esclarmonde ist bekennende Katharerin und sogar eine Parfaite, die Männer nicht einmal berühren darf.

Erst dreizehn Jahre später sehen sich die Liebenden wieder. Bertrand, inzwischen Komtur von Jerusalem, ist eine höchst geheime Mission anvertraut: Ein Teil vom Schatz des Salomon soll übers Meer an einen sicheren Ort gebracht werden. Nichts liegt näher, als diesen Schatz in Südfrankreich zu verstecken und dabei endlich Esclarmonde zu treffen, die nun auf der katharischen Festung Montségur lebt.

Der über die Jahrhunderte weiterstrahlende Mythos um die Katharer und den Heiligen Gral macht diesen Roman zu einem fesselnden Leseerlebnis.

Helene Luise Köppel

Die Ketzerin vom Montségur

Roman

Aufbau Taschenbuch Verlag

ISBN 3-7466-1869-X

1. Auflage 2002
© Aufbau Taschenbuch Verlag GmbH, Berlin 2002
Umschlaggestaltung Torsten Lemme
unter Verwendung des Gemäldes »Beatrice« (1870)
von Sir Edward Coley Burne-Jones
Druck Elsnerdruck GmbH, Berlin
Printed in Germany

www.aufbau-taschenbuch.de

Ahi, Amors, com dure departie
Me convenra faire de la millor
Ki onques fust amee ne servie!
Dieus me ramaint a li par sa doucour.

Ach, Liebe, wie schwer fällt mir die Trennung
Von der besten Dame,
Die je geliebt und der je gedient wurde.
Der gnädige Gott möge mich wieder zu ihr zurückbringen.

Canon de Bethune, 1188

Anno Domini 1244
Pax in nomine domini – Friede im Namen des HERRN.

Ich klage an.

Ich, Bertrand de Blanchefort von Jerusalem, durch die Gnade Gottes und bestätigt durch das Generalkapitel der Brüder ausgezeichnet mit der hohen Würde des Meisteramtes über den ganzen Orden vom Tempel, klage an.

Mit der nachstehenden Niederschrift – dem alleinigen Testament meines Lebens – beschreite ich, der demütige Meister der Ritterschaft vom Tempel, einen ungewöhnlichen Weg. Einen Weg, den meines Wissens nur wenige gewagt haben. Und es bedarf außerordentlichen Mutes, einen solchen Schritt zu tun. Denn ich klage die Heilige Mutter Kirche selbst an und mit ihr drei ihrer verantwortlichen Päpste: Innozenz III., Honorius III. und Gregor IX.

Ich breche den Stab über sie, weil sie schuldig sind am Tod Tausender guter Christen, von Rom als Ketzer verleumdet. Ich werfe den drei genannten Päpsten vor, die Liebe zur Macht höher gestellt zu haben als die Liebe zum HERRN und mit ihrem unverantwortlichen Handeln dem Größenwahn, der Bereicherung und der maßlosen Gier Tür und Tor geöffnet zu haben. Den Beweis für diese umfassende Anklage werde ich mit Gottes Hilfe erbringen.

Wer soll sie verteidigen?

Wer meine Niederschrift aufmerksam liest, wird mir am Ende recht geben, daß sie keinen Anwalt verdienen! Denn im Buch des Lebens steht geschrieben, daß sie selbst denen, die sie verfolgt haben bis zum Tode, jeglichen Fürsprecher versagten. Wer will da für die Päpste eintreten auf Erden, wer ihr Fürsprecher sein?

Wie sollen sie bestraft werden?

Da ich ihrer weder habhaft werden noch sie richten kann im Diesseits, bleibt nur eine Möglichkeit: Nach meinem eigenen Tod werde ich sie selbst vor den Richterstuhl des HERRN schleifen. Dort werden sie das von ihnen begangene Unrecht bekennen müssen und das Wissen ihres Fehls, was schwerer wiegt. Und ihr Ruf »Der HERR sei gepriesen«, wenn sie dereinst endlich Vergebung finden, wird vieltausendmal widerhallen in den Himmeln. Wenn sie als Sühne für jeden einzelnen Ketzer, für jede einzelne Ketzerin, die aufgrund ihrer Befehle den Tod fanden, einen solchen Lobpreis ertönen lassen müssen, so wird ihnen die Ewigkeit nicht lang werden.

Ein Sarazene machte mich eines Tages im Heiligen Land auf ein jüdisches Sprichwort aufmerksam, das da lautet: »Wenn du willst, daß dein Traum Wirklichkeit wird, dann schlafe nicht weiter.«

Will ich aber, daß mein Traum Wirklichkeit wird?

Ja – nur fehlt mir die Zeit, dies zu bewerkstelligen. Der Tod ist nahe.

Das oberste Amt habe ich bereits in andere Hände gegeben. Die Bürde war mir zu schwer geworden. Nun muß ich für mich selbst einen würdigen Stellvertreter finden, einen, der meine Angelegenheit zu der seinen macht. Ich fordere daher denjenigen auf, der diese Anklage einst in Händen halten wird, die Verfehlungen Roms gnadenlos aufzudecken und damit der Gerechtigkeit hier auf Erden Genüge zu tun.

Was erwarte ich?

Erschreckt nicht, ehrenwerter Fremdling! Es ist gut möglich, daß Euch dereinst, genauso wie heute mir, die Hände gebunden sind und Ihr meine Anklage nicht öffentlich werden lassen könnt, ohne Euer eigenes Leben zu gefährden. Wenn das so ist, wenn sich nichts geändert hat im Getriebe der Welt, wenn Rom noch immer alle Macht besitzt, so haltet inne. Die Geschehnisse, über die ich berichten werde, haben genug Menschenleben gekostet, sie müssen nicht noch das Eure fordern. Einmal muß das Töten ein Ende haben!

Mit der höchsten mir durch das Generalkapitel übertragenen

Autorität ermahne ich Euch jedoch eindringlich, die wahre Geschichte meines Lebens und die verhängnisvollen Ereignisse, von denen Ihr lesen werdet, nicht nur in den Tiefen Eures Herzens zu bewahren, sondern sie sogleich – und wenn es heimlich sein muß – weiterzugeben an kommende Generationen. Jeder Mann, jedes Weib und jedes Kind, so es bereits verständig ist, soll von dem Unrecht hören, das begangen wurde! Sie sollen aber auch Zeugnis haben von einer reinen Liebe, einer Liebe, die köstlicher war als alles Gold auf Erden.

Ihr werdet nun vielleicht einwenden, daß sich Geschehenes damit nicht ungeschehen machen läßt. Da habt Ihr wohl recht. Aber mein Traum ist es, daß die Heilige Mutter Kirche eines Tages gezwungen wird, ihre Schuld vor aller Welt zu bekennen und sich demütig zu verbeugen vor jenen Menschen, denen sie einst bitteres Leid zugefügt hat. Der Tag wird kommen.
  Wenn Ihr meine Anklage zu Ende gelesen habt, werdet Ihr alles verstehen.

Der H ERR beschütze Euch, wer immer Ihr sein werdet, Fremder und Vollstrecker meines Testamentes, Verwirklicher meines Traumes.
  Vive Dieu Saint Amour – Es lebe der Gott der Heiligen Liebe.
  Es soll so sein, wie ich es gesagt habe, so sei es.
  Amen

Ich, Bertrand de Blanchefort,
demütiger Ritter und Großmeister des Tempels, habe dies kundgetan.

1
Der Tag, der alles veränderte

*Ihr müßt bei Gott und der Jungfrau Maria schwören
und versprechen, … daß ihr niemals von euch aus dorthin geht,
wo man Christen unrechtmäßig tötet, ausraubt
und um ihr Erbe bringt.*

Ordensregel

Zum besseren Verständnis all der schrecklichen Geschehnisse will ich mit dem Tag beginnen, der für mich zum schicksalhaften Wendepunkt wurde und der mich erbarmungslos zwang, auf einen Schlag erwachsen zu werden:

Jener wunderschöne Morgen – ein »blauer« Morgen sozusagen – ließ einen herrlichen Sommertag voller Esprit und Übermut erwarten. Die Vögel auf den Ästen und Zweigen unserer großen Eichen zwitscherten nach Herzenslust. Bruder César jedoch schien sie weder zu hören noch das Prickeln der frischen Stunde zu spüren. Auch die Neugierde darauf, wie sich der Tag gestalten und zum Ende neigen würde, war ihm in seinem Alter bereits abhanden gekommen. In mir jedoch brannte sie heftig.

»Bertrand, ich bitte dich, sitz endlich still und konzentriere dich! Übersetze ein weiteres Mal den vor dir liegenden Text. Du hast soeben einen groben Fehler gemacht. Ovid hätte sich im Grabe herumgedreht, wenn er dir zugehört hätte, mein Sohn!«

Guter Gott, der sonst so verständnisvolle Mann mit dem unübersehbaren runden Bäuchlein unter seiner Soutane plagte mich! Er wollte einfach nicht wahrhaben, daß die Sonne derart verführerisch schien, daß mich tausend Geister zwickten und meine Beine nicht zur Ruhe kommen wollten. Dazu entströmte den kleinen weißen Blüten des Geißblattstockes, der sich bis zu meinem Turmstübchen heraufrankte und schon in das weitgeöffnete Fenster hineinwucherte, ein derart betörender Duft, daß ich laufend niesen mußte.

Ausgiebig rieb ich mir daher die Nase, bevor ich sie wieder in das Pergament steckte, und übersetzte: »*Doch, so geschwinde das Roß ihm rennt, es ereilt ..., ähem, es ereilt das Geschoß ihn unausweichlich ...*«, rasselte ich herunter, um den alten Pedanten endlich zufriedenzustellen.

»Das Roß!« Ach, nun wollte mir dieses Wort nicht mehr aus dem Sinn gehen!

»Bruder César«, säuselte ich mit flehendem Augenaufschlag, »können wir für heute nicht Schluß machen? Es ist der erste schöne Tag seit zwei Wochen, und mein Pferd und ich – wir können es kaum erwarten, wieder einmal hinab ins Tal zu reiten.«

Der Priester zuckte mit den Schultern, seufzte einmal tief – und gab nach. Er konnte mir hübschem Bengel eben nichts abschlagen. Nicht daß er jene besondere Veranlagung besessen hätte, von der man sich mitunter erzählt und der vor allem Priester anheimfallen sollen. Nein, er war mir zu keiner Zeit zu nahe getreten. Möglicherweise war ihm aber von meinem Vater streng verboten worden, sich mir auf diese Art und Weise zu nähern.

»Mein Sohn wird kein Bettgefährte eines Pfaffen werden. Dafür werde ich Sorge tragen!« rief Vater oft, wenn Mutter ihn auf meine Zukunft ansprach. »Was der Knabe zu lernen hat, das kann er auch hier unter deiner Aufsicht tun, Frau.«

Damals wußte ich natürlich nicht, was es mit solchen »Bettgefährten« auf sich hatte. Später hörte ich derartige Geschichten von den Dienstboten. Sie meinen immer, wir Kinder würden nichts von dem verstehen, was sie sich zuraunen beim Brotbacken, Gemüseputzen oder Melken, aber wenn man schlau ist, erfährt man mit der Zeit von ihnen die größten Geheimnisse, ohne daß sie es merken. Auf diese Weise kam mir ein Vorkommnis zu Ohren in einer uns befreundeten Familie, derer von Mirepoix. Der Knabe war erst sieben Jahre alt gewesen, als er zu Studienzwecken nach Toulouse geschickt wurde. Dort mußte er sich mit seinem Lehrer, einem Prälaten, das Bett teilen. Der fromme Mann handelte nach der biblischen Maxime: »Wenn man zu zweit schläft, kommt die Wärme; aber allein, wie soll einem da warm werden?« Jedoch scheint das gegenseitige Wärmen nur ein Vorwand gewesen zu sein, denn der Knabe war von ihm kurze Zeit darauf in die »Homophilia« eingeweiht worden. Erst drei Jahre später wagte er es, sich seinem Vater anzuvertrauen.

Aber zurück zu César – ich glaube, daß er mich ganz einfach besonders gut leiden mochte, weil er mich hatte aufwachsen sehen. Auch war er stolz darauf, die ersten Samenkörner der Neugierde in meinen Verstand gelegt zu haben. César war ein guter Gärtner und hatte mit Geduld und Ausdauer das zarte Pflänzchen »Wißbegierde« gepflegt. Er gehörte seit langem beinahe zur Familie, las die Messe, hielt die Morgen- und Abendandachten, nahm allen die Beichte ab und war – kurz gesagt – der gute Geist bei uns auf dem Berg – und unser Lehrmeister in allem.

»Na gut, Bertrand de Blanchefort, geh mit Gott! Ich sehe schon, mit dem Lernen wird es heute nichts mehr. Aber frag deine Mutter um Erlaubnis. Und vor allem: Triff dich nicht wieder mit dem Ketzerjungen aus dem Tal. Mit ihm und seiner irregeleiteten Sippe haben wir gebrochen. Ich habe dir erst vor kurzem erzählt, Bertrand, wie es Leuten ergehen kann, die nicht von ihnen abrücken. Nur deinen einflußreichen Eltern und meiner Fürsprache hast du es zu verdanken, daß du nach deinem letzten Ausritt nicht in ernsthafte Schwierigkeiten geraten bist.«

Ich sah zu Boden und zog es vor, zu schweigen – eine bewährte Methode, um eine Standpauke abzukürzen. Aber der Priester war noch immer nicht fertig mit seiner Predigt. »Bertrand, ich meine es ernst, sieh mir in die Augen!« rief er eindringlich und schüttelte heftig meinen linken Arm. »Halte dich fern von deinem Freund! Möglicherweise wären die Unseligen an einem anderen Ort längst auf den Scheiterhaufen gekommen. Die Brut wird jedoch geschützt vom mächtigen Bischof von Toulouse, der ein Onkel dieses Ketzerjungen ist – natürlich ein rechtgläubiger!«

Der alte César – schon immer mit einem Hang zur Theatralik – mußte auch jetzt wieder die Sache auf die Spitze treiben.

»Mächtiger Bischof, daß ich nicht lache!« platzte es aus mir heraus. Wobei ich es nicht lassen konnte, César bei meinen Worten ein wenig unverschämt anzugrinsen. »Wenn der so rechtgläubig und mächtig ist, wie er vorgibt, warum bringt er seine Familie nicht wieder auf den rechten Weg?«

Anscheinend war ich einen Schritt zu weit gegangen mit dieser kleinen Provokation, denn mein Lehrer gab mir mit hochrotem Kopf recht deutlich zu verstehen, daß mich diese Sache überhaupt nichts angehen würde. Der Bischof wisse schon, was er tue.

Im Grunde genommen hatte César ja recht! Was gingen mich der alte Bischof und diese blöde Ketzerei an? Meinen Freund Pierre de Rabastens und mich plagte seit einem Jahr nur eine einzige große Leidenschaft, und die hatte nichts mit Religion zu tun – außer man dachte dabei an den Heiligen Petrus: Das Fischen war es nämlich, das uns begeisterte.

Und so rannte ich nach dieser Standpauke die enge Wendeltreppe hinab und zur eisernen Tür hinaus ins Freie. Auf zum Rialsesse, bevor es sich der Priester noch einmal anders überlegt, dachte ich übermütig.

Mein ganzer Stolz war Omar, ein schwarzer, wilder Hengst, den mir mein Vater, der Graf von Rhedae, zu meinem fünfzehnten Geburtstag geschenkt hatte. »Das Pferd«, hatte er mit seiner dunklen, warmen Stimme gesagt, »das Pferd gehört zum Ritter wie die Frau zum Mann. Merke dir das gut, mein Sohn! Und auch das laß dir gesagt sein: Man wird nur ein guter Schmied, indem man schmiedet.« Nachdem sich im Laufe der Zeit das ungestüme Temperament des Rosses dem meinen untergeordnet hatte, waren wir die besten Freunde geworden. Omar kannte meinen schnellen Schritt und empfing mich auch jetzt mit aufgeregtem Schnauben. Meine Mutter um Erlaubnis zu fragen, konnte ich mir wohl ersparen. Sie würde mich heute nicht vermissen. Der berühmte Troubadour Marcabru hatte seine Ankunft angekündigt, und alle Frauen auf der Burg waren darüber mehr als aufgeregt. Sie harrten seiner bereits seit dem Morgengrauen und würden sicher bis in die Nacht hinein damit beschäftigt sein, seine »ach so verführerische Stimme« zu hören und den neuesten Klatsch, den er mitbringen würde, wieder und wieder zu erörtern. Die Frauen sehnen sich nach anderen Dingen als wir Männer. Ihnen steht der Sinn nicht nach Turnieren, Waffenmessen, Pferden und Rüstungen, nein, sie erfreuen sich an den schönen Künsten, an Geschichten, bunten Bändern, Tand, an neuen Liedern ... einem Lächeln ab und an.

Ich führte Omar zum Stall hinaus und sattelte ihn. Mein Lieblingshund kam angetrottet, um sich von mir streicheln zu lassen. Harpalos, ein schwarzer Mischling mit lustigen hellen Flecken über den Augen, hatte es sich seit langem zur Aufgabe gemacht, meine kleinen Schwestern zu bewachen, denn er wich selten von ihrer Seite. Als ich mich noch einmal vergewissert hatte, daß Mutter nicht etwa von ihrer Kemenate aus zu mir heruntersah, schwang ich mich auf mein Pferd und ritt sogleich in beträchtlicher Eile vom Hof. Der Hund lief kläffend ein Stück hinter mir her. Das Federvieh – die frechen, schneeigen Gänse mit ihrem Gefolge, den bunten Hühnern – suchte aufgeregt schnatternd und gackernd das Weite. Eine Wäscheleine, die ich bei meinem forschen Ritt übersehen hatte, riß und fiel mit einem guten Dutzend weißer Laken in den Dreck.

»Marinette – verzeih mir bitte!« rief ich und konnte dabei doch das Lachen über mein Mißgeschick kaum unterdrücken. Aus den Augenwinkeln sah ich, wie die Tür des Backhauses aufgerissen wurde und die alte Magd herausstürzte, die Hände vor Schreck weit über den Kopf erhoben. Sie schrie deftige Schimpfworte hinter mir her, von denen »Lausbube« noch das harmloseste war. Aber mein gutes Roß ließ sich nicht mehr aufhalten und galoppierte mit mir freudig erregt den steilen, gewundenen Weg hinab. Ein frisches Lüftchen blies mir ins Gesicht.

Nach der ersten Biegung, als mich von oben niemand mehr sehen konnte, zügelte ich Omar und blieb am Rande des Bergabhangs stehen. Ich stieg ab und hielt das Roß am kurzen Zügel. Omar tänzelte unruhig. Ich aber genoß den Augenblick des Alleinseins, und der Blick in unser friedliches Tal war wie immer atemberaubend schön! Die Dörfer ringsum lagen friedvoll im Sonnenschein, die Äcker und Weinberge waren gut bestellt. Der Lavendel duftete am Wegesrand, der rote Mohn ließ seine langen Stengel vom Wind sanft hin und her treiben. Auch der Thymian fing an zu blühen, und seine winzigkleinen weißen Blüten spitzten geradezu vorwitzig in die Welt. Ich nahm mir vor, auf dem

Heimweg der guten Marinette ein Sträußchen davon mitzubringen, gewissermaßen als Entschuldigung für die zusätzliche Arbeit, die ich ihr wieder einmal gemacht hatte.

Jetzt aber stieg ich rasch auf mein Pferd und ritt weiter.

Unter den knorrigen graugrünen Steineichen, die seit langem unser Versteck am Fluß bewachten, saß bereits Pierre im Gras, eine Rute weit in den Fluß hinausgeworfen, und hielt nach mir Ausschau.

»He«, rief er mit gedämpfter Stimme, als er mich entdeckte, »mach nicht solchen Lärm, ich glaube, mein Abendessen hat sich gerade gemeldet!« Die Rute zupfte lustig und unübersehbar auf dem silberhellen Gewässer auf und ab. Pierres lockiges braunes Haar glänzte im Sonnenlicht mit seinen ebenfalls braunen Augen um die Wette. Lachend warf er mir eine weitere Rute zu. Ich hatte ihm heimlich eine Nachricht zukommen lassen über mein Ausrittverbot und mit meiner Absicht, dieses am ersten schönen Tag zu ignorieren. Natürlich hatte ich mich unter diesen Umständen nicht noch mit einer Angelrute aus der Burg schleichen können.

Nachdem ich Omar festgebunden und versorgt hatte, ließ ich mich neben Pierre ins hohe warme Gras fallen, das auffallend stark nach Minze und auch ein wenig nach frischem Klee roch. Ich streckte alle viere von mir und atmete erst einmal tief ein und aus.

»Bin ich froh«, seufzte ich erleichtert, »daß ich den alten César überreden konnte, mich wegzulassen – und vor allem, daß mich niemand gesehen hat auf dem Weg hierher! Wie ist es dir ergangen in der Zwischenzeit? Haben dir deine Leute auch verboten, mich zu treffen?«

»Nein, natürlich nicht«, erwiderte Pierre. »Meine Familie weiß, daß du uns nicht verraten wirst, weil dir Freundschaft etwas bedeutet.«

»Aber«, warf ich ein, »im umgekehrten Falle würdest du mich auch nicht verraten, Pierre! – Wieso überhaupt verraten? Was genau haben wir denn verbrochen? Kann dein Glaube uns auseinanderbringen und die Freundschaft unserer Familien beenden?«

Pierre zuckte die Schultern. Er schwieg. Nachdem ich einen

dicken rostroten Wurm als Köder ausgesucht hatte, warf auch ich die Rute ins Wasser, schaute aber von Zeit zu Zeit in Pierres braungebranntes Gesicht und wartete auf eine Antwort.

Was war nur mit ihm los? Warum konnten wir plötzlich nicht mehr so offen miteinander schwatzen, wie wir es sonst getan hatten?

Die Sonne brannte heiß auf unsere Köpfe. Cri-cri, cri-cri – eine unsichtbare Grille, deren Gattung man zu Recht Botschafterinnen des Sommers nennt, ließ ihren mittäglichen Gesang ertönen, aufreizend und unschuldig zugleich. Angestrengt lauschten wir: Cri-cri, cri-cri, cri-cri, und warteten auf die erste Unterbrechung ihres Liedes, deren Zeitpunkt niemals jemand voraussagen kann. Plötzlich platschte eine fette Kröte derartig laut in den Rialsesse, daß die Fische einen gehörigen Schreck bekamen und vorübergehend eilig den sicheren Kieselgrund des Flüßchens aufsuchten.

Wir lachten endlich.

Natürlich hatte ich schon länger gewußt, daß die Familie de Rabastens zu den Ketzern übergewechselt war, während wir weiter dem rechten Glauben die Treue hielten. Jedermann sprach von solchen Dingen. Viele Leute waren in den letzten Jahren katharisch geworden. Sie waren trotzdem unsere guten Nachbarn und Untertanen geblieben. War es möglich, daß mein jugendlicher Verstand die Bedeutung einer solchen Konversion unterschätzt hatte? Oder hatte sich etwas geändert, weil sich mein Vater vor einiger Zeit den Kreuzrittern aus dem Norden angeschlossen hatte, die zu Tausenden in unser Land zogen, um den Glauben an die Heilige Mutter Kirche reinzuhalten?

»Stell dir vor, Pierre«, wagte ich nach einiger Zeit einen erneuten Vorstoß, um sein ungewohntes hartnäckiges Schweigen zu brechen, »ich getraue mich eigentlich gar nicht, es dir zu sagen – César erklärte mir heute, daß du und deine Familie auf den Scheiterhaufen gehören würden! Nur dein Onkel, der Bischof, würde euch schützen. Guter Gott, du und deine Eltern auf dem Scheiterhaufen? Ihr seid von Adel wie wir und gute Menschen, nicht so wie die anderen verfluchten Ketzer, hinter denen auch mein Vater her ist. Sie sollen Teufelsanbeter sein, sagen die Priester.«

»Ist das alles, was du von den Katharern weißt, Bertrand, daß sie den Teufel anbeten?« fragte mich Pierre leise mit einem kleinen verstohlenen Seitenblick.

»Ich weiß natürlich noch mehr. Daß man sie auch die ›Füchse im Weinberg des Herrn‹ schimpft oder, noch schlimmer, daß ihr euch Katharer nennt, weil ihr den ›Hintern der Katze küßt, in welcher Gestalt euch der Teufel erscheint‹«, flüsterte ich hinter vorgehaltener Hand unter leichtem Gekicher.

Pierre lachte schallend, hielt sich aber selbst schnell die Hand vor den Mund, um die Fische nicht vollends zu vergraulen. »Du meine Güte«, meinte er kopfschüttelnd, als er sich etwas beruhigt hatte, »das ist ja entsetzlich! Bertrand, ich bitte dich, glaub nicht vorschnell, was du hörst. Die Wahrheit liegt hinter dem Schein. Suche sie! Die Wahrheit steht allen Menschen offen. Mehr kann ich dir dazu nicht sagen.«

Ich sprang hoch und warf die Rute aufgebracht ins Gras. »Zum Donnerwetter noch einmal, Pierre«, schrie ich ihn an. »Du tust so geheimnisvoll und überlegen, als hättest du dir inzwischen selbst einen Heiligenschein verpaßt. Sag mir endlich offen und ehrlich: Was hat es mit dem Teufel auf sich?«

»Das ist eine lange Geschichte«, sagte Pierre ernst und irgendwie völlig unbeeindruckt von meinem Gezeter, »und ich kann sie dir nicht in allen Einzelheiten erzählen, weil ich mich erst auf dem Weg zu einem perfekten Katharer befinde und in die ›Secretissimae‹, die Geheimnisse unseres Glaubens, noch nicht eingeweiht bin. Eines kann ich dir aber versichern: Wir beten nicht den Teufel an und haben das auch zu keiner Zeit getan!«

So bestimmt und voller Ernst hatte ich meinen Freund noch nie reden gehört.

Wem aber sollte ich glauben?

Daß Pierre mir die Wahrheit erzählte und Bruder César mich belog? Pierre war mein bester Freund, andererseits hatte er gerade zugegeben, daß er nicht alle Details seines sonderbaren Glaubens kannte. Mußte nicht unser treuer katholischer Priester über ein weitaus größeres Wissen verfügen als ein katharischer Junge von sechzehn Jahren?

Pierre schien meine Zweifel zu spüren. So lenkte er geschickt das Thema auf eine etwas unverfänglichere Ebene. Er erzählte mir von gewissen »Himmelsbriefen«, die katharische Schäfer von Zeit zu Zeit im Gebirge niederlegen würden. Die neugierigen Finder, die für gewöhnlich des Lesens nicht kundig waren, legten die Briefe bei nächster Gelegenheit den Priestern im Tal vor – und staunten nicht schlecht, als sie erfuhren, daß der Absender der ominösen Schriftstücke kein Geringerer als Jesus Christus selbst war.

Pierre lachte bei der Pointe verschmitzt, blinzelte mir zu und wurde damit wieder zu dem unbeschwerten Jungen, den ich so gut kannte.

Seine Angelrute, die er zwischen zwei Steine geklemmt hatte, zuckte erneut verdächtig. Er sprang auf und zog unter nicht unbeträchtlichen Mühen eine mächtige Forelle ans Tageslicht. Der in allen Regenbogenfarben schillernde Fisch schnalzte gewaltig hin und her. Mit einem dicken Stock bereitete Pierre seiner Qual ein Ende.

Wir suchten frische Köder und hängten die Ruten wieder ins Wasser.

Doch bald darauf trat erneut jenes bedrückende fremde Gefühl zwischen uns, wie es stets geschieht, wenn etwas Ungeklärtes oder Nichterklärbares zwei Menschen verunsichert.

»Sag, Bertrand«, fragte Pierre nach einigen Minuten leise, »was eigentlich ist geschehen nach unserem letzten Treffen, daß sie dich nicht mehr zu mir lassen wollen?«

»So ganz genau kann ich das auch nicht sagen«, antwortete ich, froh, daß er mir diese Frage überhaupt stellte. »César will nicht damit herausrücken, wer mich denunziert hat. Ich vermute, daß der Curé von Couiza dahintersteckt. Er hat mich damals auf dem Heimweg angehalten und gefragt, woher ich denn so spät komme. Und ich – o ich könnte mich noch heute ohrfeigen deswegen –, ich habe ihm in aller Unschuld erzählt, daß ich mit dir fischen war. Dann habe ich dem Kerl auch noch mein Prachtexemplar geschenkt, weil er nicht die Augen von ihm hat abwenden können, verfressen, wie er nun einmal ist. Natürlich ist unser Treffen sofort meiner Mutter hinterbracht worden. Du kannst dir ihren Unmut vorstellen!«

Pierre nickte. »Das ist nur allzu verständlich, Bertrand, besonders da dein Vater ja mit jenem Simon de Montfort genau solche Ketzer verfolgt, wie ich in euren Augen einer bin. Deshalb werden Leute wie der Curé so sicher, endlich auch gegen uns vorgehen zu können, uns nicht mehr länger im Lande zu dulden.«

»Aber Pierre«, warf ich heftig ein und machte insgeheim meinem Vater Vorwürfe, »nur um seine Grafschaft und uns alle vor einem Überfall plündernder Soldatenhorden zu schützen, hat sich mein Vater den Kreuzrittern angeschlossen. Und ihr lebt hier nach wie vor unter seinem Schutz. Dafür verbürge ich mich persönlich!«

Ich war jung, als ich diese vermessenen Worte in den Mund nahm. Jung, unbedacht und überheblich. Aber ich war von ganzem Herzen überzeugt von dem, was ich sagte. Überzeugt auch, jederzeit die ritterlichen Ideale, unter denen ich großgeworden bin, hochhalten und für meine Leute einstehen zu können – und sei es mit meinem Leben.

Als sich Pierre mir zuwandte, sah ich mit Schrecken, daß er plötzlich Tränen in den Augen hatte, obwohl er bisher immer der Stärkere von uns beiden gewesen war. »Bertrand«, sprach er begütigend auf mich ein, »ich danke dir für deine Worte. Aber wir sollten uns dennoch eine kleine Weile nicht mehr sehen. Ich möchte nicht, daß du – und vielleicht auch ich – in weitere Schwierigkeiten gerätst. Wir können nach wie vor in Verbindung bleiben. Du kennst das Versteck im hohlen Baum in der Nähe von Les Pontils. Dort soll dein treuer Diener Guillaume Nachrichten hinterlegen, und dort wird er Briefe von mir finden. Sicher kommen bald wieder bessere Zeiten für uns.«

Das waren die letzten Worte, die ich von meinem Freund Pierre vernahm.

Bedrückt nahmen wir Abschied voneinander. Die Gelegenheit, mir eine Nachricht zukommen zu lassen, sollte ihm recht bald versagt werden. Die besseren Zeiten lassen noch heute auf sich warten.

Doch jetzt, am Ende meines Lebens, will ich mich bemühen, »die Wahrheit hinter dem Schein«, wie sich Pierre auszudrücken pflegte, zu suchen und sie gnadenlos aufzudecken.

2
Der Troubadour

Und wo die Römer bezwungene Länder beherrschen,
die Völker werden mich lesen; ich bleibe, wenn irgend die Ahnung der Sänger
Wahrheit besitzt, im Ruhm für ewige Zeiten lebendig.

Ovid, Metamorphosen

Als ich, langsam und in düstere Gedanken verloren, zu unserer Burg, die noch aus der Zeit der Westgoten stammt, zurückritt, schallten mir schon von weitem Musik und Gesang entgegen. Der Troß der Goliarden und Gaukler, die dem Troubadour folgten, war wohl endlich angekommen, und meine Stimmung hellte sich ein wenig auf. So wie am frühen Morgen der Wind die letzten Wolkenfetzen der verregneten Tage verjagt hatte, so würde die bunte Schar, dieses lustige Völkchen, mir sicher die Trübsal vertreiben.

Vor der letzten Biegung zügelte ich Omar. Ich stieg vom Pferd, um mein selbstauferlegtes Versprechen wahr zu machen und Marinette am Wegesrand einige Thymianzweiglein zu pflücken. Als ich mich wieder aufrichtete, blickte ich ein weiteres Mal hinunter ins Tal. Irgend etwas hatte sich seit dem Morgen verändert. Die fahle Sichel des Mondes stand am Firmament und – zwei kleine Nebelschwaden zogen aus dem Wald am Saum des Berges Bugarach. Nebel? Bei diesem herrlichen Wetter? Das Feuer eines Köhlers vielleicht – oder gar ein Waldbrand? Rasch kletterte ich auf einen großen Felsbrocken, um eine bessere Sicht zu haben. Da stob eine Kette Rebhühner aus einem Wacholderstrauch hervor und flog mit lautem Getöse über meinen Kopf hinweg, so daß ich beinahe das Gleichgewicht verloren hätte und in die Tiefe gestürzt wäre. Auch Omar war erschrocken und schnaubte aufgeregt. Ich verfolgte ein Stück den Gleitflug der goldgelben Vögel, bis erneut mein Blick an der Stelle rechts neben dem Bugarach hängenblieb. Nein, da war nichts mehr zu sehen. Kein Nebel, kein Rauch. Ich mußte mich getäuscht haben. Dennoch war ich beunruhigt und beobachtete noch eine Zeitlang den undurchdringlichen dunklen

Wald und seine Umgebung. Als ich mir ganz sicher war, daß nichts Ernstes hinter meiner Wahrnehmung steckte, sprang ich erleichtert hinunter zu Omar, der sogleich dachte, die Kräuter seien für ihn bestimmt. Ich lachte über sein Ansinnen, streichelte ihn – und vergaß dabei die ganze Angelegenheit.

Nachdem ich mein Pferd dem alten Stallknecht übergeben und das Thymiansträußlein ans Backhaus gehängt hatte, ging ich der aufreizenden Melodie einer Doppelflöte nach und fand bald einen kleingewachsenen Narren vor, der meinen vier jüngeren Schwestern zur Farandole aufspielte. Sein grün-schwarz kariertes Wams stand in Kontrast zu seinen feuerroten Haaren. Ein zweiter Gaukler, das Haupt mit einer großen schwarzen Samtkappe bedeckt, von der ein Seidentuch malerisch auf die linke Schulter fiel, schlug ein Tamburin, und ein weiterer entlockte einer langen Schalmei ungewohnte, fremdartige Klänge. Die Musiker übertönten mit ihrem Stück sogar unsere blökenden Schafe, die, neugierig ob des plötzlichen Lärms und empört zugleich, durch die Ritzen ihres Pferches lugten.

Meine älteste Schwester, Alazaïs, war heute nach Art der Frauen gekleidet: Ein zartblaues Gewand schmiegte sich eng um ihren schlanken, bereits knospenden Körper. Die Gebende, die sie Mutter abgerungen hatte, band ihr vorwitziges Kinn gar hochmütig nach oben. Mit blitzenden Augen drehte sie sich mit ihren kleineren Schwestern zur Farandole, sich ihrer Wirkung auf die umstehenden Männer wohl bewußt.

»Bertrand«, rief sie, vom Tanze ganz erhitzt, »komm in den Kreis, führe deine Schwestern!«

»Ja, Bruder – mach mit, wir warten schon auf dich!« schrie Alix begeistert, ein wildes rothaariges Ding, und die Kleinsten, Rosalinde und Margeaux, mit Blumenkränzen im dunklen lockigen Haar, lachten um die Wette. Als einziger Sohn, und als Ältester obendrein, war ich in unserer Familie der Hahn im Korb, was natürlich Vorteile mit sich brachte, aber auch Verpflichtungen, vor allem seit mein Vater sich auf dem Kreuzzug befand.

»Treibt es nicht so bunt, ihr Mädchen«, rief ich etwas herablassend und fühlte mich recht wohl in der Rolle des überlegenen Bruders. Lässig schlenderte ich zum Donjon hinüber, dem Wohnturm. Am frühen Nachmittag hatten die Mägde frisches Stroh mit duftenden Kräutern aufgeschüttet, auf das sich bereits zahlreiche Gäste aus nah und fern niedergelassen hatten. Die Weinkrüge wurden reihum gereicht, und mancher Edelmann hatte schon einen leicht glasigen Blick und eine unserer deftigen, kichernden und manchmal allzu bereitwilligen Mägde im Arm. Meine Mutter und ihre Damen aber, allesamt fromme Frauen, saßen in ihren besten Gewändern ein wenig geziert auf den Steinbänken in den Fensternischen und ließen keinen Blick von einem Mann, der so gar nichts Höfisches an sich hatte. Klein und ein wenig verwachsen, machte er eher den Eindruck eines verschlagenen Gauklers, sobald er aber seine Lieder ertönen ließ, so hatte mir meine Mutter gestern abend mit leuchtenden Augen erzählt, würde seine Stimme die Menschen verzaubern.

>*Wer empfindlich' Ohren hat,
der bleibe heute aus,
wer Schmeicheln liebt und eitle Tat,
der gehe schnell nach Haus
– hört nur, hört! –*

*Merkt auf, ihr Leut, in nah und fern,
es ist im Land bekannt,
der Heil'ge Vater hätt' es gern,
das okzitanisch' Land
– hört nur, hört! –*

*Er schickt uns einen Grafen klein,
vom Norden kommt er her,
der möcht gern ein ganz Großer sein
und noch ein bißchen mehr
– hört nur, hört! –*

*Die Ketzer werden weggeschafft,
der Glaub' muß bleiben rein,
dafür setzt Rom die ganze Kraft
zum Wohle Gottes ein
– hört nur, hört!*«

So klang es mir entgegen, als ich den Saal betrat, und die sonst so spröden Frauen erhoben sich vor Begeisterung. Meine Mutter klatschte und warf dem Mann, der sich tief vor ihr verbeugte, ein scharlachrotes Seidentuch zu. Marcabru legte die herrlich verzierte Laute zur Seite, führte das Tuch an seine Lippen, verneigte sich galant vor den übrigen Damen und befestigte es danach an seinem Wams. Ich jedoch war betroffen von dem, was ich soeben vernommen hatte.

»Der Heil'ge Vater hätt' es gern, das okzitanisch' Land ...«

Wo war Bruder César? Warum schritt er nicht ein, wenn ein Gaukler auf unserer katholischen Burg derart gegen Rom wetterte?

Und meine Mutter, sonst so unnahbar streng und fromm, beschenkte den Frevler auch noch?

Als ich mich gerade empört umdrehen wollte, um den Festsaal zu verlassen, entdeckte sie mich und winkte mich heran.

»Bertrand, mein Sohn, wo hast du den ganzen Nachmittag gesteckt?« fragte sie mit zärtlichem Blick. »César hat mir gesagt, daß du ausgeritten seist.« Ohne eine Antwort von mir abzuwarten – die hätte ich ihr auch äußerst ungern gegeben –, nahm sie mich am Arm, um mich sogleich dem Troubadour vorzustellen.

»Meister Marcabru, das ist mein Sohn, Bertrand de Blanchefort, mein ganzer Stolz und meine einzige Stütze, seit mein Gatte sich im Heiligen Krieg befindet.«

Der Troubadour, kaum größer als ich, verneigte sich kurz. Er mußte gespürt haben, daß ich ihm mit einer gewissen Ablehnung begegnete, denn als er mich mit seiner dunklen, ein wenig spöttischen Stimme nach meinen Studien und Neigungen fragte, konnte ich in seinem Gebaren Zurückhaltung wahrnehmen.

Gerade als ich ihn wegen des Liedes zur Rede stellen wollte, wurden wir von gellendem Geschrei aufgeschreckt. Zuerst konnte niemand genau verstehen, was los war, und es herrschte ein unglaubliches Durcheinander. Doch gleich darauf stand das Entsetzen in den Gesichtern aller geschrieben.

»Zu Hilfe – Feuer, der Schlächter hat das Dorf überfallen. Es brennt, es brennt! Montfort ist hier!« rief eine Männerstimme.

Die Burg, die Dörfer und Ländereien im weiten Umkreis gehörten meinem Vater, und gerade zu ihrem Schutz hatte er sich in Montforts Dienste begeben. Wie war es möglich, daß dieser ihm seine Hilfe auf eine solche Weise vergalt?

Dem Rufer hinterher, der seine Forke wie ein Banner in seiner Rechten schwenkte, rannten alle zum Burgtor hinaus. Der gute Mann raste wie der Teufel selbst den Weg ins Dorf zurück, und die kleinen Kinder und Hunde heulten vor Schreck wie ein Echo hinter ihm her.

An der ersten Biegung hatten wir einen guten Ausblick auf die Siedlung unter uns, und tatsächlich – schwarzer Rauch quoll aus mehreren grasgedeckten Dächern. Durch lodernde Flammen konnte man Frauen und Kinder sehen, die sich schreiend auf der Erde wälzten, weil sie bereits ein Opfer des Feuers geworden waren. Geharnischte, die ins Dorf eingefallen waren, schienen aus allen Winkeln zu kommen, Hellebarden, Lanzen und Armbrüste schwenkend. Panisch rannten die Menschen aus ihren brennenden Hütten, liefen schreiend um ihr Leben, unter dem Arm ein Bündel, ein Neugeborenes. Sirrende Pfeile fanden in diesem Grauen gnadenlos ihre Ziele. Niemand hatte mit einem Überfall gerechnet. Trotzdem wehrten sich viele Bauern mit Mistgabeln heldenhaft gegen die Söldner Montforts.

Vor Schreck war uns allen das Blut aus den Wangen gewichen. Die Frauen hielten sich entsetzt die Hände vors Gesicht. Hätte ich nur die drohende Gefahr erkannt, die im Wald unterhalb des Bugarachs lauerte! Denn dort hatten sie sich wohl verborgen gehalten und auf eine Gelegenheit gewartet, uns zu überfallen. Als mir klar wurde, daß wir von der Burg die Pflicht hatten, unseren Leuten beizustehen, schlug mein Herz noch eine Spur schneller. Die Chance, den Bauern helfen zu können, war mehr als gering. Dennoch mußte ich handeln.

»Zu den Waffen! Zu den Waffen!« schrie ich, so laut ich konnte, und übertönte mit meiner Stimme die furchtbare Angst, die sich beim Anblick des Gemetzels in mir ausgebreitet hatte. Den Knechten befahl ich, alle Pferde bereitzustellen, die wir in unseren Ställen hatten. Meine Mutter und ihre Frauen liefen mit den verstörten Mädchen, die sich schutzsuchend und weinend um sie geschart hatten, zurück zum Donjon.

Es dauerte und dauerte, bis sich auch der letzte unserer Männer, bewaffnet und mit einem Pferd versehen, mit mir auf den Weg machen konnte. Wir waren nicht mehr als zwölf. Ich ritt neben Marcabru an der Spitze des Trupps und war mir bei aller Aufregung meiner Verantwortung als Verteidiger des Tals von Rhedae wohl bewußt. Niemand machte mir meine Stellung streitig, keiner zweifelte an meiner Legitimation. Als wir nach scharfem Ritt die Biegung erreicht hatten, die sich vielleicht tausend Fuß unterhalb unserer Burg befindet, zügelten wir entsetzt die Pferde. Nun erst konnten wir das ganze Ausmaß der Verwüstung durch Montfort sehen. Das halbe Dorf lag in Schutt und Asche, und das Blut hatte die Soldaten bereits trunken gemacht. Kleine Kinder wimmerten und schrien, die Söldner stachen in rasendem Rausch auf sie ein. Rotglühend funkelten ihre blutbespritzten Lanzen in der schon tief stehenden Sonne.

»Wie um alles in der Welt kann dieser Pöbel überhaupt zwischen katholischen und katharischen Häusern unterscheiden?« entfuhr es mir.

»Deos lo volt – Gott will es!« zischte Marcabru, und seine grauen Augen funkelten zornig. »Das gleiche Massaker haben sie in Beziers und Carcasone angerichtet im vorigen Jahr! Dreißigtausend Tote hat es gegeben! Und alles im Namen Gottes!«

Meine Kehle war plötzlich wie zugeschnürt und mein Mut mit einem Male wie weggeblasen, denn ich hatte gesehen, daß selbst von dem stattlichen Anwesen der Rabastens am Dorfrand nicht viel mehr übriggeblieben war als zusammengestürzte Mauern und schwarze Rauchsäulen. Angestrengt kniff ich die Augen zusammen, um in der hereinbrechenden Dämmerung besser sehen zu können. Seltsam. Drei Geistliche in buntem Rock gestikulierten erregt vor dem aufgebrochenen Tor des Hofes. Ihre Sänften standen unbeachtet auf dem Weg. Die Pfaffen hatten offensichtlich etwas Wichtiges zu besprechen, denn Soldaten umringten sie, ehe sie begannen, mit Hellebarden und Spießen in jede Ecke zu stochern, wo sich jemand hätte verstecken können. Die Leichen türmten sich im Hof der Rabastens. Ich machte mir keine Hoffnung mehr, daß ich meinen Freund jemals lebend wiedersehen würde.

Wie lange war es her, daß ich ihm meinen Schutz versprochen hatte?

Als wir, noch betäubt von dem schrecklichen Anblick, weiterreiten wollten, erkannten wir, daß uns der einzige Zugang zum Tal versperrt war. Ohne daß wir oben etwas davon bemerkten, hatten Montforts Kreuzritter eine derart massive Barrikade aus Stämmen und eisernen Ketten errichtet, daß es unmöglich war, durchzubrechen. Der Bauer, der uns schreiend mit seiner Forke vorausgeeilt war, lag mit seltsam verrenkten Gliedern vor der Kette und rührte sich nicht mehr. Die Erde unter ihm war rotgefärbt. Ihn hatte ein Pfeil getroffen. Und mindestens zwanzig Soldaten standen mit gespannter Armbrust hinter den Stämmen, bereit, uns zu töten, wenn wir es wagen sollten, näherzukommen.

Es blieb uns überhaupt keine andere Wahl, als umzukehren und die Verteidigung der Burg in Angriff zu nehmen. Die Frauen und Kinder, die schutzlos zurückgeblieben waren, bedurften jetzt unserer Fürsorge. Für die armen Leute im Dorf kam sowieso jede Hilfe zu spät.

So schnell wir konnten, klappten wir hinter uns die Zugbrücke hoch und verrammelten das hölzerne und eisenbeschlagene Falltor, das in den Hof unserer Burg führte. Ich befahl, daß drei Männer Wachdienst zu leisten hätten, und begab mich mit dem Rest der Bewaffneten zum Donjon, wo die Frauen und Kinder eng beieinander standen, als ob sie sich damit gegenseitig Schutz gewährten.

»Bertrand«, rief meine Mutter und lief mir schnellen Schrittes entgegen. »Bist du wohlauf? Warum seid ihr so rasch zurück und ...«

Ich unterbrach sie ungeduldig. An meinem versteinerten Gesicht erkannte sie rasch den Ernst der Lage und meine durch die Not gewachsene Autorität. Während die Knechte und Mägde unsere Bestände und Vorräte inspizierten, forderte ich meine Mutter, Bruder César und den Troubadour auf, mir in die Kapelle zu folgen. Marcabru hatte ich zu unserer Unterredung hinzugebeten, weil er sich nicht nur als einer der ersten aufgemacht hatte, um den Bauern beizustehen, sondern weil er mehr über diesen unseligen Kreuzzug zu wissen schien als jeder andere auf unserer Burg.

In der Kapelle brannten Kerzen. César hatte wohl in der Zwischenzeit den Flügelaltar geöffnet und einen Bittgottesdienst abgehalten. Das niedrige Kreuzgewölbe, der vertraute Anblick der Heiligen Jungfrau, der bittere Geruch des Weihrauchs, all das vermittelte mir das Gefühl aufgehoben und behütet zu sein. Für wenige Augenblicke hoffte ich, nur geträumt zu haben.

»Der HERR sei mit uns allen und verleihe uns Weisheit in dieser schweren Stunde«, sagte César ernst, nachdem wir uns alle vor dem Altar verbeugt hatten.

Ich holte einmal mehr tief Luft, denn mir war speiübel, und fing an zu sprechen: »Meister Marcabru und ich haben mit eigenen Augen gesehen, daß für die Leute jegliche Hilfe zu spät kommt. Es gibt nur zwei Möglichkeiten für uns auf der Burg, und die sind: entweder Widerstand leisten, bis die Vorräte zu Ende gehen, oder sogleich kapitulieren und auf die Gnade der Kreuzritter hoffen.«

Meine Mutter weinte leise, als sie flüsterte: »Es drängt sich mir der Verdacht auf, daß dein Vater tot ist, Bertrand. Niemals hätte er es zugelassen, daß Montfort unsere Besitzungen angreift. Wir sind keine Ketzer, dein Vater hat ihm treu gedient. Mein Sohn, du bist jetzt der Herr von Rhedae, du triffst deine Entscheidungen – wir vertrauen auf dich und auf Gottes Hilfe.«

Bruder César jammerte zum Gotterbarmen. Er verstand nicht, warum die Kreuzritter keinen Unterschied mehr machten zwischen Ketzern und Rechtgläubigen. »Ich denke nicht«, sagte er, und sein hochrotes Gesicht unterstrich seine Empörung, »daß sie es wagen werden, die Burg zu stürmen. Laßt mich hinaus gleich in der Früh – meine Soutane und das goldene Kruzifix, das auf dem Altar steht, werden Montfort schnell erkennen lassen, daß ihm ein Irrtum unterlaufen ist. Er wird unverzüglich ablassen von seinem Angriff, davon bin ich überzeugt! Es ist alles nur ein Versehen!«

»Nun gut«, meinte der Troubadour und zuckte mit den Schultern, »heute nacht werden sie nicht mehr versuchen, uns anzugreifen. Und morgen ... morgen werden wir weitersehen.«

Bei Sonnenaufgang bemerkten wir, daß Montforts Truppen bereits dabei waren, ein riesiges Katapult vor unserer Burg aufzubauen. Ein Priester in magentafarbenem Umhang, umringt von drei Soldaten, die ihm mit ihren Schilden von allen Seiten Schutz boten, und ein kräftiger Ritter im Kettenhemd beaufsichtigten unter lautem Geschrei das Aufstellen der mächtigen Balken. Die starke eiserne Kette, die die schräggestellten Stämme zusammenhalten sollte, lag noch am Boden und glänzte bedrohlich im Morgenlicht.

Bruder César, der nach eigenem Bekunden in der Nacht kein Auge zugetan, sondern die langen Stunden kniend im Gebet zugebracht hatte, witterte seine und damit unser aller Chance. »Bertrand«, sprach er und wuchs bei seinen Worten über sich hinaus: »*Fortes fortuna adiuvat* – den Mutigen hilft Gott! Ich hole jetzt das Kreuz aus der Kapelle, und du öffnest mir den kleinen Seitenausgang, dort, wo das Floß versteckt ist. Ich rudere über den Burggraben und gebe mich ohne Zaudern als guter Katholik zu erkennen. Der HERR sei mit uns allen!«

César war sich der Wichtigkeit seiner Mission bewußt und zugleich voller Gottvertrauen, als er sich auf den Weg machte. Ich selbst und, wie ich an einem kurzen Blick spüren konnte, auch Marcabru, wir waren nicht ganz so überzeugt, daß sein Plan gelingen würde. Durch die Schießscharten beobachteten wir, was geschah. Einige unserer Leute versuchten, dem Priester Rückendeckung zu geben. Der arme, tapfere Mann! Als die Soldaten Montforts merkten, daß ein Bewohner die Burg verlassen wollte, half ihm weder die Soutane noch das Kruzifix oder sein lautstarkes Singen des Tedeum. Mit einem gurgelnden Geräusch sank mein von einem Pfeil getroffener Lehrer vornüber in den Burggraben.

Bruder César war tot. Unsere letzte Hoffnung war dahin.

Wenn ich heute an diesen schwarzen Augenblick zurückdenke, kommt mir unser Kampfruf in den Sinn: »Es lebe der Gott der Heiligen Liebe!« In unzähligen Schlachten war dieser Ruf der Tempelritter zu vernehmen gewesen und hatte unsere Feinde, die wilden Sarazenen, die das Heilige Land besetzt hielten, vor Angst erzittern lassen. Bruder Césars Schlachtruf jedoch, das Tedeum, hatte die Soldaten, die auf Weisung von Papst Innozenz III. in unser Land gekommen waren, nicht beeindruckt. Auch das heilige Kruzifix, das der mutige Mann gleich unserem Templerbanner »Beauseant« in die Höhe gestreckt hatte, hatte sie nicht aufgehalten. Das Kreuz, in dessen Namen die Soldaten vor einem Jahr in den Krieg gegen die Ketzer gezogen waren, das sie sich selbst aus gelbem Stoff an die Schulter geheftet hatten, um jedermann kenntlich zu machen, in wessen Namen sie kämpften, war für sie letzten Endes ohne Bedeutung.

Die Welt war für mich aus den Fugen geraten. Die Tränen liefen mir die Wangen hinab, eine unbezwingbare Übelkeit befiel mich, und wäre nicht Marcabru gewesen, ich weiß nicht, ob ich in meiner Verzweiflung nicht den gleichen Weg gegangen wäre wie César. Viel Leid wäre mir dadurch erspart geblieben. Aber ich hätte niemals Esclarmonde gefunden, meine große Liebe.

3
Die Stunde der Entscheidung

*Alle, Memmen wie Kühne, sagten ihm bei
diesem Angriff: Flieht, Herr, flieht!*
Ambroise, L'Estoire de la guerre sainte

»Junger Herr«, redete Marcabru auf mich ein und schüttelte mich unsanft, »kommt wieder zu Euch! Wenn wir in Trauer verharren, verlieren wir nur Zeit. Führt mich zu Eurer Mutter, damit wir gemeinsam beratschlagen können, was wir tun wollen.«

Meine Mutter weinte. Sie hatte die Nachricht vom Tode Césars bereits vernommen. Ihre Frauen standen ratlos hinter ihr. Niemand getraute sich, ein lautes Wort zu sprechen. Meine eigene Lähmung war jedoch ein wenig gewichen. Denn ich dachte vor allem an meinen armen Vater, der bestimmt nicht gewollt hätte, daß ich die Burg dem Feind kampflos überlassen würde.

»Freunde, laßt uns kämpfen bis zum letzten Tropfen Blut!« rief ich euphorisch, und meine eigene Stimme schien mir Mut zu machen.

Niemand sah mir in die Augen. Keiner sagte ein Wort.

Erst Marcabru brach das Schweigen: »Bertrand de Blanchefort, es steht mir nicht zu, Euch zu entmutigen, aber ich glaube, ich spreche auch im Namen der anderen Herrschaften. Wir sind zu wenige, um uns lange Zeit verteidigen zu können, und die Burganlage ist zu schwach, um eine Belagerung über Wochen oder Monate auszuhalten. Habt Ihr nicht die große Schleuder, die Malvoisine, gesehen, die sie im Begriff sind aufzubauen? Stellt Euch die mächtigen Steine vor, die auf uns herunterprasseln werden. Mit Pfeilen und Schwertern können wir die nicht aufhalten! Wir müssen uns ergeben!«

Als Marcabru meine Enttäuschung bemerkte, zählte er auf, welche Burgen und Dörfer in den letzten Monaten einem ähnlichen Schicksal ausgesetzt gewesen waren. Nach den Massakern von Beziers und Carcasone hatten einzig die Burgen, die der kühne

Pierre-Roger de Cabaret verteidigte, eine Chance gehabt zu widerstehen. »Simon de Montfort, der eine Niederlage nicht verwinden kann, hat sich jedoch blutig gerächt. Er nahm hundert Einwohner des Weilers Bram gefangen, stach ihnen die Augen aus, schnitt ihre Nasen und ihre Oberlippen ab und schickte sie mit einem einzigen Mann, dem man die Augen gelassen hatte, zu Pierre-Roger.«

Ein Raunen ging durch den Saal.

»Rom hat sie geschickt, um die Ketzer unter uns auszuräuchern, aber was haben wir damit zu tun?« rief eine der Damen, eine hagere Frau in mittleren Jahren.

Marcabru hob die Hand: »Ihr seht es jetzt selbst, der Vorwand der Ketzerei wird – wie ich es Euch in meinem Lied vorgetragen habe – von der Gier nach Land und Besitz abgelöst. Das allein ist der Grund, warum man keinen Unterschied mehr macht. Wir alle sind von diesem Heiligen Krieg betroffen! Wenn Ihr mit dem Leben davonkommen wollt, ihr liebwerten Frauen und edlen Herren, so kann ich Euch nur einen Rat geben: Verhaltet Euch wie die Einwohner des befestigten Dorfes Castres im vergangenen Jahr. Sie haben sich, obgleich viele Katharer in ihren Reihen waren, bereits am ersten Tag ihrer Belagerung ergeben und Montfort keinen Widerstand geleistet. Werft Eure Waffen in den Burggraben, hängt die Zeichen der Übergabe an die Zinnen, und dankt Gott, wenn er Euch das Leben läßt. Eure Besitzungen jedoch sind für immer verloren.«

Niemand konnte sich dem Eindruck dieser so klugen wie vernünftigen Rede entziehen. Die Lage war allzu verzweifelt. Und so beschloß ich schweren Herzens, unsere Burg aufzugeben und mich und alle, für die ich die Verantwortung trug, dem Feind auszuliefern.

Mitten in den Vorbereitungen für die Übergabe zog mich meine Mutter zur Seite. »Bertrand, mein einziger Sohn, komm mit mir in die Kapelle. Es ist von großer Wichtigkeit, was ich dir zu sagen habe.«

Auf einer kleinen, mit allerlei Schnitzwerk versehenen Holzbank saß bereits Marcabru, und ich fragte mich argwöhnisch, was um alles in der Welt meine Mutter auch mit ihm zu bereden hätte, denn ich hatte geglaubt, sie wolle mit mir wichtige Familienangelegenheiten besprechen, bevor es ernst wurde.

»Bertrand«, sagte sie, »hör gut zu! Es gibt einen verborgenen Gang, von dem nur dein Vater und ich wissen. Dieser Gang führt aus unserer Familiengruft auf steilen Stufen tief in den Berg hinein bis zu einer kleinen Grotte. Dort – in einer eisernen Truhe – liegen die Familienpapiere und etwas Gold. Ich glaube, dein Vater hat geahnt, was dieser Kreuzzug für unser Land bedeuten könnte.«

Bewegt nahm meine Mutter Abschied von mir, indem sie mir auftrug, mich in diesen Geheimgang zu begeben und die Papiere in Sicherheit zu bringen. Der Weg von der Grotte ins Tal sei allerdings so schmal und gefährlich, daß sie mir nahelegte, sehr, sehr vorsichtig zu sein. Das sei auch der Grund, warum sie und die anderen diesen Fluchtweg nicht nehmen könnten. »Würde dir aus Unachtsamkeit etwas passieren, Bertrand, hätten wir niemals mehr im Leben eine Gelegenheit, unsere Ländereien zurückzufordern, weil die Beweise für unseren Besitz mit dir verloren wären.«

Niemand würde mich finden, wenn ich verunglückte in diesem engen Stollen, der erst in der Nähe von Couiza – nicht weit vom ehemaligen Anwesen der Rabastens – aus dem Fels treten sollte.

»Ich vertraue Euch, Meister Marcabru«, sagte sie nun, wobei sie dem Troubadour eindringlich in die Augen schaute. »Ihr seid Zeuge des heutigen Geschehens. Wollt Ihr mir einen Dienst erweisen und meinen Sohn begleiten?«

Der Troubadour verneigte sich vor meiner Mutter. »Ich verspreche Euch, edle Dame, daß ich Euren Sohn in Sicherheit bringen werde, soweit es in meinen Kräften steht. Euch aber gebe ich den Rat: flüchtet, wenn man Euch am Leben läßt, mit den Mädchen nach Aragon. Dort seid Ihr in Sicherheit. Ich schreibe Euch die Adresse, wohin Ihr Euch begeben könnt, nicht auf, das wäre zu gefährlich. Aber merkt sie Euch gut – auch Ihr, Bertrand. Denn nur so kann sich Euer Sohn später mit Euch in Verbindung setzen.«

Alles in mir sträubte sich dagegen, meine Mutter und meine Schwestern allein ihrem ungewissen Schicksal zu überlassen, aber sie bat mich so inständig, das Erbe der Familie in Sicherheit zu bringen, daß ich ihr gehorchen mußte. Meine tapfere Mutter umarmte mich unter Tränen und führte uns dann in einen Seitengang der Kapelle. Nacheinander stiegen wir die schmalen Stufen hinab zur Gruft. In dem unruhig flackernden Licht der Fackel erkannte ich die Umrisse der steinernen Sarkophage, in denen unsere Vorfahren ruhten. Sie standen in Reih und Glied, für die Ewigkeit bereit. Als Kinder hatten wir uns oft genug heimlich hierhergeschlichen, weil uns zwischen den Sarkophagen so schön gruselte.

Zielstrebig schritt Mutter auf den offenen, in der Mitte der Reihe befindlichen Steinsarkophag zu. Er enthielt einen großen Sarg, geschnitzt aus dem Holz der heimischen Steineiche und verziert mit dem Familienwappen derer von Blanchefort.

»Bertrand, ich bitte dich, jetzt nicht zu erschrecken. Was ich tun werde, muß ganz einfach getan werden!« flüsterte Mutter. Sie schob den hölzernen Deckel beiseite und – ich glaubte fast, mir würden die Sinne schwinden – holte nach und nach die Knochen und den Schädel meines Urgroßvaters Guilleaume de Blanchefort heraus! Mit versteinertem Gesicht stapelte sie die einzelnen Knochen rechts neben dem Sarkophag, bis der Holzsarg völlig leer war. Sie entnahm der Kiste auch die Überreste zweier gepolsterter seidener Decken, auf die der Leichnam einst gebettet worden war, und legte sie ebenfalls zur Seite. Dann bat sie mich um Hilfe, und gemeinsam entfernten wir den halben Boden des Holzsarges, der meisterlich eingepaßt war. Als ich die Fackel nach unten hielt, sah ich plötzlich, daß es dort tatsächlich abwärts ging. Welch raffiniertes Versteck! Auch Marcabru war die Überraschung ins Gesicht geschrieben.

Mutter, die von Kindesbeinen an praktisch und vorausschauend war und nie den Überblick verlor, hatte für uns mehrere Seile, sowie ein Bündel Fackeln zurechtgelegt. Proviant und zwei Schläuche mit Wasser vervollständigten unsere Ausrüstung. Ein alter Lederbeutel sollte später den Inhalt der Truhe aufnehmen.

»Eilt euch«, drängte sie jetzt, »bevor sich jemand auf die Suche nach euch macht. Es soll niemand wissen, wohin ihr gegangen seid!«

»Nein, nein, nein!« schallte es uns plötzlich entgegen, und ein tränenüberströmtes Mädchen stürzte die Treppe herab, umfaßte mein rechtes Bein und schluchzte: »Bruder, bitte, laß uns nicht im Stich. Bleib bei uns, ich bitte dich! Geh nicht!«

Meine Mutter, gleichermaßen erschrocken und bestürzt, versuchte Alazaïs von mir zu trennen und an ihre Vernunft zu appellieren. Das einzige aber, was sie erreichte, war ein trotziges Gesicht, über das noch mehr Tränen rannen.

»Wenn er nicht bleibt, bleibe ich auch nicht. Dann gehe ich eben mit, basta!«

»Alazaïs!« tadelte Mutter sie scharf. »Was sind das für Töne! Du hast das zu tun, was ich dir sage! Es ist notwendig für unser ganzes Geschlecht, daß sich Bertrand mit unseren Papieren in Sicherheit bringt. Und dieser Notwendigkeit hast du dich zu beugen. Laß sofort deinen Bruder los, und hör mit dem Weinen auf!«

Alazaïs schluchzte daraufhin noch lauter und klammerte sich noch fester an mein Bein. Mutter versuchte, sie mit Gewalt hochzuziehen. Als es ihr nicht gelang, zischte sie ärgerlich: »Contenance! Eine Blanchefort ist keine Memme! Du tust auf der Stelle, was ich dir sage. Steh augenblicklich auf, Mädchen, und laß Bertrand gehen! Mit deinem Gezeter machst du die ganze Burg auf uns aufmerksam!«

Zu jeder anderen Gelegenheit hätte meine Schwester sich ohne Murren gefügt. Das Wort einer Mutter war Gesetz in unserem Land, bis die Mädchen sich verheirateten und manchmal noch darüber hinaus. Doch Alazaïs wagte, was sie zu normalen Zeiten nicht gewagt haben würde. Sie schüttelte energisch Mutters Hand ab, stand auf, wischte sich mit dem Handrücken über ihre tränennassen Augen und sagte dann ganz ruhig, aber mit einer Bestimmtheit, die keinen Widerspruch duldete: »Ich werde nicht bei Euch bleiben, Mutter, und mich dem Soldatenpöbel ausliefern. Ganz sicher nicht. Lieber stürze ich mich in diesem Schacht zu Tode. Und das ist mein letztes Wort. Wenn Bertrand geht, gehe ich auch!«

In meiner Brust schlugen zwei Herzen. Einerseits hatte ich

Angst, die Verantwortung für meine Schwester aufgebürdet zu bekommen, zum anderen konnte ich mir gut vorstellen, was die Soldaten mit ihr anfangen würden. Meine jüngeren Schwestern waren noch Kinder und daher weit weniger gefährdet als Alazaïs, die gleich mir an der Schwelle zum Erwachsenwerden stand.

Marcabru war es wieder einmal, der letztendlich entschied. Er versprach, uns beide in Sicherheit zu bringen.

»Nun gut, soll sie ihren Willen haben, vielleicht ist es so das beste. Gott sei mit dir, Mädchen!« sagte meine Mutter leise und zeichnete ihr ein Kreuz auf die Stirn. Sie fielen sich um den Hals – und jetzt verlor auch Mutter ihre Contenance. Verlegen schaute ich zu Boden, während der Troubadour sich umwandte und ein weiteres Mal in die Tiefe des Schachtes spähte.

Als die beiden Frauen endlich voneinander Abschied genommen und Mutters Ermahnungen ein Ende gefunden hatten, meinte ich: »Etwas haben wir noch nicht bedacht! Alazaïs kann unmöglich in ihren Frauenkleidern nach unten steigen. Das ist zu gefährlich! Mutter, holt bitte unauffällig ein paar Sachen aus meiner Kammer, damit sie sich rasch umziehen kann!«

Alazaïs stand ein wenig verloren am Rande des Schachtes und wußte nicht so recht, ob sie lachen oder weinen, ob sie sich selbst für ihren Mut bewundern sollte oder ob er ihr Angst einflößte. Die Tränen waren versiegt, und ein kleines, unsicheres Lächeln, eher verkrampft als freundlich, umspielte ihren Mund.

»Das mit der Verkleidung war sehr weise, mein junger Freund!« lobte mich der Troubadour. »Auch auf der Flucht ist es das beste, wenn die junge Dame für einen jungen Mann angesehen wird.«

Und so zwängten sich bald darauf drei Männer durch die Öffnung des Sargbodens. Sofort ging es steil abwärts. Alte, feuchte Stufen beanspruchten unsere ganze Aufmerksamkeit.

»Gott segne dich, mein Sohn, und dich, meine Tochter, und Euch auch, edler Freund«, rief uns meine Mutter nach, bevor sie wieder den Holzboden vor die Öffnung schob, um alles in den ursprünglichen Zustand zu versetzen.

Modrige und abgestandene Luft waberte empor. Kein Geländer konnte uns helfen, im Gegenteil, die Wände waren derartig glitschig, daß wir uns nur mit Mühe daran festkrallen konnten. Einmal gab es einen breiten Tritt, ein anderes Mal fehlte eine Stufe ganz, so daß wir uns sehr vorsichtig hinuntertasten mußten. Mein Herz schlug mir bis zum Halse, wie mußte es erst Alazaïs zumute sein. Sie klagte jedoch nicht, allein kurze und angespannte Atemstöße waren von ihr zu hören. Alle drei waren wir durch ein Seil miteinander verbunden. Marcabru, der vorauskletterte und gewissermaßen das Terrain erkundete, suchte nach jedem Schritt den rechten Fuß des Mädchens und trachtete danach, ihn an eine sichere Stelle zu dirigieren. Jetzt wußte ich, warum mir Mutter den Troubadour an die Seite gestellt hatte, und heute ist mir auch klar, weshalb mich mein Vater nicht eingeweiht hatte in das Geheimnis. Denn hätte ich damals davon gewußt, mein jugendlicher Leichtsinn hätte nach seiner Abreise keine Ruhe gegeben. Unermüdlich hätte ich mich auf die Suche nach dem Geheimgang gemacht und wäre möglicherweise bei seiner Erkundung verunglückt. Wer von meinen Vorfahren hatte ihn wohl gebaut?

Mittlerweile befanden wir uns in einer engen Röhre von sicher nicht mehr als vier bis fünf Fuß Durchmesser. Die Luft wurde so stickig, daß ich regelrecht Beklemmungen bekam. Marcabru mochte es nicht besser ergehen, denn er legte derart viele Pausen ein, um »Luft zu holen«, wie er sagte, daß wir noch langsamer vorwärts kamen. Alazaïs begann ein klein wenig zu wimmern, weil sie sich die Hand aufgerissen hatte.

Plötzlich blieb Marcabru ohne Vorwarnung stehen. »Achtung«, rief er, »ich glaube, es geht nicht weiter abwärts, das bedeutet, daß die Grotte irgendwo seitlich zu finden sein müßte.« Er leuchtete mit der Fackel die Wände ab – und tatsächlich, in Kniehöhe fand sich ein Loch, nicht breiter als vielleicht zwei bis drei Fuß. Glücklicherweise waren wir alle nicht gerade von kräftiger Statur, denn Werkzeug, das Loch zu verbreitern, hatten wir nicht bei uns.

Der Troubadour robbte als erster vorsichtig durch die Öffnung ins Ungewisse. Alazaïs folgte ihm. Als ich das Bündel mit den Seilen, den Fackeln und dem Proviant nachschieben wollte, vernahm ich einen so entsetzten Schrei, daß mir noch heute, wenn ich daran denke, die Knie zittern.

»Um aller Heiligen willen, wer seid Ihr?« hörte ich Marcabru überrascht ausrufen.

Seine Frage hallte als Echo von den Wänden der Grotte wider und wider und versetzte mich geradezu in Panik. Dennoch kroch ich, ohne zu überlegen, hinterher, weil ich die beiden auf keinen Fall im Stich lassen wollte. Als ich schließlich auf der anderen Seite emporschaute, versagten meine Stimme und mein Körper. Ich konnte nur noch flüstern: »Vater, Ihr hier?«, dann fiel ich in Ohnmacht.

4
Die Geschichte meines Vaters

... und wenn mich der Tod in weltlichen Geschäften überrascht,
sollen die Brüder mich in Empfang nehmen,
mich an angemessenem Ort beisetzen
und mich an ihren Almosen und Benefizien teilhaben lassen.
Ordensregel

Mit unserem Vater hatten wir Kinder kein so inniges Verhältnis wie mit der Mutter. Der Graf von Blanchefort, ein energischer Mann, groß und stark und zuweilen ruppig wie ein Bär, war oft auf Reisen. Schon einmal hatte er sich Kreuzfahrern angeschlossen, und sein Weg hatte ihn sogar ins Heilige Land geführt. Was aber war das für eine Freude, wenn er zurückkehrte! Die Dienstboten rupften die bunten Hühner, palten Erbsen, deckten die Tafeln im Hof, schleppten große hölzerne oder geflochtene Schüsseln mit Brotteig zum Backhaus, aus dem bereits ein verführerischer Duft strömte. Mutter hatte rote Wangen, lachte den ganzen Tag und vergaß für Stunden, in die Kapelle zu laufen, um zu beten. Und – was das Wichtigste für uns Kinder war – niemals hatte Vater die Geschenke vergessen! Am Abend, nach dem festlichen Essen, holte er sie aus seinen Satteltaschen. Wie leuchteten Mutters Augen, wenn er einen güldenen Reif, ein glänzendes Juwel und obendrein einen besonderen bestickten Seidenstoff hervorzauberte, aus dem ihre Damen sicherlich bald ein herrliches Gewand schneidern würden. Den Mädchen hatte er hölzerne Puppen, kleine Spinnräder, Kämme, rote Schleifen, goldene Bänder und anderen Kram mitgebracht. Alix, die wilde, jedoch war immer ein wenig neidisch gewesen auf die Steckenpferde, buntbemalten Holzschwerter und Wappenschilde, die er nur für mich, für seinen Sohn, dabei hatte. Am liebsten schlüpfte ich dann in die Rolle von König Artus, von dem ich gelesen hatte. Die Schwestern und die Kinder der Dienstboten waren in diesen Spielen meine Untergebenen, lauschten meinen Reden und befolgten meine Anweisungen. Oft aber war ich auch der mächtige König von Aragon, der damals unser Schutzherr war.

Mein Vater erzog mich in den Rittertugenden, bildete mich im Reiten, Fechten und Kämpfen mit einem echten, dem eisernen Schwert aus – wenn ich auch im Rückblick zugeben muß, daß ich in dieser Beziehung möglicherweise eine Enttäuschung für ihn war, denn mit meiner Begabung in der Kriegskunst war es nicht weit her. Mich faszinierten viel mehr die alten Folianten und Schriftbände, in die mir Bruder César Einsicht gewährte. Am meisten verehrte ich Ovid. Mit ihm und den anderen wertvollen, jedoch durch jahrelangen Gebrauch ziemlich zerfledderten Bänden konnte ich mich stundenlang beschäftigen. Vor allem im Winter saß ich ständig im Studierzimmer herum und schmökerte. Nicht alles habe ich verstanden, das gebe ich gerne zu. Doch selbst César oder meine Eltern konnten meine Fragen oft nicht zu meiner Zufriedenheit beantworten. Manches von dem, was ich als Kind gelesen habe, verstehe ich bis heute nicht. Aber welcher Mensch kann schon von sich behaupten, weise zu sein.

Für einen weiteren Zeitvertreib jedoch hatte mein Vater überhaupt kein Verständnis: für das Faulenzen. Häufig wurde er geradezu wütend, wenn ich mich mit Pierre zum Fischen getroffen und in den Tag hineingeträumt hatte, so daß ich ihm zu manchen Zeiten lieber aus dem Wege gegangen bin, statt seine Nähe zu suchen.

War meine Mutter eine fromme, gottesfürchtige und auch zärtliche Frau, die großen Wert auf unsere christliche Erziehung und ein tugendsames Leben legte, so sah mein Vater vor allem in dem »Pfaffengeschwätz« mehr eine Zeitvergeudung denn eine Angelegenheit, die für unser Seelenheil wahrhaft wichtig gewesen wäre. Auch mit der Tugend hielt er es nicht so genau. Ich nehme an, daß ich nicht sein einziger Sohn war, und das heimliche Tuscheln der Dienstboten über dieses ergiebige und überaus beliebte Thema gab meiner Vermutung ab und an neue Nahrung, wenngleich ich mit dem Ausdruck »Bastard« lange nichts hatte anfangen können. Als ich, zwölfjährig, aber eines Tages in unserer Scheune entdeckte, wie Vater im Heu, ohne seine Beinkleider anzuhaben, mit seiner kräftigen behaarten Hand gerade die Röcke einer Magd hob, während sein Kopf bereits zwischen ihren nackten, vollen Brüsten lag, da wußte ich, was gemeint war. Vater war jedoch keineswegs verlegen, lachte nur bei meinem Anblick und schickte mich hinaus. Ich schämte mich für ihn und rannte mit brennenden Wangen den Berg hinab, bis ich mich wieder beruhigt hatte. Am Abend zog er mich ein wenig an den Haaren und raunte mir zu: »Ein wahrer Ritter versteht zu schweigen, mein Sohn!« Ich nickte stumm und verstand, konnte jedoch lange Zeit des Nachts das Bild, wie mein Vater bei der drallen Magd lag, nicht loswerden.

Nichts auf der Welt schien meinen Vater wohl wirklich in Bedrängnis bringen zu können. Er war der Graf. Sein Land und die Menschen, die unter seinem Schutz lebten und ihn dafür respektierten – und natürlich seine Familie, die er, trotz aller amourösen Eskapaden, von Herzen liebte –, waren ihm das Wichtigste. Was ihm seine Verantwortung für eine bestimmte Sache wirklich bedeutete, wurde mir aber erst klar, als ich in der Grotte im Inneren des Berges von Rhedae wieder zu mir kam und seine Geschichte hörte.

Mein Vater war tödlich verwundet. Man sah es zuerst an seinem wächsernen, angespannten Gesicht, hörte das Röcheln, wenn er Luft holte, und entdeckte dann den abgebrochenen Schaft eines Pfeiles, dessen eiserne Spitze noch immer in der Nähe seines Herzens steckte. Marcabru hinderte mich daran, ihn herauszuziehen, denn wir hätten die heftige Blutung, die einsetzen würde, nicht stillen können. Alazaïs saß bleich und zitternd neben Vater und hielt seine Hand.

Trotz seiner schweren Verletzung war er bei klarem Verstand, und nachdem ich ihm Marcabru vorgestellt und von den schrecklichen Ereignissen um unser Dorf und der Belagerung erzählt hatte, unterbrach er mich. Es wäre Zeit, mir und Alazaïs etwas Wichtiges mitzuteilen.

»Meine Kinder«, sprach er leise und unter langen Pausen, woran ich erkennen konnte, wie groß wohl seine Schmerzen waren. »Meine lieben Kinder, man hat mich hintergangen, wie es schlimmer nicht hätte kommen können. Es ist gut, daß ihr einen Zeugen bei euch habt, der euch offensichtlich wohlgesonnen ist, und es ist gut, daß wir uns noch einmal getroffen haben, denn ich habe nicht mehr die Kraft, den Geheimweg zur Burg hinaufzuklettern, so wie ich es eigentlich geplant hatte.« Unter leisem Stöhnen richtete er sich ein klein wenig auf, aber als ich versuchte, ihn zu stützen, winkte er ab. »Laß nur, Bertrand, ich weiß mir alleine zu helfen. Habt ihr vielleicht einen Schluck Wasser für mich?«

Marcabru reichte ihm den Schlauch.

»Bitte, Herr, trinkt nicht allzuviel, bei Eurer Verletzung müßt Ihr vorsichtig sein.«

»Ihr habt Humor, das muß ich Euch schon lassen, Meister Marcabru! Glaubt mir, ich weiß schon seit einiger Zeit, daß das Ende naht. Vorsicht habe ich mein Leben lang nicht gekannt, und sie ist das letzte, das ich gewillt bin, jetzt für mich noch in Anspruch zu nehmen.«

Als mein Vater versuchte, am Ende seiner Worte wie gewohnt laut aufzulachen, blieb ihm jedoch unverhofft die Luft weg. Er mußte schrecklich husten, spuckte Blut und Schaum, und das überzeugte ihn schnell, daß ein klein wenig Vorsicht doch angebracht wäre, wenn er uns seine Geschichte mitteilen wollte, bevor er sterben würde.

»Was ist mit Euch passiert, Vater, daß Ihr so schwer verletzt seid?« fragte ich ungeduldig und kauerte mich nahe zu ihm auf den unebenen, feuchten Boden der Grotte, damit er nicht gar so laut reden mußte. Marcabru kniete sich vor uns und hörte ebenfalls aufmerksam zu.

»Wie du weißt, mein Sohn, hat man mir versprochen, mein Land und meine Leute – auch die Katharer unter ihnen – zu verschonen, wenn ich mich dem Kreuzzug gegen die große Ketzerei anschließen würde. Ich habe das schwerzen Herzens getan, und ich beging damit einen der größten Irrtümer, die mir im Leben jemals unterlaufen sind. Schon bald nach meiner Abreise erkannte ich meinen Fehler, als ich vom Schicksal der Stadt Beziers erfuhr.«

»Ja, Meister Marcabru hat von dem grausamen Massaker und

den Tausenden Toten, die die Kreuzritter dort zurückgelassen haben, berichtet.«

»Als ich mit meinen Leuten endlich zu Montfort stieß, kehrte die Mehrheit der Ritter und Soldaten, die in unser Land gekommen waren, gerade wieder nach Hause zurück. Die vierzig Tage, die sie sich verpflichtet hatten, waren zu Ende. Der Heerführer schien daher sehr erfreut, mich und meine Männer zu sehen, er behandelte uns zuvorkommend, war überaus höflich und einnehmend. So zogen wir mit ihm los, um Ketzer zu fangen und den rechten Glauben zu verteidigen. Viele Orte ergaben sich, als sie unser kleines, aber unerbittlich und geschickt angreifendes Kreuzzugsheer vor den Mauern auftauchen sahen. Andere weigerten sich, die Ketzer in ihren Reihen auszuliefern, und oftmals waren wir gezwungen, wochenlang vor einer Burg zu lauern, bis wir einen Weg gefunden hatten, diese zu erobern. Dann aber schlug Simon de Montforts Stunde. Für den katholischen Montfort – und ich betone ausdrücklich das Wort katholisch – gab es nämlich weder Gnade noch Erbarmen! Er metzelte nieder, wen immer er erwischen konnte. Frauen, Kinder, Greise. Katharisches Blut floß genauso wie katholisches. Selbst die Juden, die sich, wie man weiß, aus der Ketzersache heraushalten, hatten nichts zu lachen. Sein ganzes Vorgehen erinnerte mehr an ein brutales Strafgericht gegenüber der gesamten Bevölkerung des jeweiligen verstockten Weilers denn an die Bewahrung unseres katholischen Glaubens, für den doch die meisten in den Krieg gezogen waren.«

Wiederum rang Vater nach Luft, das Reden schien ihm, vor allem, wenn er auf die schrecklichen Ereignisse zurückblickte, noch schwerer zu fallen. Er seufzte tief und fuhr nach kurzem Stocken fort:

»Meine Männer und ich waren entsetzt. Wir waren jedoch leichtsinnigerweise durch unser Wort auf ein ganzes Jahr gebunden an diesen Mann, der auf den ersten Blick wie ein großer und sanftmütiger Ritter erscheint, elegant und galant zugleich, mit einer einschmeichelnden, warmen Stimme ausgestattet, die viele Leute geradezu in ihren Bann zieht. Hat er aber einmal Blut geleckt, so gibt es kein Halten mehr, er wütet, bis auch der letzte tatsächliche oder vermeintliche Gegner verbrannt ist.

Nun gut, wer wie ich durch eine List verhindern will, daß ein solcher Schlächter in das Land unserer Väter eindringt, um dort alles zu verwüsten – und mein Sohn, das merke dir, unser Land ist wahrhaftig gutes Land, es ist fruchtbar, und es leben dort fleißige Menschen« – mein Vater hatte bei diesen Worten meine Hände gesucht – »wer also solches verhindern will, der muß eben zuweilen gute Miene zum bösen Spiel machen, so sagte ich zu mir. Insgeheim aber gab ich die Parole aus, daß sich unsere Männer nicht unbedingt zwingen müßten, gegen offensichtlich unschuldige Leute grausam vorzugehen. Manche verstanden, was ich damit sagen wollte, andere jedoch hatten inzwischen selbst Freude am Brennen, Plündern und Morden gefunden.

Montfort übrigens versteht es ausgezeichnet, sich die Hände in Unschuld zu waschen. Nach einem Sieg fällt dieser größte Heuchler aller Zeiten – und glaubt mir, das ist er in der Tat – vor allen auf die Knie, dankt dem HERRN und meint danach, daß Gottes Zorn erneut in wunderbarer Weise gegen die Stadt oder Burg gewütet habe. Die zahlreichen Pfaffen, die ihn begleiten, sind in goldbestickte Gewänder gekleidet. Sie singen beim Anblick der rauchenden und stinkenden Scheiterhaufen selbstgerecht das Tedeum und vermitteln denen, die das Kreuz nahmen, damit das Gefühl, richtig gehandelt zu haben, wenn sie zuvor auch noch so grausam vorgegangen waren. – Gebt mir bitte noch etwas Wasser, und richtet mich vorsichtig ein klein wenig auf.«

Später, als ich mit Marcabru noch einmal über Vater sprach, erwies sich, daß wir beide den gleichen Eindruck gehabt hatten: Es mußte für meinen Vater eine unendliche Erleichterung gewesen sein, über die bösen Dinge, an denen er teilgenommen hatte, zu reden. Es war gewissermaßen seine letzte Beichte auf Erden, bevor er die große Beichte vor dem HERRN ablegen würde.

»Ihr glaubt nicht, wie sich Tage hinziehen können, die angefüllt sind mit Feuer, Blut und Tod«, fuhr er fort, die Augen geschlossen. »Meist war mir schon am Morgen übel von dem, was ich im Laufe des Tages mit ansehen und tun mußte.«

Ein erneuter Hustenanfall schüttelte ihn, und wieder sickerte schaumiges Blut die Mundwinkel hinab. Alazaïs säuberte ihn notdürftig. Er aber hatte es plötzlich eilig aus Angst, daß die Zeit, die ihm für seinen Bericht noch bleiben sollte, ihm verrann.

»Wir zogen weiter, in das Land der schroffen Felsen, der Schluchten und Wasserfälle, bergab und bergauf, und erreichten bald die kühne Burg des Grafen von Termes, die hoch oben wie ein Adlernest auf dem Fels klebt. Raymond de Termes, so erzählten uns die Pfaffen, wäre bereits ein Ketzer der zweiten Generation. Sein Bruder, Benoit de Termes, sei gar Katharerbischof des Razès. Viele Ketzer hätten überdies bei Raymond de Termes Unterschlupf gesucht.

Die Belagerung dauerte lange, die schreckliche Hitze des vergangenen Sommers zog sich bis in die Tage des Novembers hin, und noch immer war kein Ende abzusehen. Dieses Mal aber war die Sache schwieriger, als wir dachten. Der schlaue Raymond de Termes hatte sich wohl einen besonderen Waffenbauer verpflichtet, der immer aufs neue und in Windeseile die von uns zerstörten Vorwerke verschanzte. Für mich und viele meiner Männer war eine solche Belagerung geradezu eine Erholung von den Schrecken der vergangenen Monate. Aber es kam doch der Tag, an dem klar wurde, daß Montfort, der längst der Sache überdrüssig war, das Bollwerk, Le Termenet genannt, in Kürze einnehmen würde. Als wir hörten, daß die Eingeschlossenen ohne Wasser seien, die Zisternen alle leer, sandte Simon sofort einen Boten zu Termes, um ihm die Übergabebedingungen zu diktieren. Schweren Herzens ging Termes darauf ein. Als noch die Verhandlungsführer um den Termin feilschten – Termes hatte auf einem gewissen Aufschub bestanden –, fing es plötzlich an, zu donnern, weit entfernt zwar, aber doch deutlich hörbar. Einige Wolken schienen sich am Horizont zusammenzuballen, sie changierten von einem hellen Grau ins Lavendelfarbene. Der Graf von Termes hörte und sah natürlich auch, daß sich da eine Hoffnung aus nicht mehr heiterem Himmel auftat. Eine geschickte Ausrede gebrauchend, brach er die Verhandlungen für diesen Tag ab – ich hätte an seiner Stelle nichts anderes getan. Die Legaten trotteten verdrossen wegen der unverrichteten Dinge ins Lager zurück. Montfort war wütend. Das Gewitter scherte sich nicht darum, kam näher und näher, und es fing tatsächlich an zu regnen, so daß sich die Zisternen in der Burg einfach wieder füllen mußten. Heftig donnerte und blitzte es dazu, und zum krönenden Abschluß ergoß sich ein Wolkenbruch nie dagewesenen Ausmaßes auf Freund und Feind. Letzterer schoß unter Hohngelächter einen Pfeilregen auf uns hinab, die wir bereits knöcheltief im Dreck saßen.

Montfort war blaß vor Zorn. Eigensinnig und ungeachtet der mißlichen Umstände, stampfte er stundenlang durch den Schlamm und haderte mit seinem Gott. Keiner wagte, ihn anzusprechen. Hatte der HERR ihn im Stich gelassen, möglicherweise gar die Seite gewechselt?

Nein, Montfort – das hatte ich längst gemerkt – war seinem Wesen nach nicht in der Lage, eine Niederlage einzustecken. Und so focht er lieber mit dem HERRN die ganze Nacht, als sich demütig Seiner Entscheidung zu beugen. Wäre er doch nur ein einziges Mal mit sich selbst ins Gericht gegangen, vielleicht hätte sich dann doch noch alles zum Guten gewendet!

Warum jedoch der HERR an ihm einen Narren gefressen hatte, seine Gebete erneut erhörte und zwei Tage später wieder in ›wundersamer Weise‹ und ganz im Sinne Montforts ›wütete‹, weiß nur ER selbst. Plötzlich ging nämlich das Gerücht um, daß die Leute auf der Burg erkrankt seien, und tatsächlich ergab sich Termes um die Mittagszeit des übernächsten Tages aus freien Stücken. Was war geschehen? Man sprach davon, daß Ratten in die Zisternen eingedrungen wären und das Trinkwasser verseucht hätten. Die Menschen litten jedenfalls erbärmlich, sie hatten heftigen Durchfall, hohes Fieber und blutiges Erbrechen obendrein. Die Kinder jammerten und hielten sich die aufgeblähten, schmerzenden Bäuche, als sie uns mit angstvollen Augen entgegensahen. Montfort, dieser Schlächter, hängte den Grafen von Termes zur Abschreckung aller sofort an den Galgen. Dann metzelte er jeden nieder, der ihm in die Hände fiel. Ich stand abseits, das Grauen beobachtend, und mir drehte sich der Magen um, obwohl ich mit Sicherheit nicht von dem schlechten Wasser getrunken hatte.

Am späten Abend, bei der Siegesfeier, übergab Simon de Montfort die Burg seinem treuen Freund Alain de Roucy als Geschenk, der sich an diesem Tag in besonderer Weise hervorgetan hatte. Ihr könnt euch denken, was ich damit meine.«

Für kurze Zeit schloß Vater die Augen. Marcabru saß mit untergeschlagenen Beinen auf der Erde und schwieg. Alazaïs wimmerte leise vor sich hin.

Endlich fuhr er fort: »Es war am frühen Morgen des nächsten Tages, kurz vor Sonnenaufgang – alles schlief noch, trunken vom Wein und berauscht vom Blut der großen Metzelei –, als ich den frommen Simon de Montfort in seine Andacht versunken sah. Er hatte die Plane seines rot-weiß gestreiften großen Heerführerzeltes zurückgeschlagen, um frische Morgenluft hineinzulassen, und sprach deutlich hörbar mehrere Vaterunser. Vielleicht war ihm in dieser Nacht gleich mir die Ruhe mißgönnt gewesen, wenn auch aus unterschiedlichen Gründen.

Die Gelegenheit war günstig. Ich faßte mir ein Herz, ging auf ihn zu und sprach ihn an, als er gerade aufstehen wollte. ›Edler Graf, auf ein Wort!‹ sagte ich und verbeugte mich vor ihm.

Überrascht drehte er sich zu mir um. ›Auch auf mehr, wenn Ihr wollt, Blanchefort, auch auf mehr! Habt Ihr einen besonderen Wunsch – er sei Euch gewährt. Heute bin ich glänzender Laune, wie sollte es auch anders sein. Hört nur, wie die Nachtigall singt!‹ Er wies auf eine dunkle Dornenhecke hinter seinem Zelt, aus der in der Tat ein unvergleichlich schöner Gesang ertönte. ›Der Vogel stimmt ein in unser aller Lobgesang nach diesem großen Sieg! Gott ist auf unserer Seite!‹ sagte er in überaus warmem Ton, so daß es mir schwer wurde, mit dem zu beginnen, was ich ihm sagen wollte.

›Graf von Montfort, ich suche das Gespräch mit Euch, weil ich die ganze Nacht kein Auge zugetan habe. Ich kann nicht in diesen Lobgesang einstimmen, von dem Ihr gerade spracht. Denn genau wie Ihr dereinst, habe ich bereits als Kind gelernt, daß geschrieben steht: Liebet eure Feinde wie euch selbst!‹

›Worauf wollt Ihr hinaus, Blanchefort‹, unterbrach mich Montfort barsch und kniff die Augen zusammen. Von seiner blumigen Sprache war nun nichts mehr zu spüren, jedes Wort kam messerscharf aus seinem Mund geschossen. Sogar die Nachtigall war verstummt.

›Ich will es kurz machen, Graf: Ich denke, daß Gott und auch unser Herr Jesus Christus es lieber sehen würden, wenn wir etwas nachsichtiger bei der Verfolgung der Ketzer vorgingen!‹

Nun war es ausgesprochen. Ich hatte absichtlich das Wort ›nachsichtig‹ gewählt, um seine Überempfindlichkeit gegenüber Kritik nicht noch zu steigern.

Aber es hatte auch so gelangt. Montfort, den dunklen Umhang, den er ständig trug, des kühlen Morgens wegen eng um sich gewickelt, sah mich lange an, seine breite Brust hob und senkte sich, als ob er Schwierigkeiten hätte mit dem Atmen. Seine Hände, die ungewöhnlich zart und langgliedrig sind, fingen an zu zittern. Dann, nach einer nicht enden wollenden Pause, antwortete er mir leise, wobei seine mühsam unterdrückte Wut über meine Worte unmißverständlich im bedrohlichen Funkeln seiner schwarzen Augen zum Ausdruck kam. ›Natürlich, Graf von Blanchefort‹ – geringschätzig zog er meinen Titel in die Länge –, ›Ihr seid ein Mann des Südens, eigentlich habe ich von Euch nichts anderes erwartet, als daß Ihr die Brut, die Ihr seit Jahrzehnten an Eurem Busen genährt habt, auch jetzt noch in Schutz nehmt. Nachsichtiger soll ich sie behandeln! Ha! Daß ich nicht lache! Ich werde euch Verrätern zeigen, was Nachsicht bedeutet!‹

Mit seiner ausgestreckten Rechten kam er auf mich zugeschossen, doch ich sah ihm fest in die Augen, wich kein Jota zur Seite, so daß er kurz vor meinem Antlitz ein wenig ins Schwanken geriet. Ich konnte sehen, daß ihm zahlreiche Schweißperlen auf der Stirn standen. Angstschweiß konnte es nicht sein, das Wort Angst ist diesem Bastard fremd. Nein, Bertrand, ich bin mir sicher, es waren Perlen der Wut, das zornige Herz zu kühlen, damit es nicht bersten würde.

›Ich warne Euch, Blanchefort‹, schrie er jetzt, und ringsumher wurden hastig die Stoffbahnen der Zelte zurückgeschlagen, um ja nicht zu versäumen, was sich zu so früher Stunde Aufregendes ereignete. ›Ich werde ab sofort ein besonderes Augenmerk haben auf Euch und Eure Männer, die Ihr alle katharisches Gift in Euren

Adern habt! Ihr steht noch immer unter Verpflichtung, Graf! Haltet Ihr zukünftig nicht Euer ungewaschenes Maul, lehnt Ihr es mit Eurer weichlichen Einstellung gar ab, meinem Befehl mit äußerstem Einsatz zu folgen, so werde ich Mittel und Wege zu finden wissen, Euch dies spüren zu lassen. Und was die Nachsicht anbelangt, die Ihr mir so frech an Herz gelegt habt, glaubt Ihr allen Ernstes, daß gegen die Katharer mit Nachsicht etwas auszurichten wäre? Ich bin einzig dem HERRN und dem Heiligen Vater von Rom verpflichtet, und ich habe von beiden, ich betone: von *beiden*, die Legitimation, mit allen mir zur Verfügung stehenden Mitteln die Teuflischen auszurotten. Nur das ist von Bedeutung für mich! Also schert Euch hinfort mit Eurer unverschämten Fürsprache, und verderbt mir nicht meine Andacht. Und – nehmt Euch zukünftig in acht!«

Erschöpft sank Vater in sich zusammen. Er gab noch nicht auf, aber sein Redefluß stockte mehr und mehr, geriet zu einem schrecklichen Lallen.

»Eine ... eine heimliche Lagebesprechung mit den Getreuen unter meinen Leuten hatte zur Folge ... hatte zur Folge, daß sich einige der Besten bei Nacht und Nebel davonschlichen ... jawohl – auf und davon! Wer kann es ihnen verdenken! Die Gefahr, eines Tages selbst brennen zu müssen, war wegen meiner Auseinandersetzung mit Montfort in greifbare Nähe gerückt, denn er kennt keine Gnade. Aber als ich ... als ich von seinem Plan hörte, das Tal von Rhedae zu überfallen, unsere Heimat, Sohn, da ...

Wisse, Bertrand ... die Pfaffen sind es, die dahinterstecken, die Pfaffen – sie suchen ...«

Zusehends wurde Vater schwächer, die Augen fielen ihm immer wieder zu. Er begann zu röcheln. Ich strich ihm zärtlich über das Gesicht und hielt mit der Linken seine unruhigen Hände. Alazaïs umklammerte seine Beine, die der Kälte oder des nahenden Todes wegen heftig zu zittern begannen. Erneut weinte sie vor sich hin.

Da schlug Vater wieder die Augen auf. »Hör zu, mein Sohn, und merke auf meine Worte ... ich ... ich weiß nicht, wie lange meine Kraft noch reicht.« Der Schweiß rann ihm in Strömen das Gesicht hinab trotz der eisigen Kälte. »Auch ich bin desertiert! Auch ich! Er will mich haben! Wenn Montfort unsere Burg angreift, wird niemand überleben. Seine Wut! Unvorstellbar! Adelaïde und die Kleinen werden sterben müssen. Wer soll ihnen auch helfen? ...«

Alazaïs hatte entsetzt aufgeschrien.

»Aber du, Bertrand«, fuhr Vater fort, »ergreife du die Gelegenheit! Bring dich, Alazaïs und unsere Papiere in Sicherheit! Montfort kannst du nicht aufhalten!«

Ein letztes Aufbäumen, eine äußerste Anstrengung ließ seine Wangen fahl und seine Lippen blau werden und ihn laut und deutlich sagen: »Mein Sohn, ich befehle dir – und das wird der letzte und wichtigste Befehl in meinem Leben sein –, begib dich heimlich zum Ordenshaus der Templer auf dem Bezú. Sie sind mir einen Gefallen schuldig, die Ritter, ihnen habe ich einst den Grund geschenkt, ja, geschenkt ...«

Mühsam rang er nach Luft. »Dort findest du Aufnahme und rettest damit zugleich dein und deiner Schwester Leben«, röchelte er. »Auch Montfort kann nichts gegen dich unternehmen, sollte er herausfinden, daß du dich unter ihren Schutz gestellt hast. Unsere Papiere ... die Papiere und somit die Burg und alle Ländereien übergibst du offiziell dem Orden. Für Alazaïs wird gesorgt werden. Ich kenne die Templer. Vielleicht hast du in späteren Jahren die Möglichkeit, unser Eigentum zurückzukaufen ... zurückzukaufen, jawohl, und die Genealogie derer von Blanchefort fortzusetzen. Du bist noch jung, so jung ... Die Zeiten werden sich ändern, werden wieder besser werden, Bertrand, mein Sohn!«

Das mit den besseren Zeiten hatte ich im Laufe der letzten Tage nun schon zweimal gehört, von Pierre, der wahrscheinlich tot war, und jetzt von meinem Vater, der an der Schwelle zum Jenseits stand. Was sollte ich mit einer solchen Hoffnung anfangen?

Ohne weitere Worte schlief mein Vater ein und wachte nicht mehr auf.

Ich war verzweifelt. Alazaïs wimmerte und wiegte sich in ihrer Angst und Trauer und der großen Ungewißheit wegen, was die Zukunft mit sich bringen würde, hin und her, hin und her.

5
Bei den Templern

*Und wenn es einen gibt, der eintreten und sich dem Ritterorden
jenseits des Meeres anschließen möchte,
so dürft ihr nicht allein auf den weltlichen Vorteil sehen,
den ihr daraus erwarten könnt,
sondern auch auf sein ewiges Seelenheil.*

Ordensregel

Wir verbrachten die Nacht in der eiskalten Grotte neben dem Leichnam meines Vaters, den wir zwar nicht bestatten konnten, wie es sich für einen Christenmenschen gehörte, aber doch auf würdige Art, aufrecht sitzend und mit gefalteten Händen, an die Wand der Höhle gelehnt hatten. Sollte er hier seine ewige Ruhe finden, unter seiner geliebten Burg, ganz in der Nähe seiner Familie, die – das Herz zog sich mir schmerzhaft zusammen, wenn ich nur daran dachte – zur gleichen Stunde Furchtbares durchzumachen hatte. Das Wissen um meine elende Hilflosigkeit machte mich wütend und ließ mich nicht zur Ruhe kommen. Was nur sollte ich tun? Alazaïs war erschöpft eingeschlafen, als wir sie mit dem Umhang des Vaters zugedeckt hatten, aber ich grübelte stundenlang über eine Lösung nach, bis Marcabru meine Unruhe bemerkte.

»Bertrand, es gibt keine Möglichkeit, das Unheil abzuwenden. Was geschehen soll, geschieht. Ihr müßt jetzt an Euch denken. Ich weiß, daß Ihr Euch dem Willen Eures Vaters glaubt unterwerfen zu müssen. Aber Ihr seid frei in all Euren Entscheidungen! Nehmt also Euer Schicksal in die eigene Hand, bestimmt selbst über Euer Leben. Wenn Ihr nicht Templer werden wollt, so kommt mit mir, ich bringe Euch und Eure Schwester nach Aragon, wie ich es Eurer Mutter versprochen habe. In diesem Land hält mich nichts mehr. Die Lage hat sich entschieden zum Schlechteren gewendet. Und das ist noch gelinde ausgedrückt!«

»Nein, Meister Marcabru, mein Vater hat schon recht. Die Papiere müssen in Sicherheit gebracht werden, das bin ich meiner

Familie schuldig. Aber ob Templer oder nicht, ohne Mutter und die Kleinen, ohne Pierre und ohne Omar und Harpalos ist mir sowieso egal, was aus mir wird!« brach es aus mir heraus. Das Selbstmitleid der Jugend gewann die Oberhand, und die Tränen über mein hartes Schicksal flossen so heftig, daß mich Marcabru in den Arm nahm und leise zu singen anfing:

> »Liebe zündet gleich dem Funken,
> der in Asche tief versunken,
> Halm und Hölzer läßt entbrennen
> – hört nur, hört!
> und man weiß nicht, wohin rennen,
> wenn die Glut an einem zehrt.«

»Glaubt mir, mein junger Freund«, sagte er, als ich endlich zu weinen aufgehört hatte, »die Liebe zu Eurer unglücklichen Familie wird noch lange an Euch zehren, aber eines Tages werdet Ihr eine andere Liebe kennenlernen, eine Liebe, die Euch entschädigt für das, was Ihr jetzt durchmachen müßt. Jene Liebe wird Euch aufrichten, und Eure Freude am Leben wird zurückkehren wie die Vögel im Frühling aus dem fernen Afrika. Geht zu den Templern, wie es Euch Euer Vater befohlen hat, aber wisset, daß niemand Eure Gedanken beherrschen und Eure Gefühle verbieten kann, auch wenn es dem äußeren Anschein widerspricht. Mit dieser Erkenntnis kann Euch nichts wirklich Schreckliches geschehen. Denn Ihr allein seid Herr über Euren Leib und Eure Seele. Kein Pfaffe – auch kein Templer und nicht einmal jener Papst im fernen Rom – kann diesen Anspruch jemals auf Euch erheben, wenn Ihr Euch dessen nur bewußt seid.«

Diese Worte prägten sich mir so fest ein, daß ich sie mein Leben lang zu jeder Zeit aus meinem Gedächtnis abrufen konnte. Sie waren meine Richtschnur für alles, was ich anpackte in den Jahren nach diesen entsetzlichen Tagen. Was aber, das fragte ich mich oft in meinem späteren Leben, was wäre aus mir geworden, wenn nicht gerade Marcabru sich an jenem schicksalhaften Tag in der Burg aufgehalten hätte?

Stunden später weckte mich eine vertraute Weise. Marcabru saß auf dem Boden, die Beine untergeschlagen, und spielte auf einer Knochenflöte das Palästinalied – klagende Töne zwar, aber eine kleine, wunderschöne Melodie, die mich meine Kindheit hindurch begleitet hatte. Das Lied habe ein gewisser Walther von der Vogelweide gedichtet, erklärte mir Marcabru, ein berühmter Troubadour aus alemannischen Landen, ein Minnesänger, der sich am Hofe Kaiser Friedrichs aufhalten solle. Neben Marcabru lag das rote Seidentuch, das Mutter ihm geschenkt hatte. Darin hatte er vor unserer Flucht noch zwei weitere kleine Flöten verstaut und sich das Bündel um den Leib gebunden. Die prächtige Laute jedoch, die Schalmeien und die anderen Instrumente hatte er zurücklassen müssen.

Wir beschlossen, wenigstens zwei Tage – falls das Wasser so lange reichen würde – in der sicheren Höhle zu bleiben, auch wenn es hier entsetzlich kalt war. Um uns aufzuwärmen, rückten wir eng aneinander, rieben uns gegenseitig die Füße, und um die Zeit totzuschlagen und nicht ständig dem Drang nachzugeben, den toten Vater anzublicken, redeten wir Stunde um Stunde über meines Vaters Erlebnisse mit Simon de Montfort. Wenn wir der bitteren und zugleich unergiebigen Themen müde wurden, erzählten wir einander aus unserem Leben. Nur Alazaïs schwieg. Sie bewegte sich zwar ständig, um nicht zu stark zu frieren, hörte uns darüber hinaus aber teilnahmslos zu und war am Ende mit allem einverstanden, was wir vorschlugen, wenn wir nur endlich diese ungemütliche Stätte verließen. Die Kälte und die Ungewißheit ließen keinen von uns zur Ruhe kommen, und so brachen wir früher auf, als wir es geplant hatten. Ich packte die Papiere und die Hälfte der Goldstücke, deren Zahl nicht unbeträchtlich war, in mein Wams, die andere Häfte gab ich Marcabru, der uns auf dem Weg zum Bezú begleiten wollte. Um sozusagen als Troubadour und Goliarden auftreten zu können, wenn wir unterwegs auf Soldaten stoßen sollten, hatten wir ein Lied einstudiert. Ein Lied, so unverdächtig und fromm, daß niemand Anstoß daran nehmen konnte. Der Inhalt bezog sich auf den Heiligen Kreuzzug gegen die Sarazenen.

> *»Pax in nomine Domini:*
> *von Marcabru ist Ton und Wort. –*
> *Betrachtet, wie der Herr des Himmels voller Gnad*
> *und Milde uns in aller Näh*
> *erschuf ein großes Sühnebad,*
> *wie's keines gibt als über See*
> *im heil'gen Tal gen Josaphat:*
> *des mahn ich jetzt euch alle hier.«*

Ein letztes Abschiednehmen noch von unserem toten Vater, ein Gebet, und wir machten uns mit bedrücktem Herzen auf den Weg, einem ungewissen Schicksal entgegen. Der Abstieg zum Ausgang des unterirdischen Ganges war fast ebenso beschwerlich und gefährlich, wie es der erste Teil gewesen war, und ich wunderte mich, wie mein Vater mit seiner schweren Verletzung den Aufstieg zur Grotte ganz alleine geschafft hatte. Endlich sahen wir Tageslicht durch einen schmalen Felsspalt fallen. Ein dichtes Gestrüpp verdeckte den Ausgang derart vollkommen, daß wir uns Gesicht und Hände zerkratzten, als wir es endlich wagten, ins Freie zu kriechen.

Vorsichtig sahen wir uns um. Die Vögel zwitscherten, und die Sonne stand hoch am Himmel, die Luft jedoch war verpestet. Ein ekliger Geruch ließ uns den Atem anhalten, ein Geruch nach verbranntem Holz und – es war unverkennbar – nach verkohltem Menschenfleisch. Alazaïs hielt sich entsetzt die Hand vor Mund und Nase. Unter uns lag das verwüstete Anwesen der Rabastens. Noch immer stiegen dort Rauchschwaden auf. Drei schwerbewaffnete Soldaten bewachten die Ruinen.

»Rasch, laßt uns verschwinden, bevor man uns bemerkt!« raunte mir Marcabru zu. Dornige Ruten peitschten uns um die Beine, als wir uns so unauffällig wie möglich dem Blickfeld der Soldaten entzogen, um an der anderen Seite den Hang hinunterzueilen. Dort, am Fuße des Berges, getrauten wir uns endlich, einen ersten vorsichtigen Blick nach oben zu werfen. Unsere schöne Burg bestand nur noch aus geschwärzten Mauern und Zinnen, das gesamte Holzdach war ein Opfer der Flammen geworden. Noch immer züngelte und qualmte es an den Resten der Balken, und der gelbe Rauch, vermischt mit dem greulichen Gestank, schien geradewegs von dort zu uns zu ziehen. Marcabru nahm uns an der Hand und zog uns weiter: »Kommt, Bertrand und Alazaïs, es hat keinen Sinn, rückwärts zu schauen. Sicher befinden sich auch dort oben noch Bewaffnete. Die Hoffnung, daß Eure Familie das Massaker überlebt hat, bleibt Euch, bis Ihr eines Tages erfahrt, was wirklich geschehen ist.«

Er hatte recht. Was half es, weiter hinaufzustarren. Und so folgten wir ihm schweren Herzens.

Wir liefen stumm nebeneinander her, in Gedanken versunken. Zugleich jedoch beobachteten wir wachsam die Umgebung. Niemand begegnete uns auf unserem Weg – niemand als das Grauen in Gestalt halbverkohlter oder verstümmelter Leichen, blutiger Rinnsale und rauchender Hütten. Montfort hatte gründlich aufgeräumt mit den Ketzern, so gründlich, daß er vorsichtshalber auch alle anderen aus dem Weg geschafft hatte. Alazaïs ging es nicht gut. Mehrere Male mußten wir haltmachen, damit sie sich übergeben konnte. Sie hatte Fieber, aber sie hielt sich tapfer, wischte nur entschlossen den Mund, trocknete sich anschließend zum tausendsten Mal die Tränen und lief weiter.

Als wir am Rande eines kleinen Wäldchens eine kurze Rast machten und unsere kärglichen Essensreste hinunterwürgten, um bei Kräften zu bleiben, hörten wir plötzlich grölende Stimmen. Rasch drückten wir Alazaïs ins hohe Gras. »Rühr dich nicht von der Stelle, Schwester!« flüsterte ich ihr aufgeregt zu. Marcabru und ich pirschten uns vorsichtig in die Richtung, aus der die Laute kamen, und spähten durch das dichte Unterholz. Da waren sie! Vier Soldaten, offensichtlich trunken, hielten eine nackte Frau an Armen und Füßen fest. Ein fünfter war gerade dabei, sie zu vergewaltigen. Die dicke Frau, der man zuvor das Haar vom Kopf geschnitten hatte, gab keinen einzigen Laut von sich. Auf schreckliche Weise blickten ihre weit aufgerissenen Augen geradewegs in den Himmel. Der Mund stand offen. Die Ärmste sah in diesem Zustand überaus häßlich und abstoßend aus. Doch den Soldaten war es gleich, ihre einmal aufgeheizte Gier kannte keine Grenzen.

Marcabru hielt mir den Mund zu, damit ich uns nicht etwa verriet in meiner Empörung. Dann zog er mich ein Stück zurück, rollte heftig mit den Augen und deutete mit dem Daumen nach links. Ich verstand. Wir mußten uns so schnell wie möglich aus dem Staub machen, solange die Soldaten noch mit ihrer häßlichen Verrichtung beschäftigt waren. So robbten wir auf allen vieren rasch und nahezu lautlos zu der Stelle, an der sich Alazaïs befand, und zerrten sie weit fort von der unseligen Lichtung, in ein dichtbelaubtes Waldstück hinein. Als wir uns in Sicherheit glaubten und endlich ein wenig Ruhe eingekehrt war in unsere klopfenden Herzen, erzählte mir Marcabru von einem weiteren Troubadour.

»Wißt Ihr, Bertrand«, sinnierte er, »heute erst ist mir klargeworden, wie recht jener couragierte Mann hat – Pierre Cardinal nennt er sich – mit dem, was er in seinen Liedern seit einiger Zeit so unverblümt anprangert. Wir müßten viel mutiger werden, mutiger in unseren Gedanken und entschlossener in unseren Taten. Aber wie hätten wir der armen Frau helfen können, ohne unser eigenes Leben zu gefährden?«

Ich wußte keine Antwort zu geben, weder dem Troubadour noch meinem Gewissen, und sah in meiner Betroffenheit und Beschämung zu Boden. Ein grüngoldener Mistkäfer krabbelte an meinem Bein entlang, solche Tiere versprachen Glück. Glück? Mutter kam mir in den Sinn, meine kleinen Schwestern, und ich dachte daran, was Alazaïs erwartete, wenn sie in die Hände solcher Barbaren fiele.

Marcabru legte seinen Arm auf meinen, und ich wiederum hielt Alazaïs' Hand umklammert. »Euer Vater war auch ein mutiger Mann, hat sich Montfort entgegengestellt! Er war ein tapferer Ritter!« sagte der Troubadour nachdenklich. »Die Lieder, die ich vortrage, sind durchaus kritisch – noch nie war ich ein blinder Anhänger Roms –, jedoch, das muß ich zugeben, sind sie lange, lange nicht so mutig wie die jenes Barden, von dem ich Euch soeben erzählt habe.«

Erneut schaute sich Marcabru vorsichtig nach allen Seiten um. »Cardinal sagt ganz offen, daß der Papst all seine Pflichten vernachlässigt, daß er sich bereichert und sich überhaupt nicht um die Armen kümmert. Sein Ziel wäre, Schätze anzuhäufen, sich bedienen zu lassen und sich auf goldverbrämte Stoffe zu betten. Für schönes Geld würde er Bischofssitze verteilen, und den einfachen Leuten schickte er seine Kollektensammler auf den Hals, die für Getreide und Geld Ablässe verkaufen.«

Ich konnte mich nicht genug wundern über das, was ich da hörte. César hatte mir von alldem nie etwas erzählt. Auch Alazaïs schaute ungläubig auf den Troubadour. Sicher verstand sie nicht viel von dem, was der Mann da von sich gab, wenn schon ich nicht in der Lage war, ihm in allem zu folgen. Wollte er uns nur ablenken von den schlimmen Gedanken und Bildern, die in unseren Köpfen wieder und wieder abrollten und uns nicht zur Ruhe kommen ließen?

»Ja, ja, Cardinal prangert auch die korrupten Kardinäle an«, flüsterte Marcabru weiter, »diese Simonisten, die von früh bis abends unwürdige und infame Geschäfte treiben. ›Wollt Ihr eine Abtei, ein Bistum?‹ fragen sie. ›Dann bringt schnell viel Geld, und der rote Hut und der Bischofsstab sind Euer! Wenn Ihr nichts von dem wißt, was ein Bischof wissen muß, nicht so schlimm, nicht so schlimm‹, sagen sie, ›gelehrt oder ungelehrt, werdet Ihr doch die fetten Pfründe bekommen!‹ Bertrand, glaubt es mir, Cardinal übertreibt nicht, wenn er der Meinung ist, daß es in unserem Lande bald mehr Kleriker und Priester geben wird, die um die Wette die Sakramente und Messen verkaufen, als Ochsentreiber! Muß man sich nicht empören über die sogenannten Bettelmönche, die mit ihren härenen Mänteln die Welt täuschen und sich auf Kosten der Armen ernähren? Wundert Ihr Euch da noch, Bertrand, daß eine solche Entwicklung die Leute scharenweise zu den Katharern überlaufen läßt?«

»So habe ich die Dinge noch nie betrachtet, Meister Marcabru!«

Wie betäubt war ich. Einmal mehr wurde mir bewußt, wie unbeschwert und behütet ich doch auf unserer Burg gelebt hatte, wie sehr meine Eltern und unser Priester alles Unangenehme von mir und meinen Schwestern ferngehalten hatten. Langsam wurde mir auch klar, daß es für viele Menschen tatsächlich gewichtige

Gründe gegeben haben mußte, Katharer zu werden und das Katholische, das derart widerliche Blüten trieb, abzulehnen.

Wir liefen weiter. Von Soldaten war weder etwas zu sehen noch zu hören. Unbehelligt trotteten wir eine Zeitlang hintereinander her, weil der schmale Pfad uns keine andere Möglichkeit ließ. Die eingefahrenen Wege wollten wir nicht beschreiten. Alazaïs schwieg meist. Nur einmal, als wir eine kurze Rast unter einem knorrigen Apfelbaum einlegten und sie für einen Augenblick das blaue Samtbarett abnahm, um ihre Haare auszuschütteln, stellte sie die Frage, von deren Antwort ihr weiteres Wohlergehen abhing.

»Was geschieht mit mir, wenn du zu den Templern gehst, Bertrand?« flüsterte sie, obwohl weit und breit keine Menschenseele zu sehen war. In ihren weit aufgerissenen Augen stand Angst. Ich schaute unsicher zu Marcabru. Wie schwer es doch ist, plötzlich erwachsen zu werden und obendrein für ein weiteres Menschenkind verantwortlich zu sein. Wieder half mir der Troubadour aus der Verlegenheit.

»Es gibt zwei Möglichkeiten. Die eine ist, daß wir die Templer um Rat fragen und abwarten, was sie vorschlagen. Vielleicht wissen sie eine Familie von gutem Ruf, wo Ihr Unterschlupf finden könnt, Alazaïs. Die Entscheidung hierüber hängt aber auch davon ab, ob Eure Mutter, die edle Dame, noch am Leben ist. Von dem Befehl Eures Vaters weiß sie nichts. Sie wird Euch vielmehr in Aragon vermuten. Wenn wir also erfahren, daß sie am Leben ist, so nehme ich Euch gerne mit, wenn Euer Bruder es erlaubt. Dort, in Aragon, seid Ihr in Sicherheit und könnt in Ruhe nach ihr suchen lassen.«

»Was nützt mir die Sicherheit in Aragon unter fremden Menschen!« klagte meine Schwester. »Ich wünschte, ich wäre tot wie meine Mutter und die Kleinen. Ihr braucht mich nicht zu schonen, Meister Marcabru, ich weiß sehr wohl, daß sie nicht mehr unter den Lebenden weilen. Man ... man ... man konnte es riechen!«

Und ein weiteres Mal mußte sie sich übergeben, tränenüberströmt.

Ich nahm sie in die Arme. »Niemand wird dich zwingen, nach Aragon zu reiten, Schwester!« versprach ich. »Meister Marcabru hat recht. Wenn wir bei den Templern sind, entscheidest du selbst, wohin du gehen willst. Vielleicht nehmen sie mich auch gar nicht in ihren Orden auf – dann reiten wir zusammen nach Aragon oder irgendwo anders hin, wo es uns gefällt. Mit dem Gold, das wir bei uns haben, können wir lange Zeit gut leben. Und wer weiß, vielleicht gibt es bald wieder bessere Tage für uns!«

Der letzte Satz war mir ganz einfach so herausgerutscht. In der Tat ist er außerordentlich geeignet, um anderen Trost zu spenden, auch wenn man selbst an einem Punkt ist, an dem man an bessere Tage nicht mehr so recht glauben kann.

Die Sonne stand schon weit im Westen. In der Ferne entdeckten wir einen kleinen Unterstand am Rande eines Feldes, der uns Schutz bot in der Nacht und warmes Heu obendrein. Alazaïs, die aus Erschöpfung in der letzten Stunde mehrere Male gestolpert und einmal böse gestürzt war, fiel sogleich in einen tiefen Schlaf.

Ich jedoch, ich konnte wieder nicht zur Ruhe kommen.

»Meister Marcabru«, fragte ich nach einiger Zeit dumpfen Brütens, »was, glaubt Ihr, hat Vater damit gemeint, daß die Pfaffen etwas gesucht haben hier bei uns?«

Den ganzen Weg schon hatte ich intensiv darüber nachgedacht, und stets waren mir dabei, ohne daß ich es mir erklären konnte, das Gehöft meines Freundes Pierre und die seltsamen Vorgänge dort vor Augen gestanden.

»Ich weiß es auch nicht, Bertrand«, antwortete mein Gefährte und schüttelte den Kopf. »Ich weiß es nicht.«

Am nächsten Tag erblickten wir gegen Mittag endlich den Bezú, auf dem sich die Komturei der Templer befinden sollte. Als wir uns gerade anschickten hinaufzusteigen, kam uns plötzlich ein kleiner Trupp Tempelritter mit wehendem Habit entgegen.

»Vive Dieu Saint Amour!« rief der Anführer im weißen Chlamys und zügelte sein Pferd, als er uns sah. Sein schwarzer Hengst tänzelte nervös hin und her, wieherte ungeduldig und scharrte mit den Hufen. Er erinnerte mich an Omar. Wieder steckte mir ein Kloß im Hals, und ich versuchte verzweifelt, ihn hinunterzuwürgen.

»Wohin wollt Ihr?« fragte der Templer Marcabru. Mich und Alazaïs schien er überhaupt nicht zu beachten.

»Gestattet, daß ich mich vorstelle«, sagte mein Freund ganz nach Art der Troubadours und verbeugte sich. »Mein Name ist Marcabru. Ich bin Troubadour seit vielen Jahren, und ohne unbescheiden sein zu wollen, kann ich doch sagen, daß man mich nicht nur in Okzitanien, nein, auch an den Höfen Aquitaniens kennt und schätzt.« Marcabru verneigte sich ein weiteres Mal vor dem Ritter, was in mir einigen Widerwillen hervorrief und mich den Entschluß fassen ließ, es ihm mit Sicherheit nicht nachzutun. Mochte der Templer denken, was er wollte.

»Meine Schützlinge bitten um Aufnahme in den Orden der Ritter des Tempels. Ich habe versprochen, sie in Sicherheit zu bringen; aus diesem Grunde möchte ich sie selbst dem Meister auf dem Bezú übergeben«, sagte Marcabru.

Der Templer warf einen nachdenklichen Blick auf uns, den ledernen Helm ein wenig zurechtrückend, und strich sich anschließend über seinen langen schwarzen Bart.

»Nach Lage der Dinge in unserem Lande kann ich Eure Sorge gut verstehen«, sagte er mit merklich gedämpfter Stimme. »Steigt weiter hinauf, Troubadour, eine Biegung noch, und Ihr könnt unsere Burg sehen. Ich gebe Euch einen Knappen mit auf den Weg. Er wird Euch sicher zum Präzeptor geleiten, der über die Aufnahme der beiden entscheiden wird.« Ein neuerlicher, wie mir schien, wenig überzeugter Seitenblick streifte am Ende seiner Worte meine Schwester. Alazaïs sah trotz ihrer Beinkleider und des unter dem Barett versteckten langen Haares überhaupt nicht wie jemand aus, der den harten Beruf eines Ritters ergreifen will. Der Templer jedoch fragte nicht weiter nach, sondern ritt von dannen.

Die wuchtige Burg versprach absolute Sicherheit, andererseits hatte ich das auch von der unseren geglaubt. Die schwarz-weiße Templerfahne flatterte lustig im Wind, so daß ich nur mit einiger Mühe den Wahlspruch lesen konnte: *Non nobis, Domine! Non nobis, sed nomini tuo da gloriam.* Als ich die Worte Alazaïs vom Lateinischen ins Okzitanische übersetzen wollte, kam mir Marcabru zuvor: »Nicht uns, o Herr, nicht uns, sondern Deinem Namen gib die Ehre!«

Der Knappe nickte dazu und erklärte, daß das Motto des Ordens dem Psalm 115, Vers 1, entliehen sei. Er erzählte uns auch, was die Farben Schwarz und Weiß für die Templer bedeuten. Weiß stehe für Reinheit und Keuschheit, und Schwarz bedeute Kraft und Mut. »Die Ritter sind offen und wachsam für ihre Freunde, aber dunkel und schrecklich für den Feind!«

Nachdem er sein Pferd dem Stallburschen übergeben hatte, führte er uns zum Präzeptor, dem er halblaut einige Worte zuflüsterte. Ich war nicht wenig überrascht, wie jung der Vorsteher des hiesigen Ordenshauses noch war, der doch solche weitreichenden Entscheidungen wie die Aufnahme eines Probanden treffen mußte. Als er den Knappen hinausgeschickt hatte, wandte sich der Präzeptor zuerst – ich war es mittlerweile schon gewohnt – an Marcabru: »Weshalb bittet Ihr um Aufnahme in unseren Orden?«

Marcabru jedoch drehte sich um und wies auf mich: »Er ist es, der um Aufnahme bittet, Bertrand de Blanchefort, der Sohn des Grafen de Blanchefort, des Herren über die Besitzungen von Rhedae. Neben ihm steht seine Schwester, Alazaïs genannt. Die beiden sind, wie zu befürchten ist, die einzigen Überlebenden ihrer Familie.«

Erregt war der Templer aufgesprungen. »Ihr seid Bertrand de Blanchefort? Wißt Ihr nicht, daß Euch Simon de Montfort in der ganzen Gegend sucht? Ihr werdet wohl bereits erfahren haben, was geschehen ist auf Eurer Burg«, fuhr er fort. »Wie konntet Ihr dem Überfall nur entkommen? Wo um alles in der Welt hieltet Ihr Euch versteckt?«

Nachdem ich ihm in groben Zügen den Ablauf der unseligen Geschehnisse geschildert hatte, nickte der Templer nachdenklich und sprach: »Ich verstehe gut, daß Ihr hier Schutz sucht, auch weil von Eurer Familie unseres Wissens in der Tat niemand überlebt hat, was mir persönlich sehr leid tut. Versteht aber bitte auch uns. Wir Tempelritter sind ebenso wie Simon de Montfort in erster Linie dem Papst verantwortlich. Daß wir es nicht billigen, wie jener Graf aus Paris im Süden Frankreichs wütet, bedeutet noch lange nicht, daß wir gegen ihn offiziell vorgehen können. Also haben wir uns gewissermaßen auf einen Status quo geeinigt. Wir lassen Montfort zufrieden, und er fordert von uns keine Unterstützung für seine Strafmaßnahmen gegen die Ketzer. So ist die Lage.«

Der Templer hielt kurz inne, begab sich zu einem Eichenschrank und kramte ein altes Pergament hervor, das er vorsichtig entrollte. Nach und nach kam eine Karte zum Vorschein, auf der sich, wie ich sehen konnte, auch unsere Burg und unsere Ländereien befanden.

»Ihr wißt, Bertrand de Blanchefort«, erklärte er, »daß Eure großen Besitztümer auf immer verloren sind. Zwei Möglichkeiten stehen Euch nur zur Wahl: Die erste ist, daß Ihr hier bei uns Eure ritterliche Erziehung vollendet. Die zweite, daß Ihr Euch entschließt, das Gelübde abzulegen, um ein echter Tempelritter zu werden. Natürlich müßtet Ihr Euch im letzteren Fall auf eine lange Probezeit gefaßt machen und von unten Eure Ausbildung beginnen. Der Grund dafür liegt nicht darin, daß Ihr über Nacht mittellos geworden seid und Euch demzufolge nicht mit einer richtigen Schenkung bei uns einkaufen könnt, sondern daß wir neue Anwärter, welchem Stand auch immer sie angehören, stets gleich behandeln. Ihr werdet in dieser Komturei, wie in allen unseren Ordenshäusern im Abendland und im Heiligen Land, auf Brüder unterschiedlichster Herkunft treffen. Im Laufe der Zeit wird sich zeigen, welche Fähigkeiten in Euch stecken und wo wir sie am zweckmäßigsten zum Lobe Gottes einsetzen können. Wir alle jedoch – und das darf niemals vergessen werden –, wir alle sind Brüder des Tempels. Und nun entscheidet selbst.«

»Mein Herr«, warf ich ein, und der Triumph über die Papiere, die ich an meinem Körper fühlte, trug maßgeblich dazu bei, daß ich selbstbewußt den Kopf hob. »Ich habe mich bereits entschieden. So mittellos, wie Ihr glaubt, bin ich jedoch nicht. Denn ich habe die Besitzurkunden über unsere Burg und unsere Ländereien an mich gebracht, bevor sie Montfort in die Hände fallen konnten. Ich trage sie bei mir und will mich mit ihnen offiziell in den Orden der Tempelritter einkaufen. Ich bitte jedoch darum, daß der Tempel auch meiner Schwester zur Seite steht, die nunmehr allein ist, ohne den Schutz ihrer Familie.«

Der junge Templer war sichtlich überrascht und meinte schmunzelnd: »Jetzt ist mir klar, warum Montfort so verzweifelt nach Euch suchen läßt. Er ist hinter den Urkunden her – und natürlich auch hinter Euch beiden. Es ist niemals seine Art gewesen, auch nur einen einzigen Überlebenden eines gräflichen Geschlechts laufenzulassen, der irgendwann Besitzansprüche erheben könnte. Man denke nur an den Fall der Festung Carcasone. Ich weiß nicht, ob Ihr schon davon gehört habt?«

Marcabru trat näher heran, damit ihm nur ja nichts entging. »Man hört so dies und das, Präzeptor!« meinte er achselzuckend, tatsächlich aber war er stets erpicht, etwas Neues zu erfahren. Das gehörte zu seiner Profession.

»Montfort hatte dem jungen Grafen Trencavel freies Geleit zugesagt, wenn er die Festung kampflos übergeben würde, und dann, nachdem dieser auf alle Bedingungen eingegangen war, ihn im Verlies verrotten lassen. Unseren Gewährsmännern nach munkelt man auch von einem Gift, das er dem Unglücklichen verabreicht haben soll. Die Ländereien des Grafen Trencavel, dessen kleinen, erst vier Jahre alten Sohn vorsichtshalber der Graf von Foix in seine Obhut genommen hat, wurden daraufhin sein Eigentum. Aber Ihr Blanchefort, Ihr habt ihm einen gewaltigen Strich durch seine Rechnung gemacht«, sagte der Templer lachend. »Ich kann mir gut vorstellen, wie er jetzt wütet, der fromme Mann, Innozenz' Günstling!

Im übrigen«, fuhr er, wieder ernst, fort, »hat es mir sehr leid getan, vom Tod Eures Vaters zu hören. Der Graf war ein überaus angenehmer Mensch und hat sich um unseren Orden sehr verdient gemacht. Gewiß ist Euch bekannt, daß der Bezú, auf dem wir diese Burg errichtet haben, eine großzügige Schenkung *pro anima* Eures Vaters an die Templer war. *Pro anima* bedeutet, daß der Geber damit keine Bedingungen an den Orden verbindet«, erklärte der Präzeptor Marcabru, der so tat, als hörte er zum ersten Mal von dieser Tatsache.

Der Troubadour meinte: »Man könnte fast glauben, daß der Graf aus einer Vorahnung gewissermaßen eine Schenkung vornahm, die es eines Tages seinem Sohn ermöglichen würde, in diese Komturei einzutreten und sich damit in Sicherheit zu bringen.«

Der Templer nickte. »In der Tat hätten wir den jungen Mann auch aus diesem Grunde aufgenommen, rein aus Dankbarkeit, obwohl im Normalfall eine Schenkung *gegen Entgelt*, die ihm den Lebensunterhalt bei uns sichert, Voraussetzung für einen Eintritt ist. Sowohl Ihr, Bertrand de Blanchefort, wie Euer Vater habt nun, wenn man es richtig betrachtet, zwiefach geschenkt«, wandte sich der Ritter an mich. »Daher wird auch für das Fräulein eine zufriedenstellende Lösung gefunden werden. Man könnte sie unter falschem Namen nach Prouille schicken. Dort unterhalten die Dominikaner ein Frauenkloster, das einen sehr guten Ruf hat. Niemand wird sie zwingen, sich weihen zu lassen. Sie wird vielmehr in einem Haus unter anderen jungen Damen wohnen und sich auf ihr zukünftiges Leben vorbereiten. Die edle Dame, die dieses Haus leitet, liebt ihre Schützlinge, unter denen sich ähnliche Fälle wie der Eure befinden, wie ihre eigenen Kinder. Eure Schwester wird sich sicher dort wohl fühlen, Blanchefort. Und irgendwann einmal werden wir Ausschau halten nach einem jungen Mann ihres Standes und ihr eine gute Mitgift mit auf den Weg geben. Wäre Euch das recht, mein Kind?« fragte der Templer und blickte Alazaïs in die blauen Augen, die verdächtig schimmerten. Sie fing jedoch nicht an zu weinen, sondern wandte den Kopf in meine Richtung.

Ich biß mir auf die Unterlippe, überlegte kurz, und als ich ihr dann zustimmend zunickte, sagte sie leise: »Wenn mein Bruder dies wünscht, füge ich mich.«

»Gut«, antwortete der Templer ungerührt, »dann ist die Sache abgemacht. Die junge Dame bleibt noch zwei Tage hier auf dem Bezú – und« – zu ihr gewandt –, »behaltet bitte die ganze Zeit über die Männerkleidung an! Danach wird man Euch nach Prouille bringen.«

Alazaïs nickte, nun doch noch um ihre Fassung ringend. Doch der Templer hatte ihren Fall schon abgeschlossen und wandte sich wieder dem meinen zu: »Junger Mann, Ihr habt Euch nun aus freien Stücken dem Tempel ausgeliefert. Betrachtet die Sache aber einmal so, Bertrand de Blanchefort«, fuhr er nach einer kleinen Denkpause fort, »daß, wenn Ihr uns die kompletten Besitzurkunden auf Euer Land und Eure Leute aushändigt – wobei wir noch nicht wissen, wie wir uns mit Montfort einigen werden –, wir Templer alle gleichermaßen an diesem Besitz teilhaben. Seht Euch in Zukunft, und das soll Euch ein kleiner Trost für Euren herben Verlust sein, wenigstens als Miteigentümer Eurer ehemaligen Gebiete an. Das ist wohl weniger, als Ihr noch vor Tagen hattet, aber bedeutend mehr, als Ihr hättet, wären die Urkunden – und vielleicht Ihr selbst – Montfort in die Hände gefallen.«

Seiner Logik war nichts hinzuzufügen. Die Würfel waren gefallen. Doch lag mir noch etwas auf der Seele: »Mein Herr, ich habe noch eine Bitte!«

»Sprecht, Blanchefort.« Der Präzeptor musterte mich zum ersten Mal mit einem gewissen Interesse. Wollte er sich ein Bild davon machen, ob ich dem Ideal eines zukünftigen Templers entsprach, das gestandene Männer im waffenfähigen Alter vorsah, wie mir César einmal erzählt hatte?

»Ich habe außer den Urkunden eine nicht unerhebliche Menge Goldstücke bei mir, die mein Vater – Gott hab ihn selig – als Notgroschen bei den Urkunden verwahrt hatte. Auch diese bin ich bereit, dem Orden zu übergeben. Aus Sicherheitsgründen habe ich sie auf dem Weg hierher geteilt mit dem Troubadour Marcabru, der mir, ja unserer gesamten Familie, so unschätzbare Dienste erwiesen hat, daß ich mir nichts sehnlicher wünsche, als ihm seinen Anteil zu überlassen.«

»Natürlich«, sprach der Templer, »jede Arbeit ist ihres Lohnes wert.«

»O nein, junger Herr«, empörte sich da Marcabru, »Ihr seid mir nichts schuldig. Das, was ich für Euch getan habe, habe ich gewissermaßen für Eure Frau Mutter getan. Den letzten Minnedienst, den ich für die verehrte Dame habe leisten können, den lasse ich mir nicht mit Gold bezahlen.« Bei seinen Worten hatte er einen Zipfel des roten Seidentuches hervorgezogen und es mit einer noblen Geste an seine Lippen geführt.

Ich bat ihn inständig, wenigstens einen Teil des Goldes für sich zu behalten, aber er winkte nur ab. So nahmen wir Abschied voneinander. Mit großem Bedauern mußte ich ihn ziehen lassen. Wie gerne hätte ich ihn als Freund behalten. Stets wird mir sein Anblick vor Augen stehen, so wie mir seine Lieder bis heute unvergeßlich sind. Klein und verwachsen war sein Äußeres, aber groß und edel sein Herz!

6
Dienende Brüder

*Und unter den dreizehn
sollen acht Ritterbrüder,
vier dienende Brüder
und der Kaplanbruder sein.*
Ordensregel

Drei Jahre nach meinem Eintritt in den Orden wurde ich am Tag von Peter und Paul mit zwei anderen jungen Männern in die Bruderschaft des Heiligen Tempels aufgenommen.

Zu Beginn unseres Noviziats hatten wir niedere Arbeiten verrichten müssen. Im Morgengrauen mußte Holz gehackt, anschließend der Herd angeheizt werden, lästige Küchenarbeit wie Gemüseputzen, Spülen, Wischen und Fegen wollte getan sein, Schweine, Ziegen und Federvieh mußten gefüttert, die Ställe ausgemistet und die Abtritte gesäubert werden, Wäsche gewaschen und aufgehängt und was alles nötig war, um die Komturei und ihre Bewohner zu versorgen. Ohne Murren seien diese Arbeiten, auch die schmutzigsten, zu erledigen, war uns bereits am ersten Tag bedeutet worden. Und ohne Murren erfüllten wir meist unsere Pflicht, wie die anderen einfachen Brüder, die seit langem hier dienten, denn alle drei waren wir froh, auf dem Bezú Aufnahme gefunden zu haben.

Meinen beiden Freunden, Charles Rousselot und Thierry de Quillan, war ein ähnliches Schicksal widerfahren wie mir. Auch sie hatten unter Simon de Montfort ihre Angehörigen verloren, wenn auch aus anderen Gründen, wie ich später entdeckte. Tempelritter zu werden war bereits ihr Kindheitstraum gewesen, der sich nun auf diese Weise erfüllte. Ich kenne übrigens keinen Knaben, der von den Templeisen nicht mit einer gewissen Ehrfurcht spricht und sich nicht wünscht, eines Tages bei ihnen einzutreten. Wie oft hatten nicht Pierre und ich uns im Spiel als Templer verkleidet! Feierlich waren wir einhergeschritten, hatten das

Benedicamus aufgesagt und danach die Holzschwerter gegen die bösen Sarazenen gezogen. Als wir ein wenig älter wurden, beschäftigten uns mehr die »Geheimnisse« der Templer. Und da hatte man so allerhand gehört! Mein Vater selbst hatte mir an einem lauschigen Sommerabend, als wir im Burghof saßen und nach dem Verlöschen der Feuerpfanne die Sterne beobachteten, unter dem Siegel der Verschwiegenheit erzählt, daß die Templer sogar eine Geheimschrift besäßen. Nur mit Hilfe eines bestimmten Schlüsselwortes könne man sie entziffern. Natürlich hatten Pierre, den ich postwendend in meines Vaters »Siegel der Verschwiegenheit« einbezogen hatte, und ich hartnäckig über ein solches Schlüsselwort nachgegrübelt. Tatzenkreuz, Beauseant, Jerusalem vielleicht? Welches war nur das richtige? Pierre, der Besonnenere von uns beiden, kam endlich auf die Lösung: War es nicht im Grunde völlig gleich, welches Wort wir auswählten? Wir selbst konnten es bestimmen und mit ihm die Buchstaben im Alphabet verschieben! Von diesem Augenblick an schrieben wir uns Briefe und Nachrichten aus unsinnigsten Wörtern, von denen jedermann denken mußte, ein Irrer hätte sie verfaßt.

Heute kann ich mit reinstem Gewissen behaupten, daß es keinerlei derartige Geheimschriften bei uns Tempelrittern gibt. Aber ich bitte Euch sehr, erzählt das nicht den Knaben, bringt sie nicht um ihre Geheimnisse. Das Leben wartet mit so vielen Sorgen und Kümmernissen auf sie, daß sie in ihrer Kindheit wenigstens etwas Spaß gehabt haben sollen.

Auch Alazaïs war auf brutale Art und Weise ins harte Leben gestoßen worden. Ich habe sie seit jenem Schicksalstag, als sie sich, die Gebende meiner Mutter tragend, im Tanz wiegte, nicht mehr fröhlich lachen sehen. Und ich habe lange gezweifelt: War es richtig, sie in ein Kloster zu stecken? Hätte nicht vielmehr ich für sie sorgen müssen? Was zählte mehr, das Versprechen, das ich Vater gegeben habe, oder die Fürsorgepflicht gegenüber meiner Schwester?

Es war zu spät. Die Entscheidung war getroffen.

Danach, auf dem Bezú, durften wir noch ein letztes Wort unter vier Augen miteinander sprechen, bevor unser Kontakt endgültig abreißen würde. Denn ein Templer hat jede Verbindung zu seiner Familie abzubrechen. Für immer und ewig.

Verbote jedoch fordern immer auch Ungehorsam und Auflehnung heraus. Besonders, wenn man noch nicht endgültig die Schwelle zum Erwachsenenleben überschritten hat.

»Alazaïs«, sagte ich leise, »ich werde es nicht ertragen können, dich für alle Zeit aus den Augen zu verlieren.« Sie nickte und preßte so sehr die Lippen aufeinander, daß sie ganz blutleer wurden.

»Es kann lange dauern, aber ich werde, wenn ich erst zum Ritter geschlagen bin, eine Möglichkeit finden, dir ab und zu ein Lebenszeichen von mir zu geben. Wenn du das Lied des Troubadours hörst – dasjenige, das wir im Bergesinneren einstudiert haben –, so weißt du, daß ich nicht weit bin oder daß ein Bote von mir in deiner Nähe ist. Beobachte dann sorgfältig deine Umgebung, und halte zugleich einen kleinen Fetzen Pergament bereit, auf den du als Erkennungszeichen die erste Zeile des Liedes schreiben kannst und in kurzen Worten, ob es dir gutgeht oder ob du Hilfe brauchst. Hast du das verstanden?«

Sie nickte.

»Wirst du es auch nicht vergessen, liebe Schwester?« Ich rüttelte sie am Arm, weil sie gar so teilnahmslos vor mir stand. Endlich schaute sie mir ins Gesicht. »Niemals in meinem Leben, Bertrand, werde ich deine Worte vergessen. Das schwöre ich dir! Du hast mir ein klein wenig Hoffnung gemacht. Ich werde auf dich warten, ich hab nur noch dich! Übrigens«, flüsterte sie und schaute vorsichtig nach allen Richtungen, »ich heiße ab heute Marie de Lille! Vergiß es nicht! Leb wohl und bleib gesund, lieber Bruder!«

Mit diesen Worten wandte sie sich ab. Sie hatte keine Tränen mehr, zu viele hatte sie in den letzten Tagen vergossen. Als sie damals von mir ging, den Berg hinunter, ganz klein, ganz einsam und verlassen, nur von zwei Rittern begleitet, zerriß es mir fast das Herz.

Drei Jahre später also harrten wir drei Anwärter nun ungeduldig auf unsere endgültige Aufnahme in den Orden. Nach dem Ende der abendlichen Meßfeier standen wir gemeinsam vor der Kammer, die an die kleine Komtureikapelle grenzt. Bekleidet waren wir wie stets mit der einfachen Kutte der Brüder. Der Mond stand als dünne Sichel hoch oben am Himmel. Eine einsame Zikade brachte mit ihrem monotonen nächtlichen Gesang unsere nicht wenig angespannten Nerven zum Flattern. Wie lange noch mochte das endlose Warten dauern? Die Fackel, die ich in der Rechten hielt, warf unruhige Schatten auf die bleichen Gesichter meiner Freunde. Wir wußten nicht, was uns im Saal erwarten würde, nur daß es eine Prüfung werden sollte, war uns bedeutet worden.

Endlich ging die Tür auf. Ein Ritter mit Namen Gilbert de Massia trat heraus und fragte nach unserem Begehr. Dieses Ritual sollte sich in kurzen Abständen dreimal wiederholen, und jeder von uns gab daher einmal zur Antwort: »*Wir begehren Einlaß in dieses Haus!*«

Zuerst wurden Charles und Thierry hereingerufen. Ich selbst sollte mich noch eine kleine Weile gedulden.

Seltsam, dachte ich. Zu dritt hatten wir unsere Ausbildung durchlaufen, zu dritt waren wir für die Aufnahme in den Orden ausersehen, und jetzt trennte man uns?

Mir fiel die Sache mit den beiden Disziplinierungen ein. Die erste Bestrafung war noch einigermaßen glimpflich verlaufen. Ich kam mit einer strengen Verwarnung davon, weil ich mir ein kostbares Exemplar der »Metamorphosen« des Ovid ausgeliehen und es monatelang nicht wieder zurückgebracht hatte. Daß ich Ovid liebte und verehrte, habe ich bereits erzählt. Ich wollte das Buch in meiner Nähe wissen – vielleicht, weil es mir ein Stück meiner Kindheit zurückbrachte.

Beim zweiten Ausscheren aus der Ordensdisziplin hatte ich, unbeabsichtigt, die beiden Brüder mit hineingezogen. Damals wurden wir ebenfalls einzeln ausgefragt – und am Ende einzeln bestraft. Die zwei hatten nichts weiter angestellt, als mir beim heimlichen Herrichten einer Angelrute zuzusehen. Aus Freundschaft zu mir hatten sie mein Vergehen nicht gemeldet. Damit waren sie in den Augen der Templer ebenfalls schuldig geworden. Ihre Strafe fiel – dem HERRN sei Dank – nicht so hart aus wie meine: Zwei lange Wochen bekam ich nur Wasser und Brot vorgesetzt, und ich durfte kein einziges Wort mit den anderen sprechen. Obendrein zitierte man mich zum Präzeptor. Ich mußte vor ihm auf die Knie fallen und um Verzeihung für mein Verhalten bitten.

»Blanchefort«, sagte er aufgebracht, »was habt Ihr Euch nur dabei gedacht? Erst die Sache mit dem Buch und nun eine weitere Eigenmächtigkeit. Wolltet Ihr Euch wie ein Tor mit dieser Rute davonschleichen und Euch unten im Tal einen schönen Tag machen?«

»Mein Tun war unüberlegt, Meister. Es ist durch nichts zu entschuldigen. Aber mit Gottes Hilfe will ich mich bessern.«

»Nun, dann akzeptiert endlich, daß Ihr als angehender Templer nicht mehr das tun könnt, was Euch gerade durch den Kopf geht! Gehorsam, Demut, Ernsthaftigkeit und Wachsamkeit, das sind Tugenden, die Ihr Euch aneignen müßt, Blanchefort, Müßiggang und Eigensucht gehören nicht dazu.«

Reumütig versprach ich Besserung, und ich nahm mich zusammen – aber es war schwer, die geliebten Tagträumereien für immer aufzugeben.

Es dauerte lange, bis die beiden Brüder wieder herauskamen – ihre Gesichter schienen mir noch bleicher als zuvor – und mir mitteilten, daß man nun mich befragen wolle. Aufgeregt klopfte ich an die Tür und betrat den Raum.

Der oberste Provinzialmeister, der in Saint Gilles residierte und eigens an diesem Tag auf den Bezú gekommen war, leitete die Einführungszeremonie, unterstützt von zwei weiteren Tempelrittern. Unter ihnen befand sich auch der Präzeptor, der mir Unterschlupf auf dem Bezú gewährt hatte. Die Ritter traten auf mich zu und fragten: »*Begehrt Ihr die Gemeinschaft des Templerordens, und wollt Ihr an seinen geistlichen und weltlichen Werken teilhaben?*«

Ich bejahte. Daraufhin ergriff der Provinzialmeister in respekteinflößendem Ton das Wort: »*Ihr begehrt, was groß ist, und Ihr kennt die harten Vorschriften nicht, die in diesem Orden befolgt werden. Ihr seht uns mit schönen Gewändern, schönen Pferden, großer Ausrüstung, aber das strenge Leben des Ordens könnt Ihr nicht kennen; denn wenn Ihr auf dieser Seite des Meeres sein wollt, so werdet Ihr auf die andere Seite des Meeres geschickt, und umgekehrt; wollt Ihr schlafen, so müßt Ihr wachen, und hungrig müßt Ihr fortgehen, wenn Ihr essen wollt. Ertragt Ihr all dies zur Ehre, zur Rettung und um das Heil Eurer Seele willen?«*

Wiederum bejahte ich.

Der Meister fuhr fort: »*Wir möchten von Euch wissen, ob Ihr katholischen Glaubens seid, Euch in Übereinstimmung mit der römischen Kirche befindet, ob Ihr einem Orden verpflichtet oder aber durch Ehebande gebunden seid? Seid Ihr Ritter und Sproß einer legitimen Ehe? Seid Ihr aus eigener Schuld oder sonstwie exkommuniziert? Habt Ihr auch kein verborgenes körperliches Gebrechen, das Euren Dienst im Ordenshaus und die Teilnahme am Kampf unmöglich macht? Seid Ihr auch nicht verschuldet?*«

Nachdem ich alle Fragen zu seiner Zufriedenheit beantwortet hatte, wurde ich aufgefordert, mich zum Gebet niederzuknien, während die beiden Ritter sich zur Beratung zurückzogen.

Ich betete lange. So lange, daß mir die Knie anfingen zu schmerzen. Endlich kamen sie wieder, halfen mir auf und fragten, ob ich auf meinem Begehren, endgültig in den Orden einzutreten, beharren würde. Ich antwortete: »*Ja, mit Gottes Hilfe*«, und sie zogen sich ein weiteres Mal zurück. Ich betete erneut – mit brennenden Knien.

Als die Templer wieder eingetreten waren, fielen sie neben mir auf die Knie, und endlich durfte ich meine zuvor auswendig gelernte Bitte um Aufnahme an den vor uns sitzenden Meister richten: »*Herr, ich bin vor Euch und vor die Brüder getreten, die mit Euch sind, um Aufnahme in die Gemeinschaft des Ordens zu erbitten.*«

Der Provinzialmeister verlangte von den Rittern, die mich befragt hatten, eine Bestätigung meiner Antworten. Als dies geschehen war, wandte er sich mit folgenden Worten an mich: »*Ihr müßt bei Gott und der Jungfrau Maria schwören und versprechen, daß Ihr dem Großmeister des Tempels stets gehorchen werdet, daß Ihr*

die Keuschheit, die guten Sitten und Gebräuche des Ordens einhalten werdet, daß Ihr besitzlos leben werdet, daß Ihr nur das behaltet, was Euch Euer Oberer gegeben hat, daß Ihr alles, was in Eurer Kraft steht, tun werdet, um das zu bewahren, was im Königreich Jerusalem erworben worden ist, daß Ihr niemals von Euch aus dorthin geht, wo man Christen unrechtmäßig tötet, ausraubt und um ihr Erbe bringt; und wenn Euch Gut des Tempels anvertraut ist, schwört Ihr, darüber gut zu wachen. Und auf Gedeih und Verderb werdet Ihr den Orden niemals verlassen ohne die Einwilligung Eurer Oberen.«
Ich schwor.

Heute, im Rückblick, meine ich, daß ich nicht wußte, was ich tat, daß ich nur die Hoffnung hegte, unter den Rittern ein neues Zuhause zu finden, nachdem meine alte Heimat verloren, meine Familie bis auf Alazaïs tot war. Daß ich mir nicht die Chance ließ, mich auf mich selbst zu besinnen, ein eigenes, freies Leben zu wagen, das ist es, was ich mir nicht verzeihen kann. Der Grund dafür lag, wie ich glaube, in meiner behüteten Jugend, in der es nicht erforderlich gewesen war, selbständige Entscheidungen zu treffen, Mut zu beweisen.

Nun, nachdem mir die Aufnahme gewährt worden war und der Meister mir den weißen Mantel mit dem roten Tatzenkreuz umgelegt, mich gesegnet und auf den Mund geküßt hatte, wurden meine beiden Freunde hinzugerufen. Man machte uns ausführlicher als zuvor mit den strengen Ordensregeln vertraut. Besonders wies man uns an, ab sofort einige kleine Schnüre um die Taille zu tragen, die uns als Zeichen dienen sollten, stets keusch zu leben und den Umgang mit den Frauen zu meiden. Aber was bedeuteten mir schon die Frauen! Ich dachte kaum über diese Verpflichtung nach. Schon gar nicht war mir an diesem Tag bewußt, in welche Gewissensnöte mich dieser Schwur eines fernen Tages einmal bringen könnte.

Endlich wurden wir mit den Worten des Provinzialmeisters: *»Gehet hin, Gott wird Euch besser machen«*, in unser ungewisses Schicksal entlassen. Doch wir hatten keine Angst, im Gegenteil, wir freuten uns auf unsere neuen Herausforderungen.

Im übrigen kann ich Euch an dieser Stelle versichern, daß das, was man sich mitunter zuraunt und was vor allem der Orden der Hospitaliter aus Mißgunst und Neid gerne weitererzählt, nämlich, daß ein Tempelritter bei der Aufnahme in den Orden einer gewissen »seltsamen« Zeremonie unterworfen werde, nicht stimmt. Keiner der neu aufgenommenen Templeisen hat die Rückseite seines Präzeptors zu küssen. Solche ausgestreuten Legenden und unbedachte oder dummdreiste Schwätzereien beschäftigen jedoch die Phantasie und halten sich dadurch äußerst hartnäckig. Als ich das erste Mal von diesem Gerücht hörte, mußte ich an jenen Tag denken, den ich mit meinem Freund Pierre am Ufer des Rialsesse verbracht hatte, und ich schämte mich im nachhinein, damals einem ähnlichen Gerücht aufgesessen zu sein, nämlich, daß der Name der Katharer daher rühre, daß sie das Hinterteil einer Katze küssen würden. Über die Juden, mein Freund, sind heutzutage noch schlimmere, ja geradezu himmelschreiende Verleumdungen in Umlauf. Sieht man daran nicht deutlich, wie schnell eine Gruppe von Menschen, die sich durch irgendeine Besonderheit von der Masse abhebt, stets fast in derselben Weise diffamiert wird? Das Gebot »Du sollst nicht falsch Zeugnis reden wider deinen Nächsten« ist heutzutage – im Jahre des HERRN 1244 – vergessen! Auch wage ich hier die Feststellung: Je dümmer die Verleumdung, desto besser scheint das Gedächtnis der Dummen!

   Wollt Ihr mich widerlegen?

Über das Schicksal meiner Familie hatten unsere Kundschafter trotz intensiver Nachforschungen nichts erfahren können, jedoch war es dem Unterhändler der Komturei gelungen, Simon de Montfort zu überzeugen, daß sich unsere Ländereien nunmehr im Besitz der Tempelbruderschaft befänden. Widerstrebend und ziemlich wütend hatte er die neuen Besitzverhältnisse anerkennen müssen, wenngleich er über den »unverschämten Diebstahl« Beschwerde in Rom einzulegen gedachte. Der von ihm bereits eingesetzte Verwalter, Pierre de Voisins, war so vernünftig, ein langes Gespräch mit dem Großmeister selbst zu führen, und durfte danach – unter gewissen Bedingungen – in Rhedae bleiben. Er mußte dem Orden versprechen, die zerstörte Burg wiederherzurichten. Als ich von dieser Abmachung unterrichtet wurde, hoffte ich inständig, daß der Verwalter unseren Geheimgang nicht entdecken würde. Ein kleiner Trost war mir dabei, daß wir ihn auch selbst als Kinder nicht gefunden hatten, obwohl wir glaubten, jeden Winkel der Burg und der Kapelle zu kennen. In weiser Voraussicht hatte ich – man möge mir verzeihen – den unterirdischen Geheimgang und die Grotte, in der sich die Leiche meines Vaters befand, nicht einmal den Rittern preisgegeben, sondern mich an den klugen Hinweis Marcabrus gehalten, man könne nie wissen, ob man nicht selbst einmal auf einen solchen Zufluchtsort angewiesen sei. Und so hatte ich meinen Brüdern nur von einem unwegsamen, gefährlichen Pfad erzählt, auf dem wir bei der Flucht meinen sterbenden Vater angetroffen hätten. Mit dieser Lüge, die ja nur eine halbe war, nahm ich jedoch in Kauf, daß mein Vater auf ewig unbestattet blieb. Aber insgeheim hegte ich die Hoffnung, vielleicht eines Tages meiner Sohnespflicht doch noch nachkommen zu können.

Natürlich war es mir seltsam vorgekommen, daß Charles und Thierry vor mir konsekriert worden waren. Auch hatte ich den Eindruck gehabt, als wäre ich wesentlich länger befragt worden. Als ich sie tags darauf ansprach, zuckten sie nur mit den Schultern und bedeuteten mir, den Grund für diese Unterschiede auch nicht genau zu wissen. Damit gab ich mich zufrieden.

Wirklich mißtrauisch wurde ich erst, als mir auffiel, daß die beiden niemals zugegen waren, wenn wir die Heilige Messe feierten. Zur Rede gestellt, gebrauchten sie stets eine andere Ausrede. Eines Tages, als sie wieder nicht erschienen waren, machte ich mich auf die Suche und entdeckte die beiden und acht weitere dienende Brüder schon kurz darauf in einer abgelegenen kargen Kammer, gekleidet in einfache schwarze Kapuzenumhänge, die gewiß nicht aus Templerbeständen stammten. Sie waren ernsthaft beschäftigt mit der Lesung des Johannes-Evangeliums. »Hier seid ihr?« fragte ich erstaunt und vergaß, daß ich mir einen Vorwand zurechtgelegt hatte, weswegen ich sie suchte.

Sie schauten sich betroffen an und – nachdem die erste Schrecksekunde vorüber war – baten mich, sie zum Präzeptor zu begleiten.

Dort endlich wurde ich eingeweiht in eines der größten Geheimnisse unseres Ordens.

Und nur weil ich nichts, aber auch gar nichts verschweigen will, was irgendwann einmal dazu beitragen könnte, der Wahrheit zum Sieg zu verhelfen, gebe ich es an dieser Stelle preis:

Die Templer schützen einzelne Ketzer vor der Verfolgung, dem Brennen, dem Tod, nehmen sie selbstlos, ohne sie bekehren zu wollen, in den katholischen Orden auf. Sie weisen niemanden ab, der an ihre Tür klopft und um Hilfe bittet.

Rom würde eine solche Vorgehensweise niemals gestatten. Unser Orden jedoch fühlt sich nicht Rom, sondern nur dem HERRN und dem eigenen Gewissen verpflichtet. Was wesentlich ist, sieht man nur mit dem Herzen, lieber Freund!

Charles und Thierry waren Ketzer! Der Schock über diese schier unglaubliche Eröffnung war im ersten Moment groß. Weniger wegen der Tatsache, daß meine Freunde Katharer waren, nein, eigentlich mehr wegen der außergewöhnlichen Vorgehensweise des Ordens. Ich fragte den Präzeptor, wie viele Brüder denn eingeweiht wären in das Geheimnis.

»Alle ordentlichen Ritter sind darüber informiert«, gab er zur Antwort, »wie kann es auch anders sein. Auch Ihr, Blanchefort, hättet in absehbarer Zeit davon erfahren. Wir wollten es Euch aber selbst herausfinden lassen, um Eure Reaktion zu testen. Und nun, frischgebackener Ritter, sagt, könnt Ihr mit denen, die man Ketzer nennt, unvoreingenommen umgehen, sie dennoch Eure Brüder nennen?« Prüfend schaute er mir ins Angesicht.

Jetzt aber war die Überraschung auf seiten des Präzeptors und der beiden Katharer, als ich mit ruhigen Worten von Pierre erzählte, dem Ketzerjungen, der auf grausame Weise seines Glaubens wegen sein Leben hatte lassen müssen. Die Katharer brauchten vor mir nichts zu fürchten.

»Ich freue mich, Ritter Blanchefort, solches von Euch zu vernehmen«, sagte der Präzeptor. »Die Versammlung der Ritter hatte Bedenken. Da Ihr zu keiner Zeit irgendwelche Ketzer in Eurer Familie hattet, hätte man schon mit einer gewissen Empörung Eurerseits rechnen können, wenngleich Ihr Euch natürlich ohne jegliche Kritik in diese Umstände hättet einfinden müssen. Um so besser, zu erfahren, daß Ihr in Eurem Herzen ebenso tolerant seid wie wir alle auf dem Bezú. Ich werde Euch lobend erwähnen, Blanchefort.«

Daß die ständigen Ausreden für Charles und Thierry nur schwer zu ertragen gewesen waren, weil ein wahrer Katharer niemals lügt, das war für sie wie auch für die Templer ein Problem und zugleich der Grund für eine abgeänderte Aufnahmeprozedur für Christen katharischen Glaubens. Ihnen konnten natürlich nicht die gleichen Fragen gestellt werden wie mir. Auch wußten die Templer, daß die Ketzer die Heilige Messe ablehnten. Enttäuschend war für mich jedoch, daß auch jetzt diese beiden Katharer, die ich zu meinen Freunden zählte, nicht bereit waren, mir Näheres über ihren Glauben mitzuteilen. Im nachhinein vermute ich, daß sie dem Provinzialmeister und dem Präzeptor das Versprechen gegeben hatten, im Orden nicht zu missionieren und die Geheimnisse ihres Glaubens für sich zu behalten.

Am späten Abend, als ich neben meinen Brüdern im Dormitorium lag und die Ereignisse ein weiteres Mal überdachte, faßte ich für mich den Entschluß, nicht nur ein fähiger Templer zu werden. Nein, stets ein wahrhaft »guter« Ritter zu sein, die Armen und Verfolgten zu schützen und den HERRN zu preisen, das war mein Ziel.

Mein hehrer Anspruch an mich selbst erfüllte mich mit nicht wenig Stolz.

7
Der Rat der Brüder

*Alles tut der Meister
auf den Rat des Konvents hin!*
Ordensregel

Nach weiteren drei Jahren der Bewährung und der Vervollkommnung meiner ritterlichen Ausbildung und meines Glaubens wurde ich in den Rat der Brüder aufgenommen. Der jeweilige Präzeptor oder Komtur eines Ordenshauses hat keine Allmacht über seine Rittermönche. Für jede wichtige Entscheidung benötigt er ein Gremium, das ihm mit Rat und Tat zur Seite steht. War man für schnelles Denken und absolute Zuverlässigkeit bekannt, war es leicht, in der Hierarchie der Bruderschaft aufzusteigen und diesem Rat anzugehören, selbst wenn man noch jung an Jahren und ein wenig unerfahren war. Lesen und Rechnen waren schon immer meine Passion gewesen, und so lag es nahe, mich gründlich mit den Finanzen des Ordens vertraut zu machen, und bald befand ich mich auf dem besten Wege, eines Tages selbst Ordensschatzmeister zu werden. Mein verehrter Lehrer, der diesen Posten innehatte und mich auf väterliche Weise förderte, war bereits alt und zeigte erste Anzeichen, daß ihn der HERR in nicht allzulanger Zeit abberufen würde.

Charles und Thierry konnten natürlich nicht mit einer solchen Auszeichnung rechnen, auch wurden sie nicht zum Kämpfen ausgebildet, weil der Katharerglaube das Töten verbietet. Aber die beiden, an den meisten Tagen mit wunderschönen Buchmalereien und dem Kopieren alter Schriften beschäftigt, waren zufrieden mit ihrem Schicksal, zumal jedes Los besser war, als in die Hände Simon de Montforts gefallen zu sein.

Dieser wütete weiterhin mit einer unglaublichen Brutalität im ganzen Lande. Um seinen Widersacher Raymond, den mächtigen Grafen von Toulouse, auszuschalten, der – ebenso wie wir Tempelritter – zwar katholisch war, aber die Katharer in seinen Gebieten schützte, hatte Montfort beschlossen, Toulouse zu isolieren. Dafür mußte er einen unüberwindbaren Ring um die Stadt ziehen, und das konnte er nur, wenn er zuvor die umliegenden Burgen und Städte auf seine Seite brachte. So belagerte er schließlich auch die stark befestigte Stadt Lavaur, die seit langem Sitz des Katharerbischofs von Toulouse war.

Als der Templerorden Kenntnis von der Belagerung bekam, schickte der Provinzialmeister nach dem Bezú und bat, eine Abordnung von fünf Tempelrittern nach Lavaur zu entsenden, die auf Montfort einwirken sollten, damit er wenigstens die Katholiken von Lavaur verschone. Sie hatte jedoch die strikte Order, nicht in die Kämpfe einzugreifen, wenn Montfort auch noch so dringend darum bitten sollte. Äußerlich ließ ich mir nichts anmerken, als mein Name aufgerufen wurde, aber ich war mehr als aufgeregt darüber, daß ich zum ersten Mal seit meiner Aufnahme den Berg verlassen durfte. Vielleicht würde sich mir auf dieser Mission überdies endlich ein Weg erschließen, Alazaïs zu sehen, denn ihr ungewisses Schicksal bereitete mir mehr und mehr Sorge.

Es regnete in Strömen, als wir in der Dämmerung vor Lavaur ankamen.

»Vive Dieu Saint Amour!« begrüßten wir Montfort, der ruhig, aber in gewisser Weise freudig erregt, auf uns zukam.

»Ihr kommt wie gerufen, ihr Templeisen«, sagte er mit sanfter, einschmeichelnder Stimme, die so gar nicht zu seiner mächtigen Gestalt paßte. »Die Burg dort wimmelt von Katharern! Eine Handvoll Tempelritter könnte mir ausgezeichnete Unterstützung geben bei meinem Vorhaben, die Ketzer endlich zu brennen.«

Ich stand dem hochgewachsenen, dunkelhaarigen und wirklich gutaussehenden Mann das erste Mal von Angesicht zu Angesicht gegenüber, und es bedurfte aller Anstrengung, mich nicht auf ihn zu stürzen und mich für den Tod meiner Familie und meiner Freunde zu rächen. Glücklicherweise war nicht ich es, der die Verhandlungen führen mußte. Denn er hätte es gewiß meiner Stimme angemerkt, wie sehr ich ihn haßte.

»Wir sind nicht gekommen, an Eurer Seite zu kämpfen, Graf von Montfort«, sagte unser Truppführer gelassen, »wir sind hier, um Euch darauf aufmerksam zu machen, daß die Burgherrin Giralda de Laurac ein treues Mitglied der Römischen Kirche ist. Ihr guter Ruf ist im ganzen Land bekannt. Auch ist einer ihrer Söhne in den Tempel eingetreten. Wir möchten Euch bitten, Giralda de Laurac und alle übrigen Katholiken von Lavaur zu verschonen. Wir selbst werden uns auf den Beobachterstatus beschränken.«

Montfort, der weder Widerspruch noch Kritik und schon gar nicht jemanden, der ihm vielleicht Vorschriften zu machen gedachte, gewohnt war – ich wußte es ja bereits –, lief rot an und brüllte, daß das ganze Lager zusammenlief: »Feiglinge, nichts als Feiglinge, kein Wunder, daß wir Jerusalem verloren haben! Ich habe es immer geahnt. Kerle wie ihr seid nichts weiter als eitle Fatzken und Drückeberger. Paßt nur auf«, lachte er hämisch, »daß ihr eure weißen Umhänge nicht beschmutzt beim Spionieren!« Daraufhin drehte er sich wutentbrannt um, lief mit wehendem Mantel in sein Zelt und ließ uns im Regen stehen.

Der Tag hatte sich seinem Ende zugeneigt. Wir waren müde, unsere Kleidung war durchnäßt, der Magen knurrte beträchtlich, aber niemand aus dem Lager Montforts war nach dem entsetzlichen Wutausbruch des Grafen bereit, uns mit dem Nötigsten zu versorgen. Nur manch verstohlener Seitenblick auf uns ließ mich vermuten, daß einzelne Söldner mit ihrem Heerführer nicht ganz einverstanden waren.

So ritten wir weiter in das nächste Dorf, wo wir endlich Quartier fanden.

Beim Abendessen – der gebratene Fisch und das frische Brot, das man uns reichte, mundeten gar köstlich – verriet uns der Dorfvorsteher, daß die Gräfin Giralda, von der im Ort jedermann mit Hochachtung sprechen würde, ihren Bruder Aimery de Montreal zu Hilfe gerufen hatte. Dieser war mit achtzig Faidits – armen Rittern, die durch die Überfälle Montforts ihre Burg und ihr gesamtes Hab und Gut verloren hatten – nach Lavaur geeilt. Jetzt stand Aimery mit seinem Gefolge täglich auf den Zinnen, bereit, seine Schwester und alle anderen, die dort Unterschlupf gesucht hatten, zu verteidigen. Den Faidits war es zwar unter Todesstrafe verboten worden, jemals im Leben wieder Waffen zu tragen, auf Pferden zu reiten, fremde Burgen oder Schlösser aufzusuchen, jedermann im Lande wußte jedoch, daß sie sich nicht an die Verbote Roms hielten, so wie der ganzen Welt ebenso bekannt war, daß nicht alle Katharer gewesen waren, denen Rom ihre Burg weggenommen hatte. Diese Ungerechtigkeit konnte niemand verstehen. Und genau das war der Grund, warum keiner die Faidits verriet.

Was am nächsten Tag geschah, werde ich nicht vergessen. Gestärkt durch unsere Morgengebete sowie durch Hirsebrei und gedünstete süße Birnen, die uns eine freundliche Bäuerin vorgesetzt hatte, ritten wir vor Lavaur. Die Sonne ging gerade auf, bereit, sich den durch einen kräftigen Windstoß blankgeputzten Himmel aufs neue zu erobern. Die Luft roch frisch und sauber.

Der Kampf um die Burg war bereits in vollem Gange. Wie man unschwer erkennen konnte, hielten sich Angriff und Verteidigung gewissermaßen die Waage, denn die Truppen Montforts kamen nicht so recht voran, wurden aber auch nicht dauerhaft zurückgedrängt durch den Pfeil- und Pechregen, der sich in Abständen auf sie ergoß.

Da versuchte es Montfort mit einer List. Wie uns ein alter Soldat zuraunte, hatte er schon vor Tagen den Auftrag gegeben, eine gewisse Anzahl besonderer Sturmkarren zu bauen. Diese waren jetzt endlich fertig. Kurz vor der Mittagszeit, als üblicherweise Freund und Feind darangingen, in der Hitze eine kurze Kampfespause einzulegen, überquerten einige Soldaten den Graben zur befestigten Mauer, und es gelang ihnen tatsächlich innerhalb kurzer Zeit, mit Hilfe der Sturmkarren eine große Bresche zu schlagen. Ungeachtet des massiven Pfeil- und Pechregens, der sofort auf die frechen Angreifer herniederging, stürmten sie unter großem Geschrei Lavaur.

Es fällt mir schwer, davon zu sprechen! Aber ich sage Euch, daß ich mir nach dieser Eroberung zum ersten Mal wirklich einen

Begriff davon machen konnte, wie es meiner Mutter, meinen kleinen Schwestern und den übrigen Leuten auf Rhedae ergangen sein mußte. Schlimmeres als in Lavaur habe ich nur noch einmal in meinem Leben gesehen! Da wir strikten Befehl hatten, nicht in die Kämpfe einzugreifen, standen wir, nachdem wir nach Lavaur hinaufgeritten waren, in einer Gruppe beisammen und beobachteten hilflos, wie Montfort selbst und seine Leute ein Gemetzel unter den Bewohnern der Burg und der geschützten Stadt anrichteten, das seinesgleichen suchte. Wie gelähmt sahen wir zu, wie Priester in roten, violetten oder golddurchwirkten Gewändern hölzerne Kruzifixe, bunte Heiligenfiguren und glänzende Monstranzen emporhielten, die mit den grellen Sonnenstrahlen dieses Tages zu konkurrieren schienen. Ihr Gesang der Psalmen und Litaneien übertönte so manches Mal den gewaltigen Schlachtenlärm. Uns Rittermönchen zeigten sie mit geringschätzigen Blicken ihre ganze Verachtung. Indem sie nicht nur die Soldaten zum »Ketzerfangen« aufforderten, sondern auch noch anfingen, lautstark ein »Veni creator« nach dem anderen zu singen, setzten sie dem widerlichen Treiben die Krone auf.

In aller Eile trieb man sage und schreibe vierhundert angebliche Ketzer zusammen, ließ sie selbst ihre Scheiterhaufen errichten und verbrannte sie. Es dauerte bis in die späten Abendstunden des nächsten Tages, ehe der letzte Ketzer zu Asche geworden war, und Ihr könnt Euch nicht vorstellen, mein Freund – wer immer Ihr auch seid –, welch stinkende gelbgraue Rauchschwaden die verwüstete Stadt durchzogen, in der die Plünderer johlend nach Schätzen suchten. Noch heute ist es mir, als röche ich den Gestank der brennenden Ketzer. Noch heute ist es mir, als hörte ich das Weinen der kleinen Kinder, die nach ihrer Mutter verlangten, aber von den Lanzen der Kreuzritter brutal zum Schweigen gebracht wurden.

»Bruder Blanchefort«, raunte mir plötzlich der Templeise neben mir zu, »Ihr verliert die Fassung. Laßt Euch Eure Erregung nicht so deutlich anmerken. Wir können hier nichts tun außer alle Vorgänge gut beobachten und dem Provinzialmeister berichten. Diesem Treiben muß ein Ende gemacht werden!« zischte er.

Verstohlen trocknete ich mir die Tränen. Ein Außenstehender hätte gut denken können, der beißende Qualm habe sie mir aus den Augen gelockt. Aber die Wut auf diesen Besessenen mit der sanften Stimme ließ es nicht zu, daß ich mich meiner Tränen schämte. Fortan wollte ich alles, aber auch wirklich alles tun, um diesem Mann Einhalt zu gebieten! Meine Stunde würde kommen! Gib gut acht, Montfort!

Am dritten Tag vor Lavaur trieb Simon de Montfort die Grausamkeit auf die Spitze. Obwohl unser überaus besonnener Truppführer, Ritter Alain de Cartouche, ein weiteres Mal – diesmal unter vier Augen und über zwei Stunden lang – versucht hatte, noch Schlimmeres zu verhindern, setzte Montfort sein einmal begonnenes grauenhaftes Werk fort.

Er hatte Giralda in seiner Gewalt und weigerte sich, sie dem Tempel zu übergeben. Die Burgherrin, bereits im fortgeschrittenen Alter und meiner seligen Mutter nicht unähnlich, schrie erbärmlich, als sie von einem guten Dutzend ausgewählter und kampferprobter Soldaten in seinem Beisein vergewaltigt wurde. Montfort selbst schnitt ihr die Haare ab und stieß am Ende die so schrecklich gedemütigte Gräfin in einen tiefen Brunnen. Anschließend rief er mit bereits heiserer Stimme: »Steinigt die Frevlerin! Gott will es!« Und ein wahrer Hagel von großen und kleinen Steinen prasselte auf die arme Frau hinab.

Der HERR sei ihrer Seele gnädig.

Unzählige Menschen – von denen sicherlich nicht alle katharischen Glaubens waren – hatten tapfer ihre Stadt verteidigt. Nun lagen sie blutüberströmt im Todeskampf in den Gassen, und man schnitt diesen Ärmsten obendrein auch noch die Bäuche auf, um nachzusehen, ob sie nicht vielleicht Wertvolles verschluckt hätten. Das von fast allen Ländern und allen Herrschern anerkannte Kriegsrecht und der Gottesfrieden untersagen solche Grausamkeiten. Montfort jedoch glaubte sich darüber hinwegsetzen zu können, und Rom unterstützte ihn bei diesem Frevel!

Nicht helfen zu können, das war das Schlimmste in unserer

Situation. Natürlich fragten wir uns, welche Pflicht in einer solchen Ausnahmesituation die höhere wäre – die, dem Nächsten beizustehen, oder die des Gehorsams. Bis zum Morgengrauen diskutierten wir diese Frage unter uns, und wir beschlossen, sie beim nächsten Treffen dem Rat der Brüder vorzulegen. Aber wir wußten auch, daß wir, wenn wir uns für die Pflicht der Nächstenliebe entschieden hätten, wohl selbst von Montfort getötet worden wären.

Schweren Herzens ritten wir am nächsten Tag zum Bezú zurück und erstatteten sogleich Meldung über das Vorgefallene.

Eine Möglichkeit, mit Alazaïs Verbindung aufzunehmen, war mir versagt geblieben.

8

Die Reise nach Rom

Ihr seht uns mit schönen Gewändern, schönen Pferden,
großer Ausrüstung,
aber das strenge Leben des Ordens könnt ihr nicht kennen.
Ordensregel

Kurze Zeit darauf kam der Rat der Brüder zusammen. Zu unser aller Überraschung war der Provinzialmeister am Morgen eingetroffen und hatte auf eine sofortige Versammlung gedrungen.

»Ehrenwerte Ritter des Tempels«, begann der Meister, »laßt Euch sagen, daß Innozenz III. eine Einladung hat ergehen lassen zum vierten Laterankonzil in Rom. Wie der Heilige Vater schreibt, soll die dort versammelte Weisheit und Frömmigkeit der Kirche über die Wiedergewinnung des Heiligen Landes, über gewisse Reformen der Kirche, die Beseitigung der Mißbräuche, die sittliche Hebung und Besserung der Menschen, über die Ausrottung der Ketzerei, die Stärkung des Glaubens und die Beruhigung der Zwietracht beraten. Ich bestimme jetzt diejenigen Ritter Eures Ordenshauses, die sich mit mir auf den Weg machen werden, um an diesen für die gesamte Menschheit überaus wichtigen Beratungen teilzunehmen: Alain de Cartouche, Nicolas d'Alsace, Henry Lagastous, Alain de Negre Dables und Bertrand de Blanchefort.«

Mein Herz schlug mir bis zum Halse, als ich so unverhofft meinen Namen vernahm. Sollte ich wirklich Rom, die Ewige Stadt, sehen, den Heiligen Vater und gar als Berater teilnehmen an einem wichtigen Konzil? War damit vielleicht meine Chance schon gekommen, Innozenz selbst Bericht zu erstatten über die Untaten des Schlächters Montfort?

Kurz darauf reisten wir ab. Unsere Route führte von Templerhaus zu Templerhaus, und für einige Tage rasteten wir in der Oberkomturei von Saint Gilles-du-Gard, ehe wir uns Mitte Oktober in Marseille einschifften. Wir waren zu neunt, wie es sich für wahre Templer ziemt, fünf vom Bezú, dazu der Provinzialmeister und seine Adjutanten.

Vielleicht fragt Ihr Euch, was es für eine Bewandtnis mit der Zahl neun hat?

Laßt mich also bei dieser Gelegenheit ein wenig in die Geschichte abschweifen und von einigen der von Gott geliebten Ritter erzählen. Die tapferen und edelmütigen Herren Hugo von Payens, Gottfried von Saint-Omer und sieben weitere Gefährten gründeten im Jahr 1118 unseren Orden. Vor dem Patriarchen von Jerusalem legten sie ein feierliches Versprechen ab, Pilger gegen Räuber und Wegelagerer zu verteidigen, die Wege zu schützen und dem König und Herrscher als Ritter zu dienen. Eisern hielten sie die Gebote der Armut, der Keuschheit und des Gehorsams. Neun Jahre lang blieb die Zahl der ehrwürdigen Ordensleute auf neun beschränkt. Balduin II., zu dieser Zeit König von Jerusalem, bot den selbstlosen Rittern Unterkunft in seinem Palast, der direkt an den ehemaligen, von dem Römern zerstörten Tempel des Salomo grenzte. Aus diesem Grunde trugen die neun auch, nachdem sie die Gelübde abgelegt hatten, die Bezeichnung »Arme Ritterschaft vom Salomonischen Tempel«. »Mit reiner Seele für den höchsten und wahren König kämpfen«, war das Motto der Rittermönche. Heute hat unser Orden – auch hier will ich der Wahrheit zum Recht verhelfen – nicht mehr viel mit den ursprünglichen Zielen dieser neun besitzlosen Ritter zu tun, auf die Bernhard von Clairvaux einst eine enthusiastische Lobrede gehalten hatte. Als er sie zum ersten Male sah, soll er ausgerufen haben: »Diese Ritter mit der Tonsur sind nicht durch zu häufiges Baden verweichlicht, sie sind struppig und ungepflegt, schwarz vom Staub, ihre sonnverbrannte Haut ist ebenso dunkel wie ihr Harnisch.« Er hat sie gegrüßt und gesegnet »in ihrem starken Schweißgeruch als die angenehmsten Lämmer des Herrn«.

Nun ja – das ist lange her! Längst sind wir mehr als neun, ja mehr als neuntausend, und wir verrichten mittlerweile in vielen Ländern unseren Dienst. Natürlich werden mit dieser Zahl nur die ausgebildeten Rittermönche erfaßt. Die weiteren Ordensmitglieder sind sogenannte dienende Brüder auf allen möglichen

Rangstufen, unter ihnen auch einfache Hirten, Bauern und Tagelöhner, die in den Ländereien und unseren Häusern beschäftigt sind. Mit ihrer Hilfe – und es mag sich vielleicht um zwanzig- bis dreißigtausend Männer handeln – sind wir nicht mehr arm, auch nicht mehr ungepflegt und struppig, im Gegenteil, der Orden verfügt über immensen Reichtum. Ich bezweifle zwar des öfteren, daß wir noch immer zu des HERRN angenehmsten Lämmern zählen, jedoch begegnet uns jedermann mit Respekt.

Zurück zu meiner Geschichte. Am dritten Tage an Bord des kleinen Seglers, als der Hafen von Ostia nicht mehr weit war, rief uns der Provinzialmeister zusammen.

»Ritter«, sagte er, »Ihr habt alle davon Kenntnis, daß wir eine Petition vorbereitet haben, die wir dem Heiligen Vater übergeben möchten. Sie enthält unsere Beobachtungen über die Vorgehensweise des Grafen von Montfort sowohl den Ketzern und Juden als auch durchaus unschuldigen Katholiken gegenüber, die wir nicht mehr billigen können. Wir wollen Innozenz ersuchen, dieser Barbarei ein Ende zu bereiten. Kurz vor unserer Abreise habe ich eine Nachricht aus Rom erhalten, daß wir uns am Morgen des 28. Oktober zu einer Privataudienz beim Heiligen Vater einfinden mögen. Außer uns werden bei dieser Audienz anwesend sein die Grafen von Toulouse, Foix und Comminges, die ihrerseits schwer unter dem Legaten Montfort zu leiden haben und ebenfalls bei Seiner Heiligkeit zu intervenieren gedenken. Ritter Blanchefort und Ritter Alain de Cartouche, Ihr kommt mit mir zu dieser Audienz, denn Ihr seid bei Lavaur dabeigewesen und könnt daher aus erster Hand die schlimmen Ereignisse schildern.«

Nun war sie also wahrhaftig gekommen, meine Chance, etwas zu ändern, wenn auch nicht, etwas von dem Geschehenen wiedergutzumachen.

Die Zuversicht, daß der Heilige Vater zur Einsicht kommen würde, hegte ich bis zu dem Tag, an dem spätnachmittags diese Privataudienz endlich stattfand.

Nachdem wir einige Zeit – nicht wenig aufgeregt – in einem prächtig gestalteten Vorraum gewartet hatten, holte uns ein päpstlicher

Beamter ab. Der junge Mann trug eine reich verzierte ockergelbe Uniform. Er verbeugte sich vor uns, schritt uns dann würdevoll voran, öffnete schließlich mit Schwung eine dunkle Tür und trat sogleich zur Seite, um uns unter einer erneuten Verbeugung in diesen Raum zu bitten. Dort nahm uns ein weiterer Beamter, diesmal in leuchtendes Rot gekleidet, in Empfang. Von dem Glanz und der Pracht dieses großen Saales konnte jedermann nur träumen. Die hohe, nachtblau gestrichene Decke war gleich dem Himmelszelt über und über mit goldenen Sternen versehen. Edle Wandteppiche und bunte Malereien mit Motiven aus der Heiligen Schrift über halbhoch getäfelten Wänden zogen uns in ihren Bann, so daß wir den kleinen, fast unscheinbaren Mann, der im dunklen Hintergrund auf einem mit Gold verzierten hölzernen Thron saß und uns erwartungsvoll entgegenblickte, fast übersehen hätten.

Er war es tatsächlich. Innozenz III., den die Leute *lux mundi* – das Licht der Welt – nannten, im einfachen Habit eines Zisterziensers! Mit seinem ovalen, blassen Gesicht hatte der eher kleine Mann auf den ersten Blick nichts Erleuchtendes an sich. Auch war ich ein wenig argwöhnisch, als ich den winzigen asketischen Mund des Heiligen Vaters wahrnahm. Einzig die lange, das ganze Gesicht beherrschende Nase zeugte von einer gewissen Entschlossenheit.

Wir fielen vor ihm auf die Knie, und huldvoll hielt er uns seine Hand mit dem Papstring zum Kuß entgegen. Als wir uns wieder erheben durften, bemerkten wir, daß die Grafen aus dem Süden Frankreichs inzwischen ebenfalls eingetroffen waren. Ein Lakai in blauer Livree verlas die Namen der edlen Herren, die sich gleich uns Innozenz zu Füßen warfen. Unter ihnen befand sich auch ein junger Mann mit blitzenden, intelligenten Augen, in einfaches blaugraues Kaufmannstuch gehüllt, der mir auf Anhieb sympathisch war. Der Graf von Toulouse stellte ihn dem Papst gegen Ende der Begrüßungszeremonie als seinen Sohn Raymond vor:

»Ich danke dem HERRN, daß mein Sohn heil in Rom angekommen ist. Der Grund meiner Sorge um ihn war der, Eure Heiligkeit, daß Euer Legat Montfort eine Prämie auf seinen Kopf ausgesetzt hat, so daß er gezwungen war, in der Verkleidung eines Kaufmannsdieners von England aus durch Frankreich zu ziehen!«

Und schon berichteten die Grafen dem Heiligen Vater erregt von ihren Schwierigkeiten und Auseinandersetzungen mit Montfort und den Kreuzzüglern. Der Graf von Toulouse beklagte überdies bitter den Verlust des größten Teils seiner Ländereien. Nur noch die Stadt Toulouse befinde sich in seiner Hand, die jedoch sei angefüllt mit so vielen Flüchtlingen, daß die Versorgung nicht mehr länger gewährleistet sei. Montfort würde obendrein einen Raubzug nach dem anderen bis vor die Tore der Stadt unternehmen.

»Auch meine Stadt Montauban hat er mir genommen, im Juni diesen Jahres, eine der schönsten Festungen meines Landes, die vor drei Generationen von Alphonse Jourdain, einem meiner Vorfahren, erbaut worden war.« Mit belegter Stimme und bewegtem Herzen erzählte der Graf, daß Montfort die Stadt, nachdem er die meisten Bewohner ermordet hatte, ohne Erbarmen plündern und in Brand setzen ließ, so daß die Rauchschwaden tagelang und meilenweit zu sehen waren.

Innozenz hörte sich die Klagen, wie mir schien, mit großem Interesse an. Den Redefluß der Grafen unterbrach er selbst kein einziges Mal. Er hatte jedoch eine Schar in der Kunst der Rhetorik bewanderter Kleriker zur Seite, unter ihnen einen gewissen Thedisius, einen hochaufgeschossenen, hageren Gesellen mit einer imposanten Hakennase und hochmütiger Miene. Er und vor allem der Bischof von Riez waren es, die mit Bravour jeden Vorwurf sofort zerpflückten. Sie suggerierten dem Heiligen Vater teils im Flüsterton, teils ungeniert laut, daß der Adel aus dem Süden möglicherweise selbst ketzerischen Gedanken nachhänge. Aus welchem Grunde sei der Graf von Toulouse denn sonst schon mehrere Male exkommuniziert worden? Daß die Bewahrung des rechten katholischen Glaubens nun einmal nicht ohne Blutvergießen abgehen könne und mitunter auch unschuldiges Leben treffe, sei zwar bedauerlich, aber unvermeidbar.

Am Ende der Litanei trat aus der Gruppe der Kleriker einer hervor, der sich als ein Legat Montforts, ja bei näherem Nachfragen sogar als Montforts leiblicher Bruder Guy erwies und um die päpstliche Bestätigung jener Gebiete nachsuchte, die der Niederträchtige den hier und heute anwesenden Grafen vor kurzem abgenommen hatte.

»Ich betrachte eine solche Vorgehensweise als einen Affront, Eure Heiligkeit!« schrie daraufhin Raymond von Toulouse empört. Die übrigen Betroffenen gaben dem Grafen unter heftigem Kopfnicken und unwilligem Gemurmel zu verstehen, daß sie auf seiner Seite stünden. Da ergriff zum ersten Mal – ich war schon etwas ungeduldig geworden – unser Provinzialmeister das Wort.

»Heiliger Vater«, sagte er ruhig und gelassen, »ich bitte um Gehör.« Nachdem Innozenz III. ihm das Wort erteilt und der Legat mit beleidigtem Gesicht und vorerst unverrichteterdinge zur Seite getreten war, sprach der Templer: »Es ist wohl wahr, daß der Graf von Toulouse exkommuniziert ist, aber es ist ebenso die Wahrheit, daß ihm persönlich kein einziger Fall von Ketzerei nachgewiesen werden konnte! Ebensowenig den hier anwesenden Grafen von Foix und Comminges! Was allerdings die Vorgehensweise des Grafen von Montfort betrifft …«

»Haltet ein«, unterbrach ihn Montforts Bruder ungehalten, »ist Euch Templern nicht bekannt, daß die Schwester des Grafen von Foix eine katharische *parfaite* ist? Ihr hört doch sonst immer das Gras wachsen! Stellt Euch also bitte nicht dümmer, als Ihr seid!«

Der alte Streit zwischen dem Klerus und uns Tempelrittern drohte erneut auszubrechen, und das vor den Ohren des Papstes!

Wir Rittermönche haben, wie erwähnt, eine Sonderstellung, was unser Verhältnis zum Heiligen Stuhl anbelangt. Zwar sind wir seiner Jurisdiktion unterworfen, aber keinesfalls zählen wir zu seinen willfährigen Untertanen. Im Gegensatz zu seinen Bischöfen kann uns der Heilige Vater nicht zum Gehorsam oder zum Kriegsdienst verpflichten. Wir sind unabhängig, obendrein frei von Steuern, Zöllen und sonstigen Abgaben. Diese Privilegien tragen natürlich dazu bei, daß Eifersüchteleien gegenüber uns Templern an der Tagesordnung sind.

Der Graf von Foix, ein ungeschlachter, gedrungener Mann,

dem äußeren Anschein nach ein rechter Draufgänger, versuchte, sich Gehör zu verschaffen: »Eure Heiligkeit, meine anwesenden Herren! Ich bitte zu bedenken, daß unsere Frauen im Süden seit langer, langer Zeit die gleichen Rechte haben wie wir Männer. Auch in der Erbfolge sind sie uns gleichgestellt. Meine Schwester Esclarmonde war und ist frei in all ihren Entscheidungen. Ihre ketzerischen Neigungen dürfen daher nicht mir zum Vorwurf gemacht werden! Ihr könnt mir glauben, daß ich mit meiner ganzen katholischen Kraft oft versucht habe, sie auf den rechten Weg zurückzuführen. Leider ist mir das nicht gelungen. Ich sage aber offen, wie wir zueinander stehen, denn es gab und es gibt nichts zu verheimlichen in meiner Grafschaft: Die Vizegräfin, meine Schwester Esclarmonde, toleriert meine religiöse Überzeugung ebenso wie ich heute die ihre. Ich frage Euch, Eure Heiligkeit«, ereiferte sich der Graf, »warum ist es nicht möglich, beide Glaubensrichtungen nebeneinander bestehen zu lassen? Warum mußte unbedingt ein Kreuzzug gegen die Katharer eingeleitet werden, der uns alle miteinander, ob katholisch oder katharisch, ins Unglück gestürzt hat und noch immer stürzt? Unser Land geht vor die Hunde!« rief er aufgebracht, und über sein hochrotes Gesicht rann der Schweiß in Strömen.

Innozenz III., dem keinerlei Regung anzumerken war, stand jetzt auf, und alle Anwesenden fielen auf die Knie. »Meine Herren«, sagte er, fast tonlos, aber nach und nach immer lauter werdend: »Die lange Zeit eingewurzelte, Verderben bringende, verworfene Ketzerei, die im Gebiet von Toulouse unablässig anwächst, hört nicht auf, wahre Ungeheuer zu gebären, die ihre eigene Wahnsinnspest auf andere übertragen und jene verabscheuungswürdige Nachkommenschaft der Verdammten unablässig gedeihen lassen!« Nachdem er tief Luft geholt hatte, fuhr er fort: »Diese unselige Ketzerei muß ausgerottet werden, bis der letzte Häretiker bekehrt oder tot ist. Es ist auch wahr, daß der mächtige Graf von Toulouse vieler Kränkungen gegen unsere Heilige Mutter Kirche schuldig befunden ist. Seine Strafe – die Exkommunikation – hat er jedoch dafür erhalten und zusätzlich durch den Verlust zahlreicher Ländereien gebüßt. Jetzt aber muß damit Schluß sein. Graf Raymond muß Gelegenheit gegeben werden, sich zu reinigen und sich zu bessern.

Aus diesem Grunde«, er erhob erneut seine Stimme, »aus diesem Grunde und weil niemals ein förmliches Verhör oder eine förmliche Verurteilung des Grafen vorausgegangen ist, können die jüngst eroberten Ländereien auch nicht einem anderen zugesprochen werden. Man muß schon – auch als Kirche – die gesetzlichen Formen beachten, um sich nicht selbst schuldig zu machen!«

Innozenz III. räusperte sich verhalten und nahm wieder Platz.

Sowohl der Graf von Toulouse als auch der Legat Montforts – und wir alle – hatten den Atem angehalten. Nun ging ein Raunen durch den Saal. Raymond von Toulouse trat nach vorne, kniete nieder und küßte den Ring des Papstes zum Zeichen seines Einverständnisses mit der Entscheidung. Der Legat konnte sich zwar nicht mit der veränderten Lage abfinden, unterdrückte aber so erfolgreich seine Wut, daß er generös aus seinem Umhang einen Beutel zog und dem Papst eine beträchtliche Summe als Schenkung im Namen Montforts übergab. Wohlwollend nickend nahm Innozenz die Gabe an. Der Prälat fühlte sich daraufhin bemüßigt, noch einmal das Wort zu ergreifen.

»Eure Heiligkeit, möglicherweise seid Ihr nicht umfassend informiert über den neuesten Stand der Dinge«, meinte Thedisius näselnd. Und der Bischof von Riez fiel ein: »Selbstverständlich ist dem Grafen von Toulouse mehrere Male Gelegenheit gegeben worden, sich zu rechtfertigen. Nur« – mit einem hämischen Seitenblick auf Raymond – »hat es jener stets vorgezogen, sich in Schweigen zu hüllen, und den Schaden, den er offensichtlich zahlreichen Prälaten der Kirche zugefügt hat mit der Unterstützung der Teuflischen, ja, diesen Schaden hat er bis heute nicht beglichen! Und deshalb müssen ihm all seine Gebiete entrissen werden! Überlaßt sie nicht dem Satan, Heiliger Vater!«

Schon war der Streit erneut im Gange.

Ich sah meine Felle davonschwimmen. In dem Gefecht um die Ländereien des Grafen von Toulouse kamen die Missetaten Montforts überhaupt nicht zur Sprache. Vergeblich versuchte ich die Aufmerksamkeit des Provinzialmeisters auf mich zu lenken, um ihn zu bewegen, erneut einzugreifen und der ganzen Diskussion eine andere Richtung zu geben. Doch jener lauschte gebannt den unterschiedlichen Meinungen.

Plötzlich erhob sich Innozenz. Er wolle sich die Entscheidung über die unselige Angelegenheit offenhalten. Nach dem Konzil und nach weiteren Beratungen mit den Betroffenen werde er sein endgültiges Urteil sprechen. Seine Augen waren kalt.

Enttäuscht suchten wir unser Quartier auf.

Zum Konzil selbst sei an dieser Stelle nur vermerkt, daß es das prächtigste Schauspiel darstellte, das ich in meinem Leben zu sehen bekam. Auch das Volk von Rom bekam viel zu sehen, ob es ausreichend zu essen hatte, vermag ich nicht zu beantworten.

Heftiger Wind ließ die prunkvollen Gewänder der Teilnehmer flattern, als sie in den Lateran einzogen. Ein eitles Meer von Farben wogte an uns vorüber: purpur- und magentarote Umhänge, violette Kutten aller Schattierungen und Schnitte, weiße Alben, juwelenbesetzt oder mit komplizierten Goldstickereien versehen, pelzverbrämte und silberbestickte Hüte und Mitren. Zur erlauchtesten Versammlung seit Beginn des Christentums waren eintausendfünfhundert Prälaten, über siebzig Erzbischöfe und vierhundert Bischöfe, achthundert Äbte und Prioren, theologische Gelehrte sowie unzählige Abgesandte von Kaisern, Königen und Fürsten nach Rom gekommen. Sogar die Patriarchen von Konstantinopel und Jerusalem erschienen als demütige Diener des Nachfolgers Petri. In dem Gedränge gab es leider auch einen Todesfall zu beklagen. Der Bischof von Amalfi wurde von der Menge geradezu überrannt.

Ihr wißt sicherlich, lieber Freund – ich hoffe, ich darf Euch inzwischen so nennen, denn ein wenig sind wir wohl schon vertraut geworden miteinander –, daß auf diesem Konzil auch die offizielle Verkündigung des Dogmas der Wesensverwandlung beschlossen wurde. Innozenz III. hat damit seinem Klerus große zusätzliche Macht verliehen, wird doch jeder einzelne Priester als Werkzeug gebraucht, um in der Heiligen Messe diese Verwandlung zu vollziehen.

Aber auch seine eigene Macht wuchs mit diesem Konzil ins Unermeßliche. Sein demütiger Beginn der Eröffnungsrede, als er sagte: »*Nicht mir gebührt der Ruhm, sondern allein der Kirche!*«, konnte nicht darüber hinwegtäuschen, daß Innozenz sich als der wahre Herrscher und oberste Richter der Christenheit verstand.

Mir jedoch war nach und nach bei diesem Schauspiel klargeworden, daß er auf mich unbedeutenden Templer niemals hören würde, so ich überhaupt noch eine Chance bekäme, meine Klagen über Montfort vorzubringen. Wie hatte ich mich und meine Bedeutung überschätzt!

Im Laufe des Konzils wurde ein Glaubensbekenntnis abgelegt, in dem deutlich auf die Ketzer Bezug genommen wurde, ohne jedoch die Katharer namentlich zu benennen. Innozenz sprach dabei folgende Worte: »*Euch also ist geboten, gehet mitten durch die Stadt, folget Eurem Führer, Eurem Meister, damit Ihr schlaget durch Interdikt, Bann und Absetzung – je nach Maßgabe der Schuld – jeden, welchen Ihr nicht gezeichnet findet. Den Gezeichneten aber sollt Ihr keinen Schaden tun.*«

Mit den »Gezeichneten« meinte Innozenz diejenigen, die das Kreuz genommen und sich aufgemacht hatten, Jerusalem zu befreien oder die Ketzer auf dem ganzen Erdenrund auszurotten. Ihnen wurden Steuerfreiheit und hoher Lohn zugesichert.

Die wichtigste Botschaft des Konzils jedoch war diejenige, die ungesagt blieb, aber jedermann zu Ohren kam: nämlich, daß sich die weltliche Macht ab sofort der geistlichen unterzuordnen habe, daß der körperlich kleine Innozenz mit der Demonstration seiner wahren Größe die Rechte der Monarchen zukünftig nicht mehr zu respektierten gedachte. Natürlich muß man eines heute neidlos anerkennen: Nur Innozenz hatte es fertiggebracht, alle Welt in Rom zu vereinen. Welch anderem Herrscher wäre Ähnliches gelungen?

Bald darauf sprach der Papst sein endgültiges Urteil über den Süden, über Okzitanien. Mehrere Gespräche waren vorausgegangen, ohne daß uns Templern Gelegenheit gegeben worden war, ein weiteres Mal vorzusprechen. Die Prälaten, die auf der Seite Montforts waren und deren reiche Pfründe auf dem Spiel standen, sollte dieser die eroberten Gebiete zurückgeben müssen, hatten nichts unversucht gelassen, die Grafen Okzitaniens zu verunglimpfen. Sie hatten das Schreckgespenst der Häresie in schwärzesten Farben an die Wand gemalt und selbst an uns Templern kein gutes Haar gelassen, jene durchtriebenen prunksüchtigen Pfaffen, die sich den Hedonismus zu ihrem Gott erkoren hatten!

Im nachhinein gesehen, war unser Besuch in Rom noch zu einem Zeitpunkt erfolgt, an dem es möglich gewesen wäre, Innozenz von der Brutalität Montforts zu überzeugen. Vielleicht hätte er Einhalt geboten – vielleicht wäre dann auch meine Geschichte anders ausgegangen!

Innozenz III. erließ sein Urteil schriftlich. Zuerst wurden die Anstrengungen aufgezählt, die die Kirche gemacht habe, um die verschiedenen Provinzen von der Ketzerei zu befreien. Raymond von Toulouse wurde der Ketzerei und des Kirchenraubes schuldig gesprochen. Das Konzil nahm ihm seine Macht und verurteilte ihn obendrein, zur Buße für seine Sünden seinen Wohnsitz zu verlegen. Für seinen Lebensunterhalt billigte man ihm jährlich eine gewisse Summe zu. Seiner Frau wurden die Ländereien ihrer Mitgift belassen oder gleichwertiger Ersatz dafür zugesichert. Alle von den Kreuzfahrern eroberten Gebiete samt Toulouse, in dem man den Mittelpunkt der Ketzerei vermutete, und Montauban wurden Montfort zugesprochen, »diesem mutigen und katholischen Manne«!

Weitere Gebiete des Grafen von Toulouse wurden der Kirche zuerkannt, die jedoch versprach, sie zum Besten des jüngeren Raymond zu verwalten. Wenn dieser das passende Alter erreicht hätte und sich würdig zeigte, würde man ihm die Ländereien teilweise oder auch ganz übergeben.

Was die Grafen von Foix und Comminges betraf, vertagte man eine Entscheidung auf unbestimmte Zeit und zügelte damit wenigstens ein wenig die weitere Machtgier des Grafen von Montfort.

Der höchste Gerichtshof der Kirche hatte gesprochen. Der Graf von Toulouse ergab sich deprimiert seinem Schicksal. Sein Sohn aber – das sei hier erwähnt – erwirkte mit der Hartnäckigkeit der Jugend eine letzte Audienz bei Innozenz III. Wie man sich erzählte, soll er dabei einen so günstigen Eindruck auf den Papst gemacht haben, daß der ihn zum Abschluß segnete und mit dem Rat entließ »*res de l'autrui non pregas; lo teu, se degun lo te vol hostar, deffendas*« – was heißt »nicht zu nehmen, was andern gehört, aber das Seinige zu verteidigen«.

Jung, mutig und entschlossen, hielt sich Raymond der Jüngere an den weisen Rat des Papstes.

Wie er das bewerkstelligte, werdet Ihr im Laufe meines Berichtes noch erfahren.

9
Esclarmonde

Ein gefährlich Ding ist die Gesellschaft der Frauen,
denn der alte Feind brachte durch die Gesellschaft der Frauen
viele vom geraden Weg zum Paradies ab.

Ordensregel

Als wir uns anschickten, enttäuscht und unverrichteterdinge nach Hause zu reisen, bat uns der Graf von Foix um eine kurze Unterredung.

»Werte Ritter«, begann er, die breite Stirn in Falten gelegt. »Edle Männer, Ihr wißt ebensogut wie ich, daß die Sache für den Süden schlecht aussieht. Montfort hat mir unlängst meine Stadt Fanjaeux abgenommen. Bis jetzt konnte ich durch diplomatisches Geschick und auch – ich gebe es hier gerne zu – durch, moralisch gesehen, nicht ganz einwandfreie Maßnahmen wenigstens erreichen, daß meine Burg und die befestigte Stadt Foix unbehelligt geblieben sind, wenngleich dieser Mann schon zweimal vor unseren Toren stand. Natürlich habe ich mit meiner Sturheit die Aufmerksamkeit des verhaßten Mannes erst recht auf mich gezogen.

Nun habe ich mir einen Plan ausgedacht, für dessen Ausführung ich allerdings Euren Rat benötige. Roger von Béziers hat bereits vor Jahrzehnten sein ›Campagne‹ genanntes Gut, das in der Grafschaft Razès liegt, Eurem Orden abgetreten. Mir ist ebenso bekannt, daß wenige Jahre nach ihm sogar der Bischof von Evreux dem Templerorden die Kirche von Saintinges geschenkt hat, was ihm gewiß schwergefallen sein muß. Und ein alter Jude, der an meinem Hof lebt, hat mir erzählt, daß Ihr in jener Zeit sogar von zahlreichen Juden Grundbesitz gepachtet habt, als diese damals enteignet werden sollten. Nun frage ich mich allen Ernstes, ob es nicht sinnvoll wäre, ähnlich zu handeln, vor allem wenn ich an meine Familie denke. Also kurz gesagt: So wie die Sache um Montfort aussieht, weiß ich nicht, wie lange ich mich noch halten kann. Ich möchte daher einen Großteil meines Besitzes Euch Templern überschreiben. Was meint Ihr zu diesem Vorschlag, Provinzialmeister? Und wie, glaubt Ihr, kann die Angelegenheit möglichst schnell durchgeführt werden?«

Der Provinzialmeister dachte einige Zeit nach. Immer wieder strich er sich dabei über seinen langen Bart. Endlich sprach er: »Edler Graf, ich danke Euch für Euer Vertrauen, das Ihr den Tempelrittern mit diesem Vorschlag entgegenbringt. Motive, dem Tempel Schenkungen zu machen, deren gibt es viele. An vorderster Stelle steht natürlich die Besorgnis um das eigene Seelenheil und die Vergebung der Sünden. Aber es gibt auch weitere Möglichkeiten, sich bei uns einzukaufen, beispielsweise durch den Übertrag gewisser Güter auf Leibrentenbasis. In Eurem Fall verhält es sich etwas anders. Ich bitte Euch zu bedenken, daß eine Schenkung pro anima, die so bedeutende Güter wie die Euren beinhaltet, nicht wieder rückgängig gemacht werden kann, wenn die Zeiten besser geworden sind. Eine Schenkungsurkunde, wie sie hier notwendig wird, ist unwiderruflich!«

Der Graf nickte. »Ich bin mir der Tragweite meines Entschlusses wohl bewußt. Aber ich werde weitaus besser schlafen können, wenn ich meine Ländereien in Eurer Hand weiß und nicht in der Montforts und seiner Speichellecker. Zudem könnte dieser Übertrag bedeuten, daß die Menschen, die auf meinen Gütern leben, endlich geschützt sind vor den Auswirkungen des unseligen Kreuzzuges und dem Glauben nachgehen können, den sie sich nun einmal gewählt haben.«

Nun stellte der Provinzialmeister mich dem Grafen vor und erzählte von meiner Geschichte um die Burg von Rhedae. Als der Graf davon hörte, wie ich mit der Übergabe meiner Dokumente Montfort hatte eins auswischen können, leuchtete sein Gesicht geradezu auf vor Schadenfreude. »Das geschieht ihm recht, dem gierigen Kerl! Genauso werden wir vorgehen, wenn Ihr damit einverstanden seid.«

»Gewiß«, sagte der Provinzialmeister, »es müßte zuvörderst einer unserer dafür ausgebildeten Ritter sich bei Euch einfinden, um Ländereien und Güter inspizieren, vermessen, beschreiben und eine genaue Aufstellung vornehmen zu können. Dann erst wird die entsprechende Schenkungsurkunde ausgestellt. Wenn wir schnell handeln, könnte die Sache bis Ende der Fastenzeit abgewickelt sein. Nun habe ich Euch mit voller Absicht soeben den Ritter Blanchefort vorgestellt, der gerade seine Ausbildung zum Verwalter abgeschlossen hat und eine ausgesprochene Begabung für derlei Dinge mit sich bringt, so daß sein Lehrmeister voll des Lobes über ihn ist!«

Bei den Worten des Provinzialmeisters stieg mir – wer könnte es mir verdenken – das Blut ins Gesicht.

»Edler Graf«, fuhr der Provinzialmeister fort, wobei er erneut auf mich wies, »ich schlage Euch vor, daß gleich nach unserer Ankunft in Marseille der Ritter Bertrand de Blanchefort mit Euch reitet und mit der Vermessung Eurer Ländereien beginnt. Einen Zeitverlust können wir uns nicht leisten, vor allem seit dem gestrigen Tage.«

»So soll es denn sein!« sprach der Graf – und das Schicksal nahm seinen Lauf.

Die Papstaudienz und das Konzil hatten all die unerträglichen Erinnerungen an die Einnahme unserer Burg in mir emporgespült. Kaum gelang es mir, abends einzuschlafen, aus Furcht, schweißgebadet aus einem jener Alpträume zu erwachen, in denen sich das entsetzte Gesicht der mißbrauchten Gräfin Giralda in das meiner Mutter verwandelte, und nachdem ich in Rom nichts hatte ausrichten können, erschien mir urplötzlich nichts wichtiger, als endlich in Erfahrung zu bringen, wie es Alazaïs ergangen war.

So kam es mir gerade recht, daß meine trüben Gedanken durch eine neue Aufgabe verscheucht wurden, obendrein eine, bei der man dem »Schlächter« Montfort ein Schnippchen schlagen konnte. Mehr noch aber hegte ich die Hoffnung, auf den Besitzungen des Grafen von Foix der strengen Aufsicht des Ordens zu entkommen und meine Nachforschungen betreiben zu können.

Zunächst harrte meiner wahrhaftig eine Menge Arbeit. Der Graf wollte, beunruhigt, wie er war, beinahe jeden Abend von mir erfahren, wie die Sache mit den Vermessungen denn vorangehe. Oft saßen wir stundenlang beisammen, sichteten Pläne und Aufzeichnungen, und ich muß gestehen, daß wir im Laufe der Zeit eine gewisse Sympathie füreinander empfanden. Der Graf hatte Humor, ohne Zweifel, und daß er laut lachend zu einem jeden Acker, jeder Wiese im Tal der Ariège oder zu manchen Untertanen eine vergnügliche Geschichte erzählte, machte die an sich trockene Materie der Grundstücksangelegenheiten kurzweilig und interessant.

Wie selbstverständlich hatte sich die Schwester des Grafen, jene Esclarmonde, von der bei der Audienz des Papstes die Rede gewesen war, manches Mal zu uns gesellt. Sieh an, das also ist eine Ketzerin, hatte ich bei mir gedacht, als ich ihr vorgestellt wurde. Die Vizegräfin von Foix war im Gegensatz zu ihrem Bruder hochgewachsen, schlank und besaß einen federnden Gang, an dem ich sie schon von weitem erkannte, wenn sie mir im Treppenhaus oder auf den Gängen der Burg begegnete. Zwar war sie höflich und neigte anmutig den Kopf mit den dunklen, schweren Flechten, wenn ich sie grüßte, aber sie verhielt sich ausgesprochen reserviert mir gegenüber, bei manchen Gelegenheiten schien es sogar, als ob sie mich ablehnte. Nun, das konnte ich ihr nicht verübeln, schließlich war ich Tempelritter und sie Katharerin. Ich selbst ging ihr aus einem bestimmten Grunde lieber aus dem Weg: Mehr als einmal hatte sie Erklärungen meinerseits ausgesprochen spöttisch kommentiert, und das ist eine Eigenschaft, die ich bei den Frauen ganz und gar nicht ausstehen kann.

Ich hatte mich bereits einige Wochen auf der Burg aufgehalten, als Dominikus, den sie später den Heiligen nannten, mit seinem Gefolge eintraf. Dominikus war von der Idee erfüllt, die Ketzer mittels christlicher Gespräche von Mensch zu Mensch auf den rechten Weg zurückbringen zu können. Zu diesem Zwecke hatte er die Strapazen mehrerer Bekehrungsreisen durch Okzitanien auf sich genommen, und selbst sein Besuch im Hause Foix erfolgte möglicherweise nicht ohne Hintergedanken, denn ihm war gewiß zugetragen worden, daß auch die Gemahlin des Grafen, zwar nicht der katharischen, so doch der waldensischen Glaubensauffassung zuneigte und den Katholizismus gänzlich ablehnte. Esclarmondes katharische Ansichten waren ohnehin ein offenes Geheimnis. Hinter vorgehaltener Hand sprach man auch davon, daß sie sich geweigert hätte, sich mit einem reichen Grafen aus der Seitenlinie derer von Trencavel zu verehelichen, was übrigens niemand im Land verstand und die beteiligten Häuser Foix und Trencavel zutiefst bedauerten.

An jenem Abend – das üppige Mahl hatte Dominikus trotz seines Gelübdes der Askese nicht abgelehnt – saß Esclarmonde zwischen ihren Damen vor dem Kamin und stickte. Auf dem weißen Leinen, das sie in ihren Händen hielt, erschienen auf für mich wundersame Weise in kurzer Zeit zarte violette Lilien und grünblättrige Farne. Trotzdem entging ihr offensichtlich kein Wort von dem, was um sie herum geredet wurde.

Dominikus hatte gerade von seiner letzten, zwar gutgemeinten, aber offensichtlich mißratenen Reise berichtet und erbost gedroht, »daß dort, wo der Segen nichts gilt, eben der Stock den Sieg davontragen müsse«!

»Bruder Dominikus«, sagte Esclarmonde plötzlich, die Nadel zur Seite legend und den Kopf hebend, »ich muß Euch etwas fragen. Seid Ihr allen Ernstes davon überzeugt, daß Gewalt, Feuer und Schwert die Waffen eines Gottesmannes sein sollten? Wäre es nicht besser, man würde die Menschen in Ruhe lassen und den Glauben sich entwickeln?«

Dominikus riß Augen und Mund auf vor Schreck und wurde zugleich aschfahl. Sein Gefolge, einige – ich muß es der Wahrheit halber leider sagen – feiste, vollgefressene Mönche, die seinerzeit ihrer kahlgeschorenen Schädel wegen vom einfachen Volk – in aller Heimlichkeit, versteht sich – »Heuschrecken« genannt wurden, bekam dagegen rote Köpfe. Einer, Etienne de la Miséricordia mit Namen, schrie die junge Frau an: »Geht, Herrin, und spinnt Euren Rocken, in einer Versammlung wie dieser steht es Euch nicht zu, das Wort zu ergreifen!«

Esclarmonde schien völlig unbeeindruckt. Sie nahm ihre Nadel auf und stickte ruhig weiter. Die ganze edle Versammlung schwieg entsetzt. Was würde jetzt geschehen? Würde der Graf von Foix seine vorlaute Schwester des Saales verweisen oder vielmehr den dreisten Mönch zur Rede stellen? Der Burgherr jedoch schaute Esclarmonde nur an, und als sie für einen Augenblick in seine Richtung sah, hob er kaum wahrnehmbar seinen Kopf.

Da stand sie auf, legte das Stickzeug zur Seite und ging hocherhobenen Hauptes – nicht etwa zur Tür hinaus – o nein, sie schritt geradewegs auf Dominikus zu, den frechen Miséricordia links liegenlassend. »Werter Dominikus, auch wenn Ihr und Eure Mönche tausendmal anderer Meinung seid, stehe ich zu meinen Worten. Ich bin nur eine Frau, da habt Ihr wohl recht, aber ich bin eine okzitanische Frau. Und eine Frau des Südens kuscht nicht vor Menschen, die auf Befehl Roms in unser Land gekommen sind, um sich zu bereichern und die Guten Menschen willfährig zu machen oder gar auszurotten, wenn ersteres mißlingen sollte. Merkt Euch das, Mönch. Schreibt es Euch hinter die Ohren, und fragt Euch, warum Gott Euch mit so wenig Geduld und Überzeugungskraft für Euer Bekehrungswerk ausgestattet hat!«

Das war so spitzzüngig wie mutig, aber es war wohl der Mut der Verzweiflung darüber, daß Tausende ihrer Glaubensgenossen bereits getötet worden waren, und es war ganz sicher die selbstverständliche Reaktion einer wahrhaft frei geborenen und frei denkenden Frau.

Dominikus schwankte. Ein Weib hatte es tatsächlich gewagt, ihm zu widersprechen. Er raffte ungeschickt seine Kutte, sprang auf, eilte mit seinem empörten Gefolge zum Saal hinaus und verließ noch in derselben Stunde die Burg des Grafen von Foix.

Kurz darauf zog sich auch Esclarmonde in ihre Kemenate zurück. Beim Hinausgehen streifte sie mich mit einem ruhigen Blick. Sie mußte mein erstauntes, aber beifälliges Lächeln bemerkt haben, denn sie zögerte einen Augenblick – verzog dann ein wenig spöttisch den Mund und eilte hocherhobenen Hauptes davon.

Am darauffolgenden Sonnabend sah ich sie bei einem abendlichen Bankett. Ich erinnere mich noch genau: Esclarmonde war ohne ihre Damen gekommen, in einfachstes blaues Tuch gekleidet, kein Zierat lenkte ab von ihrem schönen Gesicht. Draußen tobte ein Sturm. Es zog dabei so stark durch die hohen Spitzbogenfenster, daß die Kerzen, die die Tafel beleuchteten, heftig flackerten. Der Graf hatte Gäste eingeladen, und die Diener waren schon dabei, die ersten Speisen aufzutragen, als Esclarmonde plötzlich ihrem Bruder etwas zuraunte, dann vom Ehrentisch aufstand und auf mich zuschritt.

»Bertrand de Blanchefort«, sprach sie mich an, »ich fürchte mich ein wenig vor der strengen Zugluft dort am Ehrentisch, und ich muß mir einen Platz suchen, der etwas weiter von den Fenstern entfernt ist. Würdet Ihr mir dort Gesellschaft leisten?«

Ohne daß ich es beeinflussen konnte, bemächtigte sich meiner eine freudige Erregung, und ich befürchtete schon, daß man sie mir auf der Stelle anmerken könnte. Zu meinem Glück war jedoch der Graf gerade dabei, eine seiner üblichen Anekdoten zum besten zu geben, und alle hingen amüsiert an seinen Lippen. Zielstrebig schritt die Gräfin an das Ende der nächsten Tafelreihe. Dort waren einige Plätze frei geblieben, weil des Sturmes wegen nicht alle Gäste der Einladung gefolgt waren. Esclarmonde setzte sich nieder und wies mir den Platz ihr gegenüber zu. Nachdem sie sich ein klein wenig Fisch und Gemüse hatte reichen lassen und auch mir vorgelegt worden war, meinte sie so geradeaus, wie es ihre Art war: »Jetzt sind wir unter uns. Und das ist gut so. Was ich Euch zu sagen habe, Ritter, muß nicht die ganze Burg erfahren.«

Ich nickte, verwundert ob ihres ernsten Tones.

»Kurzum, ich brauche möglicherweise Eure Hilfe, Blanchefort! Da es sich jedoch um eine Sache auf Leben und Tod handelt, muß ich zuvor Näheres über Euch in Erfahrung bringen. Das werdet Ihr verstehen.«

»Wie kann ich Euch helfen, Gräfin?« fragte ich. Ich fühlte mich einerseits geehrt von ihrem Ansinnen, aber auch ein wenig überrumpelt, weil sie meine Bereitschaft, ihr zu helfen, ganz offensichtlich voraussetzte.

»Ihr habt sicher Kenntnis davon, Blanchefort«, fuhr sie fort, »daß ich nicht nur dem katharischen Glauben anhänge, sondern inzwischen sogar geweiht bin. Ich gehöre also zu den Perfekten, den Vollkommenen. Nur dem Verhandlungsgeschick meines Bruders verdanke ich es, noch am Leben zu sein. Und nur ihm zuliebe verhalte ich mich meist völlig unauffällig, was meine katharische Einstellung betrifft. Ich denke dabei weniger an meine eigene Sicherheit als an meine armen Glaubensbrüder und -schwestern, die auf seinen und meinen Schutz angewiesen sind. Nun haben wir vor einer Woche zur Genüge die Meinung des Dominikus erfahren, und ich möchte jetzt gerne die Eure hören. Wie beurteilt Ihr das Geschehen hier im Lande? Sprecht frei heraus, Ritter!«

War es die Aufregung über ihre Nähe und ihre Aufmerksamkeit mir gegenüber oder die Neugierde auf jenen Dienst, den ich ihr erweisen sollte, daß meine sonst so kräftige Stimme eher wie das Krächzen eines Raben klang? Das laute Tosen und Heulen jedoch, das noch immer von draußen durch die dicken Mauern der Burg drang, die heftig klappernden hölzernen Läden kamen mir aus diesem Grunde mehr als gelegen. Wie Esclarmonde mir erklärt hatte, zieht die Burg derer von Foix Gewitter, Herbst- und Winterstürme ganz besonders an, da sie auf einem steilen Kalksteinfelsen erbaut ist, der wie ein einsamer Wächter am Eingang eines fruchtbaren Tales steht, umspült von den Flüssen Ariège und Arget und umrahmt von hohen Pyrenäenbergen.

»Ich bin Okzitanier wie Ihr, Gräfin, komme aus der Grafschaft Rhedae, nicht allzuweit von hier«, fing ich an, und plötzlich redete ich und redete. Die Worte strömten geradezu aus mir heraus. Ich erzählte ihr die Geschichte meines Lebens, ohne daß mich Esclarmonde ein einziges Mal unterbrach. Ganz offen konnte ich über den Tod meiner geliebten Eltern sprechen und meiner unschuldigen Schwestern, über die Verbannung von Alazaïs in das Kloster von Prouille und darüber, daß ich mir seit dem Auftritt jenes Dominikus große Sorgen um ihr Schicksal machte. Ganz am Ende erzählte ich von meinem katharischen Freund und vergaß auch nicht, Marcabru zu erwähnen, dem ich mein Leben verdankte. Als ich geendet hatte, waren wir beide hungrig geblieben und saßen mit Tränen in den Augen nebeneinander, während die übrige Gesellschaft, bereits beim zweiten oder dritten Krug Wein angelangt, laut und lustiger Dinge war.

Esclarmonde sah mich lange schweigend an. Bevor sie sich erhob, sagte sie: »Ich danke Euch für Euer Vertrauen, Bertrand de Blanchefort. Was die Hilfe anbetrifft, um die ich Euch bat, so muß ich mir die Sache noch überlegen. Ihr werdet von mir hören. Ich möchte Euch aber einen guten Rat geben.«

Sie beugte sich noch ein Stück weiter herüber zu mir, und ich sah, daß sie ganz ungewöhnliche smaragdgrüne Augen hatte.

»Nehmt ein paar Tage frei von Euren Diensten hier. Ich werde mich bei meinem Bruder für Euch verwenden. Reitet nach dem Ort Les Pontils, und schaut dort in den hohlen Baum. Wer weiß! Vielleicht hat Euer Freund das Massaker überlebt und hat Euch eine Nachricht hinterlassen. Wenn Ihr nichts findet, deponiert wenigstens ein kurzes Lebenszeichen von Euch. Ihr dürft gerne meinen Namen verwenden, um Euch nicht unnötig in Gefahr zu begeben. Ich werde Mittel und Wege wissen, mit Euch Kontakt aufzunehmen, ohne daß der Orden Euch verdächtigt, glaubt mir. Ehe Ihr nicht absolute Sicherheit habt, ob der junge Mann tot ist oder nicht, gibt Euer Herz keine Ruhe.«

Eine tiefe Wärme durchströmte mich. Sie war die erste Frau nach meiner Mutter, die sich um mich sorgte.

»Und noch etwas, Ritter: Von Les Pontils aus ist es sicherlich nicht allzuweit nach dem Kloster Prouille. Nehmt endlich Verbindung mit Eurer Schwester auf. Wie lange wartet sie schon auf ein Lebenszeichen von Euch, die Ärmste. Wenn das Mädchen damit einverstanden ist, Blanchefort, würde ich es gerne in meine Dienste nehmen. Jetzt aber muß ich mich zurückziehen, es ist spät für mich geworden.«

Als ich mich ebenfalls erheben wollte, um die Tafel zu verlassen, hob sie abwehrend beide Hände. »Ach, bitte, Ritter, bleibt noch ein wenig, und genießt die Unterhaltung. Ihr habt auch noch gar nichts Rechtes gegessen und kaum etwas getrunken!« Und mit den Worten »Seid gesegnet, lieber Freund. Gott gebe Euch von seinem Guten und führe Euch zum guten Ende!« reichte sie mir ihre Hand.

Nun sollt Ihr wissen, daß katharische Perfekte jede körperliche Berührung mit Menschen anderen Geschlechtes meiden müssen. Mutig geworden durch diese völlig unerwartete Geste, hielt ich ihre Hand einen Augenblick länger fest als üblich. In ihren erstaunten Augen spiegelte sich das Kerzenlicht, sie hatten nun die Farbe eines warmen Tannengrüns. Als ich ihre Hand freigab, schenkte sie mir ein winziges Lächeln und verließ dann, mit einer kurzen Verbeugung zu ihrem Bruder hin, den Saal.

Ich war gleichermaßen befreit, verwirrt und glücklich. Befreit, weil durch das Reden mein Herz Erleichterung gefunden und die schöne Gräfin offenbar echten Anteil an meinem Schicksal genommen hatte. Obendrein wollte sie mir ermöglichen, Alazaïs zu suchen.

Verwirrt war ich, weil ich nicht wußte, wie ich es anstellen sollte, ohne Wissen des Tempels nach Les Pontils und Prouille zu reiten. Auch fragte ich mich ein ums andere Mal, wie der Dienst aussehen würde, den ich Esclarmonde erweisen sollte.

Das Schönste an diesem Abend aber war gewesen, daß sie mir ihre Hand nicht entzogen hatte, und diese Geste machte mich glücklich und bereitete mir eine schlaflose Nacht, in der über all den ungelösten Fragen schemenhaft und elfengleich die Gräfin von Foix schwebte.

Der Graf von Foix selbst war es, der mich am nächsten Tag bereits direkt ermutigte, gegen die Order des Tempels zu verstoßen. Seine Schwester habe ein Schreiben an die Vorsteherin des Klosters abgefaßt, in dem sie den Willen kundtat, die Jungfrau Marie de Lille in ihren Dienst aufzunehmen. Ich war verblüfft über Esclarmondes rasches Handeln.

»Na ja, sie hat halt ein gutes Herz!« meinte der Graf schmunzelnd. »Also, hier, Ritter! Hier habt Ihr ein Pergament, das Euch als meinen höchsteigenen Kurier ausweist. Eure Templerkleidung laßt ihr besser bei uns zurück. – Was ist mit Euch? Zögert Ihr?«

Der Graf hatte recht. Was hinderte mich daran, auf der Stelle loszureiten, wenn er es billigte? Aber weshalb diese Eile? Stand sie in Zusammenhang mit Esclarmondes seltsamer Bitte um Hilfe? Es würde um Leben und Tod gehen, hatte die Vizegräfin gesagt – und jetzt schickte sie mich weg? Hatte sie mich am Ende für nicht geeignet befunden? Ich mußte nachdenken.

Doch der Graf drängte.

»Wenn Ihr Eure Reise mit Erlaubnis Eures Ordens anzutreten gedenkt, Blanchefort, so muß ich Euch sagen, daß Euch dabei das Maul trocken bleiben wird. Die erteilen keinem ein solches Permit!« spottete er und knuffte mich unsanft in die Rippen. »Na, los, sprecht, Jüngling! Ist Euch die Sache nicht mehr wichtig, oder seid Ihr am Ende feige?«

»Nein, nein«, entgegnete ich, »versteht mich bitte nicht falsch, Graf. Der Ritt zu meiner Schwester liegt mir sehr am Herzen. Es fällt mir nur schwer, meinen Eid zu brechen. Auf dem Bezú habe ich geschworen, alle familiären Bande zu durchschneiden, und seitdem ist der Tempel meine Familie! Außerdem«, versuchte ich mein noch immer zögerliches Verhalten zu entschuldigen, »kennen die Templer keine Gnade für solche Eigenmächtigkeit. Ich habe dies schon zweimal am eigenen Leib verspürt!«

Der Graf von Foix blies die Backen auf und schüttelte das Haupt. »Na, wenn das so ist, junger Mann, dann bleibt eben hier. Ich an Eurer Stelle jedoch ...«

»Ihr habt ja recht, Graf«, unterbrach ich ihn. »Manchmal muß man Dinge tun, die verboten sind, Schwur hin, Schwur her.«

»Gut, Ritter. Für meinen Teil habe ich solche Ordensregeln immer für Humbug gehalten. Die Mächtigen, die großen Herren, haben sie stets gebrochen und werden sie weiter brechen, und die anderen bleiben auf ewig die Dummen!« polterte Foix und hieb mir zum Abschied kräftig auf die Schulter. »Seid vorsichtig, Blanchefort, dann wird schon alles gutgehen!«

So ritt ich los, an einem geheimnisvollen Ort nach den Spuren eines totgeglaubten Freundes zu suchen und eine junge Frau aus den Fängen derjenigen zu befreien, die man allerorts die »Heuschrecken« nennt. Ein wenig kam ich mir vor wie König Artus selbst, der seine Getreuen aus jeder Gefahr rettet.

Derart hochgestimmt, überquerte ich gerade die Brücke über die Ariège, als hinter einem dürren Haselstrauch ein altes Weib hervortrat, so daß mein Pferd erschrocken scheute. Ich wollte gerade ein Schimpfwort loslassen, als sie ein kleines Bündel aus ihrem Hemd zog und es mir hinstreckte.

»Was wollt Ihr von mir, Frau?« herrschte ich sie an.

»Nichts, gar nichts«, krächzte sie. »Instruktionen habe ich, nichts weiter! Für Euch, hier nehmt endlich!«

»Aber Ihr kennt mich doch gar nicht ...«

Die Alte lachte auf und warf mir das Bündel zu. Dann verschwand sie so schnell, wie sie erschienen war.

Instruktionen? Das konnte doch nur eines bedeuten ... Esclarmonde!

Aufgeregt steckte ich das Bündel in mein Wams und ritt rasch auf ein kleines Wäldchen zu. Dort, im schützenden Unterholz, stieg ich vom Pferd, um nachzusehen, um was es sich handelte. Das braune Bündel enthielt ein weiteres fest verschnürtes Paket und ein ein paar Zeilen in schöner Schrift, die – zwar ohne Anrede – zweifelsohne an mich gerichtet waren:

»Aus verschiedenen Gründen konnte ich mein Hilfegesuch nicht mehr persönlich an Euch herantragen. Sicher werdet Ihr mir aber keine Absage erteilen, wenn ich Euch auf diesem Wege bitte, Euch ohne Verzug zur Burg Puivert zu begeben. Dort, am Fuße der Burg, weidet ein Schäfer seine Herde. Ihm übergebt das Bündel. Gottes Segen für Eure weiteren Vorhaben.«

Einen genauen Plan, wo ich die Burg würde finden können, hatte sie mir beigelegt.

Ohne weiteren Aufenthalt ritt ich in beträchtlicher Eile durch das Land, um ihren Auftrag auszuführen. Es war kein Umweg für mich, denn Puivert lag auf halbem Wege zu jenem Ort mit dem hohlen Baum. Das Wetter war gut, kühl zwar und windig, dennoch schien meist die Sonne auf die mit niedrigen Kiefern bewachsene Hochebene, durch die mich mein Weg führte. Von einer Felsspitze drang der schrille Schrei eines Adlers zu mir herunter. Die ganze Zeit über ging mir Esclarmonde nicht mehr aus dem Kopf. Hatte ich mich verliebt in die schöne junge Frau mit den seltsamen Augen? Ich schalt mich einen Esel, einen Dummkopf. Was wollte ich von ihr, Templer, der ich war, und sie eine von denen, eine *parfaite*, eine Vollkommene? Wieder und wieder grübelte ich darüber nach, ob ich ihr etwas als Mann bedeutete oder ob sie ihre Freundlichkeit nur zu dem Zweck eingesetzt hatte, um mich für ihre – sicher ketzerischen – Pläne einzuspannen. Ich wußte keine Antwort auf all diese Fragen.

10
Auf Abwegen

Wie ihn das Glück nicht überheblich machte,
so machte ihn das Unglück nicht verzagt.
Pierre des Vaux-de-Cernay

Als ich bei Einbruch der Dunkelheit endlich die Burg Puivert erreicht hatte, konnte ich weit und breit keinen Schäfer und auch keine Schafe entdecken. Was sollte ich tun? In der Burg nach dem Mann zu fragen hätte nur Aufmerksamkeit erregt. So beschloß ich, für die Nacht in einer kleinen Schenke abzusteigen, um am Morgen, bei Tageslicht, mein Glück erneut zu versuchen.

Dort, in der Schenke »Les copains«, jedoch, hätte meine heimliche Reise beinahe ein unliebsames Ende genommen. Ich saß als einziger Gast beim Abendbrot, als ich den Wirt in die Küche rufen hörte: »Hast du das Essen für die Templer auf dem Herd, Alte? Es wird nicht lange dauern, dann sind sie hier! Also beeil dich, die Templeisen warten nicht gerne!«

Vor Schreck verschluckte ich mich an dem dünnen Wein. Die Schenke, der sich eine kleine Schmiede anschloß, war meiner Schätzung nach nur ungefähr zwei Tagesritte vom Bezú entfernt, also bestand durchaus die Möglichkeit, daß es sich um meine eigenen Brüder handelte. Verschwinden konnte ich schlecht, denn ich wußte nicht, auf welchem Weg die Templer angeritten kamen. Möglicherweise hätte der Wirt auch den Rittern sogleich von der »zwielichtigen Gestalt« erzählt, die soeben Hals über Kopf in die Nacht hinausgeritten war, obwohl für das Nachtlager schon bezahlt war.

Viel Zeit hatte ich nicht, um mir etwas auszudenken.

»Wirt!« rief ich.

Er drehte sich zu mir um und brummte: »Was wollt Ihr noch, junger Mann! Soll es noch ein Krug Wein sein auf die Nacht?«

»Nein, nein, danke!« antwortete ich höflich. Seinen sauren

Wein konnte der Alte selbst saufen. »Es gibt eine andere Schwierigkeit. Ich bin etwas empfindlich. Und der Kohl gerade – na, Ihr wißt schon! Eben habe ich gehört, daß Ihr noch weitere Gäste erwartet auf die Nacht. Sagt, habt Ihr vielleicht eine Abstellkammer mit einem Strohsack für mich alleine? Dann muß ich die erlauchten Herrschaften des Tempels nicht belästigen!«

»Ha, ha!« grölte da der Wirt. »Meint Ihr, die Templer furzen nicht ebenso laut und kräftig wie Ihr? Aber gut, wenn Euch so viel daran liegt, es gibt einen Verschlag direkt neben der Küche, dort könnt Ihr Euch zurückziehen und braucht Eure Winde nicht zu unterdrücken! Ha, Ha, Ha! So jung und schon so genierlich!«

Kichernd schlurfte der Alte von dannen.

Erleichtert machte ich mich auf den Weg zur Küche, wo eine sauertöpfische Wirtin, die im Gegensatz zu ihrem Mann eher hager und flachbrüstig war und dazu ein lahmes Bein hatte, mir in einer finsteren Ecke eines Verschlags ein elend schmutziges Lager zuwies, für das ich natürlich viel zuviel gezahlt hatte.

»Wenn es Euch nicht paßt, so sucht Euch was anderes!« keifte sie, als sie mein angewidertes Gesicht sah.

»Es geht schon in Ordnung, liebe Frau!« antworte ich schicksalsergeben und legte mich nieder auf das stinkende Stroh – neben und über mir alte Stielpfannen, durchlöcherte Hängekessel, ausgebeulte Deckeltöpfe und verrostete Schürgabeln. Eine Zeitlang hörte ich nur das Meckern der Ziegen, ab und zu Hundegebell und das Klappern der mürrischen Alten in der Küche. Aber es dauerte nicht lange, da vernahm ich Hufgetrappel und lautes Rufen.

»Ho, Wirt! Wo seid Ihr?« rief eine kräftige Männerstimme, die ich keinem der Ritter meines Ordenshauses zuordnen konnte. »Mein Pferd muß bis zum Morgen neu beschlagen sein, habt Ihr gehört?«

»Ja, ja, edler Ritter!« hörte ich die falsche Stimme des Alten. »Ihr werdet Euer Roß beim Morgengrauen, mit neuen vortrefflichen Eisen versehen, vorfinden. Das Abendbrot ist auch schon fertig, bitte kommt doch gleich zu Tisch, Ihr edlen Herren!«

Ein unwiderstehlicher Duft nach gebratenen Täubchen zog in

meinen Verschlag. Ja, die Hochwohlgeborenen mußten sich nicht mit zerkochtem Kohl zufriedengeben!

Während die Ritter aßen, hielten sie sich an ihr Schweigegebot. Später allerdings gaben sie Zoten zum besten und sangen ziemlich gottlose Lieder: »*Mein Begehr und Willen ist*«, grölten sie, »*in der Kneipe sterben, wo mir Wein die Lippen netzt, bis sie sich entfärben! Aller Englein Jubelchor wird dann für mich werben: Laß den wackren Zechkumpan, Herr, dein Reich ererben!*« und so weiter und so fort. Nein, das konnten keine Ritter unseres Ordenshauses sein! Kurz vor dem Einschlafen nahm ich noch undeutlich wahr, daß die trunkenen Gesellen die Treppe zum Schlafsaal hinaufpolterten.

Am nächsten Morgen hörte ich, wie sich jemand leise in der Küche zu schaffen machte. Ich hatte Durst, und mein Magen knurrte beträchtlich. Nun, einen Krug heiße Milch und einen Kanten Brot wollte ich noch von der Wirtin ergattern, bevor ich mich auf mein Pferd schwang, um den Schäfer zu suchen. Ich dehnte und streckte mich, soweit das auf meinem ungemütlichen Lager überhaupt möglich war. Dann erhob ich mich. Im Haus war noch alles ruhig. Von draußen meinte ich allerdings zu hören, daß bereits der Blasebalg in der Schmiede in Bewegung gesetzt wurde. Also mußte bald die Sonne aufgehen. Ich schlüpfte rasch in meine Oberkleider, rammte mir dabei den Kopf ein an einem ausgemusterten Bratrost, trat beim Aufstehen fast auf etwas Weiches, das aufgeregt piepste, stieß den hölzernen Verschlag meines edlen Gemaches auf – und stand von Angesicht zu Angesicht Thierry de Quillan gegenüber, dem Bruder katharischen Glaubens, der mit mir konsekriert worden war. Beide gaben wir vor Überraschung einen unterdrückten Schreckenslaut von uns. Thierry hielt eine dicke Kerze in der Rechten, die unsere Gesichter hell aufleuchten ließ. Dem Augenschein nach hatte er sich soeben einen Krug mit frischem Wasser holen wollen.

»Großer Gott!« rief er und schüttelte ein ums andere Mal den Kopf. »Bertrand de Blanchefort, was machst du hier? Solltest du nicht in Foix sein?«

Ich nickte heftig und legte den rechten Zeigefinger auf den Mund, um ihm zu bedeuten, daß er seine Lautstärke ein wenig zurücknehmen sollte.

Was sollte ich ihm erzählen? Fama, die Botin der Wahrheit, das erkannte ich rasch, konnte mir hier nicht weiterhelfen. Zum einen hätte es zu lange gedauert, zum anderen hätte ich zugeben müssen, daß ich inkognito im Land herumritt und damit beträchtlich gegen die Ordensregel verstieß. Also log ich so kräftig, daß sich fast die schwarzen Balken bogen.

»Hab acht, Thierry! Ich bin in streng geheimer Mission unterwegs. Niemand, auch die anderen Brüder nicht, die bei dir sind, dürfen davon wissen. Ich sage nur so viel, daß es sich um einen ausgefuchsten Plan des Tempels handelt, der sich gegen keinen Geringeren als Simon de Montfort selbst richtet!«

»Oh, gegen den Schlächter!« Thierry war beeindruckt. »Natürlich, Bertrand, ich werde schweigen wie ein Grab.« Beschwörend hob er die Hände. »Ich bin mit Bruder Lavalle unterwegs, um drei durchreisende Templer bis zur Grenze nach Aragon zu geleiten. Aber ich habe dich nicht gesehen und auch nichts von dir gehört. Du hast mein Ehrenwort darauf! Friede sei mit dir!«

Mit diesen Worten legte er mir seine Rechte auf den Kopf.

»Ich danke dir, Bruder!« flüsterte ich und machte mich rasch auf den Weg nach draußen. Den Namen des HERRN wollte ich in diesem Augenblick nicht in den Mund nehmen.

»Ein Glück nur, daß du auf mich gestoßen bist und nicht auf Bruder Lavalle!« rief mir Thierry halblaut hinterher. Was immer er mit seinem letzten Satz gemeint hatte – ich wußte, daß ich mich auf Thierry verlassen konnte. Im stillen dankte ich wenigstens hierfür dem HERRN.

Den Kanten Brot und die heiße Milch hatte ich in all der Aufregung vergessen. Und so ritt ich zwar hungrig, aber auch erleichtert der Burg Puivert entgegen – und direkt dem gesuchten Schäfer in die Hände. Eine kleine Herde lagerte im trüben Grau der Morgendämmerung am Fuße der Burg, bewacht von einem jener schwarzen Pyrenäenhunde, die als äußerst zuverlässig gelten.

Der Schäfer, ein hochgewachsener Geselle, kam mir, in einen warmen Fellumhang gehüllt, langsam entgegen. Die Kälte hatte seine Nase rotgefärbt, und kleine Atemwölkchen entströmten seinem Mund. Ich zügelte mein Roß, stieg jedoch nicht ab, sondern wartete. Unauffällig warf der Mann einen Blick hinauf zur Burg. Dort war jedoch keine Menschenseele zu sehen. Nun schritt er entschlossen auf mich zu und streckte fordernd die Hand aus. Rasch zog ich das Bündel aus dem Wams und gab es ihm. Er nickte, steckte es wortlos unter seinen Umhang und kehrte zu den Schafen zurück, als sei überhaupt nichts geschehen.

Grübelnd ritt ich weiter. Was hatte ich soeben getan? War ich zum Helfershelfer der Katharer geworden? Hatte ich tatsächlich dazu beigetragen, Montfort eine Falle zu stellen, so wie ich es Thierry angedeutet hatte? War Esclarmonde wirklich in Not geraten, oder hatte sie mich mit diesem Botengang zu ihrem Büttel gemacht? Meine Gefühle waren beträchtlich in Aufruhr.

Bald erreichte ich Les Pontils, jenen verwunschenen Ort unserer Kindheit. Dort schien auf den ersten Blick alles unverändert. Nebel waberte über den kleinen Hügel. Dornenhecken, Büsche, Disteln, Bäume mit herabhängenden oder abgebrochenen Zweigen beherrschten den einsamen Flecken. Der Hügel sah wild und unberührt aus. Dennoch knackte und raschelte es allüberall im Unterholz. Ich lauschte kurz und sah mich dabei nach allen Seiten um. Einen direkten Weg, der hinaufführte zum Grabmal, gab es noch immer nicht.

Mich fröstelte. Das Pferd am Zaumzeug durch das Gestrüpp ziehend, bestieg ich die Anhöhe. Oben angekommen, schaute ich mich ein weiteres Mal vorsichtig um. Niemand weit und breit. Ich hatte wirklich Glück, daß ich mich am hellichten Tage auf die Suche begeben konnte und nicht bis zur Dunkelheit warten mußte. Der Ort befand sich abseits aller eingefahrenen Wege und besiedelten Ortschaften.

Ich zwängte mich weiter durch das Dickicht. Das Buschwerk war feucht. Es roch stark modrig dort oben und ein wenig nach wildem Fenchel. Längst verdrängte Erinnerungen kamen hoch. Jawohl, dort stand es noch immer, unverrückt: das jahrhundertealte, von allen Menschen, außer uns beiden Jungen, vergessene Grabmal mit der sonderbaren Inschrift *Et in Arcadia ego*. Vielleicht lag er ja doch dort drunten, jener Artus mit seinem berühmten Schwert – wie wir Kinder spekuliert hatten. Gerne hätten wir nachgesehen, aber um den Deckel anzuheben, hätte es mindestens vier starker Männer bedurft. Pierre hatte es nur einmal gewagt, seine Eltern danach zu fragen. Der Hügel stand ja auf Grund und Boden derer von Rabastens. Doch alles, was er zu hören bekam, war: »Halte dich dort fern! Das ist ein Gebot!« Natürlich hatten wir uns weiter heimlich hinaufgeschlichen, um in der Einsamkeit von den alten Geschichten zu träumen. Das Grabmal war schon damals fast zugewachsen gewesen, und tatsächlich – noch immer streckte die alte, knorrige Eiche, Artus' Bewacherin, ihre Äste gen Himmel.

Ich atmete rascher, band das Roß fest und langte dann ungeduldig in die schmale, für Uneingeweihte nicht erkennbare Öffnung.

Mein Herz klopfte. Würde ich eine Nachricht von Pierre vorfinden?

Nein. Ein Pergament war dort nicht zu ertasten. Enttäuscht wollte ich schon die Hand zurückziehen, als ich etwas Hartes fühlte. Vorsichtig zog ich den Gegenstand heraus. Als ich ihn näher betrachtete, sah ich, daß es sich um ein aus Weidenruten geflochtenes »P« handelte. »P« wie Pierre? Ein Lebenszeichen? Was, wenn das Weidengeflecht schon vor Montforts Überfall dort gelegen hatte? Aber nein! Ich schüttelte den Kopf. Das ergab keinen Sinn.

Ehrlich gesagt, ich wollte an diesem Tag nur eine einzige Erklärung akzeptieren, nämlich die, daß Pierre noch lebte. Widrige Umstände, welcher Art auch immer, hatten eine ausführliche Nachricht von ihm verhindert.

Nach kurzem Zögern zog ich mein eigenes Schreiben hervor. Zusammengerollt in einer ledernen Hülle, steckte ich es tief in den hohlen Baum: »Melde dich beim Grafen oder bei der Gräfin von Foix, B.«

Jetzt lag es am HERRN, zu entscheiden, ob er uns wieder zusammenführen wollte und wann. Pierre mußte sich schließlich, solange sich Montfort und seine Truppen in unserem Land befanden, irgendwo versteckt halten. Und wer wußte, wie oft er sich selbst schon nach einer Botschaft von mir umgesehen hatte in all den Jahren. Möglicherweise hielt er mich für tot und hatte es längst aufgegeben, nach Les Pontils zu pilgern.

Als ich weiterritt, Prouille entgegen, machte ich mir keine allzu großen Hoffnungen auf ein Wiedersehen.

In der kleinen, vom Kreuzzug fast unbeschädigten Stadt Limoux, in der ich haltmachte, um eine Übernachtungsmöglichkeit zu finden und endlich etwas für meinen hungrigen Magen, besuchte ich am Abend die Heilige Messe. Diesmal war kein Templer weit und breit zu sehen. Erleichtert kniete ich nieder, bat um Vergebung und betete vor allem für mein Vorhaben, meine Schwester aus dem Kloster zu befreien. Ich konnte mir nicht vorstellen, daß sie dort freiwillig bleiben wollte – wenngleich ich auch mit dieser Möglichkeit rechnen mußte. Doch sie war eine Blanchefort, und wenn man ihren Willen nicht mit Gewalt gebrochen hatte, würde sie mit meiner Hilfe die Freiheit suchen wollen. Im Wams knisterte das Schreiben Esclarmondes. Es ließ mich mit Zuversicht dieser Begegnung entgegensehen.

Nur wenige Menschen befanden sich in dem kleinen Gotteshaus an diesem kühlen und ungewohnt friedlichen Abend. Ich setzte mich auf eine der hinteren, im Dunkel liegenden Bänke. Zu meiner Verwunderung gesellte sich aber, kurz bevor der Priester erschien, eine seltsame Gruppe von Männern und Frauen zu mir. Aus den Augenwinkeln sah ich, daß ihre Gesichter bedrückt waren. Als der Priester dann anfing, von denen zu sprechen, die schlechter als die Heiden seien, verführt durch die Einflüsterungen des Teufels, fielen meine Blicke auf ein junges hübsches Ding, dem bei des Priesters Worten Tränen über die Wangen liefen. Es schluchzte leise. Die anderen lauschten dem Sermon mit versteinerten Mienen. Allesamt hatten sie zwei große gelbe Kreuze auf ihr Gewand genäht, die Kennzeichen ehemaliger Ketzer, die sie als Schandmal bis zu ihrem Lebensende tragen mußten. Das Mädchen warf mir beim Hinausgehen einen flehentlichen Blick zu. Es tat mir mehr als leid, aber wie hätte ich ihm helfen können?

Obwohl viele Fragen auf meinen Lippen brannten, suchte ich ich kein Gespräch mit diesen Bedauernswerten, sondern schlich umgehend in mein Quartier und legte mich schlafen. Wie wohlig ist es doch, im warmen Heu zu liegen und die Gedanken spazierengehen zu lassen. Wie wichtig dünkt man sich, wenn man ein Geheimnis trägt und eine Mission zu erfüllen hat.

Am nächsten Morgen, gestärkt durch frischgebackenes Brot, Butter und einen Honig, der noch nach den Thymianblüten des letzten Sommers duftete, ritt ich weiter. Mein Weg führte mich durch verwüstete Felder, aufgegebene Weiler, niedergebrannte Dörfer. Ich ritt an einsamen Ackerhöfen vorbei mit allerlei freilaufendem Getier, an verfallenen Ställen und Scheunen. Weil mein Pferd geschont werden mußte, hatte ich Muße, mir alles genau anzusehen. Nach drei weiteren Tagen und Nächten war endlich Prouille in Sicht. Unterwegs hatte ich mir einen Plan zurechtgelegt: Am besten wäre es, so meinte ich, ganz offen als Bote derer von Foix aufzutreten und nach »Marie de Lille« zu fragen. Stand sie dann vor mir, würde ich so tun, als ob ich sie nicht kennte. Alazaïs, da war ich mir sicher, würde bei der Scharade mitspielen.

Als ich von einem Hügel aus endlich das Kloster erspähte, hatte ich einen eher zierlichen Bau aus rosafarbenem Sandstein vor mir, der außer von einer hohen Mauer noch von einer undurchdringlichen Weißdornhecke umgeben war. Schnurstracks ritt ich hinunter zur Pforte und pochte.

Ein kleines Fenster öffnete sich.

»Wer seid Ihr, daß Ihr es wagt, so mir nichts, dir nichts an einem Kloster für Frauen anzuklopfen?« herrschte mich eine Nonne an, von der nur zwei dunkle Augen zu sehen waren, die jedoch funkelten wütend.

»Ich bin ein Bote des Grafen und der Gräfin von Foix und habe eine Bitte vorzubringen!« gab ich zur Antwort – darauf bedacht, ruhiges Blut zu bewahren, um mir nicht von vornherein alle Chancen zu verbauen.

Das Klappern und Rauschen einer nahe gelegenen Wassermühle hatte jedoch meine Worte ein wenig übertönt, so daß die Nonne die Hand hinter ihr rechtes Ohr hielt:

»Wie? Höre ich recht? Habt Ihr gerade von der Gräfin von Foix gesprochen, junger Mann?« nörgelte sie säuerlich.

»Ja, ehrwürdige Schwester, ich sprach in der Tat von Esclarmonde de Foix, der Vizegräfin.«

»Wißt Ihr nicht, wo Ihr Euch befindet?« fing sie plötzlich an zu schreien. So laut klapperte die Wassermühle nun auch wieder nicht! Als sie mein verblüfftes Gesicht bemerkte, fuhr sie in etwas ruhigerem, aber dennoch barschem Ton fort: »Ihr steht vor der Pforte eines Hauses für bekehrte Ketzerinnen, mein Freund! Es ist ein Kloster, das Bruder Dominikus selbst gegründet hat, um jenen verirrten jungen Dingern zu helfen, die in die Fänge des Teufels geraten sind. Ein Stern ist an genau dieser Stelle vom Himmel gefallen, wo Eure Füße stehen, junger Mann! Ja, ein Stern! Glotzt nicht so dämlich! Ein Zeichen des Höchsten für den Bruder Dominikus! Ihr befindet Euch also gewissermaßen auf heiligem Boden! Und da kommt Ihr hierher als ein Bote der Oberteufelin selbst, der frechen Gräfin Esclarmonde? Ich will Euch etwas sagen, Jüngling, schert Euch auf der Stelle davon, und zwar schleunigst!«

Schon war das Fenster zugeschlagen.

Waren die Templer nicht bei Trost gewesen, meine Schwester in ein solches Haus zu schicken? Ich wurde wütend. Am liebsten hätte ich an der Pforte gerüttelt und geschrien: »Gib mir sofort meine Schwester heraus, du häßliche Gorgo mit deinem Schlangenhaupt!«

Nur nichts überstürzen, sagte ich mir dann wieder und holte tief Luft. Nur nicht voreilig sein. Ich knirschte mit den Zähnen, drehte mich wortlos um, stieg auf mein Pferd und ritt am Stadtgalgen vorbei das kurze Stück nach Fanjaeux hinein, einen durch eine wehrhafte Stadtmauer und zahlreiche Türme stark befestigten Ort, der über das Klosters zu wachen schien.

»Ihr befindet Euch vor den Toren von Fanjaeux, der Stadt, die Simon de Montfort vor Jahresende erobert hat. Was ist Euer

Begehr?« wurde ich gefragt, als ich über die Zugbrücke geritten war und um Einlaß bat.

Dieses Mal war ich vorsichtig. »Ich bin in Wollgeschäften unterwegs und brauche ein Quartier für ein oder zwei Nächte!« antwortete ich lapidar und wurde, weil unbewaffnet, sogleich eingelassen. In der Kuppel des einzigen Gotteshauses spiegelte sich die Abendsonne. Ich suchte mir eine Unterkunft in der Nähe, denn ich hoffte, daß am Sonntagmorgen die Insassen des Klosters Prouille hierher kommen würden, um dem Hochamt beizuwohnen.

Vom Herbergswirt hatte ich mir einen warmen, dunklen Umhang und ein schwarzes Samtbarett ausgeliehen und verbarg mich, so kostümiert, am Sonntag im Inneren der Kirche, hinter einer großen Säule. Es dauerte nicht lange, und acht schwarz gekleidete Gestalten, die Gesichter fast gänzlich verhüllt, traten ein. Sie setzten sich nebeneinander in eine Bank. Zwei Bewacherinnen, die einen weißen Strick um ihre füllige Mitte geschlungen hatten, saßen rechts und links der Mädchen. Mit den übrigen Gläubigen sahen alle gebannt zu dem in der Kirche erbauten hölzernen Gerüst, auf dem an diesem Sonntag ein sogenannter »falscher Zeuge« präsentiert wurde. Dem Mann waren jeweils zwei große rote Zungen auf Brust und Rücken geheftet worden. Der Priester erging sich in einer langen Tirade über die schändlichen und gotteslästerlichen Vergehen des Delinquenten, von denen einzig das Fälschen gewisser Vorladungsbriefe mir im Gedächtnis geblieben ist. Gelbe Kreuze, rote Zungen – man konnte gespannt sein, welches Zeichen man aushecken würde für die nächste Gruppe, die man anzuklagen gedachte.

Ich wartete einige Augenblicke, dann setzte ich mich in die Bankreihe genau hinter die Mädchen.

Da der Geistliche seine Stimme erhoben hatte, konnte ich es wagen, verhalten halblaut »*Pax in nomine Domini – von Marcabru ist Ton und Wort*« zu singen. Zweimal wiederholte ich die ersten beiden Zeilen des Troubadour-Liedes, ohne daß eines der Mädchen reagierte. Doch als ich zum dritten Mal das Lied anstimmte, nun schon kühner vor Verzweiflung, drehte sich eine von ihnen ein wenig zu mir um – und ich sah, daß mich Alazaïs überrascht aus den Augenwinkeln musterte. Fast unmerklich schüttelte sie den Kopf. Zum Glück saß niemand neben mir. Ganz, ganz langsam, Stückchen für Stückchen, rückte ich so weit, bis ich mich genau hinter Alazaïs befand. Die Bänke waren vortrefflich geschnitzt und besaßen – dem Künstler sei großer Dank – kleine ovale Durchbrüche an den Lehnen. Entschlossen kniete ich mich hinter Alazaïs' Platz nieder, wartete, bis endlich alle laut zu singen anfingen, und schob dann behutsam die winzige Rolle Pergament zu ihr durch, die ich tags zuvor beschrieben hatte. Sofort spürte Alazaïs die Berührung, mit einer raschen Geste schoß ihre rechte Hand aus dem weiten Umhang hervor, als ob sie ein Floh gebissen hätte – und sogleich war das Schriftstück verschwunden.

Leise stand ich auf, denn ich wollte keinesfalls vom Cerberus der Klosterpforte erkannt werden.

»Liebe A.«, hatte ich geschrieben. »*Es tut mir von Herzen leid, daß es so lange gedauert hat. Die Gründe hierfür erzähle ich Dir später. Die Gräfin von Foix möchte Dich in ihre Dienste nehmen. Ich werde ab heute in der Herberge gegenüber dem Gotteshaus auf Dich warten. Solltest Du keine Möglichkeit haben, gefahrlos aus dem Kloster zu entkommen, so bring mir eine Nachricht am nächsten Sonntag in die Kirche mit. Dann denke ich mir etwas anderes aus. B.*«

Um ehrlich zu sein, war das natürlich gar kein Plan. Zwar hatte ich mir tausend Dinge überlegt, wie ich Alazaïs aus dem Kloster herausholen könnte, aber was wußte ich denn schon von ihrem Leben dort. Vielleicht wollte sie ja überhaupt nicht befreit werden aus jenem rosafarbenen Gemäuer. Vielleicht konnte sie sich ein Leben außerhalb der Klostermauern gar nicht mehr vorstellen.

Ich war seltsam bedrückt in den nächsten beiden Tagen. Unsanft und lautstark wurde ich in der dritten Nacht geweckt. Das Geschrei und der Lärm um mich herum erinnerte mich unliebsam an den Überfall auf unsere Burg. Wie die Schläfer neben mir fuhr ich hoch.

»Ein Überfall auf Fanjaeux!« rief jemand draußen mit entsetzter Stimme.

Verwirrt stolperten wir die alten, ausgetretenen Treppenstufen hinunter. Die Haustür der Herberge stand bereits weit offen. Es nieselte leicht. Dem Wirt schien das jedoch nichts auszumachen, obwohl er nur sein Unterzeug trug. Er sah aus, als ob er mit anderen Nachbarn Maulaffen feilhielte, so, wie sie alle wie gebannt zur Burgmauer hinschauten. Plötzlich ertönte ein jubelnder Schrei: »Der Graf holt sich seine Stadt zurück! Hurra! Endlich! Der HERR sei gepriesen!« Einzelne, weiter entfernte Männerstimmen schrien: »Verrat! Verrat!« Höhnisches Gelächter und »Ein dreifaches Hoch dem Grafen von Foix!« schallte ihnen gleich darauf aus einer anderen Ecke entgegen.

Ich riß die verschlafenen Augen auf. Der Graf von Foix sollte hier sein – oder zumindest seine Soldaten?

»Sagt, Wirt, was hat es mit dem Grafen von Foix auf sich?« Ich schüttelte den Alten.

Der Wirt feixte. »Ihr seid fremd hier. Daher könnt Ihr nicht wissen, daß Fanjaeux eigentlich seine Stadt ist! Man hat sie ihm vor Jahresfrist auf freche Weise abgenommen!«

Natürlich, jetzt fiel es mir wieder ein! Foix hatte die Sache erwähnt, seinerzeit in Rom.

»Unseren alten Priester hat man völlig grundlos der Häresie verdächtigt, weil er sich geweigert hat, die Ketzer in unseren Mauern zu benennen. Montfort hat ihn zur Strafe für seine Verstocktheit kurzerhand an den Schwanz eines Pferdes gebunden und durch den Ort schleifen lassen, bis er jämmerlich zu Tode kam!«

Dem Wirt war beim Erzählen das Feixen vergangen. Er wischte sich entschlossen die Regentropfen von den Wangen, die sich mit seinen Tränen vermischt hatten. »Seit zwei Monaten allerdings werden wir kaum mehr bewacht«, fuhr er fort. »Montfort hat fast alle seine Männer abziehen müssen. Einige werden ihm auch davongelaufen sein, ha! Seitdem haben wir auf diesen herrlichen Tag – nein, auf diese gesegnete Nacht gewartet. Ihr seht, Fremder, der allergnädigste göttliche Richter hat uns erhört, und der Graf von Foix hat uns nicht im Stich gelassen! Dort«, er zeigte nach rechts, »schaut selbst, sie kommen, unsere Befreier! Welch eine Freudenstunde!«

Und in der Tat: Hoch oben – die Wolkendecke war soeben ein wenig aufgerissen, und der Mond beleuchtete die gespenstische Szene – spitzten tatsächlich die Holme zahlreicher Sturmleitern, die die Männer des Grafen von Foix von außen an die dicken Mauern der Stadt gelehnt hatten, um jetzt wie die Wiesel darüber zu klettern und sich an langen Strickleitern herabzulassen. Die in Fanjaeux verbliebenen Soldaten Montforts setzten ihnen nur wenig Widerstand entgegen. Einige versuchten von oben die Leitern zu kippen, drei tapfere Bogenschützen schossen ihre Pfeile auf alles, was sich oberhalb der Stadtmauer bewegte. Weitere Verteidiger schienen jedoch nicht im Ort zu sein. Immer noch war es Montforts größter Verdruß, daß es ihm ständig an Leuten fehlte, denn viele gingen sogar nach vierzig Tagen mit dem Sold in der Tasche wieder nach Hause, ohne daß sie das Ende einer Schlacht oder einer Belagerung abgewartet hätten.

Als die letzten Soldaten Montforts getötet oder festgenommen waren, war der Jubel groß. Selbst die Frauen und Mädchen stürzten jetzt aus den Häusern, zum Teil nur mit Hemden bekleidet oder rasch härene Decken über die Schultern gehängt. Der Wirt war kurz in die Gaststube geeilt und mit einem großen Krug Roten zurückgekommen, der nun die Runde machte.

Fast hätte ich sie nicht erkannt. Seit dem Sonntag in der Kirche hatte ich mir Alazaïs immer in dem schwarzen Umhang der Dominikanerinnen vorgestellt. Als sie aber nun in Männerkleidern vor mir stand, in ebenjenen, mit denen sie seinerzeit geflüchtet war, bekam ich zuerst einmal einen Schreck.

»Alazaïs …« stammelte ich – um sie gleich darauf in meine Arme zu schließen.

»Mein Gott!« seufzte sie, noch immer völlig atemlos, als die erste Freude des Wiedersehens abgeklungen war. Ich zog sie in den nur durch das Herdfeuer erleuchteten Gastraum, damit niemand auf uns aufmerksam wurde. Es war besser, vorsichtig zu sein.

»Mein Gott«, sagte sie ein weiteres Mal und ließ sich erschöpft auf eine Bank fallen, bevor sie voller Erleichterung zu erzählen anfing. »Bis vor zwei Stunden hatte ich noch keine Hoffnung, auf irgendeine Weise das Kloster verlassen zu können. Wir Mädchen dort werden wie Gefangene gehalten. In der Freiheit würden wir erneut dem Teufel in die Hände fallen und Unschuldige zu jenem häretischen Glauben verführen, dem wir einmal angehangen hatten, heißt es.« Alazaïs schluchzte. »Daß ich überhaupt keine Ketzerin war, das haben sie mir trotz meiner hartnäckigen Beteuerungen bis heute nicht abgenommen. Statt dessen schlugen sie mich mit der Gerte, um mir meine elende ketzerische Verstocktheit auszutreiben, und des Nachts mußte ich auf Kirschkernen schlafen. Die schlimmste Nonne von allen, Bertrand, das war die dicke Therese. Sie hatte eine Geißel, aus Eisendraht geflochten, ungefähr drei Schuh lang. Nach ihren Quälereien hat sie uns Salz auf die Wunden gestreut. Mein Rücken ist voller schmerzender, schlecht verheilter Narben. Bruder«, rief sie voller Verzweiflung, »niemals wäre ich dorthin gegangen, wenn ich das gewußt hätte!«

Im Laufe ihrer Schilderungen war ich immer wütender geworden. Wenn ich den Präzeptor in diesem Augenblick vor mir gehabt hätte – ich weiß nicht, zu welcher Reaktion ich fähig gewesen wäre.

»Ja, der Tempelmeister hat uns schmählich betrogen!« sagte ich zähneknirschend. »Das alles tut mir furchtbar leid!«

»Ach«, jammerte sie, »du kannst doch nichts dafür! Weißt du, was ich mir in all den schrecklichen Jahren oft gewünscht habe? Daß ich mit Mutter und den Kleinen damals umgekommen wäre!«

Alazaïs hatte bei ihren letzten Worten den Kopf in ihre Hände gelegt, der Erschöpfung nahe. Die Kappe, die ihr schönes Haar verbarg, war herabgeglitten. Bevor ich ihr das Barett wieder aufsetzte, streichelte ich über ihre Locken:

»Es ist unverzeihlich, daß es so lange gedauert hat, bis ich mich um dich kümmern konnte, Alazaïs. Warum habe ich nicht schon längst eine Gelegenheit herbeigeführt, nach dir zu sehen? Mehr als wütend bin ich jedoch wie du über den Templer. Entweder war der Ritter überaus leichtfertig und wollte dich nur loswerden, oder ihm war das Kloster falsch beschrieben worden«, meinte ich zerknirscht. Bereits jetzt begann ich, meinen Vorgesetzten vor Alazaïs in Schutz zu nehmen. Aber ich konnte mir den Präzeptor einfach nicht als verantwortungslosen Menschen vorstellen. »Nur so kann es gewesen sein, denn er sprach sogar davon, dich einem würdigen Gatten zur Frau zu geben, wenn die Zeit gekommen wäre!«

»Ja, das hat er gesagt! Ich erinnere mich! Dieser elende Heuchler! Die Nonnen hätten eine Heirat nie und nimmer erlaubt!« zischte Alazaïs verbittert.

Wie es sich wirklich verhielt, habe ich nie herausgefunden. Wie hätte ich den Präzeptor auch jemals danach fragen können, ohne mich in Gefahr zu bringen?

Als ich Alazaïs von Esclarmonde erzählte, von ihrer liebenswürdigen, besonnenen Art und davon, daß sie nun an ihrem Hof ein besseres Leben führen würde, da lächelte sie bereits unter Tränen.

Daß Esclarmonde eine von denen war, die ganz offen den Teuflischen angehörten, störte sie nicht. »Ich habe über sechs Jahre unter ehemaligen Ketzerinnen gelebt, und, Bertrand, es waren wahrlich nicht die schlechtesten Frauen darunter!«

Endlich aber drängte ich sie, von ihrer Flucht zu erzählen, weil ich befürchtete, daß die Herbergsbewohner in die Gaststube zurückkehren würden.

»Als die Äbtissin durch einen geheimnisvollen Boten erfahren hatte, daß der Graf von Foix im Begriff sei, Fanjaeux zurückzuerobern, wurden alle Nonnen von einer solchen Aufregung erfaßt, daß sie die Sturmglocken läuteten und sich gemeinsam ins Refektorium einschlossen, um zu beratschlagen. Uns hatte man aufgetragen, angesichts der schrecklichen Bedrohung in unseren Zellen zu bleiben und fleißig zu beten. Das war der Zeitpunkt, um endlich das Wagnis einzugehen. Ich schnappte mein Bündel mit den alten Kleidern, das ich als Andenken an meine Ankunft hatte behalten dürfen, und schlich mich davon. Auf dem Tisch des kleinen Wachhäuschens, das zu betreten uns eigentlich verboten war, lag ganz offen der große Schlüsselbund. Meiner zitternden Hände wegen dauerte es eine Zeitlang, bis ich den richtigen Schlüssel fand, mit dem ich das Tor auf- und von außen rasch wieder zugeschlossen habe.«

Alazaïs grinste verschmitzt, und unter ihrer Samtkappe fielen ihr erneut die dunklen Locken ins Gesicht. »Rate doch, Bruder, wo sich der dicke Schlüsselbund in diesem Augenblick befindet?«

Ich zuckte mit den Schultern.

»Er hängt hoch oben an einem Baum, eine halbe Meile vom Kloster entfernt! Dort habe ich ihn mit Schwung hinaufgeworfen. Es wird wohl einige Zeit dauern, bis die Nonnen sich befreit haben.«

Ein tiefes Gefühl der Zufriedenheit machte sich in meinem Herzen breit.

Ehe die anderen eintrafen, brachte ich meine Schwester in den Schlafraum für die Männer, wo sie sich sogleich todmüde in einer dunklen Ecke zusammenrollte. Am nächsten Morgen verließen wir in aller Frühe ungesehen das Haus und ritten auf meinem Pferd gen Foix.

Mit voller Absicht hatte ich mich in Fanjaeux nicht beim Grafen gemeldet. Es sollte kein Zusammenhang hergestellt werden können zwischen ihm und dem Entweichen einer »Ketzerin« namens Alazaïs de Blanchefort.

11
Ahi, Amors

Mas paor nos fai l'alba, oc l'alba!
– Doch Angst macht uns die Dämmerung,
ja, die Dämmerung. –
Raimbaut de Vacqueras, um 1210, okzitanisch

Als wir die stolze Burg mit ihren zwei unterschiedlichen Türmen erblickten, flatterte mein Herz. Wie würde mir Esclarmonde gegenübertreten? Öfter, als mir lieb war, hatte ich auf meiner Mission an sie denken müssen. Hatte sie es inzwischen bereut, mir ihre Hand nicht entzogen zu haben, an jenem einzigartigen, stürmischen Abend? Hatte ich mir alles nur eingebildet? Und was, wenn sie mich um weitere Dienste bat?

Ich wußte im Grunde gar nichts mehr, als wir das Burgtor passierten.

Alazaïs spürte glücklicherweise nichts von meiner Aufregung, denn sie war selbst nicht wenig neugierig auf die Gräfin. Zwei lange Tage schon hatte sie mich Sachen gefragt, die ich ihr nicht beantworten konnte, weil es sich um Frauenkram handelte.

Als wir beide nach unserem Eintreffen vor Esclarmonde standen, sahen wir uns einer jungen Frau gegenüber, die es von Kindesbeinen an gewohnt war, sich vollendet zu beherrschen. In dunkelgrünem Samt, das Kleid hochgeschlossen, erneut ohne jeglichen Schmuck, neigte sie würdevoll ihr Haupt mit den unbedeckten Haarflechten und schenkte dann Alazaïs das netteste Lächeln, das ich jemals bei einer Dame gesehen habe.

»Du also bist die Schwester dieses tapferen Ritters, die man vor Jahren ins Kloster Prouille gesteckt hat, nicht wahr?« sagte sie und ergriff die Hände von Alazaïs. »Laß dich genau ansehen, junge Dame, du bist hübsch – doch wirklich, auch in Männerkleidung machst du eine ausnehmend gute Figur!«

Alazaïs strahlte.

Esclarmonde wurde jedoch sofort wieder ernst. »Jetzt aber ist es höchste Zeit, Mädchen, dich aus Wams und Beinlingen zu befreien. Komm mit mir, ich werde dich einkleiden und anschließend in deine zukünftigen Aufgaben einweisen. Dein Bruder« – endlich warf sie mir einen längeren Blick zu –, »dein Bruder wird sich schnellstens wieder in einen Tempelritter verwandeln und seine Dienste aufnehmen!«

Ich verbeugte mich.

Beim Weitergehen drehte sie sich noch einmal kurz zu mir um und meinte: »Ach, Ritter, einen Augenblick noch. Zum einen sage ich Euch Dank für Euren Dienst. Dann – mein Bruder muß ganz in Eurer Nähe gewesen sein, Bertrand de Blanchefort. Habt Ihr vielleicht etwas von ihm gehört?«

Ich erzählte von der erfolgreichen Zurückeroberung von Fanjaeux. Am Ende verneigte ich mich abermals vor ihr und sagte noch ein einziges, schlichtes Wort zu ihr, nämlich: »Danke!«

Das wiederum bewog Esclarmonde, ein klein wenig das Haupt zu schütteln, und zauberte erneut jenes besondere spöttische Lächeln in ihr Gesicht, das ich bis heute nicht vergessen kann.

Zehn Tage darauf, ich war gerade von einer längeren Inspektion zurückgekehrt und saß über meinen Aufzeichnungen, kam der Graf von Foix in die Stube gestürmt.

»Holá, Schreiberling!« rief er voller Enthusiasmus und Elan, Eigenschaften, die man einem Mann mit so offensichtlicher Neigung zur Korpulenz üblicherweise abspricht.

Ich stand auf, um mich auch bei ihm für seine Unterstützung zu bedanken. Doch er winkte nur ab.

»Bedankt Euch lieber bei meiner Schwester! Sie hat mich gedrängt, in Eure Nähe zu reiten, mit einem Trupp meiner Soldaten, um Euch beizustehen, wenn es brenzlig würde in Prouille! Die Gelegenheit war günstig, und weil ich schon mal da war, habe ich mir Fanjaeux zurückgeholt. Im Vertrauen«, flüsterte er hinter vorgehaltender Hand, »wenn ich nicht genau wüßte, daß sie ewige Keuschheit geschworen hat bei ihren Katharern, so würde ich mir Gedanken um meine Schwester machen, mein Lieber!«

Die Röte fuhr mir ins Gesicht. Mir fiel nichts Besseres ein, als den Grafen zu seiner erfolgreichen Zurückeroberung zu beglückwünschen, was dem heiklen Gespräch sogleich eine andere Wendung gab. Denn wenn die Rede auf Montfort und seine Untaten kam, kannte der Graf kein anderes Thema mehr für Stunden.

Zwei Wochen bekam ich weder Esclarmonde noch Alazaïs zu Gesicht. Die Wahrheit ist, daß mir die Vizegräfin offensichtlich aus dem Weg ging. Es gab keine gemeinsamen Abende mehr vor dem Kamin. Ich vermutete, daß ihr Bruder, derb wie er war, auch ihr gegenüber eine seiner berühmten Anspielungen gemacht hatte.

Tagsüber war ich abgelenkt. Der Graf ritt oft mit mir über Land, am Abend aber saß ich über meinen Aufzeichnungen und Berechnungen, unfähig, mich zu konzentrieren.

Nachts schlief ich schlecht, und, ich gestehe es, ich träumte unkeusch.

Endlich sollte es wieder ein Fest geben. Der Graf von Foix lud ein, seinen Geburtstag zu feiern. Illustre Gäste waren bereits angereist. Verlockende Düfte zogen seit Tagen durch die Burg; das Silber wurde geputzt, die Kerzen aufgesteckt, und der dicke Kellermeister war gleich mir, wenn auch aus anderen Gründen, in nicht unbeträchtliche Aufregung gefallen.

Im Gegensatz zu den anderen weiblichen Gästen, die kostbare Stoffe und Geschmeide zur Schau trugen, war Esclarmonde in schlichte schwarze Seide gekleidet, ein Kleid jedoch, das sich eng um Arme, Brüste und Taille schmiegte. Ein weiter, faltenreicher Rock fiel von der Hüfte bis über ihre Füße und lief dann in eine lange Schleppe aus. Ihre hohe Stirn und das dunkle, geflochtene Haar zierte einzig ein schmaler silberner Reif. Sie war ja nicht verheiratet und daher auch nicht gezwungen, die Gebende oder eine Haube zu tragen. Leuchtete es allüberall scharlachrot, himmelblau und grasgrün, waren die Hörnerhauben und Festkleider der anwesenden Damen mit Hermelinstücken oder Goldfransen benäht und manches Mal gar nach der neuesten Mode mit Tiermustern aus Silberplättchen bestickt, so zeigte Esclarmonde weder prächtige Schmuckärmel noch zierliche Perlenschnüre – und hob sich gerade deswegen von den anderen ab wie eine Göttin im Kreise bunter Pfauen.

Ich konnte meine Blicke nicht von ihr wenden.

Von Alazaïs begleitet, war sie an der Seite ihres Bruders und ihrer Schwägerin hereingekommen.

Der Graf trug einen dunklen Nuschenmantel, der auf der Brust durch eine schwere silberne Spange zusammengehalten war – was geschickt seine Körperfülle überspielte. Seine Ehefrau, Philippa d'Aragon-Moncade, eine überaus höfliche, aber zugleich reservierte Edle, hatte eine reich gefältelte Haube auf dem Kopf. Sie trug dazu ein dunkelrotes Samtkleid, dessen schmale Ärmel bis an die Schultern mit ovalen Perlen bestickt waren. Als Mitgift hatte sie seinerzeit ihrem Gatten die beträchtlichen Ländereien des Donezan mitgebracht.

Esclarmonde nickte beim Vorübergehen allen Gästen gleichermaßen freundlich zu. Sie stieg auf die »büne«, das Ehrenpodest, und setzte sich auf eine mit grünem Samt gepolsterte Bank neben das Grafenpaar und die Ehrengäste. Ich wurde ans andere Ende des Saales verwiesen, was mir nicht wenig Verdruß bereitete. Das war es also, dachte ich, Verzweiflung im Herzen. Ich war ihr nicht einmal das kleinste Lächeln wert – und auch keinen besonderen Sitzplatz. Traurig sah ich zu Boden, auf die wunderschönen Terrakottaplatten, die – wie ich wußte – Esclarmonde selbst entworfen hatte. Vor Jahresfrist erst hatte man sie dort verlegt.

Diener schleppten Schragen und Tischplatten herein. Das köstliche Essen jedoch – es gab mit Brot gefüllte Kapaune, verschiedenes Wild mit sauren Saucen, dazu Weichselmus und Blanc-mager, im Anschluß daran in Gallert eingelegte Forellen, schachbrettartig garniert, rot- und gelbglasierte Äschen und Konfekt zum Abschluß –, das Essen schmeckte mir wie Stroh und der Wein wie Essig. Selbst der würzige Hypocras, mit dem man auf den Geburtstag des Grafen anstieß, ekelte mich an.

Als die Schalen und Schüsseln endlich abgetragen, die Tische fortgeräumt und die Hände gesäubert waren, begannen die Musiker zu spielen. Die ersten Tanzreihen formierten sich. Ich aber stand auf und stellte mich an ein halbgeöffnetes, mit kleinen Säulen geschmücktes Fenster, um frische Luft zu atmen und dem bunten Treiben ein wenig zuzuschauen, bevor ich mich endgültig zurückzog. Aus den Augenwinkeln heraus beobachtete ich Esclarmonde, auch wenn ich mir vorgenommen hatte, sie meinerseits nicht mehr zu beachten.

Es dauerte nicht lange, da erhob sie sich ebenfalls. Sie nickte ihrem Bruder zu und schaute sich kurz suchend um. Ich begann insgeheim sofort zu hoffen, daß sie mich suchte, und sogleich fühlte ich mein Herz rasen und meine Hände feucht werden, als sich unsere Blicke tatsächlich für einen kurzen Augenblick trafen. Doch dann schritt sie unbewegt, von Alazaïs und zwei weiteren Damen begleitet, auf der anderen Seite des Saales vorbei, ohne mich eines weiteren Grußes zu würdigen. Hätte es sich für einen Templer geziemt, dann würde ich jetzt eine der prächtig gekleideten Damen zum Tanz geführt haben.

Als ich jedoch am nächsten Tag von meinem Ausritt zurückkehrte, fand ich eine kleine Nachricht vor, erneut ohne Anrede und ohne Unterschrift, aber ich wußte ohnehin, daß die Zeilen nur von Esclarmonde kommen konnten: »*Ich bin Euch noch eine Erklärung schuldig, was den Dienst betrifft, den Ihr mir dankenswerterweise erwiesen habt. Wenn es Eure Arbeit zuläßt, könnt Ihr mich heute oder auch morgen am späten Nachmittag in der Nähe des Burggrabens finden.*«

Ich war zwar ein Tempelritter, aber zu meiner Entschuldigung führe ich an, daß ich auch jung war und ein Mann. Auf jeden Fall dachte ich nicht lange nach, sondern machte mich ungeduldig und mit bangem und hoffendem Herzen auf den Weg.

Esclarmonde stand unweit des Donjons, des mächtigen Wohnturms, wo sich auch ihre Kemenate befand, und schaute in die Tiefe des Grabens hinab. Als sie mich vom Turnierplatz her kommen sah, leuchteten ihre Augen. Verschwunden war jene unnahbare Kühle, mit der sie sich am gestrigen Abend gewappnet hatte. Die Schnüre, die ich um den Leib trug, diese Wächter über meine Tugend, spürte ich nicht mehr. In diesem Augenblick war ich nur ein Mann, der eine Frau traf, die er begehrte.

»Bertrand«, sagte sie und lächelte mir zu, »wie ich sehen kann, habt Ihr meine Nachricht erhalten Ich hoffe nur, ich habe Euch nicht in Bedrängnis gebracht mit jenen Zeilen.«

»Nein, Gräfin«, gab ich ihr zur Antwort, während sie neben mir den Weg zum äußeren Burggraben beschritt, »im Gegenteil, ich habe ich darüber gefreut.«

Esclarmonde lächelte erneut. Auf den Festungsmauern hatten sich einige Elstern niedergelassen, die uns argwöhnisch beobachteten.

»Und ich bin natürlich neugierig, was es mit jenem Bündel auf sich hatte, das ich dem Schäfer vor Puivert übergab«, fuhr ich fort.

»Das ist der Grund, weswegen ich unter vier Augen mit Euch reden wollte. Ich hatte keine rechte Gelegenheit, Euch vor Eurer Abreise zu informieren.«

Ich nickte.

»Euer Dienst hatte – Ihr werdet es schon vermutet haben – mit unserer katharischen Sache zu tun, mit Montfort und seinen Plänen. An jenem stürmischen Abend war mir zugetragen worden, daß in Kürze ein neuer Trupp Kreuzfahrer aus dem Norden eintreffen würde. Diese Nachricht mußte auf schnellstem Wege zum Grafen von Toulouse gelangen, der sich in Aragon versteckt hält. Die Schäfer, lieber Ritter, sind seit langem unsere Mittelsmänner. Sie überbringen Botschaften zuverlässig und schnell. Dabei benutzen sie besondere Signale, vor allem bestimmte Pfeiftöne und ähnliches. Niemand verdächtigt sie, daher sind sie uns wirklich eine große Stütze! Seht es mir bitte auch nach, Blanchefort, daß ich Euch das Bündel nicht selbst überreichen konnte. Ich bin mir seit einiger Zeit nicht mehr sicher, welchen Dienern ich hier, auf der Burg, vertrauen kann und welchen nicht. Und meines lieben Bruders wegen muß ich sehr vorsichtig sein!«

»Seid auch Euretwegen vorsichtig, Gräfin, ich bitte Euch sehr!« sagte ich leise.

Überrascht sah sie mir ins Gesicht.

»Ist Euch so viel an mir gelegen, Ritter?«

»Wenn ich die Gabe meines Freundes, des Troubadours Marcabru, hätte, könnte ich Euch schildern, was ich fühle, selbst wenn ich nur einen kurzen Blick auf Euch in den Gängen der Burg erhaschen kann.«

»Ihr seid sehr kühn«, meinte sie, aber es klang nicht tadelnd, eher erstaunt.

Dreister geworden, legte ich meine Hand auf die ihre. Mit ruhigem, beinahe sanftem Blick sah sie mir in die Augen. Dann zog sie ihre Hand unter der meinen fort und raffte zugleich ihren blauen wollenen Umhang fester um sich.

»Lieber Bertrand, habt Dank für Eure Worte!« sagte sie, während wir langsam weitergingen, auf eine Gruppe Pinien zu, deren Äste malerisch über den Burggraben hingen. Ein leichter Frost hatte in der Nacht zuvor die Nadeln und die großen Zapfen mit einem glitzernden Silbergespinst überzogen, so daß sie aussahen wie verzaubert. Die umliegenden Gipfel der hohen Berge waren noch immer von Schnee bedeckt. In der Grafschaft Foix ist der Winter meist ein langer Gast.

»Es fällt mir wirklich schwer, was ich Euch jetzt sagen muß«, seufzte sie, als wir endlich im versteckten Burggärtlein angekommen waren. Sie bückte sich, pflückte ein vertrocknetes Zweiglein Rosmarin und roch daran »Auch Ihr seid mir nicht gleichgültig, Ritter. Als ich dies für mich festgestellt habe – und ich fand Gewißheit am gestrigen Abend, als ich Euch nach langer Zeit wiedersah –, bin ich maßlos erschrocken. Jedermann spricht über die Liebe. Mein Bruder, der mir vor Jahresfrist bereits einen Bräutigam ausgesucht hatte, die Zofen, wenn sie miteinander tuscheln über diesen oder jenen, der ihnen schöne Augen macht. Natürlich die Troubadours, die ab und an unsere Burg aufsuchen, wie schön vermögen sie es doch, von der Minne zu singen. Ihr sagt es selbst, Bertrand. Aber für mich«, sie wurde immer leiser, »für mich war diese Liebe bisher nur auf Einen bezogen. Und für ihn war und bin ich noch immer bereit, mein Leben zu opfern, nämlich für den HERRN.«

Ich fröstelte mit einem Male und mußte tief einatmen, um mich wieder zurückzuholen aus meiner törichten Euphorie.

»Esclarmonde«, sagte ich behutsam. »Wir sind also beide auf gleiche Weise gebunden, Ihr an Euren katharischen und ich an unseren katholischen Gott!«

Endlich ausgesprochen, was bislang gänzlich verdrängt war, hatte ich plötzlich das unwiderstehliche Verlangen, in großes Gelächter auszubrechen, aber ich konnte mich gerade noch beherrschen, diesem frevlerischen Drang nachzugeben.

Esclarmonde sah mich verwundert an. »Wieso sprecht Ihr von einem katharischen und von einem katholischen Gott, Bertrand? Es gibt doch nur einen wahren Gott für alle Menschen!«

»Ach ja?« gab ich zur Antwort, die Stimme ein wenig ironisch gefärbt. »Wenn das so ist, weshalb kämpfen wir dann gegeneinander? Wißt Ihr, Esclarmonde, ich habe seit meiner Jugendzeit mit dem Katharertum ein großes Problem, und das besteht darin, daß mir noch niemand den Unterschied zur Lehre der Römischen Kirche erklären konnte. Welche Schriften auch immer ich gelesen habe, wen immer ich darüber befragte, sogar die gelehrtesten Geistlichen unseres Ordens konnten oder wollten mir nichts Genaueres erzählen. Ihr Katharer braucht Euch nicht darüber zu wundern, daß die Phantasie der Menschen Kapriolen schlägt, wenn Ihr ein solches Geheimnis um Euren Glauben macht.«

»Ihr habt recht, Ritter«, Esclarmonde nickte heftig. »Es war eine verhängnisvolle Entscheidung unserer Kirche, die Unterschiede niemals offen darzulegen. Was vor allem wollt Ihr wissen?«

»Offen gesagt« – ich schämte mich fast, meine Frage zu stellen –, »mich würde interessieren, was ihr Katharer mit dem Teufel zu tun habt!«

Esclarmonde lächelte und blieb erneut stehen. »Der Teufel, Bertrand, der Teufel ist es, der diese Welt erschaffen hat. Rex mundi, so nennen wir ihn, ›König der Welt‹. Er schuf alles Vergängliche und alles Sichtbare, er schuf Euren und meinen Körper. Er ist der Gott des Alten Testamentes, der Gott der Genesis. Das glauben nicht nur wir Katharer, nein, auch die alten Überlieferungen erzählen, daß die Juden von Anbeginn in Jahwe, wie sie ihren zornigen Gott nennen, nicht ihren himmlischen Vater sahen. Als seine Wohnung dachten sie sich den Sinai oder das Land Kanaan, das man gerade deswegen das Heilige Land nennt. Dort soll er auf verschiedenen Bergen zu Hause sein: dem Karmel, dem Tabor und dem Ölberg. Sein Sitz war und ist auf der Erde, auch wenn er auf den Wolken daherkommt. Warum glaubt Ihr, mein Ritter, hat wohl der Prophet Amos die Sünder vor ihm in den Himmel fliehen lassen?«

Atemlos hörte ich ihr zu, nicht ohne ihr dabei tief in ihre schönen Augen zu sehen.

»Wir Katharer sind also Dualisten, das heißt, daß wir uns zwei unterschiedliche Welten vorstellen, das dunkle Diesseits des Teufels, oder wie immer man ihn nennen mag, und das lichte Jenseits unseres Gottes. Einst – müßt Ihr wissen –, vor der Sünde, waren wir alle zu Hause bei unserem guten Gott, der frei ist von jedem irdischen Makel. Er ist der Gott der Liebe, der alles, was auf ewig bleibt, schuf, alles Unsichtbare und damit auch unsere unvergängliche Seele. Zu ihm müssen wir wieder streben, unsere Sehnsucht nach dem alles umfassenden Licht ist daher so groß, daß wir alle irdischen Mühen und Plagen auf uns nehmen, um dereinst zu ihm zurückzukehren. Jesus«, fuhr sie fort, »Jesus ist unser Bruder und zugleich der Troubadour, der uns das Lied von der Liebe jenes fernen Gottes sang. Er war es, der durch seine vorbildliche Lebensweise den Weg zurück ins Paradies fand. Er ging uns voran. Das Alte Testament ist daher die Nacht – das Neue jedoch der helle Tag!«

»Nun gut«, entgegnete ich, »Ihr kennt also einen bösen Gott, vielleicht den Teufel, und einen guten Gott, und ihr kennt und liebt Jesus Christus«, entgegnete ich. »Betet ihr denn zu allen dreien?«

»Nein, keineswegs, Bertrand! Wir beten nur zu dem einen Gott, zu dem höchsten Wesen, zu dem wir streben. Und deshalb ist es Unsinn, zu behaupten, wir würden den Teufel anbeten, dessen einziges Bestreben es ist, den Geist durch die Materie zu Fall zu bringen. Das haben wir niemals getan. Aber, und das ist es, was uns vom Glauben der Römischen Kirche unterscheidet: Wir beten auch nicht zu Jesus Christus. Wir verehren ihn, ja, aber er ist für uns nicht göttlich, weil dieses Attribut nur einem gebührt, dem HERRN. Jesus war der Botschafter des HERRN, er wurde gesandt, um unsere Seelen zu wecken und uns den richtigen Weg zu weisen in das Paradies. Sein Tod am Kreuz bedeutet uns Katharern daher nicht die Erlösung von den Sünden, sondern nur eine weitere Niederlage vor Rex mundi, dem dunklen Herrn der Welt. Deshalb verachten wir auch die Kreuze. Sie sind die Anbetung und Verehrung nicht wert, sie sind nur Marterinstrumente aus Holz, gemacht von Menschenhand.«

Einige Zeit dachte ich über ihre Worte nach und darüber, warum wohl der Papst so voller Abscheu war gegenüber den Ketzern meiner Heimat. So häretisch klang es doch gar nicht, was mir Esclarmonde da erzählte. Ob Innozenz wohl die Wahrheit kannte über den katharischen Glauben?

»Bertrand«, sprach Esclarmonde, als hätte sie meine Gedanken gelesen. »Natürlich ist unser Glaube um vieles komplizierter, als ich es Euch jetzt berichtet habe. Glaube und Zweifel sind wohl Geschwister, sie liegen nahe beieinander. Viele Katharer streiten sich noch heute um die wahre Bedeutung unserer einzelnen Glaubensinhalte. Es gibt eine eher gemäßigte Richtung und eine radikale Minderheit, die tatsächlich den Teufel als Gott ebenbürtig ansieht. Für mich persönlich hat der Teufel nicht die absolute Existenz wie sie der Wahre Gott hat. Ihr seht also, wir sind uns selbst nicht einig im Glauben, aber wir sind auch nicht so vermessen, uns in Glaubenssicherheit zu wiegen, wie das die anderen tun. Daß Rom uns allerdings so heftig verfolgt, liegt wohl in erster Linie daran, daß wir auf unserem Konzil in St. Felix-de-Caraman eine eigene Kirche gegründet und dort beschlossen haben, ab sofort den Eid abzulehnen, die Todesstrafe zu verurteilen, das Fegefeuer zu verwerfen, Ablässe, Reliquien und Heiligenbilder abzulehnen. Aber der Hauptgrund für die brutale Verfolgung ist in dem Umstand zu finden, daß die Menschen in Scharen zu uns überlaufen, weil sie die unsägliche Gier und die Eitelkeit des katholischen Klerus zutiefst verachten.«

»Und«, ergänzte ich, »weil einige Leute unser schönes Okzitanien in ihre Finger bekommen wollen!«

»Das auch, mein Ritter, das auch«, seufzte Esclarmonde.

Die Kälte jenes schönen spätwinterlichen Tages, die uns die Wangen färbte, hatten wir bislang nicht gespürt auf unserem Weg.

Doch Esclarmonde wurde jetzt unruhig, weil es schon anfing zu dämmern. Wie ein blutroter Ball stand die Sonne im Westen, bereit einzutauchen in die nächtliche Ungewißheit, und ihr letzter Strahl streifte gerade den zinnenbewehrten Turm der Burg. Ich verspürte einen merkwürdigen Schauder, ein eisiges Beben, als mir plötzlich in den Sinn kam, daß dies ein schlimmes Omen bedeuten könnte für uns beide.

»Ach, Bertrand«, klagte Esclarmonde, »wo ist nur die Zeit hingekommen? Wir hatten uns so viel zu sagen. Kehren wir um. Bedenken wir jedoch, daß wir auf getrennten Wegen in unsere Gemächer zurückkehren müssen, wenn wir nicht ins Gerede kommen wollen.«

Ich nickte. »Ovid würde jetzt sagen: *Heimlich entgleitet die flüchtige Zeit, sie entschwindet unmerklich* ...«

Esclarmonde lachte hell auf. »Liebt Ihr am Ende gleich mir Publius Ovidius Naso? Ja? Sagt!«

»Ich verehrte ihn schon als Schüler, und auf dem Bezú ist er mir zum Schatz mancher schlaflosen Nacht geworden, kurzum, er ist mein Ratgeber in vielem!« antwortete ich.

»Nun, mein lieber Ritter« – sie faßte mich leicht bei der Hand –, »wenn das so ist, was rät uns Ovid in unserer Angelegenheit? Was, um alles in der Welt, sollen wir anfangen mit unseren Gefühlen füreinander, gebunden, wie wir zwei sind?«

Niemand konnte sehen, daß ich Esclarmonde hinter einen kleinen Mauervorsprung zog, sie in meine Arme nahm und zärtlich küßte.

Und sie ließ es zu.

In dieser Nacht träumte ich zum ersten Mal von ihr.

12
Die Überfahrt

Denn wenn ihr auf dieser Seite des Meeres sein wollt,
so werdet ihr auf die andere Seite geschickt ...
Ordensregel

Mit Wehmut kamen mir die strengen Worte dieser Ordensregel in den Sinn, als ich am nächsten Morgen alle meine Träume um Esclarmonde begraben mußte. Der Orden berief mich ab!

Unser Ordenssitz befand und befindet sich noch heute im Heiligen Land, und für einen wahren Templer ist daher das Abendland »Outremer«, »jenseits des Meeres«. Ich aber verstand mich in späteren Jahren stets als Mittler zwischen Orient und Okzident und verwendete daher das Wort mein Leben lang dort, wo ich mich gerade befand, denn ist man nicht immer irgendwo »jenseits des Meeres«?

Gewisse Ereignisse hatten es nötig gemacht, jemanden mit einer größeren Summe Goldes ins Heilige Land zu entsenden. Der Schatzmeister D'Olivièr, mein betagter Lehrherr, war für eine solch weite Reise zu gebrechlich. Aber wenn man ihn mit einer Sänfte nach Foix brachte, konnte er dort an meiner Statt den Vertrag ausarbeiten, denn die anstrengenden Inspektionen und Vermessungen hatte ich so gut wie abgeschlossen.

So war es nun verfügt worden, daß ich zur Vorbereitung dieser unaufschiebbaren Reise umgehend mein Ordenshaus aufsuchen mußte.

Dem war nicht zu widersprechen.

Man beorderte mich also in ein fremdes Land, ein Land, das ich nur vom Hörensagen kannte, das aber alle Welt kennenlernen wollte. Unter anderen Umständen hätte ich mich über diese Reise sehr gefreut, die Abenteuerlust lag mir ganz offensichtlich im Blut – das Erbteil meines Vaters –, und ehrlich gesagt, hatte ich all meine Vermessungen auch deswegen ein wenig ausgedehnt, weil es mir nach den ungebundenen Monaten beim Grafen nicht sehr verlockend erschienen war, in das gleichförmige, reglementierte Leben im Ordenshaus zurückzukehren.

Nun aber suchte ich im geheimen nach Ausflüchten. Kein noch so fremdartiges Land konnte so verlockend sein wie ein Paar smaragdgrüner Augen, was immer deren Besitzerin auch für Vernunftgründe geltend machte, um uns jede Hoffnung zu nehmen. Aber ich mußte dem Befehl gehorchen, gleich, ob mit Freude im Herzen oder Traurigkeit.

Jene blutrote Sonne jedoch erwies sich als geradezu unbarmherziges Omen:

Mehr als ein Dutzend Jahre sollte vergehen, ehe ich Esclarmonde wiedersah.

Die Mission ins Heilige Land begann abermals mit der Einschiffung im Hafen von Marseille. Ich erinnere mich noch genau an den Tag, als wir dort ankamen. Zwei meiner Brüder vom Ordenshaus auf dem Bezú hatten sich mit mir auf den Weg gemacht, um die zahlreichen Beutel mit Gold zu bewachen, von denen außer uns niemand etwas wissen durfte. Bruder Alain de Cartouche, mit dem ich mich immer gut verstanden hatte, war einer der beiden. Kurz vor den Toren Marseilles begann Alain zu frieren. Das verwunderte jedoch niemanden, denn ein eisiger Wind war schon seit dem Bezú unser Begleiter gewesen. Über der Stadt lag ein ungewöhnlich bleierner Himmel, der die bedrückende Stimmung, die uns umfangen hatte, noch verschärfte.

Alains Zustands wegen kehrten wir vorzeitig in einer alten Schenke am Rande der Stadt ein. Er hatte hohes Fieber. Eingewickelt in mehrere Decken, klapperte er heftig mit den Zähnen, seine Hände aber waren so heiß wie Brot, das gerade aus dem Ofen gezogen wird. Mehrere Stunden lang versuchten wir mit nassen Tüchern, seine Temperatur zu senken, aber das Fieber stieg weiter und weiter, und gegen Mitternacht fiel der Ärmste gar ins Delirium und erkannte uns nicht mehr. Dicke schwarze Ringe umgaben seine Augen. Bruder Yves de Marécage, mein zweiter Begleiter, schickte nach einem Heilkundigen. Erst drei Stunden später traf der Stadtarzt, ein kleiner Mann mit einem zerknitterten

Rattengesicht, der entsetzlich aus dem Maul stank, in unserem Quartier ein. Das Befinden von Alain hatte sich inzwischen weiter verschlechtert. Der Arzt schüttelte den Kopf, als er Alain untersucht und das Uringlas näher in Augenschein genommen hatte. »Heute noch wollen die Herrschaften in See stechen? Nein, nein, das ist ganz unmöglich! Der Kranke ist auf keinen Fall reisefähig, wenn er das Lungenfieber, das ihn befallen hat, überhaupt überlebt. Ich weiß, wovon ich rede, ich habe nämlich in Montpellier studiert, müßt Ihr wissen!« erzählte er voller Stolz. »Ich werde versuchen, seiner Lunge mit einer Kräuteressenz Linderung zu verschaffen und mit einem Rindenaufguß das Fieber zu senken. Aber dazu müßt Ihr noch einige Tage hier bleiben, in Marseille.«

Wir schauten uns betroffen an. Wir mußten fahren, und zwar rasch! Der Arzt hob die Lider des Kranken, um seine Reaktion zu testen. »O, o!« meinte er lapidar. »Betet lieber kräftig zur heiligen Gertrud von Nivelle, der Ritter hat ihren Beistand dringend nötig! – Oder« – er überlegte kurz und tätschelte dabei des Kranken heiße Wange – »ich mache Euch noch einen anderen Vorschlag, meine Herren Ritter, einen viel besseren! Gebt ihn ganz in meine Obhut, gegen eine entsprechende Honorierung natürlich!« Die gierigen kleinen Äuglein dieses unwürdigen Dieners Äskulaps glänzten auffällig, als die Hoffnung auf klingende Münzen aus Templerkassen in ihm erwachte. »Nach seiner Gesundung kann er Euch ja nachfolgen!«

Weil unser Bruder anfing, im Fieberwahn laut zu reden, beschlossen wir nach kurzer Beratung, die Abreise zu verschieben. Wir konnten es nicht riskieren, daß unsere Pläne und vor allem die große Menge Gold, die wir mitführten, durch unbedachtes Ausplaudern Außenstehenden bekannt wurden.

»Guter Mann, wir werden unsere Reise auf unbestimmte Zeit verschieben. Versucht Euer Bestes mit dem Kranken, es wird Euer Schaden nicht sein. Das Honorar kann durchaus verdoppelt werden, wenn Bruder Alain schnell wieder auf die Beine kommt.«

Der Arzt machte sich enttäuscht an seinem großen, ziemlich verschlissenen Schnappbeutel zu schaffen, zog mehrere Bündel getrockneter Kräuter und abscheulicher Rinden hervor und schlurfte des Weges, um die Küche des unwirtlichen Hauses aufzusuchen. Cartouche hustete heftig.

Es hieß nun abwarten. So bat ich Bruder Yves, gut auf die unzusammenhängenden Wortfetzen achtzugeben, die der Kranke im Fieberwahn von sich gab, und machte mich noch vor Anbruch des Tages auf in Richtung Hafen, um den Kapitän zu benachrichtigen.

Marseille ist eine besondere Stadt. Sie war einst, wie viele andere Städte am Meeresufer unserer Heimat, von Griechen gegründet worden. Bereits als wir uns zum Konzil nach Rom eingeschifft hatten, waren mir ihre wuchtigen Festungen und Bollwerke aufgefallen. Doch damals hatte keiner von uns Templern Muße oder Zeit gehabt, sich umzusehen. So nutzte ich jetzt die Gelegenheit und begab mich auf Entdeckungsreise.

Es fing gerade an zu dämmern, das heißt, es war noch weit vor dem Glockenläuten, als ich in der Nähe eines Ziehbrunnens auf zwei alte Straßenkehrer traf.

»Holá! Gott zum Gruße!« riefen sie mir zu. »Schon ausgeschlafen, Ritter?«

Ich nickte, wünschte den beiden einen schönen Tag und fragte nach dem Weg zum Hafen. Bereitwillig erklärten sie ihn mir. Dann fegten sie weiter, mit ihren langen Strohbesen, vor steinernen, zwei- und dreistöckigen Bürgerhäusern mit den unterschiedlichsten Erkern und Söllern ebenso wie vor zahlreichen alten und krummen Fachwerkbauten, die sich nicht hatten verdrängen lassen. Mehr schlecht als recht schoben die zwei das alte Stroh und den gröbsten Schmutz des vergangenen Tages beiseite. Übermütig pfiffen sie eine kleine Melodie. Es war überaus lustig, wie sie auf ihren hölzernen Überschuhen, den Trippen, einherstakten, um nicht selbst im Schlamm und Dreck der Gassen zu versinken. So etwas hatte ich noch nie gesehen.

Während ich ihnen hinterhersah, wurde mir selbst unversehens eine ordentliche Ladung Stroh auf den Kopf gedonnert. »He, Leute, könnt ihr nicht besser aufpassen!« rief ich empört zur offenen Luke eines Lagerhauses hinauf, wo schon das nächste

Bündel herausflog. Ich sprang zur Seite. Da streckte eine ungekämmte Vettel aus dem Nebenhaus ihre spitze Nase zur Tür heraus und schrie im schlimmsten Marseiller Dialekt: »Was läufst du Kretin auch um diese Tageszeit durch die Gassen? Verschwinde! Hier hast du nichts zu suchen!« Sie kreischte derartig laut, daß ringsum die Nachbarn an die Fenster stürzten und mich ihrer Schlaftrunkenheit wegen glotzäugig anstarrten. Ich unterdrückte den Fluch, der mir auf der Zunge lag, säuberte mich notdürftig – zum Glück war das Stroh trocken und frisch gewesen – und schlenderte, ungeachtet des Gezeters und hämischen Gelächters der inzwischen gänzlich Erwachten, weiter.

Aus den noch immer lauten Gasthäusern und Schenken, die wohl Tag und Nacht geöffnet waren, klapperten die Würfel und die Knöchelchen, schallten die Witze unermüdlicher Possenreißer, und als Antwort darauf ertönten die ordinären Lachsalven der Huren. Ein Betrunkener lag in der Gosse, schnarchend inmitten seines Erbrochenen. Freche Sperlinge stritten sich lautstark um die besten Krümel aus der Lache. Es stank erbärmlich. Dazu gesellte sich aber nach und nach aus den Häusern ein geradezu umwerfender Duft nach Knoblauch, dicken Bohnen, Kohl und Hirsebrei, der meinen Magen zum Jammern brachte. Seit meiner Abreise aus Foix hatte es mir entschieden an Appetit gemangelt. Ihr könnt Euch sicher denken, weshalb. Und die Krankheit von Cartouche hatte ihr übriges dazugetan. Bruder Yves und ich – wir konnten nur hoffen und beten, nicht selbst das unselige Fieber zu bekommen. Widrigenfalls hätten wir beim ersten Anzeichen auf schnellstem Weg die nächste Komturei aufsuchen müssen. Das »Gepäck«, das wir mit uns führten, durfte auf keinen Fall jemand anderem als einem Templer in die Hände fallen.

An einer alten, ehrwürdigen Lateinschule vorbei kam ich endlich zum gepflasterten Marktplatz mit zahlreichen wappenverzierten Innungshäusern, Spezereihandlungen, Kanzleien, der imposanten Kathedrale mit ihren bunten Glasfenstern und seltsamen Wasserspeiern auf den Gesimsen und mit dem schmucken Rathaus. Ein Schreiberling eilte an mir vorüber, die Feder hinter dem Ohr. Neben dem Rathaus lag ein kleiner Weiher, auf dem ein einsamer graublauer Enterich schwamm, daneben standen ein alter Brunnen und eine ausladende Linde. Alles sah so friedlich aus an diesem Morgen – bis die mächtigen Glocken der Kathedrale plötzlich zu läuten begannen.

Bamm, bomm ... bamm, bomm ...

»Schnell, schnell, die Marie und die Belle, sie rufen schon!« hörte man die Frauen hinter den offenen Fenstern scherzen.

Warum eigentlich haben Glocken immer Frauennamen? Nun, vielleicht liegt der Grund darin, daß die Frauen meist die ersten sind, die ihrem Ruf folgen und in die Gotteshäuser eilen. Die Mannsbilder haben es für gewöhnlich nicht so eilig. Wenn natürlich das Wirtshaus ruft, ist die Sache eine andere.

Fast gleichzeitig öffneten sich die Türen der umliegenden Häuser, es klapperte, scharrte und schnappte, und aus allen Ecken strömten die Leute herbei, einander flüchtig grüßend, noch im Laufen sich fertig anziehend – um den ersten Gottesdienst des Tages zu feiern. Auch ich verrichtete rasch meine Gebete, ehe ich meinen Weg fortsetzte.

Bald kam mir der unverkennbare, stechende Geruch der Gerber und Färber in die Nase, ganz so wie es die beiden Straßenkehrer vorausgesagt hatten. »Immer der Nase nach, Ritter!« war ihr Rat gewesen. Ich hatte mich also nicht verlaufen. Kurz darauf erkannte ich auch die berühmten Festungen, die den Hafen schützen.

Von dort hatte ich einen herrlichen Ausblick auf das offene Meer. Es war überwiegend silbergrau an diesem Tag, begrenzt durch ein dunkles blaugefärbtes Band am Horizont, und ich hörte es rhythmisch und laut an die hohe Hafenmauer klatschen. Der Himmel war bedeckt, es war noch ziemlich kühl, aber die Luft roch würzig nach Tang und den Fischen, die soeben in großen Körben an Land geschleppt wurden. Hunderte von Wasservögeln hielten hoch oben die Gestänge der im Hafen liegenden, heftig hin- und herschwankenden Schiffe besetzt, um ja nicht zu versäumen, wenn einer der Männer irgendwo Fischabfall wegwarf. Dann stürzten sie sich mit wilden Schreien und großem Getöse auf das Gedärm. Es war ein prächtiges Schauspiel, bei Gott.

Ich stieg die schmale Treppe hinunter. Ohne große Mühe fand ich unseren Segler, ein rotes Torschiff aus der Templerflotte mit zwei Reihen Ruderern, das eben erst, von Spanien kommend, in Marseille eingelaufen war. Man findet diese besonderen Schiffe nur bei uns Templern. »Torschiff« bedeutet, daß die Rosse durch ein geöffnetes Tor direkt in den Schiffsbauch hinein- und auch wieder hinausgeführt werden können. Natürlich muß der Segler ganz nahe am Ufer anlegen, was leider nicht überall möglich ist. Während der Fahrt muß das Tor auch gut abgedichtet werden, mit Werg und Pech – ähnlich, wie man ein Faß abdichtet –, denn es liegt völlig unter Wasser, wenn das Schiff auf See ist. Sind die Pferde im Kielraum ordentlich untergebracht, werden sie dort mit Gurten festgeschirrt.

Ich informierte den Kapitän, einen Haudegen mit langem, ölig glänzendem Haar und entsprechend wildem Bartwuchs, daß mit der Abreise leider noch gewartet werden müsse. Er war alles andere als begeistert von der Verzögerung, fügte sich aber meinen Befehlen ohne großes Murren.

Schwermütig, wie mir zumute war, weil ich Esclarmonde ständig in meinem Herzen trug, dachte ich für mich, daß diese Reise wohl unter keinem guten Stern stehen könnte, wenn schon zu Beginn alles schiefzulaufen drohte. Das Gefühl des eigenen Unglücks übermannte mich in Marseille geradezu. Im nachhinein aber erwies sich die Krankheit unseres Bruders als ein Geschenk des HERRN, nur darum erzähle ich so ausführlich davon. Alle Schiffe nämlich, die an diesem Morgen aus dem Hafen von Marseille ausliefen, gingen verloren in einem mächtigen Sturm, der sich in der darauffolgenden Nacht aufgemacht hatte, sich dem Frühling mit aller Kraft entgegenzustemmen. Drei Tage und Nächte heulte der Wind um die Wette mit den kleinen Kindern von Marseille, die vor Angst nicht schlafen konnten. Zahlreiche Dächer wurden ein Opfer des Orkanes, der sich natürlich auch an Land seinen zerstörerischen Weg suchte und viele Menschen mit in den Tod riß. Selbst weiter südlich, in Cotllioure, dem zweiten Hafen, den die Templerflotte im Süden Frankreichs anlaufen darf, hatte es große Verluste gegeben.

Nun hatte auch unser Segler, obwohl er an einer geschützten Stelle im Hafen verankert war, unter dem Sturm zu leiden gehabt, und bis seine nicht unbeträchtlichen Schäden ausgebessert waren, hatte Ritter Alain genügend Zeit, sich ausgiebig von seiner Krankheit zu erholen. Die schmutzige und zugige Schenke jedoch, in der wir uns noch immer befanden, war nicht die geeignete Umgebung, mich von meiner Schwermut zu befreien. Und so machte ich mich fast täglich in aller Herrgottsfrühe auf den Weg zum Hafen, um mich abzulenken, ein wenig mit den Straßenkehrern zu plaudern und um den Fortgang der Instandsetzungsarbeiten am Schiff zu verfolgen. Zweimal erlebte ich auch den Markttag von Marseille. Immer dann, wenn die rote Fahne am Rathaus gehißt war, strömten die Landleute, Ritter und Knappen, Edlen, Tagelöhner und Prälaten der ganzen Umgebung durch alle Tore in die Stadt. Mit lautem Gedudel und Gefiedel wurden sie von den Spielleuten begrüßt. Die Händler zahlten bereitwillig die nicht unbeträchtlichen Torzollgebühren, denn in einer Hafenstadt erhofft man sich natürlich die besten Geschäfte. Im Gedränge von Kauflustigen und denjenigen, die nur Maulaffen feilhielten, boten zahlreiche Weißbäcker, Metzger und Soßenköche ihre Waren an. Seltene Gewürze wie Ingwer, Galgant, das teure Paradieskorn, Zimt und Safran verströmten unwiderstehliche Düfte. Dutzende räudige und wohl ständig hungrige Köter stromerten um die Stände und Buden mit Eßwaren und belauerten sich gegenseitig mißtrauisch. Auch noch so viele Schreie und Stockhiebe konnten die Hunde nicht davon abhalten, sich nach einiger Zeit von einer anderen Seite erneut heranzuschleichen. Die Blutwürste und Schinken waren eben zu verführerisch.

In den benachbarten Krambuden lagen allerlei nützliche Dinge für den Haushalt. Wie hätte sich die alte Marinette gefreut, dort einmal in Ruhe herumwühlen zu können, dachte ich wehmütig. Doch auch sie war nicht mehr am Leben.

Was gab es dort drüben? Güldenen Schmuck, durch eiserne Gitter vor Dieben geschützt, und daneben wunderschöne Schnabelschuhe aus buntem Leder, die die hohe Geistlichkeit so verabscheute, daß sie sie »Teufelsnasen« schimpften! Ihr Anblick rief spitze Schreie des Entzückens bei den vorbeischlendernden Frauen hervor. Aber auch für uns Ritter gab es, eine Budenstraße weiter, allerhand: Kettenpanzer, Beinschienen, Lanzen, Schwerter und anderes Kriegsgerät. Riemer, Sattler und Seiler stellten dort ebenfalls ihre Waren aus. Am anderen Ende priesen Vogelhändler mit geschwänzten Hüten auf dem Kopf Turteltauben, Lerchen und Drosseln an; daneben verwiesen eifrige Bartscherer, fleißige Wollweber und ausgefuchste Geldwechsler lautstark auf ihr Gewerbe.

Die Beutler aber hatten es mir besonders angetan. Jedesmal zog es mich heftig in die Nähe ihrer Buden, um nach den zierlichen, ledernen Taschen und Handschuhen zu äugen, die, mit Ambra parfümiert, dort für die edlen Damen feilgeboten wurden. Immer wieder drängte es mich, etwas Schönes für Esclarmonde zu erstehen. Aber dafür fehlte mir das Geld – und, ehrlich gesagt, es wäre auch mehr als peinlich gewesen, hätte mich jemand beim Kauf solcher Dinge beobachtet!

Esclarmonde. Ging sie mir denn nie aus dem Kopf? Allüberall suchte ich unter den Frauen Marseilles Smaragdaugen wie die ihren, lauschte einem silberhellen Lachen hinterher, das mich an sie erinnerte. Gefeit vor ihren schamlosen Angeboten, konnten auch die schönsten Huren von Marseille, die, ein gelbes Tüchlein am Gewand, ihrem Broterwerb nachgingen und sich auch nicht entblödeten, einen Tempelritter wie mich auf dreiste Art anzusprechen, mir nicht gefährlich werden. Die Rundungen ihrer drallen Hintern, ihre vollen Brüste, ihre roten Lippen und der verführerische Glanz ihrer schwarz umrahmten Augen riefen keinerlei Regung in mir hervor. Immer und immer wieder nur sah ich Esclarmonde vor mir. Und ich wußte zugleich, daß ich sie wohl niemals würde besitzen können. Mein heiliger Eid, mein Schwur, stets keusch zu bleiben, würde mich begleiten mein ganzes Leben lang!

Endlich brachte die Abreise so viel Aufregung und Betriebsamkeit mit sich, daß ich für einige Stunden von meinen trübsinnigen Gedanken abgelenkt wurde. Bruder Alain de Cartouche war – der

HERR sei gepriesen – ganz genesen und strahlte um die Wette mit Yves. Beide freuten sich unbändig auf die Reise übers Meer und auf das Heilige Land. Unsere Rosse brachten wir im Bauch des Schiffes unter, wo der Kapitän bereits weitere fünfzehn Pferde eingestellt hatte und dazu Unmengen Heu. Seine schlechten Erfahrungen bei der letzten Überfahrt, als er in Italien plötzlich kein Futter mehr für die Tiere kaufen konnte, hatten ihn dieses Mal vorsichtig werden lassen.

Mit nunmehr zehntägiger Verspätung hißten wir stolz die weißen Segel mit dem roten Tatzenkreuz und stachen in See. Es war erneut ein düsterer Tag, das Meer war schiefergrau, noch immer ließ der Frühling auf sich warten, obwohl es schon lange nach Mittfasten war. Täglich stahl sich jedoch die Sonne für einige Stunden hinter den vielfach dunklen Wolkenungetümen hervor. Sie hatte die Kraft, unser Antlitz zu wärmen, wenn wir an der Reling standen, das Schlagen und Blähen der großen Segel beobachtend, dem Ächzen der Taue und dem gleichmäßigen Rollen unseres Schiffes lauschend, das zufrieden über das weite Meer fuhr. Die Luft freilich war frisch, so daß wir uns fest in unsere härenen Umhänge hüllten.

Mit uns waren Pilger und Bittgänger an Bord, die für teures Geld ins Heilige Land reisen wollten. Auf einem Templerschiff zu fahren bedeutete für sie eine gewisse Sicherheit. Unser Orden hat nämlich die offizielle Erlaubnis, in Marseille Schiffe zu bauen und sie im Hafen ankern zu lassen, und die Pilger, die sich in Scharen dort einfinden, können sich darauf verlassen, daß wir sie nicht als Sklaven in einem muselmanischen Hafen verkaufen, wie das andere, räuberische Schiffahrtslinien mitunter mit ihren Passagieren machen. Die Leute warten daher oft wochenlang, nur um einen Platz auf einem Templerschiff zu ergattern.

Der Anlaß für meine Reise ins Heilige Land ging auf jenes Vierte Laterankonzil zurück, an dem ich im vergangenen November hatte teilnehmen dürfen. Innozenz III. hatte damals mit der Bulle »Quia maior« den fünften Kreuzzug in das Heilige Land beschließen lassen.

Nun standen in Outremer der Bau und der Ausbau wichtiger Befestigungen an, deren Finanzierung zum größten Teil aus den »Scherflein der Armen«, aber auch aus den Kassen der Städte, Klöster und vor allem der Tempelritter erfolgen sollte. Viele Kleriker bekamen die Erlaubnis, ihre Pfründe für drei Jahre zu verpfänden, um sich an diesem neuen Kreuzzug zu beteiligen. Die Geistlichkeit wurde sogar erstmals mit einer fünfprozentigen Einkommenssteuer belegt, die sie drei lange Jahre zu zahlen hatte. Sogenannte »Kreuzzugsopferstöcke« wurden in Kirchen und Klöstern aufgestellt und besondere Kolletteneinsammler installiert. Der Papst soll gesagt haben – so der Provinzialmeister vor meiner Abreise –, »daß es an Menschen, die an jenem Kreuzzug teilnehmen wollen, nicht fehlen werde, wenn auch das Geld nicht fehlt«! Innozenz selbst und seine Kardinäle trugen selbstverständlich das ihre zu dem Kreuzzug bei, indem sie eine zehnprozentige Abgabe ihres Privatvermögens leisteten und sich neben Spenden aus kirchlichen Rücklagen obendrein zur Finanzierung eines großen Schiffes verpflichteten.

Zuvor aber mußten zusätzliche Befestigungen im Heiligen Land gebaut werden, und das Gold für dieses Unternehmen steckte in ebenjenen Ledersäcken, die wir mit uns führten.

Die weitere Überfahrt – in Zypern machten wir einen letzten Halt – verlief im großen und ganzen ohne Beeinträchtigung. Das Wetter besserte sich zusehends, der Wind kam aus der günstigen Richtung, und unser Kapitän war mit seinem Schiff so zufrieden, daß er es mehrere Male am Tag in unserer Gegenwart regelrecht lobte. »Ihr könnt mir glauben«, schnarrte er, »wenn es einen guten Segler gibt, dann ist es meine ›Rose du Temple‹! Nicht einmal der große Sturm in Marseille hat ihr viel anhaben können, der Schönen!« Mit diesen Worten tätschelte er so zärtlich die geschnitzten Planken der Reling, wie man es einem solchen Mann von grobem Aussehen, der meist eine eher deftige Sprache an den Tag legte, niemals zugetraut hätte. Unter Deck seiner »Rose« war es jedoch vor Gestank bereits nach mehreren Tagen nicht mehr auszuhalten. Einige Tölpel stießen nämlich ständig – der Enge wegen – die Gefäße um, in die die Pilger urinierten, und darüber waren die anderen mehr als ungehalten. Es wäre aber für unsere Mitreisenden viel zu gefährlich gewesen, des Nachts die Latrinen aufzusuchen, die sich oben an Deck befanden. Aus diesem Grunde banden wir drei uns an den Planken fest und schliefen an der frischen Luft. Auch tagsüber hielten wir uns fast ausschließlich an Deck auf, wobei jeweils einer von uns die Goldbeutel bewachte und ein weiterer den üblen Geruch auf sich nahm und hinunterstieg, um die Pflege unserer Pferde zu beaufsichtigen.

Endlich liefen wir in den Hafen von St. Jean d'Acre ein. Er ist heute das wichtigste Eingangstor nach Outremer, der letzte Verbindungspunkt zwischen den Kreuzfahrern und der Heimat. Im Jahr 1191 nach der Fleischwerdung des HERRN hatte Richard Löwenherz diese alte Hafenstadt, die schon Alexander den Großen und Ptolemäus II. in ihren Mauern gesehen hatte, für das Lateinische Königreich zurückerobert. Seit dieser Zeit ist St. Jean d'Acre, das manche auch Akkon nennen, die Hauptstadt unseres Königreichs. Die langgestreckte, der Stadt vorgebaute Mole mit dem sogenannten »Turm der Fliegen«, den die ersten Kreuzfahrer erbaut hatten, ließen wir links liegen. Wißt Ihr, mein Freund, der ganze Hafen kann nämlich erfolgreich abgesperrt werden, indem man zwischen dem Turm der Fliegen und dem gegenüberliegenden Eisernen Tor eine dicke, eherne Kette spannt.

Ein erster, neugieriger Blick unsererseits fiel auf das Pisanische und das Venezianische Viertel mit ihren zahlreichen prächtigen, pastellfarbenen Kaufmannsvillen, hinter grünen Palmen und herrlichen Blumensträuchern versteckt. Gleich daneben erspähten wir aber auch unzählige halbverfallene Häuser für die Armen. Im Hafen selbst schlug einem schon von weitem ein pestilenzartiger Gestank entgegen, der dem aus dem Bauch unseres Schiffes noch einiges voraus hatte. Aber zeigt mir die Hafenstadt, die so duftet wie der Lavendel, der in meiner Heimat wächst!

Wir gingen an Land, fielen auf die Knie und dankten dem HERRN für seine Gnade und für die glücklich verlaufene Reise. Am Kai erwartete uns bereits der Hafenkomtur des Templergewölbes von St. Jean d'Acre, der alle Schiffsbewegungen des

Ordens verzeichnete und uns letzte Instruktionen für die Weiterreise gab. Jener Hafenkomtur hat eine überaus wichtige Funktion. Er verteilt alle ankommenden Templer auf die einzelnen Häuser und Festungen unseres Ordens, je nach ihren Fähigkeiten und der momentanen politischen Lage. Unser Ziel jedoch war vom Großmeister selbst bestimmt worden.

Ein letztes Abschiednehmen von unserem treuen Schiff und vom Meer, das am Morgen unserer Landung von ganz besonderer Art war. Wegen der zahlreichen dunklen Wolken, die tief über dem Hafen hingen, schimmerte es geradezu violett. Tausende kleine weiße Schaumkrönchen tanzten auf den Wellen lustlos hin und her. Zudem lag jene knisternde Stimmung in der Luft, die oft einem erlösenden Gewitter vorausgeht. Eine Schar Wasservögel kreiste über uns und beobachtete jede Einzelheit unserer Entladung.

Meine Stimmung hatte sich trotz der drückenden Schwüle, des üblen Gestanks und der mittlerweile zahlreich erschienenen zerlumpten Bettler ein wenig gebessert. Ich begann mich allmählich auf die neue Aufgabe zu freuen. Esclarmonde war mir noch immer nah, aber Zeit und Entfernung bringen es wohl mit sich, daß die Erinnerungen ein wenig blasser werden, der Schmerz nicht zu jeder Stunde so absolut schneidend scheint. War meine Mission ins Heilige Land etwa eine Art Prüfung? Eine Prüfung, an deren Ende es sich herausstellen würde, ob ich zum wahren Tempelritter ohne jeglichen Zweifel an meiner Bestimmung geeignet wäre?

Man würde sehen, dachte ich und gelobte insgeheim mit frischem Mut, den bitteren Kampf aufzunehmen gegen meine verwirrenden Gefühle für jene Frau.

Als die Pferde wieder festen Boden unter ihren Hufen spürten, wieherten sie laut und schlugen aus vor Freude. Damit schreckten sie zum Glück die aufdringlichen, pockennarbigen oder sonstwie verstümmelten Bettler zurück, die gierigen Auges und mit schmierigen Fingern unsere Umhänge und unser Gepäck betasteten. Mit geifernder Zunge redeten die Leute auf uns ein. Sarazenen mit schmutzstarrenden Turbanen waren darunter, aber auch zahlreiche Menschen abendländischer Herkunft, also möglicherweise Christen. Welches Schicksal mochte sie zum Bettler im Hafen von St. Jean d'Acre gemacht haben? Waren es ehemalige Kreuzfahrer oder gar verarmte Pilger?

Rasch sattelten wir die Rosse und verstauten unsere Waffen, die hölzernen Schilde, unser Reisegepäck und natürlich das Wichtigste – die wertvollen Goldsäcke. Nachdem wir uns den weißen Chlamys mit dem Tatzenkreuz über unsere Kettenhemden gezogen und unsere eisernen Helme auf die ledernen gestülpt hatten, waren wir so gut wie reisefertig.

Unser Abenteuer im Heiligen Land konnte beginnen.

13
Die Brüder im Heiligen Land

Alle Gelder des Hauses,
von wo sie auch gebracht werden,
von diesseits oder jenseits des Meeres,
sollen in seine Hand gegeben und gelegt werden.

Ordensregel

Kurz vor Sonnenuntergang erreichten wir unsere neue Heimat – ein großes Ordenshaus des Tempels an der Straße nach Jerusalem, dem sich ein Hospiz angliederte. Anders als vielerorts in Frankreich war dieses Gebäude stark befestigt, denn im Heiligen Land war der Feind allgegenwärtig. Den Beauseant, unsere Ordensfahne, hatten wir schon von weitem ausgemacht, er knatterte heftig im Wind, einem mehr als stürmischen Wind, der auf dem ganzen trostlosen Weg mitten durch eine wüstenähnliche Landschaft unser unliebsamer Begleiter gewesen war. Glücklicherweise hatte er uns den heißen Sand auf den Rücken geweht, so daß auch die Pferde nicht allzusehr zu leiden hatten.

Man hatte uns anscheinend erwartet, denn das schwere Tor ging ohne unser Zutun auf. Zwei Diener im braunen Umhang kamen uns entgegen und führten uns in einen Innenhof, in dem es – o Wunder – schattig und kühl war. Die weitausladenden Äste eines Feigenbaums reichten bis über einen steinernen Brunnen. Das Wasser, das glasklar und ohne Unterlaß aus einer Schale des Brunnens rieselte, fiel in einer lustigen Fontäne über den verzierten Rand und versprühte seine Frische auf jeden, der zufällig daneben stand, bevor es endgültig in einer schmalen Rinne im Inneren eines Gebäudes verschwand. So etwas hatten wir noch nie gesehen. Bruder Alain, der, wie er mir an Bord erzählt hatte, aus verarmtem Adel stammte und in seiner Jugendzeit kein leichtes Leben gehabt hatte, war besonders tief beeindruckt. Er warf mir einen vielsagenden Blick zu, der wohl bedeuten sollte, daß es unseren Brüdern im Heiligen Land gar nicht so schlecht zu ergehen schien.

Ein paar fleißige Brüder luden unser Gepäck ab, andere waren gerade dabei, die Pferde trockenzureiben, als der zuständige Präzeptor in wehendem Haushabit auf uns zukam und uns geradezu überschwenglich begrüßte: »Vive Dieu Saint Amour! Wir hoffen, Ihr hattet eine gute Überfahrt, Männer«, rief er – allerdings ohne eine Antwort abzuwarten oder uns überhaupt einmal in die Augen zu blicken. Er war ein großer, braungebrannter Mann mittleren Alters, der vor Selbstbewußtsein geradezu strotzte. »Habt Ihr das Gold dabei, um das wir den Großmeister gebeten haben?« war bereits seine nächste Frage.

»Ja, natürlich, Präzeptor.« Ich bemühte mich ernsthaft, einen ebenso selbstbewußten Ton anzuschlagen. »Ich bin Bertrand de Blanchefort und für jede Unze Gold verantwortlich, die ich ins Heilige Land gebracht habe!« Meine Stimme hatte doch tatsächlich einen gefährlichen Anflug von Arroganz bekommen. Der HERR möge mir verzeihen! »Als bestellter Ordensschatzmeister«, fuhr ich erklärend fort, »werde ich den Bau der Befestigungen überwachen, die Abrechnungen prüfen und auch die Auszahlungen vornehmen. So und nicht anders ist es mir aufgetragen worden vor der Reise!«

Der Präzeptor, der im Rang natürlich über mir stand, geriet sichtlich aus der Fassung. »Wie, Ihr wagt es, einen solchen Ton anzuschlagen, Ritter?« blaffte er. Meine beiden Gefährten zuckten merklich zusammen, gaben sich jedoch, wie ich sehen konnte, krampfhaft Mühe, ein gewisses Grinsen zu verbergen.

»Ich habe eine schriftliche Vollmacht bei mir, vom Großmeister des Tempels persönlich ausgestellt. Ihr dürft sie gerne lesen, wenn Ihr meinen Worten nicht glaubt!« antwortete ich, wobei ich mich um einen versöhnlicheren Tonfall bemühte, um die Sache nicht auf die Spitze zu treiben.

Nachdem der Präzeptor das Schriftstück gelesen und seine Fassung einigermaßen wiedergefunden hatte, schloß ich die Goldsäcke in seinem Beisein und dem zweier Zeugen in eine eiserne Truhe, die sich in der Schatzkammer befand. Den Schlüssel dazu verwahrte ich.

Nach der Abendmesse bat man uns zum Mahl.

Wir drei waren mehr als hungrig und freuten uns darauf, endlich in Ruhe ein schlichtes Essen einnehmen zu dürfen, denn an Bord waren die Mahlzeiten des Seegangs wegen nicht immer bekömmlich gewesen. Das schlichte Mahl erwies sich jedoch als ein opulentes Festessen, das jenes Festmahl, das ich an meinem vorletzten Abend im Schloß des Grafen von Foix vorgesetzt bekommen hatte, weit in den Schatten stellte.

Die meisten Ritter saßen bereits auf den hölzernen Bänken und nickten uns freundlich zu, als wir am Ende der langen Tafel Platz nahmen. Plötzlich erhob sich einer der älteren und rief laut: »Der Wein erfreue des Menschen Herz!« – eine Zeile, die man übrigens in der Bibel finden kann. Verwundert schauten wir uns an und grinsten, als die rasche Antwort kam – in Form von fünf dienenden Brüdern, die große, silberbeschlagene Kannen mit duftendem Wein hereinschleppten. Nachdem die Becher der Brüder gefüllt waren und vor uns der Willkommenspokal stand, erhob sich derselbe Ritter noch einmal. »Ergo bibamus – also laßt uns trinken!« Alle standen auf und hoben ihre Becher. Alain de Cartouche grinste jetzt über das ganze Gesicht. Nun ja, dachte ich, andere Länder, andere Sitten. Nur hatte ich noch nichts davon gehört, daß man in Outremer auch Bacchus verehrte.

Es dauerte nicht lange, dann trugen die Diener auf: mit einer Eierfarce gefüllte Tauben, knuspriges Schaffleisch mit Zwiebeln und Rosinen, pfefferwürziges Hasenfleisch in schwarzer Soße. Ein Pfau, nach dem Schmurgeln erneut mit dem eigenen Gefieder besteckt, wachte in der Mitte der Tafel über sein Gefolge, das aus zahlreichen glotzäugigen, gesottenen, teils bunt glasierten Fischen bestand, im Maul dekorative Sträuße von Küchenkräutern. Sie schillerten um die Wette in allen Regenbogenfarben und gierten geradezu danach, auf die Teller der Ritter geladen zu werden. Unter Gelächter rissen sich die Männer die besten Stücke aus den Händen und übergossen sie mit wahren Strömen der dunklen, zimtwürzigen Sauce cameline, die ihnen bereits am Kinn herabfloß. Man hatte fast den Eindruck, als wollten sie damit ihr schlechtes Gewissen ob ihrer Schlemmerei zudecken. Die großen

Laibe duftenden, röschen Weißbrotes, die herrlichen Weintrauben, seltsamen Nüsse, das süße Mandelmus und kunstvoll verziertes Konfekt ließen uns aus dem Staunen nicht mehr herauskommen.

Wo um alles in der Welt waren wir hingeraten? Niemals konnten wir bei Templern sein! Wo war das schlichte Leben, das ein echter Kreuzritter zu führen gelobt hatte? Waren wir etwa direkt bei den Sarazenen gelandet, von deren orgiastischen Schlemmereien man sich im Abendland unter den sogenannten »Kraut- und Rübenfressern« – so nennt man die armen Leute bei uns – wahre Schauermärchen erzählte?

Da wohl keiner willens gewesen wäre, uns diese Fragen zu beantworten, zuckten wir mit den Schultern und langten kräftig zu. Unter den Anwesenden breitete sich schnell eine ausgelassene Stimmung aus. »Ergo bibamus!« schmetterte der Alte alle paar Minuten, und alle taten es ihm gleich, so daß der ganze Saal dröhnte. Ungefähr dreißig Ritter waren anwesend, dazu unzählige Diener, die eilfertig hin und her wieselten und ständig neue Platten brachten.

Die Pilger jedoch, so sagte man uns, würden stets für sich speisen, in einem anderen Trakt des Gebäudes.

Um der Wahrheit gerecht zu werden: Die Brüder fraßen und soffen! Andere Worte kann ich hier nicht gebrauchen, denn eine solche Völlerei und ein derartiger Tumult waren mir noch nicht begegnet. Die Bratensoße troff den Rittern auf die Umhänge und vermischte sich dort mit den bereits vorhandenen dunkelroten Flecken. Der Wein war übrigens ausgezeichnet, wenn er es auch mit dem aus unserer Heimat, vor allem den edlen Getränken von Minerve und Gaillac, nicht aufnehmen konnte.

Wir waren unsere eher karge Komturei auf dem Bezú gewohnt, auch wenn wir uns dort niemals der Askese hingegeben haben wie die Bettelmönche. Ein Templer hat Anspruch auf einen gewissen Komfort, auf täglich zwei ausreichende und schmackhafte Mahlzeiten, auf weiches Bettzeug und derlei mehr. Nur im Feldlager führen wir ein hartes Leben. Im Heiligen Land jedoch schien man inzwischen die Maximen der Genügsamkeit vergessen zu haben. Was mich aber vor allem wunderte, war, daß die Messe so schnell und völlig ohne Andacht heruntergeleiert worden war. Natürlich hinderten militärische Einsätze und die Betreuung der vielen Pilger im Orient die Templer daran, regelmäßig ihre Andachten und Messen zu zelebrieren, und sie waren deshalb ermächtigt, die Offizien der Prim, Terz und Sext zusammenzufassen. Aber auch bei Tisch las zu unserer Enttäuschung kein Lektor aus der Heiligen Schrift.

»Ho, ho«, riefen uns dafür die trunkenen Ritter mit vollen Backen zu, »habt ihr überhaupt schon einmal richtig gekämpft mit den abscheulichen Heiden, ihr Grünschnäbel? Oder habt ihr bisher nur ritterliche Kämpfe um schöne Burgfräulein ausgefochten?« Sie lachten und johlten, als sie unsere verlegenen Gesichter sahen. Natürlich fühlte gerade ich mich im Innersten getroffen, wenn ich an meine mehr als aussichtslose Geschichte mit Esclarmonde dachte, ließ mir aber nichts anmerken. Bruder Yves jedoch, der junge und überaus hübsche Ritter aus der Nähe von Avignon, saß doch tatsächlich mit rotem Kopf an meiner Seite. Auf ihn hatten sie es danach besonders abgesehen, denn sie hatten sofort gemerkt, daß der eher schüchterne Mann ihnen nicht gewachsen war. Und so zogen sie ihn beständig auf, nannten ihn »Jungfrau« und »Liebchen«, bis alles brüllte vor Lachen. Am liebsten hätte ich den Brüdern zugerufen: »Wo ist eigentlich euer Ideal vom Armen Ritter Christi geblieben?« Dieses Gelübde soll sich nicht nur darauf beschränken, den Armen beizustehen, sondern umfaßt auch das ordentliche Verhalten eines Ritters. Aber gerade das konnte ich an diesem Abend nur bei zwei oder drei Templern feststellen, die sich offensichtlich von den anderen ein wenig distanzierten, unter ihnen der Ritter Aire de Cherchemont.

Ich schluckte die bitteren Worte, die mir auf der Zunge lagen, mit Mühe hinunter, stand jedoch kurz danach auf, bedankte mich höflich für das ausgezeichnete Mahl und bat um Verständnis, daß wir in Anbetracht unserer langen Reise alle entsetzlich müde wären. Ein nüchterner Templer hätte sehr wohl gemerkt, daß wir auffällig schnell den Saal verließen, aber unter den Anwesenden gab es nur wenige, die nicht mehr oder weniger stockbesoffen waren. Selbst der Präzeptor hatte seinen Ärger mit mir erfolgreich hinuntergespült, was man an seinem hochroten Kopf und dem stieren Blick, mit dem er seinen silbernen Becher musterte, erkennen konnte.

»Schlaft gut, ihr drei!« hallte es uns nach.

»Und wer bekommt die Jungfrau?« tönte es aus einer anderen Ecke. Das schallende Gelächter, das darauf erneut einsetzte, begleitete uns bis ins Dormitorium, wo wir erschöpft und nicht wenig empört auf unser Lager fielen.

Aber, dachte ich, bevor ich einschlief, im Grunde bist auch du nicht ohne Fehl und Tadel, Blanchefort, denkst trotz des Gelübdes der Keuschheit beständig an die schöne Frau, die in der Heimat in deinem Arm gewesen ist. Sei also künftig gnädiger, was die Laster deiner Brüder anbelangt, und weniger selbstgerecht!

Am nächsten Morgen waren wir alle zur hora prima in der Kapelle versammelt. Das einschiffige, viereckige Gebäude war von einem Tonnengewölbe überdacht, der Skulpturschmuck sehr karg. Ich hatte mir vorgestellt, daß unter arabischem Einfluß die Kapelle prächtig ausgemalt sein würde, mit stilisierten Blumen und Ranken beispielsweise, wie es schon andernorts Mode geworden war. Aber diese war zu meiner Freude so, wie eine Templerkirche zu sein hat, einfach und schlicht. Nachdem die Ritter zu meinem weiteren Erstaunen die erste Morgenandacht auffällig ruhig und andächtig hinter sich gebracht hatten, machten wir uns kurz darauf mit einer schwerbewaffneten Eskorte auf den Weg zu jenem Berg, auf dem die neue und wichtigste Befestigung gebaut werden sollte.

Überraschenderweise zog keiner der Ritter mehr Bruder Yves auf. Alle, die uns begleiteten, waren merklich still. Man hätte meinen können, ihr schlechtes Gewissen würde sie plagen. Aber vermutlich war es nur ihr Schädel, der vom übermäßigen Weingenuß entsprechend dröhnte.

Die Sonne brannte bereits zu dieser frühen Stunde derartig heiß vom Himmel, daß mir angst und bange wurde vor der Mittagszeit.

Nach einem halbstündigen Ritt war meine Kehle vollkommen trocken, und verstohlen schaute ich mich nach dem Wasserschlauch um, der an meiner Satteltasche befestigt war. Als erster jedoch wollte ich mir keine Blöße geben und dazu den Rittern womöglich Gelegenheit, mir später mein geringes Durchhaltevermögen oder weitaus Schlimmeres vorzuwerfen. Aber es war wirklich unmäßig heiß, und es wurde unangenehmer mit jeder Minute. Vor meiner Abreise hatte ich geglaubt, daß mir als Südfranzosen die unerbittliche Sonnenglut im Heiligen Land, vor der man mich gewarnt hatte, nichts ausmachen konnte. Aber vielleicht – so dachte ich belustigt – saufen die Ritter in Outremer am Abend so unmäßig, weil sie tagsüber so viel schwitzen müssen! Bei diesem sündhaften Gedanken verzog ich das Gesicht zu einem breiten Grinsen.

»Über was amüsiert Ihr Euch so, Bruder Blanchefort?« Der Präzeptor war neben mir auf seinem feurigen Rappen aufgetaucht. Erneut gab er mir jedoch keine Gelegenheit zu antworten – worüber ich dieses Mal nicht böse war –, sondern erklärte übergangslos, mit affektierter Gestik und euphorischem Tonfall: »Die Ordensburgen des Tempels sind, das könnt Ihr mir glauben, die letzten sicheren Plätze des Königreiches! Nur hier noch ist das wahre Christentum zu finden im Heiligen Land. Wir sind das Bollwerk gegen die Sarazenen, und wir werden nicht weichen, es sei denn, man tötet uns alle!«

Wie sich doch die Prioritäten verschieben, werter Freund, wenn man in ein anderes Land kommt!

Im Abendland ist der verhaßte Feind der Katharer, der Ketzer, den es gilt, mit aller Macht auszurotten, und man bekämpft ihn mit schrecklichem Gerät und mit Feuer. Während Rom daran zweifelt, daß die Ketzer überhaupt Christen sind, nennen die Katharer sich dagegen die »wahren Christen«. Wir Templer geraten damit in einen Konflikt. Sind sie nämlich tatsächlich Christen, so dürfen wir sie nicht töten. Das schreibt uns unsere Ordensregel vor. Die Bekämpfung der Sarazenen jedoch, die einem wahrhaft falschen Glauben anhängen – so erzählt man wenigstens –, ist für einen Tempelritter, der der Heiligen Römischen Kirche angehört, oberste Pflicht.

Jetzt sagt mir doch: Ist ein Mensch nicht gleich einem Menschen? Was kann ein Sarazene dafür, daß er als Sarazene geboren wurde? Wie kann man die Tötung der einen – der Muselmanen oder der Ketzer – gutheißen, wenn man für die Tötung anderer – beispielsweise von Christen – bestraft wird?

Beständig quälten und quälen mich solche und andere Fragen und lassen mich nicht zur Ruhe kommen. Im Heiligen Land jedoch waren mir diese nächtlichen Plagegeister oft willkommen, denn so dachte ich nicht pausenlos an Esclarmonde. Wenn ich auch, ich gebe es zu, liebend gerne gerade mit ihr des Nachts über diese Fragen philosophiert hätte.

14
Yussuf ben Ambar

> *Möge sich Allah hoch über das erheben,*
> *was die Gottlosen sagen.*
> Usama ibn Munquid, Templerfreund

Nach ungefähr einer Stunde auf staubigen Wegen kam uns ein Trüppchen Eingeborener auf Kamelen entgegen. Aufgeregt palaverten sie mit dem Tempelritter, der mit dem Beauseant vorausgeritten war. Nun müßt Ihr mir glauben, daß ich über den Anblick jener entsetzlichen Tiere mehr erschrocken war als über die bis an die Zähne bewaffneten Sarazenen. Ich hatte zwar schon von Kamelen gehört, dennoch hatte ich sie mir nicht so groß und vor allem nicht so wild vorgestellt. Zuerst meint man, daß es sich um ein behäbiges, langsames, leicht zu führendes Tier handelt. Lediglich der schwankende Gang signalisiert, daß man auf ihm wohl ein wenig anders würde reiten müssen als auf einem Pferd. Hat man aber einmal beobachtet, wie ein Kamel oder ein Dromedar hitzig mit den Beinen ausschlägt, dabei gellend schreit, oder gar, wie es seinen Reiter mit aller Kraft mehrere Male nach vorne und hinten zurückwirft, wenn dieser auf- oder absteigen möchte, so wird man schnell eines Besseren belehrt. Die Sarazenen jedoch brachten es mit einem »Klick, Klick«, das sie mit Zunge und Gaumen kaum hörbar von sich gaben, fertig, daß sich die wilden Tiere lammfromm gebärdeten.

Neugierig beobachtete ich die mit ihren bunten Turbanen überaus exotisch aussehenden Männer. Was sie nur von uns wollten? Würde es eine Auseinandersetzung geben? Meine Hand hatte ich jedenfalls griffbereit am Schwert.

Der Präzeptor ritt nach vorne und mischte sich in das Palaver ein.

»Bruder Blanchefort«, rief er nach einigen Augenblicken. »Kommt bitte zu mir, ich möchte Euch jemanden vorstellen!«

Wie verblüfft war ich, als ich Arnaud Danièl – so hieß der Präzeptor – unter vielen Verbeugungen und unterwürfigen Gesten mit einem Sarazenen schwatzend, vorfand. Der Komtur beherrschte tatsächlich die Sprache der Heiden! In der Tat stieg er mit jedem arabischen Satz, der ihm flüssig von den Lippen kam, ein wenig mehr in meiner Achtung.

»Ritter Bertrand de Blanchefort – Scheich Yussuf ben Ambar«, stellte uns der Präzeptor vor.

Ich verbeugte mich nun ebenfalls vor einem Mann mit dunkler Haut, dessen schwarzfunkelnde Augen mich interessiert musterten. Mehr war nicht von ihm zu sehen. Denn sein Gesicht war fast vollständig von einem blauen Tuch bedeckt, das er geschickt an einem gleichfarbigen Turban befestigt hatte. Schwach konnte man ein raubvogelähnliches Antlitz ahnen. Seine Ehrbezeugung mir gegenüber fiel ein wenig arrogant aus, nicht mehr als ein kleines seitliches Nicken. Vielleicht aber war es so maurischer Brauch. Was wußte ich schon?

Nachdem der Präzeptor dem Scheich offensichtlich etwas über mich erzählt hatte, raunte er mir in vertraulichem Ton zu: »Ben Ambar gehört das Land, durch das wir gerade reiten, und er ist es, dem wir leider, leider einen Großteil des Goldes aushändigen müssen, das Ihr uns mitgebracht habt, denn nur mit seiner Erlaubnis kann die neue Templerburg dort gebaut werden, wo sie für uns strategisch günstig ist. Er wird mit uns reiten und – ich müßte mich sehr täuschen – uns nicht von der Pelle weichen, bis wir mit ihm handelseinig geworden sind.«

Ich verbeugte mich abermals gegen Ben Ambar – dieses Mal aber nach jenem maurischen Brauch, den ich mir soeben von ihm abgeschaut hatte. Wenn er schon Gold von mir wollte wie ich Land von ihm, so mußte ich mich auch nicht devoter geben, als er selbst es war.

Bevor wir gemeinsam weiterritten, griff man allseits nach dem Wasserschlauch und stillte wenigstens den gröbsten Durst.

Nach einer Stunde Ritt, die ich nutzte, um die Kamele und ihre Reiter ausgiebig zu beobachten, kamen wir zu einem engen Paß, an dessen Eingang sich ein großer Ziehbrunnen befand, aus dem wir zuerst die Tiere tränkten und danach unsere Schläuche auffüllten.

Ben Ambar erklärte, daß auch der Brunnen sein Eigentum sei, er aber, um der Gastfreundschaft und der guten Geschäfte willen, in der nächsten Zeit keinen Profit aus der Wasserabgabe schlagen wolle. Nach dem Bau der Burg jedoch, wenn die Pilger hierher strömen würden, müsse er für die Entnahme entlohnt werden, denn er wisse nicht genau, wie ertragreich die Wasserstelle wäre und ob es nicht schon bald nötig sein würde, einen weiteren Brunnen zu graben. Nachdem der Präzeptor übersetzt hatte, gab er mir verstohlen einen delikaten Rat, der sich jedoch im Laufe der nächsten Jahre bewähren sollte:

»Blanchefort, wenn Ihr auf mich hören wollt, dann sagt zu den Forderungen der Sarazenen erst einmal ja und amen, auch wenn Ihr anderer Meinung seid. Wir wollen dem Scheich nicht gerade auf die Nase binden, daß wir nach dem Bau der Burg dort selbst nach Wasser zu suchen gedenken. Denn stoßen wir ihn jetzt vor den Kopf, so müssen wir die Suppe auslöffeln, wenn wir am Ende doch kein Wasser finden und dann gezwungen sind, reumütig auf sein Angebot einzugehen.«

Ich verstand, nickte und erhob keinen Einwand. Schließlich war Danièl noch immer der Präzeptor, also der Verwalter und zugleich das Oberhaupt unserer hiesigen religiösen Gemeinschaft, ich hingegen nur ein Schatzmeister aus dem Okzident und hatte einzig die Überwachung der geplanten Bauarbeiten und den gewissenhaften Einsatz der dafür vorgesehenen Gelder zum Auftrag. Selbstredend mußte ich an diesem Tag aber auch zugeben, daß er die größere Erfahrung mit den Muselmanen hatte.

Insgeheim jedoch nahm ich mir vor, gleich heute abend anzufangen, die Sprache der Sarazenen zu lernen. Etwas zu beherrschen, was andere nicht können, verschafft Vorteile und bringt eine größere Selbständigkeit.

Als wir an ein Vorgebirge kamen, von dem aus man das Meer erblickte, deutete der Scheich auf einen Berg in östlicher Richtung. Dort also sollte die Festung gebaut werden.

Nun erst wurde mir das Ausmaß der Aufgabe deutlich.

»Präzeptor«, fragte ich besorgt, »wer wird die groben Arbeiten, also das Ausheben der Fundamentgrube, den Steintransport und danach den eigentlichen Bau verrichten? Ich nehme nicht an, daß Eure Ritter das alles alleine zu bewerkstelligen gedenken!«

»Nein, natürlich nicht, unsere Ritter sind in erster Linie zuständig für den Schutz der Pilger. Glücklicherweise haben wir zur Zeit aber keine großen Scharmützel mit den Sarazenen. Es herrscht so gut wie Waffenstillstand auf beiden Seiten«, gab er zur Antwort, erneut in einem selbstgefälligen, eitlen Tonfall, aus dem man hätte schließen können, daß er selbst allen Parteien diesen Waffenstillstand befohlen hatte. »Mit der nächsten Templerflotte, die wir in einigen Wochen erwarten, kommen jedoch zahlreiche Pilger, unter ihnen eine große Anzahl ausgesuchter Bauleute! Ein gewisser Walter von Avesnes, ein Kreuzfahrer und dazu ein überaus großzügiger Mann, auch finanziell gesehen, Blanchefort – Ihr müßt ihn unbedingt einmal kennenlernen –, hat dies alles in die Wege geleitet. Wenn wir an Ort und Stelle angekommen sind, werde ich Euch seine ausgezeichneten Pläne zeigen!«

Die Sonne stach derartig heiß auf unsere Köpfe, daß es schon aller Beherrschung bedurfte, sich nichts anmerken zu lassen. Endlich, nach einer nochmaligen Stunde mühsamen Rittes, waren wir an dem Berg angekommen. Dort, am Fuße des Hügels, fanden sich einige knorrige Ölbäume, in deren Schatten wir uns erst einmal niederließen.

Nachdem alles darauf hindeutete, daß die Sarazenen eine längere Pause machen wollten, denn sie holten getrocknetes Fleisch, Datteln und seltsam aussehendes, hartes Brot aus ihren Umhängen, das sie bereitwillig mit uns teilten, beschlossen auch wir, eine Rast einzulegen, bevor wir mit den Vermessungen begannen. Wir alle hofften, daß sich die Glut der Sonne ein wenig erschöpfen würde.

Nach einiger Zeit jedoch war es mit meinem Schlaf vorbei. Ich war begierig, den Berg zu erkunden, und stand leise auf, um meine Brüder nicht zu wecken, die noch immer, bis auf zwei Wachleute, friedlich vor sich hindösten. Ein kleiner, ausgetretener Pfad schlängelte sich in vielen Windungen den Berg hinauf, und ich fragte mich, wer es wohl gewesen sein mochte, der diesen Weg in alter Zeit beschritten hatte. Es war noch immer glühend heiß, und der Schweiß rann mir im Nu in Strömen über das Gesicht. Dennoch stieg ich weiter bergan, die zahlreichen Dornenbüsche umgehend, die sich mir in den Weg stellten. Hatte einst Moses einen solch seltsamen Busch vor Augen gehabt, dessen Eigenart es war, die Dornen nach innen wachsen zu lassen?

Plötzlich spürte ich, daß ich nicht alleine war. Einer der Sarazenen folgte mir unverkennbar. Ein wenig klopfte mir das Herz, obwohl ich mir einredete, daß mir von ihnen wohl keine Gefahr drohte. Aber wer kannte sich schon mit Heiden aus?

Endlich war ich auf einer großen Hochebene angekommen. Dort wehte ein heftiges Lüftchen, das mir den Schweiß schnell trocknete. Die Aussicht war schöner, als ich sie mir vorgestellt hatte. Weit draußen brachen sich im perfekten Rhythmus die Wellen am gleißenden Strand. Dicke weiße Wolkenungetüme zogen eilig über das tiefblaue Wasser, ballten sich zusammen, um sich gleich darauf in teils lustige, teils schreckliche Gestalten zu verwandeln, die allesamt nach Westen zogen.

»Nun, Christen-Schatzmeister, wie gefällt Euch mein Berg?« hörte ich unerwartet eine leise Stimme an meinem Ohr. Ben Ambar selbst stand neben mir. Dem starken Wind wohl hatte er es zu verdanken, daß er sich nahezu unbemerkt hatte heranschleichen können. Er lachte laut auf, als er mein erschrockenes Gesicht sah. Der zweite Schreck, der mir kurz darauf in die Glieder fuhr, war jedoch wesentlich größer: Ben Ambar sprach Latein!

»Ihr sprecht unsere Sprache, Scheich?« fragte ich verblüfft, denn damit hatte ich keinesfalls gerechnet. Auch der Präzeptor konnte unmöglich davon gewußt haben, sonst hätte er mir im Beisein Ben Ambars niemals vertrauliche Mitteilungen gemacht.

Ben Ambar hatte inzwischen sein Tuch zurückgeschlagen, und ich bewunderte insgeheim sein gutes Aussehen. Eine hohe Stirn, unter der intelligente Augen selbstbewußt in die Welt blickten, und – wie ich schon vermutet hatte – eine kühne Adlernase, die bei einem Christen ein wenig unpassend gewirkt hätte, vervollkommnete den verwegenen Eindruck, den dieser Mann hervorrief.

»Schon lange, Schatzmeister, sprechen einige von uns Eure Sprache, so wie einige Christen auch die unsere mehr oder weniger gut beherrschen. Manchmal allerdings«, er lachte dabei verschmitzt, und zwei Reihen blendend weißer Zähne kamen zum Vorschein, »manchmal ist es besser, den Feind – und das seid Ihr letzten Endes doch für uns, oder etwa nicht? – das nicht wissen zu lassen!«

»Ob Ihr es glaubt oder nicht«, sagte ich, nachdem ich mich von meiner Überraschung erholt hatte, »gerade eben hatte ich beschlossen, Eure Sprache zu lernen, um mir einen gewissen Vorteil zu verschaffen bei den zukünftigen Verhandlungen.«

Ben Ambar lachte schallend. »Das, Schatzmeister, braucht Ihr jetzt nicht mehr! Es sei denn, Ihr wollt Euren Präzeptor ein wenig ärgern, der sich auf seine Sprachkenntnisse einiges zugute hält. Allerdings spricht es nicht gerade für seine Intelligenz, daß er bis heute noch nicht gemerkt hat, daß ich auch die Christensprache verstehe!«

»Ben Ambar«, fragte ich ihn verwundert, »wie kommt es, daß Ihr gerade mir Euer Geheimnis offenbart? Ihr wißt sicher, daß ich das nicht für mich behalten darf.«

»Aber ja, tut das, erzählt es weiter. Ich habe seit Jahren meinen Spaß gehabt, Eure Brüder an der Nase herumzuführen! Aber die größte Freude für mich wird es sein, das Gesicht Danièls zu sehen, wenn er davon erfährt. Daß ich gerade Euch ausgewählt habe, hat damit zu tun, daß Ihr der erste Christ seit langem seid, der mir ehrlich und offen hat in die Augen sehen können. Es tut mir leid, es so deutlich sagen zu müssen, aber in Euren Reihen gibt es so viele unterwürfige Menschen, die augenscheinlich nur an ihren Vorteil denken und glauben, uns Scheichs deswegen mit heuchlerischen Worten umgarnen zu müssen. Sie merken nicht, daß sie im Begriff sind, ihre Würde zu verlieren. Bewahrt Euch die Eure auf immer!«

Ein großer Raubvogel drehte über unseren Köpfen seine einsamen Runden, als wir uns aufmachten, das Gelände zu inspizieren. Nach einigen Minuten des gemeinsamen Schweigens fragte ich:

»Wenn es Eure Zeit zuläßt, Ben Ambar, würdet Ihr mir vielleicht selbst Unterricht in Eurer Sprache erteilen und mir einiges über Euer Land erzählen? Sicher könnte ich mit Eurer Hilfe schneller Fortschritte machen, als wenn ich den Präzeptor darum bitte oder mich auf Bücher stürze!«

»Ich bin gern dazu bereit. Der Zeitpunkt für Euer Vorhaben ist überaus günstig, da unsere Verhandlungen über den Kauf des Grund und Bodens einige Zeit in Anspruch nehmen werden. Selbstredend verlange ich keine Gegenleistung von Euch, Schatzmeister, weiß ich doch, daß jeder einzelne von euch arm ist«, sagte er spöttisch. »Der Präzeptor hat mir in der letzten Woche angeboten, mich und meine Leute für die Zeit des Baus in die Komturei aufzunehmen. Natürlich werden wir dort nicht wie ihr Christenmenschen leben. Wir errichten unser eigenes Lager am Rande eurer Komturei. Im Namen Allahs, des Allbarmherzigen – Schatzmeister, merkt Euch als erste Lektion: Ein Sarazene kennt nur zwei Behausungen: sein Zelt, in dem er schläft, und das große Zelt darüber, das ihn beschützt, das Himmelszelt! Insha'allah!«

Athlit heißt der schöne Berg Ben Ambars, der auf einer großen Landzunge liegt. Und Athlit nannten wir auch jene Burg, die der Volksmund später »Pilgerschloß« taufte. Manche Ritter sprachen von der gewaltigsten Befestigung der Templer, die unter meiner Aufsicht gebaut wurde. Noch heute bin ich stolz auf sie.

Mit Ben Ambar wurden wir nach langen, überaus hartnäckigen Verhandlungen endlich handelseinig, wobei ich anmerken muß, daß seine »persönlichen Dienste« in Form von Sprachunterricht und Landeskunde mit der gewaltigen Summe Goldes, die er für seinen Grund und Boden einsteckte, mehr als bezahlt waren.

Er erzählte mir eines Tages, daß seine Vorfahren den Berg von den Phöniziern erworben hätten, die genau dort, wo wir die Festung planten, sich in grauer Vorzeit niedergelassen hatten. Und tatsächlich, beim Ausheben des ersten Grabens fanden wir eine lange Mauer, die wohl aus alter Zeit stammen mußte, aber dennoch überaus massiv und gut erhalten war. Es dauerte nicht lange, und Tonscherben und Münzen kamen zum Vorschein, die weder

Ben Ambar noch den Ältesten seines Stammes bekannt waren. Ich machte mich beim Präzeptor und meinen Brüdern dafür stark, die wenigen goldenen Münzen dem Scheich zu überlassen, obwohl sie natürlich rechtmäßig uns gehörten. Der Präzeptor war mit meinem Vorschlag überhaupt nicht einverstanden, denn er war noch immer beleidigt über den »Betrug des Scheichs«, wie er das Verschweigen seiner Lateinkenntnisse bezeichnete. Aber ich machte ihm klar, daß vielleicht schon bald Zeiten kommen könnten, wo wir den schlauen Sarazenen an unsere einstige Großzügigkeit erinnern durften.

Die Baumeister, Steinhauer, Maurer, Zimmerleute sowie die Pilger waren inzwischen eingetroffen und mit Eifer dabei, weitere Pläne zu zeichnen, Gräben auszuheben, Transporte vorzunehmen und vor Ort dann Stein auf Stein zu setzen. Um die zwei gewaltigen Türme zu errichten, die nach unseren Vorstellungen den Eingang der großen Anlage bewachen sollten, setzte man hohe Tretkräne ein, in denen Leute in einem Rad laufen mußten, um sie in Bewegung zu setzen. Die Steine für jene Türme waren jedoch so schwer, daß jeweils nur ein einziger mit großer Mühe auf einem von Ochsen gezogenen Karren herbeigeschafft werden konnte. Jeder Turm sollte hundert Fuß lang und vierundsiebzig Fuß tief werden und zwei Stockwerke Gewölbe aufweisen.

Zwischen den beiden Türmen wurde später eine Mauer errichtet, mit einem weiteren Turm in der Mitte, auf das beste ausgerüstet mit Schießscharten und Zinnen, und zwar auf so wundersame Weise, daß wir Ritter uns dahinter zu Pferd und voll bewaffnet bewegen konnten. In einiger Entfernung von den Türmen zogen wir eine zusätzliche Mauer quer über das Vorgebirge um die ganze Landspitze herum und errichteten in ihrem Schutz zahlreiche Gebäude sowie raffinierte Verteidigungsanlagen. In der großen Halle – so unser Plan – würden im Notfall viertausend Menschen gespeist werden können. Natürlich wurde auch an den Bau einer Kirche gedacht, und diese Kirche wurde ein ganz besonderes Schmuckstück: Sie weist nämlich acht Ecken auf!

Mit dem fast täglich sichtbaren Baufortschritt wuchsen neben meiner Fertigkeit im Plänezeichnen und Vermessen auch meine Sprachkenntnisse, so daß wir nach einigen Monaten dazu übergingen, uns nur noch in der Sprache Ben Ambars zu unterhalten.

Ich bin noch heute stolz darauf, nichts vergessen zu haben, was mir der Scheich mit viel Humor, aber auch unendlicher Geduld beigebracht hat.

Eines Nachts – wir saßen fast jeden Abend vor seinem Zelt, bis die Sterne hoch am Firmament standen – kam Ben Ambar auf jenen neuen Kreuzzug zu sprechen, von dem er wußte, daß er im Abendland vorbereitet wurde.

»Schatzmeister«, sagte er mit ruhiger Stimme, »es gibt ein Sprichwort bei uns, das heißt: ›Tausend Feinde außerhalb des Hauses sind besser als einer drinnen.‹ Ich frage Euch heute als Christenmensch: Wie denkt Ihr über einen Muselmanen, der dem Feind hilft, eine Burg zu bauen, die jenen Barbaren Schutz und Unterkunft bietet, die bald wieder in Scharen in unser Land ziehen werden, um uns zu verfolgen?«

Ich hatte schon gemerkt, daß den Sarazenen etwas bedrückte. Er war in letzter Zeit merklich ruhig und nachdenklich geworden.

»Ihr Heiden kennt doch noch ein anderes Sprichwort«, sagte ich, »und das heißt: ›Die Feinde meines Feindes sind meine Freunde!‹«

Ambar lachte schallend. »Gut pariert, Schatzmeister! Ihr bestätigt mir meine Einschätzung der Situation, nämlich daß ich zum Feind meiner Leute geworden bin, aber Ihr habt damit nicht meine Frage beantwortet.«

»Ich will Euch gerne eine Antwort geben, Scheich. Dazu bedarf es jedoch einer Erklärung.

Rom – Euer Feind – konzentriert seine Kräfte seit Jahren nicht mehr ausschließlich auf die Rückeroberung Jerusalems. Deos lo volt! Gott will es! Der Schlachtruf der Kreuzfahrer ist neuerdings auch im Süden Frankreichs zu hören. Ihr werdet es vielleicht nicht glauben, aber die Expansionsgelüste des Heiligen Vaters erstrecken sich inzwischen auch auf die wertvollen Ländereien meiner eigenen Heimat.« Ich beschwor nun dem Sarazenen die schrecklichen Ereignisse anläßlich der Verfolgung der Katharer herauf.

Ben Ambar hatte mir aufmerksam zugehört. Am Ende reichte er mir die Wasserpfeife. Wir rauchten abwechselnd, schwiegen lange, das funkenstiebende Feuer beobachtend, das zu unseren Füßen brannte – und aus den Augenwinkeln heraus auch uns selbst. Die Nacht war ungewöhnlich still, nur von rhythmischen Zikadengesängen durchzogen. Nach einiger Zeit sagte er:

»Diese Geschichte, die Ihr mir erzählt habt, hat mich sehr betroffen gemacht. Daß ihr Christen untereinander derart uneins seid, habe ich nicht gewußt, Ritter. Ich habe euch und euren Glauben immer für stark gehalten! Ich hatte Respekt, weil auch ihr zu den Menschen gehört, die eine Schriftreligion besitzen«, sagte Ben Ambar. »Das Sprichwort allerdings trifft den Nagel auf den Kopf, Schatzmeister: Euer Feind sitzt in Rom – der meine auch!«

»Ben Ambar«, sagte ich und versuchte trotz der Dunkelheit ihm in die Augen zu sehen, »Ihr solltet an diesem Beispiel nur erfahren, daß ich gute Gründe habe, nicht geringschätzig von einem Muselmanen zu denken, der dem sogenannten Feind auf seine Weise hilft. Wenn man dabei überhaupt von Hilfe sprechen kann. Ihr habt uns ja nur Euer Land verkauft, nicht etwa Waffen oder ähnliches! Aber Ihr seht, daß auch ich in einer Zwickmühle stecke und daher Euren Zwiespalt gut verstehen kann … Üben wir nun gewissermaßen beide Verrat an unserer Sache?«

Bei dieser Diskussion, die nicht nur etwas mit Loyalität zu tun hatte, sondern auch die Tiefen unseres unterschiedlichen Glaubens berührte, kam ein Gesichtspunkt jedoch nicht zur Sprache, und ich hütete mich wohlweislich, davon zu reden, wenngleich der Scheich sicher wußte, daß ich an das gleiche dachte wie er. Denn hatte nicht Ben Ambar aus »Begehrlichkeit« heraus sein Land an den Feind verkauft? War nicht das Gold sein Judaslohn gewesen?

Ich ließ dem Sarazenen sein Gesicht, was hätte es auch gebracht, ihn bloßzustellen.

Wortlos hüllte sich Ben Ambar ein wenig enger in seinen blauen

Burnus, es war merklich kühl geworden in dieser Nacht der ungelösten Fragen. Die Sterne glitzerten hoch über uns, weit, weit weg, unerreichbar für uns zwei, und zu unseren Füßen war das Feuer erloschen. Meine Brüder schliefen alle schon, denn in der Komturei war kein Kerzenschein mehr in den Fenstern zu sehen. Nach langer Zeit sagte der Scheich leise: »Zugegeben, Schatzmeister, wir beide üben Verrat – aus welchen Gründen auch immer. Ich bin jedoch ein guter Muselmane geblieben! Von Euch würde mich aber eines interessieren: Wenn Ihr schon nicht mehr hinter Rom steht, nehmt Ihr wenigstens Euren Christenglauben noch ernst?«

Jetzt war es an mir, lange zu schweigen.

»Darf ich Euch die Antwort für heute schuldig bleiben?« fragte ich, bevor ich mich endlich erhob und langsam, mich vor mir selbst schämend, in das Ordenshaus zurückkehrte.

Nun hatte ich mein Gesicht verloren.

15
Die Nachricht

Ahnin allen Leids ist Liebe,
tötet ohne blut'ge Hiebe;
Gott schuf keinen Advokaten,
– hört nur, hört! –
die, die in sein Netz geraten,
selbst die Klügsten, so betört.
Marcabru, Troubadour

Stand ich wirklich noch voll hinter meinem Glauben?

Die Frage Ben Ambars hatte einen empfindlichen Nerv getroffen. Hatte ich mich zu weit vorgewagt? War es überhaupt richtig, mit einem Sarazenen Glaubensdinge zu diskutieren? Hätte ich nicht versuchen müssen, ihn zum Christentum zu bekehren?

Hinter wem aber stand der HERR? Jerusalem war seit langem nicht mehr in Christenhand. All die toten Kreuzritter gingen mir durch den Kopf, die zu Ehren dessen das Kreuz genommen hatten, der ihnen zur Belohnung seine Hilfe versagt hatte. Unruhig wälzte ich mich bis zum Morgengrauen von einer Seite auf die andere.

Am nächsten Morgen versammelten sich nach der Andacht alle ordentlichen Ritter im Saal.

»Brüder«, sagte der Präzeptor mit getragener Stimme, nachdem wir in einer Runde Platz genommen hatten, »ich habe eine traurige Nachricht für euch: Papst Innozenz III. ist verstorben. Der HERR sei seiner Seele gnädig.«

Ein Raunen ging durch den Saal.

»Auf einer Reise, die die Beilegung eines Streites zwischen Genua und Pisa zum Ziel hatte, befiel den Heiligen Vater ein unseliges Fieber. Keine Arznei konnte helfen. Innozenz starb unter großen Qualen. Sein Leib wurde in einem feierlichen Zug nach Rom gebracht und in der Basilika aufgebahrt. In der Nacht darauf geschahen jedoch schreckliche Dinge. Gottlose Frevler schlichen sich durch die Silberpforte und stahlen seine golddurchwirkten päpstlichen Gewänder. Nackt und bloß, all seiner Insignien beraubt, fand man Innozenz III. am nächsten Morgen auf dem Stein liegen.«

Die Ritter waren empört. Ich aber dachte bei mir, daß es der Wille des HERRN gewesen sein mußte, seinen eitlen Statthalter am Ende zu demütigen und in die Knie zu zwingen: Innozenz hatte sich zu seinen Lebzeiten selbst als »geringer als Gott, doch mehr als der Mensch« gepriesen!

Da ich der einzige unter den Tempelrittern war, der den Heiligen Vater persönlich kennengelernt hatte, erzählte ich kurz vom Vierten Laterankonzil. Danach begaben wir uns erneut in die Kapelle, dieses Mal, um für das Seelenheil des Papstes zu beten. Und ich schämte mich der unheiligen Stimmen nicht, die mir einflüsterten, daß er unsere Gebete mehr als nötig hätte, sollte das Blut der Unschuldigen nicht für alle Ewigkeit über ihn kommen.

Monate später erhielten wir die Nachricht, daß zum Nachfolger ein Römer gewählt worden war. Habemus Papam! Sein bürgerlicher Name war Cencio Savelli. Er selbst nannte sich Honorius III. und verkündete seinen Wahlspruch: »Ich will lieber mit Milde verfahren als mit Strenge!«

Mit Milde? Würde sich unter ihm in meiner Heimat einiges zum Besseren wenden? Ich konnte nur hoffen!

Der Bau von Athlit erforderte meinen ganzen Einsatz, und mit der Zeit verblaßten meine Erinnerungen an Esclarmonde ein wenig. Ich war traurig, daß ich ihr Bild nicht mehr täglich vor mir sah, und zugleich froh, vergessen zu können.

Eines Nachmittags hielt mich der Präzeptor am Arm fest. Ich wollte mich gerade ins Dormitorium zurückziehen, um ein wenig zu ruhen. Es war dies der kühlste Raum der Komturei, da durch ihn unablässig das Wasser des wundersamen Brunnens rann, das uns mit seinem leisen Rauschen des Nachts in den Schlaf wiegte.

»Bruder Blanchefort«, sagte Danièl halblaut zu mir, so daß die anderen es nicht hören konnten, »was habt Ihr mit dem Grafen von Foix zu tun?«

Ich erschrak. Was sollte diese Frage?

Als ich mich wieder gefangen hatte, antwortete ich möglichst unbefangen: »Vor meiner Reise nach Outremer habe ich einige Zeit am Hofe des Grafen verbracht. Der Zweck meines Aufenthaltes war die Übertragung diverser Ländereien an den Tempel. Weshalb fragt Ihr?«

»Blanchefort«, sagte der Präzeptor und wedelte mit einem dicken Bündel, »Ihr habt einen Brief bekommen mit dem Siegel jenes Grafen darauf. Was, um alles in der Welt, hat er Euch nur mitzuteilen? Ihr seid doch längst nicht mehr mit dieser Arbeit befaßt.«

Mein Herz fing an zu klopfen. Zugleich fuhr mir ein berauschender Gedanke durch den Kopf, an den ich nicht zu glauben wagte. Mit der ganzen Überlegenheit, zu der ich zu meinem Erstaunen noch fähig war, log ich – und der HERR möge es mir verzeihen: »Ja, natürlich, jetzt fällt es mir wieder ein! Der Graf hatte mir seinerzeit versprochen, mir eine Abschrift der Verträge zuzusenden, die ich wegen meiner Abreise ins Heilige Land nicht mehr selbst vollenden konnte. Ich habe den Grafen in Rom beim Heiligen Vater Innozenz – der HERR habe ihn selig – kennengelernt, und wir sind gewissermaßen Freunde geworden, besonders weil uns ein ähnliches Schicksal zusammengeschweißt hat.«

»So, so.« Der Präzeptor nickte und zupfte sich am rechten Ohr, so daß mich dünkte, sein berechtigtes Mißtrauen nicht völlig ausgeräumt zu haben. »Nun gut, nehmt den Brief. Es wäre mir jedoch recht, wenn Ihr eventuelle Neuigkeiten aus der Heimat nicht für Euch behalten wolltet. Ihr dürft am Sonnabend nach dem Nachtmahl daraus vorlesen. Diejenigen Ritter, die wie Ihr aus Okzitanien stammen, sind sicher an den dortigen Geschehnissen höchst interessiert. Wenn es sich bei Eurem Brief aber wirklich nur um eine Abschrift jener Verträge handelt, so behaltet diese für Euch. Es würde dem Grafen sicher nicht recht sein, wenn Einzelheiten daraus bekannt würden.«

Damit übergab er mir das geschnürte Bündel, das ich, als er sich entfernt hatte, mit einem tiefen Seufzer an mein Herz drückte. Im stillen leistete ich dem Präzeptor Abbitte, ihn in meiner Not angelogen und für arrogant und selbstherrlich gehalten zu haben. Denn wäre es so gewesen, würde er den Brief geöffnet und gelesen haben. Das Recht dazu hätte er gehabt. Andererseits zeigte sein Verhalten deutlich, wie ausgeprägt sein Obrigkeitsdenken war. Ein wichtiger Brief eines Grafen, obendrein eines überaus einflußreichen, flößte ihm Respekt ein.

Ich steckte das Bündel in die Geheimtasche, die ich mir bereits auf dem Bezú in meinen Habit eingenäht hatte. Wundert Euch bitte nicht darüber, lieber Freund! Auch wenn man wie ich den festen Vorsatz hat, offen und geradlinig seinen Weg zu beschreiben, kann es ab und zu notwendig sein, ein Geheimnis zu bewahren.

Den restlichen Tag lief ich umher wie im Traum.

Hoffnung entzündet die Liebe, und Hoffnung ernährt sie! sagt Ovid. Wie recht er doch hat!

Ich wollte mir den Genuß des Lesens aufsparen und beschloß daher, den Brief erst zu öffnen, wenn ich absolut ungestört sein würde. Ein wenig war mir aber auch bange. Was, wenn schlechte Nachrichten darinnen standen?

Die Nacht wurde mir lang.

Am nächsten Morgen, noch weit vor Sonnenaufgang, sattelte ich mein Pferd und hinterließ eine Nachricht an der Pforte, daß ich zum Athlit reiten würde, um den zuletzt fertiggestellten Bauabschnitt zu besichtigen und die Pläne ein weiteres Mal mit den Gegebenheiten vor Ort zu vergleichen. Es wäre dies, so meinte ich dem wachhabenden Ritter gegenüber, eine günstige Gelegenheit, weil die Arbeiten ja der Hitze wegen unterbrochen wären und ich daher in Ruhe alles kontrollieren könnte. Man solle mich nicht vor dem späten Nachmittag, besser erst gegen Abend, zurückerwarten.

Dieser Ritt zum Berg des Yussuf Ben Ambar wird mir unvergeßlich bleiben. Die noch kühle Luft war geradezu durchdrungen von einer Leichtigkeit, die mir das Herz erfüllte. Als die Sonne aufging, erhoben sich zahlreiche Lerchen in die Lüfte und konnten nicht aufhören, den herrlichen Tag auf ihre Weise zu preisen. Ich selbst hätte es ihnen gerne gleichgetan und war nahe daran, ein Lied anzustimmen zum Lobe des HERRN. Denn inzwischen war ich mir sicher, daß Esclarmonde einen Weg gefunden hatte, mir zu schreiben.

Im vertrauten Schatten der Ölbäume ließ ich mich nieder und brach das Siegel des Grafen von Foix. Der Graf selbst schrieb mir nur einige wenige Zeilen, bedankte sich für meine ausgezeichnete Arbeit und sprach sein Bedauern aus, daß ich so schnell hatte abreisen müssen. Die Übergabe der Ländereien sei inzwischen abgeschlossen, und er fühle eine große Genugtuung darüber, daß der Klerus und vor allem ein gewisser Feldherr dieses Mal leer ausgegangen sei.

Danach kam er auf das zu sprechen, was ich mit allen Fasern meines Ichs herbeisehnte:

»Lieber Blanchefort!

D'Olivièr hat mir vor seiner Abreise – unter dem Siegel der Verschwiegenheit – verraten, in welcher Komturei Ihr Euch befindet. Seitdem drängt mich meine Schwester Esclarmonde, Euch zu schreiben. Ich weiß, daß sie mit Euch eine wichtige Unterredung geführt hat über Eure Lage nach der Eroberung Eurer Ländereien und vor allem über Glaubensdinge. Nun meint sie, daß Ihr Euch möglicherweise ein wenig langweilt im Heiligen Land – was ich mir eigentlich nicht vorstellen kann, wenn ich an die hartnäckigen Heiden denke, die Euch vielleicht das Leben schwermachen. Nun, sei es, wie es will, Esclarmonde besteht darauf, Euch mitzuteilen, wie der Kampf um unser Land und die Menschen, die unter unserem Schutz stehen, in der Zwischenzeit weitergegangen ist. Natürlich kann sie dies nicht unter ihrem eigenen Siegel tun. Eure Brüder würden sich nicht wenig wundern! So werdet Ihr denn von Zeit zu Zeit einen Brief unter meinem Siegel bekommen. Bleibt gesund – Gott befohlen – und hütet Euch vor den bösen Sarazenen,

Euer Raymond-Roger, Graf von Foix.«

So hatte sie sich tatsächlich durchgesetzt bei ihrem Bruder, der ihr wohl keinen Wunsch abschlagen konnte!

Ich holte tief Luft, öffnete das Siegel Esclarmondes – und stutzte. Seit meiner Jugendzeit hatte ich solche Seiten nicht mehr gesehen: Der Brief war verschlüsselt.

Pierre? Ja, er und kein anderer wußte um diese Möglichkeit. Er mußte am Leben sein! In Foix! Bei Esclarmonde!

Einen kurzen Augenblick war ich ratlos. Welche Buchstaben waren es gewesen, die wir im Alphabet verschoben hatten? Aufgeregt legte ich den Brief zu Boden, nahm meinen Dolch und schrieb unser Schlüsselwort in den Sand. Nach kurzer Überprüfung flogen mir die richtigen Buchstaben nur so zu, und ich begann – stockend zwar – endlich zu lesen:

»Bertrand!

Darf ich Euch noch so nennen? Viel Zeit ist vergangen, seit ich Euch zum letzten und einzigen Male in besonderer Weise nahe war. Ich denke noch immer daran, jeden Tag, jede Stunde, seit Ihr Euch unfreiwillig ins ›Exil‹ begeben mußtet. Auch Ovid ist es einmal so ergangen, daß er sich bemüßigt fühlte zu schreiben: ›Fort vom Amboß ward mir das Werk aus den Händen genommen; so fehlt dem, was ich schrieb, leider das letzte, der Schliff …‹

Ihr habt eine große Lücke bei uns allen hinterlassen.

Wie Ihr gewiß ahnt, ist zu unser aller Überraschung Euer Freund P. bei uns eingetroffen, und dank seiner tatkräftigen Mithilfe kann ich Euch endlich schreiben. P. ist dem Massaker auf wundersame Weise entkommen, hat sich für Jahre im Gebirge versteckt und dort als Schäfer sein Auskommen gehabt. Als er Eure Nachricht an dem bewußten Ort vor Jahresfrist vorfand, hat er sich gleich auf den Weg gemacht. Ich hoffe, ich kann ihm die Sicherheit geben, die er braucht. Er hat sich angeboten, diesen Brief für mich zu verschlüsseln. Dennoch ängstige ich mich ein wenig, allzu deutlich zu werden. Auch aus einem anderen Grund: Vielleicht erinnert Ihr Euch meiner nicht mehr nach so langer Zeit.

Eurer Schwester geht es gut. Sie ist äußerst tüchtig in jenen Dingen, die die Frauen auszeichnen, und ich bin froh, sie an meiner Seite zu haben.

Ich werde mich für eine gewisse Zeit mit Eurer Schwester und anderen Getreuen in ein Haus für parfaites, für Vollkommene Frauen, zurückziehen, um meinen geliebten Bruder, der unbeirrt dem katholischen Glauben anhängt, nicht Angriffen auszusetzen. Denn seine Burg und die ihm verbliebenen Ländereien sind nach wie vor jenen ein Dorn im Auge, die vor Gier des Tages und des Nachts an nichts anderes denken können als an Gold, Land und Macht über die Menschen. P. wird mit uns ziehen, um uns zu beschützen. Ob es mir möglich sein wird, Euch bald wieder zu schreiben, weiß ich nicht. Seid dem HERRN befohlen. E.«

Ein Nachsatz von Pierre stand darunter.

»Ich glaube, die besseren Zeiten haben angefangen, lieber Freund! Es ist gewissermaßen ein Geschenk des Himmels, endlich voneinander zu wissen. Niemals habe ich die Hoffnung aufgegeben, daß Du noch leben könntest. Jetzt habe ich die Hoffnung, Dich eines Tages gesund wiederzusehen. Auf ewige Treue, mein bester und liebster Freund. Dein P.«

Ich hielt inne, legte mich flach auf den Rücken und schaute in die Kronen der alten, knotigen, silbergrauen Bäume. Gleich einem Baldachin bot der Olivenhain mir Schutz vor der gleißenden Sonne. Ein leichter Wind von Westen her ließ die trockenen Blätter vornehm rascheln. Von Zeit zu Zeit fiel eine Olive, die vorzeitig gereift sein mußte, mit einem leisen, nahezu rücksichtsvollen Ton in das dürre Gras. Es hörte sich an wie der sachte Aufprall eines ersten dicken Regentropfens zu Beginn eines leichten Sommergewitters.

Diese Hitze! Das Flimmern der Luft! Und der kaum wahrnehmbare, zarte Duft der Oliven! Alles, alles machte die Seele trunken. Pierre lebt! Dem HERRN sei Dank!

Und Esclarmonde? Sie denkt ebenso an mich wie ich an sie!

Ich schämte mich der Tränen nicht, die meine Erleichterung mir in die Augen trieb. Esclarmonde, dachte ich, gib acht auf dich! Du lebst in der Heimat gefährlicher als ich im Heiligen Land unter so vielen Heiden. Bei uns herrscht Frieden. Aber du bist von Christen umgeben, von denen einige es am liebsten sähen, wenn du brenntest und mit dem Rauch auf ewig entschwinden würdest aus dieser Welt des Teufels.

Die nachfolgenden, nicht mehr verschlüsselten Seiten konnten schneller überflogen werden, aber sie waren auch nahezu unpersönlich in der Anrede und im Tonfall:

»*Nun einige Neuigkeiten aus der Heimat. Gewisse Dinge kann ich jedoch nur aus meiner Sicht heraus beurteilen. Ihr werdet das herauslesen und umsetzen müssen, was durch meine katharische Denkweise vielleicht zu einseitig dargestellt wird. Aber ich kenne Euch, Ritter, und weiß, daß es Euch nicht überfordern wird.*

Daß Papst Innozenz III. verstorben ist, das wird man Euch wohl berichtet haben. Vom Nachfolger Honorius ist zu sagen, daß wir berechtigte Hoffnung haben, er könnte ein wenig mehr auf Ausgleich und Mäßigung bedacht sein und das Großmaul namens M. endlich an die Kandare nehmen.

Ein klein wenig zurückstecken hat er schon müssen, jener glorreiche Kreuzzugsführer von Innozenz' Gnaden. Vielleicht habt Ihr schon davon gehört, daß er eine saftige Niederlage hat erleiden müssen. Es war Ende April, als der junge Graf Raymond VII. von Toulouse mit seinem Vater vorzeitig aus dem Exil von England zurückgekehrt ist. Jubelnd hatten ihn die Leute in Marseille willkommen geheißen. Er ist so jung wie wir, Blanchefort, und hat doch so viel Mut und, wie es scheint, angeborene Paratge, daß er offen ausspricht, was überaus gefährlich werden könnte für ihn, nämlich: daß er alle Menschen, die in seinen Ländern leben, zu schützen gedenke, egal, welchem Glauben sie anhängen. Christen, Juden und Katharer hätten immer im Süden Frankreichs friedlich nebeneinander gelebt, und dies müsse auch weiterhin möglich sein. Er wolle alles tun, was in seinen Kräften stehe.«

Esclarmonde konnte nicht wissen, daß ich den jungen Mann bereits in Rom kennengelernt hatte, als er durchsetzte, was neun Templern nicht gelungen war: ein letztes Gespräch mit Innozenz zu erwirken! Was aber ich nicht wissen kann, lieber Freund und Vollstrecker meines Testamentes, ist, ob Ihr mit dem Begriff Paratge etwas anzufangen wißt. Vorsichtshalber will ich ihn Euch kurz erklären:

Paratge bedeutet für uns »Achtung vor jeder Person« und »Gleichheit der Seelen«. Wir Okzitanier verstehen darunter, daß Menschen verschiedenen Standes eine vergleichbare Ehre und Würde aufweisen. Deshalb halten wir keine Leibeigenen, ein einfacher Bürger kann auch Ritter werden, eine Frau darf Handel treiben und offen ihre Meinung kundtun. Der römische Klerus allerdings war und ist ein entschiedener Gegner jenes Begriffes, aus Angst, an eigener Macht zu verlieren.

Im Rückblick glaube ich, daß dies ein gewichtiger Grund war und noch ist, warum es die Menschen aus Okzitanien und nicht zuletzt so viele Frauen zu den Katharern zieht: weil diese die Paratge weiterhin in Ehren halten.

Aber zurück zu Esclarmondes Bericht:

»Und Raymond tat, was in seinen Kräften stand. Er belagerte seine Geburtsstadt, das schöne Beaucaire, das am Ufer des Flusses Rhône liegt. Ein enger Freund Montforts hatte Beaucaire besetzt, L'Ambart de Thury ist sein Name. Der junge Raymond zog einen engen Gürtel um Thurys Leute und hatte dabei natürlich alle Unterstützung der Bewohner Beaucaires. Montfort hörte von der frechen Belagerung, eilte schnell herbei und belagerte seinerseits den jungen Tolosaner. Zum äußersten entschlossen, kämpften beide Seiten unerbittlich Tag und Nacht. Während aber die Leute des jungen Grafen vom Fluß her heimlich mit Lebensmitteln und Hilfstruppen versorgt werden konnten, ging den isolierten Franzosen unter jenem Thury bald die Nahrung aus. In ihrer Not sollen sie, so erzählt man sich im Lande, sogar ihre Pferde verschlungen haben, und einige waren bereit, auch ›den schwächsten Mann unter ihnen zu essen‹. Nach einem weiteren grausamen Gemetzel gab Montfort auf und zog beleidigt von dannen. Beaucaire war frei, alle jubelten, und der Vater des jungen Raymond gewährte den Bürgern für ihre Tapferkeit eine große Vergünstigung: Wie in Toulouse selbst und in vielen Städten unserer Heimat darf dort ab sofort ein gewähltes Consulat über die Stadt regieren. Außerdem erhielten sie die Erlaubnis, jedes Jahr einen großen Markt abzuhalten.

Gibt diese Geschichte nicht Anlaß zur Hoffnung? All unsere Gebete, all unsere Kraft setzen wir ein, um den Grafen von Toulouse und seinen mutigen Sohn zu unterstützen. Denn wir Katharer brauchen dringend seine Hilfe, unsere Situation wird von Tag zu Tag bedrohlicher. Viele von uns können sich nur noch heimlich treffen, in Höhlen im Gebirge, in Gelassen. Und sogar dort, in den Bergen, haben sie sogenannte ›Espinasser‹ eingesetzt: Häscher, die mit

Sensen alle Dornenhecken beseitigen, damit sich katharische Verfolgte dahinter nicht verstecken können. Überall droht Verrat, überall lauert der Tod! Deshalb schreibe ich Euch auch nichts über meinen genauen Aufenthaltsort, denn ich darf meine Mitschwestern nicht in Gefahr bringen.

Ich hoffe, daß ich ab und zu Gelegenheit haben werde, Euch über meinen Bruder und mit Hilfe Eures Freundes weitere Nachrichten zukommen zu lassen.

Alle meine guten Wünsche für Euch und Eure Brüder liegen in diesen Zeilen.

E. de Foix«

16
Der Stachel im eigenen Fleisch

Prüft den Geist, um zu wissen,
ob er von Gott kommt (Paulus),
doch dann sei ihm die Gemeinschaft der Brüder auferlegt
und die Regel vor ihm verlesen ...

Ordensregel

Ich wußte, sie würde mir ein weiteres Mal schreiben ins Heilige Land, die Dame meines Herzens. Was sie sich vornahm, das setzte sie auch durch. Aber gerade deshalb galt es, geschickt und möglichst unauffällig vorzugehen. Heimlich, mit verstellter Hand schrieb ich, sowie ich zurückgekehrt war in die Komturei, einen Brief des Grafen von Foix, in dem ich ihn zuerst Harmloses über seine geschäftlichen Angelegenheiten berichten ließ, die mit den Templern zu tun hatten, und danach über jene Auseinandersetzung um Beaucaire, die ich noch um einige Details ausschmückte, damit der Brief etwas umfangreicher wurde. Diese überaus phantasievollen und dennoch wahrheitsgemäßen Zeilen las ich am Sonnabend den Brüdern vor. Natürlich war die Sache ein Betrug – aber war es nicht ein Betrug im Namen der Liebe? Wie ich den Grafen von Foix einschätzte, hätte er sicherlich herzlich gelacht über meine List. Die Brüder aber, die größtenteils aus kleinem und mittlerem Adel stammten, waren glücklich, Neues aus der Heimat erfahren zu haben, denn vielfach war meine Heimat auch die ihre.

In der anschließenden heftigen Diskussion über die Ketzerei hielt ich mich ein wenig zurück. Zu viele Ritter standen den Katharern ablehnend gegenüber. Meine Meinung über die brutale Verfolgung jedoch, die vertrat ich lautstark, und sogar der Präzeptor gab mir am Ende recht.

In der Nacht schlief ich gut und traumlos. Die Originalbriefe hatte ich wohlverwahrt. Ein lockeres Dielenbrett in meinem Arbeitszimmer nahm das Bündel mühelos auf, dennoch säuberte ich von da an den Raum selbst – als Buße, wie ich erklärte, und gewissermaßen hatte ich die auch nötig.

Noch immer ruhte der Bau der Burg von Athlit. Niemand konnte von den Pilgern und Bauleuten verlangen, bei dieser Temperatur stundenlang schwere Steine zu schleppen. Der Waffenstillstand brachte es mit sich, daß die Fertigstellung auch nicht eilte.

Ben Ambar und seine Leute hatten sich inzwischen zurückgezogen. Die anregenden Gespräche mit dem Scheich fehlten mir sehr, denn – gelinde gesagt – wir Ritter fingen an, uns ein wenig zu langweilen – auch das hatte Esclarmonde also richtig eingeschätzt. Unmut machte sich breit. Einige murrten: »Jetzt haben wir unsere Ländereien verlassen, sind hierhergekommen, um Gottes Gesetz zu errichten und zu lobpreisen. Und nun sind wir hier, untätig, ohne zu kämpfen, während doch das Land Hilfe braucht!« Wieder andere stöhnten der großen Hitze wegen.

Natürlich absolvierten wir auch in dieser Zeit unsere täglichen Arbeiten und Übungen, pflegten mit Sorgfalt Pferde und Waffen gleichermaßen, aber wir hatten auch Muße, oft nur in den Tag hineinzuträumen. Ich selbst stöberte stundenlang in alten Schriften, die sich im dunklen Kellergewölbe stapelten. Mancher Ritter jedoch zog übermütig zuerst einen seiner Mitbrüder ein wenig auf, um ihn dann zu einem spielerischen Zweikampf zu fordern. Auf die Jagd zu gehen oder richtige Turniere abzuhalten war uns Templern allerdings verboten. Aber ein wenig in Übung mußten wir bleiben, auch wenn Frieden herrschte mit den Sarazenen!

Mein ganzes Denken – und ich entwickelte eine beträchtliche Phantasie dabei – bewegte sich in jenen Tagen in der fast zwanghaften Vorstellung, erneut einen Brief von Esclarmonde zu bekommen. Ihre innigen Zeilen hatten mich ihr wieder ganz nahe gebracht, so daß mein Herz klopfte, wenn ich nur an sie dachte. Täglich spitzte ich die Ohren, damit ich es nur ja nicht versäumte, wenn die Rede auf die Ankunft der nächsten Templerflotte kam.

Einige Wochen gingen so ins Land, in denen ich mich mit dem Bruder Aire de Cherchemont anfreundete, der seines Scharfblickes wegen den Namen »Adler« trug und äußerst vernünftige Ansichten hatte. Diese Eigenschaften führte er auf den glücklichen Umstand zurück, daß er einst wie ich rechtzeitig zu den Templern auf den Bezú gekommen war. Als Aire zwölf Jahre alt war, starb sein Vater plötzlich, und die Ländereien waren unter neun Geschwistern aufgeteilt worden. Vielen jungen Leuten von Adel ging es so in dieser Zeit. Sie nahmen als Bündel ihr kleines Erbteil und machten sich auf, Ritter zu werden.

Aire stammte aus meiner Heimat – genauer gesagt, war er in der Nähe des wilden Tarnflusses aufgewachsen, wenn er nun auch schon lange im Heiligen Land lebte. Einige Jahre älter als ich, war er schon ergraut, aber seine ungewöhnlichen honigbraunen Augen blickten jung und unternehmungslustig drein, und sein feiner Humor brachte es mit sich, daß ich mich in seiner Nähe einfach wohl fühlte.

So manche schlaflose Nacht verbrachten wir im Gespräch, im Innenhof der Komturei. An den kühlen Brunnen gelehnt, ließen wir uns von seinen Wasserfontänen bespritzen und genossen die erquickende Kühle, über uns die funkelnden Sterne. Der bittersüße Duft aber, der in der Dunkelheit den Tausenden kleinen weißen Blüten des Jasminstrauchs entströmte, der sich malerisch am Küchengebäude hochrankte, betäubte unsere Sinne, und es war uns, als träumten wir einen Traum. Den Traum, von dem wir alle glauben, daß er eines Tages in Erfüllung gehen wird. Ihr werdet ihn kennen, wenn er auch für jeden Menschen anders ist. In einer solchen Stunde ist es gut, nicht alleine zu sein, vielmehr zu wissen, daß man sich auf die Person, die neben einem sitzt und mit einem träumt, zu jeder Zeit verlassen kann. Aire de Cherchemont besaß die stille Kühnheit des Helden und zugleich Mitgefühl und Anstand, und wenn es einer verdiente, ein Ritter genannt zu werden, so war er es.

Eines Morgens kam überraschend Yussuf Ben Ambar angeritten. Der Präzeptor empfing ihn in seinem Amtszimmer zum Gespräch. Einige Zeit später ließ er nach mir rufen.

»Bruder Blanchefort«, sprach er süffisant, und es war seinem

Gesicht anzumerken, daß er es sich mit Ben Ambar aus irgendeinem Grund zwar nicht verscherzen wollte, aber sichtlich ärgerlich auf ihn war.

»Scheich Yussuf Ben Ambar bittet mich, Euch nach Jerusalem mitnehmen zu dürfen. Er meint, es wäre höchste Zeit, daß Ihr unsere Heiligen Orte zu sehen bekommt, und er möchte derjenige sein, der sie Euch zeigt, damit Ihr« – der Präzeptor hüstelte auffällig – »auch den richtigen Eindruck bekommt, wo Ihr doch nun schon einmal die Sprache der Heiden so gut beherrscht.«

Verwundert schaute ich Ben Ambar an, der eine übertrieben höfliche Verbeugung in Richtung Präzeptor machte.

»Ich freue mich sehr über Eure Einladung, Scheich«, erwiderte ich und versuchte, mir meine Begeisterung nicht allzusehr anmerken zu lassen. Um einer möglichen Ablehnung zuvorzukommen, überrumpelte ich Danièl, indem ich mich rasch für seine Erlaubnis, mit Ben Ambar ziehen zu dürfen, bedankte.

»Blanchefort«, ermahnte mich dieser daraufhin, »Ihr müßt unbedingt wieder zurück sein, wenn es kühler wird. Nicht mehr lange, dann werdet Ihr hier dringend gebraucht! Ich möchte Euretwegen keinen Zeitverlust erleben! Und nun packt und geht mit Gott!«

Mit diesen Worten drehte er sich brüsk um und verließ den Raum.

Ich packte meine wenigen Habseligkeiten zusammen und verstaute Esclarmondes Brief wieder in der Geheimtasche meines Habits, denn konnte ich mir sicher sein, daß der Präzeptor sich in meiner Abwesenheit nicht besonders gründlich in meinem Arbeitszimmer umsehen würde? Den falschen Brief des Grafen mit dem echten, gesiegelten Umschlag legte ich dagegen offen auf meinen Tisch.

Es muß ein seltsamer Anblick gewesen sein: An der Spitze ritt Ben Ambar, der Sarazene, wie immer in malerisches, leuchtendes Blau gehüllt, mit einem wertvollen silbernen Krummdolch am Gürtel. Er saß in lockerer Haltung, geradezu würdig auf seinem Kamel, eine lederne Gerte in der Hand, mit der er das Tier leitete.

Dann folgte ich, der junge Tempelritter aus dem Abendland, mit Kettenhemd, Helm und weißem Chlamys mit dem rotem Tatzenkreuz auf meinem Rappen, Schwert und Schild an der Seite. Mit uns ritten drei weitere, bis an die Zähne bewaffnete Männer des Scheichs, die junge und, wie mir schien, noch wenig gezähmte Dromedare unter sich hatten, deren wildes Geschrei die Stille, die wir durchritten, ab und an unliebsam unterbrach.

»Seht, Schatzmeister«, sprach Ben Ambar nach einiger Zeit und wies mit seinem Arm auf die Landschaft ringsum, »das Heilige Land, wie ihr Christen es nennt, es verwüstet immer mehr. Die Trockenheit greift um sich, das Getreide ist verdorben. Alle Kraft scheint herausgezogen aus Mensch, Vieh und aus dem, was wächst. Der Heilige Krieg hat zu lange gedauert. Er hat uns ausgezehrt im wahrsten Sinne des Wortes. All das fing an mit den ersten Kreuzfahrern, die vor mehr als hundert Jahren in unser Land kamen, jenen ›edlen Rittern‹, die ein wahres Blutbad anrichteten, um Jerusalem in ihre Hand zu bekommen.«

»Sicher habt Ihr recht, Ben Ambar«, entgegnete ich versöhnlich. »Man hätte damals einen anderen Weg finden müssen, hätte verhandeln, miteinander reden sollen, statt gleich zu den Waffen zu greifen. Die unrühmliche Vergangenheit aber sitzt mitunter wie ein Stachel im Fleisch. Wenn man sich weigert, ihn herauszuziehen, was heißt, daß man sich nicht auseinandersetzt mit dem, was geschehen ist, findet man keine Heilung, und es kann auch wenig Veränderung zum Besseren geben.«

»Gesegnet, wer etwas Freundliches sagt, dreimal gesegnet, wer es wiederholt! – Ihr seid der einzige Christ, dem ich bislang begegnet bin, der so denkt«, sagte Ben Ambar und schüttelte den Kopf. »Was ist mit Euch passiert, daß Ihr so anders seid? Hängt es damit zusammen, daß es Christen waren, die Eure Familie massakriert haben?«

»Gut möglich, Scheich, gut möglich, daß dieses Schlüsselerlebnis mich für mein ganzes Leben geprägt hat. Ich bin mir nicht sicher, ob die Wunde, die dieser Stachel in meinem Fleisch hinterlassen hat, bereits völlig verheilt ist oder ob gar noch unsichtbare Splitter in mir stecken. Aber seid ehrlich, Ben Ambar, so friedliebend, wie Ihr Euch immer gebt, seid Ihr doch gar nicht! Neigt Euer Volk nicht auch zur Gewalt, seid nicht auch Ihr selbst verstrickt in jene unseligen Vorgänge um die Vertreibung der Christen aus dem Heiligen Land?«

Ben Ambar antwortete hitzig: »In diesem Land scheint es seit Jahrhunderten um Vertreibungen zu gehen! Diejenigen, die man Babylonier genannt hat, haben in grauer Vorzeit die Juden vertrieben, so daß man sie heute in vielen Ländern suchen muß. Die Römer taten dann ein übriges, um diesen uralten Volksstamm zu dezimieren. Daß man euch Christen verfolgt, habt ihr euch jedoch selbst zuzuschreiben. Was habt ihr hier zu suchen? Wenn schon, dann gehört das Land den Juden, diesen Schriftbesitzern! Dazu scheint Ihr vergessen zu haben, Schatzmeister – oder hat man es Euch vielleicht verschwiegen –, daß der siegreiche Saladin – Allah sei mit ihm –, als er seinerzeit nach nur zweiwöchiger Belagerung Jerusalem zurückeroberte, der christlichen Einwohnerschaft freies Geleit gewährte! Nur ein geringes Lösegeld hat er gefordert, das Eure Brüder vom Tempel eilig zusammenkratzten. Nennt Ihr das Gewalt?«

»Na, Scheich, so friedlich wird es damals nicht zugegangen sein!«

»Natürlich ging es nicht unblutig zu, als mit Jerusalem auch andere Städte wieder in die Hand meines Volkes fielen«, gab der Scheich zu, mit einem kurzen Seitenblick auf mich. »Es spricht allerdings für den Mut von euch Templern, daß die vier einzigen Burgen, die wir damals nicht erobern konnten, ausgerechnet in eurem Besitz waren. Tapfere Krieger haben seit jeher unsere Anerkennung! Daß euer Papst Urban jedoch, als er vom Verlust Jerusalems hörte, einem Herzschlag zum Opfer fiel, das könnt ihr uns ›Ungläubigen‹ nun wirklich nicht ankreiden.

Aber eigentlich wollte ich Eure ursprüngliche Frage nach meiner eigenen Verstrickung in die unseligen Vorgänge mit einer einfachen Gegenfrage beantworten.«

»Und die wäre?«

»Sucht ihr hier noch immer die Spuren eures Jesus, den ihr Christus nennt?«

Einfach erschien mir diese Frage nicht! Was wollte er mit ihr bezwecken, und was war ratsam, ihm – dem Muselmanen – darauf zu antworten? Mir schien, er hatte es ein weiteres Mal darauf angelegt, mich in die Zange zu nehmen.

Ungeduldig wandte sich Ben Ambar nach mir um. »Nun«, rief er, »Euer Schweigen spricht wieder einmal Bände, Christ! Ich will Euch sagen, was in der fünften Sure geschrieben steht, in der Allah, der Allbarmherzige, durch den Mund Mohammeds spricht: ›*Wahrlich, das sind Ungläubige, die sagen, Allah sei Christus, der Sohn der Maria. Sagt ja Christus selbst: O ihr Kinder Israels, dient Allah, meinem und eurem Herrn. Wer Allah irgendein Wesen zugesellt, den schließt Allah vom Paradiese aus, und seine Wohnung wird das Höllenfeuer sein. Auch das sind Gottlose, welche sagen: Allah ist einer von dreien.*‹

Ihr habt euren Glauben nicht rein gehalten, ihr Christen! Das ist euer Problem! Ihr seid – ganz wie es prophezeit worden ist – zerstritten in jene katharischen Glaubens, die, wie Ihr mir selbst erzählt habt, in diesem Punkt ähnlich denken wie Mohammed, und in die Romhörigen, die Jesus Gott gleichsetzen. Es stellt sich die Frage, wer hat recht? Die Antwort ist schnell gefunden, denn wer – wer könnte es Allah verwehren, wenn er Jesus, den Sohn Marias, stürzen wollte?

Denkt darüber nach, Ritter! ... Fest steht jedoch für alle Zeiten: Ihr habt Jerusalem verloren! Dennoch gewähren wir euch großherzig freien Zugang zu den heiligen Stätten, um euch die Suche nach Jesus zu ermöglichen, den auch wir verehren als Gesandten Gottes. Mittlerweile glaube ich allerdings, ihr alle seid euch seiner gar nicht so sicher im Herzen, wenn ihr noch heute Beweise sucht, wo längst keine mehr zu finden sind und vielleicht niemals welche zu finden waren. Habt Ihr nicht bemerkt, Schatzmeister, wohin diese niederträchtige Suche bereits geführt hat?«

»Ich weiß nicht recht, wovon Ihr sprecht, Scheich!« Wie gerne hätte ich in diesem Augenblick das Thema gewechselt. Aus einem sich ständig steigernden Gefühl der Unsicherheit heraus wollte ich nicht weiterdisputieren mit dem Sarazenen. Ich war ihm nicht gewachsen, und ich schämte mich erneut meiner geringen katholischen Glaubensfestigkeit.

»Nun, ich spreche von der allerdümmsten Täuschung, der sich jemals Menschen hingegeben haben und noch immer mit Inbrunst hingeben. Ich meine den Handel mit Reliquien aus dem Heiligen Land, die ihr – verzeiht meine Offenheit – zu Hause auch noch blankscheuert mit euren Lippen! Bei Allah, Schatzmeister, ist Euch wirklich nicht bekannt, daß man von allen sogenannten heiligen Stätten Felsstücke abschlägt und verkauft, daß man sogar Fußabdrücke eures Christus feilbietet! Hochbegehrt für eure schwangeren Frauen in der Heimat sind auch Stücke aus der Geburtshöhle Mariäs oder gar ›Frauenmilch‹ aus Bethlehem!« Mit einer theatralischen Geste wischte der Scheich das soeben Gesagte beiseite – nur um noch weitaus Peinlicheres vorzubringen: »Natürlich gibt es noch andere ehrenwerte Pilger, die versprechen sich das Paradies, den siebten Himmel oder was ihnen sonst noch begehrenswert erscheint, von einem Nagel aus den Kirchen Jerusalems. Schatzmeister, glaubt mir«, lachte Ben Ambar, »so viele Nägel konnten in den Balken aller Gebäude Jerusalems seit Anbeginn niemals gesteckt haben, wie sie für teures Geld von euch seit Jahren gekauft werden!«

»Nun übertreibt Ihr aber, Scheich!« warf ich ein.

»Ich und übertreiben? Nein, nein, mein Freund. Was sagt Ihr denn zu denen unter euch, die sich nicht entblöden, auf allen vieren auf dem Tempelberg herumzukriechen, um ein Stückchen der Vorhaut eures HERRN zu finden? – Nun?«

Ich schüttelte den Kopf und schwieg. Er aber war in seinem Element.

»Ihr Christen seid wirklich bis auf den Grund eures Morastes gesunken«, höhnte er weiter. »Ich frage Euch ernstlich, Ritter, wo ist Euer Verstand geblieben?«

Ben Ambar trieb mit der Gerte sein Kamel zu einer etwas schnelleren Gangart an, ohne ein weiteres Mal zu insistieren. Er spürte wohl, daß er soeben zu weit gegangen war. War ihm bewußt, daß ich mir wie ein Verräter vorgekommen wäre, wenn ich ihm in allen seinen Vorwürfen recht gegeben hätte?

Nach diesem Gespräch machte ich mir in der Tat bittere Vorwürfe. Wahrscheinlich hatte ich mich ihm gegenüber schon viel zu weit vorgewagt mit meiner nächtlichen Schilderung der Geschehnisse in meiner Heimat und meinem häufigen beredten Schweigen.

Aber hatte das nicht auch etwas zu tun mit jenem berühmten Stachel im eigenen Fleisch?

Da begegnet dir erneut ein Mensch, der dein Freund sein könnte, dachte ich, und wieder ist es jemand, der einem anderen Glauben anhängt, also eigentlich ein Feind ist, den du bis aufs Blut bekämpfen müßtest ... Kampf? Ha, ich war ja nicht einmal in der Lage, ihm im Gespräch aufrecht zu begegnen; Esclarmonde jedoch, das wußte ich, sie hätte dem Sarazenen Widerstand leisten können. In einem würde sie ihm jedoch völlig zugestimmt haben: Auch ihr Glaube lehnte Reliquien aller Art entschieden ab.

Wortlos folgte ich Ben Ambar. Als ich versuchte, nach und nach wieder etwas Ordnung in mein aufgewühltes Denken zu bringen, bemerkte ich zu meinem Entsetzten, daß am Ende alles darauf hinauslief, daß ich mich eines Tages wohl oder übel entscheiden mußte. Was aber wären die Konsequenzen aus einem solchen Schritt? Den katholischen Glauben aufzugeben würde für mich bedeuten, die Brüder und den Tempel zu verlassen! Dieser Gedanke bereitete mir äußerstes Unbehagen, ja sogar Angst, das gestand ich mir in diesem Moment ein.

Nur für Esclarmonde wäre ich bereit dazu, fuhr es mir durch den Kopf.

Aber würde sie mir zuliebe auch die Katharer verlassen?

17
Navus mundi – Der Nabel der Welt

> *Ziehet also los in aller Sicherheit, Ritter,*
> *und kämpft ohne Furcht gegen die*
> *Feinde des Kreuzes Christi ...*
>
> Bernhard von Clairvaux

Natürlich hätten wir auf unserem Weg nach Jerusalem in Ordenshäusern oder Burgen, die sich in Templerbesitz befanden, rasten können. Aber Ben Ambar machte mir klar, daß es für mich nur gut wäre, wenn ich Land und Leute kennenlernen würde. Ich solle mich nur auf ihn verlassen. Und so verbrachten wir mehrere Nächte bei umherziehenden Beduinen, die uns innerhalb ihrer Hürden überaus freundlich aufnahmen. Ihre scheuen Frauen, deren schwerer Silberschmuck die ganze Stirn bedeckte, zogen sich in die lohfarbenen Zelte zurück, sobald sie unser gewahr wurden. Die Kinder jedoch betrachteten mich neugierig aus der Nähe. Sie hatten wohl noch nie einen Tempelritter gesehen und konnten ihre Augen nicht abwenden von mir und ihre Finger nicht von meinem Bündel lassen. Man schlachtete ein Lamm mir zu Ehren, und nachdem wir ausgiebig geschmaust hatten, klagte mitunter eine einsame Flöte ihr wehmütiges, ein wenig monotones Lied bis in die frühen Morgenstunden, lange nachdem die Männer zu tanzen aufgehört hatten.

Nachdem wir Nazareth, die Vaterstadt des HERRN, die malerisch in die galiläischen Hügel eingebettet liegt, wieder verlassen hatten, zogen wir durch das Tal des Jordan, der die einzige große Wasserader des Heiligen Landes ist und von Norden nach Süden fließt. Steile, schwer zugängliche Berge umsäumten den Fluß, der das Land geradezu in zwei Hälften teilte. Die Berge ringsum zeigten sich in mattem Grün, das sich in ein erdiges Oliv veränderte, wenn die Schatten die Hänge hinabwanderten. Manchmal sah man eine zarte Blüte rosenfarbig oder gelb aus der Ferne schimmern.

»Das östliche Land«, erklärte mir Ben Ambar bei einer Rast, »ist, wie ich Euch schon zu Beginn unserer Reise gezeigt habe, ein Land für Beduinen, wie meine Brüder und ich es sind. Bei uns wächst wenig, gerade genug für unser Vieh. Die Dürre, so sagen die Juden, ist das Zeichen für Gottes Zorn. Unter uns gesagt, Schatzmeister, ich persönlich glaube vielmehr, daß sich der Zorn Gottes im ›Brennwind‹ manifestiert, den Ihr auch noch kennenlernen werdet. Wartet es nur ab! Er pflegt im Herbst von Osten her über das Land zu rasen, läßt die Quellen versiegen und die Bäche austrocknen. Die ›Plage Allahs‹, wie wir ihn nennen, färbt den Himmel fahlgelb, so daß man die Sonne dahinter nur noch vermuten kann, und bringt alles, was lebt, für Stunden oder Tage zum Stillstand, bis der schreckliche Sandsturm in sich selbst erschöpft zusammenfällt.

Das westliche Land jedoch, in dem sich auch Jerusalem befindet«, fuhr der Scheich fort und wies mit seiner Hand in jene Richtung, »ist euer biblisches Kanaan, in dem Milch und Honig fließen.«

Ich staunte einmal mehr über sein Wissen, was die Grundlagen unseres Glaubens anbelangte, und mußte zu meiner Schande gestehen, daß ich ihm kaum hätte imponieren können mit meiner Kenntnis über Mohammed. Aber die Wurzeln meiner Religion waren auch die des Islam, wie er mir auf meine Frage versicherte.

Warum erzählt man uns im Abendland nichts von diesen Gemeinsamkeiten?

Damit der Haß auf die Andersgläubigen, auf die sogenannten »Feinde« unseres Glaubens, niemals aufhört zu lodern – nur darum hält man uns dumm. Man verspricht auch Befreiung und meint Kontrolle. Die Schafe des HERRN sind zu reißenden Wölfen geworden!

Wir ritten weiter, sahen das alte Sichem, wo dereinst Abraham gelagert und Jakob Land gekauft hatte, und kamen nach einigen Tagen in das Tal von Ayyalon mit seinen herrlichen Wiesen, auf denen blaue Narzissen und goldgelber Safran blühten. War das ein Summen und Sirren um uns herum, als die Bienen ungeduldig von Blüte zu Blüte eilten!

»Die Feinde Allahs sind wie die Pracht der Auen, sie schwinden dahin wie Rauch!« deklamierte Ben Ambar in freier Abwandlung eines Psalmwortes und lachte dabei auf seine ihm eigene, höchst sympathische Art, daß niemand ihm wirklich böse sein konnte.

Die folgende Nacht verbrachten wir in einem Beduinenzelt, das wir selbst in unserem Reisegepäck mitführten – wobei ich Euch, lieber Freund, sagen muß, daß Ihr es Euch nicht vorstellen könnt, wie kalt die Nächte werden können in Outremer, selbst wenn es am Tag brütend heiß gewesen ist. Im Libanongebirge, das ich nicht bereist habe, soll es mitunter sogar schneien. Schlecht geschlafen hatte ich jedoch nicht wegen der Kälte, nein – ein sogenannter »Heuler«, ein Schakal, hatte seine Ausdauer unter Beweis gestellt. Möglicherweise hinderte mich aber auch das ungewöhnliche Abendessen an meiner nächtlichen Erholung. Es lag mir schwer im Magen. Die drei Sarazenen hatten bei Einbruch der Nacht Feuer gemacht und aus einem Sack, den sie mitführten, getrocknete Heuschrecken geholt. Diese wurden zuerst in Wasser, dem man ein wenig Salz hinzugefügt hatte, aufgekocht, dann in gewürzten Honig getaucht und im Anschluß über dem Feuer geröstet. Das saftige Lamm oder der würzige Ziegenkäse der Tage zuvor hatten eher meine Zustimmung gefunden. Jedoch ließ ich mir nichts anmerken, denn der Beduine darf nicht beleidigt werden in seiner großzügigen Gastfreundschaft.

Eines Morgens sprengte uns in einer engen Talschlucht – von einer rötlichen Staubwolke umhüllt – ein einzelner Reiter entgegen. Beim Näherkommen entpuppte er sich als ein Sarazene, schwer bewaffnet, jedoch einen stolzen Rappen unter sich – kein Kamel.

Ben Ambar mahnte unsere drei Begleiter zu erhöhter Wachsamkeit und ritt ihm mit erhobener Rechter entgegen. Der Fremde zügelte sein Pferd, hob ebenfalls die Rechte und hielt an. Sie begrüßten sich mit einem freudigen »Salam aleikum«, dem lautes Lachen folgte. Neugierig beobachtete ich das Treffen der beiden und sah dabei ganz deutlich, wie sich der Sarazene an seinem ockerfarbenen Burnus zu schaffen machte. Nachdem er einige Sekunden in der rechten Innenseite des Gewands und danach in den Taschen der linken herumgefischt hatte – vielleicht hatte er wie ich Geheimtaschen –, zog er ein weißes Säckchen heraus, das er Ben Ambar überreichte. Ein kurzer Gruß noch, und sogleich ritt der Mann in großer Eile auf dem Weg zurück, auf dem er gekommen war. Bald war er nur noch als kleiner dunkler Punkt am Horizont zu sehen.

»Wer war der Fremde, Scheich?« fragte ich nach einigem Zögern, als Ben Ambar keine Anzeichen erkennen ließ, von sich aus auf das geheimnisvolle Treffen einzugehen.

»Stammesangelegenheiten, nichts weiter, Schatzmeister!« erwiderte dieser lapidar und trieb sein Kamel an.

Ich spürte ganz deutlich, daß Ben Ambar log und nicht ausgefragt werden wollte. So ließ ich ihn in Ruhe. Ein wenig enttäuscht war ich aber dennoch, daß er mir nicht vertraute. Das mysteriöse weiße Säckchen habe ich nicht mehr zu Gesicht bekommen.

Je weiter wir uns Jerusalem näherten, desto besser gefiel mir das Land. Es war, als würde ein uraltes Geheimnis über all den grünen Hügeln und den lieblichen Tälern mit ihren geschmeidigen Zypressen und grünen Tamarisken liegen, bereit, sich dem zu offenbaren, der reinen Herzens war. Einige friedliche Jahre des Waffenstillstands lagen bereits hinter uns, so daß Natur und Mensch sich hatten erholen können. Wenn ich aber daran dachte, daß ein weiterer Kreuzzug in Vorbereitung war, daß erneut Tausende von Menschen wie besagte Heuschrecken einfallen würden in Outremer, dann wurde mir schwer ums Herz. Mußte Jerusalem wirklich und unter allen Umständen zurückerobert werden?

Dattelpalmen, Weinberge und Ölgärten hinter künstlich angelegten Teichen säumten den Weg. Taubenschwärme zogen über unsere Köpfe hinweg. Das Gurren der friedlichen blaugrauen Vögel konnte man noch meilenweit hören, selbst wenn sie unseren Blicken längst entschwunden waren. Blau blühende Flachsfelder erfreuten das Auge, und mancher purpurleuchtende Granatapfel, den wir im Vorbeireiten pflückten und von dem schon das Hohelied berichtet, erfrischte unsere Kehle.

»Seht, Jerusalem ist ein Juwel auf einem Berg!« Diese Feststellung Ben Ambars beim ersten Anblick der berühmten Stadt bewahrheitet sich in der Tat, wenn man sich ihr von Osten her nähert und ihre vielfältigen Türme sich scharf vom Horizont abheben. Die Sonne selbst trug an diesem Tage zu dem prächtigen Eindruck bei, weil sich ihre Strahlen goldglänzend an zahlreichen Gebäuden brachen.

Jerusalem, die Stadt, die für viele Kreuzzugsteilnehmer und Pilger die Erfüllung all ihrer Wünsche bedeutete – oder auch nur das größte Abenteuer ihres Lebens –, Jerusalem selbst war für mich jedoch eine Enttäuschung. Vielleicht lag es an der bleiernen Müdigkeit, die mich befallen hatte, nachdem wir eine längere Rast vor den Toren der Stadt gemacht und heißen, bitteren Tee getrunken hatten, vielleicht aber auch daran, daß man zuerst nur zahlreiche kühne, aber schmutzige, an die buschüberwachsenen Felsen der umliegenden Hügel geklebte Hütten erblickt, wenn man sich der Heiligen Stadt nähert.

So resümierte ich an diesem Tag, daß Jerusalem für mich keineswegs das Ende meiner Suche war nach dem, was mir wichtig erschien im Leben, so, wie es das für die wenigen Kreuzritter gewesen war, die gesund aus dem Heiligen Land zurückgekehrt waren. Die meisten Ritter nämlich – und das muß an dieser Stelle einmal gesagt werden – hatten es zu ihrem Unglück nicht einmal bis Jerusalem geschafft! Viele waren vorher in den schrecklichen Kämpfen mit den Sarazenen getötet worden, in ihren schweren Rüstungen auf der Hinreise in einem reißenden Fluß ertrunken oder unterwegs in die Sklaverei verschleppt worden. Nur wenige hatten Jerusalem, die Heilige Stadt, sehen dürfen! Da hatte ich es besser, ritt in Friedenszeiten, ohne behelligt zu werden, hierher, ich sollte also nicht klagen! Aber dennoch – ich fühlte mich elend.

Unterwegs hatte mir Ben Ambar erzählt, wie es zugegangen war bei der Eroberung Jerusalems durch die Kreuzritter. Als die übliche Belagerung keinen Erfolg hatte, beschlossen die Christen, längere Zeit zu fasten und anschließend eine Prozession rund um die Stadt zu unternehmen. Aber auch diese Maßnahmen waren wirkungslos geblieben. So brachte man schließlich gewaltige Belagerungstürme zum Einsatz, und nach einem schrecklichen Blutbad an Juden und Muselmanen wurde Gottfried von Bouillon endlich der Schirmherr des Heiligen Grabes. Die Christen bauten im Laufe der Jahre zahlreiche Kirchen und führten viele fromme Bräuche ein. »Vergebliche Liebesmüh«, hatte Ben Ambar zum Abschluß seiner Aufzählung in seinen Bart gemurmelt, »die christlichen Zeiten scheinen bis auf weiteres vorbei zu sein in dieser Stadt, eure Macht ist endgültig gebrochen, Inschallah!«

Jerusalem. Aus den schlichten Gassen brodelte der Lärm ebenso wie aus den breiten Straßen der Stadt. Entsetzliches Geplärre und Gekeife drang in meine Ohren. Die Straßen, durch die wir zogen, waren fast allesamt holprig und genauso vor Schmutz starrend wie die unzähligen aufdringlichen Bettler, die eitrige Gebresten aller Art aufwiesen und uns mit Leidensmiene ihre offenen Hände entgegenstreckten. Wer genauer hinsah, erkannte nicht nur, daß sich einige mit Hasenblut bestrichen hatten, um Mitleid zu erregen, sondern auch, daß sich unter ihnen, wie schon in St. Jean d'Acre, viele Männer aus dem Abendland befanden. Welch düstres Geschick hatte sie ausgerechnet in Jerusalem stranden lassen? Man konnte sie jedoch nur noch an den etwas weicheren Gesichtszügen ausmachen; die zerschlissene Kleidung, der um den Kopf geschlungene Stoffetzen nicht mehr feststellbarer Farbe und die sonnengegerbte Haut hatten sie seit langem den einheimischen Bettlern gleichgemacht. Hunger macht eben keine Unterschiede, die Not kennt all die Armen, gleich, welcher Nationalität oder Religion – auch in Jerusalem, dem Nabel der Welt.

Plötzlich war da ein unverschämt lautes Gegackere und Gezirpe um uns herum. Was war das? Ben Ambar lachte.

»Hier, zu Eurer Linken, seht Ihr den weltberühmten Geflügelmarkt von Jerusalem! Schaut Euch nur gut um, Schatzmeister, damit Ihr zu Hause etwas zu erzählen habt!«

Ich sah Hunderte und Aberhunderte aufgeregter Hühner, Kapaune und Gänse aller Größen und Farben, in Pferchen eingesperrt oder an den Füßen aneinandergebunden.

Vielen Hindernissen und zahlreichen Bettlern ausweichend,

kamen wir nur langsam voran. Niemand jedoch beachtete uns. Im Vorbeireiten stellte ich fest, daß die meist flachen Dächer der Häuser zugleich als Schlafstätten und als Kaufläden benutzt wurden, aber auch mitunter als Gehweg. Diejenigen, die hoch oben ihren Geschäften nachgingen, eilten dabei von Dach zu Dach. Bisweilen stolperten sie über schlafende Menschen. In schmutzige Teppiche eingerollt und jäh aufgeschreckt, riefen diese ihnen unter wildem Gestikulieren heftige Schmähworte hinterher.

Was war dort drüben los? Eine junge Frau beklagte mit schrillen Schreien im Kreise ihrer Familie und Nachbarn lautstark einen Toten. Sie war kahlgeschoren.

»Ihr Mann ist verstorben, Schatzmeister, deshalb der kahle Kopf. Es ist so Brauch«, erklärte mir der Scheich, als er mein Erstaunen wahrnahm.

Auf einem kleinen Platz standen einige jüdische Prediger beisammen. Warnend erhoben sie die Arme und ihre Stimme. Was sie zu prophezeien hatten, ging jedoch unter in diesem ununterbrochenen, auszehrenden Lärm, der wie eine alles abschirmende Glocke über der betriebsamen Stadt lag. Ein übler Gestank nach Urin oder Schlimmerem drang in meine Nase.

Nein, Jerusalem gefiel mir nicht! Überall sah ich Schwindel und Betrug. Tuchhändler, die heimlich ihre Stoffe anfeuchteten, um sie schwerer zu machen; Weihrauch- und Gewürzhändler, die Tannenharz oder Sand unter ihre Waren mischten, um sie zu strecken; Fleisch, das, mit Fell bedeckt, ganz sicher bis kurz vor der Fäulnis gelagert wurde, um dann als bestes, weißes Fleisch feilgeboten zu werden. Ratten und anderes Ungeziefer! Meine Augen waren müde. Am liebsten wäre ich sofort wieder umgekehrt, zurück in die schöne Landschaft um das Tal von Ayyalon, zurück zu den Blumen, den Bienen und den vor sich hin treibenden Gedanken.

»Jerusalem«, riß mich Ben Ambar aus meiner düsteren Stimmung, und – wie seltsam – seine Stimme schien bei seinen Worten von weit, weit weg zu kommen, »Jerusalem wurde einst von Jesaja *Ariel, der Löwe Gottes,* genannt. Ihr seht jedoch, Schatzmeister, es ist nur noch wenig übrig von der Pracht aus alter, alter Zeit! Schaut aber einmal nach vorne, dort auf jenem Hügel stand einst der berühmte Tempel des Salomo mit seinen Säulen Jakin und Boaz. Später beherbergte er die Moria, unser religiöses und geistiges Zentrum. Erkennt Ihr die El-Aqsa-Moschee, die über dem Tempel des Salomo errichtet worden ist? Der Prophet Mohammed hat sie die ferne Moschee genannt auf seiner nächtlichen Reise nach Mekka.«

Wollte er denn niemals aufhören mit seinen langatmigen Erklärungen?

»Und dort drüben – der herrliche Felsendom! Reitet einmal ein wenig nach rechts, Schatzmeister, dann könnt Ihr die berühmte Kuppel besser sehen! Der Bauherr hat dort auch für euch Christen eine Inschrift einfügen lassen, die da lautet, ihr seid aufgerufen, allein an einen einzigen Gott zu glauben, der nie ein dreifaltiger sein könne. Und weiter, daß Jesus nur ein Bote Gottes sei. Der Glaube an den einzigen, wahren Gott vertrage sich nicht mit dem Gedanken, daß dieser einen Sohn haben könnte. Sagt, Schatzmeister, erinnert Euch diese Inschrift nicht stark an Eure Ketzer in der Heimat?« Ben Ambar grinste auf unverschämte Weise.

Die Antwort auf seine Stichelei konnte der Scheich meinem Gesicht entnehmen, das bei seinen Worten einen noch verdrießlicheren Ausdruck angenommen haben mußte, als es zuvor schon hatte. Ich war ganz einfach nicht zum Scherzen aufgelegt! Ich wünschte mir, es wäre bereits Nachtzeit und ich hätte mich auf irgendein Lager ausstrecken können. Nur schlafen, schlafen ...

Plötzlich bekam ich sie aber doch noch in mein Blickfeld, die prächtige Kuppel des Felsendomes. In den letzten Strahlen der abendlichen Sonne leuchtete sie auf, und ich mußte zugeben, daß es ein schöner Anblick war. »Die Kuppel«, erklärte mir Ambar, »überspannt den Felsen, auf dem der schlafende Jakob, von dem auch ihr Christen wißt, seinen Traum von der Himmelsleiter hatte. Eure Kreuzfahrer haben natürlich nach der Eroberung von Jerusalem unsere Moria auf ihre Weise umgestaltet.« Ben Ambar schüttelte, jetzt seinerseits verdrießlich, den Kopf. »Die El-Aqsa-Moschee – welch eine Blasphemie – haben sie zur ersten königlichen Residenz gemacht. König Balduin II. hat später Euren

Tempelbrüdern einen Teilbereich übergeben, nachdem er sich einen neuen Palast in der Nähe des Davidsturms erbaut hat.«

Natürlich kannte ich längst die Geschichte Jerusalems. Ich wollte Ben Ambar jedoch nicht unterbrechen, denn wenn ein Mensch sich etwas von der Seele reden will, so sollte er dies auch in Ruhe tun können. Aber er redete und redete. Hätte ich mich doch nur etwas wohler gefühlt. Ich zitterte inwendig vor Müdigkeit.

Doch der Scheich fuhr fort mit seiner unendlichen Erzählung, und wieder kam es mir vor, als zögen sich seine Worte auf seltsame Weise in die Länge: »... Dort befindet sich noch immer das Ordenshaus Eurer Brüder, das großherzig von uns geduldet wird und das wir auf dem Rückweg aufsuchen wollen, wenn Ihr es wünscht.«

»Nein, dazu werden wir keine Zeit haben, Scheich! Athlit wartet auf uns!« gab ich mühsam zur Antwort. Jedes einzelne Wort ballte sich in meinem Mund auf eine komische, weiche Art zusammen, bevor ich es entlassen konnte. Was geschah nur mit mir?

»Ihr seid so weiß um Eure Nase! Geht es Euch am Ende nicht gut?«

Ich nickte. »Ich weiß, weiß ... nicht, was ... was ...«

»Habt Ihr eine trockene Kehle? Nun, so stärkt Euch mit einem Schluck Wasser, Schatzmeister. Hier trinkt.« Mit diesen Worten reichte er mir seinen eigenen Wasserschlauch.

Ich jedoch, ich konnte den Schlauch nur mit großer Anstrengung an die Lippen führen. Dennoch trank ich gierig, so daß mir das Wasser rechts und links das Kinn hinunterlief. Erleichtert hörte ich, wie Ben Ambar sagte: »Laßt uns jetzt rasch auf geradem Wege die Stadt durchqueren und zum Ölberg reiten. Dort wollen wir die Nacht in besserer Luft verbringen. Morgen, bei Tagesanbruch, werden wir die Besichtigungen fortsetzen.«

Sowohl er als auch die drei Sarazenen hatten sich, als wir in die Stadt hineinritten, eng den Gesichtsschleier vor Mund und Nase gezogen, um den schlimmsten Ausdünstungen Jerusalems zu entgehen. Ausgelöst wohl durch den abscheulichen Gestank und nicht zuletzt durch das warme, abgestandene Wasser, von dem ich gerade getrunken hatte, überfielen mich jetzt Wellen von großer Übelkeit, wie ich sie nie zuvor erlebt hatte. Dazu hämmerte mir auf grausame Art der Schädel, obwohl der runde eiserne Helm mit dem Nasenschutz längst am Sattel hing und mich nicht mehr drücken konnte. Gewaltsam hielt ich mich aufrecht und hoffte nur, daß sich dort, wo mich Ben Ambar hinzuführen gedachte, auch mein Befinden bessern würde.

Plötzlich jedoch wurde mir schwarz vor Augen.

»Ritter«, rief jemand und klatschte mir mit seiner Hand mehrmals auf die Wangen, »wacht endlich auf, kommt zu Euch!«

Verwundert blickte ich um mich. »Wo bin ich?« Mein Mund war so trocken, daß nur ein heiseres Krächzen zu hören war.

»Habt keine Angst, Ritter des Tempels, Ihr seid in guten Händen, denn Ihr seid bei Christen untergebracht«, gab mir ein alter Mann zu verstehen. »Yussuf Ben Ambar, der mich gut kennt, hat Euch hierher aufs Land gebracht, in die Nähe des Ölbergs. Nun trinkt einen Schluck, und versucht dann, Euch etwas aufzurichten. Dem HERRN sei Dank, daß Ihr noch am Leben seid!«

»Wie lange bin ich schon hier?« fragte ich den Mann, dessen Alter trotz seines weißen Bartes schwer zu schätzen war.

»Nun, gute zehn Tage seid Ihr im Delirium gelegen«, erzählte er mir. »Keine Medizin habt Ihr bei Euch behalten. Ben Ambar, der täglich nach Euch sah, bekam es gehörig mit der Angst zu tun und holte am dritten Tag einen Eurer Brüder vom Tempel, einen Heilkundigen. Dieser hat Euch alle paar Stunden, auch in der Nacht, drei Tropfen von einer Kräuteressenz auf die Zunge geträufelt, bis es Euch wieder besser ging und Ihr gestern endlich in einen ruhigen Schlaf gefallen seid.«

»Was, zehn Tage war ich krank?« stieß ich erschrocken hervor. »Um diese Zeit sollte ich längst wieder auf dem Rückweg zu meiner Komturei sein!« Ich versuchte aufzustehen, aber mir wude sofort wieder schwarz vor Augen. »Hört, guter Mann«, fragte ich mühsam, »kommt Ben Ambar auch heute?«

»Ja, ja, habt keine Sorge«, beruhigte er mich, »Euer Begleiter wird nicht lange auf sich warten lassen. Versucht derweilen, ein wenig trockenes Brot und einen Schluck Wein zu Euch zu nehmen, damit Ihr zu Kräften kommt. Seht, alles steht neben Euch auf dem Tisch.«

Mit diesen Worten schlurfte er hinaus, und ich hatte Zeit, mir über meine fatale Situation klarzuwerden. Ich mußte tatsächlich möglichst schnell zu Kräften kommen, damit ich die Strapazen der Heimreise durchstehen konnte. Der Präzeptor würde toben, wenn ich erst so spät zurückkam. Aber, beruhigte ich mich selbst, es war ja nicht meine Schuld, schließlich war ich krank gewesen!

Plötzlich erschrak ich heftig. Wo war mein Habit? Ich wollte aufspringen – zu schnell, gleich mußte ich mich wieder setzen. Ich atmete tief durch, bis es mir etwas besser ging. Überall lagen Teppichstapel, sandfarbene dicke Teppiche, braungemustert und safrangelb, solche mit roten Rändern und andere mit geflochtenen Fransen. Der Alte mußte wohl Teppichhändler sein. Aber wo nur war mein Umhang, wo meine Waffen und meine Ausrüstung? Ja, dem HERRN sei gedankt, dort lag mein Habit, auf einer hölzernen Bank unter dem kleinen Fenster mit einer blinden Glasscheibe, und mein Schwert und mein Schild waren fein säuberlich daneben gelegt. Jetzt stand ich langsamer auf. Mit wackligen Beinen schritt ich zur Bank. Ein erster tastender Griff in die Geheimtasche überzeugte mich davon, daß das Schreiben noch an Ort und Stelle war. Erleichtert legte ich mich wieder auf mein Lager. Esclarmondes Brief war da. Aber konnte ich wirklich sicher sein, daß ihn Ben Ambar oder der Alte nicht doch gefunden und gelesen hatten? Der Teppichhändler hätte mit dem verschlüsselten Teil nicht allzuviel anfangen können. Mit dem Scheich jedoch lag die Sache ein wenig anders. Hätte er von einer Frau in meinem Herzen geahnt, hätte er mich in gewisser Weise in der Hand gehabt. Andererseits, zählte nicht Ben Ambar, wenn es darauf ankam, zu den wenigen wahrhaft toleranten Menschen, die ich in meinem Leben kennengelernt hatte? Eigentlich war ich mir so gut wie sicher, daß er mich nicht an den Präzeptor verraten würde. So beschloß ich abzuwarten, wie sich Ben Ambar verhalten würde.

Ich war jung und erholte mich rasch. Einen Tag später schon

fühlte ich mich so kräftig, daß ich wieder auf mein Pferd steigen wollte.

Ben Ambar, der meine Ungeduld ahnte, machte mir einen Vorschlag: »Schatzmeister, Ihr solltet nicht gleich so große Sprünge machen. Wir werden heute und morgen in Ruhe Eure heiligen Stätten aufsuchen und im Anschluß daran bei den Tempelbrüdern eine weitere Nacht verbringen, bevor wir uns auf die Heimreise machen.«

»Unmöglich!« rief ich aus. »Wir müssen sogleich losreiten, die Pflicht ruft!«

»Pah, Athlit und Euer Präzeptor können noch eine Zeitlang warten! Eure Krankheit wird Euch genügend entschuldigen. Außerdem habt Ihr auch die Pflicht, Euch für die gute Pflege zu bedanken, die man Euch hat zuteil werden lassen!«

Im Grunde genommen hatte er recht. Ich mußte mich wohl bedanken – und natürlich wollte ich auch all die Stätten sehen, für die ich die Reise auf mich genommen hatte, jetzt, wo es mir wieder gut ging.

Bevor wir losritten, machte mir Ben Ambar ein Geschenk. »Er ist für Euch, mein Freund!« sagte er ernst, die Stirn in Falten gelegt, als er mir seinen wertvollen silberbeschlagenen Krummdolch überreichte, ohne den ich mir den Scheich nicht vorstellen konnte. »Für Euch persönlich! Nicht etwa für die Schatzkammer des Tempels. Verwahrt ihn wohl, vielleicht könnt Ihr ihn eines Tages gebrauchen!« Mit diesen Worten drehte er sich um und machte sich an den Gurten seines Kamels zu schaffen.

Ich dankte ihm verlegen und wunderte mich einmal mehr über seine Großherzigkeit.

Nachdem er mir den Ölberg, das Grab der heiligen Jungfrau und den Garten Gethsemane gezeigt hatte, ritten wir durch das Tal Josaphat, wo sich der Friedhof für die Armen befindet und wo sich, wie mir Ben Ambar erzählte, einst das kommende Weltgericht zeigen wird. Von diesem heiligen Tal hatte ich das erste Mal gehört, als ich mit Marcabru und Alazaïs jenes Lied einstudierte, das vom »großen Sühnebad im heil'gen Tal gen Josaphat« berichtet. Das Tal wird regelmäßig zur Regenzeit durch den Bach

Kedron überflutet, der in das Tote Meer mündet. In den Tagen unseres Besuches war er jedoch staubtrocken, so daß wir ihn ohne Mühe überquerten. Durch das Josaphat-Tor ritten wir wieder in Jerusalem ein und machten uns sogleich auf den Weg zum Kalvarienberg, wo sich, wie Ihr sicherlich wißt, das wichtigste Heiligtum der Christenheit befindet, das Heilige Grab. Der Pilger ist am Ziel seiner beschwerlichen Reise, er beugt die Knie, lobt den HERRN und legt nach Gebet und Beichte dankbar und entsprechend seinem Vermögen Opfergaben nieder. Meist handelt es sich dabei um Wachsbilder und Kerzen, mitunter aber auch um Silber und Gold, das man klugerweise auf der Reise durch das Sarazenenland in einem Schweineschinken versteckt hielt – wohlwissend, daß ein Muselmane ihn niemals anrühren würde.

An das Heilige Grab hatten die Kreuzfahrer eine Basilika gebaut, die am fünfzigsten Jahrestag der Einnahme Jerusalems eingeweiht worden war. Zuvor hatte man drei weitere Kirchen errichtet, die der heiligen Maria der Lateiner, der heiligen Maria Magdalena und dem heiligen Johannes dem Täufer gewidmet wurden. Abgerundet wurde das Areal durch ein großes Hospital für kranke Pilger, das dem Orden des heiligen Johannes von Jerusalem gehörte, den Hospitalitern.

Nach der Enttäuschung, die mir der Anblick der Stadt Jerusalem am ersten Tag bereitet hatte, wurde ich nun in eine Art von Euphorie versetzt. Ergriffen war ich vor allem, weil ich mir vorkam, als befände ich mich tatsächlich auf einer Reise in die Vergangenheit. Und jene Vergangenheit erweckte in mir das Gefühl, daß man hier erst gestern Jesus verspottet, gekreuzigt und begraben hatte.

Ben Ambar saß derweilen geduldig auf seinem Kamel und sah mir gelassen entgegen, wenn ich mich durch den Pilgerstrom, der vor jedem Heiligtum anstand, erfolgreich durchgekämpft hatte.

»Also, Schatzmeister«, rief er mir zu, nachdem wir einige Stunden ohne Rast von Ort zu Ort geritten waren, »seid Ihr nicht schon müde von der Spurensuche nach Eurem HERRN?«

»Ich danke Euch aufrichtig, Ben Ambar«, sagte ich, »daß Ihr so viel Geduld aufgebracht habt, um einem Feind Eures Glaubens die Stätten des seinen zu zeigen. Nicht jeder Sarazene würde diese Großzügigkeit aufweisen!«

»Vor allem«, lachte der Scheich, »glaube ich nicht, daß sich unter euch Christen viele finden würden, die für einen ›Heiden‹ wie mich ähnliches zu tun bereit wären. Aber Ihr, Blanchefort, seid eine Ausnahme, das habe ich Euch bereits mehrfach gesagt.«

Ich bildete mir ein, daß in diesem Augenblick unsere lockere Freundschaft in ein tiefes Gefühl der Verbundenheit übergegangen wäre, das jegliches Mißtrauen dem Anderssein und dem Andersgläubigen gegenüber aufzuheben schien.

Wie sehr aber hatte ich mich getäuscht oder täuschen lassen.

18
Secretum templi – Das Geheimnis des Tempels

> *Nun werdet ihr indes diesen himmlischen Hort*
> *getreu und sicher hüten,*
> *wenn ihr nicht so sehr auf eure Gewandtheit und Kraft*
> *als auf Gottes Hilfe zählt.*
>
> Bernhard von Clairvaux

Durch die »Schöne Pforte« ritten wir dem Tempelviertel entgegen. Es war bereits spät, als wir wir endlich die El-Aqsa-Moschee erreichten, neben der sich unser Ordenshaus befindet. Beide Bauwerke sind umgeben von wunderschönen Rosengärten – eine wahre Erholung für die Sinne, vor allem wenn den Blüten ein zarter Duft entströmt, wie dies an jenem Abend der Fall war, als die Sonne ihre letzten Strahlen in die Gärten schickte.

Ben Ambar hatte sich gleich nach unserer Ankunft zurückgezogen, er wollte in der Moschee seine Gebete verrichten, denn es war ein hoher Feiertag der Muselmanen, was auch jedermann hören konnte, ob er es nun wollte oder nicht: Von allen Minaretten Jerusalems ertönten die Rufe der Muezzine: Allahu akhbar! Allahu akhbar!

Zu meiner Überraschung war am frühen Morgen des gleichen Tages der Großmeister unseres Ordens, Pierre de Montaigu, in Jerusalem angekommen. Seine Anwesenheit war nicht nur an dem riesigen Rundzelt erkennbar, das für ihn vor dem Ordenshaus aufgestellt worden war, sondern vor allem an der großen schwarzweißen Ordensflagge, dem Beauseant, die dort nur wehte, wenn er anwesend war. Vive Dieu Saint Amour!

Unsere Fahne hatte vor allem im Heiligen Land eine große Bedeutung. Sie wurde in jeder Schlacht mitgeführt. Derjenige Ritter, der mit dem Beauseant vorausritt, hatte in doppelter Hinsicht eine schwere Bürde zu tragen. Fünf bis zehn Brüder umgaben ihn ständig, um die heilige Flagge vor dem Feind zu schützen. Darüber hinaus mußte sie ununterbrochen in den Himmel gereckt werden, was eine enorme körperliche Belastbarkeit voraussetzte. Senkte der Ritter die Fahne einmal aus Ermüdung, so wurde er später dafür gedemütigt. Man legte ihn in eiserne Ketten und belegte ihn mit der schwersten Strafe, die unser Orden zu vergeben hat: dem Verlust des Habits. Ein Jahr und einen Tag mußte er vom Boden speisen und entehrende Arbeiten verrichten.

Dieses Beispiel soll Euch zeigen, lieber Freund, wie ernst wir Templer unsere Regeln nehmen und wie hart die Strafen sind für den, der – aus welchen Gründen auch immer – gefehlt hat. Das alles war mir zu jeder Stunde meines Ordenslebens bewußt – und dennoch habe ich viele Risiken auf mich genommen.

Bei meinen Brüdern in Jerusalem wurde ich herzlich aufgenommen. Nachdem ich mich für die ausgezeichnete Pflege bedankt hatte, zeigte man mir bereitwillig jene Räumlichkeiten der Komturei, die mich besonders interessierten. Das war zunächst das Scriptorium: ein großer Raum mit über zwanzig hölzernen Tischen, an denen noch zu dieser späten Stunde Brüder saßen und bei Kerzenlicht mit großer Geschicklichkeit Psalm- und Stundenbücher kopierten oder in Windeseile die komplizierten Ordensregeln mit ihren kratzenden Federn abschrieben. Einer, noch jung an Jahren, mit dickem rotem Haar, zeichnete mit leichter Hand, die Zunge aufgeregt zwischen den Lippen hin und her bewegend, wunderschöne Ornamente, goldene Blütenranken und Miniaturen, die man nur als vortreffliche Kunstwerke bezeichnen konnte. Ich sah ihm eine Weile zu, von seiner Fingerfertigkeit und Exaktheit fasziniert, und dabei kam mir eine Passage aus dem Psalm 45 in den Sinn: *Meine Zunge ist dem Griffel des hurtigen Schreibers gleich!* So schnell mir dieser Satz eingefallen war, so rasch hatte ich ihn auch ausgesprochen, und der junge Bruder errötete über alle Maßen, so daß es mir schon leid tat, derart voreilig gewesen zu sein. Die anderen aber lachten mit mir wohlwollend über den Jüngsten und offensichtlich Begabtesten unter ihnen.

Und dann besuchte ich natürlich die großartige Bibliothek, von der ich schon in St. Jean d'Acre gehört hatte. Ein Kloster ohne

Bibliothek ist wie ein Heerlager ohne Waffenarsenal. Hier jedoch hatte man Tausende von Büchern versammelt; sie standen geordnet in den dunklen Regalen – in Leder gebunden und viele obendrein mit schweren silbernen oder goldenen Verschlußspangen versehen. In einer Ecke, ein wenig zurückgesetzt, stand ein großer hölzerner Schrank. Neugierig trat ich näher. Er enthielt unzählige Schriftrollen aus vergangenen Zeiten, von roten und violetten Seidenbändern oder dunkelgrünen Kordeln gehalten – und all dies wurde sorgfältig von vier Brüdern gehegt, die wohl der gleichen Passion anhingen wie ich selbst, nämlich dem Lesen. Zu Recht konnten sie stolz sein auf ihr Werk. Kein Staubkörnchen war zu sehen, alles war bestens sortiert. Ach, wie gerne wäre ich hier geblieben, in Jerusalem, in jener Bibliothek – mich vergrabend in die alten Pergamente, den Geruch der Tinten in der Nase, dem Wissen so nahe!

Nach der feierlichen Abendmesse, die der Großmeister selbst zelebrierte, kam einer der Brüder auf mich zu und nahm mich zur Seite. Es war ein hagerer, ein wenig unheimlicher Geselle, mit schwarzem Bart und ebenso schwarzen, fiebrig glänzenden Augen. Er sprach mich mit heiserer Stimme an:

»Bruder Blanchefort, ich habe Euch etwas mitzuteilen. Der Großmeister selbst möchte Euch morgen nach der Prim sprechen, und zwar unter vier Augen, wie er dem Komtur gesagt hat. Also findet Euch zur rechten Zeit in seinem Zelt ein!«

Bevor ich ihn Näheres fragen konnte, hatte er sich schon wieder abgewandt und war eilends den Gang hinuntergeschritten. Ich stand vor dem Dormitorium, unschlüssig, ob ich mich bereits zur Ruhe begeben oder mir noch ein wenig die Beine vertreten sollte. Der guten Luft wegen entschied ich mich für letzteres und schlenderte in die umliegenden Gärten. Die Rosen nutzten die Abendstunde und das gleißende Mondlicht dazu, noch intensiver zu duften als am späten Nachmittag, und vor allem die zarten rosafarbenen – nein, ich glaube, beinahe waren sie weiß – erinnerten mich an Esclarmonde. Aber es war nicht die Zeit, an die Liebe zu denken. Ich wollte mich lieber vorbereiten auf das Gespräch am nächsten Morgen.

Was wollte der Großmeister von mir? Zwar war er selbst es gewesen, der den Befehl gegeben hatte, mich mit dem Gold nach Outremer zu schicken, aber ich war ihm weder vor noch nach der Messe vorgestellt worden, noch hatte ich darum ersucht, ihn über meinen Aufenthalt zu unterrichten, denn im Grunde genommen hatte ich hier überhaupt nichts verloren. Nun gut, dachte ich mir, »wenn der Wein ausgeschenkt ist, muß er auch getrunken werden«.

Ich trottete langsam zurück, nun doch ein wenig Esclarmondes gedenkend, und legte mich auf mein Lager. Der Tag war anstrengend gewesen, und meine Beine zitterten noch immer etwas vor Schwäche nach der Krankheit. Bevor ich einschlief, nahm ich mir vor, mit dem Großmeister über die vielen Bettler zu reden, die ich unterwegs gesehen hatte. Jene Unglücklichen, die es – aus welchen Gründen auch immer – hierher verschlagen hatte. Das Kreuz, das sie einst genommen hatten, war auf schreckliche Weise auf sie zurückgekommen, und nun galt es, ihnen zu helfen.

Schon bevor der Morgen graute, war ich wieder auf den Beinen. Die Audienz beim Großmeister ging mir nicht aus dem Kopf, ich hatte sogar davon geträumt, und jetzt wartete ich ungeduldig, daß die Sonne aufgehen würde. Ich wanderte unruhig die Gänge auf und ab, blickte durch jedes einzelne Fenster ins Freie, sah auch von hier aus die Rosengärten in ihrer Pracht und malte mir aus, was der Großmeister vielleicht mit mir besprechen wollte.

Das mit der patientia – der Geduld – ist so eine Sache. Hat man sie nicht in ausreichendem Maße, wie es mir mitunter geht, so kann man, selbst wenn man sich bemüht und das alte Sprichwort aufsagt: »Alles kommt recht für denjenigen, der warten kann!«, die Unruhe, die einen umklammert hat, nicht zur Gänze vertreiben.

Aber endlich war die Prim vorbei, und zwei Adjutanten geleiteten mich in das Zelt des Großmeisters. Plötzlich stand er vor mir: ein hagerer alter Mann mit kurzgeschorenem Haar, schütterem Bart und bleichem Antlitz. Ich sank auf die Knie vor ihm, um seine Hand zu küssen. Aus den Augenwinkeln heraus sah ich den berühmten Kommandostab auf einem kleinen runden Tisch liegen. Am oberen Ende hatte dieses heilige Zepter eine goldene Scheibe, auf der das Ordenskreuz eingraviert war. Ehrfürchtig beschaute ich es mir, denn ich hatte noch nie dieses Symbol der Macht zu Gesicht bekommen – und natürlich auch noch nie den mächtigsten Mann unseres Ordens, den Großmeister des Tempels!

Es war in der Tat ein außergewöhnlicher Tag für mich.

»Erhebt Euch, Ritter«, sagte der Großmeister freundlich und faßte mich am Arm. Er setzte sich auf einen Stuhl aus Ebenholz, der mit wunderschönen Drechselarbeiten verziert war. Dann wies er mich an, auf einem dreibeinigen Hocker vor ihm Platz zu nehmen. Das Podest, auf dem der verzierte Stuhl stand, war wie das ganze Zelt mit seltenen bunten Teppichen ausgelegt, von der Art, wie sie auch in Rom in großer Anzahl zu finden sind. Sie sollen aus Persien kommen, habe ich mir sagen lassen, die Frauen dort knüpften jahrelang an einem einzigen Stück.

Natürlich beherrschen auch die Beduinenfrauen die Kunst des Teppichknüpfens. Davon habe ich mich selbst überzeugen können. Ihre Teppiche jedoch sind nicht so leuchtend – es sind die Farben der Wüste, die man in ihnen findet, fahlgelb wie der Himmel, wenn der Brennwind bläst, hellbraun und lohfarben wie die Wände ihrer Zelte und schwarz mitunter, gleich den blitzenden Augen der miteinander scherzenden Frauen.

Zu meiner Verblüffung wußte der Großmeister alles über mich: Er kannte mein Schicksal, war über meine Reise nach Rom informiert, und er lobte mich gar für meine ausgezeichnete Arbeit, die ich beim Grafen Foix verrichtet hätte. Ich sank abermals vor ihm auf die Knie.

»Ehrwürdiger Meister, ich empfinde es als große Ehre, daß Ihr ein solches Interesse an mir gefunden habt, und ich danke Euch sehr, wenngleich ich nicht weiß, womit ich diese Aufmerksamkeit verdient habe.«

Der Großmeister lachte. »Setzt Euch wieder, Ritter! Daß ich Euch nach Outremer beordert und all das Gold anvertraut habe, das setzte voraus, daß ich mich gründlich mit Eurem Werdegang beschäftigt habe. Ihr seid mir empfohlen worden von Eurem ehemaligen Präzeptor auf dem Bezú, und ich habe es mir zur Regel gemacht, meine Ritter gut – nein, was sage ich da, ... *sehr gut* – zu kennen, bevor ich sie mit einer besonderen Mission betraue.«

Seine Umsicht beeindruckte mich. Ich hoffte jedoch insgeheim, daß er nicht auch noch mit der Gabe der Hellsichtigkeit gesegnet wäre, sonst wäre mein Geheimnis um Esclarmonde die längste Zeit eines gewesen.

»Bertrand de Blanchefort«, sagte er und blickte mir jetzt ernst in die Augen. »Ich bin wirklich sehr zufrieden mit Euch. Ihr seid noch jung, habt aber bereits eine besondere Gabe, mit Euren Mitmenschen umzugehen, erkennen lassen. Daß Ihr äußerst zuverlässig seid, dazu die Mathematik und die Kunst der Verwaltung beherrscht und – wie mir mitgeteilt wurde – recht rasch die Sprache der Sarazenen erlernt habt, das alles spricht für Euren wachen Geist und befähigt Euch vielleicht, in ein paar Jahren für unseren Orden Großes zu leisten.«

Ich war stolz in diesem Moment, ich gebe es unumwunden zu. Dennoch hätte ich wissen müssen, daß Hochmut meist vor dem Fall kommt. Und tatsächlich kam das böse Erwachen schnell – noch in der gleichen Stunde –, und ich wurde derartig unsanft auf den Boden der Tatsachen zurückgeholt, daß ich kaum Zeit fand, Luft zu holen.

Der Großmeister erhob sich schwerfällig – wie mir schien, hatte er Schmerzen dabei – und forderte mich auf, mit ihm zu kommen, weil er mir etwas zu zeigen hätte. Er zog ein kurzes Stück der Zeltwand zur Seite. Dahinter befand sich eine hohe Dornenhecke, an der büschelweise scharlachrote Früchte hingen. Ein kaum sichtbarer, verschlungener Weg führte uns an einen kleinen Anbau der Komturei. Durch einen versteckten Mechanismus öffnete sich die Tür des Gebäudes derartig schnell, daß ich nicht bemerkt hatte, wie und wodurch dies geschehen war. Ein niedriger Gang tat sich auf, an dessen Ende ausgetretene Treppenstufen steil abwärts führten.

»Der weise König Salomo«, erzählte mir der Großmeister, als er sich vor mir in gebückter Haltung nach unten tastete, »hatte im

Jahr 955 einen Thron bestiegen, den er, wie Ihr sicher wißt, Ritter, den Listen eines Weibes verdankte. Seine Mutter Bathseba nämlich war es gewesen, die Lieblingsfrau König Davids, die ein Versprechen einforderte, das ihr der König einst gegeben hatte.« Er drehte sich zu mir um, als wir unten angekommen waren, zuckte mit den Schultern und fuhr fort: »Na ja – es folgten die üblichen Intrigen um die Erbfolge. Auch der Prophet Nathan hatte dabei seine Finger im Spiel. So und nicht anders kam Salomo an die Macht. Und mächtig war er, weiß Gott, dazu überaus intelligent. Er machte Geschäfte mit dem König von Tyros, sandte eine Flotte nach dem sagenumwobenen Lande Ophir, die unermeßliche Mengen an Gold, Silber, Elfenbein, dazu seltsame Affen und prächtige Pfauen mitbrachte. Häuser aus großen Quadersteinen wurden für die Vornehmen erbaut, für den Tempel wurden Kunstwerke in Auftrag gegeben, das beste Salböl war für ihn und seinen Hofstaat gerade gut genug – Völlerei und Trunkenheit konnten bei dieser Art zu leben wohl nicht ausbleiben.«

»Von einigen dieser Kunstwerke habe ich schon gehört«, warf ich nicht ohne Stolz auf meine Belesenheit ein. »Da gab es doch das berühmte eherne Meer – ein riesiges Becken aus Bronze, das von zwölf ehernen Rindern getragen wurde. Oder auch die Cherubim, zwei über fünfzehn Fuß hohe Engel aus Holz mit Vogelköpfen und ausgebreiteten Schwingen, die einst im Allerheiligsten seines Tempels standen.«

»Richtig, Ritter Blanchefort! Neben dem Tempel, der – unter uns gesagt – mehr seiner Eitelkeit und Prachtliebe zuzuschreiben war denn seiner Gottesfurcht, errichtete der tüchtige Salomo überdies große Wasseranlagen, dazu Magazine für Waffen und Korn und Marställe, in denen er seine edlen Rösser unterbrachte und seine Kriegswagen aufbewahrte.

Und nun gebt gut acht – einen solchen dürft Ihr nämlich jetzt besichtigen, Blanchefort! Man nennt ihn noch heute den ›Pferdestall des Salomo‹! Wir Tempelritter haben seit der Zeit von König Balduin die Erlaubnis, ihn für unsere Zwecke zu nutzen. Der Große Saladin, der, wie Ihr wißt, Jerusalem zurückerobert hat, hat uns – sei es aus Großzügigkeit oder Nachlässigkeit – dieses

Nutzungsrecht nie entzogen. Und ich vermute, daß heute kein Sarazene mehr davon weiß.«

Neugierig sah ich mich nach allen Seiten um. Hier unten herrschte eine trockene Hitze, und es war ziemlich dunkel. Dennoch konnte ich mächtige Säulen erkennen, die noch immer die großen Gewölbe stützten, die einst Salomos Rösser beherbergt hatten.

»Der Stall befindet sich unterhalb des ehemaligen Tempels und hat einen geheimen Zugang zum Ordenshaus«, erzählte mir der Großmeister.

Der Staub der Jahrhunderte lag in der Luft und kitzelte mich in der Nase. Mit einer Fackel inspizierten wir alle Ecken des Marstalls. Nach meiner Schätzung hätte dieser große Raum gut zweihundert Pferde mitsamt Wagen und Kriegsgerät beherbergen können. Jetzt jedoch diente er als Lagerraum für allerhand Gerätschaften sowie für Waffen, denen die trockene Luft nichts anhaben konnte. In einer anderen Abteilung befanden sich die Särge meiner verstorbenen oder im Kampfe gefallenen Brüder. Der HERR sei mit ihnen und ihrer Seele!

»Jetzt, Ritter Blanchefort«, sagte der Großmeister, als wir die Besichtigung fast abgeschlossen hatten, »will ich Euch etwas zeigen. Niemand außer mir und dem Komtur des Ordenshauses von Jerusalem, also dem zweitwichtigsten Mann nach mir, weiß von diesem Geheimnis, das ich Euch sogleich verraten werde. Weshalb ich gerade Euch einweihe, hängt mit den künftigen Aufgaben zusammen, die auf Euch warten!«

»Aber«, warf ich ein, »Ihr konntet doch gar nicht wissen, daß ich jemals das Ordenshaus in Jerusalem aufsuchen würde.«

»O du Kleingläubiger, würde der HERR jetzt sagen«, meinte schmunzelnd der Großmeister. »Habt Ihr tatsächlich angenommen, Ritter Blanchefort, daß die Einladung, die heiligen Stätten zu besuchen, von Scheich Ben Ambar ausgegangen ist? Nein, nein, es wurde alles so eingefädelt, daß Ihr gerade heute hier seid. Sogar Eure Krankheit hat man in Szene gesetzt, um Euch noch einige Tage aufzuhalten, weil *ich* nicht rechtzeitig hier sein konnte.«

Was hatte der Großmeister eben gesagt? Als mir die Bedeutung seiner Worte klar wurde, stieg mir das Blut zu Kopfe. Ben Ambar, den ich als meinen Freund ansah, sollte mitgespielt haben in jenem Possenspiel des Tempels, das man mir hier vorsetzte?

Pierre de Montaigu, der Großmeister, beobachtete mich neugierig.

Er sollte nur merken, wie wütend ich war! Tatsächlich mußte ich mich mehr als zusammenreißen, um den Großmeister nicht durch unbedachte Worte zu beleidigen. Aber eine Antwort auf meine berechtigten Fragen, die war er mir wenigstens schuldig.

»Was, ehrwürdiger Meister, gibt Euch das Recht, so über mich zu verfügen? Warum hattet Ihr kein Vertrauen zu mir, wo Ihr mich doch so gut zu kennen scheint und mich zuvor auf das äußerste gelobt habt?«

»Blanchefort«, sprach der Großmeister begütigend und legte seine Hände auf die meinen, »beruhigt Euch, Ihr seid niemals ernstlich in Gefahr gewesen! Ben Ambar steht seit langer Zeit in unseren Diensten, auch wenn er sich nicht zum Christentum bekennt. Ein harmloses Betäubungsmittel hat Euch für einige Tage außer Gefecht gesetzt. Daß Ambar danach zur Notlüge greifen mußte, um Euch hierherzubringen, das lag daran, daß Ihr aus reinem Verantwortungsbewußtsein nichts anderes im Sinn hattet, als den Bau der Burg Athlit rechtzeitig fortzusetzen. Ich bin über alles informiert, wie Ihr seht! Hätte ich Euch allerdings auf dem Dienstwege hierherzitiert, nach Jerusalem, so hätte Arnaud Daniël, Euer Präzeptor, der ein wenig zur Eifersucht neigt und noch ein wenig mehr zur Neugierde, nicht lockergelassen, um alles in Erfahrung zu bringen, was ich mit Euch vorhabe.«

Ich nickte. Aber »hinterlistige Spielchen« waren mir von jeher ein Greuel, und in diesem Moment nahm ich mir vor, irgendwann ein ebenso heimliches mit dem Großmeister zu treiben. Es war und blieb ein Vertrauensbruch – und vor allem von Ben Ambar, dem elenden Heuchler, der mir wenigstens unterwegs hätte reinen Wein einschenken können, wenn schon der Präzeptor auf höhere Weisung hatte belogen werden müssen. Ich mußte auf der Hut sein, sollte ich in diesem Spiel der Heimlichkeiten nicht eines

Tages eine äußerst unliebsame Rolle zugeteilt bekommen. Der Großmeister entzündete eine neue Fackel, nahm mich am Arm und führte mich zu einem schmalen Felsspalt am Ende des Marstalls, der mit einer eisernen Tür versehen war. Dicke Ketten und ein gewaltiges Schloß sollten wohl jeglichen Versuch, sie aufzubrechen, im Keime ersticken.

Jetzt zog der Großmeister einen großen eisernen Schlüssel aus seinem Gewand, öffnete mit ihm umständlich das Schloß und zog mühsam die schweren Ketten zur Seite. Quietschend schob sich mit meiner tatkräftigen Mithilfe die Eisentür Stück für Stück nach innen.

Als ich endlich sah, was mir vom Großmeister des Tempels zu sehen erlaubt worden war, begriff ich langsam. Ich hielt den Atem an.

Die Farce, die man mir vorgespielt hatte, war in der Tat notwendig gewesen, um jegliche Spekulation und alle Diskussionen von vornherein auszuschließen. Sofort war ich gefangen von einem Geheimnis, das seinesgleichen sucht auf dieser Welt!

»Natürlich seht Ihr hier nicht den gesamten Schatz Salomos«, sagte der Großmeister nach einigen Minuten gemeinsamen Schweigens. »Im Jahr 587 vor der Fleischwerdung des HERRN ist der Tempel durch Nebukadnezar zum ersten Mal zerstört und geplündert worden. Der größte Teil des Salomo-Schatzes wurde aber erst im Jahr 70 von den Römern gestohlen, als auch sie den Tempel plünderten. Es fehlen viele Teile, von deren Existenz wir wissen, darunter die Bundeslade und die Siebenarmigen Leuchter. Unsere Ordensgründer jedoch entdeckten hier in diesem Stall, beim gründlichen Ausmisten, eine kleine alte Kiste, die die Römer wohl nicht weiter beachtet haben. Die unscheinbare Kiste lag unter Geröll und wahren Bergen von Schutt versteckt. Obwohl sie an einer Seite beschädigt war, haben die Brüder eine Zeitlang gebraucht, bis sie sie öffnen konnten. Und was fanden sie zu ihrer Enttäuschung? Eine alte Schriftenrolle! Nichts weiter! Und niemand war in der Lage, sie zu entziffern. Glücklicherweise warfen die Ritter die Rolle nicht etwa auf den Schuttberg zurück, nein, sie suchten sich einen Greis, einen alten Juden, der des Aramäischen mächtig war; denn um diese Sprache, die noch zu Jesu Zeiten gesprochen wurde, handelte es sich bei dem Papyrus.«

Der Großmeister hielt inne, denn er sah, daß ich meine Blicke nicht abwenden konnte von dem herrlichen Schatz, der zu unseren Füßen lag. Es glitzerte und leuchtete unter dem Schein der Fackel, daß das Auge nicht wußte, wohin es zuerst blicken sollte. Goldene Schüsseln und gehämmerte Vasen, silberne Gerätschaften, eine große Schale, angefüllt mit dunkelgrünen Smaragden. Nach einigen Minuten entdeckte ich sogar die wunderschön gearbeitete Krone der Könige von Jerusalem, und ich stellte mir vor, wie er wohl damit ausgesehen haben mußte, der stolze Salomo.

»Wo, um aller Heiligen willen, haben die Brüder den Schatz der Juden gefunden, den man schon für alle Zeiten verloren glaubte?« entfuhr es mir.

»Es stand alles auf dem Papyrus, Ritter«, sagte der Großmeister. »Die jüdischen Priester, die den Schatz einst vergraben haben, verzeichneten dort vierundzwanzig verschiedene Stellen. Leider ist es ihnen aber nicht gelungen, alles rechtzeitig in Sicherheit zu bringen. Oder – was ich noch eher vermute – die Römer haben einige Verstecke aus ihnen gewaltsam herausgepreßt, denn unsere Brüder hatten zahlreiche tiefe Löcher in der Erde gefunden, die sie sich nicht erklären konnten.

Seht«, fuhr Montaigu fort, »eine besondere Kostbarkeit möchte ich Euch noch zeigen!« Er drückte mir die Fackel in die Hand und holte eine silberne Schatulle hervor. Als er die äußerst gut erhaltene und fein ziselierte Kassette öffnete, erschrak ich zuerst. Ein mumifizierter Zeigefinger kam zum Vorschein, an dem man sogar den Nagel noch gut erkennen konnte.

»Blanchefort«, sprach der Großmeister feierlich, »hier haben wir die vielleicht wertvollste und vor allem echte Reliquie aus alten Zeiten: den Zeigefinger Johannes des Täufers!«

Ich war beeindruckt.

Der Großmeister stellte alles wieder an seinen Platz, verschloß die Tür und legte eigenhändig die eisernen Ketten vor.

19

Der Tod des Schlächters

*Wenn etwas rechtmäßig getan werden darf,
werden wir dann nicht versucht sein,
es aus Vergnügen zu tun?*

Isaak von Stella, Zisterzienser

»Großmeister, was habt Ihr mit mir vor?« fragte ich geradeheraus, als ich merkte, daß er mich von der Seite ansah und auf eine Reaktion von mir wartete.

»Wie Ihr Euch denken könnt, trage ich eine besondere Verantwortung, die unabhängig ist von Zuneigung oder Bevorzugung gewisser Personen. Seit Beginn meiner Amtszeit strecke ich überall, also auch in Frankreich und England, meine Fühler aus. Höre ich von Rittern mit Eigenschaften, die sie für eine Führungsposition auszeichnen, dann lasse ich diese Männer nicht mehr aus den Augen. Denn, Blanchefort«, fuhr er erregt fort, »was nützen uns der Heilige Tempel und seine Institutionen, wenn es in der Zukunft keine fähigen Männer mehr gibt, die das Ganze bewahren oder in der Lage sind, neue Wege zu suchen, um den Tempel noch mächtiger zu machen?«

»Ich werde mich mit aller Kraft bemühen, Euer Vertrauen nicht zu mißbrauchen«, warf ich ein, »dennoch muß ich Euch der Ehrlichkeit halber sagen, daß ich nicht mit allem einverstanden bin, was Rom entscheidet. Vor allem das Vorgehen gegen die Katharer in meiner Heimat findet nicht meine Billigung, und ich bin ganz entschieden der Auffassung, daß der Kreuzzug, den Rom nach Okzitanien entsandt hat, eine krasse Fehlentscheidung ist. Mit meiner Kritik, die ich gewissen Klerikern unserer Kirche entgegenbringe, halte ich nicht hinter dem Berg. Ihr solltet dies ganz einfach wissen.«

Der Großmeister nickte.

»Und noch eine weitere Angelegenheit liegt mir auf der Seele, Großmeister, darf ich auch darüber offen sprechen?«

»Nur zu, frei heraus damit, Blanchefort – ›ein Stein, der rollt, setzt kein Moos an‹.«

»Die Bettler aus dem Abendland, die hier an allen Ecken und in finsteren Gassen hocken, sind es, die mich nachdenklich machen. Hat man sie nicht einst hierhergelockt mit großartigen Versprechungen? Nicht einmal das Paradies ist ihnen mehr sicher, weil sie es nicht geschafft haben, den Tod zu finden bei den Kämpfen gegen die Sarazenen! Und jetzt? Müssen sie wirklich in diesem Elend auf das Himmelreich warten? Kann nicht der reiche Tempel das Seine dazu beitragen, um ihnen ein einigermaßen würdiges Leben hier im Heiligen Land zu ermöglichen, wenn es schon Rom nicht kümmert, was aus ihnen wird?«

»Nun, Blanchefort«, die Augen des Großmeisters funkelten, als er mich über den Schein der Fackel ansah. »Ich weiß von Eurer liberalen Einstellung wie von Eurem Umgang mit gewissen Ketzern.«

Natürlich erschrak ich, als er diese Worte auf eine ganz eigene Weise, langsam und intoniert, zu mir sprach, und bis heute bin ich mir nicht sicher, ob er nicht doch über Esclarmonde informiert war.

»Laßt Euch aber sagen«, fuhr er fort, mich nicht aus den Augen lassend, »daß es gerade Eure Toleranz ist und Euer Einstehen für den Nächsten, die Euch auszeichnen. Wohlgemerkt: in meinen Augen – nicht in den Augen Roms! Auch ich akzeptiere die Entscheidung des Papstes nicht, mit Blut und Feuer gegen die Ketzer vorzugehen. Genausowenig wie ich das Fallenlassen der Ritter, Soldaten und Pilger gutheiße, die sich einst im guten Glauben das Kreuz angeheftet haben und irgendwann in Not geraten sind.

Heute jedoch will ich Euch gewinnen, Blanchefort! Nicht mit Befehlen, wie es in meiner Macht liegt, nein, Ihr sollt hinter mir stehen mit Eurem ganzen Herzen und aus voller Überzeugung. Bertrand de Blanchefort, ich sage Euch: Der Blick für das Ganze darf nicht verlorengehen unter uns Christen, gerade weil Rom auf dem besten Wege ist, große Fehler zu begehen und es nicht zu merken!«

Es war an der Zeit, innerlich Abbitte zu leisten beim höchsten Ritter des Tempels. Mochten die Mittel, die er zuweilen ergriff, um an sein Ziel zu kommen, umstritten sein – mein Mißtrauen ihm gegenüber war bei seinen letzten Worten verschwunden. Ich war bereit, für seine und meine Sache, also für den Tempel – und nur für ihn –, mein Leben zu geben!

Sogar Esclarmonde war zu diesem Zeitpunkt in die Ferne gerückt.

»Blanchefort«, sagte der Großmeister feierlich, »ich werde Euch jetzt und zu dieser Stunde verkünden – und es noch heute schriftlich niederlegen –, daß Ihr ausersehen seid, die Nachfolge des Komturs von Jerusalem anzutreten. Ihr werdet damit zugleich zum Seneschall, das heißt meinem ständigen Vertreter im Heiligen Land und meinem offiziellen Stellvertreter im Abendland. Der jetzige Komtur und Mitwisser um das Geheimnis ist schwer erkrankt und wird wohl nur noch kurze Zeit unter uns weilen. Ich befehle Euch jedoch, vorerst kein Wort über die ganze Angelegenheit zu verlieren. Reitet noch heute unverzüglich zurück, und setzt alles daran, den Bau der Burg Athlit zu beenden. Wenn die Zeit gekommen ist, werdet Ihr eine Nachricht erhalten. Sagt dem Präzeptor Danièl, daß Euer Unwohlsein auch etwas Gutes gehabt habe, denn sonst wäret Ihr niemals dem Großmeister persönlich begegnet – und bestellt ihm herzliche Grüße von mir, das wird ihn freuen und fürs erste von Euch ablenken.

Nun aber komme ich zum wichtigsten Punkt unseres Gesprächs.«

Der Großmeister trat ganz nahe an mich heran. »Ich warne Euch, Blanchefort«, flüsterte er erregt und hob drohend seine Rechte, «redet Ihr zu irgendeiner Menschenseele darüber, werde ich unverzüglich das berühmte Wort Rehabeams, des Nachfolgers von König Salomo, in die Tat umsetzen, das da heißt: *Mein Vater hat euch mit Geißeln gezüchtigt, ich werde euch mit Skorpionen züchtigen!* Und glaubt mir, meine Skorpione werden bitter sein, sehr sehr bitter, wenn Ihr meinem Befehl nicht Folge leistet!«

Ich nickte, unfähig, auch nur eine einzige Silbe von mir zu geben. Die schreckliche Drohung zeigte schon jetzt ihre Wirkung.

»Bertrand de Blanchefort«, fuhr er fort, »wenn Ihr Komtur seid hier im Ordenshaus, bin ich schon lange wieder in der Heimat. Ich habe selbst einige gesundheitliche Probleme und vertrage das Klima in Outremer äußerst schlecht. Da zur Zeit Friede herrscht, ist es auch nicht unbedingt nötig, daß der Großmeister des Tempels sich ständig im Heiligen Land aufhält. Den Schlüssel für die geheime Tür nehme ich jedoch mit mir. Er muß in meiner Hand bleiben bis zu einem bestimmten Zeitpunkt, an dem es mir notwendig erscheint, den Schatz in Sicherheit zu bringen. Wir wissen heute noch nicht, wie sich die Angelegenheit mit den Sarazenen entwickeln wird. Denn was wird geschehen, frage ich Euch, wenn die Vorbereitungen zum nächsten Kreuzzug abgeschlossen sind und weitere Soldaten und Kreuzritter in großer Zahl ins Land ziehen? Können wir mit ihnen tatsächlich Jerusalem zurückerobern, oder fallen wir am Ende allesamt in die Hände der Muselmanen? Niemand kann dies beantworten denn der HERR allein!«

Der Großmeister lehnte sich erschöpft an die Wand. »Vive Dieu Saint Amour!« sagte er und schloß dabei die Augen. »Templer«, fuhr er nach einiger Zeit fort, wobei er fortwährend nickte, »der Schatz der Juden ist zu wertvoll, um ihn den Sarazenen zu überlassen! Er ist es vor allem, der mir am Herzen liegt, und ich brauche Euch dazu, um ihn bei Gefahr aus dem Heiligen Land in die sichere Heimat zu schaffen!«

Tausend Gedanken gingen mir wie ein einziger durch den Kopf. Aber der Großmeister sprach schon weiter:

»Ihr werdet zu gegebener Zeit – oder auch niemals, wenn es nicht notwendig wird – ein Bündel erhalten, das mit meinem Siegel versehen ist. Das wird Euer Zeichen sein, und Ihr werdet wissen, daß es den Schlüssel enthält und was Ihr ohne Verzögerung zu tun habt. Als mein ständiger Vertreter im Heiligen Land habt Ihr in allem freie Hand, das wird Euch die Sache erleichtern. Ihr verpackt in aller Heimlichkeit den Schatz in den Sarg, der vorgesehen ist für den jetzigen Komtur. Der Sarg wird besonders groß und massiv sein, dafür habe ich bereits Sorge getragen. Seine Leiche müßt Ihr später natürlich an einen anderen Ort bringen. Vergrabt ihn am besten im alten Marstall. Es ist ein letztes Opfer, das der tüchtige Mann bringen muß für die Sache des Tempels. Dann schafft Ihr unter Zuhilfenahme einiger Brüder den Sarg nach St. Jean d' Acre und fahrt mit ihm nach Marseille, wo ich persönlich Euch erwarten werde. Aber nur Ihr allein, niemand anderer, auch nicht Ben Ambar, der das Gras wachsen hört, darf von dem wahren Inhalt des Sarges wissen! Schwört es mir, Ritter Blanchefort! Hier und auf der Stelle!«

Der Großmeister sah mich an, als ob der Heilige Geist selbst in ihn gefahren wäre.

Ich war völlig in seinem Banne, und ich schwor – nicht ahnend, worauf ich mich damit einlassen würde.

Mein Verhältnis zu Ben Ambar war nach diesem Erlebnis auf den ersten Blick ungetrübt. Dennoch lag ein Schatten auf unserer Freundschaft, wobei ich mir sicher bin, daß der Scheich sehr wohl ahnte, wie enttäuscht ich über seinen Vertrauensbruch war. Auch der Verrat an seinen Glaubensbrüdern, der ihn belastete, hatte eine größere Dimension, als ich zuvor angenommen hatte. Ben Ambar stand in unseren Diensten. Und wir waren Christen, Feinde!

Auf dem Rückweg verhielten wir uns beide so, als wüßten wir von nichts, und damit meisterten wir diese erste ernsthafte Krise unserer Beziehung mehr schlecht als recht. Meine Nervosität, meine innere Aufgewühltheit über die unglaublichen Eröffnungen des Großmeisters hielt ich – mühsam zwar – im Zaum. Am liebsten wäre mir gewesen, ich hätte die lange Strecke allein zurücklegen können, allein mit meinen tiefen Gefühlen, wirren Gedanken und ehrgeizigen Plänen.

Später, als wir wieder am Athlit waren, redeten wir weder über jene Reise nach Jerusalem noch über meine geheimnisvolle »Krankheit« – aber in der Folge auch nicht mehr von gewissen schmerzhaften Stacheln im eigenen Fleisch.

Wir ließen sie dort, wo sie sich tief hineingebohrt hatten.

Der Präzeptor empfing uns mit bitterbösem Gesicht. Seine Miene hellte sich aber sichtlich auf, als ich ihm die besonderen Grüße des Großmeisters ausrichtete.

»Nein, wirklich, der Großmeister persönlich ist anwesend in Outremer!« rief er strahlend. »Seit ich hier Präzeptor bin, war er noch kein einziges Mal im Heiligen Land. Was meint Ihr, Blanchefort, hätte ich ihm da nicht meine Aufwartung machen müssen?« fragte er unsicher, von einem Bein auf das andere tänzelnd.

»Ich habe gehört, daß er sich bereits wieder auf die Rückreise vorbereitet. Wenn Ihr ihn wirklich sprechen wollt, wäre es wohl besser, Ihr würdet nach St. Jean d' Acre reiten und dort auf ihn warten, Präzeptor!«

Hin und her gerissen zwischen dem Wunsch, sich hervorzutun, und einer angeborenen Scheu vor Veränderungen, blieb Danièl der, der er immer war: Des Tags fest entschlossen, sein behagliches Leben in Outremer nicht aufs Spiel zu setzen, des Nachts aber – ja, das konnte ich mir gut vorstellen –, da juckte ihn noch lange das Fell ob der entgangenen Möglichkeiten.

Nach dem Abendessen, das wieder einmal von einer Üppigkeit war, die sich am Rande der Völlerei Salomos bewegte, übergab er mir einen weiteren Brief mit dem Siegel des Grafen von Foix.

Mein Herz klopfte so stark, als ich den Brief in den Händen hielt, daß ich schon befürchtete, man werde es im ganzen Saal hören können, aber die Ritter waren derart damit beschäftigt, die Weinkrüge zu leeren, daß sie nicht auf mich achteten.

»Ritter Blanchefort«, sprach der Präzeptor salbungsvoll – er war noch so gut wie nüchtern –, »die nächsten Abende werden sicher ausgefüllt sein von dem, was Ihr Neues aus der Heimat erfahren werdet. Ich verlasse mich darauf, daß Ihr uns wieder teilhaben laßt an den jüngsten Geschehnissen im Abendland.«

Eilig versicherte ich ihm meine Bereitwilligkeit, aus dem Brief des Grafen vorzulesen, und begab mich nach einer angemessenen Zeit in mein Arbeitszimmer, das ich leise hinter mir abschloß. Niemand würde mich heute nacht vermissen! Die Geduld, den nächsten Tag abzuwarten, hatte ich nicht – noch die Zeit. Ich zündete eine Kerze an und öffnete das Siegel.

»Lieber Bertrand, ich hoffe, es geht Euch gut im Heiligen Land und Ihr befindet Euch bei Gesundheit. Ich möchte Euch so vieles sagen,

was ich jedoch dem Pergament nicht anvertrauen kann, da ich nicht weiß, wer diesen Brief auf seiner langen Reise in die Hände bekommt. P. kann mir nicht helfen, denn er ist nicht mehr bei uns, auch nicht Eure Schwester. Sie haben sich heftig ineinander verliebt und sind in die Lombardei geflüchtet, weil man dort unseren Glauben angeblich offen leben kann. Ich hoffe, Ihr tragt es mir nicht nach, daß ich A. nicht zurückgehalten habe. Hat man das Recht, Liebende auseinanderzureißen, ihnen ihre Zukunft zu zerstören? Nein, es muß ein paar Menschen geben, deren Liebe all das Grauen um uns herum überlebt, und nicht nur solche, deren Liebe grauenvoll schmerzt. Noch immer.

Nun will ich Euch vor allem von dem erzählen, was uns hier in der Heimat bewegt. Und da kann ich nach dem Weggang von P. und A. endlich einmal Erfreuliches mitteilen, so daß ich seit kurzem meine: Wären sie nur hiergeblieben!

Das Beste zuerst: Simon de Montfort ist tot! Das ganze Land jubelt noch heute: ›Montfort es mort, es mort, es mort, Viva Tolosa, Ciotat gloriosa!‹ So tönt es landauf und landab.

Nach seiner Niederlage in Beaucaire hatte sich Toulouse gegen Montfort erhoben und versucht, die verhaßten Besetzer aus der Stadt zu vertreiben. Die Grafen Raymond, Vater und Sohn, warteten nämlich nur auf eine Gelegenheit, ihre Stadt endlich wieder in Besitz zu nehmen. Montfort hörte davon und eilte, so schnell er konnte, in ›seine Hauptstadt‹ zurück. Dort nahm er einige Konsuln als Geiseln. Als er nach einigen Wochen aber Nachricht erhielt, daß sich plötzlich überall im Lande Widerstand zeigte, daß er in Bigorre, in unserer Grafschaft Foix und auch in den Corbieres gebraucht wurde, blieb ihm nichts anderes übrig, als Toulouse den Rücken zu kehren, wenn nicht alles auseinanderbrechen sollte.

Stellt Euch vor, was daraufhin geschah: Als Graf Raymond VI. von der Abreise Montforts hörte, überquerte er in Windeseile die Pyrenäen. Er hatte sich in Aragon aufgehalten, um dort Hilfe gegen Montfort zu finden. Als er – den Sohn an seiner Seite – wieder in Toulouse einzog, jubelten die Leute vor Begeisterung und ließen ihre rechtmäßigen Grafen hochleben! Mit Tränen in den Augen sanken die Menschen auf ihre Knie, hießen die Raymonds willkommen und dankten Gott – Katharer und Katholiken gleichermaßen.

Daraufhin faßte man sich gemeinsam ein Herz und setzte die noch in Toulouse befindlichen Kreuzfahrer Montforts gefangen. Viele fanden dabei den Tod. Als Montfort von dem Aufstand hörte, schäumte er vor Wut. ›Sein‹ Toulouse wollte er nicht so schnell verloren geben! Aber er war sichtlich überrascht, mit welcher Vehemenz sich plötzlich die Tolosaner wehrten. Ein Scharmützel löste das andere ab. Der junge Raymond, der siegreiche Ritter von Beaucaire, dachte sich jedoch eine List aus und änderte die Kampftaktik in Barrikadenkämpfe. Mit dieser Art zu kämpfen konnten jedoch Montfort und seine Soldaten nichts anfangen, und manche Tage mußten sie sich, sichtlich irritiert, vorzeitig aus dem Geschehen zurückziehen. Dabei wäre es eines Abends beinahe geschehen, daß Montfort ertrunken wäre, als er auf der Flucht in die Garonne stürzte. Aber es war ihm keine Lehre. Montfort war zäh und frech dazu. Er gab nicht auf, gründete sogar eine Vorstadt und nannte sie ›Das Neue Toulouse‹, nur um die Grafen zu ärgern. Blutige Kämpfe waren das Ergebnis dieser Provokation. Zahllose Gefangene auf beiden Seiten. Verstümmelungen, Folter, Feuer. Jeden Tag brannte es an einer anderen Stelle. Um uns ›Ketzer‹, lieber Bertrand, ging es längst nicht mehr. Montfort wollte nur noch eines: Toulouse um jeden Preis!

Im Juni jedoch setzte ein wahrhaft schrecklicher Kampf ein. Die Geschosse der Katapulte flogen ununterbrochen. Die von allen gefürchteten Brandpfeile setzten so viele Gebäude in Brand, daß die Menschen nicht wußten, wie sie sich selbst und vor allem die Kinder in Sicherheit bringen konnten. Dennoch waren die Leute von Toulouse wild entschlossen: entweder die Freiheit oder den Tod!

Und nun, lieber Bertrand, merkt auf:

Eines Morgens hörten die Bürger von Toulouse mitten im Schlachtenlärm einen gewaltigen Aufschrei im gegnerischen Lager. Was war passiert? Montfort hatte gerade seinem Bruder Guy zur Hilfe eilen wollen, als er völlig unverhofft getroffen wurde und wie ein Stein zu Boden stürzte. Das Katapult, dessen gewaltiges Geschoß seinen Kopf mitsamt dem Helm zerschmetterte, hatte – Ihr werdet es mir nicht glauben wollen – eine mutige katharische Frau bedient. Keine Vollkommene, keine parfaite natürlich, denn wie Ihr wißt, verbietet es unser Glaube, zu töten. Aber eine treue Anhängerin unserer Kirche hat es fertiggebracht, was in langen Jahren Tausenden Männern nicht gelungen war – nämlich den allseits verhaßten Mann endlich zu treffen. Wie gelähmt war der Feind, als sich der Tod Montforts herumgesprochen hatte, und es wurde der Befehl erteilt, das ›Neue Toulouse‹ niederzubrennen und sich zurückzuziehen.

Die Freude darüber wollte kein Ende nehmen im Land!

Auch Ihr werdet Euch freuen über diese Nachricht, lieber Bertrand. Daß es ausgerechnet eine Frau war, die das Unglaubliche hat wahr werden lassen, ist vielleicht ein kleines Zeichen für mich und die anderen weiblichen Vollkommenen, aber auch für Euch – waren es doch Eure Mutter und kleinen Schwestern, die unter seinen Händen einen schrecklichen Tod fanden.

Und nun werde ich von einer weiteren Geschichte berichten, von der ich weiß, daß Ihr Euch über alle Maßen darüber freuen werdet, vielleicht noch ein wenig mehr als über die Nachricht vom Tod des schrecklichsten Mannes, den unsere Heimat je gesehen hat.

Ich sende Euch nämlich die herzlichsten Grüße des Troubadours Marcabru, der sich – welch herrlicher Zufall – in unserer Burg aufhielt, als ich gerade meinen Bruder besuchte, um endlich diesen Brief auf den Weg zu bringen. Der Besuch in Foix ist für mich – nach Montforts Tod – glücklicherweise wieder ohne Gefahr möglich. Wie lange das so sein wird, weiß natürlich niemand. Aber eine gewisse Hoffnung auf eine Besserung der Verhältnisse besteht.

Herr Marcabru, der die Vorgänge um Montfort von Aragon aus ständig verfolgt hat, hörte nach der Beisetzung Montforts in der Kathedrale von Carcasone folgendes zynische Lied über ihn, das ein Freund des Troubadours Guillaume de Tudele verfaßt haben soll. Dieser will oder muß aus gewissen Gründen jedoch anonym bleiben. Herr Marcabru, mit dem ich mich lange über Euch unterhalten habe, bat mich, Euch das Lied aufzuschreiben. Aber es ist ein wenig schade, daß Ihr die Melodie dazu nicht hören könnt:

*›Diejenigen, die lesen können,
mögen von seinem Grabmal lernen,
daß er ein Heiliger und Märtyrer war und daß er auferstehen wird,
um sein Erbe in Empfang zu nehmen,*

aufzublühen im Zustand unvergleichlicher Glückseligkeit,
eine Krone zu tragen und seinen Platz im himmlischen Königreich
  einzunehmen.
Aber ich für meinen Teil habe sagen hören, daß die Sache so
  stehen muß:
Wenn man auf Erden Jesus Christus suchen kann,
indem man Menschen tötet und Blut vergießt,
indem man menschliche Seelen zerstört,
indem man die Fackel an große Feuer legt,
indem man Länder durch Gewalt gewinnt ...
indem man Frauen abschlachtet und Kindern die Kehle aufschlitzt
– nun, dann hat er das Recht, eine Krone zu tragen
und im Himmel prächtig zu erstrahlen.‹

Was, lieber Bertrand, was würden wir nur tun ohne unsere mutigen Troubadours? Tudele selbst, der die Verantwortung trägt für dieses Lied, ist Katholik, aber sein Herz schlägt für alle Menschen des Südens.

Herr Marcabru wünscht Euch alles erdenklich Gute und bittet Euch, an das zu denken, was er Euch an einem bestimmten Tag mit auf den Weg gegeben hat: ›Nimm dein Schicksal in die eigene Hand und vergiß nicht, daß du wahrhaft frei bist in all deinen Entscheidungen.‹«

Der Troubadour hatte natürlich nicht wissen können, daß zu diesem Zeitpunkt mein Schicksal bereits andere in die Hand genommen hatten. Daß ich dabei dennoch frei sein würde in meinen künftigen Entscheidungen, davon war ich an jenem Abend aber überzeugt.

Bald schon würde ich eines anderen belehrt werden.

20
Tempelpolitik

*Alle Brüder müssen dem Meister gehorchen,
und der Meister muß dem Konvent gehorchen.*
Artikel 98, Ordensregel

Die Burg Athlit war ein prächtiges Bauwerk geworden, Schutz versprechend den Unsrigen, abschreckend für die Sarazenen. Hunderte von Arbeitern waren täglich beschäftigt gewesen, und der Großmeister hatte tatsächlich sein Versprechen wahr gemacht: Eines Tages waren fünf Templeisen aus Jerusalem angeritten gekommen und hatten achtzig ehemalige Bettler mitgebracht, alles frühere Soldaten, die schon Jahre keinen Sold mehr gesehen hatten. Die Templer hatten sie aufgegriffen, verköstigt, neu eingekleidet und ihnen einen – wenn auch geringen – Lohn zugesagt, wenn sie beim Bau einer Templerburg mithelfen wollten. Und alle wußten, daß dies die letzte Chance war, jemals wieder die Heimat zu sehen. Dank ihrer Mithilfe haben wir zwischen der Südfassade der Burg und der Küste tatsächlich reichlich Süßwasser gefunden und waren somit nicht auf den Brunnen Ben Ambars angewiesen.

Es dauerte ein ganzes Jahr, bis der HERR den kranken Komtur des Jerusalemer Ordenshauses abberief. Eine große Geschwulst hatte seinen Leib anschwellen lassen, seine Haut verfärbte sich so gelb wie die Quitten, die im Süden Frankreichs wachsen, und seine Augen wurden trüb. Er starb unter großen Schmerzen, nachdem er es rigoros abgelehnt hatte, diese durch gewisse Medikamente zu dämpfen. Einige Tage vor seinem Tod jedoch hatte er es kaum mehr ausgehalten, er war wimmernd auf dem Fußboden seines verdunkelten Krankenzimmers herumgekrochen, mit der Rechten den Leib haltend, um durch eine Veränderung seiner Lage vielleicht ein klein wenig Linderung zu finden. Da konnte man sein Leid nicht mehr mit ansehen, die Brüder banden den trotz seiner Schwäche wild um sich Schlagenden und flößten ihm den Saft des Bilsenkrautes ein, der ihn friedlich hinüberschlummern ließ in das Reich des Todes.

Als meine Berufung nach Jerusalem und gleichzeitige Ernennung in mein hohes Amt kam, legte ich sie Arnaud Danièl vor.

»Vive Dieu Saint Amour!« rief er aus, und seine linke Hand suchte verzweifelt Halt an seinem Ohr, was immer ein Zeichen war, daß ihn irgendeine Situation überforderte. »Ritter Blanchefort – Komtur, oder muß ich Euch ab heute gar Seneschall nennen?« fragte er mit belegter Stimme und sah sich nach einer Sitzgelegenheit um. Dazu räusperte er sich unablässig. »Das nenne ich einen Aufstieg! So etwas ist wohl nur im Tempel möglich! Ein – verzeiht mir – junger und noch unerfahrener Ritter wird Komtur des ersten und zugleich wichtigsten Ordenshauses in Outremer und Stellvertreter des Großmeisters. Respekt, Schatzmeister, Ihr habt es wohl gut verstanden, Euch beim Großmeister ins rechte Licht zu setzen! Aber er muß schon in Frankreich einen Narren an Euch gefressen haben, weil er Euch mit so viel Gold auf die Reise ins Heilige Land schickte! Ich – ich nenne eine solche Vorgehensweise leichtsinnig, ja, leichtsinnig! Aber wer bin ich schon, den Großmeister zu kritisieren!«

Es war offensichtlich, daß der Präzeptor mehr als ärgerlich war. Er war verletzt. Sein dunkelrotes Gesicht ließ darauf schließen, daß er große Mühe hatte, diese herbe Enttäuschung zu verbergen. Im geheimen hatte er wohl gehofft, dieses Amt eines Tages selbst zu übernehmen.

Doch für Danièl kam nach dem Regen wieder schönes Wetter. Als ich mich mit Aire de Cherchemont und Bruder Yves, meinen beiden Vertrauten, sowie fünf weiteren Adjutanten nach Jerusalem aufmachte, schien der Präzeptor längst mit sich und mit mir versöhnt. Mir jedoch war ein wenig bang im Herzen. Konnte ich dem Vertrauen des Großmeisters gerecht werden? Was wäre, wenn noch andere Ritter, in Jerusalem beispielsweise, ein begehrliches Auge auf dieses Amt geworfen hätten? Gehorsam waren sie mir freilich schuldig, die, die hinter mir standen, genauso wie meine Gegner. Aber man weiß ja, daß der menschliche Geist ein unersättlicher Erfinder diverser Schikanen ist, die man seinem Nächsten anzutun bereit ist, wenn man ihn nicht leiden kann.

Beim Abschied umarmte mich Danièl und sprach in jovialem Ton: »Ritter Blanchefort, Ihr und ich – nun, wir sind ja jetzt fast gleichgestellt und tragen beide eine hohe, eine sehr hohe Verantwortung! Ich wünsche Euch Gottes Segen für Euer Amt. Wenn Ihr in irgendeiner Angelegenheit Unterstützung braucht, so seid nicht zu genant, bei mir anzufragen!«

»Ich danke Euch, Präzeptor«, antwortete ich, ihm freundschaftlich auf die Schulter klopfend. »Selbstverständlich weiß ich, daß ich mich stets auf Euch verlassen kann. Eine letzte Bitte habe ich noch, bevor ich mich auf die Reise mache: Sollten Briefe aus dem Abendland für mich eintreffen, so leitet sie sofort an mich weiter. Eurem Boten werde ich die wichtigsten Nachrichten noch am gleichen Tage mit zurückgeben, damit Ihr selbst und die anderen Brüder auf dem laufenden bleibt, was die Lage in der Heimat anbelangt.«

Arnaud Danièl gab sein Versprechen allzu eilfertig.

Bruder Gilbert de Lussignan, der das Ordenshaus von Jerusalem seit dem Ableben des Komturs kommissarisch geleitet hatte, empfing mich freudig. Er war ein wackerer Ritter, großgewachsen, grobschlächtig, mutig, kriegserfahren und – zu meiner Erleichterung – mir von Anfang an sehr ergeben.

Die beiden Ritter Aire und Yves, die ich zu meinen persönlichen Adjutanten befördert hatte, waren an meiner Seite, als wir das große Ordenshaus inspizierten, von dem ich einige Räumlichkeiten bereits kannte. Zuvor jedoch suchten wir die Kapelle auf und knieten dort nieder zum Gebet für den verstorbenen Komtur. Friede seiner Seele!

Es würde den Rahmen meines Testamentes sprengen, wollte ich auf alle Einzelheiten meiner langjährigen Amtszeit in Jerusalem zu sprechen kommen. Es waren dies – dem HERRN sei Dank – weitere Jahre des Waffenstillstands mit den Sarazenen, in denen ich in Ruhe unsere Burgen und Befestigungsanlagen im Heiligen

Land instandsetzen oder ausbauen lassen konnte. Es waren für mich aber auch ausgefüllte Jahre des Lernens, des eifrigen Studierens von Kampfweise und Taktik des Gegners. Denn sollte es einmal ernst werden, so trug ich die volle Verantwortung für alle Vorgänge im Heiligen Land. Ritter Gilbert erwies mir in dieser Hinsicht unschätzbare Dienste, sein Wissen über die Sarazenen war geradezu unerschöpflich, und er hatte ein dichtes Geflecht unterschiedlichster Beziehungen aufgebaut. Im Grunde hätte kein anderer als er es verdient gehabt, zum Komtur von Jerusalem ernannt zu werden. Möglicherweise war es aber sein fortgeschrittenes Alter, das ihn aus der Sicht des Großmeisters für eine solche Position nicht mehr prädestinierte.

Ben Ambar befand sich noch immer in unseren Diensten. Dabei brachte er das Kunststück fertig, sich bei allen Verhandlungen, die nötig waren, um den Frieden im Lande aufrechtzuerhalten, nach beiden Seiten loyal zu verhalten. Er tanzte gewissermaßen auf einem dünnen Seil, gleich Gauklern und Possenreißern, doch vergaß er nie, weitaus vorsichtiger zu sein als diese. Muselmanen kennen keine Gnade mit Verrätern.

Aber auch ich, in meiner Eigenschaft als Komtur, war vorsichtig dem Scheich gegenüber, denn wer konnte garantieren, daß er letzten Endes nicht doch ein doppeltes Spiel trieb? Einmal ein Verräter – immer ein Verräter? Von der alten Freundschaft – so es denn eine war –, von unserem ehemals herzlichen Verhältnis war nicht mehr viel zu spüren. Leider ist es so, daß die Bereitschaft, sich auf jemanden ohne Einschränkung zu verlassen, in dem Maße abnimmt, wie die Verantwortung durch ein Amt steigt. Statt das Herz sprechen zu lassen, bemüht man fortan den Verstand. Das klingt hart, aber man ist damit nicht immer schlecht beraten. Als einfacher Ritter und Schatzmeister hatte ich Ben Ambars Art und seine offene Kritik an vielen Dingen sehr geschätzt. Gleichwohl ist er mir aber auch gerne um den Bart gegangen. Als ich eine solche Selbstbestätigung nicht mehr nötig hatte, weil ich es zum Komtur von Jerusalem gebracht hatte, war mir seine Art plötzlich zuwider. Unweigerlich mußte es daher eines Tages zum Zusammenstoß kommen. Der Anlaß dafür war eher banal und rechtfertigt, im nachhinein gesehen, meine harsche Reaktion nicht.

Es gibt eine Redewendung: »Der Ritter kämpft, der Mönch betet.« In jener Zeit gab es zwar nicht viel zu kämpfen, dennoch nahmen wir auch solche Männer in unsere Dienste, die bei den jederzeit durch geringste Unstimmigkeiten wieder aufzuflackern drohenden Kämpfen im Heiligen Land von Nutzen waren. Unsere Werber waren deshalb oft an den heimatlichen Turnierplätzen der jungen Ritter weltlichen Standes zu finden, um sich dort die tüchtigsten, waffenerprobtesten Männer auszusuchen und ihnen den Dienst im Tempel anzutragen. Natürlich befanden sich unter den Rekrutierten auch solche, die man »Heißsporne« nennt. Nun brachte es die Langeweile mit sich, daß ein solcher Heißsporn aus dem Geschlecht derer von Penne eines Tages mit einem hochangesehenen Patriarchen aus Jerusalem aneinandergeriet. Der Weltklerus beargwöhnt uns unserer Privilegien im Heiligen Land wegen heftig. Dieser Patriarch also, Fulcher von Brienne, war schon fast hundert Jahre alt und hatte aus einer offenen Sänfte heraus auf der Straße nach Jerusalem dem jungen Templer zugerufen: »Geht Uns aus dem Weg, dreckiger Strolch«, und ihn mit seinem langen hölzernen, goldbestückten Kreuz unsanft in die Rippen gestoßen. »Immer das gleiche mit euch frechen Templern!« eiferte er sich dann laut, damit es auch wirklich alle Umstehenden hören konnten. »Des Sonntags läuten sie die Glocken gerade zu dem Zeitpunkt, an dem Wir Uns im Gebet befinden! Sie reiten auf den Straßen, als ob das ganze Land ihnen gehöre, und nehmen jeden Gauner in ihren Dienst, der ihnen in die Finger gerät! Du bist wohl selbst einer von diesen Gaunern, Elender! Gib es doch zu!« spottete der hohe Würdenträger, der sich der Zustimmung der Leute, die rechts und links den Wegrand säumten und das Schauspiel offenen Maules beobachteten, gewiß war.

Den »dreckigen Strolch« und den Puff in die Seite hatte der junge Ritter noch hingenommen, das Wort »Gauner« jedoch traf entschieden seine Ehre und versetzte ihn in üble Rage. Rasch zügelte er sein Pferd, beugte sich hinunter und brachte – auf wenig subtile Weise – mit einem einzigen kräftigen Stoß die edle Sänfte zum Kippen. Der überraschte Fulcher saß plötzlich im Dreck – und schrie Zeter und Mordio! Die Leute lachten schallend und klopften sich auf die Schenkel vor Freude. So etwas konnte man wirklich nicht jeden Tag erleben.

Fulcher, der sich aus eigener Kraft nicht erheben konnte, fuchtelte wild mit den Armen und tobte: »Das hat ein Nachspiel! Hund, mach dich auf den Tod gefaßt! Der Höllenschlund wird dich verschlingen!« Und so weiter und so fort.

Nachdem sie sich von ihrer ersten Verwirrung erholt hatten, zogen die Sänftenträger mühsam den Alten aus dem Schlamm, säuberten notdürftig seinen roten, mit fremdländischer Maus besetzten Samtumhang und seine Beinkleider und richteten die Sänfte wieder auf. Währenddessen verschwand der Ritter. Fulcher zeterte noch immer, was das Zeug hielt.

Ben Ambar, der das Geschehen aus einer Seitengasse heraus beobachtet hatte, machte mir noch am gleichen Tag lang und breit Meldung darüber.

»Ihr habt Eure Männer nicht im Griff, Komtur!« warf er mir selbstgerecht vor. »Ihr seid nicht hart genug zu Euren Rittern. Daß Ihr nicht entschiedener durchgreift, das nenne ich sträflichen Leichtsinn, und das wird Euch eines Tages noch teuer zu stehen kommen!«

Seine nörglerische Stimme und wiederholte Besserwisserei waren es, die das Faß zum Überlaufen brachten. Die hohe Politik des Tempels erfordert mitunter gewisse Zugeständnisse den Muselmanen gegenüber. Das durfte aber nicht so weit führen, daß wir uns von ihnen auf der Nase herumtanzen ließen. Erneut hatte ich aus seinen Worten neben der Arroganz auch unterdrückte Feindseligkeit herausgehört, und in seinen Augen hatte eine unverschämte Schadenfreude aufgeblitzt.

Ich brüllte ihn an: »Enthaltet Euch zukünftig bitte jeglicher Wertung, Scheich! Und steckt Eure Nase nicht immer in Dinge, die Euch nichts angehen! Im übrigen weiß ich längst Bescheid über diesen Vorfall und seine Hintergründe. Ihr müßt nicht glauben, daß ich nur auf Eure hochwohlgeborene Unterrichtung und Belehrung angewiesen bin, Ben Ambar!«

Wortlos drehte der Scheich sich um und verließ mein Arbeitszimmer.

Lange Zeit bekam ich ihn zu meiner Erleichterung nicht mehr zu Gesicht.

Natürlich gab es ein Nachspiel in dieser Affäre, das allerdings nicht den Sturz des jungen Mannes in den Höllenschlund zur Folge hatte, sondern ein gewaltiges Loch in der Tempelkasse. Von Annaten und Decimen, also von Gebühren aller Art, befreit, fiel es uns jedoch nicht schwer, dieses Loch in kurzer Zeit wieder aufzufüllen. Der Heißsporn mußte, um ihn Beherrschung, Disziplin und die Verantwortung für sein Tun zu lehren, für ein Jahr die entehrendsten Arbeiten verrichten, die man sich vorstellen kann, wenngleich Fulcher den jungen Templer übel provoziert hatte.

Vom offensiven Geist früherer Jahre war in der gesamten Christenheit nicht mehr viel zu spüren. Es kam zu keiner weiteren Eroberung im Heiligen Land. Der letzte Kreuzzug war vor allem deswegen gescheitert, weil Teile des Adels vorzeitig und auf eigene Faust losgezogen waren. Freilich hatte man ansehnliche Kreuzzugstruppen über das Meer gebracht, aber bereits in St. Jean d'Acre war das Streiten um die Kompetenzen losgegangen, was zur Folge hatte, daß sich nach einem Vierteljahr die Heerführung wieder in Richtung Heimat in Bewegung setzte und glaubte, damit ihr Gelübde erfüllt zu haben. Wichtig war den Feudalherren einzig, Reliquien aus dem Heiligen Land in großen Mengen als sogenannte »Beutestücke« in das Abendland mitzunehmen.

Was Innozenz III. noch mit Verve in Bewegung gesetzt hatte, hatte augenscheinlich seinen Nachfolger Honorius völlig überfordert, denn auch der Ägyptische Kreuzzug war zum Scheitern verurteilt.

Erneut war einfaches Soldatenvolk in Outremer gestrandet und wurde nicht mehr gebraucht. Ich setzte sie zum Bau und zu Befestigungsarbeiten unserer Pilgerburgen ein. Fünf von ihnen – alles tüchtige Bergleute aus alemannischen Landen – waren mir besonders aufgefallen, und ich bot ihnen später an, als dienende Brüder unserem Orden beizutreten, denn sie hatten keine Familien, zu denen sie zurückkehren konnten oder wollten.

Weil es mir, ehrlich gesagt, etwas an geistiger Anregung fehlte, fing ich an, die Sprache dieser *alemani* zu lernen. Im nachhinein gesehen, muß dieser Entschluß aber entschieden etwas mit dem zu tun gehabt haben, was man höhere Eingebung nennt. Ihr werdet noch verstehen, was ich damit meine!

Ein robuster Kerl, Peter Kropf, der das rote Haar über den Ohren abgeschnitten trug, brachte mir ein Jahr lang nach der Abendmesse die überaus schwierigen Wörter seiner Sprache bei, wobei er mir eines späten Abends mit Schalk in den Augen erklärte, daß Gott nur *driu leben* geschaffen habe, *gebure, riter, phaffen*. Er selbst, der Bergmann, zähle sich zum ersteren, zum stolzen Bauernstand, der einfach, aber keineswegs *tumb* sei, auch wenn die *edel luete* anderes behaupteten. Wie oft geschah es, daß mir beim Lernen statt des *tiutschen* Wortes nur das entsprechende arabische einfiel, und ich glaube, daß Peter, der für derlei Sachen wohl nicht gänzlich unbegabt war, auf diese Weise auch ein wenig die Sprache der Sarazenen lernte.

Als die Arbeiten an den Befestigungen weitgehend abgeschlossen waren, begann ich mich mehr und mehr mit unser Ordenssatzung – »Retraez« genannt – zu beschäftigen und machte unter anderem einen Entwurf für eine Änderung unserer Hierarchie. Wenn sich der Großmeister bei seinem nächsten Besuch mit meinem Vorschlag einverstanden zeigte, wollte ich mich anschließend mit der Disziplin im Orden, den verschiedenen Strafen und vor allem mit dem komplizierten Aufnahmeritual befassen. Unser Buch der Regeln umfaßte in meiner Amtszeit ungefähr 670 Artikel, die niemand auswendig kennen konnte. Es wäre jedoch auch nicht gut gewesen, wenn jeder Ritter ständig Zugang zur Satzung gehabt hätte. Manch einer wäre neugierig geworden, auf gewisse Einzelheiten gestoßen, und plötzlich wären die Geheimnisse unseres Ordens in Gefahr gewesen. Daher legte ich fest, daß kein Bruder die Große Satzung ohne besondere Erlaubnis studieren durfte. Da es für die jungen Ritter aber von Vorteil war, wenigstens die allerwichtigsten Abschnitte zu resümieren, sollten sie diese zum Zwecke der Übung vom Lateinischen in die jeweilige Landessprache übersetzen und vor ihrer Aufnahme in den Orden auswendig lernen.

Ohne mich dem Verdacht des Hochmuts aussetzen zu wollen, darf ich berichten, daß ich in meiner Amtszeit auch wesentliche Verbesserungen einführte. Vor allem lag mir die Vernetzung unserer zahlreichen Ordenshäuser am Herzen. Was mit der Verlesung der Nachrichten von Esclarmonde begann, setzte sich fort in einem regelmäßigen Austausch von Haus zu Haus im ganzen Heiligen Land. Auch führte auf meine Veranlassung hin jedes Schiff, das in die Heimat zurückkehrte, detaillierte Berichte über unsere jeweilige Lage mit sich. Der ständige Kontakt mit unserem Ordenshaus in Paris erwies sich dabei als höchst effizient, denn nur so konnte im Okzident um neue Brüder geworben werden, die in Outremer dringend benötigt wurden. Ein weiteres Ziel war es, gemeinsam ausgeklügelte Bewirtschaftungsmethoden und Bewässerungssysteme zu entwickeln, die die unterschiedlichsten Bedingungen berücksichtigten. Auch das ist uns gelungen. Vorbild hierfür war unsere Niederlassung in Sommereuz-ex-Beauvaisis im Abendland, dort hatten wir erstmals mit Erfolg den vierjährigen Fruchtwechsel praktiziert. Das dafür ausgesuchte Land (etwa 80 Morgen) wurde dazu in vier »royes« von gleicher Größe aufgeteilt, auf denen Weizen, Hafer und Hülsenfrüchte angebaut wurden, der vierte lag jeweils brach.

Müllereien und Walkmühlen entstanden allüberall. Ob es der Orden wollte oder nicht, so mußte nicht nur diesseits des Meeres, sondern auch jenseits fleißig produziert werden, auch um zusätzliches Getreide, Pferde, Pökelfleisch und Häute ins Heilige Land zu schicken und unsere Kassen füllen zu können. Als Komtur von Jerusalem hatte ich mich naturgemäß um die Mehrung des Tempelvermögens zu kümmern. Wir Templer waren ja gewissermaßen die Treuhänder des Kreuzzugsgedankens, aber wenn die Menschen nichts mehr vom Heiligen Land und unserer schwierigen Arbeit dort erfuhren, hätten sie sich auch mit Schenkungen zurückgehalten. Unsere Kunst war daher zu jeder Zeit auch die der Propaganda.

21

Die Spanische Fliege

*Da sie kein einziges der Verbrechen,
die sie uns zur Last legten,
beweisen konnten,
griffen diese Verderbten zur Gewalt und zur Folter.*
Raimund Sa Guardia, Präzeptor

Es schien mir unendlich lange zu dauern, bis ein weiterer Brief von Esclarmonde eintraf.

Danièl brachte ihn mir persönlich nach Jerusalem, und ausgerechnet mit diesem Brief nahm das Schicksal des ehrgeizigen Präzeptors eine böse Wendung.

»Komtur« – er dienerte unterwürfig, als er zu mir vorgelassen worden war, und seine Äuglein glänzten –, »Ihr werdet sicher erstaunt sein, daß ich selbst mich zu Euch bemühe, wo Ihr doch wißt, daß ich ungern meine Pflichten vernachlässige ... Die Sache, um die es geht, ist jedoch äußerst delikat. Kann ich Euch vielleicht unter vier Augen sprechen?«

Mir schwante nichts Gutes.

Ich lud ihn ein, mir in mein Arbeitszimmer zu folgen.

»Was habt Ihr auf dem Herzen, Danièl?« fragte ich dort – ruhig Blut bewahrend und sorgsam meine Neugierde verbergend.

»Nun, ja ... also«, stotterte er ein wenig verlegen, als er vor meinem Pult stand, »ich will es kurz machen. Es ist wieder ein Brief gekommen aus Eurer Heimat. Dieses Mal allerdings nicht vom Grafen von Foix, sondern von – einer hohen Dame, von der ich allerdings zu wissen glaube, daß sie exkommuniziert ist. Wie es das Schicksal so fügt, war der Brief vollkommen aufgerissen, als ich ihn bekam, die Blätter feucht vom Meereswasser, das Siegel erbrochen ... Aus diesem Grund wollte ich die Nachricht natürlich nicht einem gewöhnlichen Ritter überantworten, sondern sie Euch persönlich übergeben. Gerade weil ich ...«, er stockte kurz und zog entschuldigend die Schultern in die Höhe, als ich ihm eindringlich in die Augen sah. »Weiß der HERR, Komtur, ich habe nicht alles gelesen – nicht alles, glaubt mir!« Danièl errötete ob meines starren Blickes bis über beide Ohren. »Aber einige Zeilen sprangen einem förmlich ins Auge. Die Seiten mußten auch ein wenig getrocknet werden, um die Fäulnis abzuwehren. Das werdet Ihr verstehen!«

Ich nickte. Wartete ab. Mir war jedoch ziemlich elend zumute.

Danièl schwieg nun ebenfalls. Er wischte sich ein übers andere Mal den Schweiß von der Stirn. In die Augen sehen konnte er mir nicht. Nervös fing er an, in seinem Zeug nach dem Corpus delicti – dem angeblich aufgerissenen Brief – zu kramen. Ängstlich und triumphierend zugleich zog er ihn hervor. Seine Hände zitterten, als er ihn mir übergab.

Ich sah es sofort, erkannte »ihre« Schrift und konnte nur hoffen. Hoffen und beten, daß Danièl wirklich nur harmlose Zeilen gelesen hatte, hoffen und beten, daß Esclarmonde vorsichtig gewesen war. Aber im Grunde machte ich mir nichts vor. Die Chance, daß der Mann die Wahrheit erzählte, war mehr als gering. Viel größer war die Wahrscheinlichkeit, daß er selbst das Siegel aufgebrochen hatte. Die Neugierde, gepaart mit der Eifersucht auf mein Amt, hatte ihn wohl übermannt.

»Setzt Euch endlich, Danièl!« Ich deutete auf die steinerne Fensterbank zu meiner Rechten. Er nickte.

Ich begann zu lesen, wobei zwischen jeder Zeile meine Gedanken in tausend Richtungen sprangen. Wie sollte ich mich verhalten?

Zuerst galt es festzustellen, was Esclarmonde überhaupt geschrieben hatte. Dann war es an mir, gewisse Dinge verharmlosend zu interpretieren, so es denn möglich war.

Der Brief war allerdings nicht ganz so harmlos, wie ich es mir in diesem Augenblick gewünscht hätte, und diesmal leider auch nicht verschlüsselt. Für einen Moment machte ich Pierre den bitteren Vorwurf, unsere Kunst nicht zur rechten Zeit Eslarmonde gelehrt zu haben, bevor er mit meiner Schwester in die Lombardei gezogen war. Vielleicht war aber dazu keine Zeit mehr gewesen.

»*Lieber Bertrand!*

Ich hoffe, ich darf Euch noch so nennen, und ich bete, daß Ihr gesund seid und mir nicht gram, weil ich so lange nichts habe von mir hören lassen. Es lag nicht an mir oder an Euch, wenn Ihr wißt, was ich damit sagen will. Es lag einzig daran, daß sich die Umstände in unserer Heimat derartig dramatisch verschlechtert haben, daß ich mich lange Zeit verstecken mußte, um nicht den Häschern Roms in die Hände zu fallen. Meinen Bruder aufzusuchen und ihn zu bitten, einen Brief an Euch weiterzuleiten, war nicht möglich ... Hunderte solcher Briefe habe ich inzwischen in Gedanken an Euch geschickt. So es der HERR *will, wird einmal die Zeit kommen, in der wir uns erzählen können, was wir uns nicht zu schreiben wagen.*

Rom gibt nicht auf! Nach dem Tod von Montfort, als wir alle bereits auf bessere Zeiten hofften, suchte sich Papst Honorius einen weiteren Verbündeten, nämlich den König von Frankreich. Schon immer hatten mein Bruder und vor allem der Graf von Toulouse den Verdacht, daß hinter der Ausrottung der Katharer eine zweite Absicht stecke, eine, die mit unseren wertvollen Ländereien in Zusammenhang steht. Ihr selbst wart ja auch dieser Ansicht. Nun, es kam, wie es kommen mußte: Prinz Louis, der Sohn von König Philipp August, zog mit über fünfundzwanzigtausend Mann in den Süden. Sie überfielen als erstes die Stadt Marmande, die vom Sohn Montforts, Amaury, seit langem erfolglos belagert wurde. Als die Bewohner der Stadt die unzähligen Ritter mit ihren Rüstungen aus blauem Metall und ihren eisernen Satteldecken erblickten, fuhr ihnen ein gewaltiger Schreck in die Glieder. Aus der Ferne schon konnten sie den prächtig gekleideten Sohn des Königs von Frankreich erkennen. Und noch ehe sie sich wappnen konnten, nahmen die französischen Ritter bereits die Gräben ein, die sich um die Stadt ziehen, zerstörten alle Brücken, zerschlugen die Barrikaden. Und urplötzlich brach ein ohrenbetäubender Sturm los! Das Schreckgespenst des Kreuzzugs drang in die Stadt, und das Massaker begann. Säuglinge, junge Mädchen, edle Damen, Barone, ihrer Kleider beraubt, alle, alle fielen dem Schwert zum Opfer, wurden gar in Stücke gehackt. Die Erde war bedeckt mit Fleischfetzen, mit Brüsten und Hirnen, Gliedern, Körpern, die von oben bis unten aufgeschlitzt waren, Gedärm, Le-

bern, Herzen, Rümpfen – es sah aus, als sei all das wie Regen vom Himmel gefallen. Das Blut floß in Strömen durch die Stadt, ergoß sich auf die Felder, in die Flüsse. Keine Frau, kein Mann, kein Kind, keine Alten entkamen den brutalen Männern des französischen Königs!

Am Ende steckten sie die Stadt in Brand.

Ihr seht, Bertrand, wie sich die Dinge entwickeln im Midi. Natürlich hat man es nach wie vor auf uns Katharer abgesehen. Wir sind und bleiben der offizielle Grund für all diese entsetzlichen Geschehnisse, der Vorwand für die Gier nach Land und Macht. Aber was sollen wir tun? Von unserem Glauben ablassen? Niemals. Wir sind nicht von dieser Welt, die nur Dunkelheit und Schatten in unser Leben bringt. Wir Katharer haben keine Angst vor dem Tod auf dem Scheiterhaufen, denn wenn er einst kommt, wird er uns direkt ins ewige Licht führen, zu unserem Gott.

Dennoch beschleichen mich mitunter Zweifel, und ich frage mich täglich, ob es recht ist, daß mit uns so viele unschuldige Menschen, vor allem Kinder, den Tod finden.

Aber ein großer Teil unserer Gläubigen blickt, allen Widrigkeiten zum Trotz, mit einiger Zuversicht und Mut in die Zukunft. In Montpellier demonstrierte gar eine Anzahl Katharer und bat darum, daß man ab sofort ihren Glauben offen oder auch heimlich gelten lassen soll. Sogar ein neues Konzil wurde abgehalten in Pieusse, das sich in der Nähe von Carcasone befindet. Dort führte der katharische Bischof von Toulouse einen weiteren Bischof in sein Amt ein, und das in diesen schrecklichen Zeiten!

Ihr werdet Euch jetzt fragen, wo ich mich augenblicklich befinde. Den genauen Ort kann ich Euch aus verständlichen Gründen nicht mitteilen. Ich will Euch aber für den Fall, daß Ihr eines Tages wieder in die Heimat kommt, erzählen, daß auf meine Anregung in unserer Grafschaft eine wahrlich trutzige Fluchtburg gebaut wurde, hoch oben, geradezu unter den Wolken. Den sicheren Berg wird man so schnell nicht einnehmen können. Dorthin habe ich mich mit einer stattlichen Zahl meiner Glaubensschwestern und -brüder zurückgezogen. Wenn Ihr meinen Brief aufmerksam lest, werdet Ihr, wenn Ihr mich einst suchen solltet, genau wissen, wo ich zu finden bin.

Ach, wie sehr wünschte ich mir, jemanden um mich zu haben, der mir einen Teil meiner Verantwortung abnimmt und bei dem ich mich endlich ausruhen könnte von der Last der schlimmen Tage und Nächte. Einen, der die drohenden Schatten, die sich über unser Land gelegt haben, mit mir gemeinsam vertreibt.

Ich hoffe und bete darum.

Esclarmonde de Foix«

Wäre ich mir nicht meiner Verantwortung für den Tempel bewußt gewesen, hätte ich mich in diesem Moment, ohne nachzudenken, auf mein Pferd gesetzt und wäre gen St. Jean d' Acre geritten, um das nächste Schiff in die Heimat zu nehmen. Aber genausowenig wie wohl Esclarmonde das Leben unter den Menschen, die ihr am Herzen lagen, aufgeben konnte, genausowenig glaubte ich mein Amt im Stich lassen zu können. Heute jedoch frage ich mich: Ist es richtig, so zu handeln? Wäre es nicht viel besser für unsere Seele, genau das zu tun, wozu sie uns in solcher Situation auffordert? Ach, wenn wir nur auf unser Herz hören würden! Das Leben ist so kurz! Wenn es hoch kommt, so sind es achtzig Jahre. So steht es geschrieben. Aber wie vergeuden wir all diese Zeit! Wir fühlen uns wichtig in unseren Ämtern und blähen uns auf vor den Menschen, die unter uns dienen. Wir sind abhängig von unserer täglichen Fron und eingebunden in unsere eingegangenen Verpflichtungen. Wir glauben, für Menschen, die wir lieben, keine Zeit zu haben, weil anderes uns wichtiger erscheint oder weil wir wieder andere nicht enttäuschen wollen. Das Schlimme dabei ist: Obwohl wir ahnen, daß wir nicht richtig handeln, machen wir weiter so. Wir lernen nichts aus unserem Verhalten – es tut uns nur ab und zu ein wenig leid.

Was aber fing ich jetzt an mit jenem durchtriebenen Mann, der scheinbar demütig dort hinten auf der Fensterbank saß und auf eine wie auch immer geartete Reaktion von mir wartete? Der Kontext des Briefes konnte meinerseits nicht geleugnet oder verharmlost werden: Zwischen mir und Esclarmonde herrschte ein gewisses privates Einvernehmen. Es war schwarz auf weiß zu lesen, daß bereits mehrere Briefe von ihr eingetroffen waren, getarnt durch das Siegel ihres Bruders. Aber auch die offene Art, in der Esclarmonde mir gegenüber ihren katharischen Glauben vertrat, war für einen Komtur des Ordens der Tempelritter nicht tragbar. Es war etwas anderes, heimlich verfolgte Ketzer unter die Fittiche zu nehmen, wie es in der Heimat geschah, denn als Komtur von Jerusalem mit einer katharischen *parfaite* in engem Kontakt zu stehen. Selbst ich hätte Anklage erheben müssen, wenn mir solche Dinge über einen anderen Ritter in gehobener Stellung zu Ohren gekommen wären.

Aus den Augenwinkeln heraus beobachtete ich Danièl. Ich ließ ihn noch ein wenig schmoren. Dann klopfte ich mehrere Male auf den Tisch, so, als ob ich gerade einen Entschluß gefaßt hätte.

»Kommt einmal zu mir, Präzeptor!« rief ich halblaut, ohne jedoch ganz von den vor mir liegenden Zeilen aufzusehen.

Er schlich an mein Pult. Hüstelnd.

»Komtur?« fragte er lauernd und zupfte sich zur Abwechslung wieder einmal am rechten Ohr.

»Gut, Danièl!« Jetzt blickte ich endgültig auf und sah ihm entschlossen in die Augen.

»Was erwartet Ihr als Dank für Eure Mühe, mir diesen Brief persönlich überbracht zu haben?« fragte ich, ohne eine Spur Unsicherheit an den Tag zu legen.

Meine Worte verblüfften ihn. Ein solch offenes Vorgehen war der für Intrigen aller Art zu begeisternde Mann nicht gewohnt. Er würde am Ende zwar gewinnen, ohne Zweifel – auf irgendeine Weise. Aber die Spielregeln, die wollte ich mir wenigstens vorbehalten.

Danièl jedoch faßte sich rasch, holte tief Luft und setzte alles auf eine Karte.

Ohne sich auch nur ein einziges Mal zu räuspern, sagte er: »Das Amt des Komturs von Paris liegt mir sehr am Herzen! Vielleicht könnte man veranlassen, daß der dortige Komtur nach Outremer zieht, auf meine Stelle, beispielsweise ...«

Jetzt jedoch, nachdem aus ihm herausgebrochen war, was er forderte, fing er wieder an, sich heftig zu räuspern, zu husten, sich am Ohr zu zupfen und – nachdem ich mich erneut in eisiges Schweigen hüllte, mir nur ein ums andere Mal den Bart strich – seine Augen unruhig im ganzen Raum herumwandern zu lassen. Mich offen anzusehen fehlte ihm der Mut.

Nach Paris wollte er also, dieser durchtriebene, größenwahnsinnige Lump! Ausgerechnet ins bedeutendste Ordenshaus der Templer auf dem Kontinent. Dorthin, wo bereits ein überaus fähiger, äußerst zuverlässiger junger Komtur und Schatzmeister saß, nämlich Charles-Henry d'Escarbeau, der das volle Vertrauen des Großmeisters hatte.

Wie sollte ich jemals einen solchen Tausch zustande bringen? Er mußte doch wissen, daß eine Beförderung dieses Ausmaßes immer der Zustimmung des Großmeisters bedurfte. Dachte er am Ende, ich hätte als Komtur von Jerusalem unbegrenzten Einfluß auf den Alten?

Eines war mir allerdings klar: Enttäuschen durfte ich Danièl nicht. Ich glaubte zwar, ihn gut zu kennen, aber wer hätte mit Sicherheit zu sagen gewußt, wie er auf eine strikte Ablehnung meinerseits reagieren würde.

»Eine solche Angelegenheit erfordert Geduld, Danièl! Viel Geduld! Es müssen persönliche Gespräche mit dem Großmeister geführt werden, der zur Zeit jedoch nicht im Heiligen Land ist, wie Ihr gut wißt. Einem Brief kann man diesen ausgefallenen Wunsch nicht anvertrauen – Ihr habt selbst gesehen, was mitunter mit Briefen geschieht! Es kann Monate dauern – vielleicht sogar ein Jahr –, bis ich den Großmeister wiedersehe. Natürlich kann ich Euch eine gewisse Zusage auf das Amt machen, jedoch keine, was den genauen Zeitpunkt eines solchen Wechsels anbelangt. Das werdet Ihr wohl akzeptieren müssen, Präzeptor!«

»Selbstverständlich, Komtur!« Er hob beide Hände in einer wahren Unschuldsgeste zur Decke. »Ich bin bereit, geraume Zeit abzuwarten, wenn ich nur Euer Versprechen habe, daß Ihr meinen Wunsch mit all Eurem Einfluß unterstützt.«

Ich nickte.

Doch damit gab sich Danièl nicht zufrieden. »Jedoch möchte ich dies ...« Er grinste ein wenig verkrampft, und seine Augen nahmen urplötzlich einen geradezu unverschämten Ausdruck an. »Ich möchte dies von Euch gerne schriftlich haben. Ihr versteht, Komtur, daß ich mich absichern muß.«

Ich biß die Zähne zusammen, nickte erneut, und mein Herz begann zu rasen. Jetzt war die Katze aus dem Sack. Schwarz auf weiß sollte ich ihm ein geradezu unglaubliches Versprechen machen. Das könnte mein Untergang sein, fuhr es mir durch den Kopf. Mit einem solchen Pergament hätte er mich jederzeit in der Hand. Was aber sollte ich tun?

»Nun gut«, sagte ich mit ernster Miene, um ein weiteres Mal Zeit zu gewinnen. »Ihr sollt Euer Schreiben bekommen, Präzeptor. Morgen nach der Prim klopft bei mir an, dann will ich es Euch übergeben. Und jetzt geht mir auf der Stelle aus den Augen!«

Danièl, der seine Genugtuung nicht verbergen konnte – man sah seinen spöttisch verzogenen Mundwinkeln und seinen glitzernden Äuglein an, daß er hoch zufrieden war mit dem, was er erreicht hatte –, verbeugte sich mit einem kleinen, süffisanten Lächeln und ging.

Am anderen Morgen war er tot.

Lieber Freund, ich weiß, es ist schwer zu glauben, wenn ich Euch an dieser Stelle versichere, daß nicht ich es war, der Danièl vergiftet hat. Denn daß er vergiftet worden ist, dessen bin ich mir so gut wie sicher. Des weiteren sollt Ihr wissen, daß ich auch keinen wie immer gearteten Auftrag erteilt habe, diesen Mann zu töten. Ich bitte Euch herzlich, mir zu glauben, auch wenn spätere Ereignisse mich in einem anderen Licht erscheinen lassen!

Was war geschehen?

Aire de Cherchemont war in aller Früh in mein Gemach gekommen, hatte mich unsanft geweckt und vom plötzlichen Ableben Danièls unterrichtet. Erschrocken stürzte ich aus meinem Bett, rannte mit wehendem Haushabit dem Ritter hinterher, die schmale Treppe empor, zu einer der kleinen, sauberen Gästekammern im oberen Stockwerk, die dem Präzeptor für die Nacht zugewiesen worden war.

Dort lag der unselige Mann, einsam, nackt, schneeweiß wie das zerwühlte Laken. Die geschwollenen Lippen, die den weit aufgerissenen Mund umspannten, waren aufgeplatzt und stachen auffällig vom Weiß des Lakens und des schon in die Starre übergehenden Leibes ab. Tief blau, fast violett, nunmehr jeglichen Spottes beraubt, waren die Lippen genauso gefärbt wie die dicke, aufgerollte Zunge, die ihm seitlich aus dem Mund heraushing. Schwarzes Blut sickerte noch immer aus allen Körperöffnungen. Die am Nachmittag so listigen Äuglein des Ritters waren qualvoll nach oben verdreht, das Weiße war ebenfalls voller Blut. Danièls gepflegte Hände waren im Todeskampf ineinander verkrampft. Häßlich sah er aus.

Ich sank zu Boden, betete, wußte jedoch keine Worte, die ich an den HERRN richten konnte. Ich war entsetzt, aufgewühlt, voller Angst und Ungewißheit – und zugleich dankbar.

Wer nur hatte das getan? Und warum?

Aire de Cherchemont erhob sich zuerst. In aller Ruhe säuberte er den Mann notdürftig, bedeckte ihn mit einem weiteren Laken, drückte ihm die Lider zu und band ihm mit einiger Mühe den Kiefer nach oben.

»Komtur«, sagte er dann leise und schüttelte mich an der Schulter. »Erhebt Euch und seid ruhig. Niemand kann ihm mehr helfen, auch der HERR nicht. Ein Arzt hat ihn bereits vor einer halben Stunde untersucht und mir seine Diagnose vorgetragen. Wirklich, alles ist bereits zu Eurer Zufriedenheit geregelt!«

Bereits zu meiner Zufriedenheit geregelt? Wovon nur redetete der Mann? Ich runzelte die Stirn. »Schaut selbst!« fuhr mein guter Ritter voll Eifer fort. »Neben seinem Lager steht noch immer dieses kleine braune Fläschchen. Es ist halbleer. Riecht einmal!«

Der Ritter hielt mir das Fläschchen unter die Nase. Ich roch nichts. Das bräunliche Pulver darinnen war mir unbekannt.

»Spanische Fliege, Komtur!« sagte Cherchemont triumphierend. »Der Arzt vermutet, daß dieses Gift ihn umgebracht hat – und er ist der gleichen Überzeugung wie ich, daß Danièl selbst es war, der in der Nacht Hand an sich gelegt hat.«

»Hand an sich gelegt? Habe ich recht gehört? Mit der Spanischen Fliege?« krächzte ich, weil mir der Aufregung wegen die

Stimme weggeblieben war. Ich schaute ungläubig ein weiteres Mal auf den Toten, auf das mysteriöse Fläschchen, dann auf Cherchemont.

Der Ritter nickte. »Ja! Er hat sich umgebracht. Zwei bis drei Gramm von diesem Teufelszeug sollen bereits tödlich sein, sagt der Arzt! Er hat es aufgelöst in einem Becher Wein und dann getrunken. Das hätte er ja auch in seiner eigenen Komturei tun können, nicht gerade hier bei uns, oder?«

»Hm, Selbstmord? Der Arzt – nun gut, aber Ihr, Cherchemont?« fragte ich leise. »Ihr vermutet das auch?«

»Aber ja, Komtur«, sagte er stoisch, so wie man einem Kind signalisiert, daß es nun endlich mit der leidigen Fragerei aufhören soll, weil man doch schon alles zehnmal beantwortet hat. »Ich habe durchaus meine Gründe, Komtur. Ich saß gestern beim Abendessen neben dem Präzeptor, habe die gleichen Dinge gegessen – und Ihr seht, ich lebe noch!«

»Das ist doch aber kein Beweis!« warf ich ein.

»Nein, natürlich nicht. Laßt Euch weiter erzählen! Also, kurz vor Mitternacht habe ich ihn persönlich in seine Kammer gebracht. An der Tür fing er plötzlich zu klagen an, wie schlecht doch die Welt sei und um wieviel besser es diejenigen hätten, die dieses Jammertal bereits hinter sich gelassen haben. Er hängte sich an meinen Hals und heulte, und ich hatte große Mühe, ihn zu beruhigen. Seine seltsame Stimmung habe ich allerdings auf den übermäßigen Weingenuß zurückgeführt. Hätte ich geahnt, daß der Mann vorhatte, sich das Leben zu nehmen, so wäre ich bei ihm geblieben, glaubt mir! Ich hätte ihn nicht sterben lassen, nicht in diesem Zustand!« versicherte mir der Ritter treuherzig. »Niemals!«

So war diese Geschichte. Seltsam, nicht wahr?

Ich scheute mich jedoch, offen mit Cherchemont oder gar mit dem Arzt selbst zu reden, denn im Grunde war ich mehr als erleichtert, wem auch immer ich diese Tat zu verdanken hatte. Cherchemont kannte den Mann, hatte jahrelang unter ihm gedient, wußte um seine Begehrlichkeiten. War Cherchemont vielleicht schon mißtrauisch geworden, als ich mich mit Danièl in das Arbeitszimmer zurückgezogen hatte? Hatte er am Ende vor der Tür gestanden, um zu lauschen?

Mit voller Absicht – oder vielleicht rein zufällig?

Ja, es muß durchaus in Betracht gezogen werden, daß die treue Seele mir schon damals so sehr ergeben war, daß sie meinte, rasch und noch in dieser Nacht handeln zu müssen, um mich zu schützen.

Spätere Ereignisse bestätigten wohl diese Einschätzung.

Es gibt aber noch eine weitere, eine ebenso bizarre Möglichkeit. Der Präzeptor hatte das Pulver der Spanischen Fliege für einen anderen Zweck gebraucht. Es ist allgemein bekannt, daß man dieses Teufelszeug, das aus einem grünblau schimmernden Ölkäfer gewonnen wird, mitunter verwendet, um mehr Liebeskraft zu erlangen. Also kurzum, es gibt Männer, die schlucken eine winzige Menge und verschaffen sich im Anschluß daran gewisse angenehme Gefühle.

Nun, Danièl hatte viel Wein getrunken, sich obendrein einen Krug voll aufs Zimmer bringen lassen, gut möglich also, daß er sich in der Dosis geirrt hat. Cherchemont hat den Toten dann zufällig entdeckt, das geöffnete Fläschchen gesehen und geglaubt, daß vielleicht *ich selbst* ihn in der Nacht getötet hätte. Um mich zu schützen, hat er sich dann diese Geschichte mit dem Freitod ausgedacht und sogleich auf eigene Faust einen Arzt als Zeugen herzugezogen.

Aber was hatte Cherchemont mitten in der Nacht in Danièls Zimmer zu suchen gehabt?

Fragen über Fragen.

Es blieb uns nichts anderes übrig, als Danièl in aller Stille zu begraben – abseits, dort, wo diejenigen ruhen, die keine Gnade vor dem HERRN finden werden. Und wir deckten damit möglicherweise einen Mord zu – aber einen Mord, der nicht aus Rache oder Gier, sondern vielleicht aus Treue begangen wurde.

Was jedoch macht den Unterschied?

Nach der ersten Erleichterung begannen mich die ungelösten Rätsel regelrecht zu überfallen, so daß ich mich manche Nacht mit Unruhe im Herzen aus meiner Kammer davonschlich. Ich wanderte stundenlang in den Rosengärten umher oder vergrub mich beim Schein einer Kerze in die alten Bücher und Schriftrollen der Bibliothek, um mich abzulenken. Alles war besser, als im Angesicht der nächtlichen Schatten wach zu liegen.

Immer wieder kreisten meine Gedanken um das gleiche: Konnte tatsächlich ein Mensch durch meine Schuld zu Tode gekommen sein, ohne daß ich selbst den Dolch benutzt hatte?

Oder war die ganze Sache doch nur auf den Leichtsinn eines betrunkenen Mannes zurückzuführen, der jämmerlich den Qualen seiner Lust erlegen war? Bisweilen studierte ich Cherchemonts Gesicht. Aber auch dort war die Antwort nicht zu finden.

Esclarmonde wenigstens war in Sicherheit! Diese Gewißheit hatte ich, wenngleich ich bei jedem Gedanken an die Verfolgung der Ketzer in unbeschreibliche Wut geriet. Was Esclarmonde allerdings damit meinte, daß ich schon wüßte, wo sie sich befände, wenn ich nur diesen Brief aufmerksam lesen wollte, machte mir Kopfzerbrechen. Aber ich war mir sicher, daß ich sie ausfindig machen würde, wenn ich nur erst in Okzitanien wäre. In der Heimat!

Ihr werdet verstehen, daß ich im Zusammenhang mit einer möglichen Heimreise mehrfach an das dachte, was ich in meinem Herzen »das große Geheimnis« nannte. Einzig die Erfüllung des Versprechens, das ich dem Großmeister gegeben hatte, hätte es mir zu diesem Zeitpunkt ermöglicht, über das Meer zu fahren und dort Esclarmonde zu suchen. In Gedanken hatte ich mir schon hundertmal und mehr vorgestellt, wie ich vorgehen, welche Route ich nehmen und welche Männer ich aussuchen würde, um den großen Sarg mit seiner wertvollen Fracht auf seiner Reise zu bewachen. Danach – das müßte mir der Großmeister einfach zugestehen – wollte ich ihn bitten, den Grafen Foix, meinen guten Freund, aufsuchen zu dürfen. Diese Notlüge wäre wohl zu entschuldigen.

Der HERR möge mir verzeihen! Auch das.

22
Cotllioure

Wir sollen den Frieden wollen
und den Krieg nur aus Notwendigkeit führen ...
Augustinus

Es dauerte noch weitere zwei Jahre, bis der erlösende Brief des Großmeisters und mit ihm der bewußte Schlüssel kam. Es war in den letzten heißen Tagen eines unvergeßlichen Sommers, der eine fürchterliche Heuschreckenplage mit sich gebracht hatte. Riesige Schwärme waren durch das Land gezogen, hatten die Sonne verdunkelt bei Tag und alles, was Grün war, gefressen bei Nacht. Dann, ganz plötzlich, hatte der Wind die gefräßigen Tiere davongetragen und ins Meer getrieben. Die Hitze jedoch dauerte fort, sie trotzte dem Wind, wollte einfach nicht nachlassen. Alles stöhnte und klagte. Das Wasser wurde knapp.

Ich hatte mich bereits zur Mittagsruhe in meinem Zimmer ausgestreckt, als es aufgeregt an der Tür klopfte.

»Komtur«, rief Anselm, einer unserer tüchtigen dienenden Brüder, »schaut, welch sonderlicher Brief vom Großmeister angekommen ist!«

Tatsächlich unterschied sich dieser Brief von den Dutzenden, die mir bisher von ihm übersandt worden waren. Es war viel eher ein Bündel denn ein Brief, viel größer als üblich, unförmig, verschnürt und an mehreren Stellen mit dem roten Siegel des Großmeisters versehen.

Mit meiner mittäglichen Ruhe war es mit einem Schlag vorbei. Noch in der gleichen Nacht machte ich mich auf, den Pferdestall des Salomo aufzusuchen und dort das zu tun, was mir vor langen Jahren aufgetragen worden war.

Jetzt konnte ich die große Reise antreten, die Reise in die Heimat!

Zufrieden lehnte ich mich im Hafen von St. Jean d' Acre an die Reling unseres Seglers, als wir, den schweren Sarg endlich an Bord, die Anker lichteten. Welch eine Erleichterung! Ich brauchte mir vorerst keine Sorgen mehr zu machen, es galt nur, den HERRN um guten Wind zu bitten. Im Ordenshaus von Jerusalem und in ganz Outremer hatte ich alles wohlbestellt zurückgelassen. Der tüchtige, in allen Amtsgeschäften versierte Ritter Gilbert de Lussignan würde, wie stets in meiner Abwesenheit, die Geschäfte führen. Er hatte den Auftrag, die enge Verbindung, die mit dem Ordenshaus von Paris bestand – mit d'Escarbeau also –, ständig aufrechtzuerhalten, damit alles seinen gewohnten Gang gehen konnte. Die Geschäfte des Tempels liefen ausgezeichnet.

Seit einiger Zeit hatten wir überdies, auf meine Veranlassung hin, einen fähigen Ordenskaplan aus dem Abendland bei uns, der für das seelische Wohlbefinden der Brüder in Jerusalem zuständig war und seine Sache außerordentlich gut machte. Meine mir anvertrauten Ritter und die Dienenden waren also in besten Händen. Die Sarazenen waren ruhig, sie ließen nach wie vor, bis auf einige unbedeutende Scharmützel, die Pilger unbehelligt die heiligen Stätten aufsuchen. Noch herrschte Frieden.

Am Tag meiner Abreise war plötzlich Yussuf Ben Ambar wieder aufgetaucht. Wie immer war er bestens informiert über alle Tempelaktivitäten, so auch über meine bevorstehende Reise. Wer nur, dachte ich, waren seine Informanten? Ein Verräter in unseren eigenen Reihen? Es mußte so sein. Lussignan hatte den Auftrag, in meiner Abwesenheit Augen und Ohren besonders offenzuhalten, wenn es um Ben Ambar ging.

Er war die Freundlichkeit in Person, der Scheich, laut, jovial und hilfsbereit.

»Insha'allah! Komtur, ich trage Euch ehrerbietig meine Dienste und meinen Schutz an!« rief er vollmundig. »Drei Lastkamele stehen zu Eurer Verfügung sowie meine tüchtigen Männer, die jederzeit ihr Leben für Euch geben würden. Wenn Ihr sonst noch etwas braucht für die lange Fahrt über das Meer, so laßt es mich wissen!«

Seine Begleiter, wilde Gesellen allesamt – aber völlig fremde Gesichter für mich –, nahmen den bevorstehenden Aufbruch und die hoffnungsvolle Aussicht, ihr Leben für mich zu lassen, zum Anlaß, mit gellenden Schreien unsere Pferde scheu zu machen.

Ich dankte Ambar für sein Angebot.

Wir waren eine bunte Truppe. Die kräftigen *alemani*, die ich mitnahm, saßen auf einem starken Fuhrwerk, von Ochsen gezogen, das eigens für diesen Transport angefertigt worden war. Peter Kropf und seine Landsleute hatten die Aufgabe, die Beförderung des Sarges zu übernehmen, der aus dem Holz der Libanonzedern gefertigt und daher »äußerst schwer« war, wie ich erklärt hatte. Es war für mich von Anfang an klar gewesen, daß ich für diese Reise mir blind ergebene Männer um mich haben mußte. So hatte ich natürlich auch wieder meine persönlichen Adjutanten Aire de Cherchemont und Yves de Marécage bestimmt, mich zu begleiten, sowie vier weitere brave Ritter.

Aus der Heimat hörte man Erstaunliches. In St. Jean d' Acre hatte es schon jedermann gewußt! Und ich vermutete, daß darin der Grund lag für die plötzliche Auslagerung des Schatzes aus dem Heiligen Land. Was war geschehen? Honorius hatte den Stauferkaiser Friedrich II. verpflichtet, mit einem neuen Kreuzzug nach Outremer zu ziehen.

»*Schon dreimal*«, schrieb Honorius dem Kaiser, »*habe ich nach Deinen Wünschen die Frist verlängert, ohne Rücksicht darauf, daß der dreimal Verpflichtete, aber nicht Erfüllende des Versäumnisses wegen zu verurteilen wäre. Ich habe Dein Vorgehen nicht als Widersacher, sondern als Freund angesehen und will auch jetzt die Frist nochmals bis zum Mai ausdehnen ... Selbst die Geringsten haben bei minderem Anlaß rüstig das Kreuz genommen; in dem Maß aber, als bei Dir die Beweggründe gewichtiger, die Macht bedeutender, die dadurch eintretende Hilfe wirksamer ist, geziemt sich auch weniger Entschuldigung für Lässigkeit und Versäumnis.*«

Ernste Worte aus Rom für den Taktierer Friedrich.

Nun war es wohl soweit. Der Kaiser hatte sich durch den Vertrag von San Germano verpflichtet, einen weiteren Orientfeldzug zu beginnen. Sollte er diesen Vertrag brechen, so Honorius, würde er mit dem päpstlichen Bann belegt und obendrein mit einer hohen Geldbuße bestraft werden.

Und unser Großmeister Montaigu hatte wohl die nicht unbegründete Furcht, daß einem so großen Mann wie Friedrich nichts unmöglich sein könnte. Niemand konnte voraussehen, was der Kaiser nach einer erneuten Eroberung Jerusalems mit uns Templern im Sinne haben würde. Denn wir waren seit langem der weltlichen Macht im Okzident ob unseres Reichtums und unserer Geschäftstüchtigkeit ein Dorn im Auge. Man munkelte auch, daß die Hochmeister des Deutschen Ritterordens dem Kaiser viel mehr am Herzen lagen als wir vom Salomonischen Tempel. Und das ist noch vorsichtig ausgedrückt!

Als ich am Abend unserer Abreise an Deck der Ambre stand – die Sonne ging gerade unter und überzog den ganzen Horizont mit einem rostigen Glühen –, stiegen plötzlich Zweifel in mir hoch. Hatte ich wirklich alle Einzelheiten genau durchdacht, keinen Fehler gemacht, der mir irgendwann vielleicht zum Verhängnis werden würde? Denn ich muß gestehen, daß ich zu keiner Zeit grenzenloses Gottvertrauen hatte. Stets scheute ich davor zurück, den HERRN allzusehr mit meinen privaten Angelegenheiten zu belästigen. Vielleicht war das ein Fehler, am Ende mein größter. Ich weiß es nicht.

Die Stirn in Falten gezogen, lief ich im schwindenden Licht unruhig an Deck auf und ab, so daß mich Ritter Aire schließlich nach dem Grund meiner Sorgen fragte. »Ich kann und will Euch nicht damit belasten, Ritter!« antwortete ich schroffer, als ich beabsichtigt hatte. Zeitweise war ich noch immer ein wenig befangen in Cherchemonts Nähe.

Lange Zeit konnte ich nicht schlafen in dieser ersten Nacht auf See. Eine nervöse Erregung hatte mich ergriffen. Aber unser Schiff rollte gleichmäßig zufrieden durch die schwarzen Meeresfluten, so daß auch ich nach und nach von einer tiefen Ruhe umfangen wurde und über meinen Gedanken einschlief.

Im Traum sah ich Esclarmonde.

Der Großmeister wollte uns im Hafen von Cotllioure erwarten. Der Grund, warum wir nicht in Marseille einlaufen sollten, war mir nicht bekannt. Aber mir war diese Änderung nur recht, denn von Cotllioure aus war der Weg in meine Heimat viel kürzer für mich.

Der verschlafene, aber in seiner schlichten Schönheit überaus malerische Fischerort, der den Namen Cotllioure trägt, liegt eingebettet zwischen einer gewaltigen Templerburg und einem maurischen Leuchtturm. Trotz seiner fremden Bauweise – er stammt, wie der Name schon sagt, noch aus der Zeit, als die Mauren den Süden Frankreichs besetzt hielten – harmoniert er sehr gut mit der ihn umgebenden außergewöhnlichen Landschaft. Denn die Farben dieses Ortes sind die Farben der Leidenschaften: das tiefe, reine Blau des Meeres, das gleißende Gold der Sonne und das warme Rostrot der von der Brandung ausgewaschenen Felsen, die an vielen Stellen direkt in das Meer fallen. Flankiert wird Cotllioure von den gewaltigen Ausläufern des Pyrenäengebirges, die den kleinen Ort zu schützen scheinen.

Im Hafen jedoch ging es nicht nur wesentlich ruhiger zu, als ich es von Marseille gewohnt war, sondern es herrschte eine geradezu unheimliche Stille, als wir einliefen.

Niemand war zu sehen. Nur einige kleine, buntbemalte Fischerboote dümpelten lustlos vor sich hin. Monoton schwappte eine Welle nach der anderen an die Mole. Sie klatschten im Gleichklang gegen den löchrigen Fels, so, als wollten sie damit sagen, daß es nichts Wichtigeres gibt auf der Welt als die Wiederholung der Dinge.

Ein weiterer Segler der Templerflotte lag am Rande der Mole vertäut. An Bord schien sich jedoch keine Menschenseele zu befinden.

Auf dem maurischen Turm hatte sich ein gutes Dutzend Seevögel niedergelassen.

Wir warteten.

Als sich auch nach einiger Zeit an Land nichts rührte, kam mein Kapitän auf mich zu.

»Komtur«, sagte er unsicher, »hier stimmt etwas nicht. Noch nie ist es vorgekommen, daß nicht eine Abordnung Eurer Brüder am Ufer stand, um eines Eurer Schiffe in Empfang zu nehmen! Die Wachen beobachten Tag und Nacht das Meer, so daß niemand in den Hafen einfährt, den sie nicht schon lange zuvor bemerkt haben.«

»Nun, ich weiß auch nicht, was ich davon halten soll«, antwortete ich, nicht weniger beunruhigt, und warf einen prüfenden Blick über den Ort und die Burg. Wäre dort kürzlich eine Seuche ausgebrochen, so würde man rechtzeitig einen »weißen Stecklin« gesetzt haben, der besagte: »Bleibt fern, wenn euch euer Leben lieb und teuer ist!« Aber Derartiges war nicht zu sehen.

Ich mußte handeln.

Rasch setzte ich meine in den vergangenen Jahren erworbene Autorität mit einem kurzen Befehl in Szene: »Werft in aller Ruhe den Anker, Kapitän! Wir haben es nicht eilig, von Bord zu gehen. Warten wir ganz einfach ab, was geschieht!«

Man sah es mir höchstwahrscheinlich nicht an, aber ich war überaus nervös. Eine brenzlige Situation war entstanden. Hatte mich nicht der Großmeister selbst in Empfang nehmen wollen? War er vielleicht durch irgendeinen Umstand aufgehalten worden, wie damals, als ich sogar »krank« werden mußte, um ihn wenig später persönlich kennenzulernen? Wie sollte ich mich verhalten, wenn der Großmeister noch gar nicht hier eingetroffen war und der Präzeptor der Templerburg von Cotllioure sich für meine Mission interessierte?

Die Sonne stach unbarmherzig vom Himmel.

In den engen, krummen Gassen des Fischerdorfes, die steil nach oben führten und durch ihre Bauweise erfolgreich die heiße Mittagssonne aussperrten, zeigte sich niemand. Ein paar räudige Köter lagen faul im Schatten, und es dauerte noch geraume Zeit, bis endlich ein Junge auf unser Schiff aufmerksam wurde und laut zu rufen begann.

Dann aber wachte das verschlafene Nest auf.

Alles, was Beine hatte, wuselte in Windeseile zum Hafen, und ein lautstarkes Palaver hub an. Die Leute reckten die Hälse, gestikulierten und sahen dabei immer wieder zur Burg hinauf. Aus der Burg jedoch kam weiterhin kein Lebenszeichen.

»Ho«, schrie da der Kapitän zu den Leuten hinunter. »Wo sind die Templeisen, die uns die Erlaubnis geben, von Bord zu gehen?«

Ein junger, kräftiger Seemann mit rotem Gesicht und ungewöhnlich blondem Haar, das er zu einem Zopf gebunden hatte, rief höhnisch zurück, indem er seine Hände wie einen Trichter benutzte: »Euer Großmeister ist vor einigen Tagen angekommen, vielleicht sind die Ritter aus diesem Grund verhindert! Der Alte wird ihnen den Marsch geblasen haben, den faulen Säcken!«

Die Menge grölte.

Allzu großen Respekt schienen die Leute von Cotllioure nicht zu haben vor den Rittern des Tempels. Auch unser Anblick – wir hatten zwischenzeitlich unseren Chlamys mit dem Tatzenkreuz übergezogen – beeindruckte sie nicht. Plötzlich machte mich Ritter Yves auf eine Bewegung auf der äußersten Mauer der Templerburg aufmerksam. Angestrengt blickten wir nach oben.

Und da geschah das Unglaubliche: der Beauseant, die Fahne unseres Ordens, wurde ganz langsam eingezogen!

»Habt Ihr das gesehen, Komtur«, riefen die Ritter Aire und Yves gleichzeitig. »Was hat das zu bedeuten?«

Ich glaube, daß ich in diesem Moment leichenblaß geworden bin.

»Das bedeutet«, ich schluckte, »das bedeutet, meine Brüder, daß der Großmeister soeben verstorben ist.«

Wir sanken auf die Knie zum Gebet.

Die Bewohner von Cotllioure standen indessen ratlos am Hafenbecken und schauten zwischen der Burg und unserem Schiff hin und her. Sie hatten natürlich gemerkt, daß irgend etwas Schlimmes passiert war, konnten sich aber keinen Reim darauf machen. Nach einiger Zeit – wir hatten die vorgeschriebenen ersten Gebete für den Großmeister beendet – öffnete sich das schwere hölzerne Tor, und drei Ritter kamen heraus. Als sie unser Schiff sahen, liefen sie schnellen Schrittes hinunter zur Mole.

Ich ging fürs erste allein an Land. Die von unserer Ankunft offensichtlich überraschten Ritter nahm ich ein wenig zur Seite, damit der Pöbel, der uns sofort umringte, sowenig wie möglich von unserem Gespräch mitbekam. Natürlich sprachen wir Latein, das dem gemeinen Volk, das provençalisch redet, nicht geläufig ist, aber man konnte nie wissen.

»Ich bin Ritter Bertrand de Blanchefort, der Komtur von Jerusalem und damit der Statthalter des soeben verstorbenen Großmeisters« – so stellte ich mich den Templeisen vor. Die drei waren verblüfft. Gerade als sie sich anschicken wollten, vor mir auf die Knie zu sinken, gab ich ihnen zu verstehen, daß ich das nicht wünschte, weil ich unter gar keinen Umständen irgendwelches Aufsehen erregen wollte.

»Was ist geschehen, daß der Großmeister – der HERR habe ihn selig – so plötzlich abberufen worden ist?« fragte ich die Brüder leise.

Der größte und älteste, ein braungebrannter Mann mit bereits ergrautem Bart, hoher Stirn und grünen, nicht unklugen Augen, stellte sich mir als Präzeptor von Cotllioure vor.

»Vor fünf Tagen schon traf der Großmeister hier ein, direkt aus Paris, hatte also, wie Ihr Euch vorstellen könnt, eine lange, strapaziöse Reise über Land hinter sich. So dachte sich keiner von uns etwas Arges, als er völlig erschöpft hier ankam. Er verweigerte alle Nahrung, sah jedoch fast stündlich hinaus aufs Meer, als ob er auf etwas Bestimmtes wartete. Gestern abend verschlechterte sich plötzlich sein Zustand. Wir zogen natürlich ärztlichen Rat hinzu; und der hier ansässige Heilkundige erkannte sofort, daß es sich um etwas Ernstes handelte. Nun, Komtur, wir waren über alle Maßen besorgt, und ich entschied, sofort einen Eilboten nach Montpellier zu schicken, um die besten Ärzte der dortigen Universität zu veranlassen, hierher zu eilen. Ja«, seufzte er und schüttelte dabei sein Haupt, »die Ärzte sind jetzt nicht mehr nötig, denn der Meister ist vor einer Stunde verschieden.«

»Friede sei mit ihm!« tönte es gleichzeitig aus unserem Mund.

Der Präzeptor schickte seine beiden Adjutanten zur Burg zurück und strich sich dann nachdenklich über seinen Bart. Dabei schaute er mich prüfend an.

»Die letzten Worte des Verstorbenen, Komtur, waren äußerst seltsam. Ich würde sie Euch nicht mitteilen, wenn Ihr nicht sein Stellvertreter wärt und wenn Eure unverhoffte Ankunft nicht vielleicht doch mit der Unruhe des Großmeisters in Zusammenhang zu bringen wäre. Er wiederholte nämlich mehrere Male hintereinander: ›Ich kann mich auf ihn verlassen. Ich kann mich auf ihn verlassen!‹ Der Kaplan, der ihm die letzte Ölung erteilte und die Gebete mit ihm sprach, meinte nach seinem Ableben, daß er sich wohl auf den HERRN berufen haben wird, auf den sich jeder Gläubige am Ende seines Lebens verlassen kann. Was aber denkt Ihr, Komtur?« fragte der Ritter leise. »Könnte es sein, daß der Großmeister Euch damit gemeint hat?«

Ich zuckte ein wenig ratlos mit den Schultern und sagte dann lapidar: »Natürlich ist mein Besuch hier in Cotllioure kein Zufall, wenngleich ich eher vermute, daß Euer Kaplan recht hat, denn der Großmeister war ein überaus frommer Mann.«

Der Präzeptor nickte.

»Was meine Ankunft hier in Cotllioure anbelangt«, log ich weiter, »so will ich Euch reinen Wein einschenken, Präzeptor! Ich hatte den Befehl erhalten, in Eurer Burg den Großmeister zu einem wichtigen Gespräch zu treffen. Das Gespräch sollte – und das braucht überhaupt kein Geheimnis zu sein – die Vorbereitung des nächsten Kreuzzuges zum Inhalt haben. Leider ist das nun nicht mehr möglich. Oberste Priorität hat jetzt für uns die würdige Beisetzung des Großmeisters. Wartet bitte einen Augenblick auf mich.«

Mit diesen Worten wandte ich mich ab und lief die wenigen Schritte zurück zu unserem Segler. Ich ordnete an, daß Peter Kropf, die anderen dienenden Brüder sowie Ritter Yves fürs erste an Bord zu bleiben hatten. Auch ohne daß ich es ausdrücklich befahl, war klar, daß sie den Sarg bewachen mußten. Den Kapitän, Ritter Aire de Cherchemont und die restliche Besatzung hieß ich mir auf die Burg folgen.

23

In Amt und Würden

Ich sagte zum König, es wäre gut,
wenn er nach dem Komtur und dem Marschall
des Templerordens schickte,
denn der Großmeister war tot ...

Joinville

Die Ritter der Komturei hatten den Großmeister inzwischen im großen Saal des Donjons aufgebahrt. Der alte Mann, zwar ausgezehrt und bleich, aber noch im Tod jene Würde bewahrend, die einen wahren Großmeister des Tempels auszeichnet, lag in vollem Ornat auf einem weißen Seidentuch, an dessen vier Ecken jeweils das rote Tatzenkreuz aufgestickt war. Das Zepter und das Siegel lagen in seinen gefalteten Händen. Ein gutes Dutzend dicke weiße Kerzen waren um seine Bahre aufgestellt, die in der zugigen Halle aufgeregt flackerten. Auf den Knauf ihrer Schwerter gestützt, knieten alle Ritter um den Sarg.

Ähnlich aufgeregt wie die Kerzen flackerte mein Herz, wenngleich ich mir äußerlich nichts anmerken ließ. Insgeheim fragte ich mich jedoch: Wie, um alles in der Welt, soll es jetzt weitergehen, Bertrand de Blanchefort?

Noch während ich, durch solche Gedanken abgelenkt, die vorgeschriebenen Gebete in meinen Bart murmelte, trat der Präzeptor vor mich und bat laut um meine Aufmerksamkeit. Alle Augen waren auf mich gerichtet, als er mir feierlich den Kommandostab des Großmeisters und das Siegel mit Kreuz und Adler übergab.

»Ritter Bertrand de Blanchefort, Komtur von Jerusalem«, sprach er dabei und sank vor mir auf die Knie. »Als Präzeptor von Cotllioure, der Komturei, in der der Großmeister des Tempels heute verstorben ist, übergebe ich Euch vor Zeugen die Zeichen der Macht. Bis ein neuer Großmeister von den Rittern im Heiligen Land gewählt ist, wie die Statuten es vorschreiben, ist es an Euch, für Recht und Ordnung zu sorgen. Wollen wir den

HERRN bitten, daß er Euch weise regieren läßt und die Kraft gibt für die Verantwortung, die dieses wichtige Amt erfordert.«

»Der HERR segne Euch!« murmelten die versammelten Ritter.

Nun war es geschehen. Von einer Stunde zur anderen lagen Zepter und Siegel in meinen Händen! So urplötzlich die Verfügungsgewalt über nahezu neuntausend Ordenshäuser und Komtureien im Orient wie im Okzident übertragen zu bekommen, das machte angst. Wer seine Furcht in einem solchen Augenblick nicht zugibt, belügt sich selbst. Andererseits fühlte ich eine gewisse Befreiung. Für lange Zeit wohl hatte mir niemand etwas zu befehlen, und das würde mir die Einhaltung des einst gegebenen Versprechens wesentlich erleichtern. Natürlich war ich in wichtigen Entscheidungen, wie zum Beispiel dem Verleihen von größeren Summen Goldes, dem Konvent verpflichtet. Was aber, wenn ich die Sache mit dem Schatz für keine »wichtige Entscheidung« ansah? Ich wollte ihn ja nicht verleihen noch verschleudern, sondern gut verwahren, wie es sich für einen Ordensschatzmeister geziemt. Das plötzliche Ableben des Großmeisters hatte die ursprünglichen Pläne, wie immer sie auch ausgesehen hatten, zunichte gemacht. Aber hatte er nicht gerade mich für diese Aufgabe ausgesucht, weil er wußte, daß ich in einer solchen Lage umsichtig, schnell und sicher im Denken wie auch im Handeln war?

Und in der Tat, noch während die Ritter um mich versammelt waren, wußte ich plötzlich, wie ich die Sache anpacken wollte. Und nachdem ich nun den einzig möglichen Ort kannte, an dem der Schatz sicher wäre, bis ich das Geheimnis dem neugewählten Großmeister anvertrauen konnte, überkam mich eine große Ruhe.

Gefaßt und mit ernster Miene verneigte ich mich vor meinen Brüdern und bat diejenigen, die noch immer knieten, sich zu erheben.

»Ich danke Euch, Präzeptor«, sprach ich, »und auch euch allen, meine lieben Brüder, für die Ehre, die ihr mir habt teilwerden lassen. Ich verspreche hiermit vor denselben Rittern, die auch das Ableben des Großmeisters bezeugen können, daß ich mich bemühen werde, mein Amt in Würde und Gerechtigkeit auszuüben, bis dereinst in Jerusalem ein neuer Großmeister gewählt wird.«

Eine köstliche Bourride weckte meine Lebensgeister, und mit jedem Löffel der mit Safran gefärbten Fischsuppe glitt meine Anspannung mehr in eine wohlige Zufriedenheit. Daran, daß es an diesem Abend ein eher karges Essen gab, hätte ich merken können, daß wir uns offensichtlich in »Outremer« befanden, aber natürlich war der wahre Grund dieses frugalen Mahles das Ableben des Großmeisters. Ein Toter im Hause erfordert eine gewisse Zurückhaltung, was die leiblichen Dinge betrifft.

»Ich bitte um eure Aufmerksamkeit, liebe Brüder!« sagte ich, als nach Tisch die Gebete gesprochen waren. Erwartungsvoll blickten mir die Templer ins Gesicht. »Als erste Amtshandlung ordne ich an, daß die wohlvorbereitete Leiche des Großmeisters auf dem Seeweg nach Marseille überführt wird. Die tüchtige Ambre, die uns heute hierher gebracht hat, soll diese Aufgabe erfüllen. Von Marseille aus wird der Sarg mitsamt Trauergeleit auf einem Trailerschiff unseres Ordens flußaufwärts nach Paris gebracht. Dort wird die offizielle Bestattung im Tempel stattfinden. Die Ambre soll gleich darauf, nach einer raschen Überholung, von Marseille aus direkt nach St. Jean d'Acre zurücksegeln. Ich will noch heute nacht meinem Statthalter in Jerusalem, dazu allen Marschällen und Präzeptoren in Outremer, in Frankreich und in den anderen Ländern die Nachricht über das Ableben des Großmeisters zu Pergament bringen und die Wahl des neuen Meisters auf Allerseelen festlegen. Zu diesem Zeitpunkt werde ich auch selbst wieder in Jerusalem sein.«

Der Präzeptor und die Brüder nickten.

»Liebe Brüder«, fuhr ich fort, »es war ein schwerer Tag für uns alle. Ich bitte euch daher um Nachsicht, wenn ich die heutige Nacht ungestört auf meinem Schiff verbringen möchte. Ich will die Stunden des Alleinseins nutzen zum Briefeschreiben und zu einer langen Zwiesprache mit dem HERRN. Das ersehne ich von ganzem Herzen. Diese Nacht der Einsamkeit wird mir die nötige Kraft geben, die ich in den kommenden Monaten brauche! Gleich in der

Früh werde ich Euch, Präzeptor, weitere Anweisungen erteilen, denn es muß noch viel erledigt werden in den nächsten Tagen.«

Bevor ich zur Ambre zurückkehrte, machte ich eine kurze Visite in der Schmiede, um mir – wie ich dem überraschten Waffenschmied erklärte – einige Eisenteile zu besorgen, die auf dem Schiff dringend benötigt würden. Natürlich war eine solche Vorgehensweise mehr als ungewöhnlich. Ein hochgestellter Ritter des Tempels schickt allenfalls seinen persönlichen Adjutanten wegen solcher Lappalien. Aber warum sollte ich nicht einer sein, »der selbst mit der Hand an den Teig geht« – wie man in meiner Heimat zu sagen pflegt?

Ritter Yves und die Dienenden waren mehr als froh, wieder festen Boden unter die Füße zu bekommen. Hungrig machten sie sich auf den Weg zur Burg.

Endlich war ich allein. Das Schiff schwankte leicht auf der dunklen See, deren Wellen sich zu dieser Stunde nur sanft zu kräuseln schienen. Die Luft war lau, aber mit dem Fortschreiten der Nacht wehte ab und an eine erfrischende Brise über mein Haupt. Aus dem Meer stieg ein leichter Nebel auf, der sich – gleich einem Haremsschleier, durchscheinend und doch verbergend – mit den Wellen hob und senkte. Der Himmel jedoch war klar. Das Sternbild des Großen Wagens stand genau über mir, einzelne Sterne blinkten geradezu in ihrem goldenen Glanz, als ob sie mir die alte Botschaft Marcabrus zurufen wollten: »Du bist frei in all deinen Entscheidungen. Nimm dein Schicksal in die eigene Hand!«

Ja, ich war frei! – Und zweimal ja: Ich wollte mein Schicksal von nun an selbst in die Hand nehmen!

Die Stille ist in der Tat eine Quelle der Weisheit, und am Ende meiner Überlegungen hatte ich keine Zweifel mehr, daß es wirklich nur eine einzige Lösung meines Problems gab, nämlich diejenige, die mir im Rittersaal eingefallen war. Daß sie mir im Beisein des toten Großmeisters gekommen war, betrachtete ich als ein gutes Omen!

Es war ein schönes Stück Arbeit, das ich in jener einsamen Sommernacht zu bewältigen hatte. Ich öffnete den Sarg und stapelte im sanften Licht einer Kerze all die Schätze, die ich in Jerusalem sorgfältig in kleine lederne Säcke verpackt hatte, auf einige alte Schafsfelle, die die Schiffsbesatzung für kalte Nächte im Lagerraum gestapelt hatte. Dann kam der vorerst schwierigste Teil meines Planes. Ich nahm mir den Sargboden vor und präparierte ihn so, daß er durch einfaches Entfernen eines Eisenbolzens nach unten aufzuklappen war. Am Ende war ich mehr als zufrieden. Dem tüchtigen Waffenschmied sei Dank!

Nachdem ich mein mühseliges Werk beendet hatte, schrieb ich noch rasch jene Briefe ins Heilige Land, die das Schiff mitnehmen sollte, und anschließend die, die im Abendland von Komturei zu Komturei gesandt werden sollten. Es dämmerte bereits, als ich mit allem fertig war.

Mir war feierlich zumute, trotz meiner Müdigkeit.

Ich dehnte und streckte meine Glieder, und als ich dankbar nach oben blickte in den noch immer schwarzblauen Himmel, sah ich, daß die Sterne, diese einzigen Zeugen meiner nächtlichen Heimlichkeiten, nicht mehr zu sehen waren – noch der Mond.

Nach der Morgenmesse gab ich meine weiteren Beschlüsse bekannt. Ich ordnete an, daß die Ritter Aire de Cherchemont und Yves de Marécage nicht mit den anderen nach Outremer zurückfahren, sondern mich persönlich auf meinen wichtigen Geschäften im Süden Frankreichs begleiten sollten. Desgleichen die dienenden Brüder, jene *alemani*, die ich einst in den Orden aufgenommen hatte.

Den Präzeptor, der noch am gestrigen Abend erste Vorbereitungen getroffen hatte, was die Einbalsamierung und den Transport des toten Großmeisters anbelangte, bat ich um ein solides Fuhrwerk, ein Ochsengespann beispielsweise, das ich in ungefähr drei Tagen benötigen würde. Fast glaubte ich selbst an die Geschichte, die ich ihm jetzt notgedrungen auftischen mußte, so leicht ging mir die Lüge über die Lippen. »Ihr sollt natürlich erfahren, Präzeptor, wozu ich dieses Fuhrwerk brauche. Im Lagerraum unseres Schiffes befinden sich die Gebeine eines hochverdienten Templers. Diese müssen endlich in die Nähe des Ordenshauses vom Bezú gebracht werden. Der Tod des Ritters liegt schon Jahre zurück, aber das Versprechen, ihn in heimatlicher Erde zu bestatten, das ihm einst der Großmeister auf dem Totenbett gab, dieses Versprechen ist nun auf mich übergegangen, und ich sehe es als meine vordringlichste Pflicht an, die Angelegenheit selbst zu überwachen. Ihr wißt, kein Templer bricht je sein Wort!«

Es geschah alles, wie ich befohlen hatte. Die *alemani* schleppten den Sarg des »hochverdienten Templers« von Bord, hievten ihn unter großem Gestöhne auf den bereitstehenden Ochsenkarren – kurze Zeit darauf trugen sechs Ritter von Cotllioure den Sarg des Großmeisters auf die Ambre. Welche die ungleich gewichtigere Leiche war, kann man sich denken. Den schweren Sarg mit dem Schatz hatte ich von Anfang an nur von den Dienenden tragen lassen. Wenn diese darob klagten und ächzten, so verstand sie niemand außer mir, und ich fuhr sie dann meist mit barscher Stimme an, daß sie sich gefälligst wie Männer benehmen sollten und nicht wie Memmen.

Die ganze Aktion fand natürlich unter der argwöhnischen Beobachtung der gesamten Einwohnerschaft Cotllioures statt. Was auch sollte sie von einem Austausch zweier Holzkisten halten, vor allem, wenn diese nicht von jener simplen Natur waren, wie sie das einfache Volk gewöhnt ist – sondern mit edlem Schnitzwerk und Goldbändern verziert!

Die Leute steckten die Köpfe zusammen und tuschelten, was das Zeug hielt. Ich konnte mir gut vorstellen, was sie uns Templern wieder einmal nachreden würden. Und – so ganz unrecht hatten sie ja wohl mit ihren phantasievollen Vermutungen nicht.

Nachdem ich den Rittern, die von Marseille aus nach Outremer zurücksegeln sollten, die Briefe übergeben hatte und zehn Boten bereits mit der Eilbotschaft in verschiedene Richtungen fortgeritten waren, nahm ich Abschied.

Es war ein doppelter Abschied, ein endgültiger, trauriger und einer auf Zeit. Der endgültige galt dem Großmeister, der mir

Großes zugetraut hatte und in dessen Schuld ich zeit meines Lebens stehen würde. Und der andere galt den Brüdern, die ich auf dem Meer der Obhut des HERRN anbefahl.

Sie würde ich spätestens an Allerseelen wiedersehen.

Am nächsten Morgen verließ auch ich mit meiner Begleitung Cotllioure. Der Zedernholzsarg lag – mit einer alten ledernen Plane bedeckt – festgezurrt auf einem großen Wagen, den zwei kräftige Ochsen zogen. Peter Kropf hielt die Zügel in den Händen. Die anderen Dienenden saßen um die Fracht herum, waren wohl lustiger Dinge, weil es nun zu Land weiterging. So ließen sie unter Gelächter ihre Beine baumeln und sich dabei die Morgensonne ins Gesicht scheinen. Die Brüder von Cotllioure hatten uns mit zahlreichen Wasserschläuchen und Proviantsäcken versorgt, so daß wir auf unserer langen Reise, die uns einige Zeit durch unwegsames Gebiet führen würde, nicht zu darben brauchten. Der Präzeptor selbst überstellte mir, Cherchemont und Marécage für den Ritt zum Bezú edle Rosse.

Der jeweilige Großmeister besitzt neben einer Anzahl guter Tiere als Privileg ein höchst wertvolles, überaus fragiles, turkomanisches Pferd, das zwar von Natur aus nervös ist, aber dennoch stabil und schlachtenerprobt. Solche Rösser stammen aus orientalischen Stallungen. Sie kosten viel Geld, und mit ihnen nehmen wir auch geschickte Reiter in unsere Dienste, die auf »Türkenart« zu kämpfen wissen. Dies ist das eine – das andere ist, daß auch jeder einfache Ritter des Tempels, der sich auf einer wichtigen Mission befindet, ein Anrecht hat auf eines der besten Pferde, die in einem Ordenshaus stehen. Unser Ziel ist es, stets das Ganze zu sehen und dabei den Tempel zu stärken. Ich selbst hatte übrigens bereits als Komtur von Jerusalem einen stolzen Turkomanen in meinem Besitz, den ich Omar rief – zur Erinnerung an mein erstes Pferd.

Eine Zeitlang zogen wir an den steinigen Ufern des Flusses Tét entlang, bis wir in das Land der zerklüfteten Täler, der dunklen, wilden Wälder, der felsigen Berge mit ihren rauschenden Wasserfällen kamen. Oft mußten wir einen Umweg einschlagen, da unser Ochsengespann auf den schmalen Berggraten in Schwierigkeiten geriet. Ritter Aire, der vom Präzeptor des Ordenshauses von Cotllioure eine genaue Karte unserer Route erhalten hatte, ritt voraus. Wir nächtigten, wo es uns günstig erschien, meistens in einem der zahlreichen Pinienwälder, die unseren Weg begleiteten. Größere Weiler vermieden wir, um nicht die Neugierde der Leute zu wecken.

An einem nebligen Morgen, der eine erste Ahnung vom bevorstehenden Herbst aufkommen ließ, sprach mich plötzlich Peter Kropf auf den Sarg an.

»Komtur, erlaubt Ihr mir eine Frage?«

»Nur zu, Bruder,« antwortete ich. Als ich ihm in die Augen sah, wußte ich sofort, was ihm auf der Seele brannte, und erschrak. Glücklicherweise redete er leise und in seiner Sprache, so daß die Ritter, die gerade am Ufer eines kleinen, gewundenen Bächleins die Pferde tränkten, den gefährlichen Wortwechsel nicht verstehen konnten. Die anderen *alemani* waren mit den Ochsen beschäftigt.

Der gute Kropf verstand es, eine günstige Gelegenheit nicht verstreichen zu lassen.

»Komtur, würdet Ihr den schweren Sarg auf die gleiche Weise im Auge behalten, wenn sich darin tatsächlich die Leiche eines Eurer hochgestellten Ritter befände und nicht das, was ich vermute?« fragte er mit einem listigen Blinzeln seiner blauen Augen.

Ich hielt den Atem an und brauchte gerade die eine Sekunde zu lange, um eine passende Antwort zu finden, als daß er mir diese geglaubt hätte.

»Was«, sagte ich leise, »was ist wertvoller als ein Mensch, wertvoller als eine gütige Seele und ein treuer Kämpfer für die Sache des HERRN? Das und nichts anderes ist meine Aufgabe, Bruder Peter, nämlich einen dieser wertvollen Menschen – der mir übrigens viel bedeutet hat – endlich zur letzten Ruhe zu führen.«

Peter Kropf schaute mich zweifelnd an und hob dabei die dichten rotbuschigen Brauen auf eine besondere, eigentümliche Weise, wie ich es nach ihm nie mehr bei einem anderen gesehen habe.

»Nun gut, Komtur«, sagte er zögernd, »ich verstehe sehr gut die

Worte, die Ihr sagt. Aber ich verstehe auch das, was Eure Lippen nicht preisgeben wollen. Ihr werdet Eure Gründe dafür haben. Seid jedoch beruhigt, ich werde meinen Verdacht für mich behalten, schon aus Loyalität, denn Ihr habt viel für mich und meine Leute getan. Ich will Euch nur versichern, daß Ihr jederzeit auf mich bauen könnt, wenn Ihr eines Tages vielleicht einen Vertrauten braucht.«

Was hätte ich ihm darauf antworten sollen? Jede weitere Ausflucht hätte mich lächerlich gemacht oder ihn gegen mich eingenommen. So beschloß ich, das Wagnis einzugehen, ihm fürs erste mit Ehrlichkeit entgegenzutreten – ohne dabei die Wahrheit preiszugeben. Alles weitere würde man sehen.

Ich schaute dem mutigen Mann fest in die Augen und sagte leise: »Ich danke dir, Peter Kropf, für das Verständnis, das du für meine Situation aufbringst. Bei passender Gelegenheit werde ich mich dir gegenüber möglicherweise mehr als dankbar erweisen!«

Er verstand, verneigte sich wortlos und ging den anderen entgegen, um ihnen beim Anschirren der Ochsen zu helfen.

Und ich – ich wußte, was zu tun war. Die Lage war ernst.

Talauf und talab ging unsere mühselige Reise durch das Fenouillèdes, das Fenchelland, mit seinen atemberaubenden Schluchten. Erneut ließ der Ochsenkarren eine schnellere Durchquerung dieses Teils der Pyrenäenausläufer nicht zu. Es hieß, sich in Geduld zu üben. Unzählige Kermeseichen säumten unseren Weg, bis wir endlich das Flüßchen Agly erreichten und jenen großen römischen Aquädukt zu Gesicht bekamen, der auf unserer Karte eingezeichnet war. Tags darauf sahen wir schon von weitem die mächtige Burg Quéribus, die mich überaus neugierig machte, deren Besuch jedoch nicht möglich war, wie uns eine alte Frau erklärte, die am Rande eines schäbigen Weilers mit zwei kleinen Kindern um eine milde Gabe bettelte.

»Dort ist alles verbarrikadiert, edle Herren! Es lohnt der Mühe nicht, hinaufzureiten. Es ist sogar gefährlich. Wenn Ihr Euch nur am Fuß des Berges in auffälliger Art zu schaffen macht, müßt Ihr damit rechnen, daß man eine Steinkugel auf Euch hinabdonnern läßt! Ja, ja – die sind sehr nervös dort oben, die sich dort verschanzt haben. Ach, ja, wer kann es ihnen verdenken! So viel Leid, so viel Leid ...«, jammerte sie und schüttelte unablässig ihren Kopf. Die Kleinen, die rechts und links ihre Beine umklammert hielten, sahen mit weit aufgerissenen, ängstlichen Augen zu uns empor. Es waren Zwillinge, Knaben, vielleicht vier Jahre alt. Ihre geschorenen Köpfe waren über und über mit ekligen Krusten bedeckt, aus ihren Nasen lief der blanke Eiter, und die durchlöcherten Hemden, die sie trugen, schlotterten ihnen am Leibe.

Ja, so viel Leid.

Die Tirade der Alten fand erst ein Ende, als ich sie entlohnte.

Kurze Zeit später – es dämmerte schon – führte uns unser Weg durch einen anderen Weiler mit dem Namen Cucugnan, der von einer zinnengekrönten Burg bewacht wurde. Linkerhand jedoch, noch weit entfernt im Hintergrund, sahen wir eine weitere, riesige Burganlage, die sich hoch oben wie eine kleine Stadt an den Fels klammerte. Dunkle Wolkenfetzen zogen über das gewaltige Bauwerk hinweg. Die untergehende Sonne schickte ihre letzten Strahlen durch die teilweise zerstörten Mauern und beleuchtete an diesem Abend das ganze Gebilde auf geradezu gespenstische Art und Weise. Wir hielten die Luft an, so beeindruckte uns das, was wir sahen!

Hier, mit Ausblick auf diese mehr als geheimnisvolle Burg, suchten wir uns ein festes Quartier am Rande der Ortschaft, um uns einmal ordentlich auszuruhen.

24
Unter Ketzern

*Dort wird jede Seele so viel Reichtum und Glück haben
wie jede andere; und alle werden sein wie eine.*
Pierre Authié, Katharer

Am nächsten Morgen konnte ich meine Neugierde nicht mehr bezwingen. Die ganze Nacht war mir der faszinierende Anblick jener Gemäuer nicht aus dem Sinn gegangen. Burgen, das war mein Metier. Burgen hatte ich in Outremer selbst bauen lassen, und so waren sie gewissermaßen zu einem Teil meines Lebens geworden. Nur meine eigene, die gehörte mir nicht mehr. Und das machte mich jetzt, wo ich mich wieder der Heimat näherte, mehr wütend als traurig.

Unser Quartiermeister war ein kleiner, lustiger Mann, ein wenig kurzatmig, wie mir schien. Sein schwarzer Schnurrbart hing ihm fast bis auf die Brust hinunter. Um seine rundliche Mitte hatte er an einem breiten Ledergürtel einen dicken Schlüsselbund hängen. Als er den Schankraum betrat, um uns Hirsegrütze und heiße Milch zum Frühstück vorzusetzen, sagte ich zu ihm: »Wirt, wir bleiben noch einen weiteren Tag bei Euch. Die Pferde und die Ochsen sollen Ruhe haben und meine Männer auch. Aber sagt mir doch, wie heißt jene Burganlage dort oben, und wer ist ihr glücklicher Besitzer?«

Vorsichtig schaute sich der Wirt nach allen Seiten um, bevor er mir zuraunte: »Sie heißt Peyrepertuse, Templer, das bedeutet ›durchbrochener Stein‹. Ihr Besitzer ist allerdings vor einiger Zeit vom HERRN abgerufen worden.« Der Wirt verzog ironisch das Gesicht, stieß ein paar grobe Flüche aus und fuhr nach einer kurzen Entschuldigung wieder leise fort: »Er war einer Seiner treuesten Diener, wie man so schön sagt, nämlich kein Geringerer als der edle Graf Simon de Montfort, wenn Ihr wißt, von wem ich spreche!«

Ich nickte dem Mann zu, ohne eine Regung erkennnen zu lassen.

»Guilleaume de Peyrepertuse, unser hiesiger Graf, mußte sich ihm mit seinem gesamten Gefolge unterwerfen. Die Katholischen – ich hoffe, Ihr verzeiht, Templer – warfen unserem Grafen vor, die Ketzer zu schützen, die sich angeblich auf dem Peyrepertuse verschanzt hätten. Der edle Montfort hat sie dann alle ausgeräuchert! Man sagt«, flüsterte der Wirt jetzt, »daß es spuken soll dort oben. Also gebt gut acht, falls Ihr hinaufsteigt. Der Geist der Katharer soll in den alten Mauern umherziehen! Ich jedoch« – der Mann grinste und zwirbelte die Bartenden –, »ich glaube eher, daß es der Geist jenes Montfort ist, der keine Ruhe findet im Jenseits, und – mit Verlaub gesagt, Templer – das gönne ich ihm von Herzen. Denn als er hier war mit seinem Mob, den angeblichen Soldaten Christi, da hat er auch unser schönes Dorf in Schutt und Asche gelegt – wenngleich ich einige von denen beim Plündern erwischt und mit meiner alten Mistgabel gewaltig in den Hintern gestochen habe. Mein heißes Blut, wißt Ihr! Aber es hat alles nichts genutzt, sie war in der Überzahl, die Drecksbande, die verfluchte!«

»Ich habe keine Angst vor Geistern, und ich möchte gerne die Burg besichtigen«, sagte ich zum Wirt, ohne die Geschichte Montforts und die bestimmter Mistgabeln näher zu werten. Bereitwillig beschrieb er mir den Weg zur Burg.

Aire de Cherchemont, Peter Kropf und ein weiterer Dienender begleiteten mich. Die anderen ließ ich zur Bewachung des Sarges in Cucugnan zurück.

Nach einem etwa halbstündigen Ritt stellten wir die Pferde in einer kleinen Kate unter, denn der steinige Aufstieg, der vor uns lag, war für die Tiere zu steil. Der zweite *alemani* hatte auf sie aufzupassen.

Steigt man den schmalen Pfad nach oben, so erkennt man schnell, wie fest Peyrepertuse im schroffen Fels verankert ist. Die Burg erscheint dadurch so hoch wie ein Gebirge selbst, was mehr als beeindruckend ist für den, der das Bauwerk von unten oder von halber Höhe aus betrachtet. Wir wagten uns dennoch an den ebenso mühsamen wie gefährlichen, schweißtreibenden Aufstieg, der ganze drei Stunden in Anspruch nahm. Rechts und links des schmalen Trampelpfades wucherte wilder Rosmarin, der Taufblume und Totenpflanze zugleich ist. Leben und Tod, Anfang und Ende – des Menschen Bestimmung also –, sie liegen oft nahe beieinander, zu nahe. Gar vielen jungen Menschen wird das eigene Leben vorzeitig genommen, allzuoft aus nichtigen Gründen.

Durch die aufgelassene Barbakane betraten wir, nicht wenig erschöpft, den Eingang. Eine Gruppe Fingerhüte, purpurrot, aus einer Felsplatte herausgewachsen, wiegte sich im frischen Wind, und eine einsame, verwöhnte Ziege – ein kleines Glöckchen um den Hals – suchte sich ganz offensichtlich diejenigen Kräutlein, die ihr am besten mundeten. Im Hintergrund erwartete uns ein noch gut erhaltener alter Wohnbergfried, während die übrigen Gebäude mehr oder weniger stark zerstört waren. Als wir uns neugierig umsahen, bemerkten wir, daß aus dem Kamin des Donjons eine dünne Rauchsäule aufstieg.

Verdutzt schauten wir uns an.

»Geister pflegen kein Feuer zu machen, hier ist jemand anderes am Werk. Sehen wir einmal nach, wer sich zum neuen Herrn der Burg gemacht hat!« sagte ich lachend zu Aire.

Ich hatte meinen Satz noch nicht zu Ende gesprochen, als auch schon vorsichtig die Tür des Wohnturms einen kleinen Spalt geöffnet wurde. Quietschend schob sie sich Zoll um Zoll aus ihrer Verankerung, und zum Vorschein kam ein Mann mit langem weißem Bart, bekleidet mit einem dunklen Umhang, die Kapuze tief ins Gesicht gezogen.

»Wer seid Ihr?« rief er uns zu, mit einer Hand die Kapuze zum Gruße lüftend und mit der anderen vorsichtig die Tür haltend, damit er sie im Notfall schnell wieder hinter sich zuziehen konnte.

»Wir sind Templer auf der Durchreise«, beruhigte ich ihn. »Wir wollen Euch nichts anhaben, guter Mann, habt keine Angst! Wir sind nur am Zustand dieser Burg interessiert, weil wir Fachleute sind im Bau von Befestigungen, die wir im Heiligen Land errichtet haben.«

Da schob der Alte die Tür vollends auf, und wir sahen verblüfft in einen ebenerdigen kleinen, halbdunklen Raum, in dem sich ungefähr zehn weitere Männer befanden. Sie saßen im Kreis auf altem Stroh und hatten ein aufgeschlagenes großes Buch vor sich liegen.

Katharer! – so fuhr es mir durch den Sinn.

Ritter Aire, dem ein ähnlicher Gedanke gekommen sein mußte, sah mich mit bedeutungsvollem Blick von der Seite an. Ich konnte geradezu spüren, daß er sich fragte, wie wir uns jetzt verhalten sollten beim Anblick jenes katharischen Gottesdienstes, der da gerade im Gange war!

Die Katharer waren überrascht, aber in ihren Augen war erstaunlicherweise weniger Angst zu sehen als vielmehr Fatalismus. Ein Fatalismus, wohl entstanden in langen Jahren der Verfolgung, fast täglich wechselnder Verstecke und zahlreicher Niederlagen durch Montfort.

O ja, ich verstand – nur konnte ich mein Mitgefühl, das ich in diesem Augenblick für jene einsamen Männer hegte, nicht gut mit Aire de Cherchemont teilen. Unsere nächtlichen, freundschaftlichen Gespräche am Brunnen in Outremer hatten sich zwar zwangsläufig auch um das gedreht, was meiner Familie passiert war und was im Abendland vor sich ging. Aber von der Tiefe meiner Sympathie zu den Ketzern ahnte er nichts, allerhöchstens von einem kompromittierenden Brief einer »exkommunizierten Dame«. Wann endlich, so dachte ich schweren Herzens, wann kann ich ein einziges Mal der sein, der ich in Wirklichkeit bin?

Der Alte bat uns herein und grüßte ganz offen mit dem katharischen Melioramentum: »Benedicite, parcite nobis! Ihr Ritter vom Tempel, wir heißen euch willkommen. Ihr habt es gewiß bemerkt: Ja, wir sind *boni homines* – katharische *parfaits*. Mein Name ist Jean, und ich stamme aus einem Dorf hier in der Nähe. Wir haben nicht damit gerechnet, daß uns jemand hier oben besuchen kommt, denn die Leute im Tal ängstigen sich seit einiger Zeit, wenn nur die Sprache auf die Burg Peyrepertuse kommt. Nun habt Ihr uns entdeckt, und wir können nichts weiter tun, als Euch um der Liebe Gottes willen zu bitten, niemandem von unserer Existenz hier oben zu erzählen. Wenn Ihr jedoch Eurem Papst

Loyalität beweisen müßt und unseren Aufenthaltsort dem Klerus preisgebt, so können wir auch daran nichts ändern. Viele sind schon vor uns gegangen, und viele werden nach uns gehen. Wir sind nicht von dieser Welt!«

»Habt keine Angst, Männer«, sprach ich, »wir Templer sind nur dem HERRN Rechenschaft schuldig. Wir sind keine Verräter! Zeigt uns lediglich die Burganlage, nur daran sind wir interessiert. Danach werden wir euch wieder alleine lassen.«

Ritter Aire nickte zustimmend. Natürlich ahnten die Katharer ebensowenig wie der Wirt von Cucugnan, daß sich unter meinem Habit der Komtur von Jerusalem verbarg. Hätten die guten Leute davon Kenntnis gehabt, so wären sie, glaube ich, nicht wenig erschrocken gewesen. Denn von einem Mann in solcher Position mußte doch jedermann annehmen, daß er das Ketzertum, wie der Heilige Vater selbst, vehement ablehnen würde.

Heftig mußten wir uns gegen den Mistralwind stemmen, der sich an diesem Tag hoch oben auf dem Berg ungehindert austobte und gespenstisch durch das Gemäuer pfiff. Der Katharer zeigte uns zuerst eine kleine Kapelle, unversehrt, mit Namen Sainte-Marie, die vor mehr als hundert Jahren erbaut worden war. Wir verrichteten unsere Gebete, während der Katharer am Eingang auf uns wartete. Dann besichtigten wir zahlreiche Gebäude, die durch Montforts Schuld stark zerstört waren. Selbst an den Ruinen konnte man aber den ursprünglichen Zustand noch recht gut erkennen. Jean führte uns anschließend an die Mauer der ersten Befestigung, von der aus wir einen atemberaubenden Ausblick auf die Umgebung hatten. In der Ferne erkannten wir wieder – weiß leuchtend im Sonnenlicht – die gewaltige Burg Queribus, die, so der *parfait*, bis zum heutigen Tage nicht erobert werden konnte.

»Auch Montfort hat sich an ihr die Zähne ausgebissen!« sagte er leise.

»Peyrepertuse, Ihr Ritter, bestand ursprünglich aus zwei Befestigungen«, erklärte uns Jean, eifrig gestikulierend beim Weitergehen. »Die erste Burganlage war vor dem Schleifen von einer starken Mauer umgeben und von zwei runden Türmen flankiert.

Dort drüben könnt ihr noch Reste davon finden. Wenn ihr mir folgen wollt ...«

Die gewaltigen Mauerreste, die Jean uns zeigte, endeten geradezu dramatisch über dem Abgrund einer Felsnase, ähnlich wie der Bug unseres tüchtigen Templerschiffes, das uns vor kurzem in die Heimat gebracht hatte. Wie sehr bedauere ich es noch heute, diese riesige Burganlage nicht mehr in ihrem ursprünglichen Zustand vorgefunden zu haben.

»Bevor man zur zweiten Burg gelangte, galt es, eine weite Fläche zu überqueren. Auch diese war einst von starken Ringmauern eingefaßt. Seht, Ritter« – er zeigte in die Ferne –, »linker Hand sind noch Reste davon zu finden!«

Jean führte uns zum Schluß in eine weitere Kapelle und wies auf mehrere vom Feind zerstörte Zisternen hin.

Anschließend lud er uns zu einem einfachen Mahl ein.

Wir nahmen dankend an, denn schon der lange Aufstieg hatte uns hungrig gemacht. Das Brot hatte man frisch gebacken, wie wir erfreut feststellten. Es war wohl der verräterische Rauch des Backofens gewesen, der uns auf die Ketzer aufmerksam gemacht hatte. Verstohlen segnete Jean den Laib auf häretische Weise, was heißt, daß er kein Kreuzeszeichen, sondern eine kreisende Gebärde über dem Brot machte. Das Mahl, mit Kohl, Wein und Nüssen, das schweigend eingenommen wurde, war vorzüglich, so daß wir am Ende allesamt guter Dinge waren: wir Templer, weil wir so gastfreundlich bewirtet worden waren, und die Katharer, weil sie merkten, daß ihnen von uns keine Gefahr drohte. Der Perfekte zeigte mir auf meine Bitte hin sogar das Buch, aus dem sie zuvor gelesen hatten. Es handelte sich um eine wertvolle Ausgabe des Johannes-Evangeliums, mit großen Bolognesischen Buchstaben und schönen Verzierungen in Azur und Purpur. Ritter Aire, der sich meinem konzilianten Umgang mit den Ketzern schnell angepaßt hatte, führte derweilen mit einigen Kapuzenmännern eine angeregte Unterhaltung über das Schicksal der weiteren Burgen hier in der Gegend. Peter Kropf verstand nichts von dem, was wir redeten, auch nichts von dem, was hier oben auf dem Peyrepertuse vor sich ging: In diesem Land war er ein Fremder unter Fremden.

Wir waren schon zum Abschied bereit, und ich blickte noch einmal zur Burg Queribus hinüber, die so trutzig und sicher auf ihrem Berg thronte, da kam mir plötzlich ein Gedanke. Ehe ich mich noch recht besonnen hatte, zog ich Jean ein wenig zur Seite.

»Guter Mann, ich möchte Euch gerne noch eine Frage stellen! Habt Ihr Kenntnis von einem Ort, der sich der ›Sichere Berg‹ nennt?«

Jean schaute mich überrascht an. »Wo, um alles in der Welt, habt Ihr diesen Namen gehört, Templer!«

»Ich kann es Euch nicht sagen, Jean«, antwortete ich leise, »aber ich bitte Euch um Euer Vertrauen. Es hat mit Eurer katharischen Sache zu tun, und das Wissen um jenen Ort könnte unter Umständen die Rettung vieler Leute Eures Glaubens bedeuten!«

Der Katharer schwieg lange, den Kopf gesenkt. Plötzlich fing er an zu beten: »HERR, wie du die drei Könige geleitet hast, so leite auch mich!« Dann schaute er auf und lüftete erneut ein wenig die Kapuze. »Ritter, wenn ich nicht wüßte, daß nach wie vor viele Leute des Tempels auf unserer Seite stehen und wie wir die Kreuzzüge in unser Land verurteilen, dann würde ich niemals das offenbaren, was ich Euch jetzt unter vier Augen sagen werde. Ihr versichert mir, daß das Leben unserer Leute von Eurem Wissen um jenen Ort abhängen könnte, und Ihr scheint mir ein ehrlicher Mensch zu sein. Der Sichere Berg – ›Montségur‹ – wird jene Burg genannt, die von Glaubensbrüdern auf dem Massiv des Saint-Barthélémy errichtet wurde, in der Grafschaft Foix. Sie befindet sich in einer Gegend in den Pyrenäenbergen, die geradezu unwirtlich zu nennen ist, und ist so beschaffen, daß sie niemals im Leben erobert werden kann!«

Ich hatte Esclarmondes Botschaft verstanden.

Mein Herz jubilierte, meine Kehle hatte Lust zu singen, meine Beine liefen von alleine und ohne jegliche Mühe in einem fort den steilen Berg hinab, so daß meine Brüder mir kaum folgen konnten.

Esclarmonde! Endlich wußte ich, wo ich sie finden konnte!

Fünf weitere Tage dauerte es noch, bis ich meine Heimat wiedersah. Am vorletzten Tag konnte ich sie schon riechen, diese unvergleichlich würzige Luft, die mich meine ganze Kindheit hindurch begleitet und die ich in Outremer so schmerzlich vermißt hatte.

Auch Aire de Cherchemont, der vor fünfzehn Jahren das letzte Mal für einen kurzen Besuch auf dem Bezú geweilt hatte, bekam feuchte Augen.

»Mein Gott«, rief er ein ums andere Mal und schüttelte den Kopf, »ich hatte es längst vergessen, nein, ich hatte es verdrängt, in die hinterste Ecke meines Herzens geschoben, wie schön es bei uns in Okzitanien ist! Die felsigen Berge mit ihren Höhlen, die rote Erde und die saftiggrünen Täler. Riecht doch einmal die milde Luft, den Lavendel, den Ginster, Komtur, und seht dort drüben die Zistrosen in ihrer Pracht! Jetzt weiß ich, was ich aufgegeben habe damals, als ich mich dem Tempel verschrieben habe. Entschuldigt bitte meinen Ausbruch – aber ich bin Euch mehr als dankbar, daß Ihr mich als Eure Begleitung ausersehen habt, denn wer weiß, ob ich noch ein weiteres Mal in meinem Leben die Chance bekomme, die Heimat zu sehen!«

Es zahlt sich im Leben aus, wenn man sich mit Menschen umgibt, in deren Nähe man sich wohl fühlt und auf die man in der Not bauen kann. Ich habe diese Erfahrung schon recht früh gemacht, mit Marcabru, dem Troubadour. Allerdings ist es ab und an bitter notwendig, daß man solchen Menschen Lob und Anerkennung zollt. Deshalb – und nicht etwa aus Dankbarkeit einem Mann gegenüber, der zu meinem Schutz möglicherweise jemanden getötet hatte – sagte ich zu Ritter Aire am letzten Abend vor unserer Ankunft, als wir uns vor dem Schlafengehen noch ein wenig die Beine vertraten: »Aire, Ihr seid ein guter Mann, habt mir immer treu zur Seite gestanden. Auch seid Ihr mir inzwischen mehr als nur mein persönlicher Adjutant! Ich betrachte Euch als meinen Freund. Wenn ich allerdings in den nächsten Tagen etwas absolut Außergewöhnliches und möglicherweise Unverständliches in die Wege leite, so fragt nicht nach meinen Beweggründen. Eines Tages werde ich Euch in die ganze Geschichte einweihen – nur im Augenblick muß ich absolutes Stillschweigen darüber bewahren, weil ich mein Wort gegeben habe. Ich verspreche Euch aber, daß Ihr nach Abschluß dieser Angelegenheit zehn Tage frei bekommt – oder auch einige Tage länger, wenn es Euch beliebt. Vielleicht möchtet Ihr nach Hause reiten zu Euren Angehörigen.«

Aire blickte überrascht auf.

»Ich weiß, ich weiß, Ritter!« beruhigte ich ihn. »Es ziemt sich für einen Templer nicht, Verbindungen mit der Familie aufrechtzuerhalten! Es ist verboten. Aber in Anbetracht dessen, daß wir alle zusammen im späten Herbst wieder ins Heilige Land reisen müssen – und nur der HERR kann sagen, für wie lange –, möchte ich Euch diese Gunst gewähren.«

Aire, der liebenswürdige, treue Gefährte, der niemals viele Worte machte, auch selten über seine Gefühle redete, versprach, nicht nachzufragen und über alles zu schweigen, was auch immer geschehen würde, und nahm mein Angebot dankbar an. Er wollte ein letztes Mal seine alte Mutter sehen, wenn sie noch am Leben wäre.

Zuerst mußte ich meine ehemalige Ordensburg, den Bezú, aufsuchen, um mich dort zu melden. Das sahen die Statuten vor, auch für einen stellvertretenden Großmeister.

Am Vormittag eines trüben, leicht verregneten Spätsommertages kamen wir an. Ein zarter Nebelschleier aus kleinen Wassertröpfchen, die in allen Regenbogenfarben schimmerten, hatte sich über die zahlreichen Heidebüsche gelegt. *Bezú*, das wußte ich, hieß »Birke« oder auch »Grabstätte«. Die Gelehrten unter unseren Rittern waren sich nie so recht einig gewesen über die wahre Bedeutung. An diesem Tag jedoch, an dem mein Herz vor Freude klopfte, beschloß ich, mich auf das freundliche Wort »Birke« festzulegen, denn die gab es hier zuhauf.

Die *alemani* und Ritter Yves ließ ich am Fuße des Bezú rasten, denn für die Ochsen war der Berg viel zu steil, und warum sollten wir den Sarg erst hinauftransportieren, wenn wir ihn später wieder hinunterschaffen mußten. Ich versprach meinen Getreuen jedoch, ihnen noch am gleichen Abend frische Verpflegung zukommen zu lassen, dazu drei Krüge Roten, die sie sich verdient hätten. Zugleich schärfte ich ihnen ein, besonders wachsam zu sein, denn niemand konnte wissen, ob sich nicht gerade marodierende Truppen des unheiligen Kreuzzuges in der Gegend befanden.

Wir beide, also Aire de Cherchemont und ich, stiegen frohgestimmt zum Bezú hinauf.

Nichts hatte sich verändert. Aber wie groß erst war die Freude, die alten Brüder wiederzusehen! Alt im doppelten Sinne des Wortes, denn einige von ihnen, die ich als gestandene Ritter zurückgelassen hatte, waren inzwischen weiß oder kahl geworden. Der Präzeptor schien dagegen kaum gealtert.

»Die Ritter de Blanchefort und – sehe ich richtig? Das ist doch Aire de Cherchemont!« rief er aus und schüttelte ein ums andere Mal den Kopf, als er uns zu Gesicht bekam. »Nein, mit Euch hätte ich heute am wenigsten gerechnet! Wie schön, Euch beide zu sehen! Man könnte meinen, daß Euch der Dienst im Heiligen Land gut bekommen ist! Ihr seid ein richtiger Mann geworden, Blanchefort, groß und stark und braungebrannt von der Sonne Outremers, ganz wie es sich für einen Ritter des Tempels geziemt, und auch Ihr, Cherchemont, habt Euch prächtig gehalten, wenn man Euer Alter berücksichtigt! Ich brauche Euch nicht zu fragen, ob es Euch gut geht, man sieht es – jawohl!«

»Ich danke Euch für die herzlichen Worte, Präzeptor«, sagte ich und erzählte sogleich vom Tode des Großmeisters. Als ihm klargeworden war, daß ich als Komtur von Jerusalem im Besitz der Insignien war und damit der Interimsmeister, wollte er mit einer Geste der Ergebenheit vor mir auf die Knie sinken. Dies konnte ich gerade noch verhindern. Ist schon Unterwürfigkeit an sich eine Eigenschaft, die mir als ehemals freiem Südfranzosen stets zuwider war, so wollte ich nicht einen früheren Vorgesetzten demütigen.

Die beiden katharischen Brüder, die mit mir konsekriert worden waren, weilten nicht mehr auf dem Bezú. Sie seien abgerufen worden in das große Ordenshaus von Saint Gilles du Gard. Über diese Auskunft war ich nicht unglücklich, denn sie bewahrte mich davor, am Ende Thierry eine weitere Erklärung abgeben zu müssen, meine damalige heimliche Anwesenheit in der Schenke »Les Copins« betreffend.

Nach der Abendmesse und nachdem ich veranlaßt hatte, daß Ritter Yves und die *alemani* mit dem Nötigsten versorgt worden waren, bat ich den Präzeptor um eine Unterredung unter vier Augen.

Wir schlossen uns ein im Scriptorium, das an diesem Tag leerstand, weil der alte Vorsteher vor kurzem verstorben war und ein neuer erst gewählt werden mußte.

»Nun, Präzeptor«, fing ich an, »ich habe – wie Ihr gleich merken werdet – ein mehr als außergewöhnliches Anliegen, von dem ich Euch in Kenntnis setzen will. Nein, nein«, wiegelte ich ab, als der Präzeptor meinte, daß ich in Anbetracht meines Amtes doch völlig autonom sei. »Ich lege gerade auf Euren Rat größten Wert. Es handelt sich nämlich um eine wirklich delikate Angelegenheit. Kurzum: Ich möchte die Gebeine meines Vaters in unserer Familiengruft bestatten. Es ist dies ein Herzensbedürfnis, das mich seit meiner Abreise in das Heilige Land nicht zur Ruhe kommen ließ. Und nur Ihr könnt mir sagen, ob das für mich zu bewerkstelligen ist.«

»Euren Vater wollt Ihr begraben?« fragte der Präzeptor verwundert. »Ja, habt Ihr, Eure Schwester und dieser Troubadour, der Euch seinerzeit begleitet hat, ihn denn nicht zur Ruhe betten können, bevor Ihr hierher gekommen seid?«

»Natürlich haben wir das getan, und ich alleine weiß den Ort, wo seine Gebeine zu finden sind. Er liegt jedoch in ungeweihter Erde. Geziemt es sich denn nicht für den letzten Grafen von Rhedae, der für sein Land und seine Leute gestorben ist, in seiner Burg, neben seinen Ahnen bestattet zu werden, und zwar von seinem einzigen Sohn?«

»Da habt Ihr sicher recht«, stimmte mir der Präzeptor nachdenklich zu, »und wenn es sich so verhält, will ich Euch gerne unterstützen. Wie kann ich Euch behilflich sein?«

»Beantwortet mir folgende Fragen: Ist inzwischen eine Änderung der Besitzverhältnisse eingetreten?«

Der Präzeptor verneinte.

»Zum zweiten: Befindet sich noch immer dieser Statthalter Voisins auf Rhedae?«

»Nun, *pacta sunt servanda*, Verträge müssen eingehalten werden, Komtur. Rom hat sich bis zum heutigen Tag nicht abschließend geäußert, niemand hat in all den Jahren am Status quo gerüttelt. Aus diesem Grunde hat Voisins auch nach wie vor die Nutzungsrechte, das heißt: Ja, er ist noch dort.«

Ich nickte. »Das wollte ich wissen. Habt vielen Dank, Präzeptor. Jetzt kann ich zur Tat schreiten.«

»Gut. Ich sehe keine großen Schwierigkeiten für Euch, Euren Vater würdig zu bestatten. Sollte Voisins wider Erwarten Probleme bereiten, so pocht auf Euer Recht und verweist auf die Besitzurkunden, die sich auf dem Bezú befinden.«

Noch vor dem ersten Hahnenschrei ritten wir wieder den Berg hinab.

25
Rhedae

Am Ende der Psalmen,
wenn das Gloria patri gesungen wird,
zu Ehren des Heiligen Geistes,
erhebt und verneigt euch ...

Ordensregel

Rhedae, unser Berg, hat eine lange, schicksalsreiche Vergangenheit. Durch seine überaus günstige Lage ist er leicht zu verteidigen, so daß im Laufe der Zeiten die unterschiedlichsten Bewohner auf ihm siedelten und eine Burg oder eine Befestigung errichteten. Die Gallier nannten die ihre »Reda« – das heißt »vierrädriges Fuhrwerk«. Später wurde die Anlage in Rhedae umbenannt. Das war, als ein Volksstamm, der weit aus dem Osten kam und sich Whisigots nannte, hier einfiel. Eine mächtige Festungsanlage entstand damals, mit zwei großen Zitadellen und umgeben von zwei Wällen.

Die Westgoten waren es aber nicht, die unser Land mit den zahlreichen riesigen Steinen versahen, die noch heute überall zu finden sind. Diese Monumente müssen viele tausend Jahre älter sein als die Bauwerke der Westgoten. Sie würden, so hatten mir die Alten hinter vorgehaltener Hand zugeflüstert, aus einer Epoche stammen, als das Reich der Zauberer noch mächtig war und ein Troglodytenvolk, ohne Kenntnis über den Lauf der Zeit, in den Höhlen dieser Gegend gehaust hatte. Denn welcher Mensch sollte jemals eine solche Kraft gehabt haben, ohne Hilfsmittel derartige Zyklopensteine zu bewegen? Damals soll es auch in den Wäldern unserer Heimat Lichtungen gegeben haben, die als heilig galten und einem gewissen Gott »Grannus« geweiht waren.

Nun, an diese Märchen mag glauben, wer will oder sich ein kindliches Gemüt dafür bewahrt hat. Ich für meine Person habe die Feststellung gemacht, daß es für jedes Rätsel auf unserer Welt eine vernünftige Lösung gibt, wenn man sich nur lange genug damit beschäftigt. Doch viele glauben noch immer, daß Rhedae etwas Magisches an sich hat.

An diesem Morgen aber wurde auch ich geradezu »magisch« angezogen von der Burg meiner Kindheit, so daß ich immer schneller nach Nordosten ritt und die *alemani* mit dem Fuhrwerk Mühe hatten, mir zu folgen. Jede bekannte Stelle, jedes Bächlein, jeder Hügel rührte mich an. Beim Anblick der braunen Haselsträucher dachte ich mit Wehmut an die zahlreichen Gerten, die wir als Kinder abgebrochen, sauber geschält und dann als Peitschen benutzt hatten. Mit Erschrecken stellte ich fest, daß mir viele Einzelheiten meiner Kinder- und Jugendzeit fast entfallen waren, und ich mühte mich nun, die Bruchstücke zusammenzuklauben und vergangene Ereignisse erneut auferstehen zu lassen. Der Mistral, der noch immer wütete und mich an diesem Tag begleitete, wohin auch immer ich ritt, blies mir heftig um die Ohren, machte meinen Kopf frei und flüsterte mir nach und nach wieder ein, was die alten Legenden besagen, die ich längst, längst vergessen glaubte.

Nach den Westgoten hatten die Merowinger die Burg bewohnt. Ein Prinz mit dem schönen Namen Sigisbert IV., von dem man uns Kindern früher viel erzählt hat, hatte hier sein Asyl gefunden, nach der heimtückischen Ermordung seines Vaters Dagobert II. Auch bei Dagoberts Tod hatte – wen wundert es noch – Rom seine Hand im Spiel gehabt. Genaueres weiß ich aber über diese Zeit nicht zu sagen. Meine alte Amme – der HERR habe sie selig – hätte mehr darüber gewußt. Ich erinnere mich an lange, gemütliche Winternachmittage, wenn ich durch die über und über mit Eisblumen bemalten, kleinen Fenster des Donjons weit ins verschneite Land hinauslugte und im Kamin dabei das Apfelholz lustig brannte. Da hatte sie auf einem Schemel vor dem Feuer gesessen, die alte, gichtgeplagte Ermengarde, die Schwestern ihr zu Füßen. Nie war sie untätig gewesen, entweder hatte sie Linsen gelesen, genäht oder Wolle gesponnen – und, was für uns Kinder am wichtigsten war, sie hatte dabei erzählt. Davon, wie man einem Dieb auf die Schliche käme, indem man dem Bestohlenen Borretsch unter das Kopfkissen legt, auf daß ihm der Unhold im

Traum erscheine, und oft auch von alten Zeiten und den verborgenen Kräften der Natur und ihren Zeichen. Schade, daß mit Menschen zugleich Geschichten verlorengehen – und mit manchen Geschichten auch manche Wahrheiten. Aber wer hätte jemals daran gedacht, sich die endlosen Märchen einer Amme aufschreiben zu lassen, wo man als Kind doch der Meinung ist, daß das Leben immer so weitergehen wird, wie man es kennt.

Wie wichtig unsere Burg im Laufe der Jahrhunderte war, zeigt sich auch daran, daß der berühmte Charles Allemagne – auch Karl der Große genannt – einen seiner Bischöfe hierhersandte, einen Mann namens Theodulf, der in einem Versepos über die Burg und die dazugehörige Stadt Rhedae, die sich unterhalb des Berges befunden haben und – man stelle sich das vor – 30 000 Einwohner gehabt haben soll, berichtet.

Wir, die »de Blanchefort«, stammen allerdings nicht direkt aus Rhedae, sondern aus dem Blanque-Tal, das sich nicht weit von hier befindet. Unser Stammschloß, das leider seit Jahrhunderten eine Ruine ist, hatte »Albedun« geheißen und war eine wirkliche »blanque fort«, also eine weiße Festung, gewesen, wie mir mein Vater immer mit Stolz erzählt hat. In meiner kindlichen Phantasie hatte ich sie oft der Burg Camelot von König Artus gleichgesetzt, ebenso geheimnisvoll, verklärt und verwunschen.

Nun ritt ich zurück in meine Heimat, zurück nach Rhedae, die Ritter an meiner Seite und die *alemani* mit der Ochsenfuhre im Schlepptau. Was würde mich dort erwarten?

Die von Montfort verwüsteten Orte am Fuße der Burg waren wieder aufgebaut, mehr schlecht als recht – einfache grasgedeckte Hütten zumeist –, aber dennoch: Es lebten Menschen dort. Schmutzige Kinder, barfüßig und oft halbnackt, die Finger in der Nase, starrten uns an, als wir an ihnen vorüberzogen. Davon, daß mein Vater einst der Besitzer dieses Landes war, hatten sie sicherlich noch nie etwas gehört.

Ich ertappte mich dabei, wie ich die Vergangenheit einfach nicht ruhen lassen konnte, wie ich nach dem ehemaligen Anwesen der de Rabastens Ausschau hielt, so, als ob ich Pierre dort noch immer finden könnte, unverändert durch die Jahre, jung, freundlich und voller Zuversicht. Wenn ich ihn auch nicht treffen konnte, so tröstete mich wenigstens, daß er lebte und mit meiner Schwester Alazaïs verbunden war. Ich fragte mich jedoch manches Mal, ob Alazaïs ihrem Glauben gänzlich abgeschworen hatte oder ob Pierre eine katholische Frau an seiner Seite akzeptierte.

Als ich langsam meinen Berg hinauf und mit klopfendem Herzen um die letzte Biegung ritt, bot sich mir ein Anblick, der mich hoffen ließ. Die Burg zeigte sich, wie ich sie von früher in Erinnerung hatte. Von der schrecklichen Verwüstung durch Montfort sah man keine Spuren mehr. Voisins hatte tatsächlich ganze Arbeit geleistet und sein Versprechen dem Tempel gegenüber gehalten. Die vier Wohngebäude, die zum Ehrenhof lagen, waren wieder aufgebaut worden. Der runde Donjon und drei weitere viereckige, zinnenbewehrte Türme ragten munter in die Höhe, als wollten sie damit zum Ausdruck bringen, daß die schmachvolle Tragödie längst der Vergangenheit angehörte. Weniger erfreulich war es allerdings, Voisins Fahne oberhalb des Tores knattern zu hören, eine honiggelbe, mit schwarzem Löwenkopf und vielerlei Goldverzierung versehene Flagge. Wehmütig dachte ich an die unsere, die während meiner ganzen Kindheit dort Wind und Wetter getrotzt hatte: eine stolze blaue Fahne mit der schneeweißen Burg derer von Blanchefort in der Mitte und einem liegenden Schlüssel darunter. Die Vergangenheit aber läßt sich auch nicht mit noch so großer Berechtigung zurückholen. Was geschehen ist, ist geschehen.

Ich klopfte mit aller Kraft an das Tor. Nach einer Weile wurde uns aufgetan. Auf meine Frage, ob ich den Burgherrn, Pierre de Voisins, sprechen könnte, schaute mich der Torwächter ungläubig an.

»Zum Herrn Voisins wollt Ihr, Ritter?« fragte er zweifelnd.

»Ja, guter Mann«, gab ich zur Antwort. »Bitte meldet ihm, daß der Komtur von Jerusalem selbst, Bertrand de Blanchefort, Einlaß begehrt!«

Der Torwächter war ganz offensichtlich beeindruckt. Der kräftig gebaute Mann riß den Mund weit auf, ließ leichtsinnigerweise das Tor unbewacht und rannte mit erhobener Hellebarde davon.

Meine zwei Adjutanten, die die Szene beobachtet hatten, lachten. »Na, der meint wohl, daß Kaiser Friedrich persönlich vor der Tür steht, so wie er erschrocken ist vor Euch, Komtur!«

Die *alemani* hielten derweilen mit der Ochsenfuhre auf einem kleinen Platz vor dem Burggraben im Schatten einer gewaltigen Korkeiche.

Eine Weile standen wir drei Ritter mit unseren unruhigen, schweißbedeckten Pferden unschlüssig herum und warteten auf Voisins oder zumindest auf eine Aufforderung einzutreten. Neugierig blickte ich in den Innenhof der Burganlage. Die alten Eichen warfen genau wie früher ihre unruhigen, durch jeden Windhauch veränderlichen Schatten auf den Hof, weiße Wäsche flatterte auf der Leine, und das Federvieh scharrte wie gewohnt im Misthaufen und krähte und gackerte dazu, als ob es das ewige Leben hätte. Auch roch es noch immer nach Schweinen, Schafen und würzigem Heu. Ein Feuersalamander lugte vorwitzig in unsere Richtung und trollte sich davon. Als Kinder hatten wir sie oft gejagt, diese seltsamen Tiere, und uns dabei eingebildet, wir müßten nur leise genug heranschleichen an den sonnendurchglühten Stein, auf dem sie mit Vorliebe saßen, um sie zu erwischen. Mit Freude sah ich auch, daß das Geißblatt sich noch immer bis zum Fenster meines ehemaligen Schulzimmers hinaufrankte – dort, wo alles angefangen hatte.

Endlich rührte sich etwas. Aus dem Donjon kam ein Mann gelaufen – der Hellebardenträger aufgeregt hinterher. Der Mann war mittelgroß, hatte dunkles lockiges Haar und war mit seinem blauen, gefältelten Wams und den dazu passenden weißen, äußerst sauberen Beinkleidern für den Alltag recht gut gekleidet. Voisins hätte ich mir wesentlich älter vorgestellt. Als der Mann auf uns zukam, sah ich, daß er nicht viel mehr als fünfundzwanzig Lenze zählen konnte.

Er verbeugte sich kurz und fragte nach unserem Begehr.

»Bevor ich Euch mein Begehr vortrage, edler Herr, sagt mir

zuvor Euren Namen!« forderte ich ihn zwar entschieden, aber nicht unfreundlich auf.

»Mein Name ist Ramon d'Aniort, ich bin der Statthalter von Pierre de Voisins, der vor zwei Jahren in seine Heimat nach dem Norden Frankreichs zurückgekehrt ist. Und mit wem, bitte, habe ich das Vergnügen?« fragte er, nicht ohne Stolz in der Stimme.

»Ich bin der Komtur des Tempels von Jerusalem, Bertrand de Blanchefort«, stellte ich mich vor, und noch bevor mir die Namen meiner Begleiter über die Lippen kamen, stieß jener junge Mann einen erschrockenen Ausruf hervor. »Blanchefort? Seid Ihr mit den Blancheforts verwandt, die einstmals Besitzer dieser Burg waren?«

»Ja«, gab ich zur Antwort, denn mir war daran gelegen, ganz offiziell hier rasch meine Arbeit zu vollenden, aber bevor ich mein Anliegen vortragen konnte, ließ ein erneuter Zwischenruf mich innehalten.

»Ritter«, rief er atemlos, und er bekam tatsächlich einen hochroten Kopf dabei. »Seid Ihr etwa der Sohn des alten Grafen?«

Nachdem ich auch diese Frage beantwortet hatte, war es an mir, mich aufzuregen!

Denn was der gute Mann mir zu sagen hatte, übertraf alles, was ich mir in meinen kühnsten Träumen erhofft hatte.

»Ritter Blanchefort, äh – Komtur« – d'Aniort war so aufgeregt, daß er sich fast verschluckte –, »merkt bitte auf ..., ich muß Euch nämlich sagen ..., also, ich mache es kurz: Ich bin mit Eurer Schwester Alix verheiratet und lebe hier auf Rhedae mit ihr in Eintracht und mit dem vollen Einverständnis von Voisins!«

Es gibt Augenblicke im Leben eines jeden Menschen, die sind es wert, nicht verschwiegen zu werden. Es sind goldene Höhepunkte, Freudenfeste, die ausgelassen gefeiert werden sollten – und wo würde man sich dabei wohler fühlen als im Kreise der eigenen Familie. Ich, der ich lange Jahre gemeint hatte, fast allein zu sein auf dieser Welt, ich hatte plötzlich wieder eine richtige Familie. Und als ich Alix sah, die ich tot geglaubt, und bemerkte, daß sie guter Hoffnung war, freute ich mich doppelt.

Sie konnte es nicht fassen, daß ihr großer Bruder vor ihr stand. Ein ums andere Mal nahm sie mein Gesicht in ihre Hände, drehte es zur Sonne und stammelte: »Bertrand, bist du es wirklich? Zwick mich rasch, so wie du es früher getan hast, als wir noch Kinder waren!« Und als ich sie auf jene nur ihr bekannte Weise in den Nacken griff, da lachte sie hell auf. »Ja, ja – du bist es, welche Freude, welch schöner Tag!« Sie jubelte und wirbelte mich so herum, daß ich schon Angst bekam, es könnte ihr in ihrem Zustand schaden.

Aire de Cherchemont, Yves de Marécage und mein frischgebackener Schwager standen derweilen mit feuchten Augen um uns herum. Ich erzählte kurz von unserer Flucht, von Marcabru und davon, daß auch Alazaïs lebte und sich mit ihrem Mann in der Lombardei befand.

Alix war sichtlich hin und her gerissen zwischen der Freude über unser Wiedersehen und dem Verarbeiten all der Neuigkeiten.

»Es ist ganz schrecklich, Bertrand! Ich kann mich gar nicht mehr erinnern, wie sie ausgesehen hat, die Alazaïs! Du hast sie damals in Sicherheit gebracht! – Und Mutter wußte davon?«

Ich nickte.

»Ich verstehe es nicht!« rief sie daraufhin. »Es geht nicht in meinen Kopf! Warum hat uns Mutter belogen, warum hat sie so getan, als sei sie gänzlich verzweifelt, weil sie Alazaïs und dich nirgends finden konnte? Stell dir vor, sie hat euch noch am gleichen Abend stundenlang gesucht! – Kannst du mir das erklären, Bertrand?«

»Weißt du, Alix, ich denke mir, sie konnte euch nicht die Wahrheit sagen, ohne Alazaïs und mich zugleich zu gefährden.«

»Aber warum ausgerechnet Alazaïs? Warum hast du nicht auch uns drei Kleinen in Sicherheit gebracht?« empörte sich Alix zu Recht.

»Du mußt das verstehen, Schwester!« versuchte ich sie zu beruhigen. »Alazaïs war seinerzeit in einem Alter, das bei den Soldaten gewisse Begehrlichkeiten weckt. Ihr anderen wart ja noch viel jünger und daher weit weniger in Gefahr. Wie aber hätte Mutter euch das erklären sollen?«

»Ja, da magst du recht haben, Bruder – aber dennoch!« sagte sie fast tonlos und schaute mit starrem Blick gen Westen.

Nach einiger Zeit löste sie sich aus der schrecklichen Erinnerung, in die sie sich hatte fallen lassen, und klatschte in die Hände. »Rosalie!« rief sie in die Runde der Dienerschaft, die sich inzwischen um uns geschart hatte. »Rasch, rasch, schlachtet einige Hühner, backt frisches Brot, und bereitet alles vor zu einem großen Festmahl heute abend!«

Die Bediensteten waren mir alle unbekannt. Als ich sie der Reihe nach betrachtete, ging mir durch den Kopf, daß wohl auch unsere treuen Gehilfen dem damaligen Massaker zum Opfer gefallen waren. Aber wenn es Alix gelungen war …?

Viele Fragen harrten noch auf Antworten.

Nachdem d'Aniort meinen Rittern und den *alemani* ihr Quartier zugewiesen hatte, die Pferde und die Ochsen gut versorgt waren, führte ich Alix zu der Fuhre mit dem Sarg. Daß ich an diesem Tag, der einer der schönsten in meinem Leben war, meine wundervolle Schwester anlügen mußte! Sie hatte Tränen in den Augen, als ich ihr sagte, daß es unser Vater war, der sich dort im Sarg befand. Ich schloß sie in die Arme und versuchte sie zu trösten. »Schau, Schwester, damit er seine Ruhe findet, habe ich ihn heute hierhergebracht, nicht ahnend, daß ich dich finden würde! Ist es nicht ein gutes Zeichen, daß uns Vater nach all den Jahren wieder zusammengeführt hat?«

Und um sie von der Frage abzulenken, wo denn unser Vater in der Zwischenzeit begraben war, fing ich rasch an, ihr meinerseits Fragen zu stellen. »Nun erzähl mir«, begann ich behutsam, »was ist damals mit euch geschehen an jenem schrecklichen Tag?«

Alix jedoch schaute mich mit Augen an, in denen ich nichts als Verzweiflung lesen konnte, und die Tränen flossen noch stärker als zuvor. »Bitte, Bertrand, dring nicht in mich, ich kann es dir nicht sagen! Es war einfach zu schrecklich. Bis zum heutigen Tage bin ich nicht in der Lage, mit irgend jemandem darüber zu reden, nicht einmal mit Ramon! Aber nachts, Bertrand, nachts, da kommen die schrecklichen Träume, die Dämonen, die Fratzen! Immer und immer wieder suchen sie mich heim!«

Ich faßte sie bei der Hand. »Hast du denn keinen Beichtvater, dem du dich anvertrauen könntest?« fragte ich sie und streichelte ihr nasses Gesicht.

Da riß sie sich von mir los, fuhr mich empört an, und ihre Augen blitzten: »Bertrand, du wirst doch nicht ernstlich glauben, daß ich einem von diesen elenden Heuchlern noch über den Weg traue? Sie waren es doch, die mit dem schrecklichen Montfort unter einer Decke steckten! Sie waren es, die daneben standen, als man unsere fromme Mutter peinigte bis zum Tod. Mutter hatte ihnen freiwillig all ihre Juwelen übergeben und die Burg ausgeliefert, in der Hoffnung, daß man wenigstens ihr und uns Kindern gnädig sein würde. Aber es half nichts. Sie waren und waren nicht zufrieden. Sie suchten etwas ganz Bestimmtes bei uns. Wie oft habe ich darüber gegrübelt. Ach, hätte Mutter nur wenigstens die Dokumente finden können! Dann wäre es vielleicht anders ausgegangen.«

Ich runzelte die Stirn. »Von welchen Dokumenten sprichst du da?«

»Die Familienpapiere meine ich natürlich. Die haben sie gesucht! Aber Mutter hat wieder und wieder sämtliche Truhen und Schränke durchwühlt. Dann haben die Männer selbst alles auf den Kopf gestellt. Die Besitzurkunden waren jedoch spurlos verschwunden, mußt du wissen!«

Ich war nicht in der Lage, Alix in die Augen zu sehen. Mutter hatte offensichtlich allen, den Kindern und Montforts Männern, eine Komödie vorgespielt – einzig und allein, um eine Tragödie zu verhindern. Das jedoch war ihr nicht gelungen.

Langsam schlenderten wir durch den Innenhof und setzten uns dann auf die niedrige, moosbewachsene Mauer, die sich rings um die mächtigen Eichen zieht. Auf ihr hatten wir schon als Kinder des Abends gesessen, um miteinander zu schwatzen, Pläne für den nächsten Tag zu schmieden oder die Sterne zu beobachten.

Ich nahm Alix in den Arm. »Es muß furchtbar für euch alle gewesen sein!«

Alix nickte, wortlos.

Nach geraumer Zeit gemeinsamen Schweigens faßte sie sich doch ein Herz.

»Sie fingen an, Mutter zu peinigen«, erzählte sie stockend. »Sie traten ihr ins Gesicht, auf die Brüste, in den Leib – überallhin. Und all die Männer in ihrer Gier! Sie schrie, bat um Gnade, wimmerte – danach schwieg sie nur noch und litt ... sie litt und schwieg. Wir Kinder standen hilflos daneben, starr vor Entsetzen, und kein Priester hat uns getröstet in unserem Leid oder gar den Schindern Einhalt geboten! Verflucht seien sie alle!«

Ich hatte bei ihren Worten die Zähne so heftig aufeinandergepreßt, daß mir geradezu die Wangen schmerzten. Mit jedem neuen Detail, das ich erfuhr, mit jedem Schreckensbild, das mir vor Augen kam, stieg meine Wut. Das Gefühl, das mich dabei beherrschte, war so umfassend wie maßlos. Es versetzte mich in eine derartige körperliche und geistige Anspannung, daß ich nur mit Mühe die schlimmen Worte zurückhalten konnte, die mir auf der Zunge lagen. Ich hätte sie herausbrüllen mögen, und nur der Respekt vor meiner Schwester hielt mich letztlich davor zurück. Meine Hände waren verkrampft und weiß vor Anspannung. Hätte ich in diesem Augenblick etwas zum Zerstören in meiner Reichweite gehabt – meine Rechte hätte jeglichen Gegenstand zerdrückt, ohne Mühe.

»Verflucht seien sie alle!«

Mit diesen Worten hatte sich Alix erleichtert. So konnte nur ein Mensch reden, der zutiefst verletzt worden war, der die grausamen Bilder, die sich in seine zarte, noch junge Seele eingeprägt hatten, nicht mehr loswerden konnte.

Um wieviel besser war es mir seinerzeit ergangen! Hätte ich nicht auch sie und meine anderen Geschwister retten und sie alle mit Hilfe des Troubadours in die Grotte im Bergesinneren bringen können? Ach, es war zu spät – aber bis zum heutigen Tag mache ich mir deswegen Vorwürfe.

Einmal mit dem Reden angefangen, konnte Alix nun nicht mehr aufhören. Lange genug hatte sie all das Schlimme mit sich herumgetragen. Schluchzend erzählte sie jetzt von der schrecklichen Vergewaltigung zweier weiterer Frauen, die meiner Mutter zur Seite gestanden hatten.

»Am Ende, als Mutter und die beiden Frauen tot waren, kam

Montfort auf mich zu, die ich am Boden kauerte und nicht aufhören konnte, mich zu übergeben. Er zog mich hoch und betrachtete mich wie ein Stück Vieh von allen Seiten. Dann übergab er mich Pierre de Voisins mit der Bemerkung: ›Sie stinkt, die Kleine. Aber sie wird sicher eine willige Magd für Eure Frau abgeben!‹ So kam ich zu den Voisins.«

Über den Verbleib unserer beiden jüngsten Schwestern wußte Alix nichts. Möglicherweise seien auch sie noch am Leben, meinte sie.

»Aber wo, um alles in der Welt, könnte man sie finden?« fragte ich.

»Ich habe keine Ahnung«, sagte sie resigniert. »Wieder und wieder habe ich Pierre de Voisins nach ihnen gefragt. Aber er hat mir versichert, daß Montfort ihm damals nicht in allem vertraut hat. Ich denke, Voisins ist ein ehrlicher Mann, Bertrand! Und er war der einzige von dem ganzen Haufen, der sich nicht an den Schandtaten Montforts und der Pfaffen beteiligt hat.«

Nun ja, dachte ich bei mir, allzuweit her kann es mit seiner Ehrlichkeit nicht gewesen sein, denn dem Präzeptor gegenüber hatte er mit keiner Silbe erwähnt, daß meine Schwester Alix noch am Leben war, als der Tempel seinerzeit Nachforschungen über den Verbleib meiner Familie anstellte.

Alix war bei dem schlimmen Geschehen gerade zehn Jahre alt gewesen. Möglicherweise hatte sie vieles nicht richtig einzuschätzen gewußt und in Voisins am Ende tatsächlich ihren Retter gesehen, was er in gewissem Sinne ja auch war.

»Die edle Dame, Voisins Frau, war immer sehr gut zu mir. Ich mußte keine schweren Arbeiten verrichten, durfte im Gegenteil mit den Kindern der Familie lernen, und vor zwei Jahren, als die Voisins in den Norden fuhren, gaben sie mich ihrem Vertrauten und Stellvertreter Ramon d'Aniort zur Frau. Ihn hatte ich seit langem heimlich geliebt, und heute bin ich, trotz der schrecklichen Geschehnisse von damals, sehr glücklich. Vor allem auch, weil ich auf unserer Burg leben kann, selbst wenn sie mir und Ramon nicht gehört.«

Alix lächelte ein wenig. Ich blickte ihr in die Augen, die der vergossenen Tränen wegen noch immer feucht glänzten, und erkannte mit Freude, daß sie von der gleichen Art waren wie die unserer Mutter: ein dunkles, warmes Oliv mit vielen goldenen Sprengeln darinnen.

»Aber ach, Bertrand«, seufzte sie, als ich ihr von der kleinen Mauer herunterhalf, »wenn nur nicht die Träume wären …«

»Ich kann mir vorstellen, wie es in deinen Ohren klingen muß, wenn ich dir jetzt versichere, daß ich gerne für euch alle mein Leben gelassen hätte«, redete ich auf sie ein, als wir langsam zur Burg zurückliefen. »Du wirst dir denken: Ja, heute spricht sich so etwas leicht, damals aber, da hat uns Bertrand im Stich gelassen. Alazaïs allerdings, das kann ich dir versichern, hat es auch nicht einfach gehabt, wenngleich ihr das Schlimmste wohl erspart worden ist.«

Ich erzählte ihr nun kurz von den Erlebnissen unserer Schwester im Kloster der »Heuschrecken«.

»Übrigens«, gestand ich am Ende meiner Erzählung, »wußte Mutter zu jeder Zeit, wo sich die Familienpapiere befanden. In meinen Händen nämlich!«

»Was sagst du da, Bruder?« Alix blieb abrupt stehen und drehte sich überrascht zu mir um.

»Es ist die Wahrheit. Sie hatte darauf bestanden, daß ich auch die Urkunden in Sicherheit bringe.«

»Ich fasse es einfach nicht! Ich dachte immer, ich hätte Mutter gekannt – aber nun?«

»Alix, laß die Vergangenheit jetzt ruhen!« bat ich. »Du wirst bald neues Leben hervorbringen und mußt daher vorwärts denken und das Grauen vergessen.«

»Ach, Bertrand …« Alix sah zu Boden, hob die Schultern und schüttelte den Kopf. »Diese schrecklichen Träume plagen mich unentwegt!«

»Ich mache dir einen Vorschlag. Lade einfach diese Träume auf meine breiten Schultern. Ich nehme sie dir ab! Ich habe mein Schwert und mein Schild und werde schon mit ihnen fertig werden! Pah, du wirst sehen, bald werden all die Dämonen dich aus ihren Krallen entlassen, und die häßlichen Fratzen werden sich auflösen wie Wolkenschleier am fernen Horizont – hui und ab mit ihnen! Ich befehle es hiermit!«

Alix lachte – aber nur mit dem Mund. Die Augen blieben ernst.

»Spaß beiseite, Schwester! Natürlich wirst du das Böse nie völlig vergessen, aber du hast jetzt darüber gesprochen, und das alleine wird dir guttun.«

Sie nickte. »Ich bin so froh, daß du mich gefunden hast, und furchtbar glücklich, daß du lebst, Bertrand!«

»Ich werde einige Zeit bei euch bleiben, wenn es euch recht ist«, fuhr ich fort. »Zwar habe ich in den nächsten Tagen etwas Wichtiges im Lande zu erledigen. Wenn ich aber zurückkomme, können wir noch viele Stunden miteinander reden, Schwester.«

Alix lächelte wieder – zaghaft zwar, aber dennoch deutlich sichtbar. Vielleicht war ich gerade zur rechten Zeit gekommen, um ihr zu helfen, die Geister Montforts zu verscheuchen.

Jetzt aber mußte ich mich sputen, um nicht irgendwelche anderen unliebsamen Geister auf mich und meinen ausgefuchsten Plan aufmerksam zu machen.

»Eines muß ich dich noch fragen, liebe Schwester. Es betrifft die Bestattung unseres Vaters. Wenn du – was ich verstehen kann – noch immer nicht gut auf die Priester zu sprechen bist, wärst du damit einverstanden, daß ich selbst unseren Vater an seiner letzten Ruhestätte in der Gruft segne? Oder glaubst du, daß dein Mann irgendwelche Einwände hat?«

»Ramon«, versicherte sie mir, und ich dachte in diesem Moment nichts Arges dabei, »Ramon wäre sicher der letzte, der sich hier oben einen Priester wünschen würde!«

Und so geleiteten wir unseren Vater zu seiner letzten Ruhestätte. Ohne einen Priester, was in dieser Situation natürlich ganz in meinem Sinne war. Die *alemani* trugen feierlich und äußerst vorsichtig den gewichtigen Sarg die schmalen Stufen hinab in die Familiengruft, und ich konnte nur hoffen und beten, daß Ramon d'Aniort nicht bemerkte, wie schwer er war. Er hielt die weinende Alix im Arm, so daß seine Aufmerksamkeit glücklicherweise weder mir noch dem Sarg galt. Das erleichterte mein Vorhaben ungemein.

Was die beiden treuen Ritter anbelangt, die rechts und links an meiner Seite standen, so behielten sie das, was sie bei sich dachten, in gewohnter Weise für sich. Nur Peter Kropf war so dreist, mir einen bedeutungsvollen Blick zuzuwerfen, ein kleines Lächeln des Einverständnisses huschte über sein Gesicht, aber nur ganz kurz und nur ein einziges Mal.

»Alix«, hub ich an, als die Dienenden vor den Steinsarkophagen angekommen waren, »Vater soll einen würdigen Ehrenplatz erhalten! Er ist für uns und unser Land gestorben. Wir wollen ihn in der Mitte unserer Ahnen bestatten!«

Ich wies die Ritter an, den Holzsarg meines Urgroßvaters aus dem einzigen Steinsarkophag, der möglich war für meinen Betrug, herauszunehmen und ihn in einen leeren Steinsarg am Ende der Reihe zu stellen. Danach ließen die *alemani* unter leisem Stöhnen die schöne, geschnitzte Kiste aus Zedernholz, das einst weit von hier, in den Bergen des Libanon, geschlagen worden war, in den freigewordenen Sarkophag gleiten. Um Haaresbreite paßte sie gerade eben hinein. Erleichtert atmete ich auf. Der einzige wirklich gefährliche Augenblick war vorübergegangen. Zu Beginn dieser seltsamen Beisetzung hatte ich die Fackel an mich genommen und damit geschickt die Wand der Gruft beleuchtet, so daß der Sarkophag mehr oder weniger im Dunkeln geblieben war und niemand von den Anwesenden die Öffnung entdeckt hatte, die sich in seinem Boden auftat.

Wir sangen gemeinsam ein Gloria patri. Danach sprach ich ein kurzes Gebet und segnete mit Erleichterung im Herzen »die Gebeine meines Vaters«.

Und ich danke noch heute dem HERRN, daß er dabei nicht Blitz und Donner hat herniederfahren lassen, um mich zu treffen!

26
Das Exempel

*Zeigt mit Zunge und Exempel,
daß ihr Gott liebt und den Tempel ...*
Rutebeuf, Nouvelle Complainte d'outre-mer

Das Fest zur Feier unseres Wiedersehens zog sich bis lange nach Mitternacht hin. Die Köchin hatte ihr Bestes gegeben, und ich genoß die einfache Art meiner Heimat, die Speisen so zuzubereiten, daß sie auch nach dem schmecken, was so appetitlich vor unseren Augen auf den Holztellern liegt. Die Hühner waren rösch gebacken; die kleinen grünen Erbsen hatte die dicke Rosalie in Butter geschwenkt und mit frischen Kräutern garniert. Dazu gab es duftendes Brot und zum Abschluß Ziegenkäse! Was braucht der Mensch mehr, um sich nach getaner Arbeit zu entspannen? Nach einigen Bechern Wein lernte ich auch meinen Schwager näher kennen, der ein äußerst liebenswerter und dazu intelligenter junger Mann war.

Vor dem Schlafengehen lief ich noch einmal in den Burghof hinab, den zu dieser Stunde einzig der Mond zu bewachen schien, dessen Silberlicht ganz sanft die dunklen Äste der Eichen streifte. Aus dem Wachhaus am Tor ertönte so lautes Schnarchen, daß es wohl niemand wagen würde, die Burg des königlichen Statthalters Pierre de Voisins anzugreifen.

Nur die diffizilen Aufgaben, die vor mir lagen, von denen ich noch nicht in allen Einzelheiten wußte, wie sie zu bewältigen wären, waren schuld, daß ich von unruhigen Träumen geplagt wurde.

Als ich am nächsten Morgen erwachte, flötete eine einsame Amsel vor meinem Fenster. Sie sang ihr Morgenlied auf eine derart variationsreiche und völlig unberechenbare Weise, daß an Schlaf nicht mehr zu denken war. So machte ich mich auf, die Burg näher in Augenschein zu nehmen. Dadurch, daß Alix hier lebte, waren die Gemäuer gewissermaßen auch wieder zu meinem Eigentum geworden. Und wenn ich in Betracht zog, daß ich als stellvertretender Großmeister jedes Recht gehabt hätte, sie jetzt und heute zu konfiszieren, so gab mir dies ein Gefühl von Macht und Überlegenheit. Es war gewissermaßen ein später geistiger Triumph über den Mann, der so großes Unglück über uns alle gebracht hatte. Dieser Schritt mußte jedoch vorerst nur ein Gedankenspiel bleiben. Es war in meinem eigenen Interesse, daß im Augenblick alles so weiterlief, wie es Voisins in die Wege geleitet hatte. D'Aniort hatte offensichtlich sein Vertrauen, und weil ich sein Schwager war, würde er Voisins sicher nichts von meinem Besuch erzählen, wenn ich ihn darum bat. Ich konnte alles brauchen in meiner augenblicklichen Situation: Gottvertrauen, Mut, Verstand, Ausdauer, Geschick und Glück – nur keine neugierigen Nordfranzosen!

Am nächsten Morgen gab ich Aire de Cherchemont für einige Tage frei. Die *alemani*, mit Ausnahme von Peter Kropf, schickte ich am gleichen Tag mit Ritter Yves zum Bezú zurück, wo sie auf weitere Befehle warten sollten. Dem dortigen Präzeptor schrieb ich, daß mich wichtige Amtsgeschäfte zwängen, in einigen Tagen gen Westen zu reiten. Voisins Statthalter auf Rhedae sei sehr kooperativ gewesen. Vor meiner Rückreise ins Heilige Land würde ich mich noch einmal auf dem Bezú melden.

Als ich endlich alleine mit Alix war, erzählte ich ihr von Esclarmonde. Ich sagte ihr die ganze Wahrheit, denn wem sonst, wenn nicht der eigenen Schwester, kann man eine solche Liebe anvertrauen. D'Aniort war schon vor dem Morgengrauen zu seinen Pächtern geritten, um dort nach dem Rechten zu sehen. Wir hatten also den ganzen Tag für uns.

»Mein Gott«, sagte Alix, als ich am Ende meiner Erzählung angelangt war. »Du bist dir hoffentlich im klaren, auf was du dich eingelassen hast. Nicht, daß ich etwas gegen die Ketzer hätte, im Gegenteil. Der Geist weht, wo er will!«

Als sie mein erstauntes Gesicht sah, neigte sie sich zu mir und flüsterte: »Ehrlich gesagt, Bruder, freue ich mich, daß ich dir nach deiner Eröffnung auch etwas beichten kann.« Sie rückte noch näher heran. »Was ich dir jetzt sage, wird dich sicherlich überraschen. Also – mein Mann ist zwar kein *parfait*, aber doch einer, der im geheimen den Katharern anhängt und ihnen hilft, wenn sie in Bedrängnis sind! Jetzt ist es heraus!«

Ich blies die Backen auf vor Überraschung. Nahmen die Schwierigkeiten in unserer Familie denn nie ein Ende?

»Voisins darf davon natürlich auf keinen Fall erfahren!« fuhr sie voll Eifer fort. »Er ist ein guter Katholik. Wenn ihm etwas Derartiges zu Ohren käme, wäre es unser aller Untergang! So fromm ist der Mann, daß er gar eine eigene Kapelle hat bauen lassen neben der Burg. Er hat sie Maria Magdalena geweiht ...«

»Ja, ich habe sie heute morgen aufgesucht!«

Jetzt raunte Alix fast nur noch: »Bertrand, sag, hast du dir zufällig die Stelle, auf die er sie gebaut hat, genauer betrachtet?«

»Nein – worauf willst du hinaus?«

»Ja, kannst du dich denn nicht mehr daran erinnern« – sie kicherte übermütig und knuffte mir in die Seite –, »daß uns die Muhme Ermengarde immer von ihrer Ur-Ur-Großmutter erzählt hat, die aus alten Überlieferungen Kenntnis hatte, daß auf genau diesem Platz in grauer Zeit ein heidnischer Tempel gestanden hat?«

Nun fiel auch mir die alte Geschichte wieder ein. Ich lachte. »Ach, Alix, so ist es doch immer gewesen, von Anbeginn der Zeiten: Die Götter kommen und gehen, die heiligen Altäre jedoch, die bleiben bestehen! Aber erzähl weiter!«

»Seit gestern«, fuhr Alix fort, »kennst du ja meine Einstellung zu den römisch Gesinnten, vor allem zu den Pfaffen! Ich habe Voisins und unserem hiesigen Priester nichts von jener heidnischen Göttin erzählt. Aber ich dachte mir, daß ihnen ganz recht geschieht, denn worin unterscheiden sie sich eigentlich von den Heiden? Ich will dir erzählen, was wirklich los ist im Land! Wenn die Leute unseren Priester, diesen Dickwanst Larmont, kommen sehen, der im Tal wie ein reicher Fürst residiert, flüstern sie sich zu: ›Der Reiter des fetten Maultieres naht. Bringt eure Börsen und vor allem eure Töchter in Sicherheit!‹«

Ich schüttelte ungläubig den Kopf. Alix jedoch war in ihrem Element.

»Er stellt aber nicht nur jungen hübschen Mädchen nach, nein, Bertrand, auch junge hübsche Burschen haben es ihm angetan. So hat er sich vor einem halben Jahr einen Zwölfjährigen als Fußmasseur und Entlauser angestellt, der nach zwei Monaten seinem Onkel unter Tränen bekannt hat, daß er fast jeden Abend ein bestimmtes Glied des Priesters kräftig massieren muß, das mit seinen stinkenden Füßen in keinerlei erkennbarem Zusammenhang steht!«

Alix redete sich geradezu in eine Aufregung hinein, die ihr gewiß nicht guttun konnte. Ihre Wangen glühten. Aber noch bevor ich sie beruhigen konnte, sagte sie: »Bertrand, deine Esclarmonde hat recht. Mutter würde sich zwar im Grabe umdrehen – so sie denn eines hätte, die Ärmste! ... Sie haben sie einfach fortgeschleift ... Also, ehrlich, wenn Mutter wüßte, wie sehr ich mich dem Katholischen entfremdet habe, wäre sie schier entsetzt. Aber für mich steht unverrückbar fest: Dort in Rom sitzt unser wahrer Feind, Bruder, nicht bei euch im Heiligen Land! Inzwischen lasse ich mich nicht mehr davon abbringen, daß die Katharer einfach die besseren Christen sind. Zu Recht nennt man sie die guten Leute, denn sie kümmern sich um die Bedürftigen, die Kranken und die Alten, sie lehren die armen Kinder, sie beuten die kleinen Pächter nicht aus, sie sind tolerant auch gegenüber den Juden – und ihre Frauen haben gewisse Rechte, was häusliche und persönliche Entscheidungen anbelangt.«

»Deine Aversion gegen die Römischen hat aber nicht unbedingt etwas mit dem Glauben zu tun. Da mußt du einen Unterschied machen, Alix!«

»Ja, sicherlich. Wenn man jedoch Kenntnis davon hat, daß sie die Katharer ebenso hartnäckig verfolgen wie die Hornissen diejenigen, die ihrem Nest zu nahe kommen, und daß sie sich dabei völlig im Recht fühlen und kein Erbarmen kennen, dann zweifelt man unweigerlich auch am Glauben. Sie unterdrücken und bringen doch alle um, die ihrer ach so heiligen Kirche gefährlich werden, und obendrein behängen sie sich mit den prächtigsten Juwelen, die du dir vorstellen kannst.«

Alix stand auf und schöpfte sich und mir einen Becher Wasser aus dem Holzzuber, der in der Küchenecke stand, dort, wo es am kühlsten war.

Nach den gefährlichen Glaubensgesprächen mit Ben Ambar hatte ich für mich seit einiger Zeit einen neuen Weg gefunden. Ich traute mir inzwischen zu, Gott und Kirche fein säuberlich auseinanderhalten zu können. Mit einer gewissen hartnäckigen Treue hing ich dabei an meinem Glauben, verurteilte aber all die Grausamkeiten, mit denen Rom seit Jahren unser Land überzog. Ich konnte mit diesem Zwiespalt leben, was aber war mit den Menschen in meiner Heimat geschehen? Was mit Alix? Gab es hierzulande überhaupt noch Christen, die mit voller Überzeugung katholisch glaubten?

»Nun zu dir, Bertrand«, sprach Alix in mein Schweigen hinein und faßte mich bei den Armen. »Was willst du tun? Du bist Templer, du bist zur Treue verpflichtet. Und wenn sie eine *parfaite* ist, deine Esclarmonde, was hat *sie* vor? Es wird Schwierigkeiten geben! Glaube mir! Ich möchte dich nicht verlieren, gerade jetzt, wo ich dich wiedergefunden habe! Und das Kind« – sie deutete auf ihren Leib –, »soll es keinen Onkel haben, der es liebt? Keinen einzigen leiblichen Verwandten? Alazaïs ist in der Lombardei. Ich habe Angst vor deiner Entscheidung. Denn wenn ihr beide, du und Esclarmonde, mit eurem bisherigen Leben brecht, dann müßt ihr weit, weit fort von hier. Keinen Ort wird es geben, wo ihr in Ruhe leben könnt! Die Templer, das sagen alle, sind schlau, sie finden ihre Abtrünnigen, wo auch immer sie sich verstecken!«

Hatte ich an jenem Abend auf dem Schiff in Cotllioure noch geglaubt, für meine Handlungen nur mir selbst gegenüber verantwortlich zu sein, so mußte ich mir jetzt eingestehen, daß mit dem Auffinden meiner Schwester Alix eine völlig andere Situation eingetreten war.

Ich mußte ihr Leben, ihr kleines Glück, das gerade sie sich verdient hatte, mit einbeziehen in das, was ich plante. Ich durfte sie nicht enttäuschen!

So beruhigte ich sie an diesem Morgen damit, daß ich Esclarmonde erst einmal würde finden müssen.

Zwei Tage später verabschiedete ich mich von meiner Schwester und d'Aniort, der inzwischen wieder nach Hause gekommen war, und versprach, nicht allzu lange wegzubleiben.

Zuvor hatte ich mir wichtige Utensilien besorgt, die ich auf meiner Reise brauchte. Alix wunderte sich, warum ich ausgerechnet am späten Nachmittag meinen Ritt antreten wollte. Erst als ich ihr von einem Freund erzählte, bei dem ich die kommende Nacht zu verbringen gedachte, beruhigte sie sich.

Meine Schwester hatte am Abend zuvor d'Aniort mit meiner Erlaubnis eingeweiht in meine unglückliche Liebesgeschichte. Und so wußten wir plötzlich alle drei um ein Geheimnis: Ich von d'Aniorts Unterstützung für die Ketzer und das Paar von meiner Liebe zu einer Ketzerin. Das war gut so. Es schweißte uns gewissermaßen zusammen und ließ die Familienbande in kurzer Zeit so fest werden, daß niemand Außenstehender sie hätte lösen können.

In diesem Vertrauen ritt ich den Berg hinab, Peter Kropf an meiner Seite.

Am Fuße des Berges, ein Stück entfernt von dem bewußten Hohlweg, der, wie ich hoffte, zum Eingang der Grotte führte, ließ ich den Bruder mit den beiden Pferden zurück. Ich hieß ihn, Wache halten und sich nicht von der Stelle zu rühren, bis ich wiederkäme.

»Es kann gut einen Tag lang dauern, Kropf!« sagte ich, damit er sich nicht voreilig auf die Suche nach mir machte. Er nickte und fing an, die Pferde trockenzureiben. Irgendwie schien er erleichtert zu sein, mich nicht weiter begleiten zu müssen – und ich selbst hatte mir noch einen kleinen Aufschub erwirkt.

Mit meiner gut verpackten Ausrüstung auf dem Rücken jenen bestimmten Felsspalt wiederzufinden kostete mich einige Geduld und etlichen Schweiß. Zu viel Zeit war vergangen, zu groß war mein Schmerz gewesen, als ich vor dreizehn Jahren dort vorsichtig herausgekrochen war. Und so irrte ich in der hereinbrechenden Dämmerung eine ganze Weile unschlüssig von Busch zu Strauch, von Ginsterhecke zu Dornengestrüpp, immer zugleich die Gegend beobachtend, darauf bedacht, daß mich niemand sah.

Aber weit und breit war keine Menschenseele, und endlich fand ich – dem HERRN sei Dank – auch den Eingang wieder.

Tiefe Dunkelheit umgab mich. Ich zündete eine der Fackeln an, die ich mitgenommen hatte, und sah mich neugierig um. Einer, der aus Zufall den Felsspalt entdeckte und sich hineinwagte, würde meinen, daß es sich nur um eine kleine, unbedeutende Aushöhlung handelte, einen Unterschlupf für wilde Tiere vielleicht, wie es sie tausendfach in meiner Heimat gab. Die Arbeit meines Vaters verdiente Respekt! Aus welchem Grund aber hatte er diesen Geheimgang angelegt? Hatte sein Scharfblick ihn zur Vorsicht ermahnt, oder hatte ihn eine leise Ahnung beschlichen von der Gefahr, die auf unser Land zurollte? Möglich war es aber auch, daß dieser Schacht oder Teile von ihm bereits in alter Zeit gegraben worden waren.

Ich konnte Vater nicht mehr danach fragen. Er lag dort, wo ich ihn verlassen hatte, die Knochen zusammengefallen, der bleiche Schädel vorwurfsvoll in die Richtung blickend, aus der ich die Grotte jetzt wieder betrat. Die Pfeilspitze, die ihm der elende Montfort oder einer seiner Soldaten verpaßt hatte, lag inmitten des elfenbeinfarbenen Haufens. Sie steckte ich in meine geheime Tasche. Das Beweisstück des Bösen wollte ich nicht mit meinem Vater begraben, sondern aufbewahren für die Nachwelt. Ihr findet es, wenn Ihr die silberne Schatulle, die neben meinem Testament liegt, öffnet.

Dann entledigte ich mich meiner Oberkleider, und versehen mit Seilen, Ledersäcken und weiteren Fackeln, die ich mir um den Leib band, stieg ich vorsichtig nach oben. Glücklicherweise hatte ich mir trotz der guten Verpflegung in Outremer meine Statur erhalten können. Ich war zwar kräftig und groß, aber äußerst schlank gebaut. Trotzdem geschah es, daß ich plötzlich an einer engen Stelle fast feststeckte. Und ich dankte dem HERRN für meine Voraussicht, ein entsprechendes Eisen mitgenommen zu haben, mit dem ich den Fels mit all meiner Kraft so bearbeitete, daß ein großer Brocken hinabfiel und ich danach ohne Mühe weiterklettern konnte.

Endlich war ich am Ziel. Der von mir präparierte Sargboden

blickte mir entgegen. In Strömen rann mir der Schweiß über das Gesicht und brannte in meinen Augen. Mit einiger Mühe gelang es mir, auch meine Unterbekleidung auszuziehen und mir damit Gesicht und Nacken trockenzureiben. Ich stemmte mich mit dem Rücken fest gegen den Fels, um besseren Halt zu bekommen, und zog mit einem entschlossenen Ruck den Eisenbolzen. Und siehe da: Der Boden öffnete sich! Mir fiel ein Stein vom Herzen und zugleich der Beutel mit Gold in die Hände, den ich auf dem Schiff zuunterst auf die präparierte Öffnung gelegt hatte. Nach und nach zog ich nun die einzelnen kleinen Beutel mit den Schätzen Salomos heraus und packte sie in die großen Ledersäcke, die ich mitgebracht hatte. An mehreren starken Seilen ließ ich die Säcke vorsichtig hinab, bis sie auf Widerstand stießen. Dann kletterte ich selbst nach unten. Es dauerte die halbe Nacht, bis ich alles in die Grotte geschafft hatte.

Schließlich machte ich mich noch einmal auf den Weg und nahm diesmal die Überreste meines Vaters mit hinauf.

Und jetzt endlich durfte er sich ausruhen. Mit viel Mühe richtete ich seine Gebeine so an, wie sie wohl gelegen hätten, wenn er unter normalen Umständen bestattet worden wäre. Bevor ich das Brett wieder unter die Öffnung schob, sprach ich ein letztes Gebet für ihn, für den tapferen Ritter von Rhedae.

Zufrieden und erschöpft zugleich, stieg ich ein letztes Mal hinunter.

Meine Pflicht als Sohn hatte ich getan! Wenngleich es lange gedauert hatte und mein Vater ein eher ungeduldiger Mann gewesen war im Leben.

Meine Pflicht als Komtur von Jerusalem hatte ich auch erfüllt. Ich hatte mein Versprechen eingelöst, wenn auch der Großmeister nicht an dieses exzellente Versteck gedacht haben konnte, als er davon sprach, den Schatz Salomos in Sicherheit zu bringen. Mir war bewußt, daß ich den neuen Großmeister einweihen mußte in das Geheimnis. Aber bis dahin konnte der Judenschatz dort liegen, wo er sich jetzt befand. Niemand außer mir kannte das Versteck, nur einer ahnte etwas davon – der schlaue Peter Kropf!

Dieses Problem drängte nach einer Lösung. Eine weitere überaus unangenehme Pflicht wartete auf mich. Ein weiteres Versprechen, das ich dem Großmeister gegeben hatte, nämlich niemanden einzuweihen in das Geheimnis, mußte eingelöst werden. Doch im Augenblick wischte ich die düsteren Gedanken beiseite. Ich war müde und erschöpft. Die Schätze auszupacken und in meine Hände zu nehmen, das Gold, die Smaragde und die anderen Edelsteine zu sortieren hätte mich in dieser Nacht zuviel Mühe gekostet, das Denken auch. Und so rollte ich mich rasch in einen braunen, härenen Umhang, den ich mir für den Fall mitgenommen hatte, daß ich auf meiner weiteren Reise nicht als Templer erkannt werden durfte, und fiel in einen traumlosen Schlaf.

Mein Körper fühlte sich noch immer wie zerschlagen an, und mein Kopf hämmerte, als ich Stunden später erwachte. Sogleich fuhr mir das wieder in den Sinn, was ich vor dem Einschlafen meiner Erschöpfung wegen verdrängt hatte.

Es sagt sich leicht, daß die Handlungen der Menschen allein nach dem Erfolg beurteilt werden. Ist es auch traurig, so scheint es aber aller Erfahrung nach tatsächlich so zu sein, daß nur diejenigen erfolgreich sind im Leben, die sich darauf verstehen, andere mitunter zu täuschen. Ich will mich nicht entschuldigen – das brauche ich nicht –, aber wenn Ihr die nachstehenden Zeilen lest, so vergeßt nicht, daß ich nicht um meinetwillen Treu und Glauben, Gesetz und Anstand gebrochen habe, sondern um des Tempels willen.

Peter Kropf hatte wohl bereits auf der Burg eine unbestimmte, jedoch düstere Vorahnung gehabt. Er war seltsam unruhig, als er an meiner Seite den Berg hinabgeritten war. Ernst, einsilbig und nervös war er oben am Burggraben aufgesessen, als er gemerkt hatte, daß die anderen Dienenden Brüder nicht mehr bei uns waren. Noch nie war er von den vieren getrennt gewesen.

Eisiges Schweigen war unser Wegbegleiter. Bald konnte ich sie förmlich riechen, die Angst. Sicherlich hatte er meine Befangenheit ihm gegenüber gespürt, mein unnatürliches Lachen als das identifiziert, was es war – larmoyant. Aus den unruhigen Blicken, die er mir ab und an zuwarf, war nur eine einzige Frage zu lesen. Eine Frage, die nicht mehr beantwortet werden konnte. Oder nur auf eine einzige Weise, zu der ich selbst noch nicht die endgültige Lösung wußte. Etwas jedoch stand für mich unverrückbar fest: Kein zweites Mal durfte es geschehen, daß sich ein anderer für mich und mein Fehlverhalten mit Blut besudelte.

Er hatte keinen Versuch unternommen, vor mir zu fliehen. Zeit dazu hätte er gehabt in der Nacht, die ich in der Höhle verbracht hatte. Ich jedoch hatte ihn richtig eingeschätzt. Treu und brav saß er bei den Pferden, dort, wo ich ihn zurückgelassen hatte. Die Templerorder des unbedingten Gehorsams war ihm in Fleisch und Blut übergegangen, und natürlich wußte er auch, daß wir ihn überall – sogar in alemannischen Landen – finden würden, sollte er unerlaubt das Weite suchen. In gewisser Weise verdiente der Mann Respekt. Er gehörte nicht zu den Speichelleckern und Liebedienern, die sich um Männer mit viel Gold und Einfluß scharen, wohl aber zu denjenigen, die sich bei gewissen Gelegenheiten um Kopf und Kragen reden. Sein Wissen war gefährlich für den Tempel, und deshalb führte kein Weg daran vorbei: Er mußte sterben. Der Großmeister – seine Seele möge Frieden finden – hätte mir beigepflichtet.

Stirbt ein Templer in den besten Jahren und bei ausgezeichneter Gesundheit, so zieht sein Tod unweigerlich eine eingehende Befragung und Untersuchung nach sich, auch bei einem Dienenden Bruder. Es sei denn, man denkt sich eine solch überzeugende Geschichte aus wie im Falle Daniëls. Dazu aber fehlte mir die Zeit, und eine unangenehme Befragung konnte ich mir in meiner augenblicklichen Situation sowieso nicht leisten.

Wenn schon, dann mußte der Dienende spurlos verschwinden.

»Aufgrund außerordentlicher Verdienste wurde dem Mann die Freiheit geschenkt!« – so wollte ich sein plötzliches Fehlen dem Orden gegenüber erklären.

Schweren Herzens und mit ziehenden Schmerzen im Leib, wie ich sie immer bekomme, wenn Unangenehmes mir bevorsteht, winkte ich ihn zu mir. Ich bedeutete ihm, zu schweigen und mir zu folgen. Die Pferde hatten wir zurückgelassen, wo sie bereits die Nacht zuvor angebunden waren. Sie stampften unruhig mit den Hufen, wieherten und schnaubten ärgerlich hinter uns her und schüttelten enttäuscht die Mähnen. Wie sollte ich *sie* zum Schweigen bringen? Vorsichtig spähte ich in alle Richtungen. Hatte jemand das ungeduldige Wiehern gehört? Als ich sah, daß alles ruhig war, daß uns niemand beobachtete, handelte ich rasch. Ich zog Kropf hinter den großen Ginsterbusch und sogleich in den Höhlenspalt hinein.

»Komm nur, du mußt keine Angst haben, Bruder.« Meine Worte klangen hohl.

Er grunzte, wehrte sich jedoch nicht.

Für den kräftig gebauten Mann war der Aufstieg anstrengend. Sein Atem ging stoßweise. Trotz meiner beruhigenden Worte nagte offensichtlich ein beträchtliches Stück Ungewißheit an ihm.

Aus fast gleichen Gründen schienen wir beide erleichtert, als wir endlich die Grotte erreicht und ein wenig räumlichen Abstand voneinander gewonnen hatten. Peter Kropf wohl, weil ihm nichts geschehen war, und ich, weil ich die nicht ganz ungefährliche Phase des Aufstiegs glücklich hinter mich gebracht hatte. Hätte er sich nämlich in einem günstigen Augenblick auf mich geworfen, mich überrumpelt und getötet, wäre er wohl mit dem Leben davongekommen – und reich geworden. Sicherlich hatte er an eine solche Möglichkeit gedacht, er war weit kräftiger gebaut als ich. Der Respekt jedoch, den er vor mir und meinem Amt hatte, und mein eisernes Schwert selbstredend, das ich ständig bei mir trug, mochten ihn aber davon abgehalten haben, mich anzugreifen. Damit hatte ich gerechnet.

»Nun, Bruder, was sagst du zu diesem köstlichen Versteck?« flüsterte ich ihm zu, als er sich neugierig in der Grotte umsah. Er erschrak, zuckte ein wenig hilflos mit den Schultern.

»Hm ... Guter Gott!« Er hüstelte verlegen und wußte nichts weiter zu sagen in seiner harten Muttersprache. Er schwitzte noch immer so gewaltig, daß die Feuchtigkeit ihm nicht nur den Lederhelm völlig durchnäßte, sondern nun auch beständig kleine Rinnsale an seinen tief in das Gesicht eingegrabenen Mundwinkeln herabflossen. Seine die ungewisse Lage abschätzenden Blicke zeigten abwechselnd Panik und Erwartung, Angst und Gier.

Schweigend belauerten wir uns. Nur nichts übereilen! Nur keinen Fehler machen, Blanchefort! Des Bruders unstete Blicke wanderten ständig von mir zu den Säcken am Boden, von denen er wohl ahnte, was in ihnen verborgen war.

Die Zeit schien stillzustehen.

Entschlossen machte ich einen kurzen Schritt auf ihn zu. Kropf wich zurück, hielt den Atem an. Ruhig, ohne eine Regung zu zeigen oder ihn gar aus den Augen zu lassen, bückte ich mich aber nur ein wenig und lockerte dabei den Riemen des ersten Beutels, der mir zu Füßen lag.

Das schien ihn zu beruhigen.

Seine Augen blitzten. Die gewaltigen roten Brauen hoben und senkten sich unablässig – und sein Atem flog, als ich begann, den Ledersack ganz langsam auseinanderzuziehen.

»Guter Gott«, entfuhr es ihm wieder. Er bückte sich sogleich und verlor mich dabei aus den Augen. Rasch richtete ich mich auf und trat seitlich hinter ihn.

Er merkte es nicht.

Wie sollte er auch. Das, was dort am Boden lag, war ihm im Augenblick wichtiger als alle Sicherheit der Welt: Gold, Smaragde und Rubine, Perlen aller Größen und Farben und herrlich verzierte Kronen.

Er war mehr als fasziniert, er war gefesselt, sank vollends auf die Knie. Sein Mund stand weit offen, so daß gebleckte Zähne sichtbar waren. Schweißtropfen klatschten von seiner Stirn auf das Gold und mischten sich mit bereits vorhandenem Speichel. Mehrere tiefe Seufzer entfuhren dem Mann. Dann konnte er sich nicht mehr beherrschen. Seine Rechte schnellte vor und fand sogleich ihren Weg mitten in die Schätze hinein. Wer konnte es ihm verdenken! Er mußte einfach in den Herrlichkeiten wühlen, das harte Gold berühren, die kühlen Perlen, rosa und weiß, durch die Finger gleiten lassen, das lockende, glühende Rot der Rubine befühlen, eine der Kronen aufs Haupt setzen. Die Fackel, die er noch immer in der anderen Hand hielt, rußte und warf seines aufgeregten Zitterns wegen beängstigende Schatten an die Wände der Grotte.

Es war soweit.

Der Krummdolch Ben Ambars bahnte sich seinen Weg.

Die Fackel stürzte zu Boden. Perlen kullerten davon. Die Krone Salomos kippte vornüber. Dunkelheit umfing den röchelnden Bruder, als er in meine Arme sank.

Ewige Finsternis wird dereinst mich umfangen.

Tränen sind allen Menschen gleich. Mein Bruder, mein Freund, es ist mir ein Anliegen, es noch einmal zu sagen: Verhärtet bei dieser Geschichte Euer Herz nicht allzusehr, verhängt kein vorschnelles Urteil über mich. Wißt, daß es einem Templer weder an Sanftmut noch an Mut fehlt. Ich gestehe in aller Offenheit: Ich habe die Gebote des Tempels über die Gebote des HERRN gestellt. Aber bedenkt, was mir als Alternative geblieben wäre. Hätte ich ihn leben lassen, er wäre mir und dem Tempel zeitlebens zur Gefahr geworden. Irgendwann hätte er sein Schweigen gebrochen. Nein, der *alemani* wußte nun einmal um den Ort dieses Schatzes. Daher mußte er sterben – und auch, um meines Vaters Ruhe auf ewig zu wahren! Wieder und wieder ist mir dabei Ovid zum Trost geworden: *Und da ich jetzt auf dem mächtigen Ozean fahre – im Winde bläht sich mein Segel! –, so hört: Es ist nichts auf der Welt, das Bestand hat! Alles ist fließend, und flüchtig ist jede gestaltete Bildung.*

27
Göttliche Wesen wandeln unter den Sterblichen

So flieht jeder den Feind;
doch ich, ich folge aus Liebe.
Ovid, Metamorphosen

Den härenen Mantel zusammengerollt und mit einem Beutel Gold versehen, schlüpfte ich bei Tagesanbruch aus dem Geheimgang. Es war kühl und roch nach Regen. Dichte Nebelschwaden zogen über meinen Berg, als wollten sie mir bedeuten, daß sie mein nächtliches Treiben auf immer zu verschleiern gedachten. Die Pferde standen treu ergeben in der kleinen Talsenke, an denselben Baum gebunden, von fast undurchdringlichem Dickicht umgeben. Sie schnaubten, als sie mich entdeckten, und scharrten kräftig mit den Hufen. Ich machte mich auf den Weg zum Rialsesse, um die Pferde zu tränken und um dort selbst ein Bad zu nehmen.

Über dem Fluß lag dichter Nebel. Das Gewässer schimmerte unergründlich im fahlen Morgenlicht, als ich hineinstieg. Die Kälte bereitete mir Schwindel, ließ mich erschauern, nahm mir den Atem. Der geliebte Rialsesse wurde mir zum Fluß Styx in jener Stunde. Feen im grünen Haarkleid tanzten die Farandole. Zaubergesänge zogen mich hinab in schlammigen Grund, wo ich mein schändliches Geheimnis den Göttern anvertraute.

Lange dauerte es, bis das gräßliche Blut nicht mehr zu sehen war an meinen Händen. Das sichtbare ließ sich abwaschen an diesem Tag – das unsichtbare klebt noch heute an mir.

Als ich mich zitternd vor Kälte trockenrieb, ertappte ich mich dabei, wie ich Ausschau hielt – so, als ob ich auf Pierre wartete. Doch die Zeit läßt sich nicht zurückdrehen.

Ich setzte mich ans Ufer und überdachte noch einmal all das, was mich hierhergeführt hatte, und das, was vor mir lag, den langen Weg zu Esclarmonde in die einsamen Berge.

Nein, ich würde nicht inkognito reiten. Mein Umhang mit dem

Tatzenkreuz, ja meine ganze Rüstung waren ein Freibrief für mich. Niemand, auch nicht die Schergen des Papstes oder des Königs von Frankreich, würde es wagen, einen Templer zu belästigen.

Entschlossen ließ ich nun alles zurück, was mich belastete. Das Vergangene und das Zukünftige. Der Styx würde damit fertig werden. Ich ritt los gen Westen, mein eigenes Pferd am langen Zügel, um es zu schonen.

Da ich mit wenig Gepäck ritt, kam ich rasch vorwärts.

Das Wetter verschlechterte sich jedoch zusehends, es blitzte, donnerte und regnete in Strömen, als ich nach zwei Tagen jene wilde Gegend erreichte, in der sich der »sichere Berg« befinden sollte. Eine alte Kate am Wegesrand versprach ein Dach über dem Kopf und vielleicht Heu für die Pferde.

Dort fand ich einen alten Mann vor, in Lumpen gekleidet, ausgemergelt und zahnlos, neben ihm ein dürrer, zitternder Esel, der erschrocken aufschrie, als er mich wahrnahm.

Auch der Alte wich zurück.

»Habt keine Angst, guter Mann. Ich suche nur das gleiche wie Ihr, nämlich Schutz vor dem Unwetter«, beruhigte ich ihn und fing an, die Pferde trockenzureiben.

»Wo kommt Ihr her, Ritter?« fragte der Mann vorsichtig und musterte mich von Kopf bis Fuß.

»Vom Bezú. Ich suche den Berg Saint Barthélémy. Könnt Ihr mir sagen, ob ich mich auf dem richtigen Weg befinde?«

»Von diesem Berg habe ich noch nie gehört«, sagte der Mann zu schnell, als daß ich ihm die Antwort geglaubt hätte.

»Schade, ich hatte gehofft, Ihr könntet mir helfen, ihn zu finden.«

Der Alte schwieg und kaute nervös auf seinen Lippen.

Das Gewitter hing tief über den umliegenden Bergen und schien sich nicht von der Stelle zu bewegen. Die jetzt rasch aufeinanderfolgenden Blitze knisterten geradezu, ihr gleißendes Licht ließ die Bergkuppen violett aufleuchten. Bei jedem nachfolgenden Donnerschlag fuhren die Pferde und der Esel zusammen.

»Und was ist Euer Ziel, guter Mann?« fragte ich nach einiger Zeit gemeinsamen Schweigens.

»Ich bin auf dem Heimweg in meine Hütte. Ich habe meine Tochter besucht und ihren Mann, die in tiefe Armut gefallen sind. Das einzige Kind hat den Bluthusten und wird wohl nicht mehr lange leben. Ach ja, allüberall die Leichenkarren – und das alles wegen dieses Grafen ...«

Der alte Mann beobachtete aus den Augenwinkeln heraus meine Reaktion.

»Meint Ihr Montfort, dem wir diese Not zu verdanken haben?«

»Ach«, klagte der Alte, »gut möglich. Wir kleinen Leute müssen jedoch aufpassen, daß wir nicht *capi gula* machen, was heißt, bei der Zunge gefangen werden und dann mir nichts, dir nichts mit dem doppelten gelben Kreuz herumlaufen oder gar am Galgen enden. Ich kenne Euch nicht, Ritter, vielleicht seid Ihr ein Spitzel ...«

»Nein, das bin ich nicht. Ich will Euch auch nicht bedrängen. Nur eines vielleicht: Jener Montfort hat meine Burg zerstört, meine Mutter und ihre Frauen zu Tode gepeinigt und meine Schwestern verschleppt.«

Wie zur Bekräftigung meiner Worte schlug ein Blitz in eine nahe stehende Zwergeiche ein, die sofort in Flammen stand.

Der Alte stöhnte auf, die Pferde wieherten.

Nach einiger Zeit jedoch schien der Mann Zutrauen zu mir zu fassen.

»Unserem Burgherren ist das gleiche widerfahren wie Euch«, fing er zu erzählen an. »Montforts Männer ließen einen *cattus* auffahren – ich denke, als Ritter werdet ihr diese schreckliche Belagerungsmaschine kennen.«

Ich nickte.

»Er zog also einen solchen ›Kater‹, wie unsereiner dazu sagt, direkt an den Wassergraben vor unserer Befestigung, der sehr breit und tief war. Wir hatten mächtige Holzsperren angelegt und dahinter einen zweiten Graben gezogen. Von dort aus griffen wir mit unserer einzigen Steinschleuder unermüdlich, aber ziemlich erfolglos die Feinde an. Später versuchten wir es mit Brandpfeilen. Doch Montfort hatte klugerweise den *cattus* mit frischen Ochsenhäuten bedecken lassen, und so blieb er unzerstört. Unter seinem Schutz schütteten die Feinde in einer einzigen Nacht den ersten Graben zu. Als sie am Morgen unsere entsetzten Gesichter sahen, lachten sie höhnisch und setzten das Bombardement mit dem *cattus* fort. In der Nacht darauf feierten sie ihren Erfolg. Als wir sie trunken grölen hörten, schlichen einige von uns heimlich heraus, schleppten trockenes Holz, altes Stroh, Ölkrüge und alles, was sich sonst noch zum Entzünden eines lustigen Feuers eignet, heran. Unsere Bogenschützen hatten die wenigen Bewacher zuvor lautlos getötet. Dann tat ein gezielter Brandpfeil seine Pflicht. Endlich. Der *cattus* fing zu lodern an. Doch bald, zu bald, hatte man im Lager der Feinde das Feuer bemerkt. Montforts Männer schleppten nun ihrerseits Wasser heran und warfen sogar feuchte Erde auf das Feuer. Der Graf selbst stürzte todesmutig zu der wertvollen Maschine, um mitzuhelfen, sie ein Stück zurückzuziehen, und wäre beinahe verbrannt. Leider konnte er im letzten Augenblick gerettet werden. Durch ihren Heldenmut – ja, mutig waren sie, das muß man schon sagen – retteten sie den *cattus* noch in der gleichen Nacht, kurz bevor die Sonne aufging.«

»Was geschah dann?«

»Am nächsten Morgen stürmten Montforts Männer unter großer Anstrengung unsere hölzernen Sperren. Obwohl wir sie und die Barbakanen heftig verteidigten, waren die Feinde uns bald überlegen. Im Laufe der Belagerung hatten sich der Bischof von Toul und einige Priester zu Montfort gesellt. Dieser Bischof hatte ein langes Kruzifix in der Rechten, an dem Reliquien befestigt waren. Seine Priester standen neben ihm und feuerten die Ihren zum Kampfe an. Mit diesem Aufgebot konnten wir natürlich nicht konkurrieren. Auch war uns offensichtlich der Heilige Geist nicht wohlgesonnen.«

»Nanu? Wie meint Ihr das mit dem Heiligen Geist?«

»Nun, die Pfaffen konnten eben lauter singen als wir. Als sie nämlich an die dritte Strophe des *Veni creator Spiritus* gekommen waren, die da heißt *Hostes repellas longius* – ›Die Feinde treibe weiter davon‹ –, da war es soweit. Da blieb uns nichts anderes übrig, als zu fliehen – und alles zu verlieren, was wir hatten. Viele verloren sogar das Leben. Und seitdem herrscht bittere Not.«

Müde wischte sich der Alte die Augen und kraulte das struppige Fell seines Esels. Der Graue war im Verlauf des Gewitters immer unruhiger geworden. Bisweilen hatte er heftig ausgeschlagen und geschrien.

Jetzt jedoch schien es heller zu werden. Es blitzte kaum noch, und der Regen hatte nachgelassen.

Ich griff in meinen Beutel, zog drei Goldstücke hervor und drückte sie dem Alten – gemeinsam mit dem Zügel des Pferdes meines Dienenden Bruders – in die Hand.

»Für Eure Tochter und die Kleine, guter Mann!« sagte ich zu ihm, als ich mein eigenes Pferd bestieg, um loszureiten.

Da rief er mich zurück.

»Wartet, Ritter!« In seinen Augen standen Tränen. Ungläubig starrte er auf die schweren Münzen in seiner Linken, während er mit der anderen krampfhaft die Zügel festhielt. »Wartet! Reitet durch die vor Euch liegende Schlucht, den Col del Teil, dann wendet Euch nach links und reitet nur immer weiter gen Westen. Der Weg ist zwar mühsam und steil, aber es ist nicht mehr weit bis dorthin! Wenn Ihr ihn morgen vor Euch auftauchen seht, den Montségur, dann werdet Ihr ihn sogleich erkennen!«

Ich ritt los. Als ich mich noch einmal umdrehte, sah ich den Mann noch immer vor der Kate stehen. Der Graue schrie ungeduldig, das Pferd tänzelte an seiner Seite.

Ich hoffte nur, es würde nicht geschlachtet werden. Dazu war es eigentlich zu wertvoll.

Abgebrannte Felder, leere, verwüstete Dörfer, Apfelbäume, die zu dieser Zeit – kurz vor der Ernte – ihre schwarzen, verbrannten Äste anklagend gen Himmel streckten, säumten meinen Weg. Ich beobachtete Menschen, die dabei waren, sich notdürftig eine Unterkunft herzurichten, um wenigstens ein Dach über dem Kopf zu haben.

Was hatte man nur aus unserem blühenden Land gemacht?

Je näher ich dem Montségur kam, desto lauter vernahm ich eine warnende Stimme: Dreh um, Blanchefort, dreh um. Bist du nun der Komtur von Jerusalem oder ein liebeshungriger Troubadour?

Doch Troubadour heißt in seinem ursprünglichen Sinn »finden« – und was ersehnte ich mehr, als die Dame meines Herzens zu finden? Dabei machte ich mir nichts vor. Diese Liebe konnte weder ihr noch mir zur Freude werden, sie mußte platonisch bleiben, wenn wir unser bisheriges Leben beibehalten wollten.

Dennoch ritt ich wie unter Zwang immer weiter hinein in die Berge, die im düsteren Licht eines erneuten regnerischen Tages so bedrohlich aussahen, so unnahbar und abweisend, daß meine Hoffnung, hier irgendwo Esclarmonde zu finden, beträchtlich sank. Waren zu Beginn noch murmelnde Bächlein meine Begleiter, so wurden nach und nach die steinigen Wege immer unzugänglicher und rutschiger, so daß mein Roß beträchtliche Mühe hatte, die Balance zu halten. In der Ferne konnte man Wasser rauschen hören. Es mußte sich um einen mächtigen Wasserfall handeln, denn der heftige Wind, der durch die dunklen Tannen mit ihren glatten Stämmen pfiff, war plötzlich nur noch zu spüren und nicht mehr zu hören. Ich fror. Unbehagen überfiel mich. Über mein Habit zog ich mir den warmen braunen Umhang, der dank der ledernen Decke noch völlig trocken war.

Hier, in dieser wilden Gegend, unter solch harten Bedingungen, mußte sie hausen, die Gräfin von Foix, die doch eigentlich dazu bestimmt war, ein heiteres, unbeschwertes Leben auf ihrer Burg zu führen. Die ausersehen war, Kinder zur Welt zu bringen und mit ihnen Lieder zu singen, zu lachen, zu lieben …

Plötzlich sah ich sie. Die Burg.

Hoch oben auf einer Felsnadel, verwachsen mit ihr … eine Festung des ketzerischen Glaubens, eine grandiose Idee – Esclarmondes Werk!

Mein Herz fing an, schneller zu schlagen, und als würde sich mein Puls auf das Pferd übertragen, lief das Roß ebenfalls im Trab, obwohl es bereits gefährlich steil empor ging. Nein, dachte ich mir, Bertrand, halte inne und sei vernünftig! Du kannst unmöglich auf geradem Wege den Berg hinaufreiten und »in aller Unschuld« nach Esclarmonde fragen. Damit bringst du sie und möglicherweise dich selbst in Unannehmlichkeiten.

Ich schaute mich gründlich nach allen Seiten um.

Nach einigem Suchen entdeckte ich einen weiteren Weg, eine Spur fast nur, die sich aus dichten Heidebüschen hinaufschlängelte und schmal, im Zickzackkurs, in einen hochgelegenen Nadelwald zu führen schien. Der Wald zog sich an einer Seite bis fast zum Pog, dem Berggipfel, hinauf. Ich sah nach oben und konnte dort gerade noch den Donjon erkennen, der, halb unter grauen Wolken verborgen, über die Wipfel der schwarzen Tannen hinweg lugte. Nun, auf diesem Weg würde ich zwar nicht mehr reiten können, aber der unscheinbare Trampelpfad würde mir genügend Schutz bieten, um ungesehen ein Stück hinaufzugelangen und dort in Ruhe zu überlegen, wie es weitergehen konnte. So nahm ich mein Pferd am kurzen Zügel und machte mich an den beschwerlichen Aufstieg. Noch immer regnete es leicht. Große, klebrige Spinnweben bedeckten die weinroten Heidekrautbüsche wie feine Haarnetze. Sie waren mit Tausenden winziger Wassertropfen gleich kleinen Edelsteinen bedeckt.

Steil, sehr steil ging es jetzt bergauf. Es war ungewöhnlich still auf dem Weg. Der Regen hatte die Vögel verstummen lassen, und die wilden Tiere hatten sich in ihren Unterschlupf zurückgezogen. Kaum mehr konnte ich die Umgebung um mich herum wahrnehmen – den Blauen Heinrich beispielsweise, der die Heidebüsche nach und nach abgelöst hatte und ringsum mit saftig grünen, dicken Farnblättern um die Vorherrschaft stritt –, so sehr mußte ich mich darauf konzentrieren, den fast unsichtbaren, teilweise wieder zugewachsenen Weg nicht aus den Augen zu verlieren. Beim Anblick der saftigen Farnblätter kam mir jener Abend ins Gedächtnis, als Esclarmonde ihre Auseinandersetzung mit Dominikus hatte. Die Farne, die sie mit geschickten Händen ins weiße Linnen gestickt hatte, waren viel, viel zarter gewesen, den violetten Lilien angepaßt. Aber übertrifft nicht manchmal im Leben die Kopie das Original?

Es dämmerte bereits beträchtlich. Natürlich konnte ich es nicht wagen, eine Fackel anzuzünden. So stieg ich im Halbdunkel weiter diesen schlüpfrigen Weg hinauf, mein braves Pferd vorsichtig hinter mir herziehend. Endlich war ich im schützenden Tannenforst angelangt. Dort hielt ich inne. Im Wald war es – ich hätte es wissen müssen – noch finsterer als außerhalb, und so bereitete ich mich darauf vor, einen günstigen Unterschlupf für die Nacht auszuspähen. In der Dunkelheit weiterzugehen wäre ziemlich gefährlich gewesen, denn wie ich bereits am Fuße des Berges gesehen hatte, besaß der Montségur gewaltige Steilhänge, die man als Fremder bei Nacht nicht abzuschätzen in der Lage war. Ich band mein Pferd an einen Baum und suchte, mich vorwärts tastend, einen Überhang für mich und mein Pferd. Unter meinen Füßen rollte ein Stein fort, es wurde immer abschüssiger.

Vorsichtig kletterte ich zurück, um mich neu zu orientieren.

Gerade als ich wieder einige Fuß höher steigen und weiter oben erneut auf die Suche gehen wollte, hörte ich etwas: »Klack« – ein seltsames Geräusch, das so gar nicht hierher in diesen dunklen Wald passen wollte, denn es hörte sich so an, als wäre soeben eine Tür heftig zugeschlagen. Ich blieb stehen und lauschte. Es war wohl nur der Wind gewesen, der mich narrte.

Da – ein Knacken. Schnelle Schritte dazu, die sich in meine Richtung bewegten! Ich hielt den Atem an und beruhigte mit der Rechten mein Roß, das anfing, nervös zu werden.

Da hielten die Schritte inne ... Stille.

»Holá«, rief nach einigen Sekunden eine zaghafte Stimme, »ist hier jemand?«

Die Stimme war eindeutig weiblicher Natur, und sie kam direkt aus einer Dreiergruppe hoher Tannen hervor.

Gut, dachte ich mir, vor einer Frau brauchst du keine Angst zu haben. Gib dich als Pilger aus, mit dem härenen Umhang bist du auf den ersten Blick ja nicht als Templer zu erkennen.

»Habt keine Angst, Weib«, rief ich. »Ich will Euch nichts Böses tun. Ich habe mich nur verirrt und suche einen Unterschlupf für die Nacht. Kennt Ihr Euch in dieser Gegend aus? Wenn ja, so bitte ich um Eure Hilfe!«

Da trat die Gestalt aus dem Schutz der Bäume.

28

Die Nacht aus Samt

*Von Blumen ein Lager,
für den Kopf aber Rosenblätter,
und tausendmal küßte er sie!*

Walther von der Vogelweide

Nein, nein, dachte ich sofort, als mir – wie sollte es auch anders sein – blitzartig in den Sinn kam, diese und keine andere mußte Esclarmonde sein! Nein und nochmals nein, Bertrand, deine übergroße Sehnsucht trügt dich. Deine Phantasie schlägt dir ein Schnippchen. Nimm Vernunft an, Ritter!

Aber als die Gestalt näher kam, verhüllt in einen dunklen Umhang, nahm ich für einen kurzen Augenblick wieder jenen federnden Gang wahr, mit dem sie einst die Korridore ihrer Burg entlanggeschritten war. Unverkennbar – sie war es!

»Esclarmonde?« rief ich unwillkürlich, und sie schrak zusammen.

»Woher kennt Ihr mich, Fremder?« antwortete sie leise und wich zugleich vorsichtig zurück. Als sie gerade wieder hinter den Tannen zu verschwinden drohte, setzte ich ihr nach und ergriff sie. »Esclarmonde, habt keine Angst! Ich bin es, Bertrand de Blanchefort, der Templer!«

»Bertrand?« flüsterte sie. »Ihr seid hier? – Ich kann es nicht glauben ... Ich, ich kann Euch auch nicht erkennen, es ist so dunkel – und du ... Ihr seid so groß und stark geworden. Seit wann seid Ihr schon hier und ...«

Sie hielt inne, nahm zögernd mein Gesicht in ihre zitternden Hände und zog es ganz nahe an das ihre, so daß sie mich besser sehen konnte. Sanft berührte sie meine Wangen, meine Brauen, meine Augen, den Mund.

»Ja, du bist es tatsächlich, Bertrand«, sagte sie, als der erste kostbare Augenblick vorüber war. »In meinen kühnsten Träumen habe ich mir nicht vorzustellen gewagt, Euch jemals wiederzusehen!

Ich wähnte Euch im Heiligen Land, und jetzt stehst du plötzlich vor mir! Welch eine Freude, welch ein Glück!«

Einzig der Wind strich sanft über unsere Gesichter, und der Regen vermischte sich mit unseren Tränen, als wir uns eng umschlungen hielten und eine lange Zeit schwiegen.

Ein einzelner Stern, der den Wolkenungetümen dieser Nacht trotzte, blinkte durch die Wipfel der hohen Tannen. War es mein guter Stern? War es der ihre?

»Hört, Bertrand«, fing Esclarmonde an zu sprechen und löste sich behutsam aus meinen Armen, »man erwartet mich. Wenn ich zu einer bestimmten Zeit nicht oben bin, wird man nach mir suchen. Und ich möchte nicht, daß man Euch mit mir sieht. Es ist nicht der richtige Zeitpunkt, Euch meinen Leuten vorzustellen. Nicht heute und vor allem nicht in der Nacht.

Aber«, fuhr sie fort, langsam sicherer geworden und so bestimmt wie früher, »sorgt Euch nicht, denn ich habe einen Plan. Kommt mit mir. Sprecht jedoch kein Wort, egal, was geschieht!«

Ich band mein Pferd los und hatte beträchtliche Mühe, Esclarmondes leichten Schritten zu folgen. Man konnte merken, daß sie jeden Stein, jeden Baum und jeden Strauch, der sich auf diesem »Berg der Sicherheit« befand, seit langem kannte. Plötzlich blieb sie stehen. Zuerst konnte ich überhaupt nichts erkennen, doch als sich meine Augen an die Umgebung ein wenig gewöhnt hatten, entdeckte ich – versteckt hinter hohen Büschen – eine kleine Hütte.

Esclarmonde bedeutete mir, zu warten. Sie selbst ging auf die Tür zu und klopfte dreimal kurz und einmal kräftig dagegen. Die Tür öffnete sich zaghaft einen kleinen Spalt, und ich konnte eine schemengleiche Gestalt erkennen, mit der Esclarmonde anfing zu flüstern. Es dauerte eine Weile, bis eine weitere Person – es war nicht auszumachen, ob männlichen oder weiblichen Geschlechts – heraustrat, einen großen Henkelkorb schleppend. Die zwei Leute wandten sich, ohne mich zu beachten, in die Richtung, in der ich die Burg vermutete, und fingen an, dort hinaufzusteigen.

Esclarmonde kam zurück: »Liebster Bertrand, diese Hütte ist frei für Euch! Heute nacht seid Ihr ein verfolgter Katharer aus dem Tal, der hier oben Schutz und Sicherheit gefunden hat. Wisset, daß jedem, der bei uns anklopft, aufgetan wird, wer immer er auch sei!«

»Aber was ist mit den beiden? Ich möchte niemanden vertreiben aus seiner Unterkunft!«

»Macht Euch keine Sorge, Bertrand. Ich bringe die beiden direkt hinauf in die Burg. Dort sind sie gut untergebracht. Alle Leute, die hier in den Hütten wohnen, haben diese nicht in ihrem Besitz. Sie sind es gewohnt, ab und an Platz für solche zu machen, die über Nacht ihre Heimat verlassen mußten und Schutz suchen. Macht es Euch gemütlich, trocknet Eure Kleider, und wenn Ihr es an der Tür so klopfen hört, wie ich es gerade tat, öffnet mir. Wenn alles schläft auf der Burg, will ich zu Euch kommen.«

Mit diesen Worten eilte sie den beiden Gestalten hinterher.

Es war so behaglich in der Hütte, wie man es sich ausmalt, wenn man sich durchnäßt, müde und frierend auf eine einsame Nacht unter freiem Himmel eingestellt hat. Lustig brannte ein offenes Feuer innerhalb eines massiven Steinkreises. Der Rauch zog ungehindert durch ein überdachtes Loch in der Decke ins Freie. Dicke Holzscheite lagen aufgetürmt in einer Ecke. Wenn ich an die weichen Lotterbetten dachte, in denen sich, nach Alix' Aussage, zunehmend die Priester in unserem Lande zu suhlen schienen, so kam mir in diesem glücklichen Augenblick das frisch aufgeschüttete Stroh – auch wenn es mit einem schmutzigen Laken bedeckt war – tausendmal gemütlicher vor.

Ich zog die nassen Kleider aus, hängte sie vor das Feuer und stellte mich selbst vor die wärmenden Flammen, bis ich mich wieder wohl fühlte und wenigstens mein feuchter Bart trocken war. Mein Pferd hatte ich bereits versorgt. Mit Stroh abgerieben, stand es, zufrieden kauend, in einem kleinen Unterstand, der sich neben der Hütte befand.

Dann setzte ich mich auf eine Bank an der rohen Holzwand und sah, daß sich auf dem Tisch davor ein halber Laib Brot befand. Hart zwar, aber wer fragt schon danach, wenn der Hunger nagt.

Ich dachte an jene Geschichte, die mir eines Tages der Graf von Foix über seine und seiner Schwester Kindheit erzählt hatte. Es war an einem sonnigen Spätwintertag gewesen. Den ganzen Vormittag hatten wir Felder vermessen und uns dann müde und durstig zur Rast unter einen geschützten, mit Weinranken durchzogenen Altan eines kleinen Gutshofes gesetzt. Eine Schar Spatzen schimpfte und zeterte miteinander im Geäst des gegenüberstehenden Kastanienbaumes. Der Pächter hatte uns ehrerbietig mit einem kühlen Trunk und einem gebratenen Huhn versorgt und dann allein gelassen.

Der Graf von Foix war in Erzählerlaune. Seinen Beinamen »der Zänker«, auf den er recht stolz war, hatte er sich erworben, weil er jedermann den Fehdehandschuh zuwarf, der es auf sein Land oder seine Familie abgesehen hatte. Da konnte es leicht passieren, daß er unversehens in Rage geriet. Im Umgang mit nahestehenden Menschen war er aber alles andere als streitlustig, sondern vielmehr auf Ausgleich bedacht. Der häusliche Friede war ihm wichtig. Er war klug und überaus geschickt, was die Verwaltung seiner Ländereien anbetraf. Auch habe ich ihn als geistvollen Menschen kennengelernt, mit einem Hang zur Poesie. Am meisten muß ich jedoch seine Toleranz, seine Zuverlässigkeit und seinen trockenen Humor rühmen.

Bald war damals das Gespräch auf Esclarmonde gekommen, ein Thema, das mich bereits mehr beschäftigte, als mir lieb war.

»Meine kleine Schwester – so nenne ich sie noch immer, Schatzmeister«, lachte er und klopfte sich auf die Schenkel, »ja, sie ist als Kind ein verwöhntes Ding gewesen. Die Eltern und alle, die sie aufwachsen sahen, waren schier vernarrt in sie. Ich selbst, müßt Ihr wissen, ich war damals zwar der zukünftige männliche Erbe, zugleich aber ein tolpatschiger Hanswurst. Der Familienschelm war ich in den Augen der Eltern, der Hofnarr in denen der Bediensteten, stets gut aufgelegt, witzig, rundlich, drall – seht nur, Templer, schon immer hatte ich ein kleines Bäuchlein!«

Ich grinste in mich hinein. Von wegen Bäuchlein! Der Graf hatte soeben auf einen unübersehbaren Wanst getrommelt.

»Aber sie – Esclarmonde«, fuhr er gelassen fort, »sie war anders.

Es war so, als ob wir verschiedene Eltern hätten. Kein Mensch lachte sie je aus, aber jedermann bekam ein Lächeln ins Gesicht, wenn er sie nur sah. Sie war sprachbegabt, brav, fleißig, klug. Und hübsch. Am auffälligsten aber war ihr glänzendes Gedächtnis. Bald sprach man in der Grafschaft von nichts anderem. Sie konnte sich schon als Kind einfach alles merken! Wißt Ihr, Templer, ich habe das damals gut mitbekommen, weil ich ganze zehn Jahre älter bin als sie.

›Gräfin‹, sagte beispielsweise ihre Amme zu meiner Mutter« – und jetzt hub der Graf an, mit hoher fistelnder Stimme jene Person nachzuahmen –, ›Gräfin, die Kleine ist wirklich etwas ganz Besonderes. Schon jetzt, noch nicht einmal drei Jahre alt, kennt sie alle Diener auf der Burg mit Namen, sie weiß, wer mit wem verwandt und verschwägert ist – sie merkt sich sogar die Namen aller Hunde und Pferde, und dabei ist sie so voller Liebreiz und Freundlichkeit zu allen, daß die Leute sie als ein wahres Geschenk des Himmels – ja als eine Heilige – bezeichnen!‹

›Jetzt übertreibt nur nicht, Giselle!‹ Mutter schüttelte lachend den Kopf. ›Ihr verwöhnt es zu sehr, das Mädchen. Wenn sie nämlich so klug ist, wie ihr alle meint, so wird sie recht bald herausfinden, daß sie mit euch tun und lassen kann, was sie will, und euch zukünftig auf dem Kopf herumtanzen! Daran tragt ihr dann selbst die Schuld!‹

Aber das hat sie nie getan!« fuhr der Graf fort – jetzt wieder mit seiner normalen Stimme. »Sie hat ihre Nächsten niemals ausgenützt. Sie war immer voller Respekt und Hochachtung sowohl für unsere Eltern als auch für die Bediensteten, die sie dafür um so glühender verehrten und heiß liebten.«

»Wie lange sind Eure Eltern schon tot, Graf?«

»Ach, das ist schon gut zehn Jahre her!« antwortete er, mit vollen Backen kauend, sein »Bäuchlein« ignorierend. »Der Vater, Graf Roger-Bernard I., starb kurz nach meiner Mutter Cecile, die übrigens aus dem Haus Beziers-Trencavel stammte. Beide hatten zur gleichen Zeit ein schweres Lungenfieber. Die ganze Burg war krank in jenem scheußlichen, naßkalten Winter. Nur wir beide, Esclarmonde und ich, wir waren von der bösen Krankheit verschont geblieben. So ist halt das Leben! Man kann nichts und niemanden aufhalten!«

Die Hühnerknochen flogen in die Ecke. Der Graf wischte sich mit einem Zipfel des leinenen Tischtuches das Fett vom Maul, nicht ohne vorher verstohlen in alle Richtungen gespäht zu haben.

»Die Erziehung meiner Schwester oblag von da an mir. Und – na ja, mit mir hatte sie ein ebenso leichtes Spiel wie mit ihrer Amme, den Dienern und den Eltern. Sie brauchte mich nur anzulächeln, mir nur ein wenig die Hand zu tätscheln – und schon bin ich dahingeschmolzen. Nicht einmal mein Eheweib hat das bis zum heutigen Tage fertiggebracht, obwohl ich sie sehr liebe.«

Der Graf von Foix schenkte sich noch einmal nach, trank auf einen Zug seinen Humpen leer, rülpste kräftig und erzählte weiter:

»Ja, die Esclarmonde!« sagte er versonnen. »Eines Tages – sie war vielleicht sechzehn oder siebzehn Jahre alt und nicht mehr nur hübsch, sondern bereits bildschön – hat sie mir gestanden, daß sie zum katharischen Glauben übergewechselt sei. Ich dachte, mich trifft der Schlagfluß. Anzeichen hatte es ja zuvor genug gegeben – ja doch, ich gebe es zu! Immer, wenn man sie suchte, hat sie mit der alten Clodette zusammengehockt, und von der hatte man noch nie behaupten können, daß sie eine Papsthörige war. Ich will ehrlich sein zu Euch, ich habe sehenden Auges das Kind in den Brunnen fallen lassen.«

Der Graf rümpfte die Nase. »Bis es zu spät war. Es war mein Fehler! Meine Schwäche! Ich war nicht hart genug.«

Foix streckte die Beine weit von sich und verschränkte die Arme vor seiner Brust. Ein vorwitziger Sonnenstrahl hatte sich durch das vertrocknete Weinlaub seinen Weg zu ihm gesucht und kitzelte nun seine Nase. Er rieb sie heftig und schloß dann die Augen.

»Nach dieser brutalen Eröffnung mit den Katharern konnte ich jedoch die Sache nicht mehr ignorieren. ›Schwester‹, herrschte ich sie an, ›ist dir klar, in welch fatale Situation du uns mit deinem unseligen Entschluß bringst? Ich bin der Graf von Foix und du die Vizegräfin. Hast du keinen einzigen Funken Verantwortungsgefühl deinem Land und deinen Leute gegenüber?‹

›Ach, liebster Bruder‹, gab sie mir in ihrer gelassenen Art zur Antwort, ohne ein Zeichen der Aufregung oder eines schlechten Gewissens. ›Mit meinem Entschluß stehe ich nicht alleine da, sondern vertrete gewissermaßen die vielen anderen Menschen in unserer Grafschaft, die inzwischen so glauben wie ich. Gleich, was du mir jetzt an den Kopf wirfst, ich werde dich immer über alle Maßen lieben, so wie ich unsere Burg, unser Land und alle liebe, die darin wohnen. Das alles ändert aber nichts an der Tatsache, daß eines für mich unverrückbar feststeht: Ich lasse mich weihen zur *parfaite*.‹

Sprach's, drehte sich um und ging davon.

Drei unruhige Tage und drei Nächte ohne Schlaf schleppte ich das Problem mit mir herum. Ich stapfte durch die Burg, daß das Stroh nur so flog, brüllte mit den Dienern, die nicht wußten, wie ihnen geschah.

Am vierten Tag weihte ich mein Weib ein.

›Mein geliebter Gatte‹, sagte meine Frau, nachdem ich meinem Ärger ordentlich Luft gemacht hatte, ›ich bitte Euch von ganzem Herzen, Euch nicht so aufzuregen. Euer Kopf ist schon ganz rot geworden. Das ist nicht gut für Eure Gesundheit! Glaubt es mir!‹

›Aber …‹, warf ich ein, ohne mich im geringsten beruhigt zu haben, doch da fuhr sie schon fort:

›Und nun setzt Euch erst einmal nieder, Liebster! Hierhin!‹ sagte sie energisch und drückte mich meines Zögerns wegen entschlossen auf ihr Ruhelager.

›Ich muß Euch nämlich bei dieser Gelegenheit auch etwas Wichtiges sagen!‹

Sie seufzte tief und sah mich so liebreizend an, daß mir ihr schuldbewußter Tonfall irgendwie fehl am Platze schien.

›Wollt Ihr mir vielleicht ein Geständnis besonderer Art machen, holdes Weib?‹ neckte ich sie und kitzelte sie am Kinn. Dann faßte ich sie entschlossen bei den Hüften. ›Oder habt Ihr am Ende einem anderen schöne Augen gemacht und Euren alten Mann bereits vergessen? Soll ich Euch sogleich den Hintern versohlen?‹

Mit diesen Worten zog ich sie mit einem Ruck zu mir auf das Lager, daß ihre Röcke nur so flogen, und versuchte das in die Wege zu leiten, was Eheleute miteinander ab und an zu tun pflegen – von derlei Dingen dürft ihr Templer natürlich nichts wissen, stimmt's?« fragte mich der Graf, schadenfroh übers ganze Gesicht grinsend.

»Na, ja«, meinte ich ein wenig hilflos und zuckte mit den Schultern. »Ihr habt sicher nicht ganz unrecht mit dem, was Ihr über uns Templer vermutet. Wenn wir auch ein Gelübde abgelegt haben, uns keiner Frau auf diese Art zu nähern, so haben wir aber dennoch einige Kenntnis von gewissen Praktiken, die sich in den Betten mit den Frauen abspielen. Aber erzählt doch, wie ging es weiter mit Eurer Gemahlin?«

»Holá, sag ich da! Sieh einer an!« Bei meinen letzten Worten hatte Foix sich abrupt aufgesetzt, und nun schaute er mich fast belustigt an. Seine Stimme troff geradezu vor Ironie, als er meinte: »Er weiß also, was zu tun ist im Falle eines Falles, der keusche Herr Ritter, aber er wird doch jetzt um Himmels willen keine Einzelheiten von mir hören wollen?«

»Nein, Graf«, jetzt war es an mir, hellauf zu lachen. »Ich möchte eigentlich nur wissen, was sie Euch zu sagen hatte an jenem Abend.«

»Da bin ich ja beruhigt! Das ist schneller erzählt als das andere!« schmunzelte der Graf. »Also, auf meinen Vorschlag, ihr sogleich den Hintern zu versohlen, meinte meine holde Gemahlin: ›Ach, wenn es nur das wäre, damit würde ich Euch gerne dienlich sein.‹

›Sprecht's endlich aus, was Ihr mir sagen wollt. Frisch heraus, Frau!‹

Sie seufzte erneut, bedeckte mit den Händen ihre Augen und nahm dann all ihren Mut zusammen.

›Mir ist ähnliches passiert wie der Schwägerin, lieber Mann. Ich habe mich vom katholischen Glauben abgewandt!‹

›Was!‹ schrie ich und riß sie mit mir hoch. Ich schüttelte sie heftig hin und her. ›Was ist nur mit euch Weibern los? Geht es euch zu gut bei mir auf der Burg? Hab ich euch zu vieles durchgehen lassen? Wollt ihr am Ende alle brennen?‹

›Bitte beruhigt Euch doch, mein lieber, lieber Mann!‹ sagte die

Frau. ›Es ist nicht ganz so, wie Ihr denkt. Ich hänge nicht etwa der katharischen Auffassung an, sondern nur der waldensischen, die nicht so sehr von Eurem Glauben abweicht. Die Waldenser werden nicht verfolgt, das wißt Ihr gut. Ich bringe Euch und Eure Grafschaft also damit nicht in Gefahr! Esclarmonde allerdings ...‹

›Jawohl, Esclarmonde! Ich werde sie verheiraten. Punktum!‹ schrie ich in meiner Hilflosigkeit, drehte mich um und verließ meine mir im Glauben untreu gewordene Angetraute.

Eine ganze Woche lang besuchte ich sie nicht in ihren Gemächern. Waldensisch, katharisch – ich wußte nicht mehr, wo mir der Kopf stand.

Um keine Zeit zu verlieren, nahm ich sofort Kontakt auf in die benachbarte Grafschaft zwecks eines Heiratskandidaten. Der von mir Erwählte war hocherfreut.«

»Das kann ich mir gut vorstellen!«

»Ja, Templer, gebt es ruhig zu, Gelübde hin oder her, wer wäre das nicht, wenn er ein solches Weib bekäme und eine solche Mitgift? Schließlich gehören ihr große Anteile an meinem Besitz. Nein, ich verbessere mich: ›gehörten‹ ihr – sie hat ja alles ausgeschlagen. Eine solche Dummheit! Mittlerweile ist sie so arm wie eine Kirchenmaus. So, wie sie immer sein wollte. Sie ist ja eine der Ihren. Nicht besser und nicht schlechter als die anderen Menschen. So, wie sie es haben wollte«, wiederholte der Graf resigniert. »Ich kann es nicht ändern.«

»Wie war das mit der Heirat? Wie ist die Sache weitergegangen?« fragte ich neugierig, weil mir alles, alles, was mit Esclarmonde zu tun hatte, wichtig war.

»Tja, die Hochzeit. Die fiel ins Wasser – platsch – mitsamt meinem ausgefuchsten Plan. Der junge Mann kam angeritten, in seinem edelsten Gewand fiel er vor ihr auf die Knie. Aber was tat meine Schwester, Ritter? Sie setzte ihr allerschönstes strahlendes Lächeln auf und sagte: ›Es tut mir schrecklich leid, liebster Graf, aber ich kann Euch weder heute noch zu einem späteren Zeitpunkt irgendeine Hoffnung auf meine Hand machen. Denn gestern abend habe ich mich der katharischen Geisttaufe unterzogen. Ich gehöre von nun an nur dem HERRN. Daher nichts für ungut, lieber Freund. Erhebt Euch – und Gott befohlen. Mein Bruder wird Euch für Eure Mühe zu entschädigen wissen!‹

Sie drehte sich um und verließ den Raum.

Wir beide – der Freier noch immer auf den Knien und ich – sahen uns an, mit offenem Maule, nicht in der Lage, einem solchen Weib etwas entgegenzusetzen.

Ja, so war es gewesen, Templer. So und nicht anders. Sie war schneller gewesen als ich, schneller als der edle Bräutigam.«

Als ich keine Antwort darauf gab, fuhr der Graf von Foix nachdenklich fort:

»Wißt Ihr, was ich manchmal denke? Wenn Esclarmonde zur rechten Zeit jemanden kennengelernt und sich in ihn heftig verliebt hätte, wäre es vielleicht anders gelaufen! Unter ›rechtzeitig‹ verstehe ich die Monate, bevor sie diesen elenden katharischen Einflüsterungen erlag. Sie hätte sich so richtig verlieben müssen, mit dem Herzen und dem Leib zugleich! Wie es sich gehört. Versteht mich nicht falsch, ich denke da an keinen bestimmten Mann ... nein, gewiß nicht!« sagte er mit einem kleinen, verstohlenen Seitenblick auf mich.

»Meint Ihr wirklich, Graf, daß ein solcher Mann sie hätte zurückhalten können?« warf ich vorsichtig ein.

»Auch auf die Gefahr hin, daß Ihr mich jetzt der Blasphemie bezichtigt, Templer: Für mich steht unverrückbar fest, daß für geraume Zeit kein Gott etwas zu melden hat, wenn es zwischen Mann und Frau so weit gekommen ist, daß sie einander heftig begehren, kein katholischer und auch kein katharischer!

Allenfalls noch ein waldensischer!« hatte er nach einer kleinen Pause geseufzt.

Inzwischen waren meine Kleider trocken geworden. Ich zog sie wieder an, warf mich auf das Stroh und wartete. Erregt durch das soeben Gedachte, schossen mir Vorstellungen über jene Dinge in den Sinn, die seit Ewigkeiten Mann und Frau verbinden. Phantasien solcher Art – ich kannte sie seit meiner Jugend – fingen an, mich heftig zu plagen, wie immer, wenn man sie nicht brauchen kann. Ob Esclarmonde ahnte, was ich mir heiß ersehnte?

O nein, ihr Plagegeister! Um der Begehrlichkeit nachzugeben, war es nicht die Stunde, sondern einzig die Freude über unser Wiedersehen sollte uns erfüllen in dieser Nacht. So redete ich mir zu. Und dennoch: Die Gefühle, die mit den Gedanken einhergegangen waren, ließen sich nicht so leicht vertreiben! Mein Herz war erfüllt von glühender Liebe, und mein Leib brannte wie Feuer. *Wie eine Rose unter Dornen, so ist meine Freundin unter den Töchtern*, ging es mir durch den Sinn.

Es dauerte geraume Zeit, bis es klopfte.

Schwer bepackt und fest in ihren dunklen Umhang gehüllt, stand sie vor der Tür.

»Ich wußte nicht, ob Ihr etwas Rechtes zu essen finden würdet bei den armen Leuten, die hier wohnen. So habe ich Euch einiges mitgebracht. Auch einen Krug mit Wein, wenngleich ich selbst keinen trinke, wie Ihr wißt.«

Sie packte ihre Schätze aus, und ihre Augen leuchteten, als sie meine Freude sah: frisches Brot, würziger Ziegenkäse, eingehüllt in grüne Weinblätter, Nüsse, Äpfel, Weintrauben. Wie konnte sie nur alles heruntergeschleppt haben in dieser finsteren Nacht? Selbst an Kerzen hatte sie gedacht, und zur Feier des Tages zündeten wir sogleich die größte an.

Sie war schön, meine Esclarmonde. Ich habe es schon eingangs erwähnt. Nur habe ich damals nicht ahnen können, daß ihre Schönheit mit den Jahren sich noch steigern würde. Ihr Aussehen hatte sich vollendet, so wie es bei manchen Frauen im reiferen Alter geschieht, wenn die erworbene Gelassenheit die edlen Züge vollends zur Geltung bringt. Meine Mutter war so eine Frau gewesen, die ein gewisses Leuchten bekam, eine Ausstrahlung, die sie Mittelpunkt sein ließ, wo immer sie sich gerade aufhielt. Vielleicht aber haben ihr schrecklicher Tod und meine Sehnsucht nach ihr die Erinnerung ein wenig verklärt.

Nachdem ich gegessen hatte – Esclarmonde mußte jeden Montag, Mittwoch und Freitag fasten, und es war gerade einer dieser Tage –, bedankte ich mich herzlich bei ihr für die feinen Sachen. Dann fingen wir an, einander zu erzählen. Nicht das, was wir erlebt hatten in den letzten dreizehn Jahren, nein – unser bewegtes Leben aufzublättern hätte die Stunden Tausender Nächte bedurft. Wir erzählten endlich von unserer Liebe. Ich von der meinen und sie von der ihren.

Und am Ende küßten wir uns. Ganz zärtlich, ganz sanft – ganz so, als ob wir beide Angst davor hätten, uns zu verletzen.

Niemand sprach ein Wort.

Was folgte, war reine, köstliche Liebe: Ich bettete meine Esclarmonde auf das Stroh, und sie schaute mich mit großen, ernsten Augen an, als ich sie auszog. Ihre nackten vollen Brüste, ihr ganzer herrlicher Leib leuchtete im Kerzenlicht, als sie sich kurze Zeit später aufrichtete, um nun mich mit zitternden Händen auszuziehen. Wir streichelten unsere schimmernden Körper, die sich nicht kannten, so lange, bis sie sich kennenlernen durften. Und wir ahnten dabei – nein, wir wußten, als es geschah –, daß es keine Sünde war. Wir erkannten in jener Nacht, die unsere feuchte Blöße mit Samt bedeckte, daß alles gelogen war, was uns befohlen hatte, auf ewig rein zu bleiben.

Wir wußten plötzlich, daß die Heuchler auf Erden einst auch als Heuchler vor dem HERRN stehen werden. Und dann gnade ihnen Gott!

29

Vom Himmel angezogen

*Wer immer also den Glauben mit Gewalt zu verbreiten sucht,
verläßt die Lehren Christi.*

Radulfus Niger, Kleriker, 1188

Am nächsten Tag richtete Esclarmonde es ein, daß ich die Burg besichtigen konnte. Sie wollte mich auch Raymond de Pereille vorstellen, dem Mann, der es ermöglicht hatte, daß die Katharer sein ursprünglich kleines Fort, das er auf dem Saint-Barthélémy besaß, zu einer trutzigen Burg ausbauen konnten.

Leicht glitt ihr Schritt dahin. Ich dagegen hatte Mühe, beim Aufstieg nicht außer Atem zu kommen. Bald waren wir aus dem Tannenforst heraus und hatten nur noch den blanken Fels vor uns. Kaskaden von kleinen und größeren Steinen traten wir los, als wir dem schmalen Grat folgten. Ganz deutlich konnte ich jetzt die Burg sehen, geheimnisvoll, aus dem Fels gewachsen und noch immer nach oben strebend.

»Weißt du, wie sie die Burg heißen, die Katholischen?« fragte mich Esclarmonde und blieb stehen, als sie merkte, daß mir eine kurze Verschnaufpause guttun würde.

»Nein, sag es mir!« keuchte ich.

»Sie nennen sie den Drachenkopf, den Vatikan der Häresie oder auch die Synagoge des Satans! Du siehst, welchen Stellenwert wir hier oben haben in ihren Augen«, meinte die Vizegräfin von Foix, die in der Nacht zu meiner Geliebten geworden war, nicht ohne einen Anflug von Stolz.

»Vorsicht, Liebste, gerade dieser Stellenwert macht den Montségur zu einem magischen Anziehungspunkt, den Rom gewiß nicht aus den Augen verlieren wird!«

»Ach Bertrand«, seufzte sie, als wir ein wenig gemächlicher weiterstiegen, »ängstige dich nicht um uns. Rom kann uns nicht wirklich gefährlich werden. Wir sind bereit zum Rückzug aus dieser Welt.«

Eine tiefe Traurigkeit ergriff mich. Wie konnte sie gerade heute morgen solche Gedanken hegen? Ich wußte zwar inzwischen, daß viele Katharer leibfeindliche Puristen waren, die alles Irdische verachteten, aber Esclarmonde?

Die Burg befand sich gleich einem Adlernest auf einem sehr hohen Gipfel, einem Pog, der schon aufgrund seiner wilden Beschaffenheit eine natürliche Festung darstellte. Ich kannte viele Burgen, aber was ich hier zu sehen bekam, übertraf alles. Das ganze Gelände war stark befestigt, obwohl der Felsblock allein bereits uneinnehmbar war! Zweihundertfünfzig Fuß tiefe, senkrecht abfallende Steilhänge ließen mir noch nachträglich das Herz klopfen, wenn ich daran dachte, wie schnell mir gestern bei der Dunkelheit etwas hätte passieren können. Lediglich der Südhang, auf dessen Weg wir uns jetzt befanden, stellte für die Verteidigung eine gewisse Gefahr dar, weil er mit einem tiefer gelegenen Sockel verbunden war, der zum Teil den Gipfel umschloß. Hier hatte man vorsichtshalber drei gewaltige Vorwerke gebaut.

Endlich kamen wir an eine steile, in den Fels gehauene Treppe, und wir stiegen ungefähr zwanzig Stufen hinauf bis zu einer Stelle, an der man fast das riesige Portal erreichte. Als ich dann auch noch zu meiner Überraschung feststellte, daß man in die Burg nur über eine abnehmbare Treppe gelangen konnte, war mein Respekt vor dem Baumeister des Montségur grenzenlos!

Bevor wir eintraten, gab mir Esclarmonde eine runde Medaille mit einem geheimnisvollen Zeichen darauf. »Diese Bleimarken – man nennt sie auch Méreaux – dienen uns als Erkennungszeichen«, erklärte sie. »Niemand darf eintreten, der sie nicht vorweisen kann. Bitte achte gut darauf. Mit ihr kannst du dich überall auf dem Berg frei bewegen.«

»Was ist das für eine Zeichnung?« fragte ich.

»Ein Pentagramm«, sagte Esclarmonde, »ein uraltes magisches Zeichen, das das Böse abwehren soll, dem wir hier auf Erden den Kampf angesagt haben.«

Ich steckte die Marke in die Geheimtasche meines Mantels, den ich nun wieder offen trug. Denn ab sofort war ich kein Pilger mehr, sondern ganz offiziell der Komtur des Tempels von Jerusalem, der mit dem Grafen von Foix und seiner Schwester seit Jahren eng befreundet war und den Katharern nahestand. Diese Version, die ja in der Tat zum größten Teil der Wahrheit entsprach, hatten wir uns am frühen Morgen zurechtgelegt, als wir engumschlungen erwacht waren, und sie galt es durchzuhalten, so lange ich mich hier aufhielt. Niemand durfte merken, wie wir zueinander standen, sie und ich.

Noch in der Nacht hatte ich sie gebeten, mit mir – wo auch immer – ein neues Leben zu beginnen. Aber Esclarmonde hatte geschwiegen, und als ich sie berührte, ihr schönes Gesicht streichelte, merkte ich, daß sie weinte.

Heute jedoch frage ich mich, ob es nicht an mir lag, daß sie mir nicht folgte. Vielleicht hatte sie gespürt, daß auch ich mich von meinem Leben und meiner Aufgabe nur schwer trennen würde.

Wir überquerten den gepflasterten Hof, besahen die Waffenschuppen und die Pulverkammern und stiegen auf der gegenüberliegenden Seite auf einen der rundumlaufenden hölzernen Wehrgänge. Von dort hatte man eine phantastische Aussicht. Begeistert zeigte mir die Gräfin weitere grandiose Berge in der näheren Umgebung, den Mont d' Olmes, den Montagne de la Frau und den mächtigen, alle anderen überragenden Pic de Saint-Barthélémy, der den gleichen Namen trug wie ehemals der Montségur, bevor ihn die Katharer in Besitz genommen hatten. Ein kräftiger Wind fuhr ihr dabei durch die dunklen Haare.

Am Morgen hatte sich die Sonne wieder hervorgetraut, obwohl noch immer Wolkenbänke eilig über uns hinwegzogen. Tiefe Schatten fielen die steilen, schwindelerregenden Abhänge und Schluchten der umliegenden Berge hinab, und weil sie sich durch die schnell wandernden Wolken ständig veränderten, gaben sie der ganzen Umgebung ein unwirkliches, wildes Aussehen.

Unter uns am Nordwesthang, wo der Montségur in eine tiefer gelegene Terrasse überging, sah ich zu meiner Verblüffung ein ganzes Dorf. Ungefähr fünfzig Hütten, aus denen sich dünne Rauchfahnen kringelten, standen eng aneinandergeschmiegt beisammen. Jeder freie Platz war ausgenutzt, einige Häuser klebten geradezu am Fels und schienen die Kraft zu besitzen, wieder andere festzuhalten, denn sie waren zum Teil durch schmale Treppenfluchten miteinander verbunden. Kleine Kinder saßen vor den Hütten und spielten. Größere hüteten Ziegen, schwarze, weiße und rotgescheckte, die meckernd die Hänge auf und ab sprangen, auf der Suche nach den saftigsten Kräutern. Wäsche hing an kurzen Leinen zwischen den einzelnen Hütten. Eine große Zisterne, die gespeist wurde von den Dächern der Burg selbst, sorgte für ausreichendes Trinkwasser.

»Hier und in einzelnen versteckten Hütten im Wald leben einige Hundert verfolgter Katharer«, sagte Esclarmonde und wies mit der Rechten hinunter. »Sie können nicht alle in der Burganlage selbst wohnen. Nur bei einem Angriff werden sie sich zu uns flüchten. In der Burg wohnen zur Zeit nur die höchsten Würdenträger unserer Kirche wie der berühmte Bischof von Toulouse, Guilhabert de Castres, mit seinem *filius maior* und seinem *filius minor*, also seinen Stellvertretern. Dazu einige *parfaits*, konvertierte Edelleute und Faidits, deren Burg man geschleift hat – und natürlich die tüchtigen Soldaten, die uns im Notfall verteidigen sollen, mit ihren Familien. Ich werde sie dir alle vorstellen, Bertrand!«

»Aber sag, Esclarmonde, wovon ernähren sich die vielen Leute? Die Gegend ist so karg und wüst, wie wollen sie überleben dort unten im Dorf und hier?

»Du wirst es mir vielleicht nicht glauben, aber sie betreiben an einigen günstig gelegenen Hängen sogar Ackerbau! Außerdem – hast du nicht die vielen Ziegen gesehen? Es gibt auch Federvieh und Schweine. Denn nicht alle Katharer leben fleischlos wie wir *parfaits* ... und selbst diese sind moralisch nicht immer so gefestigt – wie du gestern nacht gemerkt haben wirst, Liebster!« flüsterte sie und faßte verstohlen nach meiner Hand.

Dann wurde sie wieder ernst, und man merkte, wie durchdrungen sie war vom Katharismus, trotz der vergangenen Nacht: »Eines ist uns allen jedoch klar, und das schließt auch dich nicht aus, Bertrand: Wir sind hier nicht am Ziel unserer Reise, auf dem Montségur, sondern noch immer unterwegs.«

Man sah ihr aber an, daß sie stolz darauf war, mitgewirkt zu haben an diesem Projekt, an diesem einmaligen Versuch, hoch oben, von der Außenwelt abgeschnitten und ungestört, nur der katharischen Idee zu leben.

Die Grundfläche der Burg betrug vielleicht dreitausend Fuß im Carré. An die dicke Ringmauer lehnten sich – drei Stockwerke hoch – zahlreiche Gebäude. Esclarmonde zeigte mir weitere Waffenkammern mit ihren zu Pyramiden aufgetürmten Geschossen für die großen Katapulte, die, in Einzelteile zerlegt, daneben gestapelt waren. Ketten, eiserne Lanzen, Wurfspeere, Dolche, Handschleudern, Bogen und Tausende Pfeile zeigten, daß man tüchtig vorgesorgt hatte für den Fall der Fälle. Eine komplette Garnison befand sich hinter den Mauern der Burg. Die Soldaten patrouillierten auf den Wehrgängen, die die Mauern der Burg nach oben hin abschlossen. Sie dienten aber auch als Leibgarde für die höhergestellten Katharer, begleiteten sie auf ihren Reisen und sorgten mit ihrer ununterbrochenen Aufmerksamkeit dafür, daß sich die Bewohner des Drachenkopfes innerhalb und außerhalb ihres Refugiums sicher fühlen konnten, erklärte mir Esclarmonde.

Ich jedoch sah die Sache ein wenig differenzierter: Zumindest gestern war ein einzelner Reiter ihrer Aufmerksamkeit entgangen. Aber ich schwieg, wollte meine Geliebte nicht beunruhigen.

»Natürlich haben wir davon Kenntnis«, fuhr sie fort, »daß im Tal jene auf der Lauer liegen, die es vor allem auf uns *parfaits* abgesehen haben. Denn auf uns sind hohe Kopfgelder ausgesetzt. Aber kaum jemand dort unten wird zum Verräter. Im Gegenteil, man warnt uns mit Signalen. Finden wir an einer bestimmten Stelle ein aus Zweigen geflochtenes Pentagramm, so wissen wir, daß wieder einmal Gefahr im Verzug ist. Meist können wir aber unbesorgt Seelsorge betreiben, Kranke pflegen und die Kinder in den umliegenden Dörfern unterrichten, und niemand belästigt uns dabei.«

Neben jener riesigen Zisterne, die auch das Dorf am Hang versorgte, stand der mächtige Donjon, der zinnenbewehrte Wohnturm. Wir traten ein.

Fünf Schlitzfenster ließen das Tageslicht in eine große, kühle Halle fallen, in der frisch aufgeschüttetes Stroh den Boden bedeckte. Drei Wachsoldaten beäugten mich mißtrauisch. Esclarmonde jedoch ignorierte sie und erklärte mir begeistert, daß alle Fenster dieser Halle nach dem Sonnenaufgang am Tage der Sommersonnenwende ausgerichtet seien.

Während einer der Bediensteten uns beim Hausherrn meldete, sah ich mich neugierig um. Eine steile, linksläufige Wendeltreppe führte in den ersten Stock. Der Diener kam rasch zurück und winkte uns, ihm zu folgen.

Im oberen Saal fiel mir als erstes ein riesiger Kamin auf, der in die Südmauer eingelassen war. Ein eisernes Gitter bewachte das flackernde Feuer, ein großer Vorrat dicker Tannenholzscheite lag säuberlich aufgetürmt daneben. Vier ungewöhnlich große Spitzbogenfenster ließen ungehindert das Sonnenlicht herein. Schilder des Hausherrn und einige kunstvoll gestickte Tapisserien, die allerdings schon bessere Tage gesehen hatten, hingen an den Wänden. Einhörner und andere Fabeltiere waren darauf zu sehen und Darstellungen aus dem Trojanischen Krieg. Der Boden war blankgefegt, und ein großer Teppich hielt die Füße der Bewohner warm. Ja, hier war das Heim für den Herrn der Burg, Raymond de Pereille, der sich erstaunt umwandte, als Esclarmonde mit mir hereinkam.

»Ich bitte um Entschuldigung, Raymond! Ich möchte Euch der Ordnung halber melden, daß ich unerwarteten Besuch bekommen habe. Darf ich Euch vorstellen: Bertrand de Blanchefort, der Komtur von Jerusalem und zugleich Seneschall des Tempels. Er hält sich zur Zeit in unserer Heimat auf.«

Der Kommandant hob überrascht die Brauen. »Ich grüße Euch, Seneschall, und heiße Euch willkommen, wenngleich ich mir nicht vorstellen kann, was Euch zu uns heraufgeführt hat?«

Esclarmonde erzählte in kurzen Worten die Geschichte unserer Freundschaft.

Raymond de Pereille war kein Katharer, wohl aber seine Tochter, gleichen Namens mit meiner Esclarmonde, und seine Gattin

Corba. Sein Bruder, Arnold Roger, hatte es sogar zum Katharerbischof gebracht.

Er war ein stattlicher Edelmann, dieser Pereille, in besten Jahren, in grünen Samt gekleidet, ganz seiner Bedeutung als Kommandant angemessen.

»Seid noch einmal von Herzen willkommen auf dem Drachenkopf, Komtur! Hat Euch die Gräfin bereits herumgeführt?« fragte er.

»Ja, ich bin überaus beeindruckt von der Konstruktion Eurer Burg. Ihr müßt wissen, daß ich im Heiligen Land selbst am Bau und Ausbau verschiedener Festungen beteiligt war und daß meine Neugierde auf den Montségur, von dem man sich die phantastischsten Dinge erzählt, ein weiterer Grund war hierherzukommen! Natürlich wollte ich auch Esclarmonde de Foix sehen, um deren Wohlergehen sich ihr Bruder, der Graf, große Sorgen macht!«

Ich hoffte, nicht allzu dick aufgetragen zu haben.

»Außerdem«, fuhr ich fort, »möchte ich mich an Ort und Stelle über die Lage der Dinge informieren. Ich will wissen, was in unserer Heimat vor sich geht, und möchte von Euch erfahren, was der Tempel unternehmen könnte, um die heikle Situation – sagen wir, ein wenig zu entschärfen. Selbstverständlich kann ich nicht offen Partei ergreifen für die Katharer. Aber ich kann unter gewissen Umständen vermitteln.«

Ich hatte in der Tat vor, in meiner Eigenschaft als Interimsmeister beim Papst eine Petition einzureichen. Dazu bedurfte es aber zahlreicher Fakten. Ich mußte Kompetenz beweisen und mir überdies einen derart raffinierten Plan ausdenken, daß der Heilige Vater am Ende glaubte, das Richtige zu tun. Man müßte ihm, so malte ich mir aus, verschiedene Möglichkeiten aufzeigen, wie er sich, ohne sein Gesicht zu verlieren, aus dieser Sache herausmanövrieren könnte. Denn wer gibt schon gerne Fehler zu und zieht daraus Konsequenzen, wenn er im Grunde seines Herzens davon überzeugt ist, seine Taten seien von Gott gelenkt?

Auf dem Ritt hierher hatte ich sogar daran gedacht, als äußersten Trumpf den Schatz ins Spiel zu bringen – nicht gerade als Bestechung, nein – als eine Art Pfand für die Sicherheit der Katharer. Rom konnte bei einem solchen Angebot nicht nein sagen! Vielleicht hatte der HERR gerade mir den Schatz Salomos in die Hände gespielt, um mit seiner und meiner Hilfe endlich Frieden zu schaffen unter den Christen.

»Ritter, nehmt doch Platz!« Pereille wies auf eines der dicken, mit Federn gefüllten Samtkissen, die auf den aufgemauerten steinernen Bänken der Fensternischen lagen. »Ich schlage vor«, fuhr Pereille fort, »den Katharerbischof von Toulouse, Guilhabert de Castres, in unsere Runde zu bitten. Er kann Euch, was die Angelegenheiten der Katharer betrifft, sicher besser Auskunft erteilen als ich, der ich mich hauptsächlich um die Verteidigung der Burg und die Verproviantierung unserer Leute zu kümmern habe.«

Während der Diener nach dem Bischof geschickt wurde, sah Esclarmonde gedankenverloren in das weite Land. Auch sie vermied es sichtlich, mir allzuoft in die Augen zu sehen. Wir hatten wohl beide Angst davor, daß jemand unsere innigen Gefühle füreinander spüren könnte.

Als der Bischof eintrat, eilte sie ihm entgegen. »Ich freue mich, Euch zu sehen, Guilhabert«, sprach sie freundlich und wies dann auf mich. »Darf ich Euch meinen Gast vorstellen: Bertrand de Blanchefort, der Komtur von Jerusalem. Mein Bruder und ich haben ihm viel zu verdanken. Nun haben ihn Amtsgeschäfte nach langer Zeit wieder in die Heimat geführt. Er interessiert sich für unsere Angelegenheiten, denn vor Jahren ist seine Familie von Montfort fast vollständig ausgerottet worden, obwohl weder er noch sonst jemand auf seiner Burg katharisch war.«

»Das tut mir sehr leid, Ritter. Möge der HERR Euch jedoch segnen und zu einem guten Ende führen!« sprach Castres mit einer dunklen, melodischen, ein wenig spröden Stimme, die einen sofort faszinierte. Kein Wunder, daß er einen solch erstaunlichen Erfolg beim Predigen hatte. Kein Wunder auch, daß Rom den Sprachgewaltigen von einem Versteck zum anderen jagte!

Ein schwarzer Umhang umhüllte seinen mageren Körper. Darunter trug er das obligatorische weiße Hemd der *parfaits* mit einer eingenähten Tasche vorne unterhalb des Kragens, in der das

Evangelium des Johannes seinen Platz hat. Ein breiter Gürtel, geflochten aus weißen Wollfäden, war dreimal um seine Taille gebunden. Die bloßen Füße steckten in einfachen Strohsandalen. Er hatte ebenmäßige, gewinnende Gesichtszüge, faszinierende dunkle Augen, die vor Gescheitheit blitzten, weiße Haare umwallten in Locken die Schultern. Trotz seines Alters wirkte er ungewöhnlich jugendlich, als er sich mit ausgesuchter Höflichkeit vor mir verbeugte.

War er nun raffiniert oder – wie man auf den ersten Blick hätte meinen können – voller Anteilnahme? Sein Satz »Das tut mir sehr leid, Ritter« war zweideutig, hatte sich auch ganz eindeutig zweideutig angehört! Er konnte damit das Ableben meiner Familie bedauert haben oder die Tatsache, daß wir uns nicht zu den Ketzern zählten. Da ich es mir seit langem zur Gewohnheit gemacht habe, immer erst einmal das Beste von meinem jeweiligen Gegenüber zu denken, entschied ich mich für die erste Variante. Aber ich würde auf der Hut sein müssen.

Er war ein ausgekochter Fuchs!

»Der HERR möge auch Euch segnen, Bischof«, gab ich ebenso höflich zurück. »Ich habe schon viel von Euch gehört, jedoch leider noch keine Eurer berühmten Predigten, da ich mich bis vor kurzem noch in Outremer aufgehalten habe!«

»Nun, Ritter« – seine formvollendete Gestik erinnerte mich entschieden an den Troubadour Marcabru –, »dann darf ich Euch bei dieser Gelegenheit einladen, mir zuzuhören. Ihr seid zu einem günstigen Zeitpunkt hier. Ich habe alle Katharer – *parfaits* wie einfache Gläubige –, deren Sicherheit es erlaubt, aufgefordert, auf den Montségur zu kommen, zu einem großen Konzil. Heute schon werden die ersten auf den Berg pilgern. Ich werde für sie predigen – und natürlich auch für Euch, den zukünftigen Großmeister des Tempels!«

Besaß dieser Fuchs nun auch noch die Gabe der Prophetie?

30
Secretum cathari – Das Geheimnis der Katharer

Ich greife euch nicht mit Waffen an,
sondern mit Vernunft;
nicht im Haß, sondern in Liebe ...
Petrus Venerabilis

Man mußte es sich eingestehen: Der Mann war nicht nur eine ausgesprochen charismatische Erscheinung, nein, er hatte darüber hinaus auch noch Courage! Unter den Augen Roms zu einem Ketzerkonzil auf den Montségur einzuladen, das war gewagt. Ob es allerdings klug war, die römisch Gesinnten – wie Alix sie bezeichnete – auf diese Weise zu provozieren, das würde die Geschichte zeigen.

Esclarmonde schaltete sich ein. »Guilhabert, Ritter de Blanchefort hat uns seine Hilfe angeboten. Er ist absolut zuverlässig und meiner Familie seit Jahren ein guter Freund. Laßt uns gemeinsam überlegen, was er für uns tun kann!«

Der Bischof schaute schweigend von Esclarmonde zu Pereille, von Pereille zu mir.

»Ich habe beispielsweise an eine Petition an den Papst gedacht, Bischof«, sagte ich in die Stille hinein. »Wenn nötig, könnte ich auf dem Rückweg nach Outremer in Rom Station machen, um selbst mit dem Heiligen Vater zu sprechen!«

Castres wiegte unentschlossen den Kopf hin und her. Seine Gedanken zu lesen hätte mir in diesem Augenblick viel bedeutet.

Nach langem Schweigen gab er Pereille mit einer bestimmten Geste zu verstehen, daß er seinen Diener wegschicken solle, der an der Tür auf Posten stand.

Dann endlich, als wir unter uns waren, ergriff Castres das Wort, und das, was er sagte, war für die anderen offensichtlich eine aufregende Neuigkeit. Für mich aber war es viel mehr als das! Es kam einer Sensation gleich und war obendrein eine weitere Erfahrung, die mir auf erschreckende Weise klarmachte, daß gewisse Dinge niemals zufällig geschehen.

Leise und doch deutlich akzentuiert, fing er an zu reden.

»Wir vier, die wir uns hier und heute versammelt haben, um über die Zukunft der katharischen Kirche nachzudenken, haben eine überaus wichtige Sache zu bereden. Lange habe ich ein solches Gespräch hinausgeschoben, vielleicht zu lange, um noch geeignete Maßnahmen ergreifen zu können.«

Castres wandte sich mir zu.

»Ich kenne Euch nicht und vertraue Euch dennoch, Komtur von Jerusalem! Manchmal muß man ein solches Risiko eingehen im Leben, das war eine der vielen Lektionen, die ich zu lernen hatte, als ich Bischof der katharischen Kirche wurde. Nun seid Ihr so gänzlich unerwartet hier eingetroffen: ein Templer, ein hochgestellter obendrein. Einer, der in diesen Zeiten eine gewisse Macht besitzt und so gut wie unangreifbar ist.«

Ich warf Esclarmonde einen kurzen Blick zu, den sie jedoch nicht erwiderte. Ihr Augenmerk war ganz auf Castres gerichtet.

»Laßt es mich kurz machen«, fuhr er fort. »Eine Petition, Blanchefort, ist nach Maßgabe der Lage, in der wir uns befinden, völlig aussichtslos, ob Ihr nun der Komtur von Jerusalem seid oder nicht. Der Papst wird auch Euch bestenfalls nur beschwichtigen, aber seinen eingeschlagenen Weg niemals ändern. Denn es hat eine neue Ära begonnen in der Verfolgung der sogenannten Ketzer. Gewiß habt Ihr schon davon gehört, daß man seit einiger Zeit auf die Inquisition setzt, auf jene geschulten Glaubenswächter, die sich auf die Unterjochung der Seelen verstehen! Allen voran sind es die *domini canes* – also Eure weitläufigen Brüder! Ihr verzeiht meine Ironie, Templer – sie ist jedoch gepaart mit heiligem Zorn! Und dieser Zorn hat seinen Grund in dem, was jene Hunde anstellen, um uns aufzuspüren. Sie hetzen das Volk gegen uns auf! Das Volk, das unser Treuegarant war zu allen Zeiten. Sie belohnen diejenigen, die unsere Schlupflöcher verraten, mit klingender Münze. Geht nur nach Rom, Templer. Der Papst wird die Wahrheit nicht erkennen, wenn er sie sieht – weil er sie nicht erkennen will. So einfach ist das. Rom wird Euch nicht verraten, daß sich die Inquisitoren seit kurzem auch als Leichenfledderer betätigen. Rom wird schweigen darüber, daß die Vollstrecker durch das Land ziehen, um verstorbene Katharer wieder auszugraben. Rom verschließt die Augen, wenn diese Hunde die halbverwesten Leichen über die Märkte schleifen, sie dort öffentlich verbrennen, um damit das Recht zu erwerben, ihr Vermögen zu konfiszieren. Rom ist rauschsüchtig geworden! Ich weiß Euer Angebot zu schätzen, Meister des Tempels, aber wenn es einem gelingt, beim Papst etwas in unserem Sinne zu erreichen, dann dem Grafen Raymond von Toulouse. Und auch ihm kann es nur möglich sein, wenn er sich dabei voll und ganz hinter seine Base, die Königin von Frankreich, stellt. Unsere Katharersache ist zum Politikum geworden, schon lange.«

Sicher hatte der Bischof recht. Dennoch war ich nicht zufrieden. Was konnte ich sonst für Esclarmonde erreichen, wenn ich mich nicht mit aller Kraft darum bemühte, daß die Verfolgungen endlich ein Ende nahmen?

Castres ergriff meine Hände, als er meine Enttäuschung sah.

»Es gibt aber eine andere Möglichkeit, Blanchefort. Im Augenblick läßt man uns auf dem Montségur noch in Ruhe. Aber es wird der Tag kommen, an dem ich gezwungen bin, etwas in Sicherheit zu bringen, das mir als oberstem Hüter der Katharischen Kirche sehr am Herzen liegt. Und hierbei könntet Ihr uns behilflich sein, Komtur, wirklich – außerordentlich behilflich!«

Seine Worte berührten mich eigentümlich. Hatte ich so etwas nicht schon einmal gehört? Verwundert blickte nun auch Esclarmonde von mir zu Pereille. Dieser zuckte fast unmerklich mit den Schultern.

Der Bischof lief gemessenen Schrittes zum gegenüberliegenden Fenster. Dort drehte er sich nach kurzem Verweilen wieder zu uns herum und sagte leise, wobei seine Worte einen sonderbaren Klang annahmen: »Ihr werdet Euch sicher gefragt haben, Pereille, was sich in jenen Kisten befindet, die ich bei meiner Ankunft hier habe heraufschleppen lassen?«

Pereille nickte.

»Nun«, sprach er weiter, ohne eine Antwort des Kommandanten

abzuwarten, »ich werde es euch heute sagen. Der richtige Augenblick ist endlich gekommen, das Geheimnis zu lüften. In den Kisten, die sich jetzt in einem Kellerverlies unter der Waffenkammer befinden, liegt der Schatz der katharischen Kirche!«

Pereille fuhr hoch. »Aber Bischof! Wie konnten Katharer jemals Schätze ansammeln, wo sie doch ein apostolisches Leben in Armut führen müssen, um ihrer eigenen Lehre nicht ins Gesicht zu spucken?«

Auch Esclarmonde, die, wie ich wußte, ihrem ganzen Besitz entsagt hatte, als sie sich entschloß zu konvertieren, war aufgesprungen.

Ich selbst blieb sitzen. Ich blickte zu Boden, schloß die Augen und dachte, es müsse schon etwas Besonderes an mir sein, daß mir die »Schätze« beinahe von alleine in den Schoß fielen, daß auf den einen ein nächster folgte, und dies in so kurzer Zeit! Und dem einzig Wertvollen auf dieser Welt, der Frau, die ich mir von Herzen wünschte, mußte ich entsagen?

Der Bischof hob beschwichtigend die Hände. »Laßt mich bitte ausreden, Pereille, bevor Ihr falsche Schlüsse zieht. Die Katharische Kirche besitzt im Unterschied zur römisch-katholischen nach wie vor keine feudalistische Struktur. Sie hat weder Großgrundbesitz, noch übt sie säkulare Gewalt aus. Sie läßt keine Leibeigenen für sich arbeiten und erhebt keinen Zehnten. Der Schatz, der sich in meiner Obhut befindet, stammt nicht aus dem Besitz unserer Gläubigen, ist auch nicht unrechtmäßig erworben – wenngleich von den Pfaffen mittlerweile Zigtausende Kisten solcher Pretiosen zu holen wären, das dürft Ihr mir schon glauben! Nein ...« – der Bischof kam mit feierlichem Gesichtsausdruck auf uns zugeschritten –, »etwas ganz Unvorstellbares befindet sich in den Händen der Katharischen Kirche. Ein sogenanntes Testament, ein Vermächtnis aus alter Zeit!«

Castres ließ seine Worte einige Minuten im Raum stehen. Dann fing er an, langsam auf und ab zu laufen und was er zu sagen hatte, mit entsprechenden Gesten zu untermalen: »Laßt Euch erzählen, daß hier einst ein Volk lebte, das sich Whisigots nannte. Diese Westgoten waren vor langer, langer Zeit – es müssen gut tausend

Jahre her sein – in Rom eingefallen. Dort hatten sie es vor allem auf die Schätze Salomos abgesehen, des Königs der Hebräer, die Kaiser Titus gestohlen hatte, als er Jerusalem zerstörte. Mit ihnen hatten sich die Westgoten auf und davon gemacht.«

Salomo. Mir zog es den Leib zusammen, als ich den Namen hörte. Erst vor kurzem hatte ich Teile von seinem Schatz in den Händen gehabt. Die ganze Angelegenheit wurde immer dunkler und rätselhafter! Ich hatte den undefinierbaren Eindruck, daß …

Doch Castres ließ mich meine Gedanken nicht zu Ende führen. Wortreich fuhr er fort: »Alarich, ihr großer Anführer, zog mit seiner Beute in unser Land. Als erste Niederlassung baute er die Festung Rhedae, und dort brachte er seinen Schatz irgendwo in Sicherheit.«

Hatte ich gerade richtig gehört? Hatte der Bischof »Rhedae« gesagt? Ich fuhr auf.

»Von welcher Festung, bitte, spracht Ihr soeben, Bischof?«

Auch Esclarmonde war verblüfft.

»Na, Rhedae, R h e d a e«, buchstabierte er. »Ihr werdet diese Burg doch kennen, wenn Ihr hier zu Hause seid!« gab er ein wenig ungehalten zur Antwort, weil ich ihn in seinem Redefluß unterbrochen hatte.

Erschüttert stammelte ich: »Ich selbst stamme aus Rhedae, Bischof, und ich weiß auch von den Westgoten«, sagte ich fast tonlos. »Von diesem Alarich und einem Schatz, der sich dort irgendwo befinden soll, habe ich jedoch nie gehört. Die Burg über dem Tal von Rhedae war vier Generationen lang im Besitz meiner Familie, bis Montfort sie einnahm. Als ich in den Tempel eintrat, habe ich sie und meine gesamten Rechte darauf dem Orden übertragen. Der Tempel wiederum hat dem königlichen Statthalter, Pierre de Voisins, das Nutzungsrecht eingeräumt. Heute leben meine Schwester und mein Schwager dort, als Verwalter!«

Jetzt war es endlich einmal am Bischof, überrascht zu sein.

»Ihr stammt aus Rhedae? Na, das nenne ich ein Zusammentreffen der besonderen Art! Oder sollte ich sagen, daß es ein gutes Zeichen ist?« rief er und kam auf mich zu. Er blieb vor mir stehen, sah mir ins Gesicht und sagte: »Ja, Templer, es muß ein Omen sein, daß gerade Ihr zu uns gestoßen seid, um uns zu helfen. Nicht einmal Jerusalem hat Euch halten können – nein, Euch hat etwas Besonderes über das weite Meer zu uns getrieben, hierher auf den Montségur!«

Ungläubig schüttelte er sein Haupt, und als seine alles durchdringenden Blicke nun ungewöhnlich lange auf Esclarmonde ruhten, hätte mir beinahe die Scham die Wangen gerötet.

Ahnte Castres den wahren Grund meines Hierseins?

Endlich wandte er sich wieder seiner Geschichte zu und fuhr mit leiser Stimme fort: »Wie Ihr in Eurer Empörung schon richtig sagtet, Pereille: Irdisches bedeutet uns nichts, denn unser eigentlicher Schatz ist nicht von dieser Welt! Aus diesem Grunde haben wir das uns Anvertraute auch niemals angerührt, haben zu keiner Zeit irgendeinen Gewinn aus ihm gezogen oder gar versucht, uns mit ihm freizukaufen. Aber unser einmal gegebenes Wort, den Schatz zu hüten, bis der Tag gekommen wäre, ihn zurückzugeben, ist uns heilig.

Ihr werdet Euch nun fragen, wie die Katharische Kirche in den Besitz dieser alten Reichtümer gekommen ist. Laßt es euch erzählen!

Viele Leute glauben – und auch Rom ist davon überzeugt –, daß die katharische Idee erst seit ungefähr einhundert Jahren besteht. Das ist falsch! Es ist eines unserer *secretissimae*, unserer Geheimnisse, daß der Katharerglaube zurückgeht auf jene Zeit, als die Westgoten hier lebten. Sie hingen einer sehr frühen Häresie an, nämlich der Lehre, die auf einen Mann namens Arius zurückgeht. Natürlich unterscheidet dessen Glaube sich in vielem von dem unseren. Aber in grundsätzlichen Fragen stimmen wir noch immer mit ihm überein.«

»Von Arius habe ich noch nie gehört!« sagte Pereille, und Esclarmonde nickte zustimmend.

»Nun, Arius hatte in Christus zwar einen ›gottbegnadeten‹ Menschen gesehen, ihn also gewissermaßen in die Nähe Gottes gerückt, aber er war felsenfest davon überzeugt, daß Jesus nicht göttlich war. Aus diesem Grunde hat man den gelehrten Priester bis aufs Blut verfolgt, und Rom sprach von einer ›verfluchten Ketzerei‹. Dies geschah im Jahre 330.«

»Aber«, warf ich ein, »ihr Katharer glaubt doch, daß Jesus weder Mensch noch Gott war, sondern ihr nehmt an, daß er einen sogenannten Scheinleib besaß, um nicht mit einem sündigen Körper, der vom Bösen stammt, behaftet zu sein. Das ist doch etwas ganz anderes als das, was dieser Arius glaubte.«

»Ja«, gab der Bischof unwillig zu und hob die Hände in gespielter Verzweiflung. »Viele von uns glauben das, weil der berühmte Bischof Niketas aus Bulgarien seine Ideen und Vorstellungen – kurz gesagt, die Ordo der extrem-dualistischen Kirchen von Byzanz und des ganzen Balkan – in unser Land hineingetragen hat. Seit dem Konzil von St. Felix-de-Caraman, an dem Niketas persönlich teilnahm, ist unsere Kirche geteilt, in eine eher radikale und in eine gemäßigte Richtung. Der letzteren gehören ich selbst, meine Stellvertreter und auch Ihr, Gräfin, an. Einig sind sich jedoch alle darin, daß wir Jesu die Göttlichkeit absprechen. Er ist der Verkünder einer fernen Welt, er ist der erste, der uns voranging ins Licht, dorthin, wohin wir alle streben. Auch hat er uns gelehrt, nicht mit Waffen anzugreifen, sondern mit Vernunft, nicht im Haß zu verweilen, sondern in der Liebe ... ja, in der Liebe.«

Der Alte hielt kurz inne.

»Doch ist dies jetzt nicht der Zeitpunkt, um über Theologie zu räsonieren. Laßt mich euch weitererzählen, wie ich selbst in den Besitz des Westgotenschatzes kam. Doch gebt mir zuvor ein wenig Wasser, lieber Pereille, um meine Stimme zu schonen«, bat der Bischof.

Während der Kommandant ihm das Wasser reichte und der Bischof in kleinen Schlucken trank, gingen mir tausend verschiedene Gedanken durch den Kopf. Konnte es sein, daß es sich bei dem Schatz der Arianer-Katharer, von dem Castres sprach, wirklich um die Teile des Judenschatzes handelte, die von den Römern geraubt worden waren?

Ein heiß aufwallendes Glücksgefühl durchströmte mich. Wer würde nicht an eine göttliche Bestimmung geglaubt haben, wenn er sich an meiner Stelle befunden und von dieser außergewöhnlichen Geschichte gehört hätte? Ich fragte mich in diesem Augenblick allen Ernstes, ob ich nicht tatsächlich auserwählt worden war, den Schatz nach all den Jahren wieder zusammenzuführen. Waren die Gefühle, die Esclarmonde und ich füreinander hegten, vielleicht das Mittel, um diesen Auftrag auszuführen? Denn ohne meine tiefe Zuneigung zu dieser Frau hätte ich niemals den Montségur bestiegen. War damit aber auch die Tötung des Dienenden gerechtfertigt?

Die wichtigste Frage aber stellte ich mir immer wieder: Was wollte der HERR, das ich tun sollte? Sollte ich den Schatz den Juden zurückgegeben? Die Juden als Volk aber lebten verstreut überall auf dieser Welt und wurden vielerorts wie die Katharer von Rom gejagt. Wer war ihr Oberhaupt, und wo, um alles in der Welt, würden sie ihren Schatz aufbewahren können?

Was soll ich tun, HERR?

Bei aller Erregung beschloß ich am Ende – wie der HERR selbst es zu tun pflegt –, vorerst zu schweigen. Nicht einmal Esclarmonde sollte mein Wissen um jenen Schatz mit mir teilen, der sich bereits in meiner Obhut befand. War es nicht meine Pflicht als Interimsmeister, einzig und allein den neuen Großmeister über das Versteck in Kenntnis zu setzen – ob die Schätze nun rechtmäßig den Juden gehörten oder nicht? Ja, ich war noch immer Komtur von Jerusalem, und ich fühlte mich noch immer dem Tempel verpflichtet, wenngleich ich aus tiefstem Herzen auch den Katharern helfen wollte. Aber schloß das eine denn das andere aus? Ich würde gewiß einen Weg finden, sagte ich mir. Weise ist nicht derjenige, der die Antwort sofort kennt, sondern der, der sich auf die Suche nach ihr macht!

Der Bischof fuhr inzwischen fort:

»Der Katharismus in unserem Lande blühte im verborgenen über die Jahrhunderte. Er veränderte sich natürlich – wie das nicht ausbleibt. Von Generation zu Generation erzählte man sich aber von dem Schatz. Jedoch nur eine einzige Familie, die in der Nähe von Rhedae lebte, hatte Kenntnis, wo er sich befand. Eine Familie namens de Rabastens – die Hüter des Schatzes!«

Wie erschrak ich, als ich diesen Namen hörte! De Rabastens! Pierre?

Auch Esclarmonde war zusammengezuckt.

»Haltet ein, Bischof!« rief ich erregt und atemlos zugleich. Deutlich konnte ich spüren, wie mein Herz heftig zu klopfen anfing und mir das Blut zu Kopfe stieg. »Hier seid Ihr einem gewaltigen Irrtum erlegen! Die Rabastens kannte ich gut. Sie waren jedoch wie wir treue Katholiken, zumindest bis zu einem gewissen Zeitpunkt, als viele Familien plötzlich anfingen zu konvertieren. Niemals konnten sie schon zuvor dem anderen Glauben angehangen haben. Wir Kinder waren eng befreundet und unsere Eltern gleichfalls. Nein, nein!« Ich schüttelte heftig den Kopf. »Und«, fiel mir noch ein, »einer der Rabastens war sogar katholischer Bischof von Toulouse!«

»Natürlich, Ritter, ich kannte ihn gut!« beruhigte mich Castres lachend. »Er war lange Jahre sozusagen mein Lieblingsfeind, ein Ehrgeizling, der sich nur in erlesener Gesellschaft bewegte, einer der maßlos eiferte – dabei sich aber stets bemühte, mich im Predigen zu übertreffen. Doch die besseren Argumente, die fundierteren Kenntnisse der Heiligen Schrift hatte meistens ich, was den Guten stets unmäßig geärgert hat!«

Ich schüttelte noch immer voller Zweifel den Kopf.

»Ihr könnt mir ruhig glauben, Ritter«, fuhr Castres fort, »ich weiß, von wem ich rede! Der brave Graf Raymond hatte damals die Stadt noch in seinem Besitz. Ihr wißt sicher um seine Toleranz und Güte, mit der er uns Schutz gewährte. Daher war ich zum Leidwesen meines Konkurrenten in Toulouse mehr als geduldet, und ganz offensichtlich liefen die Menschen den Römischen in Scharen davon und kamen in Scharen, um mich zu hören.«

Obwohl Castres sich selbst über den grünen Klee lobte, klangen seine Worte weder großspurig noch anmaßend.

»Um diese treuen Leute vor schlimmem Schicksal zu bewahren«, sagte er, »mußte der Feind raffiniert mit seinen eigenen Waffen geschlagen werden! Ich schleuste also Spione ein in das bischöfliche Palais, und dank ihrer Hilfe hatte ich recht bald Kenntnis von dem schrecklichen Plan, bei Nacht und Nebel die Gegend um Rhedae zu überfallen. Zuerst konnte ich es nicht glauben, daß der Bischof den Tod seiner eigenen Familie billigend in Kauf nehmen wollte. Aber viele Leute erzählten mir, daß er sich in den letzten Jahren noch mehr zu seinem Nachteil verändert hatte und kalt, korrupt und gierig geworden war!«

Castres hielt inne, um erneut zum Wasserbecher zu greifen.

»Und jetzt gebt acht, in der Person dieses katholischen Bischofs von Toulouse – gerade da – lag unser Schwachpunkt. Und weil böse Dinge für gewöhnlich Kreise ziehen, die sich nicht eines Tages von alleine in Wohlgefallen auflösen, liegt er gewissermaßen noch heute dort!«

An den ratlosen Gesichtern von Pereille und Esclarmonde sah ich, daß auch sie nicht wußten, worauf der Alte hinauswollte.

Aber schon sprach er weiter:

»Die Rabastens waren nur nach außen hin Katholiken, das müßt Ihr mir glauben, Templer! Ihre Kinder erfuhren aus Sicherheitsgründen erst mit zwölf Jahren von ihrem richtigen Glauben. Tatsächlich war in dieser Familie der wahre Abtrünnige jener Bischof, der für seine eigenen Leute zum ›schwarzen Schaf‹ wurde, als er sich eines schönen Tages wieder für den katholischen Glauben entschied und eine steile Karriere als Kleriker anstrebte. Er hatte natürlich ebenfalls Kenntnis von dem Schatz, weil er ein gebürtiger Katharer war mit dem Namen Rabastens. Nachdem er zum Verräter am katharischen Glauben geworden war, hatte die Familie aber auf der Stelle den Schatz in Sicherheit gebracht! Das Wissen darum ließ den Bischof jedoch nicht ruhen, machte ihn zum Schluß zum zweifachen Verräter. Denn nur aus diesem und keinem anderen Grund überfielen die Katholischen unter Montfort Rhedae. Die Rabastens hatten fest darauf vertraut, daß ihnen nichts geschehen würde, weil sich der Graf – Euer Vater, nehme ich an – Montfort angeschlossen hatte. Dies war eine fatale Fehleinschätzung! Als wir von dem geplanten Überfall erfuhren, haben wir sofort einen Boten gesandt, um sie zu warnen. Der Mann ist jedoch niemals dort angekommen. Man hat ihn abgefangen, gefoltert und an einen Baum geknüpft. Auch die Rabastens hat man gefoltert. Über die Lippen der Getreuen war jedoch kein Wort gekommen. Sie waren eben Katharer.«

»Aber woher wußtet Ihr von dem Schatz, Bischof, seid Ihr auch aus der Familie Rabastens?« fragte Esclarmonde neugierig.

»Nein, Gräfin! Der oberste Katharerbischof ist aber zugleich derjenige, der die ganze Verantwortung für seine Kirche trägt, und er wird nach seiner Wahl von der Familie Rabastens eingeweiht. Die Hüter des Schatzes standen laufend mit mir in Kontakt. Leider sind jetzt alle tot. Es gibt niemanden dieses Namens mehr, außer dem bewußten Bischof von Toulouse, der schon das halbe Land nach dem Schatz umgegraben hat. Weit, sehr weit hat er sich hinausgelehnt aus dem Fenster, hat beim Papst mit dem unvorstellbaren Reichtum der Katharer geprahlt – und wie steht er jetzt da? Er wird keine Ruhe geben in dieser Sache und der Papst ebensowenig. Und ich – in dessen Hand der Schatz sich jetzt befindet –, ich bin gezwungen, einen neuen Hüter zu suchen, einen Mann meines Vertrauens, der die Verantwortung übernimmt. Dieser Mann muß kein Katharer sein, nur jemand, der in der Lage ist, ein Versprechen zu halten. Ich könnte mir keinen Geeigneteren vorstellen als Euch, den Mann des Tempels!« sprach Castres und schaute mir ernst in das Gesicht.

Ich zeigte keine Regung, schwieg. Ich erzählte ihm nicht, daß Pierre de Rabastens lebte, und auch Esclarmonde unterschlug, daß sie den Letzten aus jener Familie persönlich kannte. Die häßliche Wahrheit war ungeschminkt ans Tageslicht gekommen. Vieles, was zuvor unklar und unverständlich war, hatte sich nun erhellt. Zusammenhänge waren entstanden, die ich mir niemals hatte vorstellen können, obwohl ich jahrelang darüber nachgesonnen hatte. Pierre war von Geburt an Katharer gewesen, Rhedae war überfallen, meine eigene Familie getötet worden, des Schatzes der Ketzer wegen!

»Freunde«, sagte Castres, ohne mich aus den Augen zu lassen, »über den Schatz sind in dieser langen Zeit natürlich die wundersamsten Gerüchte entstanden. Einige behaupten gar, es würde sich der geheimnisvolle Gral darunter befinden, jenes Gefäß, das einst Jesu Blut aufgefangen hat. Ich kann euch aber versichern, daß sich zwar in der Tat ein überaus kostbarer Kelch – mit Smaragden und Rubinen verziert – in einer der Kisten befindet, daß jedoch niemand, der bei klarem Verstand ist, je beweisen kann, daß er mit Jesu Blut in Berührung gekommen ist. Aber für Rom zählt der

Schein mehr als das Sein, der Betrug höher als die Wahrheit. Der Gral würde die größte, die wertvollste Reliquie werden. Man ahnt zwar, daß er hier ist, aber weiß es nicht mit Bestimmtheit.

Und nun komme ich zu meinem Hauptanliegen.«

Seine ganze Aufmerksamkeit galt nun mir, als er sich vorbeugte und sprach: »Meister des Tempels, um es noch einmal zu betonen: Ich setze auf Euch, weil ich mich noch selten in einem Menschen getäuscht habe – und auch, weil ich Euch in meiner Situation ganz einfach vertrauen muß! Ihr allein seid in der Lage, den Schatz in Sicherheit zu bringen, wenn es an der Zeit ist. Die Zeit wird kommen – bald –, glaubt mir! Und *sie* werden kommen, die Katholischen!«

»Was erhofft Ihr Euch von mir, Bischof?« fragte ich mit gespannter Erwartung und gleichzeitig resigniert im Angesicht meines offenbar unabwendbaren Schicksals.

»Sorgt für ein neues Versteck ... oder ...« Castres hielt inne, überlegte kurz. Dann begannen plötzlich seine Augen zu strahlen. »Nein«, er schmunzelte, »bringt ihn am besten unauffällig dorthin zurück, wo er sich zuletzt befunden hat, nämlich nach Les Pontils. Ihr kennt den Ort? Er liegt ganz in der Nähe Eurer Burg, genau an einem auffälligen Bogen, den das Flüßchen Rialsesse in die Landschaft gezeichnet hat. Dort, auf einem unscheinbaren Hügel, steht, hinter alten Eichen versteckt, ein steinernes Grabmal, das sich nur dem öffnet, der das Wissen dazu hat. Die Formel dazu werde ich Euch unter vier Augen verraten. Das Grabmal ist jetzt natürlich leer. Die Katholischen haben sich bereits gründlich mit ihm beschäftigt, sie werden dort kein zweites Mal suchen. Also, dahin bringt Ihr den Schatz zurück. Niemand außer uns vieren weiß davon. Und eigentlich sind das schon drei Mitwisser zuviel. Aber in diesen Zeiten ...«

Castres hob die Schultern auf eine hilflose Art und Weise, die gar nicht zu ihm paßte. Denn daß er alles andere als hilflos war, hatte er soeben unter Beweis gestellt.

»Ja«, sagte ich wie betäubt, »auch Les Pontils kenne ich gut.«

Ich dachte an die rätselhafte lateinische Inschrift auf dem Grabmal, verwittert und kaum mehr zu lesen: *Et in Arcadia ego* ...

Es war an der Zeit, sich auch vom letzten meiner Kindheitsträume zu verabschieden: Artus hatte dort nie gelegen – vielleicht der Gral.

»Wenn Ihr klug seid«, fuhr Castres fort, er sprach plötzlich eindringlicher, schärfer, »und ich habe den Eindruck, Ihr seid sogar ziemlich schlau – dann legt zuvor eine falsche Fährte! Schon jetzt solltet Ihr damit beginnen, wenn es Euch die Zeit gestattet. Ihr müßt wissen, daß auch Ihr beobachtet werdet von den Dominikanern, sie zeichnen jeden Eurer Schritte auf. Sie wissen bereits, daß Ihr bei uns auf dem Montségur seid!«

»Ich bin bereit, Euch zu helfen, Castres. Vor den Dominikanern ist mir nicht bange. Da ich jedoch in einigen Wochen zurück nach Outremer reisen muß, um die Wahl des Meisters in die Wege zu leiten, muß ich die mir noch verbleibende Zeit nutzen, um jene falsche Fährte baldmöglichst zu legen. Gebt mir einige Augenblicke, um nachzudenken.«

Castres nickte.

In Esclarmondes Augen konnte ich die dringliche Bitte lesen, sie und die Ihren auf dem Drachenkopf nicht zu enttäuschen.

Wenn diese unwahrscheinliche Geschichte stimmte, dann war ich aber auch noch jemand anderem einen Gefallen schuldig, nämlich meinem Freund Pierre de Rabastens, der nie erfahren hatte, daß seine Familie auserwählt war unter den Katharern.

Jetzt war es an mir, langsam zum Fenster zu schreiten, und ich sah beim Nachdenken weit, weit hinab auf das schöne Land meiner Väter, das sich Rom und der französische König vollends einverleiben wollten. Und bei diesem Gedanken angelangt, gab es kein Zurück mehr für mich. Den Schatz der Juden, unter dem sich vielleicht – wer weiß – auch der Kelch befand, den man den Heiligen Gral nannte – den sollten sie nicht auch noch in ihre Hände bekommen!

»Ich habe mir folgendes ausgedacht«, sagte ich nach einiger Zeit und drehte mich wieder zu ihnen um. Erwartungsvoll schauten mich alle drei an.

»Nach meiner Abreise schicke ich Euch meinen engsten Vertrauten, auf den Ihr Euch jederzeit voll und ganz verlassen könnt.

Es ist dies Ritter Aire de Cherchemont. Laßt ihn in jener Hütte wohnen, in der ich – dank Euch, Gräfin – untergebracht bin. Wenn es an der Zeit ist, den Schatz in Sicherheit zu bringen, und ich nicht rechtzeitig aus dem Heiligen Land zurückkommen kann, so wird er es sein, der die notwendigen Schritte einleitet. In wenigen Tagen schon muß ich zum Bezú zurückkehren. Gebt mir einen von Euren Mereaux für den Ritter mit, daß er sich hier ausweisen kann. Ich selbst werde ihn zusätzlich mit einer Vollmacht ausstatten, die ihn befähigt, im Namen des Tempels all die Dinge zu tun, die erforderlich sind.«

Esclarmonde warf mir einen dankbaren Blick zu. »Ich freue mich sehr, Bertrand, daß Ihr uns so selbstlos helfen, aber auch, daß Ihr uns noch ein paar Tage Gesellschaft leisten wollt.«

Zu den anderen gewandt, sagte sie: »Ich habe dem Komtur nämlich versprochen, mich mit ihm über gewisse Einzelheiten unseres Glaubens zu unterhalten, für die er sich sehr interessiert.«

Das war vollendet! Die kluge und gewandte Esclarmonde, mein geliebtes Weib vor DEM, der uns zusammengeführt hat, hatte die Weichen gestellt, um mit mir allein sein zu können! Ich verbeugte mich höflich in ihre Richtung.

Dann fiel mir noch etwas Wichtiges ein.

»Bischof, kennt Ihr eigentlich meinen Schwager Ramon d'Aniort?«

»Ja, natürlich!« Er lachte. »Wer von uns kennt ihn nicht! Er ist Euer Schwager? Dem Himmel sei Dank! D'Aniort hat schon vielen geholfen und ist damit auch manches Risiko eingegangen. Als Gewährsmann Voisins' jedoch wird ihm – wenn er es nicht übertreibt – nichts Schlimmes geschehen. Er ist ein Ehrenmann und Menschenfreund im wahrsten Sinne des Wortes. Eure Schwester kann sich glücklich schätzen, ihn geheiratet zu haben. Aber weshalb fragt Ihr mich nach ihm?«

»Ich wollte mich nur rückversichern. Auch brauche ich eine gute Verbindung zu unserer Niederlassung nach Cotllioure. Vor meiner Abreise ins Heilige Land will ich anordnen, daß die Komturei dort ständig ein seetüchtiges Templerschiff bereithalten soll, welches mir jederzeit auf schnellstem Wege eine Nachricht vom

Drachenkopf bringen kann. Cherchemont wird dabei die Aufgabe zukommen, d'Aniort zu informieren, und dieser wiederum könnte die Verbindung nach Cotllioure übernehmen. Den Bezú, mein ehemaliges Ordenshaus, möchte ich gerne heraushalten, er ist mir ganz einfach zu nahe am Brennpunkt des Geschehens. Je weniger Templer und natürlich auch Katharer von der Sache wissen, desto besser!«

Castres war im höchsten Maße zufrieden mit dem, was ich vorgeschlagen hatte. Und ich, der ich mich nun vollends in katharische Dienste begeben hatte, ich freute mich auf ein weiteres Zusammensein mit Esclarmonde und schob das, worauf ich mich soeben eingelassen hatte, ein kleines Stück hintenan. Man soll auch das Fell des Bären nicht teilen, wenn dieser noch nicht erlegt ist!

31

Das Konzil

Während also dieser himmlische Staat auf Erden pilgert,
beruft er aus allen Völkern seine Bürger
und sammelt seine Pilgergemeinde.

Augustinus, De civitate Dei

Als wir gerade aufbrechen wollten, klopfte es lautstark an der Tür. Pereille öffnete. Atemlos stand sein Diener davor und rief: »Sie kommen! Hunderte strömen den Montségur herauf!«

Wir liefen hinaus. Und tatsächlich, eine gewaltige Schlange wälzte sich nach oben, Mensch hinter Mensch, jung vor alt – gleich einem Tatzelwurm aus alter Zeit.

Castres hatte gerufen – und alle kamen!

Als ich sah, wie Esclarmondes Gesicht strahlte, als sie die vielen Menschen entdeckte, wurde ich erneut traurig. Hier bei ihren Glaubensbrüdern und Schwestern spielte sich ihr eigentliches Leben ab. Zwar liebte sie mich aufrichtig, und vielleicht rang sie mit sich, ob sie den Montségur mit mir verlassen sollte, aber in diesem Augenblick, als ihre Augen aufgeregt glänzten und sie davoneilte, um alles zu organisieren, was für die Ankunft all der Menschen notwendig war, war ich nebensächlich geworden.

Der Innenhof füllte sich bereits mit den ersten katharischen Anhängern, die das große Risiko auf sich genommen hatten, diesem außergewöhnlichen Konzil auf dem Drachenkopf beizuwohnen. Nicht nur *parfaits* befanden sich unter ihnen, nein, auch Schäfer waren dort zu sehen, einfache Handwerker und viele, deren Äußeres ihr Gewerbe nicht verriet. Hungrig vom langen Aufstieg, begann eine Großfamilie damit, auf einer der Feuerstellen etwas zu braten, andere – vom würzigen Duft verführt – packten Käse aus ihren ledernen Umhängetaschen und brachen Brot dazu. Die kleinen Mädchen hatten bereits begonnen, untereinander Freundschaft zu schließen, sie faßten sich an den Händen und tanzten Ringelreihen, trotz der Enge auf dem Hof. Drei übermütige Buben ärgerten ein Maultier, indem sie es am Schwanz zogen. Einige Schäfer – die Gesichter wettergegerbt – beugten sich über einen abgegriffenen Sternenkalender und spekulierten darüber, wie erfolgreich das Konzil auf dem Drachenkopf sein würde. Diese sogenannten »Schäferkalender« setzen die zwölf Monate des bäuerlichen Jahres, die zwölf Epochen des Menschenlebens und die zwölf Tierkreiszeichen in Relation zueinander. Sie werden als Ratgeber bei jeder passenden Gelegenheit hervorgezogen. Es soll übrigens auch Brauch in dieser Gegend des Ariège sein, so wurde mir erzählt, das Haupthaar oder die abgeschnittenen Nägel Verstorbener aufzubewahren, um damit das Glück im Haus zu halten. Mir selbst jedoch sind Vogelzeichen oder ähnlicher Humbug nie wichtig gewesen.

Gemächlich schlenderte ich durch die Reihen und zog mit meiner Anwesenheit verwunderte Blicke auf mich. Manche schwiegen abrupt, wenn ich in ihre Nähe kam, andere aber schwatzten munter drauflos und scheuten sich nicht, lauthals über Rom und seinen korrupten Klerus zu schimpfen. Halblaut flüsterte eine junge Frau mit einer anderen, die sie gerade entlauste:

»Wie hält man nur die Schmerzen aus, wenn man auf den Scheiterhaufen kommt?«

Ihre Schwester (ich nahm an, daß es sich so verhielt, denn sie sahen sich sehr ähnlich) nahm sie in den Arm. »Sei doch nicht so dumm, Guillemette, Gott nimmt alle Schmerzen auf sich, wir werden bestimmt nichts spüren!« Die Angst vor dem Feuer jedoch war Guillemette trotz dieser Beteuerung auf tragische Weise ins Gesicht geschrieben.

Bei dieser Gelegenheit hörte ich auch von einem Plan, den vier Katharer ausheckten, um einen der Ihren aus den Fängen der Inquisition zu befreien.

»Stellt euch vor, Freunde«, sagte ein wohlbeleibter Mann, in schönes blaues Tuch gehüllt, an den Füßen Schuhe aus Korduanleder, »ihr wißt, ich bin nicht arm, ich habe beim Handel mit Nähnadeln aus der Lombardei schönes Geld verdient. Aber nun bin ich ruiniert!« rief er, die Arme gen Himmel gereckt, was weitere Neugierige bewog, dieser interessanten Unterhaltung beizuwohnen.

»Komm, Marty«, versuchte ihn sein Freund zu beschwichtigen, die Kapuze tief ins Gesicht gezogen, »gar so teuer kann es doch nicht werden, deinen Vater aus dem Gefängnis zu befreien, die ›Armen Brüder‹ sind auf jeden Livre angewiesen!«

»Das wollen sie uns glauben machen, Jacques«, erwiderte dieser empört, »sie nennen sich Minderbrüder, gehen in Sack und Asche – aber was sind sie in Wirklichkeit? Ha! Minderbrüder ... von wegen! Größerbrüder müßten sie sich nennen, so wie die das Geld scheffeln! Ich habe mich erkundigt, was es kosten würde, meinen Vater loszukaufen, der in einem finsteren Verlies sitzt. 800 Livres Tournois wollen die! Ihr wißt alle, Freunde, daß ein Haus in unserem Dorf gerade mal 40 Livres kostet! Wie soll ich eine solche Summe auftreiben, das frage ich euch!«

Die Umstehenden schüttelten den Kopf. Unmut machte sich breit.

»Ich bin nur ein einfacher Schuster aus Mirepoix«, rief einer, »aber ich weiß, wovon ich rede! Unzählige Tribunale sind im Land unterwegs, um Leute zu verhaften, die ihnen als Ketzer verdächtig erscheinen oder einfach nur reich sind!«

»Ihr habt ganz recht, Schuster! Katharisch müssen die Leute nicht unbedingt sein! Beweist denen doch einmal das Gegenteil!« empörte sich eine alte Frau, vor Zeiten vom Aussatz genesen, wie man ihr noch ansehen konnte. »Nachdem ein neidischer Nachbar meinem einzigen Sohn ›den Scheiterhaufen an die Rippen‹ gewünscht hat, haben sie ihn tags darauf mitgenommen, malträtiert und dann verhungern lassen, sie haben ihn einfach vergessen im dreckigen Kerkerloch!« Sie weinte laut auf. »Ach, hätte er nur rechtzeitig Fersengeld gegeben!«

»Das ist noch gar nichts! Habt ihr schon gehört, daß in Toulouse eine Frau von der Inquisition bezichtigt worden ist, mit dem Teufel geschlafen zu haben?« warf einer der Schäfer in die Runde.

»Mit dem Teufel?«

»Nun, sie haben sie schnell verbrannt – auf dem Stephansplatz – und den Leuten weisgemacht, daß die Frau zur Fütterung ihres monströsen Balges kleine Kinder geraubt und abgeschlachtet hätte. Ihr eigenes soll nämlich halb Wolf und halb Schlange gewesen sein – man stelle sich das nur vor! Kein Wort davon ist wahr, wenn ich es euch sage! Meine Schwägerin Raymonde hat die arme Frau gut gekannt! Ihr Kind war ein wenig entstellt – das schon! Es ist drei Wochen nach der Geburt häretisiert worden und kurz darauf gestorben. Die ganze Familie ist ist ruiniert. Ihr Mann, ein tüchtiger Advokat, hat sich kurz vor seiner eigenen Verhaftung aufgehängt. Sein Vermögen hat man natürlich auf der Stelle eingezogen!«

Die Katharer genossen es offensichtlich, daß sie unter sich waren und hier oben auf dem Drachenkopf endlich einmal wieder ohne Angst miteinander reden konnten. Viele waren an einem Punkt angelangt, wo sich ihr schier unerträglicher Zorn auf die Soldaten, die Priester und die Inquisition einen Weg bahnen mußte. Und so kam es, daß manch einer seine Faust in drohender Gebärde emporhob und schüttelte, obwohl die Katharer aufgrund ihres Glaubens eher friedfertige Leute waren.

»Mon Frère«, ertönte plötzlich eine klare Stimme aus dem Hintergrund, »ich kann Euch vielleicht einen nützlichen Wink geben, um Euren Vater zu befreien!« Überrascht drehten wir uns alle um und sahen einen verwegenen jungen Mann, der den Eindruck machte, als würde er sich vor keiner Auseinandersetzung scheuen. Der Chevalier trug enge schwarze Beinkleider und ein gut geschnittenes hellblaues Wams, das, leicht zerschlissen, schon einmal bessere Zeiten gesehen hatte. Seine dunklen Augen blitzten jedoch voller Unternehmungslust und Wagemut, und auf seiner linken Wange konnte man die Spuren eines Schwertstreiches sehen, ein Andenken aus nicht allzuferner Vergangenheit.

»Sagt, Freund, Ihr nennt mich Bruder, aber ich kenne Euch nicht. Wer seid Ihr, und was habt Ihr mit Euren Worten gemeint?« forderte Marty ihn auf.

»Olivier de Termes«, gab dieser mit einer vollendeten Verbeugung bekannt, »ich bin ein Faidit – und stolz darauf, einer zu sein!«

Ein Raunen ging durch die Reihen der Umstehenden.

Olivier de Termes? Dunkel erinnerte ich mich, daß mein Vater bei der Belagerung von Termes dabei war. Den Burgherrn hatte

Montfort an den Galgen gehängt. Irgendwer mußte wohl seinen kleinen Sohn in Sicherheit gebracht haben.

»Ich will Euch einen Vorschlag unterbreiten«, sagte der junge Mann, »der Euch – zugegebenermaßen – etwas außergewöhnlich vorkommen wird. Aber glaubt mir, mein Plan ist nicht nur wesentlich billiger als der Eure, nein, er ist auch wesentlich endgültiger!«

»Was meint Ihr? So sprecht doch nicht in Rätseln!«

Erwartungsvoll blickten die Leute auf den jungen Ritter.

»Nun, ich hätte Euch die einzige Sprache vorzuschlagen, die die *domini canes* – die ›Hunde des Herrn‹ – wirklich verstehen.«

Termes räusperte sich nun doch ein wenig verlegen, blickte kurz umher und strich sich die dunklen Locken aus dem Gesicht, bevor er fortfuhr: »Ich biete Euch eine Bande gedungener Mörder an, die Ihr für nur 20 Livres haben könnt, und Euer Vater wird in Windeseile wieder bei Euch sein!«

Das Murmeln wurde zum Murren, einige Katharer drehten sich empört um, schüttelten den Kopf und gingen ihrer Wege. Andere schauten betroffen auf das Pflaster. Niemand antwortete.

Da ertönte plötzlich eine laute, energische Frauenstimme: »Termes, was ist das für eine Rede hier bei uns auf dem Montségur! Schämt Ihr Euch nicht, Olivier! Ihr seid hier unter Katharern! Ihr eßt von unserem Brot und trinkt von unserem Wein! Ihr wißt genausogut wie ich, daß wir uns nur verteidigen, wenn man uns angreift. Niemals werden wir uns selbst auf die Stufe unserer Feinde stellen. Wie könnt Ihr dem armen Mann so etwas vorschlagen, um seinen Vater zu befreien!«

Esclarmonde war wohl auf der Suche nach mir gewesen und hatte das »preiswerte Angebot« gehört.

»Gräfin«, gab Termes ungerührt zur Antwort, »verzeiht meine Rede! Ich weiß Eure Gastfreundschaft sehr wohl zu schätzen, und Ihr seid ohne Zweifel eine gute Frau – aber zugleich von einer Naivität, die ihresgleichen sucht. Geht und betet mit Euren Vollkommenen! Ihr werdet sehen, was Ihr damit erreicht. Wir Jungen, die wir entrechtet und ohne Land sind, wir müssen andere Wege suchen, um Okzitanien zu befreien! Das Beten dauert uns schon viel zu lange!«

D'Aniort hatte mir schon von den Aufständen erzählt, die die Faidits angezettelt hatten. Mutig und zu allem entschlossen, waren diese jungen Männer. Im Grunde hätte auch ich mich zu ihnen zählen können, wenn ich meine Burg und mich selbst nicht dem Tempel übergeben hätte. Graf Raymond stand zwar moralisch auf ihrer Seite, versuchte aber unermüdlich, auf diplomatischem Wege zu erreichen, daß die Ländereien wieder in den Besitz der rechtmäßigen Erben kamen. Dieses zeitaufwendige Vorgehen mit vielen Rückschlägen brachte die jungen Adligen mehr und mehr auf. Sie warfen dem Grafen vor, er sei ein Zögerer und Zauderer, während sie auf der Stelle bereit wären, ihr Blut für die Sache des Südens zu vergießen. Die Faidits waren beileibe nicht alle katharisch, und wenn, so gehörten sie nur zum Kreis der einfachen Anhänger, der *croyants*. Diese durften im Ausnahmefall, vor allem zur Verteidigung, kämpfen, während die Vollkommenen, wie Esclarmonde und Castres beispielsweise, Gewalt in jeglicher Form und zu jeder Zeit für sich ablehnten.

Esclarmonde ließ sich nicht aus der Ruhe bringen. Sie bat den jungen Mann höflich, aber bestimmt, sich auf dem Montségur mit solchen oder ähnlichen Äußerungen zurückzuhalten und Rücksicht auf die hier anwesenden Gläubigen zu nehmen.

Mit einem tiefen Kniefall, ein wenig zerknirscht, aber dennoch mit einem gewinnenden Lächeln im noch immer ironisch verzogenen Gesicht, versprach Termes, sich zu bessern. Dann schlenderte er zu einem anderen Faidit hinüber, der im Kreise neu angekommener Soldaten stand. Die jungen Edelleute, die Pereille unter seine Fittiche genommen hatte, schienen ganz offensichtlich den Kommandanten bei der Ausbildung der einfachen Soldaten zu unterstützen.

Esclarmonde führte mich auf den wohl einzigen freien Platz vor dem Donjon, der für die höhergestellten Würdenträger vorgesehen war, wo bereits Castres, Pereille und andere saßen. Dort lernte ich sie alle kennen: Die Vollkommene Furneria, die einst die Gattin des Grafen von Mirepoix gewesen war, und ihre Tochter; Bertrand d'en Marti und Jean Cambiaire, die beiden Stellvertreter von Castres; und die Familie des Kommandanten, wobei ich erwähnen muß, daß Esclarmonde Pereille ihrer Namensvetterin in puncto Schönheit um nichts nachstand. Die blutjunge Frau hatte langes braunes Haar, das, wenn die Sonnenstrahlen darauf fielen, rötlich glänzte und vollendet mit ihren blauen Augen harmonierte und der auffallend hellen, zarten Haut, auf der unzählige winzige Sommersprossen blühten. Ich schätzte sie auf höchstens fünfzehn oder sechzehn Jahre. Sie schaute mich bewundernd an, als ich ihr vorgestellt wurde, denn sie hatte noch nie einen Tempelritter gesehen.

Ich aber – ich hatte nur Augen für eine und mußte meine Blicke und meine Gefühle gut verbergen.

Am nächsten Tag, nach dem Mahl, das für alle gleichermaßen einfach auf katharische Art zubereitet war, begann Castres zu predigen.

Er zitierte Jakobus 1, 17: »*Alle gute Gabe und alle vollkommene Gabe kommt von oben herab, von dem Vater des Lichts, bei welchem ist keine Veränderung noch Wechsel des Lichts und der Finsternis.*« Und er erzählte von dem Gegensatz von Licht und Finsternis, an dem kein Katharer jemals zweifelt. »Laßt uns dem Bösen durch alle Abgründe der Hölle nachjagen«, rief er in die Menge, »bis wir dereinst von der ewigen Wanderung erlöst werden und nach Hause zurückkehren, zu den grünen Wiesen und Auen, auf denen Rinder und Ochsen weiden. Weder Durst noch Hunger, keine Hitze und keine Kälte werden den heimgekehrten Engel plagen, der seine einst zurückgelassenen Kleider wieder anziehen, seine Krone aufsetzen und seinen Thron besteigen darf! Bis dahin ist es jedoch eine dornenreiche Strecke, auf der viele von uns immer wieder zurückgeschmettert werden, bis sie endlich die ganze Wahrheit erkannt haben, bis sie geläutert und gereinigt sind, bereit zum endgültigen Aufstieg in das ewige Licht. Macht euch noch heute auf den Weg, beginnt mit der Suche nach dem Tor zu unserem Paradies. Dort im Himmelreich wird die Raffgier überwunden sein. Satans vergängliche Reichtümer werden euch nichts mehr bedeuten. Die Ungerechtigkeit unter den Menschen, die das größte Übel auf Erden ist, wird nicht mehr sein noch des Menschen Glanz- und Herrschsucht. Im Reich der Beständigkeit werden die im Geist Erweckten in Frieden zusammenleben – wie es einmal war. Es werden ohne Streit miteinander auskommen groß und klein, so sie des rechten Glaubens sind, denn sie sind einander brüderlicher verbunden als solche, die von gleichen Eltern stammen. Alle aufgestiegenen Seelen werden im Lichte des HERRN Einmütigkeit üben in jeglichen Dingen!«

Was er noch alles sagte, kann ich nicht mehr im Wortlaut wiedergeben. Es war eine Predigt von der Art, daß die Gläubigen – nachdem sie immer näher an ihn herangerückt waren, um ihn gut verstehen zu können – drei Stunden regungslos standen und mit offenem Mund und zustimmenden Gebärden seinen Worten lauschten. Ja, sie sogen seine Predigt, die in weiten Teilen egalitäre Ideale aufwies, gewissermaßen in sich auf, als ob sie sich eine heilende Wirkung davon bereits auf Erden versprächen.

Als er am Ende aus dem Johannesevangelium las: »*Wer sein Leben liebhat, der wird's verlieren; und wer sein Leben auf dieser Welt hasset, der wird's erhalten zum ewigen Leben ...*« da ging ein Raunen durch die Reihen. Die Menschen nickten zustimmend, und Esclarmonde hing an seinen Lippen. Castres war ein Verführer – ohne ein Scharlatan zu sein!

Er versprach nichts und erweckte zugleich den Anschein, alles halten zu können.

Am zweiten Tag des Konzils auf dem Drachenkopf ernannte Castres einen weiteren Bischof, Tento mit Namen, der in Agen wirken sollte, und er setzte einen Diakon in sein Amt ein, nämlich den Toulouser Bernard Bonafos. Er spendete vielen das *consolamentum* – die katharische Geistweihe –, die sich damit einreihten in die immer größer werdende Schar der Vollkommenen.

32
Schweigen

Wenn du dich wendest;
du siehst nur ein nichtiges Spiegelgebilde!
Ovid, Metamorphosen

Nach dem Ende des Konzils, als die Gläubigen den Berg wieder verlassen hatten, verbrachten wir noch drei Nächte zusammen. Wir redeten, wir erzählten, wir liebten uns. Wir hatten so viele Jahre, so großartige, aber auch so schlimme Erlebnisse einander zu berichten, daß an Schlaf kaum zu denken war.

Gleich in der ersten Nacht erzählte mir Esclarmonde Pierres Geschichte, die sie von Alazaïs erfahren hatte. Esclarmonde war neben mir auf dem noch nachtwarmen Stroh gelegen. Der kurze Schlaf war schon vorüber, aber meine Liebste hatte sich noch einmal in meine Armbeuge geschmiegt. Beide schauten wir zur runden Öffnung im Hüttendach hinauf, dorthin, wo sich der Rauch des Feuers hinauszuschlängeln pflegte. Das Feuer jedoch war erloschen. Wir beobachteten schweigend, wie sich am Firmament Auroras erste, zarte, noch verschwommene Morgenröte in einer silbernen Wolke spiegelte. Ein eigentümlicher Friede hatte uns erfaßt.

Plötzlich fing Esclarmonde an zu reden.

»Pierre befand sich an jenem Schicksalstag, lange nachdem ihr euch getrennt hattet, auf dem Heimweg vom Rialsesse. Plötzlich war ihm ein Holzfäller entgegengekommen, der beinahe rannte, obwohl er die Axt und ein großes Bündel Reisig auf dem Rücken trug.

›Junge‹, schrie der Mann aufgeregt, ›dreh um, sofort! Bring dich in Sicherheit! Soldaten sind eingefallen, die alles verwüsten und sämtliche Leute töten!‹

Pierre erschrak. Soldaten?

Unschlüssig blickte er vom Holzfäller auf seine fünf auf einen dünnen Haselstock aufgespießten Fische an seiner Seite. Sie waren die ganze Ausbeute, die er im Laufe des Nachmittags aus dem Wasser gezogen hatte. Die Mutter würde sich darüber freuen.

Der Holzfäller drängte. Doch Pierre zögerte noch immer, hin und her gerissen zwischen der Pflicht, nach Hause zu eilen, seiner Familie beizustehen, und dem Wunsch, sich in Sicherheit zu bringen. Plötzlich hörten die beiden von weitem höllischen Lärm.

›Siehst du, ich habe dich nicht belogen! Komm mit mir, Junge, zögere nicht länger! Rette dein Leben!‹ rief der Holzfäller ein letztes Mal – schon bereit, alleine weiterzulaufen –, ›ich weiß einen guten Ort, wo wir uns verstecken können, bis alles vorüber ist!‹

Sie liefen schnell, rannten am Ende fast um ihr Leben, auf ein dichtes Eichenwäldchen zu, das ihnen Schutz bot. Der Wald befand sich auf einem Berg. Keuchend warfen sie sich zu Boden und spähten durch das Unterholz ins Tal.«

Esclarmonde hielt inne.

»Ich brauche dir nicht all die schlimmen Dinge zu schildern, Bertrand, von denen Pierre berichtet hat. Denn du selbst hast sie gesehen an diesem Abend. Was ihn jedoch zutiefst erschütterte, war, zu beobachten, wie man ganz offensichtlich seine Familie folterte und tötete und wie das elterliche Anwesen am Ende lichterloh brannte. Natürlich hatte Pierre die grausamen Einzelheiten der Entfernung wegen nicht erkennen können. Aber ahnen.«

Esclarmonde strich sanft über meine Wange.

»Zusehen zu müssen, wie das eigene Haus niedergebrannt und die Familie ausgelöscht wird, ist die eine Seite, Bertrand. Die andere ist es, mit solchen Bildern fortan zu leben. Von Stund an hat er sich für das Schweigen entschieden. Er verstummte, wurde jedoch zugleich von einem unstillbaren Zwang befallen, sich alle Augenblicke umzuwenden, um nachzusehen, ob nicht alles Geschehene doch nur ein Trugbild wäre.

›Sieh doch nicht ständig zurück, Junge!‹ ermahnte ihn der Mann. ›Du kannst dort nichts mehr ausrichten. Sie waren in der Überzahl, die Soldaten! Du hast es mit eigenen Augen gesehen.‹

Noch Tage darauf legte ihm der Holzfäller immer wieder ans Herz, vorwärts zu schauen und nicht zurück. Aber der Zwang hatte Pierre in den Klauen. Nur dem braven Holzfäller und ein paar anderen guten Leuten ist es zu verdanken, daß der Junge im Laufe der Jahre wieder zu sich gefunden hat.«

Ach, wie sehr erinnerte mich das alles an die Alpträume von Alix, die ähnliches hatte durchmachen müssen und noch immer gegen die Dämonen ankämpfte.

»Der Holzfäller nahm ihn mit, den Tränenlosen, Stummgewordenen. Er versteckte ihn und sich selbst für einige Tage im Wald in einem aufgelassenen Meiler. Die Fische, die Pierre bei sich hatte, aßen sie roh, denn sie konnten es nicht riskieren, ein Feuer zu entzünden. Zu ihrem Glück floß in der Nähe ein Bächlein durch den Wald, so daß sie nicht Durst leiden mußten.

Als alles wieder ruhig schien, machte der Holzfäller Pierre einen Vorschlag.

›Ich kenne da ein paar Leute, die treiben Handel auf einsamen Pfaden im Gebirge. Sie könnten so einen tüchtigen Burschen wie dich gut gebrauchen. Du bist stark – und nicht geschwätzig. Nein‹, schüttelte er den Kopf, ›das kann man nun wirklich nicht von dir behaupten! Was hältst du von meinem Vorschlag?‹

Pierre schwieg. Aber er nickte wenigstens. Er hatte kein Zuhause mehr. Er war Katharer. Der einzige Verwandte, an den er sich hätte wenden können, war jener Onkel aus Toulouse. Doch der war weit weg und hatte seit langem mit seiner ketzerischen Familie nichts mehr am roten Bischofshut. Und so folgte Pierre dem Holzfäller.

Er hat oft an dich gedacht damals, Bertrand«, sagte Esclarmonde. »In seinem Inneren hat er die Hoffnung nie aufgegeben, dich eines Tages wiederzusehen.«

Esclarmonde stand auf und stocherte mit einem eisernen Haken im Feuer herum, um einen Rest Glut zu finden. Dabei erzählte sie weiter.

»Der Holzfäller brachte Pierre auf Schleichwegen nach Tarascon. Lange waren sie unterwegs. Sie ernährten sich von Eichhörnchen, Weinbergschnecken und dem, was Sträucher, Bäume und Felder so alles hergaben. Oftmals hungerten sie auch, weil die Soldaten, die inzwischen das ganze Land besetzt hielten, schon vor ihnen abgeerntet hatten. Dort in Tarascon klopfte der Holzfäller an eine größere Domus, vor der zwei alte Damen schweigend im Schatten eines Feigenbaums saßen, und hieß Pierre, draußen zu warten. Die wohlbeleibten, schwarzgekleideten Frauen fingen an, miteinander zu tuscheln und den Jungen argwöhnisch zu belauern. Es dauerte etwas, bis er hereingerufen wurde. In der großen Küche des Hauses saßen vier Männer unterschiedlichen Alters um einen wuchtigen Tisch. Der Holzfäller dagegen kauerte auf einer Bank am Feuer. Das Bündel Reisig lag neben ihm am Boden. Der älteste der Gruppe, ein stämmiger, kahlköpfiger Mann, wandte sich Pierre zu.

›Komm zu mir, Bursche, und laß dich ansehen!‹ sagte er streng. Die anderen drei hielten ihre Augen stur auf ihre hölzernen Schüsseln gerichtet, die jedoch noch leer vor ihnen standen.

›Ißt du Fleisch, mein Junge?‹ fragte der Alte, nachdem er Pierre von oben bis unten gemustert und seine Muskeln befühlt hatte.

Pierre wurde stutzig. Gib acht, dachte er bei sich, das könnte eine Falle sein! Eine solche Frage richtete man an diejenigen, die man für Katharer hielt, wie Vater erzählt hatte. Wenn ich auch das Unterscheidungsalter längst erreicht habe, so bin ich doch nicht konsekriert. Ich darf also im Notfall Fleisch essen! Habe ja auch unterwegs die Eichhörnchen verspeist. Die Sünde wäre schon deshalb nicht groß, weil ich mich ja zu meinem Schutz so verhalte. Katharer kann ich auch im Herzen bleiben, rechtfertigte er sich vor sich selbst – und dachte anschließend, mir ist sowieso alles gleich!

Wer kann es dem Jungen verdenken!

›Natürlich esse ich Fleisch!‹ antwortete Pierre trotzig und brach damit erstmals sein langes Schweigen. Bei seinen Worten drehten die anderen die Köpfe herum und schauten empört auf den Holzfäller. Der riß erschrocken das Maul auf.

›Ich …, ich habe gedacht …‹, stotterte er und zog in einer hilflosen Geste die Schultern nach oben.

›Sacré!‹ fluchte einer der jüngeren Männer, dessen Gesicht mit eitrigen Pickeln entstellt war. ›Wie kannst du uns einen Römischen bringen, du Idiot! Hast du vergessen, was auf dem Sieben-Brüder-Paß geschehen ist?‹

›Halt's Maul!‹ sein Nachbar stupste ihn in die Rippen. ›Du redest uns noch um Kopf und Kragen, Arnaud! Ich habe es schon immer gesagt, daß du untragbar bist für uns mit deiner elenden Geschwätzigkeit.‹

Da fand es Pierre an der Zeit, noch einmal kurz den Mund aufzumachen, und den Irrtum aufzuklären. Die Männer und vor allem der Holzfäller waren erleichtert. Da sie jedoch alle keine *parfaits* waren, aßen sie im Anschluß an die Prüfung gemeinsam und schweigend eine dicke Scheibe Speck zu einer warmen Suppe aus Porree und Kohl, wobei der Holzfäller laut schlürfte vor Behagen. Nach einem Dankgebet erläuterten sie Pierre, was für eine Arbeit man ihm anzubieten hatte.«

Esclarmonde hatte inzwischen das Feuer wieder entfacht, einige Scheite Tannenholz hineingelegt, bis es lustig flackerte, und war nun dabei, leise einen Segen zu sprechen:

> *»Ich zünde heute morgen mein Feuer an*
> *in Gegenwart der heiligen Engel.*
> *Ich zünde es an*
> *ohne böse Gedanken,*
> *ohne Neid, ohne Eifersucht,*
> *ohne Furcht,*
> *mit dem Wunsch,*
> *Gottes Sonne möge mich und auch dich schützen.«*

Dann drehte sie sich um, lief anmutig die wenigen Schritte zum Strohlager und beugte sich noch einmal über mich.

Ich streichelte ihr schönes weiches Haar, fuhr sanft mit der Fingerspitze über ihre gekräuselten Lippen und sah ihr tief in die Augen, die unergründlich waren und grün wie ein dunkler Waldsee.

»O nein, Bertrand!« flüsterte sie. Sie küßte mich kurz auf die Nasenspitze und zupfte mir den Bart. »Ich kann deine Gedanken gut lesen. Dafür ist aber jetzt nicht die Zeit! Laß mich rasch die Geschichte zu Ende erzählen, denn ich muß schleunigst nach oben steigen, um nach dem Rechten zu sehen. Es ist schon spät, und ich darf nicht auffallen!«

Sie setzte sich neben mich auf das Stroh, zog wie ein Junge die Beine an den Körper, und schon redete sie weiter.

»Also, um es kurz zu machen: Pierre war einige Jahre mit den Männern, die Brüder waren, wie es sich herausstellte, unterwegs. Sie überquerten regelmäßig die Pyrenäenberge und handelten mit Schaf- und Eichhörnchenfellen, mit Kümmel und Nähnadeln und mit wertvollem Olivenöl aus dem Roussillon. Ihre Esel und Maultiere beförderten Salz für die Küchen und Wein für die Keller. Manches Mal schleppten sie auch eisernes Werkzeug über das Gebirge. Die Männer waren wie Pierre selbst schweigsam, was ihre Vergangenheit anbelangte, und vorsichtig bei all ihren Unternehmungen. Die Schafhirten im Gebirge hielten mit den Männern enge Freundschaft. Durch schrille Pfiffe von Berg zu Berg warnten sie sie vor Gefahr. Pierre zog also mit den Brüdern, wurde einer von ihnen. Bei Wind und Wetter, bei Hitze, Regen und Schnee waren sie unterwegs. Er stellte keine Fragen und war selten für sich alleine. Eines Tages jedoch kamen sie in die Nähe seiner Heimat. Er bat darum, nach seinem Elternhaus sehen zu dürfen, und ritt auf einem der Maultiere nach Les Pontils, wo er das geflochtene ›P‹ hinterließ, weil er nichts zum Schreiben bei sich hatte.

Als er Jahre später deine Nachricht vorfand, verließ er die Brüder, folgte meiner Einladung und stand bald in Foix vor mir und vor deiner Schwester Alazaïs. Die beiden verliebten sich auf der Stelle ineinander. Und den Rest der Geschichte kennst du ja bereits, Bertrand, sie zogen in die Lombardei.«

Esclarmonde schwieg jetzt und schaute mit versonnenem Blick an mir vorbei ins Feuer. Dachte sie vielleicht in dieser Minute zum ersten Mal daran, es den beiden gleichzutun? Wußte ihr Herz endlich die Antwort? Eine kleine Hoffnung keimte in mir, und ein kleines bißchen Angst ließ mein Herz schneller klopfen.

Der kostbare Augenblick jedoch verrann. Denn als ich noch überlegte, wie ich meine eigenen Gefühle in Worte fassen sollte, um ihr bei ihrem Entschluß zu helfen, stand sie wortlos auf und verließ die Hütte.

Wie betäubt blieb ich liegen. Mut wußte ich zu beweisen, wenn es um Dinge ging, die unaufschiebbar waren, die ganz einfach getan werden mußten. Diese Eigenschaft habe ich nicht nur von meinem Vater geerbt, nein, auch meine Mutter hatte sie gehabt. Einschneidende Veränderungen jedoch machten mir oft angst, raubten mir den Mut. Esclarmonde, die – dem HERRN sei Dank – nie etwas vom Krummdolch des Ben Ambar und seiner unseligen Verwendung erfahren hat, konnte natürlich nicht ahnen, daß meine Zurückhaltung an diesem Morgen auch in der unterschwelligen Angst lag, ihr von dem Schrecklichen erzählen zu müssen, das ich getan hatte, wenn ich mit ihr ein neues, wahrhaftiges Leben begänne.

In der letzten Nacht jedoch, die wir zusammenlagen, brachte ich im Wissen um die bevorstehende Trennung und im Aufruhr meiner Gefühle selbst noch einmal das Gespräch auf eine gemeinsame Zukunft. Als die Stunden der Zärtlichkeit und der pulsierenden Lust übergegangen waren in eine ruhige Zufriedenheit, als Esclarmonde – ihr langes Schattenhaar über meinen rechten Arm gebreitet – neben mir lag und mir in die Augen sah, da wurde sie plötzlich traurig.

»Bertrand, ich spüre, daß du mich bald verlassen wirst.«

Mein Schweigen war ihr Antwort genug. Ich küßte ihr die Tränen fort und versuchte ganz Mann zu sein, obwohl mir die Kehle eng wurde, und erneut bat ich sie darum, mit mir zu kommen.

Ich liebte – und kannte dennoch die Liebe nicht.

»Nein, Bertrand«, sagte sie zu mir, mit einer Bestimmtheit, die weiteres Werben überflüssig machte. »Ich werde nicht mit dir gehen. Ich kann die Menschen, die unter meinem Schutz leben und mir vertrauen, nicht im Stich lassen. Wir sind ihre Vorbilder und ihre Fürsprecher, weil wir dereinst vor ihnen im Paradies sein werden. Schau, Liebster, ein gutes Vorbild für die Gläubigen kann ich schon nicht mehr sein. Wenn sie mich hier sähen, nackt und in den Armen eines Mannes, würden sie sich bereits von mir abwenden und mich verachten. Eine Vollkommene hat nicht das Recht, eine Person des anderen Geschlechts zu berühren. Eine Vollkommene, die sündigt – also nicht perfekt ist –, verliert ihren

Status. So laß mich wenigstens die Fürsprecherin all derer bleiben, die sich mir anvertraut haben, und ihnen beistehen, sofern sie meiner Hilfe bedürfen. Was aber unsere Liebe anbelangt, Bertrand, so fühle ich mich nicht als Sünderin. Denn wenn ich an den einzigen Gott glaube, der die Seele des Menschen erschuf und der zugleich der Gott der Liebe ist – stärker als der Tod –, wie kann er mich da verstoßen?«

Am nächsten Tag ritt ich zurück. Und der katharische Geist ritt mit mir.

Ich wüßte heute keinen, der sich von den »guten Menschen« nicht auf irgendeine Art und Weise hätte beeindrucken lassen. Nachdem ich den Drachenkopf verlassen hatte, war es mir, als hätte man einen Vorhang hochgezogen – dann langsam einen weiteren Schleier gelüftet, unter dem nun die Wahrheit zum Vorschein gekommen war. Die Katharer rühren einen im Inneren an. Ihre einfachen Worte und ihre Weisheit lassen einen zweifeln an dem, was man als Kind gelernt hat. Aire de Cherchemont sagte mir später im Vertrauen, daß auch er ihnen, nach einer katharischen Predigt in seinem Heimatdorf, fast verfallen sei.

Als ich wieder im Tal war, blickte ich hinauf auf den Drachenkopf. Stand dort nicht jemand am Rande des Abgrunds?

Ich war mir nicht sicher, ob es Esclarmonde war oder ob ich mir nur wünschte, daß sie es wäre.

33
Die falsche Fährte

Enganar nos vol l'alba, oc l'alba!
– Überlisten will uns die Dämmerung, ja die Dämmerung! –
Raimbaut de Vacqueras, um 1210, okzitanisch

Am Bezú angekommen, ordnete ich als erstes an, daß ein Bote nach Cotlliroure geschickt wurde mit dem Auftrag, dort ein Schiff für mich bereitzuhalten. Danach bedeutete ich dem Präzeptor, daß ich die Dienenden und Ritter Yves für eine wichtige Mission benötigen würde, und ritt mit den Männern am nächsten Morgen weiter nach Rhedae. Mir war allerdings noch immer nicht klar, wie diese Mission – also das Legen einer falschen Fährte – aussehen sollte und ob ich die Templer dafür wirklich benötigen würde.

Alix freute sich, als ich wieder bei ihr war, und ich nahm mir die Zeit, einige Tage mit ihr zu verbringen. Auf einem langen Spaziergang sprachen wir auch über Esclarmonde, und ich erzählte ihr, wie sehr ihr die Leute auf dem Drachenkopf am Herzen lagen. Meine Schwester versuchte mich zu trösten, aber sie war zugleich erleichtert, daß wir keine »Dummheit« gemacht hatten.

»Versteh mich richtig Bruder«, meinte sie, »ich habe schon Ängste genug auszustehen wegen Ramon. Zur Zeit ist er erneut ›in Geschäften‹ unterwegs – wie er seine Reisen immer nennt –, und nur ich und ein paar Vertraute wissen, was er wirklich tut. Jedesmal zittere und bange ich um ihn und bete in all den schlaflosen Stunden, daß ihm nichts geschehen möge.«

»Würde er denn nicht bei dir bleiben, wenn du ihn ernsthaft darum bätest?« fragte ich Alix.

»Ist Esclarmonde etwa bei dir geblieben, als du sie gebeten hast? Nein, nein, es muß ganz einfach Menschen geben, die sich für andere einsetzen. Gerade in dieser schlimmen Zeit. Was wäre geschehen, wenn sich niemand um mich gesorgt hätte, damals, als alle tot waren? Leider scheint es, daß diejenigen, die fest vom katharischen Glauben überzeugt sind, ganz besonders gefordert sind, ihr Herz hintenan zu stellen und ihrem einmal eingeschlagenen Weg zu folgen. Ich will dir ein Beispiel erzählen, Bertrand. Es handelt sich um eine wahre Geschichte, die sich vor ungefähr einem halben Jahr hier in unserer Gegend ereignet hat.«

Wir waren inzwischen zum Teufelsstein gekommen, einem geheimnisvollen, von Wind und Wetter in Jahrtausenden abgeschliffenen Felsbrocken am Rande einer kleinen Waldlichtung. Ihn hatten wir schon als Kinder ab und an aufgesucht, um in heimlichem Schauder Ausschau zu halten nach jenem fürchterlich stinkenden, bocksbeinigen Wesen, nach dem der Stein benannt war.

Alix war müde. Wir setzten uns auf den Stein, und sie lehnte sich ein wenig an meine Schulter und hielt ihr Gesicht in die Sonne.

»In Bugarach lebte eine junge Frau namens Fabrisse. Sie und ihr Mann hatten sich lange nach einem Kind gesehnt, und als der Filius endlich glücklich geboren war, hat sie jemand angezeigt: Fabrisse sei eine Ketzerin, und man solle sie dem Gericht in Carcasone überantworten!«

»Wie hatte sie sich denn verraten?« fragte ich.

»Nun«, antwortete Alix, »sie hat den Fehler begangen, zu laut zu flüstern!«

»Wie bitte?«

»Ja, du hast richtig gehört, sie hat zu laut geflüstert. Sie war ein einziges Mal in ihrem Leben unvorsichtig gewesen. Vielleicht geschah es aus der Euphorie heraus, endlich geboren zu haben, nachdem sie schon geglaubt hatte, unfruchtbar zu sein. Es geschah bei der Messe am St. Jakobstag, die sie erstmals nach dem Versiegen des Wochenflusses zusammen mit den anderen Frauen aus dem Ort besuchte. Wäre sie nämlich ohne wichtigen Grund weiter zu Hause geblieben, hätte man sie sofort als Ketzerin gebrandmarkt. Es ist so, wie ich es dir sage, jeder paßt auf den anderen auf! Nun, der Priester schloß die Messe: ›*Gott der Herr wolle uns gnädiglich vor allem Betrug, Blendungen, bösen Versuchungen und Eingebungen des bösen Feinds behüten ...*‹ und so weiter und so fort. Das kennst du ja. Beim Bekreuzigen jedoch erlag die übermütige

Fabrisse selbst einer bösen Versuchung. Sie nahm Zuflucht zu der nur den Katharern gebräuchlichen heimlichen Form des Sichbekreuzigens und flüsterte dabei: ›*Aysi es le front, et aysi es la barba, et aysi la una aurelha et aysi l'autra* – Hier ist die Stirn, und hier ist das Kinn, und hier ist das eine Ohr, und hier ist das andere!‹«

»O mein Gott!« rief ich aus. »Welch bodenloser Leichtsinn! Jedermann weiß doch inzwischen, daß die Katharer das Kreuz ablehnen! Die *parfaits*, die rhetorisch gut geschult sind, rechtfertigen sich damit, daß sie Andersgläubigen die Frage stellen: ›Wenn man deinen Vater gehenkt hätte, würdest du vielleicht am Ende den Strick anbeten, durch den er den Tod fand?‹ Diese Frau aber gehörte doch offensichtlich nur zu den einfachen Gläubigen – sie hätte ...«

»Ja, du hast recht, Bertrand! Sie hätte an ihre Familie denken und sich beherrschen müssen. Ihrem Mann kam die Anzeige zu Ohren. Der Sohn eines Nachbarn, Notar in Carcasone und der Familie sehr zugeneigt, hatte auf Umwegen davon erfahren und es ihm einige Tage nach dem Vorfall unter vier Augen erzählt. Der Ehemann wußte zwar längst von der Neigung seiner Frau zum katharischen Glauben, doch weil er sie liebte, hatte er die Augen davor verschlossen. Jetzt aber konnte er das nicht mehr. Schließlich hatte sie die ganze Familie in Gefahr gebracht. Und es setzte Ohrfeigen und Vorwürfe.

Die Frau weinte, das Kind schrie – und der Mann setzte sich auf die Ofenbank und betrank sich.«

Alix wischte sich über die Wange, an die ein kleines Insekt geflogen war.

»Als er endlich eingeschlafen war«, fuhr sie fort, »da packte Fabrisse ihre wenigen Habseligkeiten, um das Haus für immer zu verlassen. Es war der einzige Weg, ihren Mann und ihr Kind zu schützen. Den Kleinen jedoch, der sich inzwischen wieder beruhigt hatte, wollte sie zum Abschied noch einmal küssen. Sie schlich sich in die Kammer, wo er in der Wiege lag, und herzte ihn. Als sie sich gerade davonmachen wollte, da begann das Kind zum ersten Mal in seinem Leben laut zu lachen. Fabrisse stockte, drehte sich wieder um, schritt auf das Kind zu, lachte und weinte zugleich vor Freude und streichelte es zum allerletzten Mal. Doch als sie das Zimmer erneut verlassen wollte, da lachte das Kind wieder hellauf, und so ging es noch mehrere Male. Sie war halb von Sinnen, als sie sich endlich, endlich von ihrem Kind trennte.«

Alix schwieg, sah mit feuchten Augen hinauf zu den hohen Baumwipfeln.

Ein Specht durchbrach mit seinem Klopfen die raschelnde Stille des Waldes. Er hämmerte ganz in unserer Nähe, unbeeindruckt von den zwei Wesen, die in sein Reich eingedrungen waren. Die Sonne blitzte durch die Baumstämme hindurch. Duftendes Harz quoll in feinen Tropfen aus einer nahen Tanne, und allerlei Käfer eilten durch das Unterholz.

»Wie ist es ihr weiter ergangen?« fragte ich nach längerer Zeit des Schweigens.

»Sie ist in Sicherheit. Ramon hat ihr geholfen, im Haus eines katholischen Priesters in Toulouse unterzukommen, wo sie jetzt als Magd arbeitet. Ihrem Glauben mußte sie dabei nicht entsagen, weil der Priester im Herzen selbst katharisch ist.«

Als sie mein ungläubiges Gesicht sah, lachte Alix.

»Doch, doch Bruder – auch das gibt es bei uns im Land. Du kannst es mir ruhig glauben: Es gibt nicht wenige Priester, die die Greuel der Römischen verabscheuen und im geheimen die Seiten gewechselt haben.«

»Das nenne ich aber Heuchelei!« protestierte ich. »Man kann es einem Priester zwar nicht verdenken, wenn er sich von Rom abwendet, aber sollte er dann nicht wenigstens den Mut haben, sich offen zu seinem neuen Glauben zu bekennen?«

»Auch wenn er damit den Tod findet?«

»Ja, auch dann – vielleicht gibt sein Handeln Rom zu denken.«

»Ach, daran vermag ich nicht zu glauben!« sagte Alix resigniert und schob sich, mit den Händen ihren Rücken stützend, in die Höhe. Sie war schon ein wenig schwerfällig geworden.

»Mit Verlaub gesagt, Bruder: Rom schert sich einen Dreck um seine Priester. Viele von ihnen haben sich vergebens beim Papst beschwert. Auch du selbst warst ja seinerzeit in Rom, mit deinen Brüdern, um Innozenz zu berichten, wie du mir erzählt hast. Und was ist geschehen? Nichts! Gar nichts! In Rom lungern nur Feiglinge, Fettwänste und Geizhälse herum, und der König von Frankreich küßt ihnen eilfertig die Füße. Uns hat man längst abgeschrieben, ob Priester, Bauersmann oder von Adel. Wenn wir uns nicht selbst helfen, hilft uns keiner, Bertrand!«

Alix hatte ganz offensichtlich einen scharfen Verstand – und dazu eine deutliche Zunge. Mit ihrer offenen, mitunter derben Sprache unterschied sie sich stark von Esclarmonde und den wenigen anderen Frauen, die ich kannte. Die Erziehung im Hause Voisins' war gewiß nicht schlecht gewesen – aber ihr war als Kind zu Schreckliches widerfahren.

Den Abend darauf verbrachte ich allein in der Stille unseres Burghofes, wie früher unter den alten Eichen sitzend. Die Dienenden saßen noch immer beim Würfelspiel, und Ritter Yves hatte sich bereits zurückgezogen. Ich machte erste Pläne. Eines war unvermeidbar: Ramon mußte eingeweiht werden, dazu von den Templern mindestens Aire de Cherchemont, den ich bedingungslos auf meiner Seite wußte. Der brave Ritter Yves jedoch war zu fromm und zu eng seinem Glauben verbunden.

Als mein guter Aire de Cherchemont endlich eintraf, war er verändert. Er hatte katharische Prediger gehört. Und daß er mit mir darüber sprach, der stolze und eher stille, zurückhaltende Ritter, hatte seinen Anlaß darin, daß ich ihn beiseite genommen und ihm in aller Offenheit erzählt hatte, daß ich mich verpflichtet hätte, den Katharern zu helfen. Es war ein Risiko, gewiß. Aber, um es mit Castres' Worten zu sagen, eines, das man mitunter eingehen sollte bei Menschen, die man gut einschätzen kann.

Dennoch verschwieg ich ihm meine Liebe zu Esclarmonde, obwohl ich mich nicht mehr dafür schämte. Ob er meine Gefühle erahnte? Ich weiß es nicht. Bestenfalls vermutete er, daß ich mit der Gräfin auf eine eher ritterliche Weise verbunden war. Er kannte sie ja nicht, wußte nicht, wie schön sie war.

Seit der Geschichte mit Danièl traute ich aber auch ihm einen siebenten Sinn zu.

Jetzt endlich brüteten wir – das heißt Ramon d'Aniort, Cherchemont und ich – gemeinsam über der falschen Fährte und dem richtigen Weg, den Katharerschatz dereinst in Sicherheit zu bringen.

Obwohl wir uns nächtelang das Hirn zermarterten, fanden und fanden wir keine wirklich zufriedenstellende Lösung des Problems. Meist verwarfen wir am Morgen das, was wir in der Nacht zuvor detailgetreu ausgearbeitet hatten.

Kurze Zeit darauf gab es noch einen weiteren Mitverschwörer. Wir lernten Ramons Bruder Udaut kennen, einen hochaufgeschossenen, kräftigen Jüngling, der zuvor bei zwei entfernten Onkeln gelebt hatte, die katharische *parfaits* waren. Udaut hatte Ramon auf einer kurzen Reise begleitet und war mit ihm nach Rhedae zurückgekehrt. Und dieser Junge war es, dem eines Abends einfiel, wie wir es anstellen könnten mit der falschen Fährte.

»Edle Ritter«, meinte er ein wenig schüchtern, nachdem wir wieder Stunden hin und her überlegt hatten, »mein Bruder Ramon hat mir vor einigen Jahren erzählt, daß die Römer rund um diese Burg einst Gold abgebaut haben.«

Ich nickte. »Davon wissen viele Leute in unserer Gegend. Worauf willst du hinaus, Udaut?«

»Ich, also ... ich ... nun ich weiß, daß die ehemaligen Stollen fast alle noch vorhanden sind.« Er stotterte vor Aufregung. »Meine Neugierde hat mich erst im letzten Jahr einmal dorthin getrieben.«

»Endlich heraus mit der Sprache, Junge!«

»Also sucht doch ganz einfach in diesen Stollen nach Gold, Ritter, und verhaltet euch so, als ob ihr hinter großem Reichtum her wärt! Legt quer zu den alten Stollen einige neue an. Macht aber vor allem ein großes Geheimnis um diese ganze Aktion, verbietet euren Dienenden Brüdern beispielsweise, mit den Einheimischen Kontakt aufzunehmen. Auch wenn sie unsere Sprache kaum verstehen, befehlt ihnen trotzdem, daß sie schweigen sollen wie ein Grab, wenn man sie anspricht.«

Vor lauter Eifer hatte der Junge einen hochroten Kopf bekommen.

»Aber Udaut – wozu soll das gut sein? Dort gibt es doch längst kein Gold mehr!« warf sein Bruder mit skeptischer Miene ein.

»Ich weiß, ich weiß! Aber mit einem solchen Verhalten öffnet Ihr gewissen Gerüchten Tür und Tor. Gerüchte, die wir dringend brauchen, um die Dominikaner auf unser Treiben aufmerksam zu machen. Die Leute müssen sich geradezu das Maul zerreißen über uns! Das ist mein Plan!«

»Ja, du hast recht, Udaut«, Ramon nickte nun nachdenklich, »dein Vorschlag ist wirklich nicht schlecht! ›Die kleinen Bäche bilden die großen Flüsse‹, sagt schon der Volksmund! Die Dominikaner werden sich natürlich kundig machen, was es mit dieser plötzlichen Goldsuche der Templer auf sich hat. Sie werden Fragen stellen in den Dörfern ringsum. Und das Bauernvolk wird sich an den Kopf langen und ihnen schadenfroh erzählen, daß die Stollen doch längst ausgebeutet sind und die Ritter schier verrückt sein müssen, wenn sie glauben, dort noch Gold finden zu können.«

»Und dann«, lachte Cherchemont, »ja, dann haben wir sie so weit, daß sie sich Gedanken machen, was um alles in der Welt wir dort wirklich treiben! Bestimmt dauert es nicht lange, bis sie die Vermutung anstellen, daß wir so dumm nicht sein können und daß wir eigentlich neue Stollen für den Katharerschatz graben. Wenn sie Euch tatsächlich beobachtet haben, Komtur, wie Ihr vom Montségur gekommen seid, wird ihnen rasch die Erleuchtung kommen, daß die seltsame Angelegenheit mit den Katharern zu tun haben muß und mit niemand anderem.«

Ich nickte. »Und wie wir sie kennen, wird das Untier mit dem Namen ›Gier‹ das Seine dazutun, und sie werden nicht ablassen, Tag und Nacht die Gegend zu beobachten, wo sich die Stollen befinden. Das hast du dir wirklich fein ausgedacht!« lobte ich Udaut.

»Aber wohin bringen wir tatsächlich den Schatz, wenn es eines Tages soweit sein wird?« fragte Ramon d'Aniort.

»Wir bringen ihn ganz in die Nähe von Rhedae«, beruhigte ich ihn. »Der genaue Ort ist nur mir bekannt. Ich werde ihn aber einer Person unter euch verraten, spätestens dann, wenn ich in See steche! Ich befürchte nämlich, daß ich nicht sofort aus dem Heiligen Land zurückfahren kann, wenn es eines Tages kritisch wird am

Drachenkopf. Ich muß mich dann voll und ganz vor allem auf Euch verlassen, Aire! Ihr bekommt eine umfassende Vollmacht von mir, die euch Handlungsfreiheiten einräumt, die keinem anderen Ritter jemals gewährt wurden.«

»Mir wird zur rechten Zeit das Richtige einfallen, verlaßt Euch auf mich, Komtur!« gab mir Aire de Cherchemont mit einem listigen Blinzeln zu verstehen. Auch ihm schien unsere Verschwörung zunehmend Spaß zu machen.

So machten wir uns ans Werk. Ritter Yves stellte keine Fragen. Er beaufsichtigte die *alemani* beim Graben der Stollen, ohne auszusprechen, was auch ihm durch den Kopf gehen mußte.

»In absehbarer Zeit dürft ihr alle zur Belohnung in eure Heimat reisen, wie der tüchtige Peter Kropf es bereits getan hat!« versprach ich den Männern, um sie anzuspornen und zum Schweigen anzuhalten. Und dieses Mal nahm ich mir vor, mein Versprechen wirklich zu halten.

Wenn man bedenkt, daß die *alemani* auch noch Bergleute von Beruf waren und daß ich es war, der sie in Outremer in Dienst genommen hatte, so könnte man erneut an ein großes Szenario denken, das von jemandem gelenkt wurde, der wollte, daß das Schicksal so und nicht anders ablief.

Sie waren stark, die *alemani*; sie wußten, worauf es ankommt, und sie arbeiteten wie Besessene. Die Aussicht auf ihre Freiheit kam ihnen plötzlich – jetzt, wo sie sich diesseits des Meeres befanden – vor wie ein Blick auf das Paradies. Das lautstarke Klopfen ihrer Hämmer tönte von frühmorgens bis spätabends aus dem nördlichen Seitental von Rhedae und weckte die Neugierde all derjenigen Leute, die nicht zufällig von Schwerhörigkeit befallen waren. Die Gerüchteküche brodelte, wie uns Alix strahlend berichtete, die von ihren Bediensteten davon hörte. Das einfache Volk, der Garant für den Aberglauben, flüsterte sich hinter vorgehaltener Hand zu, daß die Ritter wohl diejenigen Wesen aufwecken wollten, die das verbotene Zauberreich im Inneren der Erde bewachten, und daß die Rache der Diabolischen nicht lange auf sich warten lassen würde!

Wie recht es doch hatte!

Udaut d'Aniort wollte Templer werden. Und Ramon erteilte seine Erlaubnis gerne, denn er wußte, daß der katharische Junge dort geschützt wäre, wo ich meine Hand über ihn halten konnte. So nahm ich ihn eines Tages mit zum Bezú und übergab ihn der Obhut des Präzeptors. Bevor ich ein weiteres Mal zurückritt auf meine Burg, ließ ich mir eine größere Menge Gold aus der Templerkasse aushändigen. Sowohl Ramon als auch Aire übergab ich einen Teil dieses Goldes und stattete sie überdies mit den Mereaux der Katharer vom Montségur aus, die mir Castres in weiser Voraussicht überlassen hatte.

Die *alemani* hatten tatsächlich kleine Mengen Gold gefunden; winzige Spuren, mühsam aus dem harten Gestein herausgekratzt. Als sie schließlich in die Heimat zurückritten, mit Tränen in den Augen, gab ich jedem Mann eine besondere Belohnung in Form von einigen Goldstücken mit auf den Weg. Sie waren allesamt brave Brüder gewesen, nur etwas einfältiger als Peter Kropf, dafür waren sie am Leben geblieben. Den Sarg aus dem Holz der Libanonzedern hatten sie längst vergessen.

Aire de Cherchemont ritt zum Montségur mit Briefen für Esclarmonde und den Bischof. Er hatte den Befehl, sich dort niederzulassen, der Gräfin von Foix zur Seite zu stehen und engen Kontakt zu meinem Schwager zu halten. Ich selbst traf Vorbereitungen, am übernächsten Morgen, noch vor Sonnenaufgang, mit Ritter Yves nach Cotllioure zu reiten, bereit zur Abfahrt nach Outremer.

Am Abend vor meiner endgültigen Abreise schwor ich Ramon d'Aniort auf den Ort ein, an den der Schatz gebracht werden sollte. Zu meiner Überraschung kannte er den Hügel von Les Pontils. Von dem Grabmal allerdings hatte er noch nie gehört, was mich nicht verwunderte, war er doch nicht mit dem einzigen Jungen befreundet gewesen, der aus der Familie der Hüter des Schatzes stammte.

Der Abschied von Alix fiel mir schwer. Mit tränenüberströmtem Gesicht hing sie an meinem Hals und schluchzte. Erst als ich ihr versicherte, daß es nicht lange dauern würde, bis ich wiederkäme, beruhigte sie sich ein wenig, und als ich davonritt, den Berg hinunter, da winkte sie mir mit einem weißen Tuch hinterher.

34
Verrat

> *Ein Templer fragt niemals, wie stark die Feinde sind,*
> *sondern wo die Feinde sind!*
>
> Jakob von Vitry

In Jerusalem heil angekommen, hatte ich alle Hände voll zu tun, um die Wahl des neuen Großmeisters vorzubereiten. Aber schließlich waren alle Würdenträger des Heiligen Landes an Allerseelen versammelt – und sie wählten einstimmig mich zu ihrem Oberhaupt. Eine leise Ahnung hatte mich zwar schon bald beschlichen, niemals jedoch kann man sich einer Sache sicher sein, bevor sie nicht endgültig abgeschlossen ist. Nur Castres, der hatte es gewußt.

Ich fühlte mich natürlich geehrt und war auf eine gewisse Weise stolz auf mich und darauf, daß mir alle anwesenden Präzeptoren ihr Vertrauen geschenkt hatten. Auf der anderen Seite war ich beschämt. Denn kein Mensch ahnte, was ich in meinem Herzen verbarg. Niemand wußte von meiner Liebe, von meinem Eidbruch, von dem Mord, den ich begangen, und davon, daß ich mich in meinem Herzen inzwischen von Rom abgewandt hatte – wenngleich ich mich noch immer als Christ sah. Ich hatte mich auf einen gefährlichen Grat begeben, der sich zwischen den beiden rivalisierenden Kirchen befand, und der erste unsichere Schritt würde mich, dessen war ich gewiß, in den Abgrund reißen, wo der Höllenschlund auf mich wartete.

Hätte ich nicht ehrlich sein und das hohe Amt ablehnen müssen?

Aber was hätte ich dann für Esclarmonde und die Ihren noch tun können?

So stürzte ich mich in meine Arbeit, um wenigstens einiges von dem, was ich gefehlt zu haben glaubte, auf andere Weise wiedergutzumachen. Natürlich nahm ich auch weiterhin an allen Offizien und Stundengebeten teil, die für uns Templer vorgeschrieben sind. Ich gab mir erneut eine Chance und hoffte, daß die zarten Knospen jenes anderen Glaubens, die sich in mir entwickelt hatten, nicht weiter aufbrechen würden. Noch immer wollte ich nicht zum Außenseiter werden, schreckte ich davor zurück, den dünnen Glaubensfaden, an dem ich mit einer gewissen Verzweiflung hing, zu durchschneiden.

Kann man es Schwäche nennen – oder Treue?

In den folgenden Jahren bereiste ich nach und nach alle Komtureien im Heiligen Land und führte Gespräche mit den Präzeptoren sowie mit hochgestellten Sarazenen. In den Provinzkapiteln bereinigte ich die kleinen Reibereien, die in schöner Regelmäßigkeit unter den einzelnen Häusern auftraten. Erneut inspizierte ich unsere Burgen und ordnete weitere Befestigungen an, indem ich die Verantwortlichen auf die interessanten Verteidigungsmöglichkeiten aufmerksam machte, die ich auf dem Montségur gesehen hatte. Ich erweiterte das bereits bestehende Netz unserer Ordenshäuser und Niederlassungen, das inzwischen die ganze christliche Welt überzog, und setzte die vor Jahren begonnene Werbe- und Rekrutierungsarbeit fort. Viele Neuerungen wurden in meiner Amtszeit eingeführt: Magnetkompasse kamen zum Einsatz, was den Kapitänen unserer Flotte erheblich die Orientierung erleichterte; das gesamte Vermessungswesen und die Kartographie wurden ausgebaut, und obendrein machten wir uns mit den Prinzipien der Hygiene und Sauberkeit bekannt – wie so vieles eine Anleihe bei den Sarazenen. Der Erfolg all dieser Maßnahmen war bald unübersehbar.

An manchen Abenden, wenn ich allein war und ausnahmsweise einmal nicht über einem Schriftwechsel mit den Großen unserer Welt saß, nahm ich mir die Regeln der Ordensdisziplin vor, strich Unvernünftiges und fügte Sinnvolles hinzu.

Probleme gab es in dieser Zeit genug, auch mit Kaiser Friedrich II. Der ehrgeizige Staufer war nie auf unserer Seite gestanden, ich habe es schon erwähnt.

Er war allerdings ein faszinierender Mensch, voller Widersprüche zwar, aber außergewöhnlich intelligent und erfolgreich. Ein Herrscher, dem es gelang, das Unmögliche möglich zu machen. Was ich damit meine? Nun, dank zäher Verhandlungen Friedrichs mit dem Sultan Malik al-Kamil war Jerusalem wieder in Christenhand gekommen, ebenso Nazareth, Bethlehem und ein Teil Galiläas. Das alles war erstaunlicherweise abgegangen ohne jegliches Blutvergießen.

Man sollte denken, daß die gesamte Christenheit bei diesem Handel hinter Friedrich stand und auf Knien dem HERRN dafür dankte. Aber das ist ein Irrtum.

Papst Gregor, der seit langem mit Friedrich im Streit lag, hatte es zum offenen Konflikt mit dem Apulier kommen lassen. Er hatte seinen bereits im Jahr zuvor verhängten Kirchenbann erweitert, und zwar ausgerechnet am Gründonnerstag – dem traditionellen Tag für Exkommunikationen –, was nicht wenige empörte. Dem Papst war nämlich zu Ohren gekommen, daß Friedrich dem wahren Glauben abgeschworen, muselmanische Kämmerer und andere Heiden in seinen Diensten hätte, sich so malerisch wie die Sarazenen selbst kleidete und inzwischen viele ihrer schlechten Gewohnheiten angenommen hätte. Einiges davon war wohl wahr. Nach meinem Dafürhalten aber hatte sich Friedrich weitaus mehr in die sarazenische Lebensart verguckt denn in den Glauben der Muselmanen. Ein Vorfall allerdings, der mir zu Ohren gekommen ist, läßt ihn in einem etwas anderen Licht erscheinen. Anläßlich einer Besichtigung der El-Aqsa-Moschee, die ihm vom Sultan erlaubt worden war, traf er auf einen Priester, der mit dem Evangelium in der Hand dort bettelte. Friedrich schüttelte den frommen Mann und schlug ihn hart zu Boden mit den Worten: »Du Schwein! Der Sultan hatte die Gnade, uns zu erlauben, diesen Ort zu besuchen, und du wagst dergleichen hier? Wenn noch einer von euch zu diesem Zwecke hierherkommt, bei Gott, ich schlage ihn tot.«

Diese Aussage mag man werten, wie man will. Jedenfalls war es in Rom des erneuten Verdikts wegen am Ostersonntag zu einem bösen Eklat gekommen. Mehrere aufgebrachte Gläubige hatten bei der Wandlung der Hostie plötzlich wie Hunde zu bellen begonnen. Gregor hatte in seinem Bannschreiben verkündet: »*Ich will nicht – stummen Hunden gleich, die nicht bellen können – das Unheil verschweigen, das der Kaiser über das Volk Gottes gebracht hat!*«

Friedrich nahm die Kampfansage auf und beschuldigte seinerseits den Heiligen Vater des »Paktierens mit den verräterischen Lombardenstädten« und vor allem des »ungebührlichen Vorgehens, während er selbst sich zu einem neuen Kreuzzug rüste, Jerusalem zu befreien«. Gregor blieb, wie er war – starrköpfig. Ohne Absolution machte sich Friedrich auf den Weg nach Outremer, vierzig gutgerüstete Galeeren an seiner Seite. Ein exkommunizierter Kämpfer für die Christensache mit treuen Muselmanen im Gefolge – das hatte es noch nie gegeben!

Bei der Ankunft des Kaisers in St. Jean d'Acre herrschte jedoch großer Jubel! An das denkwürdige Ereignis kann ich mich, obwohl es schon lange her ist, noch genau entsinnen, denn nicht nur der Patriarch Gerold fiel an diesem Tag dem Kaiser zu Füßen, sondern auch ich selbst – natürlich nach den Großmeistern der Deutschordensritter und der Johanniter.

Gemeinsam beschlossen wir, Gregor eine Petition zu schicken mit der Bitte um Lösung seines über Friedrich verhängten Bannes. Dieser jedoch ignorierte die Bittschrift, sandte im Gegenteil eine Aufforderung an den Sultan, Jerusalem um keinen Preis dem gebannten Friedrich zu überlassen! Sein Haß auf den Kaiser kannte keine Grenzen.

Obwohl Friedrich rund zehntausend Mann Fußvolk zur Eroberung Jerusalems zur Verfügung standen, ahnte er, daß die Muselmanen ihm nicht nur letzten Endes überlegen waren, sondern auch von der Spaltung des christlichen Lagers genaue Kenntnis hatten. Daher griff er zu einer List. Er sandte Malik al-Kamil, der wie er selbst ein überaus gelehrter Mann war, ein Freundeszeichen in Form zahlreicher wertvoller Geschenke, dazu in aller Demut seinen Panzer, seinen Helm und sein Schwert, »in der Hoffnung auf eine unblutige Übernahme der Stadt Jerusalem«. Der Sultan erwiderte jedoch, daß er Jerusalem nicht gut aufgeben könne, ohne den Zorn der Muselmanen auf sich zu ziehen. Durch seinen Vertrauten, den Emir Fahr ed-Din, sandte er Friedrich aber ebenfalls Geschenke, darunter Gold, Silber, Edelsteine, prächtige Stoffe, einen Elefanten, zahlreiche wertvolle Kamele, Bären und Affen. Friedrich, der von Kindesbeinen an mit der muselmanischen Denkweise vertraut war und die Sprache der Sarazenen mindestens ebensogut beherrschte wie ich, beschloß, auch weiterhin keine Gewalt anzuwenden und in Ruhe abzuwarten. Nach einer Zeit der klugen Diplomatie und ständig wachsenden Vertrauens erstellte Fahr ed-Din dann doch noch die diffizilen Verträge, die eine friedliche Übernahme Jerusalems durch den Staufer ermöglichten. Als das Abkommen zwischen dem Sultan und dem Kaiser besiegelt wurde, schwor Friedrich, lieber das Fleisch seiner linken Hand zu essen, als diesen Vertrag zu brechen.

Jerusalem war endlich wieder in Christenhand. Der HERR sei gepriesen! Nur die heiligen Stätten der Muselmanen waren ausgenommen. Der Vertrag garantierte außerdem einen weiteren Waffenstillstand für zehn Jahre.

Was aber war nun unsere Rolle in dieser Angelegenheit?

Gregor hatte inzwischen allen Ritterorden strikt befohlen, jenen »Verräter und Ungläubigen«, wie er Friedrich betitelte, nicht länger zu unterstützen, demzufolge konnten wir nicht an der Kaiserkrönung in der Grabeskirche teilnehmen. Auch die Johanniter hielten sich an den Befehl des Papstes, der sogar den Patriarchen von Jerusalem, Gerold, wieder auf sich eingeschworen hatte. Gerold, der als Legat des Papstes das höchste kirchliche Amt in Jerusalem bekleidete, verbot dem Kaiser, die Stadt zu betreten!

Friedrich jedoch dachte nicht daran, ihm Folge zu leisten. Schließlich hatte er einen legitimen Anspruch auf den Thron und den Königstitel von Jerusalem, und nicht zuletzt war er es gewesen, der Jerusalem dem Feind entrissen hatte.

Entschlossen zog er in die Heilige Stadt der Christenheit ein. Der Vertreter des Sultans überreichte ihm die Schlüssel der Stadt. Die Christen waren fast alle zu Hause geblieben. So kam es, daß nur Friedrichs engste Gefolgsleute ihm in die Grabeskirche folgten, unter ihnen die Erzbischöfe von Palermo und Capua, einige sizilianische und englische Bischöfe und natürlich die von Friedrich heißgeliebten Deutschordensritter mit ihren weißen Mänteln. An ihrer Spitze ritt ihr Großmeister, der treu-eifrige Hermann von Salza, seit langem der engste Berater Friedrichs.

Nachdem Gerold mit Hilfe des Erzbischofs von Caesarea aber am gleichen Tag noch ein Interdikt über ganz Jerusalem verhängt hatte, blieb Friedrich nichts anderes übrig, als sich dem Kirchenrecht zu beugen und auf das kirchliche Ritual der Krönung zu verzichten.

Daraufhin setzte er sich selbst die Kaiserkrone auf das Haupt – ohne priesterliche Handlung und ohne feierliche Zeremonie. In seiner Ansprache verkündete er dem »Erdkreis«, daß »kein anderer als Gott« – also auch nicht der Papst – »das Heil wirkt, wann und wie er will«.

Zwei Tage später befahl Friedrich alle Großmeister und Oberen der Ritterorden zu sich. Dem konnten wir uns natürlich nicht entziehen. Er empfing uns in aller kaiserlichen Pracht, bewacht von seinen sarazenischen Leibwächtern. Aus den luxuriösen Gemächern, die er bewohnte – er residierte im Haus des Kadis Schams ed-Din –, drangen alle Wohlgerüche des Orients. Friedrich saß, beinahe gelangweilt, auf einem mit Intarsien verzierten thronähnlichen Stuhl. Auf seinen langen, gelockten rotblonden Haaren funkelte eine mit Perlen und Edelsteinen besetzte Krone. Über einem fein gefältelten Hemd und geschlitzten grünen Samthosen, die seine nackten Beine durchscheinen ließen, trug er einen kostbaren purpurfarbenen, weiten Nuschenmantel aus schwerer Seide, mit Adlern bestickt. Eine wertvolle Spange mit Amethysten und Smaragden hielt den Mantel zusammen. An den Füßen hatte er seidene Stiefel, auf deren Schäfte geschickte Hände zarte Rehe gestickt hatten. Sein Schwert steckte in einer sarazenischen Scheide.

Es kam zu einem offenen Gespräch mit Friedrich, der auf mich im übrigen einen überaus vernünftigen Eindruck machte. Nüchtern und klar schien er alle Probleme erkannt und im Griff zu haben. Am Ende erklärten wir Großmeister einmütig unsere Bereitschaft, ihm zukünftig zur Seite zu stehen. Wir sagten ihm auch zu, beim Wiederaufbau der vielen noch immer zerstörten Bauwerke und ihrer Befestigungen zu helfen, zuallererst dem des Davidsturms und Stephanstors. Dies alles geschah natürlich entgegen Gregors Befehl.

Doch schon kurze Zeit darauf endete jäh die Zusammenarbeit des Tempels mit Friedrich. Al-Kamils hinterhältige Männer, denen der Kaiser voll vertraute, hatten ihm eingeflüstert, daß ich als Großmeister des Tempels ein Attentat auf ihn geplant hätte. Die Gelegenheit dazu wäre günstig, denn der Kaiser wolle den Jordan aufsuchen, um sich die Stelle anzusehen, an der Jesus getauft worden war – so die freche Unterstellung.

Ein Beweis für meine Untreue konnte natürlich niemals gefunden werden, dennoch liegt seit dieser Zeit ein Schatten über meinem Amt. Von wem diese Intrige ausgegangen ist, wer ein so starkes Interesse daran hatte, einen neuerlichen Keil zwischen Tempel und Kaiser zu treiben, wußte ich nicht mit Bestimmtheit zu sagen. Die überaus neidischen Deutschordensherren vielleicht? Gut möglich.

Ich hatte damals nicht einmal einen vagen Verdacht auf einen Verräter in unseren eigenen Reihen.

Die Sache zog Konsequenzen nach sich. Zur Strafe – einmal für unser Fernbleiben bei der Krönung und zum anderen wegen unserer angeblich feindseligen Haltung ihm gegenüber – gab der Kaiser nach seiner Abreise den Befehl, daß man sich unserer Feste, der Pilgerburg Castel Pélerin, bemächtigen solle. Diesen Affront ließen wir uns nicht gefallen und zwangen die Kaiserlichen statt dessen, die Burg zu verlassen, worauf sie aus Rache unser Viertel in St. Jean d' Acre angriffen. Die Hospitaliter jedoch, diese Verräter, schlugen sich auf Friedrichs Seite.

Eines Tages vertrieb der Apulier uns Templer sogar aus Sizilien und konfiszierte unser dortiges Eigentum. Auf meine harsche Beschwerde hin besann er sich wieder und holte – wenn auch mehr als zögerlich – die Ritter ins Land zurück, wobei er einen Teil unserer dortigen Besitztümer einbehielt. Ich machte gute Miene zum bösen Spiel und beließ ihm das, was er uns gestohlen hatte. Vielleicht würde er eines Tages seine Schuld auf andere Weise einlösen müssen.

Mit den Sarazenen war es wieder eine andere Sache. Die Muselmanen, die selbst im Glauben zersplittert sind, hatten erkannt, daß die Einheit ihrer Glaubensfeinde wankte. Viele waren auch außerordentlich aufgebracht, daß Jerusalem nun wieder in unserer Hand war. Die Imame und Muezzins hatten deswegen sogar offiziell zum Trauergebet aufgerufen und ihre Gläubigen aufgefordert, Jerusalem zu verlassen. Aus all diesen Gründen wurde das Auftreten der Muselmanen bei Verhandlungen von Tag zu Tag arroganter, und wir mußten ständig neue Bündnisse und Verträge schließen, um den Frieden zu halten. Hierbei kamen mir natürlich meine Sprach- und Landeskenntnisse außerordentlich zugute.

Ben Ambar stand noch immer in unseren Diensten. Aus einem Gefühl der Anhänglichkeit heraus – eine Schwäche meinerseits – hatte ich es nicht fertiggebracht, mich endgültig von ihm zu trennen. Seit meiner Wahl zum Großmeister aber benahm er sich mir gegenüber – wie soll ich es nur ausdrücken? – ein wenig unterwürfig, eine Charaktereigenschaft, die ich niemals bei ihm vermutet hätte. Seine leichte, spontane und oftmals spöttische Art war einer gewissen nachdenklichen Reserviertheit gewichen; seine Besserwisserei hielt er gut im Zaum, und sein Stolz? Nun, ob er ihn begraben hatte oder ob sich nur gut verstellte, das konnte ich nicht feststellen. Möglicherweise war einer der Auslöser für sein verändertes Wesen der unselige Streit, den wir wegen des hitzigen Templers gehabt hatten, der mit dem alten Patriarchen zusammengestoßen war. Eine mehr als auffällige Veränderung in Ambars Verhalten nahm ich jedoch wahr, als Jerusalem wieder uns gehörte. Er schlich ständig um mich herum und beobachtete mich dabei aus den Augenwinkeln heraus. Ganz offensichtlich vermied er auch tiefergehende Gespräche, beispielsweise über verschiedene Glaubensauffassungen. Seine Audienzen bei mir waren also keineswegs mehr halb privater Natur, wie dies früher der Fall war, sondern beruhten ausschließlich auf geschäftlichen Dingen. Vielleicht hatte auch ich mich geändert. Ich gebe gerne zu, daß ich früher – als einfacher Schatzmeister – ihn ganz leger auf sein Verhalten angesprochen hätte.

Um eines jedoch klarzustellen: Ich hatte seinerzeit nicht im Traum daran gedacht, den Scheich Yussuf Ben Ambar mit dem angeblich von mir geplanten Attentat auf Friedrich in Zusammenhang zu bringen. Ich war so lange arglos, bis er durch einen erneuten Vertrauensbruch mich eines Tages eines Besseren belehrte und mich lange darüber nachdenken ließ, was eigentlich geschehen war zwischen uns, daß unsere anfängliche Zuneigung und Freundschaft im Laufe der Jahre umgeschlagen war in Abneigung – ja sogar in Haß. Heute sage ich mir, daß sich ein Verrat wohl eines Tages wie von selbst ergibt, wenn Menschen lange Zeit einen starken Groll im Herzen herumtragen. Danièl ist ein Beispiel dafür, und Ben Ambar muß es ebenso ergangen sein. Seine Ehre war es wohl, die ihn verbitterte, die Ehre des Muselmanen, die er seit Jahren selbst verletzte und demütigte, weil er sich uns Christen angedient hatte. Solange der Halbmond über Jerusalem herrschte und das Kreuz nur geduldet war, konnte er sich mit etwas Phantasie als unser Gastgeber fühlen, wenn er auch unser Gold nahm. Was sollte er jetzt aber tun? »Der wahre Kämpfer« – so sagt das Buch der Muselmanen – »ist der, der gegen sich selbst in den Kampf zieht und die eigenen Fehler überwindet, um Allah näherzukommen.«

Es war ein wahrhaftig höllischer Streich, den er mir spielte. Der silberne Dolch war gewissermaßen über Nacht zurückgekehrt aus jener Grotte im Berg von Rhedae und war nun im Begriff, mich selbst zu töten.

Fünf Präzeptoren aus dem Heiligen Land versagten mir in einem Brief plötzlich ihre Treue und warfen mir Gottlosigkeit vor.

Eine Woche später trafen sie in Jerusalem ein.

Nun war unter den fünfen beileibe keiner vom Wesen Arnaud Danièls. Ich kannte sie gut. Ehrerbietig sanken sie mir zu Füßen und küßten meinen Ring. Ich hieß sie aufstehen und mir ihr Begehr erläutern.

Es war ihnen sichtlich peinlich. Sie drucksten und zögerten, bis ich sagte: »Nun, Männer, frisch heraus. Oder hat Euch Euer Mut mitsamt dem Schreiben, das mich dem Vorwurf der Gottlosigkeit aussetzt, bereits verlassen?«

»Ehrwürdiger«, fing der Älteste an, dem das Gewölbe in St. Jean d'Acre unterstand. »Uns sind ernst zu nehmende Gerüchte zu Ohren gekommen, Ihr hättet Euch mit dem Feind verbündet. Ihr wäret übergewechselt zu den Sarazenen!«

Jetzt konnte ich nicht anders, als laut aufzulachen, Erleichterung im Herzen, denn ich hatte befürchtet, daß man mir am Ende auf die Schliche gekommen sei, was meine Unterstützung für die Katharer anbelangte, daß gewisse Nachrichten aus der Heimat eingetroffen wären, die die Rolle, die Cherchemont seit Jahren auf dem Montségur spielte, beleuchten könnten oder anderes. Schließlich mußte mein guter Ritter ab und an mit dem Bezú kommunizieren oder mit dem Ordenshaus von Cotllioure. Was, wenn den dortigen Präzeptoren das Ganze verdächtig vorgekommen wäre? Was, wenn sie eine diesbezügliche anonyme Nachricht ins Heilige Land geschickt hätten an alle Präzeptoren? An so etwas hatte ich gedacht in meiner Verzweiflung. »Habe ich richtig gehört? Ich soll ein Muselmane geworden sein?« Ich konnte wirklich nicht aufhören zu lachen, und die fünf schauten sich verdutzt an.

»Aber, Ehrwürdiger«, warf der Ritter d'Argelliers ein, ein hagerer Geselle mit einem scharfen Profil, »wir haben ein Beweisstück und machen uns große Sorgen deswegen!«

Die Sache schien spannend zu werden.

»Im Namen des Vaters und des Sohnes und des Heiligen Geistes – Großmeister, Ihr sollt den Namen des HERRN mißbraucht und Jesus Christus gelästert haben!« stieß er fast atemlos hervor.

Die anderen nickten.

»Und«, fuhr d'Argelliers fort, »Ihr sollt im geheimen übergewechselt sein zu Allah, dem Allerbarmer – wie es dort geschrieben steht. Lest selbst!«

Mit seinen letzten Worten hatte er eine Pergamentrolle aus dem Ärmel gezogen, die er mir jetzt überrreichte.

Vorsichtig rollte ich sie auseinander. Beim Lesen zog ich die Brauen hoch vor Überraschung. Was dort in schönster arabischer Schrift stand, spottete jeder Beschreibung. Das erste Mal in meinem Leben hatte ich beim Überfliegen der Zeilen das, was manche Menschen »ein Gesicht« nennen. Vor meinem geistigen Auge stand dabei kein Geringerer als Ben Ambar, er stand dort als der Verursacher dieser unglaublichen Verdächtigungen, als einer, der – Judas Ischariot gleich – den größten Verrat seines Lebens verübte, an einem Mann, den er einmal als seinen Freund bezeichnet hatte.

Folgendes war zu lesen:

»An den Emir von Jerusalem!
Ehrwürdiger!
Ich, Bertrand de Blanchefort von Jerusalem, ausgezeichnet mit der hohen Würde des Meisteramtes über den ganzen Orden vom Tempel, bezeige Euch meine Hochachtung.
Allah, der Allbarmherzige, möge mit Euch und Euren Werken sein. Er wolle Eure Tage verlängern, Eure Jahre vermehren, Eure Füße im Befehl festigen, auf daß man Euch achte und ehre! Hütet jedoch meine Zeilen wohl, Ehrwürdiger, und bewahrt sie ganz geheim. Denn es ist eine ernste Angelegenheit für einen Mann, der sich von Kindesbeinen an im christlichen Glauben verwurzelt fühlt und dazu seit langem den Habit seines Ordens trägt, zu erkennen, daß er sich zeit seines Lebens im Irrtum befand. Ich will ehrlich zu Euch sein, ehrwürdiger Emir, wie Ihr dies auch zu mir wart: Ihr habt mich überzeugt, habt meine letzten Zweifel ausgeräumt. Aber meine Verwirrung ist noch immer groß. Und so muß ich – besonders in meinem Amt als Großmeister – sehr behutsam diesen für uns neuen, ungewohnten Glauben an den Allerbarmer unter meine Brüder bringen. Ich bitte Euch, mir zukünftig keine Nachrichten mehr zukommen zu lassen. Keine einzige Verbindung soll zwischen uns bestehenbleiben, damit man nicht vorzeitig aufmerksam wird auf unser großes Vorhaben. Fällt ein einziger Verdacht auf meine Person, so laßt Euch gesagt sein, daß ich alles abstreiten werde. Ich werde sagen, daß es sich um einen bösen Irrtum handle, um eine falsche

Nachrede und daß mein christlicher Glaube nach wie vor unanfechtbar sei – auch wenn jedermann inzwischen weiß, daß unser Glaube längst dahin ist und das Kreuz ohne Wert.

Als Zeichen meiner Wertschätzung für Euch und die Sache Allahs, des Allerbarmers, übergebe ich Euch eine große Kiste mit Gold, um Jerusalem für Allah zurückzugewinnen, in alle Ewigkeit.

Es soll so sein, wie ich es gesagt habe, so sei es.

Ich, Bertrand de Blanchefort, Großmeister des Tempels, habe dies kundgetan.«

Die Krone der Frechheit saß unter diesen Buchstaben, eine Unterschrift, die meisterlich meiner Handschrift nachempfunden war – und mein rotes Amtssiegel.

»Folgt mir, Brüder!« herrschte ich die Männer an. Außer mir vor Wut, nahm ich mein Schwert in die rechte Hand und den Brief in die andere und eilte entschlossenen Schrittes zum Bruder Siegelbewahrer persönlich. Ohne anzuklopfen, stürmte ich in sein Zimmer, die fünf rannten mit wehendem Habit hinter mir her. Ich schnappte mir den verdutzten Ritter und hielt ihm sofort das Schwert mit der scharfen Klinge an die Kehle.

»So – und jetzt verrate mir auf der Stelle, Unseliger, wem du das Siegel ausgehändigt hast, so daß es auf diesen Brief gelangen konnte!«

Der Ritter schielte auf das Blatt. »Bitte gebt mich frei, Großmeister. Ich kann es Euch erklären. Ihr selbst wart es doch, der vor zwei Wochen Ben Ambar hierhergeschickt hat, um noch vor der Abendmesse diesen wichtigen und besonders eiligen Brief, den er für Euch in seine Sprache übersetzt hat, auf den Weg zu bringen! Könnt Ihr Euch denn nicht mehr erinnern?«

Ben Ambar.

Ich hatte es gewußt.

Ich steckte das Schwert wieder in die Scheide und schubste den Ritter auf die Knie. »Woher wußtest du, Leichtfertiger, daß ich – dein Großmeister – Ben Ambar zu dir geschickt habe? Habe ich jemals zuvor so gehandelt? Sag!«

»Ja, nein – eigentlich nicht, Großmeister!« jammerte er. »Ehrlich gesagt, ich habe mich ein wenig gewundert, daß Ihr dem Scheich plötzlich ein solch großes Vertrauen schenkt. Aber er war ja oft an Eurer Seite, Meister, wenn Ihr das Siegel brauchtet.«

Ich herrschte ihn an: »Du hast nichts weiter als den Tod verdient, Ungetreuer! Durch deine Schuld hast du nicht nur mich in Mißkredit, nein, du hast den ganzen Orden in Gefahr gebracht! Ein Urteil wird gefällt werden!«

Und zu den anderen gewandt, sagte ich: »Ich danke Euch, ehrwürdige Präzeptoren, für Eure Treue. Ich bin sehr froh, daß Ihr zuerst zu mir gekommen seid. Unsägliche Schmach hätte über den Tempel kommen können, wäre dieser gefälschte Brief bekanntgeworden. Aber Ihr seht auch, wie leicht es einem Menschen geschehen kann, der Verleumdung anheimzufallen. Noch heute werde ich nach diesem verschlagenen Verräter Ben Ambar schicken und ihn umgehend festnehmen lassen. Er steht in unseren Diensten und hat dieses Amt auf das gröbste mißbraucht. Ich muß jetzt auch davon ausgehen, daß der mir in die Schuhe geschobene Plan eines Attentats auf Kaiser Friedrich ebenfalls von ihm verbreitet wurde. Solcher Verrat zieht die Todesstrafe nach sich! Und nun begebt Euch wieder in Eure Ordenshäuser!«

Mit diesen Worten verließ ich die Präzeptoren.

Ich erteilte sofort die entsprechenden Anweisungen und ließ mich danach erschöpft auf mein Lager fallen, wo ich bis zum nächsten Morgen durchschlief.

Ben Ambar war geflohen. Er ward nicht mehr gesehen im Land.
Der Siegelbewahrer fand den Tod durch das Schwert.

35
Eine böse Vorahnung

Und es weinten die Seelen, die bleichen ...
Ovid, Metamorphosen

Einige Monate nach diesem Vorfall wagte ich es, offen meine Macht als Großmeister des Tempels auszunützen. Ich schrieb einen ernsten Rundbrief an die Komtureien in der Heimat und all den Ländern, in denen sich Niederlassungen des Tempels und zugleich Katharer befanden. Ich ordnete an, daß man katharischen Menschen helfen und sie zur Not auch in den Orden selbst aufnehmen solle. Diese Politik betrieben wir zwar seit Jahrzehnten, jedoch hatte noch kein Verantwortlicher des Tempels eine derartige Verfügung schriftlich erlassen.

Der Brief war natürlich ein Affront in den Augen Roms, das unweigerlich davon erfahren würde, und ich wartete voller Spannung auf eine harsche Maßregelung, wenn nicht gar eine Anklage durch den Papst. Trotzdem hatte ich mit meinem Schreiben Zeit gewonnen. Wertvolle Zeit, in der vielleicht der eine oder andere Katharer flüchten oder sich in unseren Mauern vor der Inquisition verbergen konnte. Das war ich Esclarmonde schuldig, der Frau, die ich nie gesucht – aber trotzdem gefunden habe!

Gregor reagierte nicht, und mit der Zeit wurde ich etwas zuversichtlicher.

Es war etwa zwei Jahre später, an einem Tag, an dem es in Jerusalem ungewöhnlich heftig regnete – ich erinnere mich noch genau –, als mir mein persönlicher Diener ein dickes Paket mit verschiedenen Briefen aus der Heimat überbrachte. Einer war von meinem Schwager Ramon d'Aniort. Meine Briefe an Alix und ihn waren seit Jahren unbeantwortet geblieben, was ich einfach nicht verstehen konnte. Sicherlich ging das eine oder andere Schreiben in diesen unruhigen Zeiten verloren, aber doch nicht jedes.

Das Bündel enthielt mehrere gesiegelte Pergamente. Als ich sie sortierte, liefen mir plötzlich seltsame Schauer über den Rücken, die ich weniger auf die kühle Witterung jenes Tages schob als auf eine gewisse böse Vorahnung.

Und tatsächlich mußte ich lesen, daß Alix seinerzeit bei der Geburt ihres Kindes jämmerlich gestorben war, obwohl die Hebamme – eine gute und verschwiegene Frau, wie d'Aniort betonte – ihr fleißig Rautensaft mit Honig eingeflößt hatte. Auch das Kind, ein Mädchen, hatte nur wenige Tage gelebt. D'Aniort war noch immer darüber verzweifelt. Erst jetzt habe er die Kraft gefunden, mir zu schreiben. Es tue ihm leid, mich all die Jahre im ungewissen gelassen zu haben.

So hatten die nächtlichen Dämonen sie doch noch geholt, meine liebe Schwester. Sie hatten ihr nicht die Chance gegeben, glücklich zu werden in ihrem Leben, nachdem sie sie bereits in jungen Jahren auf schlimmste Weise heimgesucht hatten.

Am nächsten Morgen, noch vor Tagesanbruch, hatte ich wieder Kraft, die anderen Briefe zu lesen – und fand neue Unglücksbotschaften. König Louis IX., der eng mit Papst Gregor zusammenwirkte, hatte Graf Raymond VII. aus Toulouse zu sich zitiert und ausgerechnet ihm befohlen, den Drachenkopf zu erobern. Mit einer großen Armee war der »gute Graf«, der zeit seines Lebens die Katharer wie die Juden beschützt und ihnen zu öffentlichen Ämtern verholfen hatte, auf dem Weg zum Montségur. Aire de Cherchemont bat mich inständig, mich so bald wie möglich auf die Reise in die Heimat zu begeben, um in der Nähe zu sein, wenn sich die Auseinandersetzungen zuspitzten.

Auch von Esclarmonde war eine Nachricht dabei, ein gesiegelter Brief, den ich mir wie immer bis zuletzt aufgehoben hatte:

»Liebster!« schrieb sie. *»Ich küsse und umarme Dich, und ich weiß dabei im Herzen, daß es Dir gutgeht. Unsere Seelen sind so eng miteinander verbunden, daß ich es spüren würde, wenn es anders wäre. Auch Castres läßt Dir Grüße sagen und Dir danken für Dein Schreiben, das Du als Großmeister an alle Komtureien des Tempels gerichtet hast. Wir können es Dir niemals im Leben vergelten, was Du für uns getan hast – und vielleicht noch tun wirst.*

Es scheint, als wäre unsere Zeit auf dem Montségur bald zu Ende, als müßten wir uns in Kürze auf die Reise machen. Dem armen Raymond – Du wirst es sicher gehört haben – ist befohlen worden, uns zu belagern. Nun ist er aber keinesfalls arm im Geiste, und so, wie wir ihn kennen, wird er einen Weg finden, um uns nicht ausräuchern zu müssen.

Inzwischen hast Du bestimmt auch erfahren, daß Deine Schwester nicht mehr lebt. D'Aniort, der noch immer untröstlich darüber ist, wollte nicht, daß Du es von mir oder von Cherchemont erfährst. Wir mußten es ihm versprechen. Der Grund dafür war – so glaube ich zumindest –, daß er in ihrer letzten Stunde nicht bei ihr hat sein können, sondern seinen üblichen ›Geschäften‹ nachgegangen ist. Er hatte wohl Angst, Du würdest ihn deswegen tadeln, und ihn plagt noch heute das Gewissen. Aber ich denke, daß auch er das Schlimme nicht hätte verhindern können. So sei getröstet, lieber Bertrand, daß Deine Schwester Glück und Zufriedenheit dort gefunden hat, wo auch wir uns dereinst vereinen, im Paradies des HERRN. Als sie den Tod nahen spürte, hat sie nach einem parfait verlangt. Noch auf dem Sterbebett sind beide, Mutter und Kind, häretisiert worden.

Ritter Cherchemont ist uns eine unersetzliche Stütze! Er ist ein wahrer Meister in der Organisation. In der Angelegenheit, die wir besprochen haben, als Du bei uns warst, ist er ein großes Stück vorwärtsgekommen. Wir haben nun einen ausgezeichneten Plan und wissen genau, wie wir vorgehen müssen, wenn es soweit ist. Ich stelle diese Frage schweren Herzens: Wird Dein Amt es zulassen, nach Hause zu fahren? Es wäre mir sehr daran gelegen, Dich bei uns zu wissen, wenn es ernst wird! Ich sehne mich nach Dir, mehr als gestern und weniger als morgen!

Sei gesegnet.«

Seit langem hatte ich ein Schiff in St. Jean d'Acre liegen, bereit, zu jeder Zeit die weißen Segel mit dem Tatzenkreuz zu setzen, um über das Meer zu fahren – nach Rom.

Warum nach Rom? Jeder Großmeister muß einmal in seiner Amtszeit einen Besuch beim Heiligen Vater absolvieren. Ich aber hatte meine Reise dorthin immer wieder aufgeschoben, weil ich gedachte, mit diesem Aufschub gewissermaßen zwei Fliegen mit einer Klappe zu schlagen, was heißen soll, die Reise nach Rom mit einem Besuch auf dem Montségur zu verbinden.

Jetzt aber verlor ich keine weitere Zeit, ordnete, was zu ordnen war, kündigte Gregor mein Erscheinen an und ritt mit Yves, zwei weiteren Rittern und drei Dienenden Brüdern nach St. Jean d'Acre.

Die See zeigte sich dieses Mal von ihrer rauhesten Seite. Das Schiff rollte, ächzte und knarrte unter der Wucht der mächtigen Wellen, durch die sich der Bug unermüdlich seinen Weg suchte. Als obendrein ein stürmischer Ostwind einsetzte, wurden in aller Eile die Ruder in Sicherheit gebracht, die Segel gerefft und die Luken verstopft. Zwei unserer Dienenden Brüder, die solche Seereisen nicht gewohnt waren, litten entsetzlich. Wenn sie nicht ihrer Übelkeit wegen sich an der Reling festklammerten, verbrachten sie ihre Tage und Nächte unter lautem Beten im Bauch des Schiffes. Ich jedoch hatte weder Angst vor dem Meer noch körperliche Beschwerden. Eine tiefe Ruhe hatte mich ergriffen. Der Sensenmann hatte kein Interesse an mir – noch nicht! Ich band mich, wie Odysseus, für Stunden an einem der Masten fest, genoß die würzige Luft, die schäumende weiße Gischt, die mir ins Gesicht spritzte, lauschte den lärmenden Gewalten und verlor mich in Gedanken: Würde mir der Heilige Vater überhaupt zuhören, wenn ich Fürsprache einlegte für die Katharer?

Was wußte ich eigentlich von ihm?

Gregor war nach dem Tod von Honorius zu diesem höchsten Amt berufen worden. Er war ein geborener Graf Ugolino von Segni, ein Neffe von Innozenz III. Genau wie jener hatte er den Ruf, energisch und stolz zu sein, ein großer Gelehrter und geschult im kanonischen Recht. Seine Unerbittlichkeit Friedrich gegenüber habe ich schon erwähnt. Gregor war starrsinnig und stur, und – er hatte nach den Bestimmungen des vierten Laterankonzils, an dem ich als junger Ritter teilgenommen hatte, einen eigenen »Ketzererlaß« herausgegeben! Nein, es würde nicht einfach werden, mit ihm über das heikle Thema »Katharer« zu sprechen!

Als der Sturm sich erschöpft hatte, stand mein Entschluß fest: Gregor war ein alter Mann. Ich würde völlig ruhig in das Gespräch mit ihm hereingehen, ihn nicht durch Vorwürfe reizen, sondern mit größter Vernunft die Angelegenheit bereden. Das Leben so vieler stand auf dem Spiel, und in einer solchen Situation kommt es darauf an, zu schweigen und zu reden in einem, unerschrocken und feige zugleich zu sein, vor allem aber alle eitlen Gedanken zu verdrängen.

»Jedoch ist es nicht jedem gegeben, nach Korinth zu reisen«, wie man so schön sagt, und oft im Leben kommt alles anders, als man es sich vorgenommen hat.

In Rom angelangt, gewährte man mir zu meiner Überraschung schon zwei Tage später eine Audienz. Der Heilige Vater war jedoch nicht allein, als ich vor ihm auf die Knie fiel. Ihm zur Rechten stand in rotem Samt – wie der Engel mit dem Schwert – König Henry III., der Herrscher von England!

Und ich sah an ihren eisigen Gesichtern, daß beide nicht vorhatten, mit mir über das Wetter von Jerusalem zu reden, sondern daß sie gedachten, mich in die Zange zu nehmen. Meine Gedanken überschlugen sich. Was wollten sie von mir? War ich vielleicht zum Sündenbock geworden für gewisse Streitigkeiten der weltlichen und geistlichen Autoritäten?

Nachdem mir Gregor mit zitternder Hand den Segen erteilt hatte, kam er ohne Umschweife von selbst auf die Katharer zu sprechen. Der Papst warf mir mit bitteren Worten vor, er hätte vernommen, ich würde die Ketzer schützen, jene hartnäckigen Abtrünnigen aus dem Süden Frankreichs.

»Nach kanonischen Gesetzen darf denen keine Treue gehalten werden, die Gott keine Treue halten!« rief der Heilige Vater donnernd und warf mir wütend meinen Rundbrief vor die Füße.

Obwohl ich insgeheim damit gerechnet hatte, daß er über mein Schreiben empört sein würde, befand ich mich jetzt natürlich in einer schlechteren Position als zuvor – ich mußte ab sofort aus der Defensive heraus argumentieren. Und schon waren alle meine Pläne über ein harmonisches Gespräch mit Gregor zunichte gemacht.

Was allerdings Henry bei dieser Unterredung zu suchen hatte, war mir zu diesem Zeitpunkt völlig unklar, denn in die englischen Komtureien des Tempels hatte ich meinen Rundbrief nicht geschickt.

»Ehrwürdiger Vater«, sprach ich und versuchte ruhig zu bleiben, »verzeiht, wenn ich jetzt mit meinen Worten den Eindruck erwecke, als würde ich Euch widersprechen. Wie Euch bekannt ist, übe ich seit langem das Amt des Großmeister des Tempels aus. Meine vordringlichste Aufgabe ist es dabei, die Pilger im Heiligen Land zu beschützen und den Armen in der ganzen christlichen Welt eine Stütze zu sein. Das alles habe ich getan und tue es noch immer. Zugleich aber bin ich im Herzen ein Mann des Südens geblieben. Und genau hier liegt das Problem.«

»Kommt endlich zur Sache, Großmeister!« herrschte mich Gregor unfreundlich an.

»Ich bin bereits mittendrin, Heiliger Vater!« gab ich ihm zur Antwort und fuhr fort: »Wir Okzitanier sind ein gutes Volk, stets waren wir frei im Geiste und ohne Zwänge, gewohnt, unsere Probleme selbst zu lösen. Seit Montfort und dieser Kreuzzug das Land verwüstet haben, seit die Heilige Inquisition dort die Menschen aufeinanderhetzt, seit die Scheiterhaufen brennen und Hunderttausende Männer und Frauen in den Gefängnissen verfaulen – seitdem sind wir nicht mehr frei. Rom und Frankreichs Krone haben uns in die Knie gezwungen, uns alle miteinander, Katharer und – bitte, vergeßt es nicht – auch uns Katholiken. Habt endlich Gnade mit uns, ich flehe Euch an!«

Um meinen Worten Nachdruck zu verleihen, fiel ich ein weiteres Mal auf die Knie vor ihm.

Gregor schwieg. War das nun ein gutes Zeichen oder ein schlechtes? Wollte er mich demütigen?

Auch gut, dachte ich. Wenn ich es auf diese Art erreichte, daß die Verfolgungen ein Ende hatten, dann wollte ich gerne den ganzen Tag ihm zu Füßen liegen und meinen Stolz dort unten begraben!

Nach kurzem Schweigen fuhr ich dann trotzdem, noch immer auf den Knien liegend, beherzt fort, mein Anliegen vorzutragen, und heute weiß ich, daß ich das nicht hätte tun sollen. Wenn man im Innersten fühlt, daß eine günstige Gelegenheit im Begriffe ist zu verstreichen, sollte man lieber schweigen und eine bessere abwarten. Aber ich war ein ungeduldiger Mensch. Ich wollte einen Erfolg erzwingen, um Esclarmonde und ihren Leuten die gute Botschaft überbringen zu können. Auch hatten mich meine Schilderungen aus der Heimat in eine Erregung versetzt, die meine Worte von selbst sprudeln ließ.

»Reist ein einziges Mal dorthin, Gregor, und überzeugt Euch selbst davon, wie brutal Eure Priester vorgehen. Sie besudeln unsere heilige Mutter Kirche und greifen dabei zu Mitteln, die die Ketzer nur noch mehr verstocken lassen. Besinnt Euch auf Eure Güte und Barmherzigkeit, Ehrwürdiger! Ist nicht genug Blut vergossen worden? Setzt die Verfolgungen endlich aus, ruft den obersten Kathararerbischof Castres und seine Theologen zu Euch, dazu Graf Raymond von Toulouse, und sucht mit ihnen das Gespräch. Macht endlich Frieden, Heiliger Vater!«

»Nein, nein und nochmals nein!« schrie der Papst erregt. Trotz seines hohen Alters sprang er auf und reckte beide Arme gen Himmel. »Die Sünde der Ketzerei trennt mehr als alle anderen Sünden von Gott, daher ist sie die schlimmste der Sünden und muß strenger als die anderen bestraft werden! Wir haben lange genug gezögert und geschwankt, nun muß es ein Ende haben!«

Jetzt war ich aufs äußerste beunruhigt, was den Verlauf dieser Audienz betraf.

Wie ein Prediger in der Wüste versuchte ich es aber ein weiteres Mal, hob gleichfalls meine Arme und rief: »Ehrwürdiger Vater, seht Euch die Dogmen der Katharer doch einmal näher an, es ist nur weniges, was nicht mit unserem Glauben übereinstimmt! Und hat nicht Jesus selbst gesagt: *In meines Vaters Haus sind viele Wohnungen?*«

Daß ich mir einbildete, ihn beschwichtigen zu können mit einem Wort aus der Heiligen Schrift, war ein weiterer Irrtum. Wütend stieg Gregor von seinem Podest, stürzte hinunter zu mir, zog mich gewaltsam hoch, schüttelte mich und schrie dabei: »Und wenn ihr Glaube in tausend Punkten katholisch ist und nur in einem Punkte falsch, so ist der ganze Glaube ketzerisch! Der Ketzer ist ein abscheulicher Teufel, der die Seelen zu gewinnen sucht, ein Werkzeug Satans in seinem Kampf gegen Gott!«

Der Speichel troff ihm von den Mundwinkeln vor Erregung.

Im nachhinein gesehen, waren es diese Worte aus dem Munde eines unbeherrschten, geifernden alten Mannes, die mich in meinem Inneren noch weiter abrücken ließen von meinem katholischen Glauben. Ich mußte an Pierre denken. Hatte ich heute die Wahrheit gesehen, die hinter dem Schein lag?

Die ganze Wahrheit?

Es mag sein, daß nach dem Wutausbruch des Heiligen Vaters meine Haltung ein wenig arrogant wurde. Ich will es nicht leugnen. Nie werde ich mit der Blindheit und Verbohrtheit gewisser Leute genausoviel Mitleid haben können wie mit den Leiden derjenigen, die von ihnen aus Gier, Verblendung oder anderen niedrigen Beweggründen brutal verfolgt werden.

Noch während ich mir aber ein weiteres Argument überlegte, platzte es plötzlich aus Henry III. heraus, der mit wachen Augen unseren Streit beobachtet hatte. Und ich erkannte mit Schrecken, daß ich außer dem Katharerproblem auch noch ein anderes am Halse hatte.

»Ihr Templer«, schrie er ungestüm und wies mit der ausgestreckten Rechten auf mich, »ihr genießt so viele Freiheiten und Privilegien und verfügt über so große Besitztümer, daß ihr vor Stolz und Hochmut nicht mehr an euch zu halten vermögt. Erst heute habe ich dem Heiligen Vater einen Beschwerdebrief übergeben vom Bürgermeister und den Bürgern von La Rochelle. Diese beschuldigen euch, Unruhen anzustiften, dazu eine französische Partei zu unterstützen und mit Gewalt gegen das dortige Hospital vorgegangen zu sein! Ich sage Euch heute und hier: Was vorschnell zugestanden wurde, muß mit Bedacht widerrufen werden!«

»Was sagt Ihr da, o König?« gab ich ihm zur Antwort, nur mühsam die Ruhe bewahrend. »Möge es Euch fernliegen, daß Euer Mund so unfreundliche und törichte Worte äußert!« Und mit eisiger Miene fuhr ich fort: »Solange Ihr Gerechtigkeit übt, König

Henry von England, solange werdet Ihr regieren. Brecht Ihr das Recht, so werdet Ihr nicht länger König sein!«

Ich gebe zu, daß diese Worte anmaßend waren, aber dem Großmeister des Tempels auf solch infame Art zu drohen, forderte eine entsprechende Reaktion heraus.

»Der Tempel, König Henry, hat all seine Güter auf rechtmäßige Art erworben! Daß wir geschickt sind und unser Geld und unsere Ländereien aufs klügste verwalten, das könnt Ihr uns nicht zum Vorwurf machen. Ich bin jedoch gerne bereit, Euch für eine gewisse Zeit einen unserer hervorragenden Schatzmeister zur Verfügung zu stellen, der Eure Beamten unterweisen wird, damit Ihr selbst wieder Eure Kassen zu füllen versteht!«

»Diese Worte werdet Ihr noch bereuen, Templer!« Empört und mit hochrotem Gesicht verbeugte sich Henry vor Gregor und rauschte – mich keines weiteren Blickes würdigend – ostentativ aus dem Audienzsaal.

Ich will mich nicht rechtfertigen, nein. Ich habe versagt. Aber Henry hatte mich provoziert, seine Vorwürfe und vor allem seine plötzlichen Begierden hatten in mir Gefühle ausgelöst, die eine Seite meines Inneren zum Vorschein kommen ließ, die mir selbst bislang unbekannt gewesen war. Ich glaube, daß es dieses Ereignis war, das mich zum wahren Großmeister des Salomonischen Tempels hatte werden lassen, und der Stolz war mir, wie ich noch heute meine, in diesem Augenblick gut zu Gesicht gestanden. Insgeheim dachte ich, als Henry so wütend aus dem Audienzsaal stürmte: Kein König – auch du nicht – darf es wagen, sich in die inneren Angelegenheiten unseres Ordens einzumischen! Der Tempel ist reich, und der Tempel hat Macht! Und eines Tages wird auch ein König von England gekrochen kommen, um sich wieder einmal Geld bei uns zu leihen für einen Krieg, den man für unvermeidlich hält. Ob es dann noch Henry III. oder bereits ein anderer sein wird … der Tempel überlebt sie alle!

Als sich Gregor wieder auf seinen Thron setzte, schüttelte er mißbilligend das Haupt und sagte mit schneidender Stimme: »Blanchefort, ich warne Euch, treibt es nicht zu weit mit Eurer Arroganz! Ihr habt es entschieden an Achtung fehlen lassen Henry gegenüber. Eure besonderen Privilegien bin ich jederzeit in der Lage wieder aufzuheben. Vielleicht sollte ich das noch heute tun. Daß der Tempel beispielsweise vom Zehnten befreit ist, fordert schon lange die Eifersucht der anderen Orden heraus. Ich warne Euch weiter: Mißbraucht diese Vergünstigungen und die Euch verliehenen außerordentlichen Vorrechte nicht! Außerdem befehle ich Euch, sofort nach Paris und zu Euren anderen wichtigen Templerhäusern zu reisen, dort nach dem Rechten zu sehen und Eure Geschäfte so zu verwalten, daß keine weiteren Beschwerden auftreten. Und bringt mir die Sache mit La Rochelle in Ordnung!«

Für einen kurzen Augenblick schwieg er. Dann verzog sich sein Gesicht zu einer wahren Grimasse. Er fletschte die Zähne und stieß fast atemlos hervor: »Eines noch, Blanchefort – bleibt mir dem Süden und den Ketzern fern! Haltet Euch endlich aus Problemen heraus, die Euch nichts angehen. Widersetzt Ihr Euch meinem Befehl, seid Ihr die längste Zeit Großmeister gewesen. Gregor hat gesprochen – die Audienz ist beendet.«

Die Audienz war beendet.

Ich war glücklos gewesen, hatte für die Katharer nichts erreicht. Das lastete schwer auf meiner Seele und kränkte nicht unbeträchtlich meine Eitelkeit.

Dennoch ging es mir nicht besonders nahe, was Gregor da von sich gegeben hatte. Es war ganz einfach töricht. In der Bulle von 1139 stand klar und deutlich geschrieben: »*Wir untersagen allen, euch zur Zahlung des Zehnten zu zwingen. Wir bestätigen euch dagegen den Genuß des Zehnten!*« Gregor konnte weder von heute auf morgen die Privilegien, die Innozenz II. für uns niedergelegt hatte, aufheben noch die späteren Bestimmungen von Coelestin II., daß die Templer sowie ihre Vasallen und Grundholden von Exkommunizierungen und Interdikten ausgenommen sein sollten.

Ohne Zweifel wurde unser Streit jedoch zum Auslöser für Gregors eigene Bulle, die er einige Zeit später »Zur Bestrafung der Frechheit der Templer« herausgab. Das ist freilich – wie auch die

Angelegenheit in La Rochelle, deren Ursache ein Streit über die Wassernutzungsrechte der dort befindlichen Templermühlen war – etwas, das zwar mit meinem Amt als Großmeister, aber nichts oder nur am Rande mit meiner persönlichen Geschichte zu tun hat.

Trotzdem befolgte ich den Befehl des Papstes. Zum einen wollte ich es unbedingt vermeiden, die Aufmerksamkeit der päpstlichen Spione auf mich zu lenken, die Gregor sogleich gemeldet hätten, wenn ich mich auf den Weg gen Süden gemacht hätte. Ein solcher Leichtsinn hätte die prekäre Situation am Montségur und anderswo im Land nur noch verschärft. Zum anderen mußte ich natürlich wahrhaftig unser erstes und bedeutendstes Haus auf französischem Boden aufsuchen. Außerdem wollte ich am Grab meines Vorgängers ein Gebet verrichten und ihm endlich die »Erfolgsmeldung« überbringen, was die Sicherheit des mir von ihm anvertrauten Schatzes anbelangte.

Zuvor aber zog ich auf meinem Weg nach Norden – nicht zufällig – durch das Gebiet der Lombardei.

In einer kleinen Stadt mit dem Namen Monteforte würde ich sie finden können, Pierre und meine Schwester Alazaïs. Sie hätten dort im Hause eines gewissen Grimerius, eines reichen katharischen Kaufmanns, Unterschlupf gefunden. Im Nachsatz ihres letzten Briefes hatte mir Esclarmonde dies mitgeteilt.

Jedermann wußte natürlich, daß die Ketzer auch in der Lombardei nicht sicher vor den schwarzen Karren der Inquisition waren. Nachdem aber Friedrich ständig mit seinem Kampf gegen Gregor beschäftigt war, paßte es ganz einfach nicht in seine Politik, sich obendrein mit den unruhigen Republiken Italiens zu befassen. So geschah es nicht selten, daß den Ketzern sogar erlaubt wurde, öffentlich zu predigen, während die römischen Geistlichen für vogelfrei erklärt wurden.

Gregor – so hatte ich in Rom gehört – war aber nun fest entschlossen, endlich mit eisernem Besen auch diesen Augiasstall auszukehren.

Ich mußte mich sputen.

In Monteforte angelangt, erfuhr ich zu meiner Bestürzung, daß mir der Dominikaner Roland von Cremona zuvorgekommen war. Die Häuser der reichsten Kaufleute dieser Stadt waren geplündert und anschließend niedergerissen worden. Eine bucklige schwarzgekleidete Frau, die gichtige Hand auf einen Knotenstock gestützt, fragte ich nach dem Kaufmann Grimerius.

»Ja«, antwortete sie, sich vorsichtig nach allen Seiten umsehend, »ich kenne diesen Grimerius und auch die beiden Fremden, die sich Pierre und Alazaïs nennen. Aber leider, Herr Ritter – Ihr kommt einen Tag zu spät! Dort« – sie deutete auf einen freien Platz –, »seht – dort drüben könnt Ihr sie alle miteinander finden. Auch ihre vier Kinder. Und viele andere dazu!«

Sie kicherte wie irre und schlurfte davon.

Auf dem freien Platz züngelten die letzten Reste eines großen Scheiterhaufens.

In mir brannte die Wut.

Wie betäubt ritt ich weiter, dem Troß voraus, stumm, Rom verfluchend.

Rasende Wut jedoch hat Kraft, so sagt Ovid.

Der Tempel in Paris ist der wichtigste Knotenpunkt unserer Geschäftswege im Abendland. Mit dem Komtur Charles Henry d'Escarbeau stand ich seit Jahren in engem Briefwechsel. D'Escarbeau besitzt ein exzellentes Gedächtnis, ist äußerst geschäftstüchtig und umsichtig, hat sich dabei aber seinen Sinn für Redlichkeit bewahrt. Ich hatte ihn zum »Aufseher in Übersee« ernannt, und damit war er gewissermaßen zu meinem Stellvertreter geworden, der mir einen Großteil der Arbeit auf dem Festland abnahm. Dies war übrigens das Amt, auf das Danièl seinerzeit ausgewesen war.

D'Escarbeau hatte unter anderem alle westlichen Provinzen zu überwachen. Der große Bezirk in Paris, der ihm direkt unterstand, besitzt eine eigene Kirche und den größten Donjon, den ich jemals zu Gesicht bekommen habe: Vier Stockwerke hoch, bilden drei große und ein kleinerer Turm eine Einheit; daneben gibt es Hospitäler, Konventsäle, Speicher und Kornsilos, Friedhof,

Pferdeställe und einen Taubenturm. Alles ist von einer hohen Mauer umgeben und somit ein kleines Königreich für sich. Daß dort auch die Armen die täglichen Werke der Barmherzigkeit erfahren, ist selbstverständlich, denn gemäß unserer Ordensregel, Kapitel XIV, soll von dem Essen, das zwei Templer erhalten, so viel übrigbleiben, daß wenigstens ein Armer von den Resten gesättigt werden kann. Und Kapitel XV besagt, daß der zehnte Teil des Brotes immer dem Almosenpfleger gegeben werden soll.

Doch in Paris hielt es mich nur so lange, wie ich brauchte, um mit d'Escarbeau die anliegenden Geschäfte zu besprechen. Auf meinen Stellvertreter konnte ich mich wirklich blind verlassen, und das beruhigte mich sehr. Er ist es übrigens auch gewesen, dem vor Jahren aufgefallen war, wie man das Reisen sicherer machen könnte. Ein von ihm gut ausgearbeiteter Plan sah vor, daß man vor Antritt einer Reise in einer beliebigen Komturei des Tempels sein Reisegeld hinterlegen konnte, um es am Ziel der Reise in einer anderen Komturei wieder abzuholen. Unter den Räubern mußte sich dies rasch herumgesprochen haben, denn es sollen – wie mir d'Escarbeau erzählte – seit der Einführung dieser Maßnahme die Überfälle um etliches zurückgegangen sein. Ich war sehr stolz auf diesen tüchtigen Mann. Wenn ich mich selbst um jede Einzelheit unseres vielseitigen Geld- und Immobilienhandels hätte kümmern müssen, so wäre ich wohl das ganze Jahr über Tag und Nacht unterwegs gewesen!

Mich aber zog es nur an einen Ort: auf einen verwunschenen Berg in den Pyrenäen.

Ich hatte nur noch Esclarmonde auf dieser Welt.

36
Das Attentat

*Denn die Priester verkaufen Gott
und die Indulgenzen
für klingende Münze!*
                    Ricaut Bonomel, Templer

Von einer inneren Unruhe getrieben, weil ich keine Nachricht hatte vom inzwischen belagerten Montségur, trieb ich Tag um Tag, Woche um Woche Roß und Reiter unbarmherzig an. Die Angst, auch hier zu spät zu kommen, ließ mich nirgendwo lange an einem Ort verweilen. Dennoch mußte ich als Großmeister oft einen oder zwei Tage länger bleiben, als ich beabsichtigt hatte, man hätte es mir sonst übelgenommen. Auch standen in fast jeder Komturei diffizile Fragen an, oder es gab unangenehme Streitigkeiten, die zu schlichten ich mir die Zeit nehmen mußte.

So dauerte es mehrere Monate, bis wir endlich in Rhedae ankamen.

Ramon d'Aniort fiel mir in die Arme, und gemeinsam weinten wir um Alix und ihr Mädchen. Wir trauerten auch um Alazaïs, um Pierre und die uns unbekannten Kinder.

Am Abend, als wir bei einem Krug Wein zusammensaßen, brachte ich vorsichtig und bangen Herzens das Gespräch auf die Belagerung des Drachenkopfes. Doch d'Aniorts Augen leuchteten zum ersten Mal an diesem Tag auf.

»Stellt Euch vor, Schwager, die Belagerung ist seit zwei Wochen beendet! Das Glück war auf unserer Seite! Graf Raymond von Toulouse ist ganz einfach eines Morgens mit all seinen Soldaten abzogen!«

»Dem HERRN sei Dank!« rief ich erleichtert und hob meinen Becher, um auf Graf Raymond von Toulouse anzustoßen. »Aber sagt, Ramon, wie konnte ihm ein solches Kunststück gelingen? Hatte ihm nicht König Louis selbst die Belagerung befohlen?«

»Ja, er weiß sich eben zu helfen, unser guter Graf!« lachte der Schwager verschmitzt.

»So spannt mich doch nicht länger auf die Folter, Ramon, erzählt mir die Geschichte!«

»Nun gut! Louis und der Papst haben Blut geleckt. Ihr wißt, daß sie seit langem unter einer Decke stecken; und auf den Grafen von Toulouse waren sie schon immer neidisch, vor allem natürlich auf seine umfangreichen Besitzungen.«

»Ja«, bestätigte ich, »seine Gebiete waren einst größer als alle Güter der Krone Frankreichs!«

Ramon nickte. »Der erste Kreuzzug hat der Krone etliche ausgedehnte Ländereien verschafft, aber nun möchten sich Louis und seine Mutter noch zu gerne den Rest einverleiben. Der ganze Süden soll der Krone anheimfallen. Gregor wiederum braucht die beiden, um mit ihrer Hilfe die Katharer endgültig auszurotten und seine Macht wieder zu festigen. Daß die Katharische Kirche aber nicht gebrochen werden kann, solange die Feste Montségur besteht, auf die sich die Elite der Katharer zurückgezogen hat, ist ihnen ebenso klar.«

Ramon schenkte uns einen weiteren Becher Roten ein, und wir kosteten den herrlichen Ziegenkäse, das noch warme Brot, den frischen Fenchel und die süßen, eingekochten Feigen, die uns die brave Rosalie hingestellt hatte.

»Ich weiß«, antwortete ich ein wenig ungeduldig mit kauenden Backen. »Erzählt aber endlich weiter, Schwager!«

»Nun, der eigentliche Auslöser für die Belagerung des Montségur war ein erneuter Aufstand der Faidits, und zwar unter dem Grafen Trencavel. Mit Olivier de Termes und vielen anderen Entrechteten war er losgezogen, um sich sein angestammtes Erbe, die Stadt Carcasone, wiederzuholen. Sie wurden unterstützt von Aragon, und zwar mit dem besten Kriegsgerät aller Zeiten. Durch die wirklich hervorragenden Belagerungsmaschinen erzielten sie anfangs auch einige beachtliche Erfolge.«

»So hat Olivier de Termes, dieser verwegene Kerl – ich kenne ihn vom Montségur, Ramon –, also doch seinen Kopf durchgesetzt! Unglaublich!«

»Ja, wirklich, Bertrand. Dennoch scheiterte der Aufstand unversehens ausgerechnet vor Carcasone. Die jungen Leute hatten sich unterwegs zu lange mit der Befreiung anderer Städte und Burgen aufgehalten, so daß der Seneschall von Carcasone zwischenzeitlich Louis alarmieren konnte. Plötzlich war ein mächtiges Heer Trencavel und Termes entgegengestanden. Der Aufstand war verloren. Die Truppen Trencavels bekamen nach hartnäckigem Verhandeln zwar freies Geleit zugesagt, jedoch fielen all die schönen Waffen in die Hände des französischen Königs! Aber nun komme ich auf die eigentliche Belagerung des Montségur zurück. Ihr wollt doch wissen, ob es Eurer Gräfin gut geht?«

Ramon hatte wieder Tränen in den Augen. Entschlossen wischte er sie mit dem Handrücken beiseite und fuhr tapfer fort: »Erinnert Ihr Euch, Bertrand, daß Raymond von Toulouse nach dem Vertrag zu Meaux verpflichtet gewesen wäre, Louis auf Lebenszeit beizustehen?«

»Wer könnte diesen schwarzen Tag jemals vergessen! Die größte Demütigung, die dieser mutige und stolze Mann in seinem Leben erlitt! Auf dem Vorplatz von Notre-Dame sich hinknien zu müssen wie der Geringste der Büßer und barfuß, in Beinkleidern und einfachem Hemd Kirche und Krone feierlich Gehorsam zu geloben!«

»Mit einem irren Lachen soll Raymond die Kathedrale verlassen haben. Wer kann es ihm verdenken! Die strengen Auflagen, die man ihm gemacht hat, hat er allerdings auf seine ganz spezielle Weise erfüllt. Hört nur zu! Er fuhr nämlich nicht ins Heilige Land, wohin man ihn beordert hatte, sondern schnurstracks nach Toulouse zurück und – unterstützte die Aufständischen unter Trencavel und Termes!«

»Das kann doch nicht wahr sein! Ist er am Ende wirklich verrückt geworden?«

»Ich weiß es nicht, Schwager! Zwar griff er nicht offen ein in die Schlachten, aber er fand zahlreiche Möglichkeiten, den Katharerfreunden und Entrechteten zu helfen. Er bot ihnen Unterschlupf und Verpflegung. Er brachte viele in Sicherheit, wo er sie doch hätte ausliefern müssen. Louis schäumte natürlich, als er davon hörte, zitierte ihn erneut zu sich, tobte und schrie, und er befahl ihm, auf der Stelle den Drachenkopf zu belagern. So und nicht anders ist es geschehen! Und jetzt kommt das Spannendste und zugleich das Erfreulichste. Raymond sah in dieser Situation nur einen einzigen Ausweg, nämlich so zu tun, als ob er wenigstens dieses Mal gehorsam wäre. Er stimmte einer Belagerung zu. Dann jedoch ließ er sich Zeit – viel, viel Zeit. Die braucht es eben, um eine gute Mannschaft zu rekrutieren, nicht wahr?« Der Schwager grinste.

Ich nickte – und schüttelte dennoch ein ums andere Mal den Kopf. Dieser Mann war entweder nicht ganz bei Verstand oder ganz einfach genial!

»Dann«, fuhr Ramon fort, »als der Tolosaner es wirklich nicht mehr länger aufschieben konnte, kam er eines Tages mit einer durchaus stolzen Anzahl Soldaten angeritten, belagerte einige Monate von allen Richtungen den Berg – und zog unter Bedauern wieder nach Hause!«

»Was? Unglaublich! Ich kann mir nicht vorstellen, daß man sie ihm hat durchgehen lassen – seine Finte!«

»Schwager, die ganze Welt weiß es inzwischen: Er ist ein gerissener Vagant und ein Komödiant zugleich, einer, der sich jeder Situation anpaßt, nur um sein Land und seine Leute zu retten – ja, das ist er, unser guter Graf!« meinte Ramon mit Stolz in der Stimme. »Er warf sich zerknirscht Louis vor die Füße und berichtete im Brustton der Verzweiflung, daß der Montségur auf keinen Fall bezwungen werden könne! Dabei beteuerte er in einem fort, daß er alles nur Denkbare unternommen habe! Louis war wütend, aber wie wollte er Raymond das Gegenteil beweisen? Es blieb ihm nichts anderes übrig, als erneut gute Miene zum bösen Spiel zu machen und die Sache vorerst auf sich beruhen zu lassen.«

»Welch ein Held!« Ich lachte laut – befreit vom Druck der vergangenen Monate und vor Glück, daß Esclarmonde nichts geschehen war.

Am nächsten Tag ritt ich zu ihr.

Alles war ganz anders als beim ersten Mal. Als ich mich aufmachte, erneut den grauen Fels zu bezwingen, und jenen schmalen Pfad suchte, auf dem ich vor über einem Jahrzehnt hinaufgestiegen war, bemerkte ich, daß fast überall die Soldaten Pereilles auf Wache standen, und ohne mein Erkennungszeichen mit dem Pentagramm hätte ich den Drachenkopf nicht besteigen können. Seit der wochenlangen Belagerung des Grafen von Toulouse hatte man offensichtlich die Vorsichtsmaßnahmen verstärkt.

In der Hütte angekommen, mit klopfendem Herzen ob der Anstrengung und der Erregung, Esclarmonde bald zu sehen, traf ich auf meinen treuen Ritter Aire de Cherchemont.

»Komtur«, rief er – als einzigem hatte ich ihm erlaubt, die alte Anrede für mich beizubehalten –, »Ihr seid wieder hier? Ihr kommt zur rechten Zeit. Noch vor wenigen Wochen hättet Ihr so gut wie keine Möglichkeit gehabt heraufzusteigen. Der Tolosaner hatte nämlich einen engen Ring um den Berg gezogen!«

»Ich grüße Euch ebenfalls, Ritter«, gab ich zur Antwort und klopfte ihm freundschaftlich die Schulter, »und freue mich sehr, Euch gesund wiederzusehen. Sagt, seid Ihr die ganze Zeit der Belagerung auf dem Berg gewesen?«

Cherchemont schüttelte den Kopf. »Nein, es gibt da einen Schleichweg, von dem nur die Katharer wissen, so konnte ich ungefährdet ins Tal gelangen. Weil dieser Weg aber nicht für Pferde geeignet ist – man muß das letzte Stück halb kriechend innerhalb des Berges überwinden –, habe ich uns vor einiger Zeit unten im Tal, in einer verborgenen, unwirtlichen Gegend, eine weitere Unterkunft gesucht. Ein tüchtiger Bauer hat mir seine alte Stallung vermietet. Dort habe ich im Laufe des letzten Jahres mehrere Pferde, sechs Ochsen und drei Gespanne untergestellt, damit wir für den Notfall gerüstet sind. Der gute Mann ist kein Katharer, aber ein entschiedener Patriot des Südens. Ich habe seine Vaterlandsliebe mit einigen Goldstücken gestärkt und ihm weitere in Aussicht gestellt. Er versorgt dort unten auch die Tiere.«

»Aire, Ihr seid wie immer gesegnet mit kluger Voraussicht und entschlossener Tatkraft! Bevor wir uns jedoch zusammensetzen und die weiteren Pläne besprechen, sagt mir schnell, wie geht es der Gräfin? Ist sie wohlauf?«

»Komtur, seht selbst!«

Und tatsächlich, es klopfte an der Tür auf die bewußte Weise, und als Esclarmonde eintrat, mein geliebtes Weib, meine zärtliche Freundin, da leuchteten ihre Augen, und die meinen weiteten sich, denn sie war wiederum schöner, als ich sie in Erinnerung hatte.

»Bertrand, Ihr seid hier?« rief sie und lachte über das ganze Gesicht.

»Ich grüße Euch, Gräfin!« antwortete ich formvollendet und verbeugte mich höflich in ihre Richtung.

Wenn Cherchemont bislang nichts geahnt hatte, so mußte er es in genau diesem Augenblick gespürt haben. Sei es, wie es will, die treue Seele stand jedenfalls auf. Undeutlich murmelte der Ritter in seinen grauen Bart, daß er sich jetzt daranmache, mein Pferd zu versorgen. Dazu müsse er frisches Heu holen, unten im Dorf, es würde also leider einige Zeit dauern, bis er zurück wäre.

Eine kleine Weile standen wir, Esclarmonde und ich, uns ein wenig scheu und befangen gegenüber. Um so zärtlicher war die Begrüßung, die dem Zögern folgte, um so liebevoller die Worte, die wir uns bald darauf zuflüsterten. Kam es noch darauf an, irgendein gemeinsames fernes Ziel zu haben? War nicht der zeitlose Augenblick des Glücks die Erfüllung allen Sehnens? Ich streichelte ihre zarten Wangen, die ein wenig bleich waren, durchscheinend, alabasterartig fast. Ihre vollen Lippen waren halb geöffnet, gleich einer köstlichen, reifen Frucht, bereit. Dann gab es keine Fremdheit mehr, kein Zögern. Sie schmiegte sich an mich, und wir küßten uns voller Leidenschaft. Wir konnten nicht mehr voneinander lassen. Salzige Tränen liefen dabei über unsere Wangen, von denen keiner hätte sagen können, wem sie gehörten. Gestammelte Worte hingen im Raum, von niemandem zu Ende gesprochen. Suchende Hände streichelten, fanden das lang Ersehnte. Und um es mit Ovid zu sagen: *Die Göttin feierte die Hochzeit mit, die sie fügte.*

Omnia vincit amor!

Am späten Abend kam Cherchemont zurück. Er hatte nicht nur Heu für mein Pferd mitgebracht, sondern auch Käse, Brot, Wein und andere gute Dinge. Wir drei setzten uns an den kleinen Tisch, beteten, aßen, erzählten, lachten. Esclarmondes schönes Antlitz leuchtete von innen heraus. Ihre Wangen hatten eine gesunde Farbe angenommen, und beim Lachen blitzten ihre weißen, ebenmäßigen Zähne. Wenn sie mich jedoch einen Augenblick zu lange ansah, was allzu oft geschah, wurden ihre grünen Augen erneut unergründlich wie ein dunkles Gewässer. Sie war gelassen und erregt zugleich, in sich ruhend und voller Vorfreude auf die vor uns liegenden Tage. Aber auch mein Körper sehnte sich schon wieder nach der Glut des ihren. Bruder Cherchemont hätte mit Blindheit geschlagen sein müssen, um nicht zu sehen, was mit uns beiden los war.

Aber der gute Ritter ließ sich nichts anmerken.

Voller Begeisterung erzählte meine Geliebte von der Zuversicht, die sich seit dem Abzug der Belagerer urplötzlich im Lande aufgetan hatte. »Was ich euch jetzt verrate, muß unbedingt unter uns bleiben!« sagte sie und senkte ihre Stimme zu einem Flüstern. »Raymond von Toulouse hat in aller Heimlichkeit – ihr werdet es nicht glauben – einen Vertrag abgeschlossen, und zwar mit dem Grafen Hugues de Lussignan. Stellt euch nur vor: ein neues Bündnis, das sich gegen den König von Frankreich richtet! Und wißt ihr, wer diesem noch beigetreten ist?«

»Nein, wer würde sich auf ein solches Vabanquespiel wohl einlassen?« fragte ich.

»Nun« – sie strahlte fast ausgelassen vor Freude –, »niemand geringerer als der König von Kastilien ... und – wer noch? Ratet doch endlich!« fragte sie ungeduldig mit einer auffordernden Kopfbewegung in unsere Richtung.

Wir zuckten mit den Schultern.

»Na, der König von Aragon«, rief sie begeistert, »und darüber hinaus der von Navarra! Was sagt ihr jetzt?«

Wir waren sprachlos.

»Aber, das ist noch nicht alles! Auch Henry III. von England, bei dem Raymond eine Zeitlang im Exil gelebt hat, hat seine Unterstützung zugesagt!«

Henry von England. Ein großer Geheimbund also. Was diese Verschwörung anbelangte, so dachte ich darüber kritischer als Esclarmonde. War Henry wirklich zu trauen? Nach meinen Erfahrungen mit ihm in Rom zweifelte ich an seiner Zuverlässigkeit. Man würde abwarten müssen und auf einen Krieg gefaßt sein.

Bis in die späte Nacht hinein diskutierten wir diese Neuigkeiten, die die Katharer so hoffnungsvoll gestimmt hatten. Am Ende mußte auch ich eingestehen, daß das Blatt für den Süden nicht mehr ganz so schlecht aussah.

Es gab jedoch auch traurige Nachrichten. Der brave Graf von Foix, der Bruder Esclarmondes, war tot, und sein Sohn hatte die Grafschaft geerbt. Auch Bischof Castres war vor kurzem gestorben. Zuvor hatte er Bertrand d'en Marti zu seinem Nachfolger bestimmt, und Esclarmonde war überzeugt, daß Marti ein ebenso fähiges Haupt der Katharischen Kirche sei wie Castres. Über den Schatz habe Castres kurz vor seinem Tod mit Marti unter vier Augen gesprochen. Vorerst – auf Besserung der Lage aufgrund des Bündnisses hoffend – wolle man jedoch den Schatz auf dem Drachenkopf belassen.

Ich beschloß, auf dem Berg die weitere Entwicklung abzuwarten. Die wichtigsten Tempelentscheidungen konnten auch vom Drachenkopf aus getroffen werden.

D'Aniort wußte Bescheid, und mein Troß, der mit mir von Outremer herübergekommen war, weilte inzwischen auf Rhedae. Die Männer, die den weiten Weg von Rom nach Paris und von da in die Heimat geritten waren, hatten sich ein wenig Erholung verdient. Später, wenn tatsächlich alles ruhig blieb im Land, wollte ich zum Bezú reiten und dort nach dem Rechten sehen, bevor ich ins Heilige Land zurücksegelte. So wie es aussah, konnte ich die Sache mit dem Schatz beruhigt Aire de Cherchemont überlassen.

Trotzdem hatte mich, seit ich von dem geheimen Bündnis wußte, das ungute Gefühl nicht verlassen, so sehr ich die Tage und vor allem die Nächte mit Esclarmonde genoß, die voller Zärtlichkeit und Poesie waren. Ich gebe es zu, ich hatte Angst. Die Angst war vage, aber dennoch unterschwellig vorhanden. Und als die Wochen vergingen, ohne daß sich Entscheidendes tat, zögerte ich aus diesem Grunde meine Abreise wieder und wieder hinaus. Esclarmonde freute sich darüber. Ich hütete mich, sie ahnen zu lassen, daß mein Bleiben noch einen anderen Grund hatte als meine leidenschaftliche Liebe zu ihr.

Glückliche Esclarmonde!

Mein Gefühl hat mich selten getrogen.

Noch während der Tolosaner bemüht war, mit seinen Bündnisgenossen eifrig, aber in aller Heimlichkeit, Pläne für die Rückeroberung des Südens zu schmieden, gab es einen Zwischenfall von höchster Bedeutung.

Am Himmelfahrtsabend 1242 waren mehrere Inquisitoren im Städtchen Avignonet einem Blutbad zum Opfer gefallen. Die Burg von Avignonet liegt ungefähr zwölf Meilen von Toulouse entfernt. Hier hatten sie am nächsten Morgen ihr Schreckensgericht eröffnen wollen. Arnaud-Guilhem – der Grimmige genannt – stammte aus Montpellier; Etienne de Saint-Thibery aus Narbonne; dazu zwei weitere Dominikaner, ein Franziskaner und der Benediktinerprior von Avignonet selbst. Von Anfang an hatte ein ehemaliger Troubadour, der Archidiakon Raimund von Castiran, dazugehört, der berüchtigt war für schreckliche, obszöne Lieder; ein Notar und zwei Gerichtsdiener. Zuvor war das Tribunal in Lavaur und Saint-Paul de Caujoux tätig gewesen, und im ganzen Land stöhnte man, wenn man nur die Namen der Verhaßten hörte. Dreißig rauchende Scheiterhaufen hatten sie hinter sich gelassen.

Diesen ganzen schönen Gerichtshof der Inquisition hatte man mit der Axt brutal hingerichtet. Ich will nun die Geschichte genau erzählen, weil mit ihr das Ende des Drachenkopfes seinen Anfang nahm und zugleich auch mein Schicksal besiegelt wurde.

Ramon d'Alfaro, dem die Burg von Avignonet untersteht, ist Vogt des Grafen Raymond von Toulouse und zugleich sein leiblicher Neffe. Als sich die verhaßten Dominikaner bei ihm kurzerhand und auf impertinente Weise einnisteten, schickte er eine Eilbotschaft zum Drachenkopf, zu Pierre-Roger de Mirepoix.

Dieser war vor einigen Jahren seiner Gattin auf den Berg gefolgt und unterstützte seitdem Pereille in der Kommandatur. Fast jeder der Katharer auf dem Montségur hatte in den letzten Monaten Angehörige durch die unbarmherzigen Inquisitoren verloren. Ihr Zorn war also groß, als sie von der bevorstehenden Inquisitionsverhandlung in Avignonet hörten, und so machten sich einige Ritter vom Berg und weitere vom Tal auf, um gemeinsam Rache zu nehmen. Rasch sprach sich der Plan herum, und auf dem Weg nach Avignonet gesellten sich nach und nach Ritter, Bauern und Kaufleute dazu, so daß es im Nu über fünfzig Mann waren, die schwerbewaffnet des Nachts in Avignonet eintrafen. Selbst für den Fall, daß der Anschlag fehlschlagen sollte, hatte man einen Plan: D'Alfaro sollte sich auf dem Wege nach Castelnaudary in einen Hinterhalt legen.

Obwohl jedermann im Lande ganz offensichtlich informiert war über das, was die Männer vorhatten, gab es erstaunlicherweise keinen Verräter. Im Gegenteil: Ein katholischer Priester, der ebenfalls um die Bluttat wußte, bewirtete die Leute auf dem Heimweg auf das feinste in dem Schlosse Saint-Félix, wo er residierte. Warum ausgerechnet er den Katharern nahestand, kann ich Euch nicht sagen.

Wie Nikodemus in der Nacht schlichen sich also zwölf Katharerfreunde an eines der Burgtore heran, wo ein Bediensteter d'Alfaros sie erwartete. Der Diener hatte sich zuvor vergewissert, womit sich die Inquisitoren gerade beschäftigten, und er flüsterte den zwölfen zu: »Wartet ab, sie sind noch am Trinken!« Nach einer halben Stunde etwa schien der richtige Zeitpunkt gekommen: »Sie gehen zu Bett!« raunte er den Angreifern zu, wurde von den Inquisitoren jedoch erwischt, die anscheinend etwas gemerkt hatten und rasch das Tor der großen Halle von innen verrammelten. Doch die Männer vom Montségur erbrachen die Tür gewaltsam und drangen in die Burg. Zu den Mördern gesellte sich d'Alfaro selbst, mit einer mächtigen Keule bewaffnet.

Alle Opfer wurden ins Jenseits befördert, und d'Alfaro erklärte mit zufriedenem Gesicht, daß seine Keule ihre Schuldigkeit getan habe und daß leider der Trinkbecher, den er Mirepoix als Belohnung für seinen Beistand versprochen hatte, zerbrochen wäre. Damit hatte er den Schädel Arnaud-Guilhems gemeint.

Als ich davon hörte, war mir sofort klar, daß Rom sich eine solche Untat niemals gefallen lassen würde. Esclarmonde hatte nichts davon gewußt, wie sie mir beteuerte. Und auch Marti und die anderen *parfaits* waren aufrichtig entsetzt und schlußfolgerten sofort: »Man wird den abscheulichen Mord den Katharern in die Schuhe schieben, so wie wir an allem die Schuld haben, was in diesem Land passiert!«

Man hatte der Katharischen Kirche keinen Gefallen erwiesen mit jener Tat! O nein, man hatte ihr den größten aller möglichen Schäden zugefügt. Der Rubikon war überschritten.

In Rom erklärte das Kardinalskollegium ohne jedes Zögern, daß die Opfer Märtyrer für die Sache Jesu Christi geworden seien.

Obwohl Graf Raymond – um zu retten, was nicht mehr zu retten war – einige untergeordnete Personen, die an dem Blutbad beteiligt waren, aufknüpfen ließ – d'Alfaro, dem Hauprädelsführer, wurde jedoch kein Härchen gekrümmt –, war jener entsetzliche Vorfall der erste Schritt, der die Auflösung des Geheimbundes zur Folge hatte. Auch wenn viele es ihm nicht abnahmen: Die Mordtat hatte Raymonds vorausschauende Pläne zur Wiederherstellung der Unabhängigkeit seines Landes für alle Zeiten durchkreuzt. Die Bündnistreuen, katholisch allesamt, waren verständlicherweise tief erschüttert und zogen sich nach und nach von ihm zurück.

Doch Raymond wollte nicht aufgeben. Noch während man im ganzen Land das Blutbad an den Inquisitoren wieder und wieder erörterte, eroberte er sich Albi zurück, das der französische König ihm abgenommen hatte. Louis wiederum schlug einen weiteren Verbündeten des Tolosaners, nämlich Henry III. Daraufhin zog sich auch der Engländer von Raymond zurück.

Mit jedem Tag erreichten uns neue Einzelheiten dieser Auseinandersetzungen. Dennoch gaben die Katharer die Hoffnung nicht auf.

Als aber eines Tages die Nachricht kam, daß auch der Graf von

Foix, der Neffe Esclarmondes, dem Tolosaner die Freundschaft aufgekündigt hatte, war Esclarmonde nicht mehr zu trösten. Von da an sahen sie und die Vollkommenen, die mit ihr lebten, keine Hoffnung mehr auf eine Besserung der Dinge.

Die besten und zuverlässigsten Freunde hatten sich nun gegen die Katharer gewandt.

37
Bittrer kaum der Tod

Und du, mein Geist,
der, was ich sah, bewahrt,
tu jetzt den Adel kund, der dir zu eigen!
Dante, Göttliche Komödie

Es gab in der Tat keine Hoffnung mehr. Die Dunkelheit, die sich über das Land gelegt hatte, zog ein in die Herzen der letzten Katharer auf dem Montségur. Ihr werdet jetzt einwerfen, daß es nicht weit her gewesen sein konnte mit dem Gottvertrauen der Ketzer, wenn sie so plötzlich völlig mutlos waren. Aber der Gott der Katharer ist nicht die Instanz, an die man sich wendet, um etwas zu erbitten. Ihr Gott des Lichts ist aus der Schöpfung verbannt, ist weit, weit weg vom täglichen Kampf um das Leben.

Graf Raymond von Toulouse, der langjährige Beschützer der Katharer, wurde von Louis und Blanche nach Rom beordert, und damit hatte man ab sofort freie Hand in Okzitanien, dieser widerspenstigen Provinz! Nun endlich, weil einige Attentäter von dort gekommen waren, sollte die letzte Bastion der Ketzer, das elende Teufelsnest, dieser vermaledeite Drachenkopf, erobert und ausgeräuchert werden!

Als die ersten Truppenaufmärsche im Tal zu sehen waren, handelten wir umgehend, um den geheimen Schatz der Katharer in Sicherheit zu bringen. Trotz unserer Vorbereitungen war es kein leichtes Unterfangen, denn bereits nach wenigen Tagen wimmelte es in der ganzen Gegend nur so von Dominikanern, Franziskanern, umherziehenden Söldnern und anderem Fußvolk. Das Land war in Aufruhr! Dennoch schafften wir es mit vereinten Kräften – nur die *parfaits* und ich –, den Schatz in großen, geflochtenen Körben bei Nacht den Berg hinunterzuschaffen. Wir taten dies auf jenem geheimen Weg, der sich unweit einer wilden Schlucht seinen verborgenen Ausgang sucht. Das Tosen des nahe gelegenen Wasserfalls übertönte unser gefährliches Unternehmen.

Cherchemont war tags zuvor zum Hofe des Bauern geeilt, hatte sich dort als solcher verkleidet und wartete nun in einer einsamen Schonung unweit des Höhlenausganges mit einem Ochsengespann auf uns. Der Ruf der Eule, den er perfekt nachzuahmen verstand, war unser Zeichen. Auf seinem Wagen befanden sich weitere Körbe, voll mit frischem Gemüse, das wir zur Tarnung auf die Körbe mit den Schätzen verteilten. Wir verabschiedeten uns leise von den *parfaits*, wobei mein Adieu von Esclarmonde sich der anderen wegen auf einen tiefen Blick in ihre traurigen Augen beschränken mußte.

Die Nacht war gut gewählt. Kein Stern war am Firmament zu sehen, einzig die dünne Sichel des Mondes erhellte ab und an ein wenig die unheimliche Landschaft. Glücklicherweise war Cherchemont mit dem Weg gut vertraut. Und so ritt ich dem Ochsenkarren hinterher, düster gestimmt wie diese Nacht selbst, aber wachsam Ausschau haltend nach allem, was mir ungewöhnlich vorkam. Sollte es Schwierigkeiten geben, so würde ich frech den Wagen für den Tempel reklamieren. Meine Rechte lag auf dem Knauf meines Schwertes. Doch niemand begegnete uns.

Am nächsten Morgen zeigte es sich, daß Cherchemont ganze Arbeit geleistet hatte. Gleich nach Sonnenaufgang führte er mich zu den weiteren Fuhrwerken in der alten Scheune, von denen er die größten überaus geschickt mit einem doppelten Boden versehen hatte. In diesem Hohlraum verstauten wir den Schatz für den weiteren Transport nach Les Pontils. Cherchemont war beeindruckt von der Fülle der alten, wertvollen Gegenstände, aber ich möchte an dieser Stelle noch einmal ausdrücklich betonen, daß ich zu keiner Zeit irgendeinen Zweifel an seiner Integrität hatte und auch heute noch meine Hand für ihn ins Feuer legen würde: Von dem Bestimmungsort des Schatzes wußte mein guter Ritter nichts. Einzig ich, mein Schwager d'Aniort und die Katharerspitze waren in dieses Geheimnis eingeweiht.

In Anbetracht der von überall herbeiströmenden Truppen schlug Cherchemont eine Änderung unseres ursprünglichen Planes vor.

»Es ist wohl besser, noch ein paar Tage abzuwarten, bevor wir endgültig losziehen«, meinte er nachdenklich. »Wenn wir uns heute oder morgen auf den Weg machen, fallen wir dem Gesindel direkt in die Hände!«

»Aber ist es nicht genau unsere Absicht, daß sie auf uns und die Ochsenkarren aufmerksam werden? So haben wir es uns doch ausgedacht, nicht wahr! Sie sollen in die Irre geführt werden.«

»Ja natürlich, Komtur, am ursprünglichen Plan will ich auch nicht rütteln. Doch – Ihr gebt mir sicher recht – es müssen die richtigen Leute sein, die uns beobachten! Die Dominikaner und ihre Spione, nicht diese umherziehenden Landstreicher, die den Soldaten folgen, mit ihren Huren. Fallen wir einer solchen Truppe in die Hände, ist es um uns und den Schatz der Katharer geschehen!«

»Gut. Laßt es uns aber zur Sicherheit noch einmal durchsprechen, Aire! Jeder der drei Ochsenzüge muß eine andere Route einschlagen, um die Dominikaner zu verwirren! Welches Ziel haben die Wagen?«

»Es ist alles wohlüberlegt, Komtur!« beruhigte mich Cherchemont. »Ihr selbst, Ihr fahrt den Wagen mit dem Schatz nach dem geheimen Ort. Wenn Euch etwas geschieht auf dem Weg dorthin, so könnt Ihr noch immer Eure Tarnung als Bauer aufheben und Euch als Großmeister des Tempels offenbaren, der sich auf einer wichtigen, geheimen Mission befindet.«

»Ja, so habe ich mir die Sache auch vorgestellt. Gut, Ritter, fahrt fort!«

»Ich selbst werde in voller Templerausrüstung den zweiten Wagen zu den alten Römerstollen fahren, zu der falschen Fährte, die wir seinerzeit gelegt haben. Den Bauern, der von all unseren Plänen natürlich keine Ahnung hat, den aber die versprochene Belohnung lockt, den schicken wir mit dem dritten Gespann zu unseren Brüdern zum Bezú. Dort soll er auf uns warten. Wir laden ihm das ganze Grünzeug auf, dem Guten, und geben ihm ein paar Zeilen mit auf den Weg. Der Bruder Küchenmeister wird sich sicher freuen!«

»Und der Präzeptor sich nicht wenig wundern!« lachte ich.

»Aber gut, wir wollen es so machen, wie Ihr es Euch so fein ausgedacht habt, Cherchemont. Laßt uns nach Abschluß unserer Aktion in Rhedae einfinden, um dort gemeinsam mit d'Aniort zu beraten, wie wir den Belagerten auf dem Drachenkopf beistehen können.«

Ein Handschlag besiegelte unser Abkommen.

Als Großmeister des Tempels wäre es für mich kein Problem gewesen, eine Eskorte Ritter vom Bezú für den sicheren Transport des Schatzes abzustellen oder wenigstens meine Männer, die in Rhedae auf mich warteten, zu holen. Für unseren ausgefuchsten Plan aber war es allemal sicherer, allein und als einfacher Bauer verkleidet durch die Lande zu ziehen. Und am sichersten war, daß auf meinen Wagen eine Fuhre stinkenden Mistes geladen wurde.

Wir warteten noch ganze zehn Tage, in denen ich das Fuhrwerk mit seiner wertvollen Fracht nicht aus den Augen ließ. Cherchemont beobachtete die Gegend. Unablässig strömten Hunderte, ja Tausende auf staubigen Straßen in die Berge, die Ritter schwer bewaffnet, den Leib geharnischt, dahinter Schildknappen und einfache Soldaten, Wagen ziehend, grölend bisweilen und begleitet von abgerissenen Landstreichern und kreischenden Huren – ganz so, wie es Cherchemont vorausgesagt hatte. Nichts war sicher vor ihrem Zugriff, sie stahlen und plünderten, was das Zeug hielt. Aber auch Bischöfe und andere hochgestellte Kleriker hatten sich auf den beschwerlichen Weg zum Drachenkopf gemacht, natürlich nicht auf Schusters Rappen, sondern entweder hoch zu Roß oder in bunten Sänften oder Karren sitzend, die nicht selten mit einem Baldachin ausgestattet waren, um die edlen Bischofshüte vor der Sonne zu schützen. Eskortiert wurden sie von einfachen Priestern und Mönchen, die sich – gleich Possenreißern – vor ihnen wichtig machten, indem sie ihnen Leckerbissen zuschoben, Glöckchen läuteten oder unablässig beteten und Psalmen sangen. Cherchemont hatte aber auch abgemagerte, ernst blickende Bettelmönche zu Gesicht bekommen, mit nichts weiter am Körper als einer härenen Kutte, mit einem einfachen Kälberstrick zusammengehalten. Mit stoischer Ruhe zogen sie ihren Weg zum Drachenkopf. Aus ihren bloßen Füßen, die schwarz waren von Dreck und Kot, war Blut gequollen.

Eine böse Vorahnung kommenden Unheils hatte nach Cherchemonts Schilderungen von uns Besitz ergriffen. Wir gestanden uns – wie es Männerart ist – unsere Angst nicht ein. Aber an des Ritters nachdenklichem Blick erkannte ich, daß er ebenso fühlte wie ich.

Auf der anderen Seite durfte man auch nicht zu pessimistisch sein. Der Drachenkopf war nun einmal schwer zu bezwingen, und die Katharer hatten die Möglichkeit, auf ihrem Schleichweg – wenn man ihn nicht eines Tages entdeckte – sich Nahrungsmittel nach oben kommen zu lassen. Aber wie lange konnte man auf diese Weise gut und gerne dreihundert bis vierhundert Leute verköstigen?

Und das Wichtigste: Was war mit Esclarmonde? Würde ich nach Abschluß meiner geheimen Mission einen Weg finden, sie vor den Häschern in Sicherheit zu bringen?

Gedankenversunken und mit schwerem Herzen saß ich an jenem Frühlingsmorgen auf dem alten Ochsenkarren, um endlich den Schatz nach Les Pontils zu fahren. Glücklicherweise kam mir der Wind entgegen, so daß ich nicht ständig den erbärmlichen Gestank des großen, dampfenden Haufens in der Nase hatte, den mir der Bauer mit einem unverhohlenen Grinsen bei Tagesanbruch aufgeladen hatte.

Cherchemont war – abenteuerlich gestimmt – mit einigen halbgefüllten Fässern sauren Weins schon in der Nacht losgefahren, um sie in den ehemaligen Goldminen zu verstecken. »Dieser Zeitpunkt ist am auffälligsten für gewisse päpstliche Spione, Komtur!« hatte er gemeint, als er den Wagen bestieg.

»Und wenn die Schwarzkittel unsere List entdecken, so können sie ihre Wut gleich an Ort und Stelle hinunterspülen!« hatte ich ihm lachend hinterhergerufen.

Der alte Bauer hatte die Weisung, erst weit nach mir – am späten

Nachmittag – mit dem dritten Fuhrwerk seine Reise zum Bezú anzutreten.

Ich betete zum HERRN, daß alles gutgehen möge.

Es war ein schöner Tag. Ausgelassen zwitscherten die Vögel in den unzähligen Kermeseichen und Ginsterbüschen, die meinen Weg säumten, nachdem ich das Gebirge verlassen hatte. Der schwache Duft des Ginsters, der gerade aufzublühen begann, erinnerte mich an den Tag, an dem alles angefangen hatte.

Ging jetzt alles dem Ende entgegen?

Nein, dachte ich: Damals, als du die rauchenden Reste deiner Burg vor Augen hattest, hast du geglaubt, der Weltenuntergang wäre gekommen – und doch war das Leben weitergegangen! Und es war dennoch schön geworden. Schön und kostbar vor allem, weil es Esclarmonde gab. Sofort begann ich, mich nach ihr zu sehnen, vermißte ihr Lächeln, ihre zarten Hände, das weiche, bereits ein wenig silberdurchzogene Haar und – die Augen, so smaragden ...

Es darf ihr nichts geschehen! Diesen Satz sagte ich mir auf dem Bock des Ochsenkarrens, die Zügel in der Hand, ein ums andere Mal, so als ob ich mit der Wiederholung dieser fünf Worte irgendeine alte Magie hätte heraufbeschwören können.

Golden leuchteten Büsche, grün und saftig lagen die sonnenwarmen Wiesen zu meiner Rechten. Solange die Natur uns jedes Jahr aufs neue mit einer solchen Pracht und Fülle verwöhnt, solange besteht wohl auch Hoffnung für die Menschen, dachte ich bei mir. Die Katharer jedoch verachten trotzig alles Irdische, alles Schöne, streben einzig nach einer anderen Welt. Ich vermute, man muß hineingeboren sein in diesen seltsamen Glauben, um ihn ganz verstehen zu können. Zu lange bin ich in meiner Welt gewesen. Wer aber will sich anmaßen, die letzte Wahrheit zu kennen?

Von weitem kam ein einsamer Reiter auf mich zu. Vorsicht, dachte ich und kniff die Augen zusammen, um besser erkennen zu können, um wen es sich handelte. Er ritt auf einem auffälligen Schimmel, was bedeutete, daß es kein einfacher Soldat war – aber auch keiner von den Dominikanern, denn die waren Hasenfüße und kamen nur im Trupp einher. Als die Gestalt näher kam, sah ich ... daß sie ein kunterbuntes Wams trug ... klein und ein wenig verwachsen war ... und – ich hielt den Atem an, konnte es nicht glauben – ja, es war kein anderer als Marcabru, der da heranritt!

Ich zügelte die Ochsen. Der Troubadour glaubte, daß ich ihn nur höflich vorbeilassen wollte – wie hätte er mich auch in der Verkleidung eines Bauern mit einer Fuhre Mist auf dem Wagen und obendrein nach so vielen Jahren erkennen können? Stolz das Antlitz erhoben, wollte er mit einem kleinen Kopfnicken an mir vorbeireiten.

Da fing ich leise an zu singen, so wie er es mich einst gelehrt hatte:

> *»Pax in nomine Domini:*
> *von Marcabru ist Ton und Wort. –*
> *Betrachtet, wie der Herr des Himmels voller Gnad*
> *und Milde uns in aller Näh*
> *erschuf ein großes Sühnebad ...«*

Weiterer Worte bedurfte es nicht, denn als der schmächtige, inzwischen alt gewordene Mann sie vernahm, zügelte er scharf sein Roß, drehte sich um, runzelte die Stirn und musterte mich verwundert. »Müßte ich dich kennen, Bauer?«

»Nicht als Bauer, Marcabru, nein ... als jungen Tempelanwärter müßtet Ihr mich kennen!« gab ich zur Antwort.

»Melchior, Gaspar et Balthazar«, entfuhr es dem Troubadour, »kann es wahr sein, seid Ihr etwa Bertrand de Blanchefort?«

»Inzwischen Großmeister des Tempels«, sagte ich nicht ohne Selbstgefälligkeit und stieg lachend vom Karren.

Wir fielen uns um den Hals, schrien vor Freude und tanzten umeinander herum. Wenn uns jemand beobachtet hätte, würde er geglaubt haben, zwei Kerle – ein großer, stattlicher und ein kleiner, buckliger – wären soeben verrückt geworden. Dabei hatten sich nur zwei Freunde getroffen, deren Herz ganz offensichtlich im gleichen Takt schlug, was gar nicht so oft vorkommt in dieser Welt. Und diesem kleinen Troubadour im grünblauen Wams mit falschem Hasenpelzbesatz auf der Brust, ihm erzählte ich alles. Ich gab mich ganz und gar in seine Hand, wußte tief im Inneren, daß ich ihm vertrauen konnte, denn hatte ich ihm nicht mein Leben zu verdanken?

Wie selbstverständlich verwarf Marcabru all seine eigenen Pläne. Er ritt an meiner Seite nach Les Pontils, verbarg mit mir im Dunkel der nächsten Nacht den Schatz in dem alten Grabmal der Katharer mit der seltsamen Aufschrift *Et in Arcadia ego*.

Danach begaben wir uns nach Rhedae, wo der alte Türwächter gemütlich schnarchend in einer Ecke lag, als wir leise das Tor öffneten.

Mein guter Ritter, der getreue Aire de Cherchemont, kam nicht zurück. Wir warteten einen Tag, zwei Tage, und ich stieg wohl tausendmal den Donjon hinauf, um nach ihm Ausschau zu halten. Als Ritter Yves und die anderen Brüder, die ich auf die Suche geschickt hatte, zurückkamen, berichteten sie, daß sie in der Nähe der Römerstollen zwar Wagenspuren gesehen hätten, aber auch unzählige Hufabdrücke von Rössern, die bewiesen, daß ihm tatsächlich jemand gefolgt sein mußte. Die Männer hatten die Spuren nicht weiterverfolgen können, weil es angefangen hatte, heftig zu regnen.

Hatte sich Cherchemont für den Schatz der Katharer geopfert? Hatten ihn sich die Schwarzkittel gegriffen, ihn, einen Ritter – einen Templer im Habit?

Ich konnte es nicht glauben, einen solchen Übergriff hatte es noch nie gegeben!

Nach einer Woche machte ich mich voller Unruhe selbst auf, um ihn mit meinen Männern zu suchen. Ich ritt zur nächsten Niederlassung der Dominikaner und warf – ungeachtet dessen, daß man auf mich aufmerksam wurde – meine ganze Autorität als Großmeister des Tempels in die Waagschale. Vergebens! Die Brüder zeigten sich durchaus hilfsbereit, und es gab keinerlei Anzeichen, daß sie von Cherchemonts Verschwinden etwas wußten.

Man erzählte mir dort jedoch von den sogenannten Routiers, einer elenden, sengenden und mordenden Räuberbande, die seit einiger Zeit ihr Unwesen in den Wäldern der Umgebung treiben würde. Auch ehemalige Kreuzritter befänden sich unter ihnen. Verarmt, zerlumpt und halb verhungert, würden sie nach einsamen Reitern spähen, sie in einen Hinterhalt locken und töten.

War mein Freund am Ende unter die Räuber gefallen?

Ohne Hoffnung, ihn jemals lebend wiederzusehen, ritten wir zurück zum Montségur. Wir, das waren Marcabru, Ritter Yves, ich selbst und der Troß, bestehend aus den beiden Rittern und den drei Brüdern, die uns vom Heiligen Land aus gefolgt waren. Mein Schwager blieb in Rhedae, das er als letzte Bastion anbieten wollte, für den Fall, daß Leute vom Montségur einen weiteren Schlupfwinkel benötigten. Als Vertrauter Pierre de Voisins' würde ihn niemand belästigen. Außerdem wollte er sich weiter unauffällig umhören, ob in die Gefängnisse der Inquisition jemand eingeliefert worden war, der Ähnlichkeit mit dem Ritter Cherchemont hatte.

Auch in der Komturei auf dem Bezú war Cherchemont nicht aufgetaucht. Meine letzte Hoffnung war gewesen, daß er sich hierher geflüchtet hätte – vielleicht schwerverletzt.

Zwei Tage noch warteten wir dort, dann deckten wir uns mit all dem ein, was für eine längere Belagerung notwendig war, mit Zelten, Decken, Kleidung und Proviant, Waffen, Medizin, und wir packten alles auf den Ochsenkarren des tüchtigen Bauern, der ohne Schwierigkeiten hierhergekommen war. In meinem persönlichen Schnappsack verstaute ich unter den Augen des Präzeptors ein weiteres Mal eine größere Menge Goldstücke, die sich seit Jahrhunderten als das beste Mittel für Bestechungen jeglicher Art erwiesen haben.

Oder für den Freikauf gewisser guter Freunde!

Nahezu unbehelligt erreichten wir in den Abendstunden des übernächsten Tages den Hof des Bauern. Dort deponierten wir Vorräte und Ausrüstung und legten uns erst einmal zur Ruhe ins Heu. Die große Anspannung und die Sorge um Cherchemont hatten uns nächtelang kaum schlafen lassen.

Am nächsten Morgen ritt ich mit Yves und den beiden anderen Rittern in vollem Tempelhabit zum Fuß des Berges, um einen geeigneten Platz zu suchen, wo wir unser offizielles Lager errichten konnten. Ich hatte natürlich die bewußte Schlucht vor Augen, in deren Nähe sich der Ausgang des geheimen Stollens befand. Wenn es uns gelang, diesen Platz für den Tempel zu reklamieren, konnten wir den Katharern zumindest eine Zeitlang behilflich sein – und ich konnte es wagen, heimlich den Berg hinaufzusteigen, zumindest in manchen Neumondnächten.

Plötzlich – wir waren soeben um eine kleinere Tannenschonung geritten – gerieten wir mitten hinein ins Feldlager der Anführer dieser Belagerung. Eine Umkehr war kaum möglich, wir hätten uns nur verdächtig gemacht.

»Halt«, rief ein Soldat im Lederwams und mit eisernem Helm, die Hellebarde drohend auf uns gerichtet. »Wo wollt ihr hin, ihr Templeisen?«

Nachdem ich den ersten Schreck überwunden hatte, herrschte ich ihn an: »Ruf mir deinen Heerführer. Ich habe mit ihm zu reden!«

Was hätte ich in dieser Situation anderes machen können, als selbstbewußt das Ruder in die Hand zu nehmen? Diese Situation aber war eine wirkliche Herausforderung. Wie es sich jedoch herausstellte, einmal nicht für mich, sondern für jemand anderen.

Der Soldat wich vor mir zurück und flüsterte mit einem zweiten, der vor dem größten und schönsten Zelt des Lagers Wache stand. Dieser wandte sich um und rief ins Zelt hinein: »Vier Templeisen wollen auf der Stelle mit Euch reden, Eminenz!«

Da flog der Vorhang des blau-weiß gestreiften Zeltes zur Seite, und heraus stürmte ein Mann in magentafarbenem Ornat.

»Was ist das für ein Ton, Ritter, wißt Ihr nicht mehr, was sich gehört? Wenn jemand mit dem Erzbischof von Narbonne und Legaten des Heiligen Vaters sprechen will, so kann er nicht einfach auf solch unverschämte Art und Weise hereinplatzen!« herrschte er uns an. »Aber da Ihr Templer einmal hier seid, sagt – was wünscht Ihr? Wenn Ihr Uns unterstützen wollt bei der Ausräucherung jener teuflischen Schlangenbrut dort oben, die Luzifers

Geist geeint hat, so seid Uns herzlich willkommen!« fügte er verbindlicher, nun in freundlich-schmierigem Ton hinzu, der mich stark an einen gewissen Montfort erinnerte – möge er in der Hölle schmoren!

Abwartend musterte uns der Narbonner mit zusammengekniffenen Augen.

»Vive Dieu Saint Amour! Verzeiht mein Unwissen, Erzbischof« – ich verbeugte mich leicht in seine Richtung –, »wir sind gerade erst angekommen und wollten nur in Erfahrung bringen, wer diese Belagerung veranlaßt hat und wer die Anführer der Truppen sind, die wir auf dem Ritt hierher gesehen haben.«

Der Erzbischof antwortete stolz: »Vor Euch, Ritter, steht in Person der geistliche Führer dieser Belagerung, Pierre Amiél – Unsere Wenigkeit! Der unserer tapferen Heerscharen ist kein anderer als Hugues des Arcis, der Seneschall von Carcasone! Ich weiß nicht, ob Ihr von ihm schon gehört habt?« fügte er rasch hinzu, wobei jeder Dummkopf merken mußte, welche Position in seinen Augen die bedeutendere war.

»Veranlaßt haben diese Belagerung niemand Geringerer als der Heilige Vater selbst und der edle König von Frankreich. Aber wer seid Ihr, daß Ihr so einfach hierherreitet und törichte Fragen stellt?«

»Ich bin Bertrand de Blanchefort, der Großmeister des Salomonischen Tempels von Jerusalem«, sagte ich in ebenso eitlem Ton und zog mein Siegel hervor. Der Erzbischof wurde leicht blaß um seine spitze Nase. Er faßte sich an die Kehle, warf die Lippen auf und brauchte tatsächlich einige Sekunden, um sich wieder zu fangen.

»Äh, ja, sicher – der Großmeister des Tempels ... Blanchefort. Das ist eine Überraschung, in der Tat! Seid gegrüßt! Wir fühlen Uns natürlich sehr geehrt von Eurer Anwesenheit. Bitte, tretet doch näher!« stotterte er nun sichtlich verlegen und wies mit der Rechten auf den Zelteingang. Dankend lehnte ich die nur höflich gemeinte Einladung ab. Der Prälat schaute von mir zu Ritter Yves, der mit unbewegtem Gesicht neben mir zu Pferde saß und dabei ein wenig an seinem Umhang herumnestelte. Dann fuhr er fort:

»Wir hatten allerdings keine Kenntnis davon, daß Ihr Euch im Okzident befindet! Hattet Ihr die Reise hierher schon lange geplant?«

Überraschung und Unsicherheit waren nicht gespielt. Den Umstand, daß er ganz offensichtlich nicht wußte, was ausgerechnet der Großmeister des Tempels hier wollte und wie er mich behandeln sollte, begann ich jetzt auszunutzen.

»Wir kommen direkt aus Rom, Eminenz!« log ich – wobei »lügen« eigentlich nicht das richtige Wort ist. Sagen wir, ich »übertrieb« ein wenig. Seit meinem Besuch dort waren ja etliche Monate verstrichen. Rom jedoch macht immer Eindruck auf gewisse Prälaten mit Geltungssucht. Und siehe da – er hatte schon viel weichere Gesichtszüge bekommen, der gute Mann.

»Der Grund Unseres Hierseins ist, daß der Tempel in Unserer höchsteigenen Person beabsichtigt, das ernste Geschehen um die Belagerung der Feste Montségur zu beobachten«, sagte ich.

Er war beeindruckt.

Dann legte ich eine winzige Spur von Demut in meine Stimme, um ihn vollends einzuwickeln. »Und Wir wollten Euch und dem Seneschall der Ordnung halber Unsere Ankunft ganz offiziell melden, damit Ihr über Unsere Anwesenheit informiert seid, Erzbischof.«

Ein kleines, gnädiges Lächeln huschte über sein Antlitz.

Sogleich fuhr ich fort: »Für Unser Lager haben meine Ritter bereits einen geeigneten Platz gefunden. Im Anschluß an das augenblickliche Gespräch werden Wir selbst die Gegebenheiten vor Ort in Augenschein nehmen, und noch heute nachmittag beabsichtigen Wir, Uns dort für einige Zeit niederzulassen. Befehlt bitte Euren Truppen, Uns und die Männer des Tempels nach Möglichkeit nicht mehr zu belästigen als unbedingt nötig!«

Der Erzbischof war verblüfft. Zu frech war ich aufgetreten, und zu schwerfällig war sein Geist, als daß er mir entsprechend Paroli hätte bieten können.

So kam es, daß er mit deutlich sichtbarem Unbehagen hervorstieß: »Ja, selbstverständlich, lagert dort, wo es Euch passend erscheint, Großmeister!«

Ich nutzte die Gunst der Stunde, bedankte mich kurz und höflich und ritt mit meinen Leuten und einem abschließenden fröhlichen »Vive Dieu Saint Amour« zum Lager hinaus.

Draußen – in gebührendem Abstand zum Zelt des Erzbischofs – prusteten wir los vor Lachen. Ach, wenn es nur immer so leicht gegangen wäre wie an diesem Tag, als wir uns zu jener wilden Schlucht begaben, die, düster und klamm, wie sie war, mir von Woche zu Woche bedrohlicher erscheinen und dennoch lange Monate unser Zuhause werden sollte. Ein fröhliches Lachen wurde dort zur Seltenheit.

Als wir endlich unser Lager errichtet hatten, die Ritter und Marcabru bereits schliefen, war ich allein mit meinen Gedanken. Ich ging noch einmal vor mein Zelt, und als ich Esclarmondes Burg hoch oben im Mondlicht aufleuchten sah, stellte ich mich endlich der Frage, die mich seit jenem züngelnden, stinkenden Scheiterhaufen in Monteforte Tag und Nacht nicht mehr zur Ruhe kommen ließ: Templer, wenn deine Wut auf die *ecclesia catholica*, die katholische Kirche, so heiß in dir brennt, daß die Flammen bis an dein Lebensende nicht mehr zu löschen sind, warum hast du dann nicht den Mut zum Überlaufen, warum bringst du es nicht endlich fertig, dich offen hinter Esclarmonde und die Ihren zu stellen?

Dunkle Wolkenfetzen zogen über das Gemäuer hinweg, vom Wind getrieben. Gespenstisch sah er aus, der sichere Berg Esclarmondes.

Es war an der Zeit, sich zu entscheiden.

38

Das Ende des Drachenkopfes

> *Vive Dieu Saint Amour –*
> *es lebe der Gott der Heiligen Liebe!*
> Schlachtruf der Templer

Es lebe der Gott der Liebe.

Wie Ihr zu Recht vermutet, mein Freund, sitze ich hier im Herzen des Berges von Rhedae, inmitten der Schätze Salomos, und schreibe dieses Testament nieder. Ich gedenke einmal mehr Ovids und will es mit seinen Worten sagen:

»*Tragen wollt ich das Leid, und ich hab es versucht, ich gesteh es. Aber ach, Amor war stärker. Jetzt schaue ich Tartarus' Dunkel.*«

Tartarus' Dunkel. Dunkel schimmert auch der Krummdolch Ben Ambars, dunkel vom geronnenen Blut, silbergeschwärzt. Die Gebeine des Dienenden liegen neben ihm, unbestattet. Die meinen werden ihm Gesellschaft leisten, bald.

Ich hoffe, mir bleibt noch so viel Zeit, um Euch zu berichten, wie es zu Ende gegangen ist am Drachenkopf. Verzeiht, wenn meine Schrift nicht mehr so klar ist wie am Anfang. Die Schwäche, die jeden überfällt, der sich für die *endura*, das letzte Fasten der Katharer, entschieden hat, beginnt langsam von meinem Körper Besitz zu ergreifen, und mehr als einmal schon ist mir der Federkiel aus der Hand gefallen. Dennoch will ich nicht klagen. Das Fasten, so hat man es mir erklärt, ist Ausdruck der Demut vor dem HERRN. Demut vor Gott, das kommt dem Menschen gut an. Demut zu zeigen vor denen, die hier auf Erden im Namen Gottes sprechen, ist nicht vonnöten.

Das heftige Unwohlsein, das mich befallen hatte, als ich anfing, meinen Entschluß in die Tat umzusetzen, bald nachdem ich mir heimlich aus meiner Burg alles Notwendige zum Schreiben geholt hatte, ist längst übergegangen in eine Art stumpfer Gleichgültigkeit meinen Bedürfnissen gegenüber. Das trifft jedoch nur auf meinen Leib zu. Mein Geist ist alles andere als zufrieden. Der *spiritus firmus*, der über mich gekommen ist dort oben auf dem Drachenkopf, treibt mich an. Er fordert mich auf weiterzuschreiben, damit die Nachwelt Zeugnis erhält von all dem Schrecklichen, das passiert ist.

Und wenn Euch Gut des Tempels anvertraut ist, schwört Ihr, darüber gut zu wachen ...
Einen Schwur wenigstens, den ich als Novize dem Tempel geleistet habe, kann ich bis zu meinem Ende halten: Salomos Schatz ist unangetastet.

Vor mir steht der goldene Kelch, den die anderen den »Gral« nennen. Die Smaragde und Rubine, die seinen Rand verzieren, glänzen verführerisch im Schein meiner Kerze. Ihn habe ich mit hierhergenommen von Les Pontils. Ich wollte sichergehen! Und auch Marcabru hat mir zu diesem Schritt geraten. Denn hinter dem Gral sind sie her, die Katholischen, die Pfaffen. Sie sollen ihn nicht bekommen. Zuviel Blut, zuviel Blut ...

Jesus hätte er nicht gefallen. Er war für das Einfache, Katharische.

Den Schatz zu vereinen, den »tresor der Katharer«, der in Les Pontils begraben liegt, hierher in meinen Berg zu schleppen, dazu fehlt mir jedoch die Kraft nach allem, was geschehen ist. Vielleicht seid Ihr es, lieber Freund, der eines Tages das zusammenführt, was zusammengehört. Entscheidet selbst, ob es an der Zeit ist, ihn Salomos Erben zurückzugeben – aber händigt ihn nicht Rom aus, nein, das auf keinen Fall!

Ihr müßt es mir schwören.

Für Eure Bemühungen habe ich Euch – Ihr werdet sie längst entdeckt haben – eine Kassette mit Goldstücken hinterlegt, die aus den Kassen des Tempels stammen. Dieses Recht habe ich mir zugestanden. Das Gold entspricht in etwa der Summe, die ich einst dort eingebracht habe als Novize. Es wird Euch zu einem reichen Mann machen. Aber vergeßt über dem Gold nicht, die Geschichte meines Lebens, die zugleich die einer großen Liebe ist, weiterzutragen in die Welt, auf daß eines Tages Rom gezwungen wird zu bekennen.

Ich bin allein. Von Cherchemont habe ich nichts mehr gehört. D'Aniort ist tot und – auch Marcabru. Als Ketzerfreunde wurden sie angeklagt und beide vor meinen Augen auf dem Scheiterhaufen verbrannt. Nur mich hat man verschont, mich, den Meister des Salomonischen Tempels von Jerusalem, den Wächter über die Schätze von Rhedae und Les Pontils.

Des Nachts höre ich die Knochenflöte des Troubadours. Er spielt das Palästinalied!

Et in Arcadia ego. Ist auch er im glücklichen Arkadien?

Ich werde nicht mehr lange Meister sein. Ritter Yves ist bereits unterwegs nach Paris mit dem Siegel und dem Zepter. Er wird es d'Escarbeau bringen, diesem tüchtigen Ritter, den ich als meinen Nachfolger vorgeschlagen habe, damit nach meinem Tod – der schon vor dem Berg lauert und bald den engen Gang entlang in meine Höhle kriechen und mich finden wird – wieder ein fähiger und vor allem *katholischer* Ritter Großmeister werden kann. Ein katholischer – so wie es Rom wünscht.

Ich bin kein Katholik mehr.

Wie könnte ich das noch sein, nach allem, was geschehen ist!

O Esclarmonde, du Bezaubernde! Deine Augen sind wie die Smaragde des Grals, so grün! Deine Lippen gleichen den funkelnden Rubinen.

Die Dämonen wollen kommen ... ja, jene, die Alix einst quälten in den Nächten! Das müssen sie sein. Das Feuer! Der Geruch! Das Schwarze und das Weiße.

Verzeiht! ... Seit gestern abend habe ich, meinen Händen gleich, auch meine Gefühle nicht mehr unter Kontrolle. Eine Art Starre bemächtigt sich meiner, und dennoch: Alles, alles geht mir durch den Sinn. Ich verspreche Euch jedoch, mich zusammenzureißen und tapfer weiterzuschreiben, damit einer die ganze Wahrheit kennt. Ich muß mich beeilen! Der HERR stehe mir bei.

... Ein ganzes Jahr lang dauert die Belagerung. Zehntausend Mann versuchen immer und immer wieder einen Weg zu finden, den Drachenkopf zu bezwingen. Vergebens. Der eitle Erzbischof und sein Kumpan, der Seneschall, deren Leute anfangen zu meutern ob der langen Zeit, die verstreicht, ohne daß sich ein Ende abzeichnet, holen in ihrer Not Bergleute aus dem Baskenland. Diese geübten Kletterer, tüchtige Kerle, erobern in einer Nacht, in der ein barmherziger Nebel die schrecklichen Tiefen der blauschwarzen Schluchten verbirgt, einen kleinen, jedoch äußerst gefährlichen Abschnitt am Südhang, ungefähr eintausendfünfhundert Fuß unterhalb der Burg. Dort bauen sie ihre Schleudern auf, die sie in einzelnen Teilen an dicken Seilen heraufgezogen haben. Und von da an bombardieren sie ohne Unterbrechung die schwach befestigte Ostseite des Drachenkopfes mit dem dort befindlichen Vorwerk.

Wumm, wumm, wumm ... noch jetzt dröhnen mir die Ohren von dem unablässigen Lärm, der mir Tag für Tag das Herz zusammenzog, mich quälte und mich angstvoll hinaufblicken ließ zur Burg. Zu Esclarmonde.

Dort lauern bereits die Geier. Sie fliegen Runde um Runde um die Burg, die Krummschnäbligen. Sie warten, sie beobachten! Es ist kalt geworden. Noch viel, viel kälter als das eisige Gefühl, das mir heute die Beine hochkriecht und mich erschaudern läßt beim Schreiben. Die Finger sind mir klamm.

... Am Boden der Schlucht, in der wir seit langem lagern – ohne Hoffnung –, ziehen einzelne Nebelschwaden. Die Herbstsonne hat nicht die Kraft, sie aufzulösen. Die ersten Wölfe heulen, weit entfernt – und manchmal auch ganz nahe.

Wie müssen sie sich fühlen, meine Brüder und Schwestern hoch oben auf dem Berg der Winde? *Cum tacent, clamant* – indem sie schweigen, rufen sie laut!

Esclarmonde – auch sie schweigt.

... Der Winter geht ins Land. Schnee fällt schon bald in leisen Flocken und bedeckt die Berge wie ein Leichentuch, ein kaltes Versprechen dessen, was folgen wird – unausbleiblich wie der Tod.

Wumm, wumm, wumm ...

Zu Weihnachten wage ich es ein letztes Mal, hinaufzusteigen. Es ist zu der Zeit, in der man im Lager die Mette abhält. Die

Frommen beten, und die anderen feiern auf ihre Art, zu der ein ordentliches Besäufnis gehört. Die Wachen, die ihre Armbrüste und ihre Pfeile auf jede Gestalt richten, die sich bei Tag oder bei Nacht am Berg zu schaffen macht, gehören in dieser Heiligen Nacht zu den letzteren. Ich bete, daß mein Vorhaben gelingt. Vor einigen Wochen war mir ein Pfeil am Kettenhemd abgeprallt, an der gefährlichen Stelle beim Herauskriechen aus dem Geheimgang. Ich mußte unverrichteterdinge umkehren, kauerte stundenlang im Dunkeln und konnte es lange nicht wagen, ins Lager zurückzukehren.

Sie haben uns im Verdacht, die Männer um den Narbonner Erzgauner! Überzeugt, daß wir mit denen da oben konspirieren, beobachten sie uns seit Monaten mit Argusaugen. Wir jedoch tun so, als ob wir es nicht merkten.

Marcabru, der scharfsinnige Troubadour, mein guter Freund, der keinen Schritt von mir weicht, läßt mich am Weihnachtsabend alleine. Er weiß, daß ich da oben, nahe den vor Kälte zitternden Sternen, entweder Abschied nehmen will oder einen allerletzten Versuch unternehmen, Esclarmonde zu retten.

Oder habe ich etwas anderes vor, etwas, das ich noch selbst kaum ahne?

Er erzählt mir zum Abschied von seinem früheren Leben, seiner Heirat mit einer arabischen Sängerin in Granada, seinem Übertritt zum Islam, seinen Kindern.

Noch jemand, der seinen wahren Glauben verbirgt – ein Komplize der Heimlichkeit, mein Freund. Er hat mich vor Monaten das arabische Schachspiel gelehrt in den langen Nächten ohne Schlaf. Ein Spiel der Weisheit.

Habe ich sie bereits verloren, die Dame?

Nein, sie wartet noch auf mich, meine Geliebte. Wir haben ein Zeichen ausgemacht. Jeden Abend nach Sonnenuntergang entfachen wir an einer bestimmten Stelle im Lager Feuer. Wenn ich es wage, in der Nacht hinaufzusteigen, dann lassen wir das Feuer am anderen Ende des Lagers brennen, und Esclarmonde weiß Bescheid und geht mir entgegen bis zur Hütte, die eine kurze Zeitspanne unser Schutz und unser beider Heimat war auf dieser Welt.

»Warum willst du sterben?« frage ich sie.

»Ich sterbe nicht, ich kehre nur zurück zum Licht, in diese andere Welt, die nichts zu tun hat mit all dem Bösen hier auf Erden«, antwortet sie ruhig.

»Dann werde ich dich verlieren, Esclarmonde.«

»Nein, denn du hast mich längst gefunden, und zwar für immer. Im Herzen hast du dich aber nicht nur für mich als Frau, sondern auch für unseren Glauben entschieden. Nur mit dem Körper gehörst du noch zu denen dort unten. Hab Mut, Bertrand, laß ihn zurück, den Leib, laß dich häretisieren und folge mir. Den anderen Weg, den du mir vorschlägst, kann ich nicht mit dir gehen. Obwohl meine Sehnsucht nach dir unsagbar groß ist, ist die zu meinem Gott noch größer.«

In jener nordwindgepeitschten Weihnacht lieben wir uns nicht. Esclarmonde hat Marti gebeichtet und sich nach einer Zeit der Buße aufs neue das *consolamentum* erteilen lassen, damit sie wirklich rein ist, wenn sie IHM entgegentritt.

Wir sitzen uns beim Schein der flackernden Kerze an dem alten Tisch gegenüber und schweigen, bis es Zeit wird für mich, zurückzukehren.

Ich bin noch nicht entschlossen.

… Die Wurfmaschine des Bischofs tut ihre Wirkung. Unablässig fliegen die Steinkugeln.

Wumm … Die Situation für die Bewohner der Burg ist unerträglich geworden. Verrat liegt in der Luft! Die Zisternen hat jemand mit toten Ratten verseucht. Zu verführerisch waren die Versprechungen des Narbonners. Und der Wein – das einzige Getränk, das ihnen da oben bleibt – fängt an, in den Fässern zu gefrieren. So kalt ist jener Winter.

Die Herren der Burg, Raymond de Pereille, Pierre-Roger de Mirepoix und der Bischof der Katharer, Bertrand d'en Marti, kommen an einem klirrenden Morgen mit der Friedensfahne den Berg herab. Sie wollen verhandeln. Sie bieten an, unter gewissen Voraussetzungen den Drachenkopf aufzugeben.

Große Aufregung im Lager des Narbonner Bischofs. Wer soll teilnehmen an diesem Gespräch? Der Seneschall natürlich und Pierre Amiél auf seiten der Katholischen. Die bestehen zusätzlich auf dem gefürchteten Inquisitor Ferrier.

Marti stellt die Bedingung, daß auf seiten der Katharer Ramon d'Aniort und ich dabeisein müssen.

Ratlosigkeit.

Wird man sich auf diese »unverschämte« Forderung der Ketzer einlassen?

Ja, denn da gibt es dieses Gerücht! Keiner weiß, wer es aufgebracht hat. Der »verfluchte« Graf Raymond von Toulouse soll von Rom aus den Katharern signalisiert haben, daß sie bis Ostern durchhalten sollten, dann würde er ihnen zur Hilfe eilen, mit Truppen von Kaiser Friedrich!

Dieses Risiko will keiner eingehen. Dem verrückten Tolosaner ist alles zuzutrauen!

… Als d'Aniort endlich eintrifft, ist er erschüttert: Die Leute von der Burg sind bleich vom Fasten. Unfreiwillig? Alle Bewohner des Drachenkopfes haben jedoch Vertrauen zu den *parfaits* und Kommandanten, auch die Soldaten sind mit den Verhandlungen einverstanden. Die Burg soll aufgegeben werden.

Hugues des Arcis und der Erzbischof sind erleichtert, bieten den Ketzern gar einen zweiwöchigen Waffenstillstand bis zur endgültigen Übergabe an. Und was ausschaut wie eine großzügige Geste, entpuppt sich beim näheren Hinsehen als eine Farce: *»Allen Katharern, die sich bekehren lassen, allen Faidits und Soldaten, sogar den Attentätern von Avignonet bieten wir freien Abzug. Samt Waffen und Gepäck können sie von dannen ziehen!«*

Ihr glaubt das nicht, mein Freund?

Ihr kennt die römischen Finten nicht!

Der letzte Satz in jenem ausgehandelten Vertrag war es, der jedermann klarmachte, wie die Geschichte unweigerlich zu Ende gehen würde. Dieser Satz lautete: »*Die Unbelehrbaren aber, die noch immer dem falschen Glauben die Treue halten, müssen auf dem Scheiterhaufen brennen!*«

Rom weiß es: Die Katharer *sind* unbelehrbar. Sie halten dem Glauben die Treue.

… Am Ende der langen Verhandlung nimmt mich Marti zur Seite, und niemand hindert uns daran, unter vier Augen miteinander zu reden.

»Ritter«, sagt er ungebeugt – und nicht Mutlosigkeit und Verzweiflung stehen in seinen Augen, sondern Stolz –, »könnt Ihr es einrichten, ein letztes Mal zu uns zu kommen? Die zwei Wochen Frist, die sie uns eingeräumt haben, lassen uns die Zeit, ein Abschiedsfest miteinander zu feiern. Es wird am Sonntag vor der Übergabe stattfinden. Ich bitte Euch sehr!«

Ich sage zu und fasse in der Nacht darauf den Entschluß, bei Esclarmonde zu bleiben. Marcabru und d'Aniort haben nicht versucht, mich zu halten.

Die Ritter jedoch sind ratlos. Sie können es nicht begreifen. Wie sollen sie auch! Yves muß, wenn alles zu Ende ist, nach Paris reiten. Schweigend nimmt er meinen Befehl entgegen. Den letzten. Er ist ein wahrer Templer.

Esclarmonde, schmal und blaß, lacht, und ihre Augen strahlen, als sie mich in den Kreis der *parfaits* führt, die sich im Donjon versammelt haben. Alle sind erleichtert, weil die Bombardements aufgehört haben und die Kinder wieder schlafen können. Sie lesen gerade aus dem Evangelium des Johannes. Nach dem Vaterunser, das nur die *parfaits* beten, sagt Bertrand d'en Marti zu mir: »Templer, Esclarmonde hat mir erzählt, daß Ihr Euch im Herzen zu unseren Gläubigen zählt. Ihr wißt, daß es zu Ende gehen wird mit uns. Dies wird unser letztes gemeinsames Fest sein. Aber wir fassen uns an den Händen, denn wir gehen alle miteinander in eine andere Welt, in unsere Heimat.

Bertrand de Blanchefort«, fuhr er ernst fort, »unsere Kirche hat

Euch vieles zu verdanken. Ihr habt unseren Schatz in Sicherheit gebracht und durch Eure Fürsprache so manches katharische Leben gerettet. Laßt uns jetzt und hier das Eure retten. Laßt Euch das *consolamentum* erteilen. Die erlösende Erkenntnis kann nur vom Paraklet, dem Heiligen Geist, ausgehen. Er wird Eure Seele trösten, damit sie auf immer befreit werde. So steht es in unseren Büchern geschrieben.«

Ich bin bereit.

Und es geschieht.

Die Konsequenz einer katharischen Handauflegung in schwerer Krankheit oder Not ist die, daß man anschließend freiwillig den Tod sucht. Man nimmt ganz einfach keine feste Nahrung mehr zu sich. In normalen Zeiten ist dies anders: Da haben die angehenden *parfaits* vor dem *consolamentum*, also vor der Geisttaufe, ein Jahr des strengen Fastens und der Askese zu ertragen. Aber die normalen Zeiten sind schon lange vorüber, und ich bin deshalb entschlossen, das Fasten von nun an bis zur letzten Konsequenz durchzuhalten. Oder im Feuer zu brennen.

… Nach dem Fest – in dunkler Nacht – lassen sich vier *parfaits* an Seilen hinab in die Tiefe. Sie tun das an einer Stelle, die vom Tal aus nicht bewacht wird, weil die fünfhundert Fuß hohe Steilwand eine Bewachung unnötig macht. Die tapferen Männer – ihre Namen werde ich aus bestimmten Gründen nicht verraten – haben das wirkliche Geheimnis der Ketzer bei sich: die Bücher und Schriften der Katharer. Nein, was schreibe ich da – *unsere* Bücher und Schriften. Dieser Schatz konnte nicht früher in Sicherheit gebracht werden, weil er bis zum Schluß gebraucht wurde, nicht zuletzt für meine eigene Aufnahme in ihre Reihen.

Mögen die Mutigen ihren Gral weitergetragen haben in eine Welt, in der der Lorbeer eines Tages wieder erblühen wird!

Für Salomos Erbe, den Schatz der Katharer, wird es keinen Hüter mehr geben.

Irgendwer wird die Schätze eines Tages finden. Irgendwer.

16. März 1244. Der Tag der Übergabe.

Niemand schwört ab.

Im Gegenteil. Viele Soldaten reihen sich ein in unsere Schar, die unbehelligt den Drachenkopf auf dem schmalen, abschüssigen Pfad hinabsteigt. Auch sie haben sich weihen lassen, auch sie sind bereit. Schnee knirscht unter unseren Füßen, zu Harsch geworden in der Nacht und weiß wie unsere Gewänder und unsere Seelen. Meinen Habit habe ich dort oben gelassen. Ich brauche ihn nicht mehr.

Sichtbar entströmt der Atem Mund und Nase. Die Hände gefühllos – und die Herzen?

Dort unten, am Fuße des Berges, wartet der Scheiterhaufen. Hohe, dicke Holzpfähle bewachen ihn. Eine große Leiter ist angelehnt, zum Hinaufsteigen und Hineinstürzen.

Die Flammen lodern schon. Der Schnee fängt an zu schmelzen.

Wir singen.

Die Frauen besteigen zuerst die Leiter. Eine nach der anderen, nachdem sie zuvor die Mereaux mit dem Pentagramm auf einen Haufen gelegt haben: Corba, die Gattin von Raymond de Pereille, seine schöne Tochter mit dem rotbraunen Haar und den Sommersprossen, seine Schwiegermutter, die Marquesa de Lantar, die Herrin von Mirepoix …

Das Feuer!

Esclarmonde.

Oben angekommen, dreht sie sich noch einmal zu mir um und schaut mir lange in die Augen. Dann stürzt auch sie sich in die Flammen.

Marcabru steht plötzlich hinter mir, stützt mich, singt leise:

> »Liebe zündet gleich dem Funken,
> der in Asche tief versunken,
> Halm und Hölzer läßt entbrennen,
> – hört nur, hört! –
> und man weiß nicht, wohin rennen,
> wenn die Glut an einem zehrt.«

Mich zieht man weg vom Scheiterhaufen. Man wagt es nicht, den Großmeister des Tempels zu brennen! Er steht unter direktem Schutz des Papstes. Man will Rom unterrichten. Auf dem Bezú möge ich auf den Richtspruch warten.

Mein Bekenntnis, das ich ihnen entgegenschleudere, schützt mich nicht vor dem Weiterleben. Man hält mich fest, bindet mich, bis auch d'Aniort und Marcabru verbrannt und die letzten der zweihundert Katharer zu Asche geworden sind.

Ich aber entkomme ihnen, reite nicht zum Bezú, sondern zu dem Ort zurück, an dem alles angefangen hat und alles zu Ende gehen wird. Ich träume meinen Traum.

Ahi, Amors ... *Lenke ein anderer, wer es auch sei, den Wagen des Lichtes!*

Wie lange wird es noch dauern, bis ich dich wiedersehe, Esclarmonde? Ahi, Amors ...

Personen und Erklärungen

Bertrand de Blanchefort – Großmeister des Salomonischen Tempels von Jerusalem von 1156–1169; daß er dem Grafengeschlecht auf Rhedae, Hautpoul de Blanchefort, entstammte, ist umstritten. Blanchefort, einer der bedeutendsten Großmeister der Templer, hatte in seiner Amtszeit u. a. eine Gruppe deutschsprachiger Bergleute ins Languedoc geholt. Ihnen war strengstens verboten, mit der einheimischen Bevölkerung in Kontakt zu treten. Offiziell war ihre Aufgabe, in den Minen bei Blanchefort nach Gold zu suchen. Im 17. Jahrhundert fand man die Spuren jener Bergleute und stellte fest, daß sie kein Gold abgebaut hatten. Über ihre wirkliche Aufgabe wird noch heute gerätselt.

Esclarmonde de Foix – um 1200, Vizegräfin von Foix; die »Große Esclarmonde«, berühmteste katharische Vollkommene. Noch heute wird sie im Süden Frankreichs »princesse cathare« genannt. Eine nicht belegte Legende behauptet, daß auf ihre Initiative hin 1204 oder 1207 die Festung auf dem Montségur ausgebaut wurde. Dort soll sie 1244 auch gestorben sein. Der Zusammenstoß mit dem Hl. Dominikus ist belegt. Die Liebesgeschichte mit Bertrand de Blanchefort hätte sich durchaus so abspielen können, wenn die beiden zur gleichen Zeit gelebt hätten. Einige französische Quellen berichten, daß Esclarmonde einen Sohn geboren hat.

Raymond-Roger, Graf von Foix, genannt der Zänker – gest. 1223, Bruder von Esclarmonde. Er stritt bis zu seinem Lebensende unbeirrt für die Sache des Südens, war ein Beschützer der Katharer, selbst aber kein Häretiker. Seine Frau Philippa d'Aragon-Moncade hing dem waldensischen Glauben an. Ihm folgten sein Sohn, Roger-Bernhard II. (gest. 1241), und sein Enkel, Roger IV. (gest. 1265). Die Burg derer von Foix, die heute drei Türme hat und das Wahrzeichen der gleichnamigen Stadt ist, kann besichtigt werden. Über sie hatte Montfort einst geprahlt: »Ich werde den Felsen zu Fett schmelzen und den Burgherren darin braten.«

Marcabru – kritischer, mitunter sarkastischer Troubadour des 12. Jahrhunderts, der in Spanien und Südfrankreich umherzog.

Pierre de Montaigu – Großmeister der Tempelritter von 1219–1232 aus Aragon oder Südfrankreich.

Simon de Montfort – 1164–1218, Graf aus der Ile-de-France, Sohn des Grafen von Montfort d'Amaury und der Gräfin von Leicester, verfolgte unbarmherzig die Katharer im Süden Frankreichs und brachte mit Feuer und Schwert ganz Okzitanien unter seine Gewalt. Die beschriebenen Schlachten und Missetaten sind historisch belegt.

Esclarmonde de Pereille – gest. 1244, Tochter des Verteidigers des Montségur, Raymonds de Pereille; war unter den 225 Katharern, die am Fuße des Montségur den Flammentod fanden.

Pierre de Voisins – um 1200, Leutnant von Simon de Montfort; ließ 1210 das befestigte Rhedae schleifen und die Umgebung verheeren. Voisins wurde Statthalter von Rhedae und gründet dort ein Geschlecht.

Ramon d'Aniort – Herr von Rhedae (Rennes-le-Château) und Rennes-le-Bains, verheiratet mit einer Alix de Blanchefort; war 1244 bei den Übergabeverhandlungen um den Montségur auf seiten der Katharer anwesend.

Udaut d'Aniort – Bruder von Ramon, katharisch erzogen, wurde in jungen Jahren bereits Tempelritter.

Raymond de Rabastens – um 1200, katholischer Bischof von Toulouse; sein Bruder Pelfort de Rabastens, seine Mutter und seine Schwestern waren überzeugte Katharer. Innozenz III. betrieb deswegen seine Absetzung. Das stark befestigte Rabastens (zwischen Toulouse und Gaillac) galt als Häretikernest und diente bis 1211 den Katharern als Zufluchtsstadt.

Die Grafen von Toulouse:

Raymond VI. – 1194–1222, gehörte zu den ruhm- und einflußreichsten Fürsten Frankreichs. Sein Reichtum und seine ausgedehnten Ländereien waren der Krone Frankreichs ein Dorn im Auge.

Raymond VII. –1222–1249, Sohn von Raymond VI., mit 21 Jahren strahlender Sieger von Beaucaire. Cousin von Blanche von Kastilien, der Gemahlin König Louis' VIII., was Blanche nicht davon abhielt, 1249 alle Ländereien Raymonds VII., der keinen männlichen Erben hatte, zu annektieren. Durch geschicktes Taktieren erreichte Raymond VII. eine teilweise Aufhebung der Inquisition in den Jahren

1237–1241. Toulouse selbst war im Mittelalter eine der größten Städte des Abendlandes, von sogenannten »Capitouls« (Konsuln) verwaltet.

Die verantwortlichen Belagerer des Montségur:

Hugues des Arcis – Seneschall von Carcasone.
Pierre Amiel – Erzbischof von Narbonne.
Ferrier – gefürchteter Inquisitor.

Die verantwortlichen Verteidiger des Montségur:

Raymond de Pereille – Besitzer des Berges St. Barthélémy in der Grafschaft Foix, stimmte 1204 oder 1207 dem Ausbau seines kleinen Forts zu, als die Katharerkirche noch wenig bedroht war.
Pierre-Roger de Mirepoix – selbst kein Katharer, jedoch Anführer des Massakers an den Inquisitoren von Avignonet im Jahr 1242; unterstützte Pereille bei der Verteidigung.
Olivier de Termes – Faidit und Widerständler wie sein Bruder Bernard. Olivier führte den Aufstand der Faidits im Jahre 1240 an. Sein Vater, Raymond de Termes, war Katharer, er starb drei Jahre nach der Gefangennahme durch Montfort in einem Verlies in Carcasone. Oliviers Onkel, Benoit de Termes, war Katharerbischof des Razès.

Katharerbischöfe auf dem Montségur:

Guilhabert de Castres – gest. 1240, Bischof von Toulouse; charismatischer Prediger, der sich 1232 auf den Montségur zurückzog und dort eine große Synode abhielt.
Bertrand d'en Marti – Nachfolger von Castres.

Die Päpste:

Innozenz III. – bürgerlich Lothar von Segni, Papst von 1198–1216. Das Gespräch in Rom anläßlich des IV. Laterankonzils mit den beiden Grafen von Toulouse und dem Grafen von Foix ist historisch belegt, auch der Rat, den er dem jungen Raymond VII. mit auf den Weg gab.

Honorius III. – bürgerlich Cencio Savelli, Papst von 1216–1227; drängte 1219 König Philipp August von Frankreich zu einem neuen Kreuzzug in den Süden Frankreichs.

Gregor IX. – bürgerlich Ugolino di Segni, Papst von 1227–1241, Kardinal-Protektor der Franziskaner. Er gilt als Auslöser des Ringens um die Weltherrschaft zwischen Kaiser und Papst. Darin lag auch einer der Gründe für die zweimalige Exkommunikation Kaiser Friedrichs II. Bei der letzten Exkommunikation war Gregor fast einhundert Jahre alt und zeigte gewisse Zeichen von Altersstarrsinn.

Die weltlichen Herrscher:

Friedrich II., der Staufer – 1194–1250, ab 1212 römisch-deutscher Kaiser, 1227 Bann durch Gregor IX., 1229 Krönung zum König von Jerusalem.

Louis VIII. – König von Frankreich von 1223–1226; überfiel im Juni 1219 auf Veranlassung seines Vaters, König Philipp Augusts, das Languedoc, um dem Sohn Montforts, Amaury, bei Marmande zu Hilfe zu eilen. Großes Massaker mit über fünftausend Toten in Marmande.

Blanche von Kastilien – 1188–1252, Königin von Frankreich, Regentin nach dem Tod ihres Gatten Louis VIII.; Cousine von Raymond VII. von Toulouse, mit dem sie sich gut verstand. Dennoch unternahm sie, gemeinsam mit ihrem Sohn Louis IX., dem Heiligen, mehrere Eroberungszüge in seine Ländereien.

Henry III. von England – 1216–1272, schwacher König. Der Zusammenstoß Henrys III. mit den Templern wegen der Beschwerden aus La Rochelle ist historisch belegt. Die Vorwürfe, die der Monarch dem Großmeister des Tempels wegen der Reichtümer des Ordens machte, wurden von ihm erst 1252 erhoben, als die Angriffe auf die Templer generell schärfer wurden.

Okzitanien – südliches Drittel des heutigen französischen Staatsgebiets. Die okzitanische bzw. provençalische Sprache wurde in mehreren Dialekten gesprochen. Okzitanien war zu keiner Zeit eine politische Einheit. Im Mittelalter hatte sich dort jedoch eine hochstehende Kultur entwickelt, sowohl auf politischem Gebiet (starke kommunale Selbstverwaltung) als auch im künstlerischen Bereich (Troubadourdichtung).

Montségur – trutzige Pyrenäenburg, etwa 30 Kilometer von Foix entfernt, auf 1216 Meter Höhe. Die Besiedelung geht bis in die Jungsteinzeit zurück. Die Grundfläche der Burg betrug zu Katharerzeiten ungefähr 700 Quadratmeter. Auf der Nordseite des Berges wurden für die Verfolgten zusätzlich kleine Häuser errichtet. Die Burg wurde nach langer Belagerung 1244 übergeben. Die Burgruine kann besichtigt werden, ebenso die Stele am »Prat des Crémats« (Feld der Verbrannten), die 1960 zum Gedenken an die Opfer aufgestellt wurde.

Katharer – bedeutende Ketzerbewegung im 12. und 13. Jahrhundert, hauptsächlich im Süden Frankreichs, aber auch in der Lombardei, in Flandern und in Deutschland (Köln). Nach neuesten Schätzungen zählte eine halbe Million Gläubige zu ihren Anhängern. Enge Übereinstimmung in der Lehre mit den bogomilischen Kirchen in Bulgarien. Dreiteilung der Katharischen Kirche in Gemeinde – parfait – Bischof. Der Bezeichnung Katharer liegt wahrscheinlich das althochdeutsche Wort »Ketterer« (Häretiker) zugrunde; die Ableitung vom griechischen »katharos« (rein) ist heute umstritten. Nach ihrer Lehre stand streng dualistisch dem guten Gott der Teufel als Weltschöpfer gegenüber. Die damit böse Welt suchten die Katharer durch Askese zu überwinden. Trotz blutiger Verfolgung konnten sie sich in Südfrankreich bis ins 14. Jahrhundert halten.

Albigenser – andere Bezeichnung der Katharer. Bis 1167 befand sich in Albi der einzige katharische Bischofssitz in Südfrankreich; daher nahm man fälschlicherweise an, daß hier auch die Zentralgewalt der Katharischen Kirche ihren Sitz hätte. Den Albigensern schlossen sich große Teile des südfranzösischen Adels an. Seine Macht wurde nach dem Kreuzzugsaufruf von Innozenz III. durch die Albigenserkriege (1209–1229) gebrochen und damit die Beherrschung Okzitaniens durch die Krone eingeleitet.

Waldenser – weitere christliche Laienprediger-Bewegung aus dem Süden, gegründet von Petrus Waldus (gest. um 1217), einem reichen Kaufmann aus Lyon, der all sein Hab und Gut verschenkte. Sie nannten sich die »Armen von Lyon« oder »Arme Christi«. Anfangs gegen die Katharer auftretend, gerieten die Waldenser bald unter ihren Einfluß. Einige Gruppen konnten von Innozenz III. mit der Kirche versöhnt werden, die übrigen breiteten sich über Deutschland, Böhmen, Polen, Ungarn, die Schweiz und Unteritalien aus. Von der Inquisition verfolgt, siedelten sie seit 1330 in Alpentälern, wo sie sich bis heute halten konnten.

Inhalt

Ich klage an 7
1 Der Tag, der alles veränderte 11
2 Der Troubadour 21
3 Die Stunde der Entscheidung 31
4 Die Geschichte meines Vaters 39
5 Bei den Templern 51
6 Dienende Brüder 67
7 Der Rat der Brüder 78
8 Die Reise nach Rom 85
9 Esclarmonde 97
10 Auf Abwegen 109
11 Ahi, Amors 125
12 Die Überfahrt 136
13 Die Brüder im Heiligen Land 150
14 Yussuf ben Ambar 158
15 Die Nachricht 169
16 Der Stachel im eigenen Fleisch 179
17 Navus mundi – Der Nabel der Welt 188
18 Secretum templi – Das Geheimnis des Tempels 202
19 Der Tod des Schlächters 213
20 Tempelpolitik 223
21 Die Spanische Fliege 232
22 Cotllioure 244
23 In Amt und Würden 253
24 Unter Ketzern 263
25 Rhedae 275
26 Das Exempel 289
27 Göttliche Wesen wandeln unter den Sterblichen 302
28 Die Nacht aus Samt 310

29	Vom Himmel angezogen	322
30	Secretum cathari – Das Geheimnis der Katharer	331
31	Das Konzil	346
32	Schweigen	354
33	Die falsche Fährte	362
34	Verrat	371
35	Eine böse Vorahnung	384
36	Das Attentat	397
37	Bittrer kaum der Tod	409
38	Das Ende des Drachenkopfes	422
	Personen und Erklärungen	433

Literarische Spaziergänge mit Büchern und Autoren

Neue Promenade
14 | FRÜHJAHR 2002

STREIFZÜGE MIT BÜCHERN UND AUTOREN

aufbau
VERLAGSGRUPPE

Yasmina **KHADRA**
Ein ganz normaler Junge wird zum Killer der Islamischen Gruppe

Harald **SCHMIDT**
Von Schmidt bis Willemsen, Prominente plaudern aus der Schule

Hermann **KANT**
»OKARINA« – der neue Roman eines großen deutschen Autors

POLINA DASCHKOWA
In Rußland längst ein Star, erobert sie nun die Herzen der Krimi-Leser in Deutschland

Mit Gesamtverzeichnis

Das Kundenmagazin der Aufbau Verlagsgruppe
Kostenlos in Ihrer Buchhandlung

Aufbau-Verlag

Rütten & Loening

Aufbau Taschenbuch Verlag

Gustav Kiepenheuer

Der >Audio< Verlag

Oder direkt: Aufbau-Verlag, Postfach 193, 10105 Berlin
e-Mail: marketing@aufbau-verlag.de
www.aufbau-verlag.de

Für *glückliche* Ohren

ÜBER 6 MONATE PLATZ 1 DER HÖRBUCH-BESTSELLER-LISTE

Ob groß oder klein: Der Audio Verlag macht alle Ohren froh. Mit Stimmen, Themen und Autoren, die begeistern; mit Lesungen und Hörspielen, Features und Tondokumenten zum Genießen und Entdecken.

DER >AUDIO< VERLAG D>A<V
Mehr hören. Mehr erleben.

Infos, Hörproben und Katalog: www.der-audio-verlag.de
Kostenloser Kundenprospekt: PF 193, 10105 Berlin

Guido Dieckmann
Die Poetin
Roman

Originalausgabe

566 Seiten
Band 1661
ISBN 3-7466-1661-1

Deutschland im Spätsommer 1819: Mit Frau und Tochter reist der Tuchhändler Joseph Schildesheim nach Heidelberg. Tochter Nanetta, frühreif und wissensdurstig, fällt es schwer, den Verlockungen der Heidelberger Altstadt zu widerstehen. Sie träumt davon, es ihrem Brieffreund Harry Heine gleichzutun und ihre Gefühle und Wünsche in Versen auszudrücken, statt als Jüdin ein zurückgezogenes, unauffälliges Leben zu führen. Heidelberg jedoch ist in Aufruhr. Nach dem Mordanschlag auf den Dichter Kotzebue im benachbarten Mannheim sehen die aufgebrachten Studenten nahezu in jedem Fremden einen Spion. Als Nanetta ein Treffen von Verschwörern belauscht, gerät sie plötzlich in den Verdacht, eine wichtige Depesche gestohlen zu haben. Nur einem besonnenen Studenten kann sie es verdanken, daß sie nicht in Gefangenschaft gerät. Noch in derselben Nacht brechen in Heidelberg die ersten, blutigen Unruhen aus.

Ein Roman, der auf einer wahren Begebenheit beruht: die aufregende Geschichte der jungen, jüdischen Dichterin Nanetta Schildesheim.

Frederik Berger
Die Geliebte des Papstes
Roman

Originalausgabe

568 Seiten
Band 1690
ISBN 3-7466-1690-5

Italien im ausgehenden 15. Jahrhundert.
 Der römische Adlige Alessandro Farnese, dem seine Familie eine kirchliche Laufbahn zugedacht hat, befreit in einem blutigen Kampf die junge Silvia Ruffini aus der Hand von Wegelagerern. Doch die Liebe, die zwischen beiden aufkeimt, wird jäh unterbrochen. Alessandro wird wegen einer Unbotmäßigkeit vom Papst in den Kerker geworfen. Erst drei Jahre später trifft er Silvia wieder. Sie liebt Alessandro noch immer, muß aber zusehen, wie er sich auf ein Ränkespiel einläßt, um Kardinal zu werden, das nicht nur sein eigenes, sondern auch ihr Leben in Gefahr bringt.

Nach seinem Bestseller »Die Provençalin« erzählt Frederik Berger die aufregende Geschichte der Silvia Ruffini, die dem Papst Paul III. vier Kinder gebar und zu einer der schillerndsten Frauengestalten der Renaissance wurde.

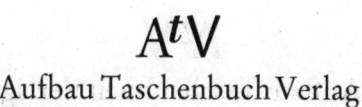

Aufbau Taschenbuch Verlag

Philippa Gregory
Die Glut
Roman

*Aus dem Englischen
von Günter Panske*

671 Seiten
Band 1663
ISBN 3-7466-1663-8

Beatrice Lacey – klug, schön und leidenschaftlich – kämpft um den Besitz des elterlichen Guts, das nach gängigem Recht des 18. Jahrhunderts ihrem Bruder Harry, dem männlichen Nachkommen, zufällt. Vor nichts schreckt sie zurück, um ihr Ziel zu erreichen. Beatrice ist eine Heldin, die trotz ihrer skrupellosen Taten durch ihren bezwingenden Charme und die Tragik ihres Schicksals fasziniert.

Über Nacht wurde die Autorin in England und Amerika mit dieser prallen Geschichte aus dem spätfeudalen England berühmt.

A*t*V
Aufbau Taschenbuch Verlag

Stephanie Hale

Die Herrin der Schwalben

Ein Hexenroman

*Aus dem Englischen
von Ulrike Seeberger*

*368 Seiten
Band 1786
ISBN 3-7466-1786-3*

England um 1660: Elizabeth, einst wohlhabende Kaufmannsfrau in Framenham, lebt mit ihrer Tochter zurückgezogen abseits des Städtchens und in äußerster Armut. Früher liebevoll »Kräutermutter« genannt und von den Leuten in der Stadt bei Leiden von Leib und Seele oft zu Hilfe gerufen, ist die in den Heilkünsten so bewanderte Frau nun als Hexe verschrien und wird ängstlich gemieden. Als vor ein paar Jahren fünf andere Frauen der Hexerei angeklagt und gehängt wurden, entging Elizabeth auf geheimnisvolle Weise der Hinrichtung. Seither beobachten die Gehängten in Gestalt von fünf Schwalben, deren schwarze Augen voller Bosheit nach Rache dürsten, das Treiben der rothaarigen Elizabeth.

Ein geheimnisvoller und spannender Roman über Aberglauben im England zur Zeit der letzten Hexenprozesse.

A*t*V
Aufbau Taschenbuch Verlag